2017

中国散文排行榜

2017 ZHONGGUO SANWEN PAIHANGBANG

周　明　王宗仁/　主编

北京工业大学出版社

图书在版编目（CIP）数据

2017 中国散文排行榜 / 周明，王宗仁主编 . —北京：
北京工业大学出版社，2018.2（2020.11 重印）
ISBN 978-7-5639-5942-6

Ⅰ . ① 2… Ⅱ . ① 周… ② 王… Ⅲ . ① 散文集—中国—
当代 Ⅳ . ① I267

中国版本图书馆 CIP 数据核字（2017）第 320714 号

2017 中国散文排行榜

策　　划：文　欢
主　　编：周　明　王宗仁
责任编辑：李　冉　丁　娜
封面设计：天之赋设计室
出版发行：北京工业大学出版社
　　　　　（北京市朝阳区平乐园 100 号　邮编：100124）
　　　　　010-67391722（传真）bgdcbs@sina.com
出 版 人：郝　勇
经　　销：全国各地新华书店
印　　刷：山东华立印务有限公司
开　　本：720 毫米 ×1030 毫米　1/16
印　　张：25.5
字　　数：330 千字
版　　次：2018 年 2 月第 1 版
印　　次：2020 年 11 月第 3 次印刷
书　　号：ISBN 978-7-5639-5942-6
定　　价：58.00 元

声明：本书未能联系到的部分文章作者，请与本书稿负责人王智先生接洽，电话（010）82841308

目　录

以蓄满泪水的双眼为耳

铁　凝

喜爱一个作家的作品，是不能不读他的自传的。每当我读过那些大家的自传后，就如同跟随着他们的人生重新跋涉了一遍，接着很可能去重读他们的小说或诗。于是一种崭新的享受开始了，在这崭新阅读的途中，总会有新的美景突现，遥远而又亲近，陌生而又熟稔——是因为你了解并理解着他们作品之外的奇异人生所致吧。读许金龙先生最新译作《大江健三郎讲述作家自我》，即是这样的心情。

这是一部以对话形式展开的作家自传，大江健三郎面对采访者，坦然尽述五十年作家生涯。他的讲述缜密而细腻，深邃而质朴。你甚至能够听得见他平缓却并不滞重的语调，这使我不断想起和大江健三郎先生两次印象深刻的见面。

第一次是在二〇〇〇年初秋，中国社会科学院外文所为应邀来访的大江先生举办作品研讨会，我和数位作家同行被邀请参会。那时我刚从俄罗斯旅行回来，旅途中阅读的唯一一本小说即是大江先生的《燃烧的绿树》。还记得那天研讨会的气氛庄重、朴素，热烈。大江先生身着典雅、内敛的黑色正装，安静地坐在那里，倾听中国同行对他作品的评价，神情专注而谦逊，还有些许拘谨。当时，正是这些许的拘谨打动了我，我仿佛从中看到了一位真正的文学大师不事表演的心灵本色。给我印象深刻的，还有大江先生婉拒研讨会设午宴，他建议与会者以盒饭为午餐，说这样既简朴又节约时间。于是我们每人都拿到了一份盒饭。写作几十年，我也算参加过一些研讨会，似乎极少经历过盒饭午餐。

第二次和大江先生见面是二〇〇六年十月，我应邀同中国社科院代表团一道儿，赴东京参加日中文化交流协会成立五十周年纪念活动。在东京会馆的纪念酒会结束后，大江先生特别邀请代表团一行有半小时恳谈。那天的大江先生仍然是典雅的黑色正装，他比六年前多了些温和，而且更健谈了。我们围坐在酒店一隅的一张长桌边，细心的大江先生还专为大家叫了茶和点心。那天的恳谈，大江先生说起了少年时受母亲的影响阅读鲁迅的小说，说起对鲁迅先生的敬仰，"孔乙己""咸亨酒店"这些名字从小他便熟知。当说到有一次母亲很自豪地告诉他，"你父亲会写三种茴香豆的'茴'字"时，大江先生笑起来。那一瞬间他的笑既开心又天真。他还讲起对钱钟书先生的尊敬，对莫言作品的尤其喜爱。然后大江先生把目光转向我说："我们的两次见面，你给我的印象是年轻、勇敢。中国的女作家是不是都很勇敢呢——敢于向年长者发问？"和大江先生的年龄相比，我是年轻的。说到勇敢，我想起在六年前的那次研讨会上，会前我和一位文坛前辈的悄声对话一定让大江先生感到有趣，我惊异于他敏锐的观察力。但让我更加感动的是，大江先生对当代中国作家的美好情感和热切期望。我曾不止一次听说，大江先生会在合适的时候亲自率日本的优秀青年作家访问中国，他期待日本的青年作家和中国的青年作家在中国或日本一道儿旅行，能有更多时间更深入地在旅行中交流文学，畅谈人生。这样的话题使大江先生很兴奋，当谈及这些时，他一扫我在六年前见到的拘谨，他的神情呈现出年轻人的清新和热烈，原本半个小时的恳谈延长至一个小时。就在这时，我仿佛看到了眼前有一棵"燃烧的绿树"。后来，当我阅读大江先生这部自传时，那种既沉静又燃烧的感觉始终伴随着我。

这是一场阅读的盛宴。魅力来自给人的心灵以垂直打击的思想的力量，来自作家对语言和想象力不败的激情与敏感，来自作家既谦逊又自信地对文学永不满足的追问，来自作家精神深处极度绝望中的壮丽希望。生于日本四国森林的大江健三郎，通过他的文学生涯和他的鲜明人生，以穿越时空的刚健而又轻灵的笔触，以彻底的自由检讨的姿态，以对日本、对亚洲、对世界、对人类永不疲倦的严厉的审视与希冀，把他人生中明亮的忧伤、苍凉的善意、克制的温暖和文学中积极的美德呈现给读者。我从中望见了语言的森林、精神的森林、人生的森林。这森林静谧幽深，辽远阔大，丰沛、隐秘的地下水浸润其间，使森林朝气不衰，使绿树能够燃烧，而火焰却让绿树枝叶繁盛。

这是一位深度介入社会现实，奋不顾身地以生命致力于呼唤世界和平的作家，一位在小说艺术上对自己极为苛刻、在技艺上决不退让的作家，一位用小说的方式，却把诗的沉静又是荆棘般的锐利植入读者心中的作家。小说何以成为小说？想象力何以诞生，又究竟源自哪里？"神话素"如何在心里养育？要付出多少努力才能追逐到语言的圣性、魅惑，语言的神秘之光？何为大江小说中重要资产的构造？以及作家本人被村子和东京撕裂的人生悲欢的新奇，他以全部作品和整个人生做赌注，追究战后五十年以来日本虚与实的不退让之意志……给我印象深刻的还有大江先生在自述中对那些影响了他文学和人生的哲人、学者、作家的由衷敬意。他不仅坦言"作家的实际生活从古典文学里得到了鼓励和救济",更是谦虚地把自己的长篇小说写作称为训练长篇小说的写作。当我读到大江先生四十多年来,每天夜里都要为残疾儿子光裹好毛毯才入睡时,不禁生出和采访者同样的感慨:大江先生的小说是不可思议的,大江先生的人生同样不可思议。大江先生实在是拥有特殊意志的人,而赋予这特殊意志之力量的人,正是他的残疾长子——光。在日本交响乐团纪念莫扎特诞生二百五十周年的"安魂曲"演奏会上,大江先生应邀赠诗一首:

> 我无法从头再活一遍,
>
> 可是我们却能够从头再活一遍。

也许这就是一个作家独有的对"活"和"生"的"奢侈"见解吧,这是文学和儿子光给予大江先生的悲怆而又强韧的奢侈。这时我还听见了大江先生在他的小说中,借对一位即将分娩的女性的敬慕表达出的对人类未来的新期待:

> 我以蓄满泪水的双眼为耳,倾听那里正无言讲述着的内容,倾听着用既非英语亦非日语,大概是为"新地球"而准备的那种宇宙语言朗诵的叶芝的那些诗行……我感觉你将产下比最新之人更新的人,比任何人都更新的人。

在此,我不能不把这些句子看作对未来无限明丽而又昂扬的祝福,是文学新景象和伦理想象力的新憧憬。

此刻我也正以蓄满泪水的双眼为耳,倾听大江先生的自述。当我在大江先生的书中看见森林和绿树之后,更知晓了倾听的要紧。仅有"看见"是不够的,你必须有能力倾听,才有可能抵达一座森林隐秘的深部。

大江先生在自述中言及少年时,在父亲去世的那一天,他被赋予一种特别的身份:那时村里正流行踩高跷,他被优先请去踩高跷。那是一副非常高的高跷,踩在上面能看到家里二楼的窗子。人在高跷上那突然变形的行走,突然视野的开阔,村子里的景观突然的变样,使敏感的少年大江突然获得了一种奇异的高度。此时我仿佛看见少年的大江有些别扭地踩在高跷上,孤独,倔强,紧张,勇敢。他起步并受惠于森林,而最终,他站在了森林之上。

那其实是一个难以企及的高度。大江先生以他创造的文学的和精神的高度,以他无可比拟的厚度和重量,荣耀了日本现代文学,使之呈现出崭新的面貌。同时他的形象已经超越了他的民族,成为整个人类文化财富的一部分。而时光的流逝,将使大江健三郎文学的内在价值和他对社会发言的历史意义得到愈加丰满的凸显。

二〇〇八年

相信生活，相信爱

汪曾祺老离开我们十三年了，但他的文学和人格，他用小说、散文、戏剧、书画为人间创造的温暖、爱意、良知和诚心，却始终伴随着我们。

汪曾祺先生总让我想到母语那无与伦比的优美和劲道。他对中国文坛的影响，尤其是对中青年一代作家的影响是大而深刻的。一位青年评论家曾这样写道："在风行现代派的八十年代，汪曾祺以其优美的文字和叙述唤起了年轻一代对母语的感情，唤起了他们对母语的重新热爱，唤起了他们对民族文化的热爱……他用非常中国化的文风征服了不同年龄、不同文化的人，因而又显出特别的'新潮'，让年轻的人重新树立了对汉语的信心。"他像一股清风刮过当时的中国文坛，在浩如烟海的短篇小说里，他那些初读似水、再读似酒的名篇，无可争辩地占据着独特隽永、光彩常在的位置。能够靠纯粹的文学本身而获得无数读者长久怀念的作家是真正幸福的。

汪曾祺先生总让我想到"真性情"。这是一个饱含真性情的老人，一个对日常生活有着不倦兴趣的老人。他从不敷衍生活的"常态"，并从这常态里为我们发掘出悲悯人性、赞美生命的金子。让我们知道，小说是可以这样写！窃以为，当一个人不能将真性情投入生活，又如何真挚为文？有句俗语叫作"人生如戏，戏如人生"。但在汪老这里却并非如此。他的人生也坎坷颇多，他却不容他的人生如"戏"；他当然写戏，却从未把个人生活戏剧化。他的人生就是人生，就像他始终不喜欢一个形容叫作"作家去一个地方体验生活"，他更愿意说去一个地方生活。后者更多了一份不计功利的踏实和诚朴，也就说不定离文学的本质更近了。一个通身洋溢着人间烟火气的真性情的作家，方能赢得读者发自内心亲敬交加的感情。这又何尝不是一种境界呢？能达此境界的作家为数不多，汪老当是这少数人之一。

汪曾祺先生总让我想到"相信生活，相信爱"。因为，他就是相信生活也相信爱的，特别当他在苦难和坎坷的境遇中。他曾被迫离别家人，下放到坝上草原的一个小县劳动，在那里画马铃薯，种马铃薯，吃马铃薯。但他从未控诉过那里的生活，他也从不放大自己的苦难。他只是自嘲地写过，他如何从对圆头圆脑的马铃薯无从下笔，竟然达到一种想画不像都不行的熟练程度。他还自豪地告诉我们，全中国像他那样，吃过那么多品种的马铃薯的人，怕是不多见呢。这并不是说，汪曾祺先生被苦难所麻木。相反，他深知人性的复杂和世界的艰深。他的不凡在于，和所有这些相比，他更相信并尊重生命那健康的韧性，他更相信爱的力量对世界的意义。我想说，实际上汪曾祺先生的心对世界是整个开放的，因此在故事的小格局里，他有能力呈现心灵的大气象。他曾在一篇散文中记述过他在那个草原小县的一件事：有一天他采到一朵大蘑菇，他把它带回宿舍精心晾干收藏起来。待到年节回北京与家人短暂团聚时，他将这朵蘑菇背回了家，并亲手为家人烹制了一份极其鲜美的汤，那汤给全家带来了意外的欢乐。

二○○九年五月十七日，汪曾祺先生忌日的第二天，我去福田公墓为汪曾祺先生献花。那天太阳很好，墓园十分安静。我随着立在路边的指示牌的引导，寻找汪老的墓碑。我终于在一面指示牌上看见了汪老的名字，那上面标明他的位置在"沟北二组"。沟北二组，这是一个让我感到生疏的称谓。我环顾四周，原来一排排墓碑被一行行生机勃勃的桃树环绕。几位农人模样的男子正散站在树下仔细地修剪桃枝。从前这里说不定就是村子里的一片桃园吧。而此时的汪老，就仿佛成了这个村庄被编入"沟北二组"的一名普通村民。记得有一篇写汪老的文章里说，汪老是当代中国最具名士气质的文人。以汪老的人生态度，以他的真性情，"名士""村民"或者都不重要，若硬要比较，也许汪老更看重过往生命的平实和普通。我在汪曾祺先生与夫人合葬的简朴的墓碑前献上鲜花，我再次确信，汪老他早就坦然领受了头顶上这个再寻常不过的新身份，这儿离有生命的树和孕育生命的泥土最近。走出墓地时我才发现进门处还有一则"扫墓须知"，其中一条写道，"有献鲜花者，务请将花撕成花瓣撒在墓碑四周以防被窃"。但我没有返回"沟北二组"把鲜花撕成花瓣——心意已经在那儿，谁又能真的偷走呢？

今天，在汪曾祺先生的家乡，怀念他、热爱他的人们以这样的规模和如此的隆重来追忆这位中国现代文学的杰出人物，这一方水土的文化财富，使我感受到高邮润泽、悠远的文化积淀；我也愈加觉得，一个民族，一座城市，是不能没有如汪老这样一些让我们亲敬交加的人呼吸其中的。也因此，这纪念活动的意义将会超出文学本身。它不仅让我们在二十一世纪这个竞争压力大于人与人之间美好情感相互赠予的时代，依然相信生活、相信爱，也唤起我们思索：在经济全球化的大背景之下，我们当怎样珍视和传承独属于我们民族的优雅的精神遗产，当怎样积攒和建设理性而积极的文化自信。

二○一○年农历正月十一

"何不就叫杨绛姐姐？"

2016年5月27日晨，在协和医院送别杨绛先生。先生容颜安详、平和，一条蓝白小花相间的长款丝巾熨帖地交叠于颈下，漾出清新的暖意，让人觉得她确已远行，是回家了，从"客栈"返回她心窝儿里的家。

初见杨绛先生

作为敬且爱她的读者之一，近些年我有机会十余次拜访杨绛先生，收获的是灵性与精神上的奢侈。而杨绛先生不曾拒我，一边印证了我持续的不懂事，一边体现着先生对晚辈后生的无私体恤。后读杨绛先生在其生平与创作大事记中写下"初识铁凝，颇相投"，略安。

2007年1月29日晚，是我第一次和杨绛先生见面。在三里河南沙沟先生家中，保姆小吴开门后，杨绛亲自迎至客厅门口。她身穿圆领黑毛衣，锈红薄羽绒背心，藏蓝色西裤，脚上是一尘不染的黑皮鞋。她一头银发整齐地拢在耳后，皮肤是近于透明的细腻、洁净，实在不像近百岁的老人。她一身的新鲜气，笑着看着我。我有点拿不准地说：我该怎么称呼您呢？杨绛先生？杨绛奶奶？杨绛妈妈……只听杨绛先生略带顽皮地答曰："何不就叫杨绛姐姐？"我自然不敢，但那份放松的欢悦已在心中，我和杨绛先生一同笑起来，"笑得很乐"——这是杨绛先生在散文里喜欢用的一个句子。

我喜欢听杨绛先生说话，思路清晰，语气沉稳。虽形容自己"坐在人生的边上"，但情感和视野从未离开现实。她读《美国国家地理》，也看电视剧《还珠格格》，知道前两年走俏日本的熊人玩偶"蒙奇奇"……

杨绛晚年的不幸际遇，丧女之痛和丧夫之痛，在《我们仨》里有隐忍而克制的叙述，偶尔一个情感浓烈的句子跳出，无不令人深感钝痛。她写看到爱女将不久于人世时的心情："我觉得我的心上给捅了一下，绽出一个血泡，像一只饱含着热泪的眼睛。"送别阿圆时，"我心上盖满了一只一只饱含热泪的眼睛，这时一齐流下泪来"。但是这一切并没有摧垮杨绛，她还要"打扫现场"，从"我们仨"的失散到最后相聚，杨绛先生独自一人又明澄勇敢、神清气定地走过近二十年。这是一个生命的奇迹，也是一个爱的奇迹。

我还好奇过杨绛先生为什么总戴着一块圆形大表盘的手表，显然这不是装饰。我猜测，那是她多年的习惯吧，让时间离自己近一些，或说把时间带在身边，随时提醒自己一天里要做的事。

馈　赠

杨绛先生有时候也会以过来人的幽默调侃老年人，一次她问我人老了最突出的标志是什么，接着自己总结说："人老了就是该鼓的地方都瘪了，该瘪的地方都鼓了。"说得在场的人大笑起来，杨绛先生也笑——笑得很乐。在生命的暮年，杨绛仍然葆有着对生活的体贴，对他人的细心同情，对人所给予的善意的珍视。

在杨绛先生家里我们拍过一些照片，一次我把拍好的照片洗印出来请人给杨绛送上，先生收到照片后还特别写信致谢。信纸末端有一滴绿豆大的斑痕，杨绛在那斑痕旁边注明："这是小吴不小心滴上的酱油，不是我滴的。"一句话道出了杨绛先生和小吴的融洽关系，也让我体会到一代大家对信函书写的讲究。这古典的、即将失传的讲究里洋溢着结实的人间滋味。

有一年春节我去杨绛先生家拜年。临别时，杨绛先生说要送我一样东西，然后起身走进她的小书房——那是走廊尽头一个阴面房间，杨绛先生曾领我去过。当时她告诉我，她曾多年在这个房间写作。书桌一头临着靠北的窗户，冬天，从窗缝挤进来的冷风吹在她伏案的左臂上，当时不知不觉，但经年如此，左臂关节常常疼痛，后才搬到向阳的客厅工作。我正想着北京冬天北风的"贼冷"，杨绛先生脚步轻快地返回客厅，手里拿着一只鸽灰色工字纹织锦做面的考究纸盒。她把盒子放在我眼前的茶几上，说："这不是新东西，是件旧物，也许你用得着，"接着她怕我不接受似的指着盒子边角一块泛黄的印迹说，"你看，真是件旧物，雨水淋过呢。"我打开纸盒，原来里面盛着一只造型简约、做工极为精美的长方形黑檀木盒，木质如缎似玉、天然纹理深沉大气，盒盖中央镂刻出铜钱薄厚的两眼小孔，一块扎着细密明线的小牛皮穿孔而过，合拢后凸起在盒盖上，成为这盖子的手柄。我小心捏住这牛皮手柄掀起盒盖，见盒内由洋红色瓦楞纸做衬，整齐地排列着5支黑色铅笔。三棱形纯黑笔杆的握笔处凸起着几排防滑的细密小圆点，笔杆尾部有Faber-Castell的著名标志，是德国辉柏嘉品牌。

这无疑是杨绛先生最喜欢的铅笔，她才会用贵重的黑檀木盒装了它们赠予我。也许在杨绛看来，再珍贵的黑檀，也比不过最好用的笔吧，虽然它们只是几支铅笔。我愈加感受到杨绛先生这馈赠的深情厚谊，她的别致典雅，她无言的期待和祝福，如深谙世间冷暖的明智长者，或是可以畅叙闺中喜忧的"杨绛姐姐"？

爱 不 枯 萎

一次杨绛先生问到我的个人生活，说什么时候想要见见我先生。2013年春节前，我和先生同去杨绛先生家拜年。杨绛仔细端详着我的先生，扭头笑盈盈地对我说了夸奖逗趣他的话，那慈爱的神情，就像我的娘家人一样。我们聊了一些家事，还讲到我们的女儿。杨绛先生嘱咐说："下次来，送给我一张你们的全家福吧，照片背面要写上字呢。"

2014年4月，我和先生再次拜访了杨绛。杨绛先生在生平与创作大事记中记录了这次见面："下午铁凝、华生同志来，说说笑笑，很高兴。"那确是一次轻松快乐的见面，杨绛先生身心放松的平静心绪感染着我们，闲聊中只有凡俗的家常气。这些年，越是和杨绛先生见面，就越是感受到她身上的家常气。柴米油盐和学问著述从未在她这里成为对立。

我们遵嘱送给杨绛先生一张全家福照片，她看着照片上的女儿，叫着孩子的名字，好像孩子已经站在她的眼前。

杨绛先生比我们的女儿整整大了100岁，当她看着照片上的孩子时，仿佛时光倒流，她的神情刹那间呈现出稚童样的活泼。

我在今年春节前给杨绛先生拜年时，刚刚坐在她的身边，面容已显出疲惫、形态也显出虚弱的杨绛先生，开口便先问起了我们的孩子。她清楚、准确地叫着女儿的名字说："豆豆好吗？"这让我意外而又感动。时隔一年多之后，她还记得一个未曾见面的孩子。

我相信，105岁的杨绛，她爱的是天底下所有的孩子，这爱从来没有因为自己爱女的不幸离世而枯萎。她说过，老人的眼睛是干枯的，只会心上流泪。她的心上"盖满了一只一只饱含热泪的眼睛"，她的眼光越过我们，祝福的是一个新世纪里更新的一代。我不愿相信，这是一位真正走到人生边上的世纪老人，对一个不谙世事的孩子最后一声问候。

（选自2017年第1期《散文海外版》）

朗读与呐喊

莫　言

今年二月初，在故乡的大街上，我与推着车子卖豆腐的小学同学"矮脚虎"方快相遇。其实他的腿并不短，但不知为啥得了这样一个外号。他满头白发，脸膛通红，说起话来有嗡嗡的回音。他自小身体健壮，力气超出同龄孩子许多。班里的男生，几乎都挨过他的揍。我也挨过他的揍，原因好像是他向我借五分钱而我没钱借给他。当我哭着去向班主任告状时，那位很奇葩的老师说：活该！他怎么不来打我呢？

方快提着我的乳名骂我阔富了忘了老同学。我说"矮脚虎"啊，我都六十多岁了，你就别叫乳名了吧。他说，你想让我叫你什么？叫你莫言？呸！

我递烟给他。他伸出沾着豆腐渣的大手接过烟，看看牌子，放在鼻孔下嗅嗅，然后夹在耳朵上，说：工作时间，不能吸烟。

与方快分别后，我想起了好多与他有关的事。他自己给自己拔牙的事，他与人打赌吃了四十个红辣椒赢了一包香烟的事，他在草甸子里追赶野兔子的事。他扛着一台重达三百多斤的柴油机在操场上转了两圈的事，还有这件我马上要写的与朗读有关的事。

方快是十分调皮捣蛋的学生，但他家是我们村里最贫的贫农。他父亲是贫农主任，在那个年代里，这样的学生老师是不能管也不敢管的，于是就有了他打我而班主任老师却说我活该的事儿。平心而论，方快是很聪明的，他六十多岁了还靠卖豆腐为生只能说他没碰上展露才华的机会。他在大街上当着很多晚辈的面喊我的乳名就说明了他对我的不服气。我获奖后有一位记者去采访他，他提着我的乳名说："他呀，根本不行！朗诵课文，他不是我的对手；背诵课文，他不是我的对手；写字儿，他也不是我的对手；摔跤？我捆着胳膊也是他倒地……"

我们那时上语文新课，总是先由老师朗读一遍——我们的语文老师是我们学校唯一用普通话讲课的老师。他是中等师范学校毕业，在当时的小学老师里算是高学历，那时他的年龄也不过二十出头。我们那地方的人对说普通话的人有两种态度：如果你是外乡人，或是县里的干部，你讲普通话，大家都很钦佩。如果你是本地人，出去上了几天学或是当了几年兵，回来就说普通话，那就会成为被嘲讽的对象。我当兵回乡探亲时，母亲听到我的口音里有些外来的腔调，便语重心长地提醒我不要撇腔拿调让邻亲百家笑话。我曾写过一篇题名《普通话》的小说，感兴趣的读者可以找到读一下。在这样的社会风气影响下，我们对用普通话讲课的语文老师也是从心里鄙视的。只要他一用普通话朗读课文，读到那些与我们家乡话明显发音不同的字眼时，我便感到脊梁沟里阵阵冒凉气，身上的寒毛根根竖起来。在强大的习惯势力压迫下，我们的老师还能坚持用普通话讲课，现在回想起来，他也是个了不起的人物。——老师用普通话朗读一遍之后，便让我们跟着他读——我们当然不用普通话——先是一句一句地读，然后是一段一段地读，最后是让我们齐声朗读。我们齐声朗读时，老师提着教鞭在教室里转悠，辨别着我们发出的声音里，是否有对课文的故意歪曲，如有，他就会用教鞭抽打。方快是挨教鞭抽打最多的——其实也不是真打，打到略有痛感而已——但最后一次，方快夺过教鞭在屈起的膝盖上折成两截，扔在老师面前。我至今犹能记起老师的尴尬表情。老师家出身也不太好，对方快这样的赤贫子弟心怀忌惮，尽管他的尊严受到极大的挑战，但他没敢像对待我们这些学生一样——我们只要惹火了他，他就揪着我们的脖领子，把我们拖出去修理一顿——他只是蜡黄着脸说：好！方快，看我明天怎么收拾你！——明天到了，老师似乎忘了这件事儿。他给我们上了新课，领读之后，他就让我们齐声诵读，但是他不再提着教鞭巡视了。他坐在讲台后的椅子上，埋头看一本厚厚的书，那支用胶布缠起来的教鞭静静地躺在讲台上。方快虽然不是班干部，但因为他力气大，跑得快，敢跟老师作对，在同学们中很有威望。他折断了老师的教鞭，我们把他像英雄一样崇拜着，但他好像很不高兴似的，谁提这事就跟谁急。

有一天中午，他带着我们去田野里提了几十只青蛙，用瓦罐提到教室里，放在脚下。那天下午要上新课，课文题目是《青蛙》。老师带领我们朗读：

"每到黄昏，池塘边上有一只老青蛙先发出单音的独唱，然后用颤音发出一声短鸣，接着满塘的蛙便跟着唱起来。呱！呱！呱！……"

我们从来没像这次朗读这样兴致勃勃，这样卖力，这样愉快，这样充满期待。我们一边朗读一边偷眼看着方快，他的脸膛红扑扑的，脸上洋溢着喜气。他从来都是朗读的捣乱者，但这次成了领读者。他的嗓音洪亮，富有韵味，而且，他使用的竟是普通话，连老师也用讶异的目光看着他。这时候，我看到他用脚推倒了瓦罐，几十只青蛙争先恐后地跳出来。伴随着女生们的尖叫和男生们的怪笑，那些青蛙在教师里蹦跳着。我们看到老师变色的脸，我们听到教室里只有方快一个人还在朗读：

"……青蛙还受到科学家的另眼看待，因为许多科学试验都少不了它们……青蛙，真是一种可爱的动物……"

我们原以为老师会跟方快决一死战，但没想到在方快响亮的朗读声中，老师蜡黄的脸渐渐变得红润起来。我们老师是一个有酒窝的男人，他的脸上出现酒窝我们便知道他笑了。

方快停止了朗读，似乎有些不好意思地对老师傻笑着。老师响亮地拍着巴掌，连声说："好好好！太好了！"

此后不久，方快便当了我们班的学习委员，之后又当了班长，他成了好学生，成了老师的骄傲，成了后进变先进的典型，他参加全县小学生朗读比赛获得了第三名，一时声名赫赫，在他的面前，似乎铺开了一条撒满花瓣的道路，如果不是后来，在"文化大革命"初起的时候，他的父亲被查出"历史问题"，那他很可能会成为我们高密东北乡一个杰出人物。当然，现在也不能说他不杰出，他家的豆腐，质量很好，供不应求。

我应该是方快引发的朗读热潮中涌现出来的又一个典型。我们朗读，我们背诵，我们把语文课本一字不漏地从头背到尾，我们班的同学们一大半都达到了这水平，与此同时，朗读也使我们的写作水平大大提高，因为，我们在朗读中获得了语感。

小学五年级，我与方快都辍了学。方快力气大，加入成年人的行列里去干活儿，挣整劳力的工分；我无奈，只好去放牛，挣半劳力的工分。与大人们在一起干活儿，那是相当热闹的，干活的时间不如休息的时间长，休息时讲故事，摔跤，打情骂俏。方快是摔跤天才，好多成年人都是他的手下败将。有一年在胶莱河水利工地上，方快打擂台，连摔十八位高手，一时"矮脚虎"名声大振，但那时我已经到棉花加工厂工作去了，没能亲见盛况。放牛确实不要耗费太多体力，但寂寞难熬。当牛在草地上吃草时，我便大声地背诵学过的课文，包括那篇《青蛙》，这是一件好像很励志的事儿，但实际上全因寂寞无聊所致。

在村里混到十八岁，托叔叔的面子我到离家八里的棉花加工厂当临时工，这是个令农村年轻人向往的好事儿。棉花加工厂晚上开"批林批孔"的会，厂里的团支部书记安排几个人发言，其中有我。稿子都是从报纸上整篇儿抄下来的，所谓发言，也就是念稿，谁的声音大，谁念得流利，谁念得音节铿锵，大家就给谁鼓掌。我是赢得掌声较多的，这得益于在学校时的朗读训练。在我赢得赞誉时，我想，如果"矮脚虎"在这里，出彩的一定是他。

后来当了兵，在新兵连训练时，我能慷慨激昂地念报纸的才能被指导员发现，于是他就让我在团部欢迎新兵大会上发言。调到军校后，领导错以为我文化水平很高，便让我当政治教员给新学员讲课。讲哲学、政治经济学，使用的都是大学教材，我哪里懂这些?但箭在弦上，不得不发，硬着头皮也要冲上去。方快做豆腐是现做现卖，我讲课是现学现讲，现在回想起来，真是感谢领导的信任，也感慨自己的无知无畏。

那年寒假，我背了一大堆书回家探亲。为了使开学后的课讲得从容些，我在邻居家滴水成冰的空房子里备课，讲稿写好了，就一遍遍地读，先是小声读，读着读着就起了高声。当时我以为我讲的是标准的普通话，后来才知道我讲的是"高普"(高密普通话)。直到现在我还是一口"高普"，没有稿子闲谈时，还稍微"普通"一点，一念稿子就找不着调，为什么这样呢?我也不知道。

话说当年我在邻居家的空屋子里大声朗读，半个村子里的人都能听到。那其实已经不是朗读，而是标准的呐喊，甚至是吼叫了。我的朗读吸引了很多孩子躲在窗外听，大人路过时也会透过破窗往里望几眼。我当时特别崇拜我们单位宣传科那位讲课时手势繁多的干事。我学着他的样子，面对着墙上那面模糊不清的镜子，用我以为的普通话，用我以为的演说家的动作，挥舞着手臂，呐喊着，全不顾墙外有耳，全不顾村里人的说三道四，全不顾家里人的难堪。当时，除了崇拜我们单位宣传科的干事，我还特别崇拜共产国际的领导人季米特洛夫。辍学后无书可读，我就读大哥和二哥用过的中学课本。在大哥那本用粗糙的黑纸印刷的高中语文课本上，我读到了季米特洛夫在莱比锡法庭上的最后辩词，一下子就被那雄辩的语言和强大的逻辑力量捉住了。每逢恶劣天气不能出工，我就躲到东厢房里，先是默念，然后朗读，最后是手舞足蹈地呐喊。那时我们家东厢房里还养着一头牛，每当我呐喊时，母亲就会进来劝我:别吆喝了，你把牛都吓得不吃草了。

部队领导让我讲政治课，我就把季米特洛夫当成了榜样。讲第一课时，我颇为勉强地把季米特洛夫在辩词中引用过的歌德的诗句在课堂上朗读了一遍:

"要及早学得聪明些，在命运的伟大天平上，指针很少不动。你不得不上升或下降……"

在那难忘的第一节课上，除了引用季米特洛夫引用过的歌德的诗，我还引用了《诗经》里的"昔我往矣，杨柳依依。今我来思，雨雪霏霏"，这跟我那课要讲的内容基本上是八竿子也划拉不着的。何其卖弄，何其肤浅，至今思之，犹觉耳热。

方快曾到我备课的空屋里去看过我。他那时跟人合伙开油坊，还没做豆腐。他说，你的嗓门真够大的。我说，比你差远了。他一点也不谦虚，说：如果要说朗读，你还真不如我！我说：我不如你的地方多了去了。他问：你这些天老在呐喊"不做铁砧，便做铁锤"，是什么意思？连我儿子都跟着你学会了。我说：那是季米特洛夫《在莱比锡的最后辩词》中引用过的德国大文豪歌德的诗句。他说：纯粹瞎咧咧！我不做铁锤，也不做铁砧，我做铁钳子、铁钩子行不行？

尽管我的呐喊式朗读被老同学讽刺嘲弄，但这一个多月的训练，在开学后的课堂上，作用明显，反响强烈。我不得不非常不谦虚地说那时我的记忆力很好，备好的课几乎可以背诵；我不得不非常不谦虚地说那时我的嗓门很大，喊叫两小时，没一丝一毫嘶哑。——当时我颇为得意，两堂课吼完，回到保密室——我兼任保密员——点上一支烟，竟有那么几分季米特洛夫的错觉了。——三十多年后，我到江南去，与十几位当年听过我讲课的学员聚会，问起他们对我讲课的印象，他们笑而不答，一位性格豪爽的女学员说：我们当年给您起了一个外号叫"野狼嗥"——我听了这外号，心中一怔，马上就知道他们当年受了我多少折磨。是的，我们那军校离狼牙山不远，荒凉偏僻，深夜里，的确能听到孤狼的令人恐怖的嗥叫声。

去年秋天，我应邀去绍兴参加一个活动，见到了仰慕已久的叶嘉莹先生，并听她吟诵了唐诗宋词。叶先生说从来没有人教过她吟唱，从小她就这样唱读，她感觉就应该这样读，这样唱。我对叶先生说，小时候我念书，念着念着就拖长了腔调，唱起来了。这时候老师、家长都会来阻止：不许唱书！他们认为这是很不好的习惯，是只动嘴巴不动脑子的懒惰行为。他们希望我字正腔圆地朗读，最好是默读。我的父亲还以我们村那位上过三年私塾，能把《三字经》《百家姓》等启蒙读物背得滚瓜烂熟却不认识字的人为反面教材告诉我唱书之害。听了叶先生的话，我想，散文是要朗读的；而古典诗词，是应该吟唱的，而且是每个人都用自己的腔调，想怎么唱就怎么唱。我们那些话剧演员和电视节目主持人用标准普通话读出的诗词，确实很好听，但其实都不是古典诗词应该发出的声音。

听叶先生吟诵，我发现她从没有打磕巴的时候，好像这许多的诗词，都不是她用脑子而是用腮帮子记住的。我观察过好多位能机枪扫射般背诵经典的人，发现他们都是用腮帮子记忆的。问过他们，都承认自己是在唱读中完成了背诵，之所以能几十年不忘小时背过的东西，腮帮子——其实是整个发音器官，都发挥了记忆的功能。

告别叶先生回京后，我曾把门窗堵严了吟唱过几首唐诗宋词，感觉到吟唱的自由空间确实大大超过朗诵，而且还可以用拖长的音节或声音的高低起落来赢得回忆的空间——如果忘了词，你尽可以将一个字拖腔甩调，甚至将一句词用不同的调子反复吟唱，直到想起下句为止——但我知道，叶先生的自由吟唱会赢得满堂彩，而如果我敢登台放腔，迎接我的——当然不会是猎枪。

（选自2017年5月6日《文汇报》）

珍重与汲取

——《林默涵文论》出版有感

王　蒙

《林默涵文论》(文化艺术出版社二○一六年四月第一版，第一次印刷，以下简称《文论》)出版了。我读这本书有一种亲切感和沧桑感，仿佛读到了我们革命文艺事业的历史，读到了党的事业，读到了革命的文学，也读到了自己的经历。到现在还能想起来一九四八年年底，我从地下党那儿拿到香港出版的刊物，上面刊登有默涵同志和乔木同志与胡风一派关于文艺理论争论的文章。《文论》中《关于典型问题的初步理解》一文。让我想起一九五六年苏联《共产党人》杂志的有关讨论。二十世纪五十年代苏联《共产党人》杂志发表过很多类似的专论，像"新与旧的斗争是社会主义社会的主要矛盾"，像"批评和自我批评是社会主义社会的前进动力"，像"典型问题是一个党性问题"等，这些提法对我来说很新鲜，既令人敬畏又捉摸不透。我还可以补充一点，就是斯大林在世时的十九大——当时叫"联共"，十九大决议后简称"苏共"——马林科夫的发言里讲到了典型问题，谢皮洛夫(当时《真理报》总编辑)的发言里也讲到典型是党性问题。看到《文论》这本书，一下子想起了很多事情，好像一下子回到七十年前，重温我们的文化工作如何一步一步、跌跌撞撞、曲曲折折地，但又是始终如一地奋斗、前进这样一个历程。从某种意义上说，一切理论、主张、实践、经验都会凝结为历史。我觉得林默涵同志的这些文章有重要的文学史价值，这也是我建议这本书选编、出版的重要原因。我到文化部工作以后，得以打交道的最有历史经验和领导胸怀、境界的文化界领导之一就是林默涵了。默涵同志早在五十年代后期已经担任中宣部副部长、文化部副部长。一九六三年中国文联举行的读书会上，我有幸参加，并与各地作家、文艺家一起听过默涵同志的报告。

在阅读《文论》的过程中，我对许多文章非常感兴趣，里面的许多话我觉得至今仍然有重要的现实意义。我的感受是，林默涵同志谈文艺主张、文艺政策、文艺理论，他的精神资源、立论圭臬主要包括以下几个方面：

一个是毛泽东文艺思想。默涵同志讲毛泽东文艺思想，他反复强调，关键是文艺与工农兵结合，与人民群众结合。至今，习近平同志讲的文艺工作要以人民为中心这样一个思想，这些都是一脉相承的。默涵同志在一九五二年为《人民日报》撰写的社论《继续为毛泽东同志所提出的文艺方向而斗争》一文中，一方面批评文艺脱离政治、脱离群众的小资产阶级庸俗趣味，同时又批评文艺创作上的公式化、概念化倾向。他说，这两种倾向的表现虽然并不相同，但是就其根源和结果来说，却是具有共同的特征。它们同样是根源于脱离群众和实际斗争，不关心人民的生活和要求，对于政治的无知以及思想的懒惰和麻木，结果同样是障碍革命文艺的发展。默涵同志还说，有些作品不受读者喜爱，并不是因为写工农兵写得太多了，而是写工农兵写得太贫乏了（《关于题材》）。这些说法，合情合理。到了八十年代，在论及文艺工作者与工农兵相结合、转变思想感情的问题时，他在《坚持真理修正错误》的讲话中，充分肯定了张贤亮先生的小说《灵与肉》（后来改编为电影《牧马人》）。

一九五七年五月，他曾在《什么是危险？什么是障碍？》的发言中说，在文艺界，"左"和右的两种倾向都存在，但是目前的主要危险是"左"的教条主义和宗派主义。因为，（一）教条主义和宗派主义很严重，很普遍。过去搞阶级斗争，习惯于采取比较简单的方式，现在要很细致地解决人民内部矛盾，就很不容易改变过来。应该看到，反对教条主义和宗派主义是一件很艰苦的工作。（二）教条主义者总是打着马克思主义的旗帜，容易吓唬人。教条主义者又总是自认为是马克思主义者，他们觉得自己是在捍卫马克思主义，因此很不容易觉悟。（三）教条主义很容易和官僚主义相结合，而教条主义和官僚主义结合起来，它的影响就更大。他还提到，作家从事文学创作需要有丰富的生活积累和多方面的生活知识。不应该割断和否定一个作家过去的生活经历，对于作家，什么样的生活经历都是有用的。无论在题材和创作方法上都不能给作家硬性规定"必须"这个，或"不要那个"，而只能让他们自由选择。默涵同志讲得相当宽阔和开放。

在对待古典文学遗产的问题上，他在一九五九年纪念"五四运动"四十周年的文章《继承和否定》一文中，深入分析了"五四运动"以来革命派、改良派、妥协派对待古代文化遗产不同的态度，指出毛泽东在《新民主主义论》中对这个长期未能解决的问题做了科学的分析，阐明了对待民族文化传统的马克思主义的科学态度。默涵同志认为，对于传统应该是既有继承又有否定，也就是毛主席说的取其精华、去其糟粕。他说，没有继承就没有真正的否定；没有否定也就没有真正的继承。这个说法深入浅出，辩证全面，颠扑不破。

他的第二个精神资源和立论圭臬是马克思主义的经典作家，特别是列宁的一些论述，一些观点。他多次引用过列宁的话。他也正面引用过日丹诺夫的一些看法。里面有一些说法现在看起来是令人遗憾的——这也不足为奇。

默涵有一个我非常赞成也是我长久以来没有好好研究过的观点，在《关于典型问题的初步理解》一文中，他说现实主义和非现实主义，不可以说是"党派性的表现，不是阶级的界限、政治的界限"，"因此，不能根据这个去划分作家的党性"。他还提出："作者应该敢于坚持自己的意见。"这些都说明他是比较高瞻远瞩地来立论的，他并没有一味地跟着苏联的调子走，他努力尽可能避免一些常常会有的、不怎么正确的，或者不够全面的说法。

同时他对苏联文论的有些引用我觉得非常精彩，至今仍然很有意义。比如一九八一年他在《学习中央精神加强文艺批评》一文中引用高尔基的话说："现在的文学家是不是还关心祖国的前途呢？这让人怀疑。社会问题已经不能刺激他们的创作了，他们已经从诗人，革命的诗人变成平庸的文学家，他们从天才概括的高处滑到了生活琐事的平面，他们只能够在日常的事件中摸索，越来越单调、贫乏，熄灭、失去了激情，作家已经不是世界的镜子，而是抛在城市街头的灰尘中的一小片玻璃……只能反映出庸俗生活的片段，反映出受损害的灵魂的小碎片。"默涵同志引用的高尔基的这段话，就是今天对于我们某些文艺作品的状况也是完全适用的。

"文革"以后，默涵同志在《关于文艺工作的过去与现在》的文章里面还讲到"十七年"文化工作的两个教训，有他自己立论的特点，不是抄录文件，或只是人云亦云。他讲的两个教训一个是科学文化建设与经济建设的比例不能失调，就是我们不能只抓经济，还要抓科学文化建设。他说"我们始终把阶级斗争放在第一位，没有把重点转到经济建设上来，这就必然不会重视科学文化，从而又必然影响到对待知识分子的态度和政策，不会重视发挥知识分子的作用"，他的用词是有讲究的，这立刻就使我想到了在邪教闹得最凶的时候，任继愈先生在《人民日报》上的一篇文章，这篇文章说"中国不但要脱贫，而且要脱愚"。第二个教训他说是用政治斗争的方法来解决文艺创作上思想认识问题，而且往往搞得过火，把思想问题弄成政治问题，大大挫伤了文艺工作者的创作积极性。这些都反映了林默涵同志对于文艺事业的全面了解和衡量，给我留下了深刻印象。

他的第三个精神资源和立论圭臬就是鲁迅。他对鲁迅是恭恭敬敬，多方宣讲与视为楷模的。

默涵同志是努力真诚地拥护和正确地理解毛泽东思想，拥护和正确地理解苏联的经验教训和马列主义经典作家有关理论的，但同时他又是通情达理地探讨其中的各种问题。例如一九八〇年三月，在《关于文艺工作的过去和现在》的发言中，他认为文艺为政治服务是正确的，但是现在不这么提没有关系。至于《讲话》里面提到的文艺从属于政治，他觉得可以不这么说，因为他认为文艺也好，政治也好，都是一定经济基础的上层建筑，它们都是为经济基础所决定的，说文艺从属于政治，等于说一种上层建筑从属于另一种上层建筑，这是不科学的，他赞成今后不再宣传这个提法。我觉得这些地方，默涵同志掌握的分寸比较恰当。另外他这些立论当中，尤其在本书第二百七十四页，也是《文论·前言》里引用到的，他说："对这些问题的看法显然存在着分歧，我的意见不过是其中之一种，错误肯定有，我是平心而言、不遵矩镬，怎么想就怎么说，绝无看风向、赶浪头之意，即使错呢，我这样也错得明明白白，绝不含糊其辞。"他意思就是一切我都清清楚楚的，我有什么想法我说了，这样你们要是想批评呢也容易抓住我的论点，"不像有的人昨天那样说了，今天看看风头不对，抹抹嘴巴却又这样说。"这是他令人尊敬的一个原因。

对默涵同志的一些具体观点，尤其是拨乱反正时期的一些观点，毋庸置疑是有各种不同说法的，我们现在无须重提那些分歧，或者企图做出结论，然而历史是不能割断的，今天与明天都是脱胎于昨天与前天的，我们可以从《文论》里面吸收我们所能够吸收的那些健康的、正面的、有意义的、有见地的内容，也可以对于一时说不清楚的问题从容思考，继续思索消化。

《文论》中还有许多其他的说法。例如：在一九七八年《总结经验奋勇前进》的讲话中，他拥护实践是检验真理的唯一标准。他指出，林彪、"四人帮"之所以能够猖狂的社会、历史根源是由于中国是小生产者的汪洋大海，旧思想旧意识仍然存在，很容易盲从，容易受野心家的欺骗；原因之一是我们没有经过资产阶级民主的锻炼；还由于人民的文化落后。他提出不现代化，人民的生活水平不高，人民是不满意的，国防也是不巩固的。他批判"四人帮"反对生活的真实、取消艺术多样性是一种文化专制主义。他提出，不应当规定什么题材可以写，什么题材不可以写。作家写什么，应该由他们自己决定。一个革命作家他会知道写什么对于革命有利。倘若是反动的作家，你规定了也没有用。我认为他说得非常实在。他提出不应该限制创作方法，一个作家只要他站在人民的立场，他愿意采用什么创作方法，不要加以限制，应该由他自己去选择他所熟悉的和他认为恰当的方法。当然，"我们认为革命浪漫主义和革命现实主义的结合的创作方法，是最能够反映我们时代和生活的，所以我们提倡这种创作方法，鼓励作家去掌握它、运用它。"大跃进时候，他反对人人作诗。他提出不要夸大阶级斗争。他提出要广开文路，要解放思想，实事求是。他提出文学艺术必须多样化。他提出艺术靠感觉，也靠思维——这在今天也仍然非常重要，因为现在有的人反过来把思想完全否定了；他提出要有时代精神，等等，这些都给人非常深刻的印象。

第三，我想说一下，从个人来说，我对林默涵同志有特别的尊重，我也有幸几次得到过林默涵同志的关心、提携、帮助。

一是一九五七年三月，根据毛主席的指示，默涵同志写了评论《一篇引起争论的小说》，对我写的《组织部新来的青年人》这篇小说进行评论，登在《人民日报》上。他事先把清样寄到我家，我看到了。恰恰是这一初稿，他举的几个例子都是我作品原来所没有的，是由编辑同志添上去的，所以我就很犹豫要不要告诉他这个情况。当时跟我联系比较多的是中国作协青年作家工作委员会的副主任萧殷先生，我跟萧殷老师一说，他就急了，说必须告诉组织，你没写这个话你怎么为这个做检讨？又说不管这个作品有多少缺点，你写的就是你写的，不是你写的就不是你写的。所以后来我告诉了默涵同志，有了后来高规格的座谈作家与编辑的关系问题等情况。现在重温林默涵同志当时的文章，我认为在那个时候，他是本着最大的友善来爱护、引领我这个年轻人的态度来处理的，为此我感激默涵同志。

第二次是我从新疆回来以后。当时一开文艺方面的座谈会就出现许多对默涵同志不赞成的说法。我个人则决意尊重每一位领导，这一点我在文章中公开表示过。我不喜欢"文革"后成为流毒的"站队"一说，我不准备把领导分成两派然后选择紧跟某人攻击某人，乃至乘机扩展自己。我的看法也许跟哪位领导距离大一点，跟另一位领导距离近一点，但是我绝不投靠；同时，我尊重每一个同行与群众，但我绝不拉拢自己的一帮。我把在一九七九年出版的《青春万岁》寄给了默涵同志，后来默涵同志对我说，他虽然没看全文，但是他翻了翻，他很喜欢这本书。他还提到孙岩同志（林老的夫人）全文看了这本书，孙岩同志担任过师大女附中校长，对我写的那些内容非常熟悉，她非常喜欢这本书。当时在默涵同志身边工作的邹士明同志也鼓励、肯定这本书。

还有就是一九八〇年我应邀去美国以前，默涵同志亲自到我家。他是最早对我进行"家访"的一位领导。那时我住在前三门一室一厅四十平方米的房子里。因为他刚刚访美回来，他给我讲访美的一些经验，一句笑话我还记得，他说的是服装问题。因为那个时候出国以前都先到红都服装店做西服。他说，你别老穿红都新做的这两身衣裳，穿这个太像新姑爷了。所以他也是很幽默的。

还有一个事，不知道在座的朋友知道不知道。"文革"以后第一次文代会，就是第四次文代会，当时总部是西苑饭店，我当时虽不住西苑，但在那里发现了当年人民大学的所谓大右派林希翎，我感到很奇怪，因为她不是代表，她怎么来了？后来据说是她给大会写了一个信，说她和社会脱节很多年了，想看望与会的一些朋友，是默涵同志特批的，同意她在西苑饭店住几天。这起码说明默涵同志的人情味，对人抱有一种与人为善、助人为乐的态度。所以，我对默涵同志始终有一种尊敬和感激的心情。

我也知道二十世纪末一些人打报告要求上级提高林默涵的级别待遇，其中也包括提升打报告者自己，但被他严肃制止。林老这一代革命家是有自己的纯洁性理想性乃至几分清高的，不怕为了坚持某种观点而付出代价。

最后我要说，在很多文艺问题的具体观点和提法上，我跟默涵同志有过碰撞，他给我提过尖锐的意见，我也给他提过意见，而且他接受过我的意见。默涵同志从年龄上来说是我的上一辈，他比我的父亲小两岁，夏衍则比我父亲大十岁，他们是我的父辈的文艺家、领导者。在怀念默涵同志的时候，必然还会想起许多许多老一代的重要的文艺家、作家、画家和担任过重要领导职务的师长，虽然他们之间后来有一些不同见解、不同说法，以至于有一些个人之间的隔膜，说得严重一点，还有点恩恩怨怨；但是今天回想起来，我个人觉得更要看到他们的一致性，薪尽火传，我们需要继承的是他们的共同性。回顾历史，重点不是爆谁和谁有什么鸡毛蒜皮的摩擦之"料"，而是继承他们的奋斗与理想，珍惜他们开创的事业与创业维艰的伟大精神，总结汲取他们的丰富经验教训。他们希望革命事业胜利，希望党的事业胜利，希望社会主义建设成功，希望革命能给文学带来一种新气象，用周扬同志的话说，希望中国出现东方的文艺复兴。他们为此献出了自己的一生。在这些大的问题上，我当然把这些老领导、老作家、老师长视为一体，我更多地看到并希望得到珍惜与汲取的是他们的共同性、一致性、理想性、坚持性，而不是他们之间的飞短流长。我愿珍重学习老一辈革命文艺家的精神，尽自己微薄的力量，使我们的文学事业能有更好的成果，使老一辈革命文艺家的英灵得到告慰。

（本文系作者在《林默涵文论》出版座谈会上的发言记录稿，黄华英整理，作者修订定稿。）

（选自2016年11月16日《中国文化报》）

军 犬 三 记

高洪波

人和动物的感情，尤其是和狗的感情，那真是可谓历史悠久、源远流长了。我从小就爱猫爱狗，可惜生长在城镇里，父母又管教得严，故而这种情感一直被压抑着。换句话说，从来没能荣幸地当一名小狗的主人。

但是万万想不到参军入伍，却在军营里遇见了三条种类各异的狗，而且这三条狗给我留下如此深的记忆，实在是十分有趣，在此补记下来，权当作对自己青春岁月的一点回味吧。

严格地说，我这题目略有失真之处。因为凡说到"军犬"，大家自然想到那威风凛凛的狼狗，想到它们的勇猛机警和训练有素，而我所说的"军犬"，却只限于字面上理解，即"军人之犬"。其实，三条狗里倒有两条是地道的土狗，它们非但没有高贵血统，而且连一点正规的训练也没有，因此以"军犬"名之，委实抬举了它们。

第一条狗叫一个响亮的名字——黑豹，还是我领它"参军"的。当时连队驻扎在农场种玉米，旁边邻近一个撒尼人村寨。军民关系甚为融洽，你来我往，互通有无。这条黑豹就是一位撒尼人大爹赠送我的礼物。它初来时刚刚断奶，胖乎乎一身奶膘，黑黝黝的毛皮，四只爪子却是雪白的，尾巴梢也带一点白，胸前有着熊猫似的一块月牙斑，看起来实在喜人。大爹之所以把小狗送我，有两个原因：一是因为我们农场没有狗，寂寞得慌，给战士们解解闷儿；二是我领着小卫生员治好了他的关节痛，老人心重，无以为报，看到我们都极爱逗弄这小狗，索性让我们抱回了连队。

黑豹的确给我们的生活添了许多欢乐。它年纪尚小，像一切小动物般喜好嬉闹，又碰上一群活泼好动的年轻人，于是成天在闲暇时你逗它打滚，我引它转圈，他又教它倒立。恨不得赛过马戏团的"狗明星"！记得黑豹的好奇心还特别强，喜

021

欢一切好玩的东西，尤其爱恶作剧，对自行车的兴趣是最为强烈的。不止一次了，每逢有人骑车经过农场的公路，它总是埋伏在路旁，突然间一马当先冲出，非常逼真地做出咬车轮的样子，吓得骑行者胆战心惊。然后它摇着白尾巴尖，快意地哼哼着，仿佛从中得到了一种极大的满足。我常想，黑豹对自行车这样追逐，一定是把车当成了活物，认作了朋友，方才如此厚爱吧，它绝不会想到被自己的热情所惊骇的骑车人。

黑豹以自己的天真和稚气，以自己的活力和机灵，雄踞于我们生活的中心位置。可惜还没等玉米长出来，突然接到上级命令，要求我们速速参加千里拉练。黑豹的去留，竟一时成为大大的难题。讨论再三，还是请它"复员"回村，于是，可爱的小黑豹结束了"军犬"生涯，和我们分手了。不过最令我伤心的，是黑豹对离别的若无其事。它对炊事班长的感情似乎远远超过我，也许是因为肉汤和骨头的缘故。

后来的黑豹应该会长到桌子那么高吧，因为它的妈妈就是一条高大的猎狗。

第二条狗没有名字，它是我到边防哨所采访时结识的伙伴。战士们一律称它"老狗"。不过依我观察，这名字丝毫没有贬义，反倒包含着许多赞誉。历史故事中有识途的老马，边防生活中就有可贵的老狗，这委实不假。因为老狗已有七年"军龄"，尽管它出身只是苗寨的一条土狗，但七年的哨所生活，却养成了它过人的机警灵敏和高度的适应力。这使得哨所的战士视它为朋友，甚至须臾不能离开。

你看，它会引路。当我们踏上哨所之路时，老狗还在边防连的食堂里啃骨头，突然间，也不知它是怎么知道我们要去二十里外的哨卡，竟悄悄尾随着。紧接着不甘居后，几步超过我们，开始在前面充当向导。看到这现象，同行的战士笑着告诉我们，老狗就爱给生人领路，这是它多年的专利了。而且老狗灵得很，你要出发时只管自己走，不必叫它，绝对落不下就是了。

谈起这条狗，小战士话就多了。从哨所的鸡群到猪圈，从村寨的羊羔到菜园，老狗都好像是它们自然而然的卫兵。夜里站岗，它顶一个人；白天砍柴. 它壮人的胆。大伙和老狗在一起，感情可深了。而老狗呢，有三大本事：一是能领路，二是会匍匐低姿前进，三是能识别军人和老百姓。当然，老狗毕竟是狗，它识别的方法也很简单：看你穿的什么颜色的裤子。凡是绿军裤，它一律不咬不叫。真绝啊！我们禁不住为之叹服。

老狗把我们平安地带到哨所。说真的，还多亏了它开路，否则走村过寨时怒冲冲的狗群真可能把我们伤了。老狗的带路，使得无数条凶猛的猎狗望而却步。我想，它们之间一定是彼此相识的，信赖的。相信哨所这位"老前辈"的眼力，更慑于它的威力。因为一条七岁的狗的确见多识广，远非一些毛毛躁躁的小猎狗所能相比的。这，也可能是老狗坚持护送我们的原因。

虽然老狗只陪我走了几十里山路，可我感到自己对它已经深深喜爱了。到达哨所后的一天夜里，我在呼啸的山风中醒来，到屋外的哨棚看视，只见前哨排的排长在瞭望着茫茫夜色，老狗静静地伏在他脚下。奇怪的是，老狗的嘴巴旁放着一碗清水。一问才知道，老狗在前天和大伙一起到箐底砍喂猪的芭蕉心时，鼻孔里钻进了一条蚂蟥，回来后直流鼻血，大伙看着心疼，却又无计可施。最后才想到用水来引诱蚂蟥露头，然后拿镊子把这害虫夹出老狗的鼻子。大伙昨天守了老狗一夜，蚂蟥也没露头；今天晚上排长亲自监视，非要为老伙伴解除痛苦不可！看到老狗温顺而友爱的目光，我仿佛感受到了它所经受的痛苦。直到排长催我进屋，我才恋恋不舍地回到了哨所的蚊帐里。梦中，我还惦念着排长能否一举成功，为老狗剔除吸血的蚂蟥……

第二天一早，要告别哨所了，我首先想到的是昨晚上的结果。排长兴冲冲地告诉我们，就在离天亮还差一小会儿时，蚂蟥耐不住水的诱惑，伸出了脑袋，结果被目不转睛的排长一下子镊住，拔了出来。"好大的一根哟！"排长不无夸张地说。那么，受害者老狗呢？看到我探询的目光，排长往山下一指，朗声笑道："它嘛，早嗅到了你们要出发的味道，在山路上恭候着客人，准备开路哪！"

好像呼应着排长，也仿佛在敦促着我们，山下传来两声狗叫。叫声是欢乐的，充满着旷野和山林的气息，在这边陲静寂的早晨，显得响亮而活跃。

我们大步走下山去。

第三条狗，可是名副其实的军犬。它高大壮实，威武傲慢，像头小牛犊，更像它的祖先狼的模样。也难怪它傲慢，因为它是边防连队编制里的一个成员，是受过专门训练的"侦察员"。我在边防连见到它时，军犬员小王正在大汗淋漓地跑着、叫着，还扔着什么东西，大狼狗认真而毫不费力地追着、叼着，也沉闷地叫着，闷雷般的噪叫在田野上滚过。小王见到我们，停了下来。我因为爱狗心切，急于上前攀谈，便抢先一步握住小王的手，小王惊呼一声："别动！"还没等我反应过来，只觉得胳膊被使劲拽了一下，力量很大，使我打了一个趔趄，衣袖也随之响了一声，破裂了。原来，是这大狼狗误以为我要欺负小王，便"拔刀相助"，吓出我一身冷汗。事后，小王告诉我，狼狗的警惕性是极高的，这都是从小培养出来的性情。这条狗入伍才一年，来到边防也才不过几个月，却破了一起窃油案，把附近农场偷盗连队一桶菜油的坏分子抓住时，这位老兄刚刚进屋，连鞋都没来得及换呢。从此这条狗声名远扬，其实呢，它只不过做了一件很平常的本职工作罢了。

军犬的服从性是唯一的，它只服从军犬员的命令。所以这狼狗极重感情，也极守纪律。有时军犬员复员前半年就要找人接班，渐渐培养人与狗的感情，否则它会不吃不喝，绝食而死。这真是狗中之王！这等勇猛和机警，又这样重感情，难怪是千金不换的军犬宝贝了。

我询问这军犬的名字，小王狡黠地笑着说："希望。"希望，的确是个好名字，既有"汪"，"望"的谐音，又包含着士兵的感情。可是当我独自相逢"希望"时，面对我的大声呼唤，"希望"竟毫不理会，甚至连耳朵尖都不动一下。其冷淡和傲慢，在狗中实属罕见。不知是小王故意告诉我一个假名呢，还是"希望"严守纪律，对外人的呼唤置若罔闻。总之，这第三条军犬令我生畏，也使我倾倒。虽然它连摸都不让我摸一下。

军犬们的故事到此为止。尽管这三条狗的身份、性情绝不相同，但它们有一个共同之处：在士兵的生活和战斗中，贡献了自己的力量和友谊。从它们身上，我寻找到了童年没有享受到的欢乐，一种人和动物之间的和谐的、深沉的友爱。虽然小黑豹的友爱是幼稚的，哨卡老狗的友爱是温顺的，"希望"的感情是近于严厉的，我却一视同仁地感到温暖和愉快。如同我的年轻的伙伴们一样，在同它们的相处中充分体验到了士兵的乐趣、士兵的愉悦。的确，人类和狗的友谊是源远流长的，我愿意用自己在青春岁月里"结识"的这三条军犬，来证明这种友谊的继续延长……

（选自2017年5月10日《解放军报》）

写 给 母 亲

贾平凹

人活着的时候，只是事情多，不计较白天和黑夜。人一旦死了日子就堆起来：算一算，再有二十天，我妈就三周年了。

三年里，我一直有个奇怪的想法，就是觉得我妈没有死，而且还觉得我妈自己也不以为她就死了。常说人死如睡，可睡的人是知道要睡去，睡在了床上，却并不知道在什么时候睡着的呀。我妈跟我在西安生活了十四年，大病后医生认定她的各个器官已在衰竭，我才送她回棣花老家维持治疗。每日在老家挂上液体了，她也清楚每一瓶液体完了，儿女们会换上另一瓶液体的，所以便放心地闭了眼躺着。到了第三天的晚上，她闭着的眼再没有睁开，但她肯定还是认为她在挂液体了，没有意识到从此再不醒来，因为她躺下时还让我妹把给她擦脸的毛巾洗一洗，梳子放在了枕边，系在裤带上的钥匙没有解，也没有交代任何后事啊。

三年以前我每打喷嚏，总要说一句：这是谁想我呀？我妈爱说笑，就接着说：谁想哩，妈想哩！这三年里，我的喷嚏尤其多，往往错过吃饭时间，熬夜太久，就要打喷嚏，喷嚏一打，便想到我妈了，认定是我妈还在牵挂我哩。

我妈在牵挂着我，她并不以为她已经死了，我更是觉得我妈还在，尤其我一个人静静地待在家里，这种感觉就十分强烈。我常在写作时，突然能听到我妈在叫我，叫得很真切，一听到叫声我便习惯地朝右边扭过头去。从前我妈坐在右边那个房间的床头上，我一伏案写作，她就不再走动，也不出声，却要一眼一眼看着我，看得时间久了，她要叫我一声，然后说：世上的字你能写完吗，出去转转吗？现在，每听到我妈叫我，我就放下笔走进那个房间，心想我妈从棣花来西安了？当然是房间里什么也没有，却要立上半天，自言自语我妈是来了又出门去街上给我买我爱吃的青辣子和萝卜了。或许，她在逗我，故意藏到挂在墙上的她那张照片里，我便给照片前的香炉里上香，要说上一句：我不累。

整整三年了，我给别人写过了十多篇文章，却始终没给我妈写过一个字，因为所有的母亲，儿女们都认为是伟大又善良，我不愿意重复这些词语。我妈是一位普通的妇女，缠过脚，没有文化，户籍还在乡下，但我妈对于我是那样的重要。已经很长时间了，虽然再不为她的病而提心吊胆了，可我出远门，再没有人啰啰唆唆地叮咛着这样叮咛着那样，我有了好吃的好喝的，也不知道该送给谁去。

在西安的家里，我妈住过的那个房间，我没有动一件家具，一切摆设还原模原样，而我再没有看见过我妈的身影。我一次又一次难受着又给自己说，我妈没有死，她是住回乡下老家了。今年的夏天太湿太热，每晚被湿热醒来，恍惚里还想着该给我妈的房间换个新空调了。待清醒过来，又宽慰着我妈在乡下的新住处里，应该是清凉的吧。

三周年的日子一天天临近，乡下的风俗是要办一场仪式的，我准备着香烛花果，回一趟棣花了。但一回棣花，就要去坟上，现实告诉着我妈是死了，我在地上，她在地下，阴阳两隔，母子再也难以相见，顿时热泪肆流，长声哭泣啊。

（选自2017年3月25日中央电视台《朗读者》）

母亲的泪光

何建明

母亲今年已经八十又五，身体还算硬朗。身在京城的儿子很惭愧，一直没能给个舒适一点的地方容她老人家安度晚年，所以母亲一直在我江苏老家妹妹那里居住。

从妹妹家到我何氏老宅居，有四五里路，如果是现在的我，要走这么一趟，颇感腿累，所以一般回家总是由妹妹用车接送。但母亲不，她坚持自己走，十几年如初。她八十多岁后，我们几个子女都站出来反对母亲再靠双腿走回家了。母亲提出要辆电瓶车，妹妹拗不过老人家，便给她配买了一辆。

一个八十多岁的老人，骑着颇有些"奔驰"之速的电瓶车穿街行路，其实挺危险的。现在路上"野蛮车"太多，"实习司机"更不讲路规，所以我一直很担心母亲，可她总回答"没事"。有一次回老家时她甚至让我坐她的车，吓得我当场就想掉头往北京赶……母亲就是这样一位"任性"者。当我和家人劝她"这么大年纪再不能骑这样的车"时，她总是固执地说她年轻时如何健步如飞地带领同龄妇女们响应毛主席号召去"战天斗地夺丰收"的。

唯一可以制止老太太行为的，就是由儿子的我带她到北京来住——这可以绝了她再骑电瓶车的可能。

母亲极不情愿来到北京，一则我不能提供像老宅基那样宽敞而又有那么多自然风物簇拥着的居住环境，二则因为单位分配的房子一直没到位，我长期在外租房居住，条件极其有限。母亲虽内心不悦，但经妹妹和姐姐总以"老了就得跟儿子过"的话，来影响和迷惑年迈母亲的"认识观"。最要命的是，南方生活惯的母亲怎么也不习惯北方生活，冬天嫌屋里的暖气太热，夏天又嫌房子里太闷。住高楼，母亲说一开窗往外看就头晕……于是我这三五年中至少搬了四五个地方。

搬多后总算发现：老人家竟然勉强也能安顿了！真的不易。

但很快发现，母亲又有新问题：每每好不容易动员她来一次北京住，可用不了一两个月，她就坐立不安，整天日不思食，愁眉苦脸。开始我以为是不是照顾不周，吃的东西不舒服，于是千方百计改换方法，寻找周边所有好吃的饭店。"不去不去！"母亲一听要到外面吃饭店，使劲摆手。

"那你到底想吃点什么嘛。"儿子的我有些烦了。

"啥都不吃，在家泡点白粥就行。"母亲阴着脸说。"你这一辈子就粥、粥、粥……知道儿子有糖尿病最不能喝粥吗？"我的声调高了。

母亲一听便会紧张地站起身："那、那就随便弄点啥吃就行。以你为主……"

我再也没辙了。只能叹气。

这时的母亲会在一边叹更多的气，甚至偷偷抹泪……当看到这一幕时，我的心又彻底软了，并自责起来：老人家辛苦一辈子，与父亲一起白手拉扯大三个儿女，才到你这个儿子身边"享福"几天？

怎么办呢？愁得比我写一部书还难！

看着独自坐在黑暗中看着无声电视的苍老的母亲，我的心时常发颤——内疚与无奈：为了让写书的儿子安静，母亲看电视从不打开声音；年轻时因劳动过度她患了一种怪病，眼睛不能长时间见灯光……

得想尽办法让母亲过得比较舒服些。如此强烈的愿望总在我心头涌动。

于是，我不断搬家、换地方，好让母亲有种新鲜感；于是，我每每出差不在家时，找学生、找熟人来陪她聊天做好吃的；于是，我甚至极力"挖掘"没有任何爱好的母亲的爱好……但最后都不成功。母亲仍然愁多于乐，神情很是忧闷。

"妈，你到底哪个地方不舒服，说出来嘛！你就我一个儿子，有啥非得憋在心头呀！"我真急了。

母亲紧张地睁大眼睛，很无辜地看着我，连忙说："没有！没有不舒服的，很好。都好……"

听她的话，我有种彻底败阵的感觉！

母亲见我坐在书房里久久不乐，便过来默默地站在门边，欲言又止。

"妈，啥事你只管说嘛！"我赶忙问。

"我、我想回家……"她说，很是胆怯。

"是我这里不如妹妹家？是她照顾得比我周全？"我十分沮丧。"不是的，不是！"母亲连忙纠正。"那为啥？"我的目光直视母亲的眼睛。

母亲那双忧伤的眼睛垂下……稍后，她说："住在你妹妹家，平常隔三岔五都要回一趟'老房子'去。""那破房子有那么值得你放不下心的？"我弄不明白。

母亲摇摇头，说："你不懂的。"

我不懂？母亲的话刺了我的自尊心。是我真的不懂？噢——还真是我的不是呀！我突然明白了：母亲是在惦记魂留家中的父亲，因为父亲去世后的骨灰盒一直放在家里。

明白过来后，我再无理由将母亲"扣"在京城，只得"放行"。

一听说可以回老家了，母亲的精神立即倍增，每天至少要翻三次日历，而且时常在独自扳手指数日子。

"你一直惦记着家里的老房子，现在还能住人吗？"我漫不经心地问母亲。那老宅基对我来说，似乎早已是一件与我没有多少关系的文物了。"好着呢！与你第一次从北京回家时一模一样……"母亲一听我提老房子，声音都不一样，脆而有力。

我暗笑。

母亲心头惦记的那栋老房子，就是我出生时的老宅。最早时，是爷爷手上留下来的一排五开间平房。二十世纪九十年代，父亲与我共同合力花了十来万元钱，翻盖而成如今的这栋两层小楼。环境不错，独耸于四周围墙中间，上下各四间并有廊厅。小楼建好后，记得带孩子回乡在这栋小楼里住过几次。十年前父亲去世后就再没有在此过夜。妹妹告诉我，母亲也在父亲去世后就搬到了她家住。我能理解，让母亲一个人独守老宅，颇为寂寞和冷清，尤其是父亲生前就嘱言不愿去墓地，所以他的骨灰盒一直放置在家。母亲选择住妹妹家是有道理的，开厂的妹妹家里条件好，给母亲的居室安排得舒舒服服，冬暖夏凉，五星级水平。尽管如此，我知道，母亲却每隔三两天都要往老宅去一次，且回去一次就是一整天。

"又没人住了，你回去有啥可忙乎的？"我听说后，便问母亲。

"你不懂。"每每这时，母亲总是朝我摇摇头，半笑的脸上是一双忧郁的眼睛。我不再说话了，知道她舍不得父亲的灵魂独守老宅……

如此年复一年。母亲年至八十，我便一次次劝阻她："你还开着电瓶车来回，实在叫人担心，以后别总回老房子去了吧！"

每每此时，母亲依然睁着那双忧郁的眼睛，摇头说："你不懂……"

我真的不懂啊？几次我想冲她说：你儿子都几十岁了，大小也是个人物，怎么就不懂呢？你那点心事，不就是舍不得父亲，感到孤独呗！但我没有把这话说出来。

今年中秋节，是我父亲去世十周年的祭日，我必须回去祭奠一下。赶上那天在上海有个文学活动，回到老家已是当晚六七点了，天全黑。但因为第二天又要回京开会，所以只能晚上赶回老宅去祭奠一下父亲。

"天太黑了，还去吗？"姐姐妹妹劝我，并说她们在我回家之前已经举行了一个小规模的祭奠仪式。"要去，做儿子的已经很不孝了，今天是父亲十周年祭日，儿子一定要给老爹点支烟、上把香……"我坚持道。

我看母亲对我的话是满意的，见她随手从桌上拿了一个手电筒，对我说："走吧！"

姐姐和妹妹说用车送，母亲坚持说要走回去。这让我有些感动，因为她的提议正合我意！离家四十年，已经很多年没有靠双腿回老宅了。

故乡的小道尽管都变成了柏油马路，但走在那条熟悉的路上，即使夜色早已笼罩大地，但我依然能清晰地说出每一段路旁住户的名字。这大概是童年留下的一份"永不褪色"的乡愁吧！个别说错时，母亲则在一旁指出，然后告诉我某某已经不在了、某某全家搬到城里去了，云云，从她的嘴里，我深切地感到岁月如此无情，许多比我年轻的熟人已逝，还有些则或病或灾，生平坎坷。世道便是如此凄苦呵！

当然，一路上，我的脑海里浮现最多的莫过于自己家的那块老宅基……

这块由爷爷与奶奶、父亲与母亲靠汗水耕耘和岁月积累出来的家园：前后有六七十米，四周是围墙。与其他苏南独栋宅基一样，宅前是一条我小时候游泳玩水的小河，宅后是一片郁郁葱葱的竹林和父亲种下的十几棵高高的松树，那松树几年前就长得比屋顶还要高。关于这些松树，我曾与父亲有过争执。应该是在小楼刚建时，父亲当时身体很好，他提出砍掉一片竹园，换种成树。我听说后表示不同意，说：竹林多富有诗意！父亲摇头，说：竹子不实用，且一刮大风，竹竿容易把瓦片打碎，造成漏雨，"干脆不留竹园！"我立即表示反对，觉得父亲没文化、没品位，但家里的事是他说了算，我只是说说而已，几年不回一次老宅，在京城哪管得了老家那点事儿。父亲如愿地按他的设计将宅基建设成现在这个样：前面的围墙与小河之间，种了一个"口"字形花圃，围墙内的房屋南侧，是一片桂花树和梨树。后院是松树林与并不多的一片竹园，主宅小楼与厨房中间有三十多平方米，另有一个小花园……主楼上下各四间，儿子一家在上，父亲与母亲在楼下住。后来因为我极少回去，所以提出让老两口搬到楼上。"楼上采光好，太阳又能照到主卧室与客厅，你们住吧，空着也是空着，何必呢！"我觉得父母太注重风俗了——儿子成家后，老一辈就得让出最好的房子，好像"交班"似的。"那不好，是你的房间就永远是你的房间，不能动。"没想到母亲特别坚持，父亲也这么说。

在这事上，我发现根本说不通父母，于是每回临离家时，我就做个鬼脸，冲他们说：反正我在北京也看不到，你们就睡我的房间嘛……

但事后发现，他们从来也没有睡过儿子的主卧，甚至连我第一次带着孩子回家住过的啥床铺、啥被子和用过的所有东西，无一不整整齐齐地放在应该放的位置，并如此年复一年地摆放在那里，等待我的下一次回家，而我知道，这些事都是母亲做的。

在父亲活着的时候，老两口做的这些事，每每回家我看到这光景，甚至会嘲笑父母大人：你们也太死板了吧。

父母不言，也不改初心，在此事上显得特别"固执"。

我只能苦笑，但内心十分感激老两口。

十年前父亲患绝症，发病当年便永远地离开了我们。没有了父亲的家，再豪大壮观的院庭也会倒塌。此后的我也不再像以前那样愿意每年回到这座围墙内的小楼里。母亲一人独守这空荡荡的房子也不合适，妹妹便将她接到自己的家住。

日子就这样过来。

然而，母亲虽住女儿家，却总是隔三岔五地要回老宅去。每次回去，都要待上一整天。开始妹妹告诉我母亲的这种情况后，我就打电话劝母亲，说别跑来跑去了，家里已经没人，也没啥事值得做的，你就踏踏实实在妹妹家好吃好喝，活上二百岁！这些话既是宽慰母亲，其实也是我们做子女的真心话。

"她不听的！该回去的时候，从来不落下，风雨无阻！"妹妹经常在电话里告诉我。

听多了，有时我就会假装很生气的样，在电话里"责令"母亲不能再没了没完地往老宅基走了，尤其是不让她开那"碰碰车"（后来改成电瓶车）。但母亲根本听不进去我们的话，依旧我行我素。

……夜幕的暗淡灯光下，随母亲蹒跚而行在故乡的小路上，观现忆往，别有一番滋味和感慨。

到了。到了我自己家的院子。

母亲掏出钥匙，很用力地将"铁将军"拉开——那大门很重，母亲用力时整个身子都往上"跳"了一下，有点"全力以赴"。我暗暗心痛，忙伸手帮忙，却被母亲阻止："你挪不动的！"她的话，其实更让我心痛，我大男人一个挪不动，你八十五六岁的一个老太太怎么能挪得动呀！

想到母亲每一次独自回老宅时那"全力以赴"的情形，我的眼睛已经湿了……

"这么香啊！是桂花飘香啊！"不曾想到，刚踏进院子，迎面直扑而来的一片甜甜的香味，简直让我即刻置身于一个芳菲庭院之中。

太香太醉人了！

"都是我们家的桂花树！你来看看……"母亲一边骄傲地说着，一边领我到院子南侧的那片桂花树旁。

"天哪，这桂花树长得太盛了啊！你看看，树叶都快流油似的。"借着手电光，我为两排密密衔接而列的桂花树长得那样旺盛而吃惊。自然，这样的树上开出的桂花肯定芳香十里。

"好香、好香啊！"我把鼻子和脸都贴在桂花枝丛中，尽情地吸吮着……母亲则在一旁幸福和满足地微笑着看着她的儿子。

那一刻，我感觉自己的家比世界任何地方都好。

"到后院去看看。"母亲挪动着她那一高一低的步子——我猛然发现老人家的脊梁怎么变成那么明显的"S"形了啊！

我嗓子口猛地"噎"住一口气，两行泪水顺着脸颊而流，于是赶紧用手抹去。

"这几棵柿子树熟透了，也没有人吃。你看看……"母亲用手电照了照几棵挂满小灯笼似的柿子树，又让我看树底下掉落了一地的果子，惋惜道。

"我吃我吃！"我忙不迭地又是捡又是摘地弄柿子吃，但怎么也吃不过来，反倒弄得满嘴黏糊糊的。

母亲笑得合不拢嘴。

转身看去，是那片高高耸立在小楼身边的松树林。它们像我的家丁一样，默默地忠守着自己的岗位，三百六十五天天天在此为我守护家园……

我不由仰起头，怀着感激之情，默默伫立数秒，向这些卫士致敬。

看完前后院的花木果树，母亲带我进屋。

母子俩事先没说一句话，却不约而同地进了楼下后一间放置我父亲骨灰和遗像的房间——

"阿爹，小明回来看你了！"父亲依然含笑地看着我们，只是那笑一直凝固的——那是他相片上的表情。我面对着他，心头说出了这一句话，也是每一次回家首先要说的话。呵，十年了，仅仅是一转眼的工夫！那一年，我带着中宣部交代的去采访华西村吴仁宝的任务，顺道赶回家看望病入膏肓的父亲，当时他无力地朝我挥挥手，说：你的事不能耽误，快去写吧。吴仁宝是我熟人，我们都是干出来的……这一年，父亲就走了。七年后，他的熟人吴仁宝也走了。

三鞠躬后，我为父亲点上一支香烟，再插上一把母亲点燃的香放在祭台上……望着父亲的面庞，我忍不住泪流满面，实在有些刹不住。我想告诉父亲：儿子几十年在外，努力工作，勤奋写作，没有干过对不起别人的事，但为什么不三不四的人总不绝？为什么这个世界变得越来越弄不明白？我也想告诉父亲：我累了，烦了，我想回到你身边，回到故乡来……

我感觉父亲在说：你应该回来了！这里的家才是你最安稳的地方。

我无法不哽咽，像少时在外受了委屈后回到家一样。

"走，看看你的房间。"母亲以为我太思念父亲才如此伤感，便一把拉我上楼。

其实从进门的第一眼，我已经注意到：所有的房间内，无论是墙，还是地，无论是桌子椅子，还是沙发，甚至电话机，都与我以前在家里看到的一模一样地放在原位，且整齐而洁净。母亲是个爱干净又闲不住的人，从地砖到厕所和洗澡池，都擦得光洁闪亮，好像天天有人用似的。而我知道，即使是母亲，也基本不用这些家什近十来年了！

"还这么干净啊！是你经常擦洗的？"我不得不惊叹眼前的一切，便如此问母亲。

母亲含笑道："我隔三岔五回家就干这些事，把所有的地方都擦一遍……不要让你爹感觉没人理会他了，也好等你们回来看着舒服。"

真是悠悠慈母心呵！我这才明白母亲为何隔三岔五要回一趟这座老宅来，一则是想让魂在家中的父亲不孤独，二则等着我们儿孙回来看着不嫌弃。为这，她十年如一日！

母亲最后把我领进我的房间，这是我最熟悉而又已经陌生了的地方：

一张宽宽的床上，上面盖着的是我熟悉而陌生的黑底花被面，与窗帘的布色一致，使整个房间显得素雅温馨。被子的夹里是土布，那土布是母亲和姐姐亲手织的，摸上去尽管有些粗糙，但它令我脑海里立即闪出当年母亲与姐姐在织布机上日夜穿梭的情景……

床边是一排梳头柜，也叫书桌。书桌上面是我熟悉而陌生的镜框与相框。相框内是父母引以为自豪的他们的儿子在部队时当兵、当军官的照片，以及我与他们一起的合影。那个时候，我们全家人多么幸福，好像有我这个当小连级干部的军官就知足了！

"看，里面全是你的书……"母亲拉开一个个抽屉，让我看。

嘿，竟然全是我前二三十年中每次带回的一些杂志和书籍！令我意外惊喜的是，它们多数是我早期的作品，有的我早以为遗失了的。

"好多人来要这些书，我都没给他们。"母亲颇为得意道。

"真要谢谢你。这些书我在北京根本找不到了，很宝贵的。"我说。

"知道。"母亲一边嘴里嘀咕着，一边弓着腰，开始翻箱倒柜。"这是你的衬衣，没穿两次。""这是棉衣，那年你冬天回家，特意给你缝的。""看，这是你爹让你从部队拿回来的解放鞋，还是新的，他没来得及穿……"

"还有……"母亲已经从衣柜里搬出一大堆衣物放在床上和旁边的沙发椅上，还在不停地往外搬……

简直不可思议！二三十年了，母亲竟然一件不少地将我曾经用过和我孩子用过的衣物，一样一样地保存得如此完整、完好啊！

"你看这个……"母亲从一个包袱里拿出一个我熟悉而陌生的暖水袋，说，"还记得那一年你们第一次春节回家，遇上特别冷的天，外面又下着雪，刮着北风，我给小孙女买的这个暖水袋吗？"

"记得！怎么不记得呢！"我一把抓过暖水袋，摸了又摸，眼睛很快模糊了……我清楚地记得，那一年冬天，我带女儿回家探望她爷爷奶奶，遇上特别寒冷的天气。南方没有暖气，屋子里跟冰窖似的，当晚女儿就冻得不轻。她奶奶急得直跺脚，半夜打着手电去镇上敲商店门，硬是让人家卖给她一个暖水袋——就是我现在拿在手上的这"保温器"。不想回途上，雪路很滑，母亲连摔了好几跤，卧床几天后方康复。

"倒上热水还能用。啥时你带我孙儿们回来？"母亲顺势拿过暖水袋，然后认真地看着我，问。

"嗯……他们肯定会回来看你的。"我十分内疚地说，不想母亲的脸顿时像菊花一样绽开。"他们都回来你也不用担心，我这里啥都有……"母亲像变戏法似的，又从柜子里拿出两个暖水袋，还有电热毯、铜热炉和夏天用的凉席、毛巾被、竹扇……一年四季所用物品，应有尽有。

"妈，这些东西有的过去都用过了，你怎么到现在还放着呢？"看着堆积如山的眼前这些熟悉而陌生的用品，我的嘴吃惊地张着不知说啥好。几十年了，母亲竟然把它们保管到现在，而且件件如初。我有些弄不懂。

"你不懂。"母亲又一个"你不懂"后，喃喃道："你们要回来，这些都能用上。"末后，看了我一眼，似乎明白我想说什么，便道："你不要嫌弃它们，我每年春夏秋冬四季都要拿出来晒几回，不会坏的。你摸摸……"

母亲抱过一床棉被和床单，放在我手上。

是，柔软软的，绵温温的，像刚从太阳底下收进屋似的……我顿觉有一股巨大的热流涌进我身，然后融入血液，一直暖到心窝。

"妈，你太好了！"我的双腿不自然地软了下来，本想跪下给母亲磕三个头，又怕吓着她。于是只好掏出手机，对她说："你坐在床上，我给你拍张照。"

母亲没有坐，只是立在床边。

"咔嚓"一声之后，再看看母亲的照片，我发现她身后的一切景物，皆和我二十多年前所见到的一模一样，它们还在原来的位置，原来的色彩，丝毫未变。而且整个房间里，依旧是我熟悉的那种温馨、平和与小康的气息……

呵，我终于明白了，终于明白了母亲为什么总不舍这老宅基，除了对亡夫的那份惦记外，她是在等待和企盼我何家的后人来传承她坚守了几十年的这个家园，尽管她没有在她儿子面前提出过这样的要求，然而母亲用自己默默不言的行动，告诉了我这件事。

就在这天晚上，我异常庄重地对母亲说：妈，我现在懂了。

母亲惊诧地看着我："你懂啥了？"

我说："明年我就回家来！"

母亲有些不安地笑了。这时，她的双眼闪着泪光……

（选自2016年11月2日《中国文化报》）

谁说春色不忧伤

迟子建

在我的故乡，十月便入冬了。雪花是冬季的徽标，它一旦镶嵌在大地上，意味其强悍的统治开始了。虽说年分四季，但由于南北不同和季节差异，四季的长度是不相等的，有的春短，有的秋长。而我们那儿，最长的季节是冬天。它裹挟着寒风，一吹就是半年，把人吹得脸颊通红，口唇干裂，人们在呼号的风中得大声说话，不然对方听不清。东北人的大嗓门，就是寒风吹打的吧。你走在户外，男人的髭须和女人的刘海，都被它染白了，所以北国人在冬天，更接近童话世界的人，他们中谁没扮过白须神翁和白毛仙姑呢。

被寒流折磨久了、被炉火烤得力气弱了、被冬日单一蔬菜弄得食欲寡淡的人，谁不盼着春天呢？春天的到来是最铺张的，它的前奏和序幕拉得很长。三月中旬吧，就有它隐约的气息了。连续几个晴天后，正午时屋檐会传来滴答滴答的水声，那是春天的第一声呼吸，屋顶的积雪开始融化了。人们看见活生生的水滴，眼里泛着喜悦的光影。但别高兴得太早，春天伸了一下舌头，扮个鬼脸，就不见了。寒流的长鞭子又甩了出来，鞭打得人还不能脱下冬衣。人们眼巴巴地看着屋檐滴水时凝结的冰溜儿，就像望着脆弱的琴弦，不敢把动人的旋律弹奏。到了四月初，屋顶的积雪全然融化了，家家的白屋顶露出了本色，红瓦的现出热烈的红色，青瓦的现出深沉的钢青色，这时春天的脚步真的近了。雪花隐遁，天空由灰白变成淡蓝，太阳苍白的面庞有了暖色，河岸柳树泛红，林中向阳山坡的达子香花，羞答答地打骨朵了，人们饲养的家禽，开始在冬窝里频频伸展翅膀，想啄春天的第一口湿泥，做自己的口红。这时的春天怎么说呢，是到了婚日的盛装的新娘，呼之欲出了！

春天就是一个宝石库，那里绿翡翠最多。地上的草，林中的树，田园的菜圃，呈现着一派娇嫩的绿；山间原野的花儿，姹紫嫣红，争奇斗艳，蓝的如宝石，红的如玛瑙，白的如珍珠，金黄的如琥珀。这时窗缝的封条撕下来了，门上用于抵御寒风的棉毡也取下来了，人们换下棉衣棉裤，家禽们又可以寻觅田园肥美的虫子，作为它们的小点心了！到了五月，春天波涛汹涌地来了，所有的生命都荡漾在它明媚的波涛里。但这样的春色，也许过于寻常，并没有烙印在我心灵深处。我对最美春色的记忆，居然与伤痛联系在一起。也就是说，有两个年份的春光，分别因身体和心灵的伤痛，而化为了化石，嵌在我骨头缝里，无法忘怀。

我在大兴安岭师专读二年级时，也就是三十四年前，春末时分，突患牙痛。先是一颗牙起义，疼了起来，跟着它周边的牙呼应它。半口牙痛起来的感觉，你甚至想当自己的刽子手，砍下头颅。我还记得童年时目击一个杀猪的因为牙痛，要喝农药，他老婆喊邻人阻止丈夫愚蠢行为的情景。有过牙痛经历的人都知道，那种痛锥心刺骨，尤其是夜深它扰得你不能安眠时。记得我被牙痛连续折磨了两昼夜，一天凌晨，天还没亮，我实在忍耐不住，一个人悄悄穿衣起来，出了集体宿舍，走向校园西侧的原野。那天有雾，我张开嘴，希望雾气能像止痛散，发挥点作用。当我走出宿舍区，接近原野的时候，发现了一团黑乎乎的东西。走近一看，是台用于耕地的拖拉机！我想起白天时，曾望见它在原野上工作。拖拉机驾驶舱的门，居然一拉就开了。我像发现了一个古堡，兴奋地跳上驾驶室。完全不懂驾驶技术的我，试图开动它。好像拖拉机的履带一转，我的病痛就会被碾碎似的。我不知哪里是油门刹车，双脚乱踏，手抚在方向盘上，振振有词地喊着前进前进，可拖拉机纹丝不动。但这丝毫没有减淡我的热情，我像对付一匹野马似的，执意要驯服它，一直和它战斗，直到雾气野鬼似的在日出中魂飞魄散，我才大汗淋漓地休战。太阳从背后升起来，照亮了我面前的原野。它的绿是那么的鲜润，就像一块刚压好的豆腐，只不过这是块巨大的翡翠豆腐！这片触目惊心的绿震撼了我，我跳下拖拉机。牙痛就在我奔向原野的时刻，突然止息了。病牙撤兵，整个身心都获得了解放。我感恩地看着春天的原野，想着它蛰伏一冬，冲出牢笼后出落得如此动人，可我从未细心打量过它，辜负如此春色，实在不该。

另一片记忆中的至美春色，是与2002年联系在一起的。那年5月3日，爱人在归乡途中车祸罹难，我赶回故乡奔丧。料理完丧事，回到塔河，正是新绿满枝的时候。姐姐见我很少出门，有一天领着孩子，拉着我去堤坝走走。太阳已经很暖了，可走在土路上，我却觉得脊背发凉。堤坝是我和爱人常去的地方，我们曾在河边打水漂，采野花，看两岸的山影、庄稼和牛羊。我走下堤坝，看到几棵嫩绿的柳蒿芽，随手采了，那是我和爱人喜欢吃的野菜，把它用开水焯了，蘸酱吃鲜美无比。我采了柳蒿芽，又看见了野花，白的，粉红的，淡蓝的，星星似的眨眼。我没有采花，因为以往采回的野花，会放到床头桌上，照亮两个人的梦境。想着爱人与这样的春色永别了，想着再无人为我采撷这大好春色，伴我入梦，我忍不住落泪了。"万木皆春色，唯我枝头泪"，这是我为《白雪乌鸦》里丧夫的女主人公写的一句内心独白，它其实也是我的内心独白。那天我怕姐姐看见我的泪，便朝茂密的柳树丛走去。泪眼中的春色飞旋起来，像一朵一朵的云，在人间与天堂之间绽放，那么迷离，那么凄美！四野寂静，我听见了自己的心跳声。我想，一颗依然能感受春光的心，无论怎样悲伤，都不会使她的躯壳成为朽木。爱情的春光抽身离去，让我成为无人点燃的残烛，可生命的春光，依然闪烁。

我最爱的词人辛弃疾，曾写过"春风不染白髭须"的名句。是啊，春风染绿了山，染红了花，染蓝了天，染白了云，可它不能把我们的白须白发染黑，不能让岁月之河倒流。但春风能染红双唇，能让它像一朵永不凋零的花，吐露心语，在夜深时隔着时空，轻唤你曾爱过的人，问一声：你还好吧？

（选自2017年第1期《散文选刊》）

人民的乳汁

王愿坚

2014年10月15日，习近平总书记在文艺工作座谈会上发表重要讲话，深情回忆起"1982年，我到河北正定县去工作前夕，一些熟人来为我送行，其中就有八一厂的作家、编剧王愿坚。他对我说，你到农村去，要像柳青那样，深入农民群众中去，同农民群众打成一片"。

王愿坚 (1929-1991) 是著名作家、编剧，大家耳熟能详的作品有《党费》《七根火柴》《粮食的故事》《普通劳动者》《路标》，以及电影文学剧本《四渡赤水》《闪闪的红星》(合作) 等。

王愿坚是"长征"副刊的老作者，曾多次惠赐佳作。最近，编者去看望王愿坚先生的夫人翁亚妮时，得知他尚有一些遗作未曾公开发表，征得同意，交由《解放军报》"长征"副刊独家首发。

今年是中国人民解放军建军90周年，我们刊发这位一生致力于军事文学创作，并取得丰硕成果的著名军旅作家的遗作《人民的乳汁》，对于军旅作家深入生活、贴近官兵，创作无愧于时代的优秀作品，具有积极引导作用。当我们读完这篇记述愿坚同志从军之初以及他在战争年代，切身感受到的军民鱼水情深的故事，对他为何能写出《党费》《七根火柴》《妈妈》《粮食的故事》这样的经典，对他为何毕生坚持以人民为中心的创作导向，也许在这朴素的文字里能找到答案。

——编者

我写的五六个短篇小说。先后被选进中学语文课本后，常收到中学同学来信，同学们问：你是怎样写成《党费》《七根火柴》《妈妈》《粮食的故事》这些小说的？你怎么把人民战争写得那么真实，那么生动，又那么动情？你是如何学习写作的？又怎样成了一个部队作家？面对来信和纷纭复杂的问题，我仿佛看到一些十四五岁的孩子们，也看到了他们那一双双充满稚气和求知欲望的眼睛，于是我铺开稿纸，一封封地给他们写回信。每当我拿起笔的时候，我就想到自己的当年，想到了和他们一样度过的年龄。但更多的，是我在他们那个年龄所生活的环境——山东抗日根据地的莒南。我想告诉他们，是莒南的山山水水、莒南可爱的人民，以及在那里战斗的人民子弟兵，是他们用小米、高粱把我喂大；是他们用全身心的爱，抚育着我成长；是他们用智慧和真诚教导我，使我成了一名战士，成了一名人民的宣传员，成了一名能拿起笔来写一点文学作品的文学工作者。

一

人民军队是我的家，莒南人民把我养大成人。

战火纷飞的莒南，是人民子弟兵奋勇抗战的战场，也是山东的文学家、艺术家纵情驰骋的文学疆场。但对我来说，那里却是我含着奶头、吸吮着乳汁慢慢长大的一个摇篮。莒南的青山绿水、人民的恩情和军队大家庭的爱，把我这个孩子养大。

记得那是1944年7月中旬的一个晚上，一个月明星稀的黑夜。我和我的弟弟告别了当了6年亡国奴沦陷的家乡，跟着山东军区敌工部的老孙，踏上了走向抗日根据地的征途。

7月的夜晚是美好的。我们穿过刚刚秀出穗的谷地，穿过含苞待放的豆棵子，在庄稼地里疾步穿行，一直向西。整整70里路，走了一个通宵，等到启明星亮起来，东方现出了鱼肚白，领着我们走的老孙同志突然喊了一声："你们看吧！"我抬头望去，在一个高高的岭头上，一棵大榆树的上头，飘扬着一面鲜红的红旗。我明白了，我离开了屈辱的沦陷区，走进了一块光明自由的天地——抗日根据地，我参加抗日战争了，我终于成了一个抗日的革命者！

我和弟弟被安置在县委招待所里，住了三四天，没有人来。我们弟兄两个等得不耐烦了，决定去找领导同志，问我们的工作问题。

记得那是一个下午，我和弟弟走进了县委宣传部部长王伯泉同志的办公室。我站在他的桌旁，弟弟王玉坚躲在我的身后，在肩膀上瞪着一双大眼睛。看见我们，王伯泉同志抬起头来问我："干什么？有事吗？"我壮着胆子回答："伯泉同志，我们是来参加抗日的，什么时候给我们分配工作呀！"王伯泉同志摸着他那短短的头发，挠了半天，突然问道："你们能干什么？"我说："抗战打鬼子，我们什么都能干。"王伯泉同志摇了摇头："不！抗战，打鬼子，有这个心是好的。可是要打仗，要革命，那得学本领呀！"我愣了，弟弟也愣了，我们瞪大了眼睛，望着伯泉同志那个光亮亮的脑门，纳闷：抗战打鬼子还要学习？

王部长大概看出了我们的疑惑，严肃地说："是，革命是要学的。你们年龄还小，将来有很多事情要你们做。你们现在还不能顶一个人用，先去学习吧，学到本领，将来工作有你们做的。"弟弟大胆地问："我们到哪里学？学什么？"伯泉同志说："这个已经有安排，你们到山东军区，或者进抗大，或者进滨海中学，先学习，然后领导分配你们适当的工作。"我又问："山东军区在哪？"王伯泉同志略略想了一下说："现在军区在莒南县，距离这里有200多里路。""我们怎么去呢？"我有点发愁了。伯泉同志哈哈大笑起来，说："这好办，你们两个小孩子吗，贴张邮票，就寄去了。"他大概看出我们有疑惑，就开玩笑地说："反正你们的姐夫是我们战地邮政总局的局长，邮票由他出。"

当天晚上，我们躺在招待所的地铺上，怎么也睡不着。弟弟趴到我的耳边小声问道："五哥，把咱们寄去，那邮票贴在什么地方？贴在脑门上吗？"这个问题，我也难于回答，我说："管他呢，总归是有办法。"果然，第二天下午，有一个五大三粗的同志，推开房门进来，大声地叫道："哪一个是要到山东军区参加革命的小王啊？"我们两个异口同声："我就是。"那个同志告诉我们："我是战邮总局的武装交通班的班长，我姓周，你们叫我老周好了。从现在起，你们就是我们的邮件，收拾一下，明天动身。"我们弟兄俩相视一笑：我们两个大活人，居然变成了"邮件"。

第二天一早，老周同志带着3个交通员来了。他们每个人带一支步枪，肩上还背着一个沉甸甸的邮包，老周随手把两个小点的邮包交给我们，并斜着绑到我们肩膀上，一边绑，一边交代："这是平信，由你们两个背着。要件、密件我们背着，跟着我，我们走，你就走，我们停，你就停。"我们点点头，老周认真数了几个同志肩膀上的邮包，把我们两个肩膀上的邮包也算上，"1、2、3、4、5、6"，然后指着我们的脑袋说："7、8。"从这时起，我们便成了他的第7个和第8个"邮包"。

我们两个长着腿的邮包，跟着邮政总局的同志，上了南下的路。

走了一天又一天，走过了洪林子，穿过了石沟崖附近的封锁线，经过夏庄，一直走到了莒南县，最后在一个大庄子上停住了脚。大约是第5天的下午，我们走进了山东军区的驻地，莒南县的坪上，在一个空空荡荡的大房子里，见到了敌工部的赵干事。

赵干事名字叫赵东杰，大个子。他热情地拉着我们两个的手，问这问那，问我们会不会唱抗日歌曲。我们当即唱起《我们在太行山上》，还没有唱完，就被进来的周班长报告声打断。周班长多少有点不耐烦地指了指我们两个向赵干事说道："你收到邮件，还没给我打收条呢。"赵干事笑了笑，撕下了一块纸，拿起笔写起来。我凑过去一看，他写的是："兹收到，参加革命的小鬼两名。"签上年月日，盖上图章。赵干事一边把收条交给周班长，一边笑着对我们说道："看见了没有？我已经把你们收下了，你们从此就进了革命的怀抱了。"

革命的怀抱，多么新鲜的字眼，多么富有感情的词句！确实是怀抱，无论从广义上讲，还是从狭义上讲，都是一个温暖的怀抱。

3天之后的一个晚上，赵干事领着我们，来到了坪上村前的大河滩。河滩上用土堆起了一个高高的舞台，挂上了幕布和汽灯。我们坐在舞台前面，沐着盛夏的晚风，瞪大眼睛，盯着面前的舞台。台上正在演着苏联殊科写的著名话剧《前线》。那些化装成高鼻子的人，穿着洋衣裳，还有那些看不懂却又很新奇的苏联的战争生活，可把我们这两个从敌占区刚刚跑到根据地的孩子给迷住了。

刚刚看了个头，有一位身材魁梧的军人走到我们中间。他推开别人递给他的一个小板凳，一屁股坐在地上，把我和弟弟揽在自己的怀里，小声地问我："你是这村的吗？"我说不是，我说我是山东诸城的，刚刚来参加革命。魁梧军人说："好，这么小就知道参加革命。好啊！"他显然很喜爱我们，揽着我们的肩膀，把我们抱得更紧了，我的脑袋偎在他那宽阔的胸膛上，手搁在他的肚子上——好软呐！这位魁梧的军人同志仿佛看透了我们的心思，一边看一边不时地附在我们的耳边，给我们讲哪个是戈尔罗夫，哪个是欧格涅夫，哪个是客里空。他那浓重的南方口音，和他讲出来的那复杂的情节，我听不太懂，可我觉得他的话和他的胸膛一样，软和和的、热乎乎的。他和我一样看得挺开心，当看到客里空写了一篇假报道："老将军的眼里没有眼泪，没有。"这时候，他竟然趴在我的头上放声大笑了。

第二天，在同一个土台子上，这位魁梧的军人同志被警卫员搀扶着，走上了讲台，对着我们上万军人做报告。可以看出来，当时他身体不大好。我问赵干事他是谁，赵干事告诉我，他就是我们山东军区的司令员兼政委，尊敬的罗荣桓同志。

后来，我50年代初来到北京工作，罗荣桓同志已经是总政治部主任了。1961年，为了《星火燎原》纪录片的解说词，我带着影片去送给他审查，罗荣桓元帅热情地问起我是哪个部队的。我就给他讲了当年的这段往事。我说我15岁的时候，你在莒南抱着我看殊科的《前线》呢！罗帅开朗地笑了。那一刻，我再一次感到，我走进革命的摇篮和人民的怀抱。

二

本来，上级是要我们上抗大文化队学习的，因为年龄太小，人家不要，于是我们被送到了当时的滨海干部学校学习，对外的名字叫滨海中学。

一入学，首先学会了一支歌，歌词至今还记得："海边上，敌后方，抗战的歌声到处在高唱。铁血钢枪，奏成了胜利的交响。同学们，同学们，困难的环境要我们去克服，胜利的担子要我们去担当。"据说这首歌就是我们滨海中学的卢老师谱曲的。这悠扬的歌声，伴随我度过了在滨海中学学习的日子，也伴随我度过了差不多一生。

在敌后的艰苦条件下，学习并不是很容易的事情。我弟弟王玉坚只有13岁，被分到了普通队，也就是第一队。我被分到了师范的第4队，任务很明确，学习完了去教书。

能有这样的学习机会，已经很难得。我们就住在老乡们家里，每天早晨出操，吃过早饭，借来一个小板凳，背上自己的背包，就走进了树林。在浓密的树林里，竖起一块木板，架在膝盖上的背包，就是课桌。

在这个课堂里，我们学习社会发展简史，学习社会科学概论，学习中国革命问题。但我印象最深的第一课，却是生活课。当时，我们4队7个人住在老乡的一个磨房里。白天我们出操上课，老乡就套上毛驴在这里推磨。晚上我们回来，把磨道里的驴粪打扫一下，抱一把麦草，铺在磨道里，就是我们的床铺。

第一次睡床铺的时候，有趣极了。分队长孙振华同志，这个从鲁西肥城来青年人真有办法，他把几个年龄大的同学分配到磨道里：脑袋顶着脚，围着磨道转一圈，6个人就可以睡下了。还剩下一个我，怎么办？我问分队长。分队长笑了笑说："这好办，你小，照顾你，你上楼去吧。""楼，楼在哪里？"老孙一指磨顶，说："那就是你的床铺。"

我年龄小，个子也小，但再小，盘磨做我的床还是太狭窄了。身子底下冰凉不说，翻个身，一不小心，就滚下来，砸到了别的同学身上。我觉得这环境太艰苦，有点受不了！特别是第二天，又经历了一次惊险。半夜里，我被一个冰凉的东西压醒了。伸手一摸，好像是一个同志的胳臂搭在我的胸膛上。我推一推，说："拿开！"但随即我就发现，它虽然有胳臂粗细，但冰凉，还带着鳞片——不是人的手臂。是什么？慢慢摸去，啊，原来是一条胳臂粗细的蛇，正在我的胸膛上"行军"。我既不敢动它，又不敢吵醒别的同志，只好憋着气，等它从我的身上慢慢滑过去，才松了一口气。

这件事情不知怎么被房东知道了。第二天早晨，我发现，房东老大爷在编草苫子。晚上回来，大爷把一个草苫子递给我，说道："小伙子，给你个东西。"我说："这是什么？""你铺上，睡觉！"他给我把草苫子叠成两叠，搁到了磨顶上。这天晚上，我睡在软软的草苫子上，草苫子是暖和的，心里也是暖和的。

这时，白天讲的为人民服务，人民军队人民爱，这抽象的道理，在这一刻是如此的具体和真实。

三

房东老大爷给予我的温暖，是我人生的第一课。然而，这一课远远没有上完。我入滨海中学学习一个多月之后，1944年的9月，日寇对滨海地区的万人大扫荡开始了。侵略者的铁骑从不同的方向向西进攻，朝莒南的中心区包围，整个根据地军民投入了残酷反扫荡的斗争。我们滨海中学的老师和同学们，也投入了这场战斗。

令人羡慕的是那些大同学们，他们身强力壮，领到步枪和手榴弹，随区中队和县大队参加战斗。我们这些年小的男孩子和一些女同学，被留了下来。

记得那是一个初秋的傍晚，我们在十字路的大街上集中。天下着毛毛细雨。部队集合起来，我们滨海中学教导主任周抗，是一位从延安来的老同志，他严肃地走到了队伍的面前，完全不像前几天教我们唱"什么花开放向太阳"那么和颜悦色。脸色阴沉，略略有些歪的嘴歪得更厉害了。他肩上扛着一支步枪，大步走到我们面前，什么招呼也没有打，就厉声说道："你们，真到了战斗的时候，都变成了革命的盲肠！"

我学过生理卫生课，知道盲肠是人身上最没有用处的一个器官，如今我们被说成了盲肠，心里肯定有点不愉快。"是盲肠！"周抗主任提高了声音说。"现在，需要拿起枪来，你们拉不开枪栓，需要拔出手榴弹去，你们连20米都投不了，炸不着敌人，还伤了自己。怎么办。只好把你们打埋伏。"

打埋伏，这是我第一次听到的名词。经他的解释，我明白了，是把我们分别地送到老乡家隐蔽起来。周主任具体交代我们："你们男孩子去给老乡当儿子，女同志把头发改造一下，挽成一个小髻，去给老乡当儿媳妇。"队伍里传来了女同学的笑声，周主任却没笑："有什么好笑的，就是当媳妇！不过，你们的丈夫在哪里，只有天晓得了。这样安全，这样可以躲过敌人的视线，可以保存革命的力量，现在，你们就分别去当儿子、当媳妇去吧！"

接着周抗又严肃地对我们说："本来你们参加革命，就是给人民当儿子，当女儿的，就是人民的儿女。现在，无非是让你们去开始学着做一个人民的好儿女，去吧！"接着一批农村干部走过来，你领两三个，我领四五个，我们一个中学的男孩和女同志，就这样被瓜分了。

我被分到了张家连子坡张大娘家里，张大爷去支援前线了。

张大娘热情地收下我，把我身上用泥灰涂黑，然后让我穿上了不知哪里弄来的一套男孩的衣服。于是我就成了张大娘的"儿子"，大娘自己还有一个小女儿，不满两岁，是我的"妹妹"。张大娘给我第一个训练，就是说："王同志，以后我给你起个小名，你就叫蛋蛋。"我说好，大娘笑了。说："叫一声娘。"我就亲亲热热地叫了一声娘。这一声娘叫出声之后，我觉得和张大娘亲近了很多。但是我真正把这个娘字从心底里叫出来，那是10多天以后了。

那天，突然发现敌情，张家连子坡的老乡们，拖大带小，钻进了一条山沟逃难。张大娘抱着小女儿，手里拿个包袱，然后把一个小牛犊子的缰绳递到我手里说："跟我走。"于是，我们就汇入逃难老乡的人流之中。

9月末，穿一身单褂，冷风料峭，大娘就把我揽在怀里，用她的体温暖和着我。这样熬过了一天，直到太阳落山，解除警报，我们才回到了家里。

到家一看，院子里大椿树下，到处是马屎马尿，满地是喂洋马吃剩的一些散落的高粱。原来，大娘家里唯一剩下的一点粮食，都被日本鬼子喂马了。我们进了门，大娘什么也没有管，解开放干粮的那个篮子（莒南话叫浅子），把上面的包袱绳解开，里面是两个地瓜面做的窝窝头，大娘抓起来，都递给了我，然后，自己抱着小女儿，到里屋去了。

饿了一天，我也实在顾不上别的了，三口两口就把两个窝窝头吞下了肚子。当我吃完的时候，忽然发现，"妹妹"在里屋哭得那么厉害，嗓子都哭哑了。我心想，会不会是着了凉，生病了，赶快撩起门帘一看。只见大娘坐在坑沿上，把孩子揽在怀里，顺手从身边柳条筐子里边抓着花生壳，放在自己嘴里，慢慢地嚼烂，又吐出来，用指头抹到了小妹妹的嘴里。我知道，这些花生壳是留着当柴烧和用来喂猪的，又苦又涩又硬，难以下咽，"妹妹"当然吃着不舒服，也就不肯吃，就哭闹起来。她还不到两岁呀！

我明白了，家里就剩下了两个窝窝头，大娘给我吃了，让自己亲生女儿吃这嚼烂了的花生壳。就在这一霎时间，我发现她就是我娘，我真正的亲娘，比亲娘还亲。我喊了一声"娘",一头扑到她的怀里,哭了起来。

大娘抚摸着我的头,说别哭了,别哭了。我埋怨地说:"娘,你说一声,我给妹妹留一点嘛!"娘半天没有吭声。半晌,她摸我的头说:"小王啊,你是革命干部,你正在学习,你学好了能打日本鬼子。只要打走了日本鬼子,只要革命能够成功,不知能保住多少孩子呐!"

什么叫作人民的爱,什么叫作人民是我们的亲爹娘,什么叫作人民子弟兵,什么叫作为人民服务,在这一刻,我懂了。

留在心头的这种感受,永远不会遗忘。10年以后,在北京一座楼房里,在一盏台灯的下面,我开始写作我的第一篇短篇小说《党费》,当我写到那个女共产党员,为了给组织交党费,不交钱,而交点实用的东西,腌了一些咸菜,交给红军游击队。当她自己的小女儿好久不见盐,想抓一根咸豆角吃的时候,妈妈又从孩子手里夺过来,放进了菜篮子。这个细节,很自然跳到了我的脑子里,来到我的面前,成为稿纸上的故事。它从哪里来,它就是张家连子坡那位亲娘嚼花生壳的形象,在我的作品里变成的文学细节。甚至于连对话,我都原封不动保留了:"同志,只要革命能够成功,不知能保住多少孩子呐!"

(选自2017年6月13日《解放军报》)

母亲的流金岁月

贺捷生

1946年4月的一天，我母亲坐着一辆木轮车，从热河去围场。赶车的是个老大爷，受命来迎接新上任的县委副书记，想不到坐在他车上的，却是个文文静静的南方女子。那时我母亲面色白净，目光温润，娇小的身体裹在一件腰身大口袋也大的黄色大衣里，头上戴着一顶旧棉帽子，两只护耳翘了起来，像鸟儿飞翔时展开的一对翅膀；尤其，她还带着队伍上相当一级军官才有资格佩戴的那种盒子炮，枪把上系着的红绸，像一团燃烧的霞光。赶车老人猜不出我母亲的年纪，但他怎么看我母亲怎么不像一个当官的人。车刚上路，老人好奇地逗我母亲说，这位大姐，鬼子和汉奸都打跑了，你去围场打什么呢？母亲扑哧一笑，说："我打国民党。"

母亲那年37岁，化名黄代芳去围场做群众工作，但此时她已经是个老资格的共产党人了。她17岁在长沙读书时开始从事地下斗争，18岁在加入国民党的同时加入共产党，20岁在湘西参加红军并嫁给我父亲贺龙，26岁带着刚出生的我参加长征。1937年国共第二次合作时期，她28岁，经党中央和毛泽东主席批准，被派去莫斯科共产国际党校工作和学习。当她1943年历经千辛万苦，从西伯利亚经新疆回到延安，她日夜思念的孩子却杳无音信。当时，人们担心她受不了这种打击，说不定会精神崩溃，会疯掉。但她不仅没有精神崩溃，而且更像一名战士站在了战斗队伍中。面对人们投来异样的目光，她淡然一笑，因为她心里最清楚，她是来革命的，而不是为了别的。母亲意识到此后的路必定荆棘丛生，坚决要求往前线走。她想，从湘西到陕北，从中国到苏联，再从苏联回国，那么艰难的路都走过来了，那么多的好同志牺牲了，我这条命，从此彻底交给这场即将到来的祖国的解放战争。

母亲通过中共热河组织部主动要求来围场工作，最直接的原因，是热河省医院出现大批伤病员死亡的事件。这家医院是从日伪手里接管的，许多伤病员莫名其妙地死亡，使人怀疑医院里存在暗藏的敌人。正担任冀热察辽军区政治部保卫科长的母亲闻讯去调查，没抓出暗藏的敌人，却发现医院条件简陋，人手紧张，管理非常混乱，有些重伤员送进去得不到有效治疗，只能眼睁睁死去。

从医院回分区组织部的路上，母亲心情沉重。她意识到，医院出现的问题原因在于形势发展得太快，地方特别缺干部，急需派人下去发动群众，做好支援部队工作。但是，当她决定亲自扎下去时，组织部领导为难了，说首长啊，你是经历过长征的人，又是……实话对你说吧，现在分区的管辖范围，只有围场缺个县委副书记，可那儿太荒凉，太艰苦，职务又偏低，谁忍心让你去呢？还是等等吧。母亲说，还等什么？我也不计较职务高低。既然围场需要人，我就去围场。

当时抗战结束刚8个月，国共两党在重庆谈判开始陷入僵局，两党两军必有一战已成为共识。像母亲这样经历过两次国共合作的人，已经预感到战争即将到来，因此稍有风吹草动，她就像一支箭那样把自己搭在了弦上。

县委的基本任务是建立健全各级党组织和武装力量，发动群众进行土地改革，清算汉奸恶霸的罪行。当母亲到达围场县城克勒沟时，县长张静之和比她早几天调来的县委书记王克东，正带着县支队在乡村减租减息，动员群众发展生产，做好打仗的准备。另一项重要工作，是我党正在东北采取寸土必争的策略，每天都有干部从晋绥和晋察冀解放区经围场向东北开拔，需要县委派人护送。县委书记和县长见到母亲，喜出望外，说，黄大姐，你长期在延安八路军政治部和军政大学工作，各地的干部都认识，护送干部过境的任务就由你来负责吧。

母亲自然不会推辞，在她到达围场的当天，便骑上一匹叫"赛围场"的白马，开始去迎送过往干部。

骑白马，挎双枪，当我37岁依然年轻漂亮的母亲，在当年皇帝围猎的土地上，把党的一批批干部不知疲倦地送往东北时，她骑在马上的那副飒爽英姿，从此便像故事传说那样留在了围场人民和她的后辈们心里。几十年后说起这段岁月，她神采奕奕，依然沉浸在对当年战斗生活的痴迷中。母亲说，那些日子她披星戴月，风雨兼程，但她整个人就像脱胎换骨，活得特别充实。每当红日东升或夕阳西下，她在洒满金辉的原野上策马前行，风吹动着她齐耳的短发和手枪把上的红绸，就像一团火奔向太阳。

母亲少女时代在省城长沙兑泽中学读书时，幽静多思，文采飞扬，向往未来做一名中小学教师，或当个作家。长征后到了莫斯科，读了大量高尔基、托尔斯泰和屠格涅夫等苏俄作家的作品，曾萌发用自己的笔抒写战斗历程的美好愿望。但因为经历过太多苦难，有太多的人用异样的目光看着她，这使她变得沉默寡言。到了围场，这种充满激情的战斗生活让她精神焕发，变得像过去那样年轻、快乐，那样渴望经受暴风雨的洗礼。

经母亲护送的那些干部，有宋任穷、黄火青，还有长征期间和在莫斯科共产国际党校工作学习时的老战友、老朋友，她上抗日军政大学时的同学和当军政大学老师后的学生。她晚年回忆说，接来和送走这些干部，每次都像亲人重逢和道别，既高兴又依依不舍。把他们安顿在克勒沟县委简易招待所住下后，众人围着噼噼啪啪烧红的炭火，彼此有说不完的话，不知不觉天就亮了，然后又迎着黎明的曙光，打马上路。想到他们去东北，是同国民党争夺长春和沈阳那样的大城市，母亲的心里敞亮极了，就像一座房子把所有的窗子都打开了。新中国成立以后，在某个会议上或某种场合见面，这些同志不论职务高低，都会远远地走过来，向她致意并表达感激之情。

不久，东北的许多城市被人多势众、武器精良的国民党军队抢占了，国共两党大决战宣告开始。大战将至，县委紧急发动群众抢收秋粮，坚壁清野，防止被国民党军队抢去和糟蹋；着力整顿县支队和区小队，完善各地武装力量。农历十月的一天，黄火青同志北撤再过围场，正在孟奎区开展工作的母亲接到县委的电话，回县里向这位同时期去苏联的老上级汇报工作。但是，就在这天晚上，母亲才离开半天的区公所被一伙国民党匪徒包围，除少数几个人突围外，其余全部牺牲了。第二天母亲飞马赶回孟奎，看见头天还跟她说说笑笑的队员们横七竖八地躺倒在屋子里，墙上溅满鲜血，痛心疾首，泪水潸然而下。

10月18日，国民党中央军石觉的部队占领隆化，开始向邻县围场逼近，围场孤悬于敌人的铁蹄下。县委迅速组织力量转移财物和粮食，接着分东、西、中三路，由县委书记、县长和我母亲分头领衔，带领群众向内蒙方向撤退。

母亲坐镇的中路，集中了以新拨区为主的数千名老百姓，逶迤而行的队伍前面看不到头，后面看不到尾。母亲骑着马在队伍的前后奔跑，嗓子喊哑了，身子被行走在山路上的马颠得快要散架了。在这危难之时，她尽力保护老百姓，与他们同甘共苦。

走了一阵，母亲的心里一惊：区委书记赵友怎么不见了？不行，得把他找回来！这么想着，她掉转马头，急忙往回寻找。没跑出去多远，母亲站在高处，清楚地看见敌人从几里外追上来了，黄黄的一片像溃堤时涌来的洪水。敌人的马队把撤退的队伍拦腰截断了，在敌人迅速展开的包围圈里，如同一个巨大的旋涡那样旋转起来。母亲心如刀绞，只能护送剩下的群众继续北撤。

两天后，三路撤退大军在内蒙古经棚会合。清点队伍，县委和区委干部只撤出来70多人，失散的群众不计其数。当县委书记王克东、县长张静之和母亲的手重新握在一起的时候，生存的严峻和斗争的艰难已残酷地摆在他们面前。

新拨区区委书记赵友临阵脱逃，母亲在撤退中派人把他追回来后，他的贪污等问题也便完全暴露了。赵友人赃俱在，该如何处置？县委书记和县长征求母亲的意见。母亲说，没有什么好说的，按军法处置，枪毙！眼下的形势这么严峻，环境如此险恶，没有铁的纪律，剩下来的人谁能保证不会逃跑，不会叛变投敌？县委书记和县长完全赞同母亲的意见。

从收复县府大院，到剩下几十个干部撤退到外地，必须重整旗鼓，卷土重来，这个转变太突兀了！县委当即做出决定：以分区部队做依靠，集中县机关干部和县区武装力量，由3位主要领导带队，伺机深入敌后，开展游击战争。

昼伏夜出，风吹雨打，大路不走走小路，整天躲躲藏藏，这就是母亲和她的战友们此后每天必须面对的生活。常常是饱一顿、饥一顿，有什么吃什么；夜晚居无定所，碰见茅屋睡茅屋，遇上猪圈睡猪圈；有时干脆不睡，几个人背靠背地在星空下坐到天亮；子弹任何时候都上膛，与敌人遭遇，打得赢就打，打不赢就走。

对于游击队的这种生活，母亲太熟悉了，可以说驾轻就熟。连那些年轻队员都感到奇怪，说黄书记，你一个老大姐，过过有钱人家的好日子，见过外国的大世面，怎么能吃这种苦？母亲说，这算什么苦？长征的时候我背着枪，背着孩子，爬雪山过草地，比这苦多了。人都是逼出来的，多大的苦熬一熬就过去了。

寒冬来了，旷野大雪纷飞，口外的寒冷令人谈虎色变。母亲后来回忆说，在围场打游击的那些日子，什么苦与天冷比起来，都算不得苦了。他们出去执行任务，风餐露宿，气温达到零下二三十摄氏度，风不是吹过来的，而是像刀那样飞过来，砍过来。即使躲在日伪时期围民并屯留下的废弃茅屋里，大家也得抱在一起，相互取暖。夜晚伏击，必须相互提醒不打盹，否则一觉睡过去，人就被冻僵了，再也醒不过来。走在路上，枪不能用手拿，只能像搂孩子那样搂在怀里；用手拿着枪，枪很快就与手冻在一起，想要掰开，得生生撕下一张皮来。

后来，县委跟着分区部队向南挺进，到达邻县隆化一个叫小庙子的地方。分区政委谢明要围场的干部留下来，返回围场打游击。母亲马上站出来说，我不同意！围场暂时回不去。然后列举了三条理由：首先，围场现在由国民党中央军和傅作义部队重兵把守，把他们几十个人，几十条破破烂烂的枪留下来打游击，等于白白送死；其次，围场被日伪统治14年，他们才接管几个月，群众基础薄弱，让他们留下来，根本站不住脚；第三，当地冰天雪地，天寒地冻，没有藏身之地，不像南方，村子里待不住可以上山，敌人不把他们打死，也会被活活冻死。

分区政委和司令员觉得我母亲说得在理，同意把围场和隆化两个县的地方干部和武装力量一起带上。几天后，安全撤到了平北老革命根据地喜峰岔村。

上级通知他们先在这里休整，准备迎接新的任务。听说我母亲来了，住在村里的冀热察辽军区刘道生司令员特地过来看望她。刘司令员握着母亲的手，叫着她真实的名字，高兴地说："蹇先任同志，你们坚持把县里的干部带出来，做得非常对。他们是党的宝贵财富啊！如果把他们留在县里，以他们那么微弱的力量去与敌人的大部队对抗，最终一个个牺牲了，将来我们解放围场，连个向导都找不到了，这就惨了。执行中央的精神应该机动灵活嘛，不能生搬硬套。"

话说回来，母亲他们率领县委和县中队离开围场，实属无奈之举。几十年后她不无自责地对我说，当他们上路的时候，看见围场笼罩在一片沉沉的夜色之中，她心里就像刀割那么难受，好像又丢了一个孩子。她当时想，不，这不算完，总有一天我们要回到围场去。

五十七年后的2004年7月，孤独的母亲以96岁高龄在北京去世。去世前，她对我千叮咛万嘱咐：一定要把她的积蓄全部捐给围场，希望在当年的围场县城克勒沟为孩子们盖一所像样的学校，并把她当年在围场打游击时保存下来的器物和新中国成立后陆续购买的书籍全部捐给这所学校。

我能告慰母亲的是，她对围场的遗愿，几年前就实现了。

（选自2017年3月13日《解放军报》）

我的三位先生

阎 纲

第一位是爷爷

爷爷阎守诒，前清遗民，"反正"了，辫子革命，他也剪，但不彻底，剪断辫子留短发（俗称"短刷刷"），后来扎成小辫儿（俗称"拨浪鼓"）。当年鬼子扔炸弹，爷爷背着我跑警报，我在背上拨浪着他的小辫儿玩。

爷爷不是渊博的宿儒，通读四书五经，有孔孟之道的根底，熟识修齐治平之理，能背诵《朱子家训》《三字经》《百家姓》甚至《二十四孝图》；不语怪力乱神，敬鬼神而远之，却劝善规过，鼓励老婆婆们烧香拜佛。在家乡，爷爷算是有学问的人。

爷爷办私塾了。私塾就是家庭学校，我叔叔他们就在家里念书听讲。

县上创办小学，爷爷的私塾与公立小学并存。开运动会，通知爷爷的私塾参加，王同洲快步如飞，是第一人选，但是家穷，没有带色的布头做运动帽，徒唤奈何。曾祖母闻讯，连夜给娃做了顶帽子，奇特的帽子在阳光下飞动，成绩优良。谁料到，帽子竟然是纸糊的！

私塾里飞出个金凤凰。一时间，爷爷的私塾桃李盈门，三十年代关门大吉。

爷爷是我的第一位老师，学前在家，单独为我一个人授课，一直到我上了初中结束。母亲家教，教我以勤，爷爷授业解惑，教我以智。

爷爷教我认字、写字，背诵先贤修身的格言，教材大多是《三字经》《朱子家训》里忠孝节义的一套："读书志在圣贤，为官心存君国。"说什么家是小国，国是大家，不堕父辈之道，不忘精忠报国。爷爷教我誊写、打婚单，代书做善事。我家厅房，悬挂着一具厚厚长长的戒尺，戒尺就是打学生的板子，那是爷爷坐镇私塾的权柄，神圣不可侵犯。

一根大板子打痛了学生，打出了师生的爱。学生们一个个长大成人，四时八节，总有给老师进奉香羹等应时小吃的，这些吃货都成了爷爷和我精尻子爬炕头的夜宵美食。

父亲和大哥把新文化带回家，我知道的比爷爷多了，共同语言少了，爷爷津津乐道的老古董败下阵来。我后来上班出大门时，坐在门墩石上看牛车上坡的爷爷总想拦住说话，我总是走得慌忙，爷爷也总是说："那你忙去吧！"我反倒有挣脱之感，让自己有生以来第一个老师伤了心，留下终生的遗憾。

爷爷脑溢血去世，不满七十，我泣血稽颡，长跪不起，萦绕心头的是《四郎探母》里的一句唱词："千拜万拜赎不了儿的罪来。"

三年困难时期，做饭只欠一把火时，炕上的油布烧了，香椿树砍倒烧了，爷爷教师的权柄和光荣——戒尺也填入灶门，眼睛一闭，也烧了！

第二位是景庆勋

景庆勋先生是我初小的班主任，家道殷实，神清骨俊，多才多艺，尤以戏曲和戏曲音乐最拿手，二胡拉得动人心弦。他喜欢我，有意在语文和戏曲方面培植一棵幼苗。

景先生先教我磨性子填影格，教我练二胡。我此后能掌握弦乐乐器，包括小提琴在内，那15二弦的指法练习就是他把我第一个引进门的。日后在乐人何九叔手把手地速成下，我又学会了打板（鼓师），能指挥一个偌大的自乐班走街串巷了。

转眼到了九十年代。一日，和作协同仁兼同乡周明聊起秦腔。我说上高小时粉墨登场，扮过李陵和张君瑞，问他怎么喜欢起秦腔来。他说，我在周至中学上初中时，学校从各班选出爱好秦腔的同学组织了"周中剧团"，我是其中的一员。我们剧团的教练是景先生，棒极了，能拉会唱，教我唱戏，而且登台演出，你不要笑话，老师见我脸蛋秀气，叫我唱旦，男扮女装，景先生经常带我们四处为群众演出，在县上真算是火了一把。啊，对了，老师还是你们礼泉人，景庆勋！

太巧了，教我唱戏的正是景庆勋先生，天下竟有这等巧事！

九十年代初，周明和我相约拜望景先生。老师历遭运动，最后流落到周至，娶妻生子。老师钟情教育，推助美育，发表了不少论文和宣传品，早已是驰名省内的"模范教师"，年过八十。

我俩一踏进先生的客厅，伏身便拜，跪倒磕响头，匍匐不起："景先生，学生看你来了！"

"景先生，我们想你啊！"

景先生说："我也想你俩。你们俩人，一个阎振纲（我原来的学名），一个周明，是我教过的最有出息的学生，六七十年了，都在心上挂着！"

第三位是李秀峰

大学期间，我曾担任学生会宣传部副部长，组织文艺社团进行文艺演出，成立乐队举办周末舞会，特别是两周一次放电影，集中放映了一批苏联影片，同学们喜不自禁。

由于我在县文化馆和县文联期间发表作品，参加陕西省文艺创作积极分子代表大会并获奖，所以入学后颇受李秀峰老师的关注。李老师给我们讲授当代文学课，经常约我到他的居室面授写作经验，一盏有些灰暗的灯光下那对期望的双眼让我终生难忘。他又是甘肃省文联副主席，经常邀我参加省文联的活动，听写作讲座，听杨朔介绍《三千里江山》的写作过程，境界大开。

还有幸观看叶盛兰、杜近芳回国后汇报演出的《白蛇传》。此《白蛇传》田汉改编而非旧日的版本，唱词诗意盎然、流畅优美，"断桥"一折声情并茂，我泪如雨下，这才叫戏曲艺术啊！

戏曲成了我毕生在读的艺术学校。戏曲的唱词就是我心目中最早的诗；戏剧冲突成为我理解艺术的重要特征；戏曲人物的脸谱反使我对艺术人物的性格刻画产生浓厚的兴趣；戏曲的对白使我十分看重叙事文学的对话描写；戏曲语言的大众化和一色儿的短句抒情使我至今培养不起对洋腔洋调和过分欧化语言的喜好；戏曲的深受群众欢迎使我不论做何种文艺宣传都十分注意群众是否易于接受。

一九五六年我毕业到北京，一踏进作协的大门火就着起来，全国反右，李秀峰老师杳无音信，其后念及，不禁叹曰：覆巢之下安有完卵！

某教师答记者问

记者：有人说老师一周才上几节课，比我们每天上班八小时舒服多了……

老师：你知道上课备课、下课改作业，两个班一百多个学生的作业要批改多久吗？你知道早自习、晚自习吗？做操不管行吗？吃饭不管行吗？纪律卫生你不管吗？

记者：上课很轻松吧？

老师：上纪律好的班像演讲，平均每天两节课，就是演讲一个半小时；上纪律差的班像跟人吵架，每天吵一个半小时，你试过吗？

记者：钱不少挣吧？

老师：见过老师考公务员，见过公务员考教师吗？

记者非常尴尬。

【阎纲注】世俗的看法：考老师疲劳，没前途；考公务员吃官饭，能升迁。

（选自2017年5月23日《中国文化报》）

幸运和坚持

叶兆言

　　"文革"后期，在上海住眼科病房，那种大房间，一个房间就是一个病区。当时这家医院的眼科，上海最好，华东地区最有名。有位留学德国或者奥地利的老专家，水平极高，号称"远东第一把刀"。病友们背后议论他的传奇，留下的最深印象，"文革"初期被打倒，老专家天天打扫厕所，有个年轻的清洁工十分照顾。如何照顾不重要，重要的是小伙子好心得到回报，被老专家看中，偷偷地收为弟子，把自己的绝学都传授给他，结果这名不起眼的清洁工，便成了当时医院中最好的眼科医生。

　　情节很武侠小说，后"文革"时期，类似故事非常励志。年轻人写大字报，写着写着，拜老先生为师，后来成了书法家。写"批林批孔"文章，古文方面有疑难，向老先生请教，"文革"后恢复高考，这些年轻人成了大学生、研究生。都说那几届大学生货真价实，不知道很多都是"文化大革命"所赐。

　　话题回到年轻的清洁工身上，病友们都觉得他运气太好，逃避了轰轰烈烈的上山下乡，又学会一门非常好的医术。不容置疑，年轻人现在肯定已是国内顶级眼科专家。

　　其实我更想说的是学习机会，近水楼台先得月，向阳花木易为春，不讨论年轻的清洁工是否逃避了上山下乡修地球，大家羡慕的只是他获得的绝佳机会。人生最难得的是机会，我上大学时，大学还看不上当代文学，教现代文学的许志英老师总喜欢拿北京的社科院文研所说事，他觉得自己出身复旦没啥了不起，可是弄这个现代文学，跟在大名鼎鼎的唐弢屁股后面干过，这个经历非常牛，见识会完全不一样。许老师的名言，文学研究所出来的人，就算没吃过猪肉，也是见过猪跑。

　　记得刚考上大学，父亲很不屑地说读文科要上什么大学，祖父同样不屑，说我们老开明的人最看不起大学生。很长时间，我弄不明白为什么要这样说，觉得他们是出于忌妒，父亲和伯父没上过大学，祖父也没上过大学。

后来才想清楚，因为他们都长期做编辑，跟无数大学生打过交道，知道大学生的分量，见过太多糟糕的大学生，同时也知道，学文的人只要自己有心，只要认真和想学，在编辑岗位上好好干活，很可能是最好的修行。

民国年间老开明书店，出过很多厉害的编辑，1949年以后，搞教育的去人民教育出版社，搞文学的去中国青年出版社，搞古典文学的去中华书局。老开明的人在什么地方都出色，都是第一流编辑，都能发光。

说这些是因为手头在读的两本《鸣沙习学集》，我的同学徐俊所著，他写别的书没读过，这两本书已让人彻底折服。当然，说是同学还有些套近乎，徐俊比我低一届，我们学校中文系是小系，77级78级79级，三届学生加在一起，也没几个牛人，弄古典文学玩出名堂的，更是凤毛麟角。他是79级，大学毕业后分配到中华书局，一干就几十年。说老实话，也可能是我孤陋寡闻，少见多怪，论起做古典文学的学问，还真找不出比中华书局更好的地方。

不由得想起我非常佩服的周振甫老先生，这位开明的老编辑一直是心目中楷模。我们家说是编辑之家并不为过，祖父编辑，父亲和伯父编辑，唯一的姑姑在北京人民广播电台当编辑，堂姐和表姐是编辑，侄女和侄子也是编辑。我最差劲，当了四年小编辑，便成为逃兵。

若论资格和水平，应该是伯父最好。伯父非常反对编辑只是"为人作嫁"的说法，他觉得干什么事，都应该是为人作嫁，都是为人民服务，强调"为人作嫁"，骨子里还是轻视编辑。每个人都应该做好自己的本职工作，都应该是个好的编辑，好的教师，好的作家，好的政治家，好的法律工作者，好的运动员，好的领导，好的群众。

譬如周振甫先生，就是一名非常优秀的编辑，大家都知道，他是钱钟书先生的《管锥编》责任编辑，有着非常好的业务能力。

一个好编辑的厉害，三言两语说不清楚，钱钟书说"校书者非如观世音之具千手千眼不可"，又说自己的《管锥编》"蒙振甫兄雠勘，得免于大舛错，得赐多矣"。一本书遇到好编辑实属幸运，然而这个好编辑，也不是单单一个人品够好就行，本事就是本事。

一个好编辑必须要有观世音菩萨那样的慈悲心，还要有千手千眼，也就是说要有超凡的业务能力，这绝不是一句简单的"为人作嫁"就能打发。在我们家提起周振甫先生，永远会带着一份敬意。

我这个编辑没当好，半途而废，一方面自己太想当作家，一方面也是心目中好编辑标准太高，高山景行，觉得怎么努力都到不了周先生那境界。

《鸣沙习学集》的文章大多与敦煌有关，敦煌文献是专门学问，展现出来的是一种十足的冷板凳功夫。作为一名外行，我对敦煌学的认识无非两点，也就是陈寅恪先生所说的，"敦煌学者，今日世界学术之新潮流也"，"敦煌学者，中国学术之伤心史也"。

敦煌学，最初因为洋人喜欢而时髦，因为洋人重视而成为显学。时髦和显学也是说说而已，一般人心目中，敦煌最直观的印象是那些飞天壁画，其次就是被洋人买去的那些珍贵文物，这年头一说起文物，人们首先想起的不是它的价值，而是它的价格，敦煌文献都是无价之宝。

敦煌文献并不是谁想研究就能研究，会受到许多限制，你必须要具备这个专业的能力，你要能看得明白那些天书。当然，你还要有能接触这些破纸片的好机会，我们都知道，很长一段时间，敦煌文献不是落在洋人手里，就是躲在私人藏家的密室。得有机会遭遇它们，你要花大把的银子漂洋过海，去大英博物馆，去巴黎国立图书馆，去俄罗斯科学院圣彼得堡东方研究所。

时至今日，经过一代代学人努力，想接触这些文献，无论一手还是二手，再不像过去那么困难。机会还是会有的，然而今人做学问的耐心，对待学术的态度，已完全不能与前人相比。

徐俊兄在中华书局当编辑，一不小心进入了敦煌学研究的前沿阵地，我不知道他本来就有浓厚兴趣，还是因为工作关系，逐渐对这谜一样的文献入迷，像鸦片烟瘾一样，沾上了便欲罢不能，迷住了就神魂颠倒。反正所著作的两卷《鸣沙习学集》，绝对专业，内行看门道，外行看热闹，我是外行，有关专业的话不敢多说，至多也就是捧捧场。最想说的还是他的幸运，大学毕业去了一个藏龙卧虎之地，耳闻目睹，不知不觉功力飙升，山中一日，世上千年。

当然，关键就是一个坚持，要能够活下来。板凳要坐十年冷，说起来容易，在如今这个与时俱进的现实世界，很显然并不容易。因此说一千道一万，徐俊兄最让人羡慕，不只是所获得的机遇，更重要的还是他的坚持，是几十年如一日地坚持下来。

（选自2017年7月8日腾讯·大家）

草婴先生与托尔斯泰

赵丽宏

前几日，画家盛姗姗从美国写信来，约我为她的父亲草婴先生写一篇纪念文章。三十多年前，我刚从大学毕业，分在《萌芽》当编辑，盛姗姗是《萌芽》的美术编辑，我和她有过一段同事的经历。当时就知道盛姗姗是翻译家草婴的女儿，也知道她在父亲的指导下学习英文，准备去美国留学。盛姗姗从未和我说起过她的父亲，但草婴这两字，在我心里是个响亮的名字。因为，从小学时代开始，我就读过他翻译的苏俄小说，他翻译的长篇巨著《静静的顿河》和《新垦地》，让中国人认识了肖洛霍夫。草婴的名字，和那些名声赫赫的苏俄大作家连在一起，莱蒙托夫、托尔斯泰、巴甫连科、卡塔耶夫、尼古拉耶娃……在中国的俄罗斯文学翻译家中，他是坚持时间最长、译著最丰富的一位。我在《萌芽》当编辑的时候，听说草婴准备把托尔斯泰的所有作品全部翻译过来，心里有点吃惊。这是一个何等巨大的工程，完成它需要怎样的毅力和耐心。托尔斯泰的长篇小说在草婴翻译之前，早已有了多种译本。然而托尔斯泰小说的很多中译本，并非直接译自俄文，而是从英译本转译过来的。经过几次转译，便可能失去了原作的韵味。草婴要以一己之力，根据俄文原作重新翻译托翁所有的小说，让中国读者能读到原汁原味的托尔斯泰，这是一个极有勇气和魄力的决定，他将为此一个人在书房里付出无数个日日夜夜的辛劳。此后的岁月，不管窗外的世界发生多大的变化，草婴先生一直安坐他的书房里，专注地从事他的翻译工作，把托尔斯泰浩如烟海的文字，一字字，一句句，一篇篇，一部部，全都准确而优雅地翻译成中文。苏俄的另一位文学大家肖洛霍夫的作品，也大多被他翻译成中文。草婴先生曾经说，如果不是"文革"，他也来得及把肖氏的作品全部翻译过来。

我和草婴先生交往不多，有时在公开场合偶尔遇到，也没有机会向他表达我的敬意。但这种敬意，在我读他翻译的托尔斯泰作品时与日俱增。二〇〇七年夏天，原《世界文学》主编、翻译家高莽在上海图书馆办画展。高莽先生是我和草婴先生共同的朋友，他请我和草婴先生为他的画展开幕式当嘉宾。那天下午，草婴先生由夫人陪着来了，在画展开幕式上，草婴先生站在图书馆大厅里，面对着读者慢条斯理地谈高莽的翻译成就、谈高莽的为人，也赞美了高莽为几代作家的绘画造像。他那种认真诚恳的态度，令人感动，也让我感受他对友情的珍重。在参观高莽的画作时，有一个中年女士手里拿着一本书走到草婴身边，悄悄地对他说："草婴老师，谢谢您为我们翻译托尔斯泰！"她手中的书是草婴翻译的《复活》。草婴为这位读者签了名，微笑着说了一声谢谢。高莽先生在一边笑着说："你看，读者今天是冲着你来的。大家爱读你翻译的书。"那天画展结束后，高莽先生邀请我到下榻的上图宾馆喝茶，一边说话，一边为我画一幅速写。高莽告诉我，他佩服草婴，佩服他的毅力，也佩服他作为一个翻译家的认真和严谨。能把托尔斯泰所有的作品都转译成另外一种文字，全世界除了草婴没有第二人。高莽曾和草婴交流过翻译的经验，草婴介绍了他的"六步翻译法"。草婴说，托尔斯泰写《战争与和平》用了六年时间，修改了七遍，要翻译这部伟大的杰作，不反复阅读原作怎么行？起码要读十遍二十遍！翻译的过程，也是探寻真相的过程，为小说中的一句话、一个细节，他会查阅无数外文资料，请教各种工具书。有些翻译家只能以自己习惯的语言转译外文，把不同作家的作品翻译得如出一人之笔，草婴不屑于这样的翻译。他力求译出原作的神韵，这是一个精心琢磨、千锤百炼的过程。其中的艰辛和甘苦，只有从事翻译的人才能体会。高莽对草婴的钦佩发自内心，他说，读草婴的译文，就像读托尔斯泰的原文。作为俄文翻译同行，这也许是至高无上的赞誉了。

草婴先生清瘦矮小，待人谦虚温和，生前从未听他高声说话，是典型的文弱书生形象。然而作为翻译家，草婴先生可谓一个巨人。写这篇短文时，我的心里很自然涌出两个词，一个词是桥梁，另一个词是脊梁。

桥梁，对草婴先生是一个被人说得很多的词汇，他的翻译，在托尔斯泰和中国读者之间，在俄罗斯文学和中国文学之间，架起了一座恢宏坚实的桥梁。感谢草婴先生，向中国读者展现了一个完整真实的托尔斯泰。

脊梁，也是一个合适的比喻。草婴先生很谦虚，把自己比作一棵小草，以文学翻译为世界添绿。但草婴先生的精神和品格，当之无愧是中国知识分子的脊梁。身处动荡艰困的时代，历经人世的曲折沧桑，他始终没有停止对俄罗斯文学的翻译，也没有放弃对理想信念的坚持。在人妖混淆、是非颠倒的时刻，他保持着清醒。我读了盛姗姗寄来的怀念父亲的文章，其中的很多情景让人落泪，草婴经受的苦难，常人难以想象，但他一生都挺直了脊梁做人，从不低下高贵的头。他是一个翻译家，他的心思却并非只在文字的转换之间，对自己所经历的多灾多难的时代，他没有选择忽略和遗忘。我读过他为《文革博物馆》一书写的文字，那种真切和坦诚，撼动灵魂，袒露了一个正直知识分子的良心。他对历史的真实剖析和深刻反思，和巴金的《随想录》有一样的风骨。

草婴先生前年秋天去世，很多人写文章怀念他。最让我感动的，还是近日读到的盛姗姗怀念父亲的文章。草婴在病床弥留时，盛姗姗俯身在他耳畔轻轻说道："你要去和托尔斯泰、肖洛霍夫聊天了，他们正等着你呢……"

（选自2017年3月7日《中国文化报》）

精　英

　　我第二次到美国的时候，小雁开着车来旅馆接我去做客。由于路上堵车，我到她家时已经饥饿难耐，急忙打开冰箱，却发现里面空空荡荡，只有半块比萨饼和几个苹果。"你怎么能这样过日子呢？平时不做饭吗？"我大为不解。

　　她说："是的，基本上不做饭，也不会做饭。"

　　"那我们就随便下碗面条吧。"我表示大度和通融。

　　但她说家里连面条也没有，真是不好意思啊。她拉着我到超市去买食品，在地下停车场倒车的时候，不小心，汽车在水泥柱子上剐了一下，发出刺耳的声音。我想那里肯定出现了一道惨不忍睹的刮痕。她笑了笑，没打算下车去看看。"没关系，我这辆车是碰碰车，三天两头就要同人家亲热亲热的。"她满不在乎地一扬头，我暗暗佩服她的豪放。我想起刚才第一眼见到她的时候，就被她的那辆汽车吓了一跳，如此伤痕累累和蓬头垢面，像堆破铜烂铁。我心想：这家伙该不是在美国失业了吧？

　　她把这堆破铜烂铁开得很疯很野，面对着一路上疯疯野野迎面扑来的高楼和立交桥，给我介绍洛杉矶的脏、乱、差，介绍这里华人区的迅速扩展，介绍美国中产阶级喜欢的好莱坞和沃尔玛，当然不忘记把沃尔玛、梅西、Food Lion这一类超市批了个遍，说这类超市如此工业化而没有人情味，如此全球化而毁灭各民族文化传统，真是十恶不赦。中国大陆可以学美国，但怎么能把美国这么糟的东西学过去呢？中国什么时候变得比美国还美国了呢？她提到什么需要引用的词语时，就两手举在耳边，各用两个指头挠一挠，表示口语中的引号所在。她这样做，有几次两手完全离开了方向盘，眼看着无人控制的汽车朝一辆黄色货柜车迎头撞去，吓得我心差点要跳出来。

　　我已经在美国多个场合见过这种两手挠耳的小猫姿态了。于是发现美国的人文界精英，或者说美国的人文界女精英，除了对资本主义和斯大林主义一并大举讨伐之外，大概都有这样的特征：

一、笨得不会做饭菜。二、汽车脏了或碰坏了根本不去在意。三、说话时经常像猫一样举起双爪，在耳边挠出引号。四、一般不喷香水——我在香港为小雁买的香水，算拍马屁拍在马腿上，被她收下了，也被她嘲笑了。"穿套装喷香水的，那是女秘书！"她笑着把"女秘书"三个字说得很重，意思不言自明：你傻帽了不是？

这些特征源于什么，不得而知。但你完全可以依据这些特征，把她们与其他人群区别开来，比如很容易与浓妆艳抹、光鲜亮丽的下层打工妹区别开来，与衣色深暗、低调并且从不出入超市的上流贵妇区别开来。美国社会批评家福塞尔在《格调》一书中提到："最穷的人不赶时髦，是因为没钱赶时髦；最富的人不赶时髦，是因为他们的任何行为、举止本身就会创造时髦。那么时髦是什么呢？时髦不过是社会中层心理焦灼之下，急切而慌乱的文化站队和文化抱团。"

小雁从她十分愤恨的沃尔玛超市买回食品之后，十分谦虚地向我请教如何做菜，包括如何下面条，让我以为自己的耳朵出了毛病。事情怎么可以这样？她以为她是谁？她好像从来没有在中国生活过，更没有在太平墟当过知青，难道她从娘肚子里一钻出来就成了洋教授，连面条也不会煮了？她又请来一个中国学者和一个韩国学者作陪，更加谦虚地向大家检讨她不会做菜，家里也缺少必要的储备，因此主菜只是一些买来的成品和半成品，没有什么像样的好东西，请大家来只是聚聚而已。她快快活活地愧疚着，好像她一旦会做菜，而且家里食品储备颇丰，就成了个假教授，如同中国老妈子，就低人一等了；好像她不长时期这样自我折磨，就要让同伴们大惊小怪了，就负有欺民和扰民之责了。因此这种愧疚成了学院精英之间一道必要的迎宾大礼。

来客也是精英，衣着都朴素和随意。其中一位女士席间说到她有一枚钻戒，是丈夫买给她的，但她一直不知道该不该戴上，总是心怀愧疚地觉得一戴上就是向资本主义或者共和党妥协了。他们把这一类事谈得很认真，就像他们同样把住房升值、波兰会议、学院终身教职、波德莱尔的诗歌、卢旺达的军阀专制等谈得很认真一样，餐桌上荡漾着"左"派的舒适气氛或者舒适的"左"派气氛。不知什么时候，那位钻戒女士对一种形如小粽子的阿根廷菜十分惊喜，重点向大家推荐："好吃！你们都尝尝。"在一片"好吃"的热烈赞赏中，我差一点也跟着附和了。但我对那些用绿叶包着的半熟米粒或豆粒实在没有兴趣，没嚼出什么味，便斗胆向他们另外推荐油淋豆豉辣椒萝卜——是一个中国留学生前几天送给我的，就藏在我的旅行包里。他们对这种常见的中国菜没有特别的新奇之感，但片刻过去，我发现这盘油淋豆豉辣椒萝卜已经被一扫而光，而他们盛赞"好吃"的阿根廷菜却堆积无减，一直暗受冷遇。

他们在饭后仍然在称赞阿根廷菜，这有点奇怪。

显然，从他们的生理口味来说，他们还没有真正接受那种奇怪的"粽子"。但他们在餐桌上必须发动对这道菜的赞赏，那么他们的赞颂必定不是来自肠胃，而是来自大脑，不是来自欲望，而是来自知识。知识分子嘛，吃也得知识化起来，就像钻戒也得戴出政治感来。阿根廷菜是少见之物，符合"物以稀为贵"的价值原则，符合"越少越喜欢"的上流社会审美品位，因此最可能被有身份的人士喜爱，至少也要被尊重。另一个可能的原因是，在这些亚裔学者的眼里，阿根廷是西班牙语地区，既是高贵欧洲的延伸，可以成为主流的代表，又是一个发展中国家，似乎是一个边缘的隐喻。现代精英以文化的开明和多元为己任，不就是一直又主流又边缘地暧昧不清吗？他们怎么可能对这一盘突然冒出来的代表阿根廷文化的菜掉以轻心？怎么可能因逞口腹之快而涉嫌文化态度上的轻率无知？

看来精英也难当，有时口舌必须服从大脑。

（选自2017年第2期《读者》）

我爸认识所有的鱼

冯 唐

老爸走了，我现在赶去机场，回北京。

2016年11月13日。老爸十天前还能吃能喝，半盘子卤肘子吃光之后喝光一碗粥；两天前还在做饭炒蘑菇；今天上午还吃了半碗面条，今天下午五点，就毫无痛苦地过去了。他9月份过了八十三岁生日。今天还是老妈的生日。

我订完机票，取消下周所有会，打了几个电话，安顿好，忽然想到，每次见到老爸，他都不太说话，都给我倒一杯热茶，眼泪下来，止不住。我知道，走得这么快、这么安详，像睡着了一样，是老爸的福德，也是他一生修行的见证。可是，我还是觉得心里空了一大块，眼泪止不住。洗把脸，去机场，洗着洗着，哭倒在洗手间地板上。

前一个月，安排彻查了老爸的身体，排除恶性病变。老爸体重不到四十公斤，我搀着他，觉得他小得像个孩子，我小的时候，不到四十公斤，他也这样搀着我的手，去医院、去公园、去他单位玩耍。因为太瘦，老爸的静脉状况很差，做加强CT需要的留置针都安不住。我还和他开玩笑，如果真生病了，要静脉注射，您就真有罪受了。老爸进CT室之前，要卸下一切金属，他脱了手表、钱包、钥匙、手机、戒指、手链、香烟、打火机、假牙，我拿他的帽子盛了这些物件儿，小小一堆儿，很无辜地聚集在一起。

他一点罪都没受，睡着去了，在地球上他住过最长时间的北京垂杨柳，和平时午睡一样，张着嘴，手放在电脑上，眼睛闭着。他从来没有多过一万块的存款。我想过给他换个新平板电脑，他说不要，他电脑里斗地主积累了很多分数，一换就都没了。他一直霸占厨房，给周围人做饭，认为任何厨神做的饭都没他做得好吃。他认为所有馆子的菜都太贵。他认识所有的鱼。他说，天亮了，又赚了。

反正老爸一辈子不太说话，他的小羽绒服还挂在门口的挂钩上，我认为他根本没走。老妈在老爸屋子里摆了一个简单的灵堂。我去上了香，看到他床空了，整整齐齐的，照片笑得像以前一样无邪，手表、钱包、钥匙、手机、戒指、手链、香烟、打火机、假牙等等分列照片两边，我眼泪又流出来。流了一阵，擦干出去，老妈面前不敢哭。老妈啊，您总是欺负老爸，如今他走了，您没人欺负了，您怎么办呢？

我见过的最接近佛的人圆寂了，留我一个人独自修行。圆寂不是离去，而是去了另一维空间。其实，人一起生活过一段时间，就没了生死的界限，除非彼此的爱意已经被彻底忘记。我这么爱老爸，他就走不了。其实，人比的不是谁能拥有更多，比的是谁更能看开。老爸一直没拥有过什么，一直看得很开。我努力向您学习，争取做到您的万一。

我在这一维空间里祝您在另一维空间里一切安好，认识那里所有的鱼。

（选自2017年第3期《散文海外版》）

如 此 甚 好

荆 歌

　　人类是不是天生喜欢画画儿？你看小孩子，几乎没有一个不喜欢画的。而且他们画得那么好。当然这个好，绝对是在尚未被进行任何美术教学之前的状态。一教，基本上就完了。这个完有两层意思：一层，是再也画不好了，这个好，当然是我所认为的好；第二层，则是本来爱画的孩子，可能就此不再画了，怕画了，觉得画画一点儿意思都没有了。我女儿小时候所画的上千幅画，我现在一张不落地收藏着。当自己不知道怎么画的时候，翻出来看看，就会觉得，她画得真好啊！她怎么会画得那么好呢？人物的神态、穿着、行为，互相的关系，都是那么的好，好到无以复加的程度。可惜了，孩子都要长大，长大了就不画了。或者，长大了就去画大人们觉得应该画的东西了。我很喜欢顾城的画，他的画就是孩子的画。孩子都要长大，但是顾城不长大。他一直沉浸在他的童心里，他用童心作画，所以好看。

　　但是，一个人要始终让自己像孩子一样，那有多难啊！就像一天天在时光中老去的咱们，谁不想能够停下脚步，谁不想能够回转身多走几步，回到那青春光华的年代呢？但是行吗？不行啊！哭也不行。那么我们就说，身体老一点抵抗不了，咱保持一颗童心就是了。其实这好像更难。童心这个东西，也不是说有就能有的。贾宝玉为什么觉得只有少女是水做的，年齿既长，就污了浊了，和臭男人一样变成泥胎子了？而且我想啊，如果真的能够有一颗水做的心，那么它是一定会反映到人的外貌上的。也就是说，说到底，其实人真正老去的，不是躯壳，而是内心。如果真能始终有一颗赤子之心，那么我想，这个人的容貌，即使上了年纪，也一定不会像凡夫俗子庸碌众生一样可悲、可怜、可厌的。

　　这似乎扯得有些远了。还是来说绘画吧。我为什么要画画？刚才还有人在我微信朋友圈发评论，说我"不当主席当画家"。其实我哪里是什么画家！我不要这顶帽子。我只是要像个小孩子一样，把尚且还属于我的一些人生时光，消磨在涂涂画画里。这儿长出来一根竹，那里树起了一块石头，窗外几朵云，墙内一枝花。它可以是这样的，也可以是那样的。不为取悦任何人，只让自己愉快。这跟写小说比起来，真的要轻松快乐多了。小说创作这件事，其实真不是人干的。好不容易写出一个东西，觉得跟自己以前写的比，明显没有什么进步，于是便会沮丧万分，羞愧自责。如果写得还可以，那么焦虑很快又降临了：下一篇，怎么写？似乎每一次都要尽力跨越，都要想尽办法一篇比一篇好。不光要跟自己比，还要跟别人比，至少要跟与自己在同一个层次上的作家比。人到了这个份儿上，真的是累得不行，何苦来着？而画画则不同，你看顾城的那些画，明显是从中看不出任何焦虑的。它天使一般纯净和欢愉。我想，要是顾城能靠画画养活自己，他也许会像个真正的孩子一样快乐起来。

良宽说过，他最不喜欢厨子做的菜和画家的画。极端的论调背后，往往有着深刻的真理。厨子的菜，真的就脱不了一股油腻腻的抹布的气味。而职业画家的画，是好还是不好，当然不能一概而论，也不是你说它好它就好，说它不好它就不好，良宽要表达的，是他对手段的厌恶和对纯真内心的推崇。这个我特别能够理解。世间一切，最俗莫过于习气。一旦沾上了这个东西，就是美女染了风尘，白雪堕落泥土。像我这种以写小说来世间讨生活的，通过画画儿来玩一点清世，一方面打捞其实早已泯得所剩无几的童心，另一方面，也让自己得以在经济上和精神上都不要像单纯写小说那么辛苦拮据。最后要说，我一点儿都不觉得卖画可耻。一介文人，无权无势，无更多谋生之道，靠笔吃饭，天经地义，自古已然。正像我们苏州乡贤唐伯虎先生曾经说的："闲来写就青山卖，不使人间造孽钱。"以清洁之心谋生，以童心寻找自由，如此甚好！

（选自2017年3月17日《文艺报》）

读书要缘分

二月河

其实万事都是要缘分的。譬如我们遇到一个陌生人，第一感觉就有"顺眼""不顺眼"之分，但原先一丁点恩怨也没有。譬如踏破铁鞋无觅处，费尽千辛万苦找不到，突然一个极其偶然的机会，碰到了，或者是找到了——得来全不费工夫。譬如一项化学实验，绞尽脑汁就是不能成功，偶然发现一种催化剂，它就……譬如……我说的读书只是譬如之一。

我是经历过一段填鸭式读书的过程的。那是"文革"期间吧，全民都在文化荒漠之中。那个时候我的感觉，仿佛见到所有的文字都是亲切的，我在废旧公司收的破烂里觅，在朋友家里搜，在图书馆的角落里捡，地上掉的一张纸片、一本旧台历，上头只要有我没见过的文字，都会使我心目一开，什么《匹克威克外传》《名利场》《双城记》《悲惨世界》《复活》《安娜·卡列尼娜》《牛虻》《三个火枪手》《第二次握手》《镀金时代》《百万英镑》《王子与贫儿》《汤姆·索亚历险记》《哈克贝利·费恩历险记》……

但有些书的确是不对我的缘分，或者不对脾胃，巴尔扎克的《人间喜剧》就没能卒读。不是没有时间，而是感觉读不到位，有的篇章还可以，有的篇章匆匆一览过后便忘。《战争与和平》我至少读了五遍，也还是找不到心灵震撼的切入点，关怀不到书中要旨与人的思想。喜爱《基督山伯爵》，《茶花女》就一般，金庸的书几乎全都爱，但他的《鹿鼎记》至今还在书架上是个摆设，我觉得里头的社会性不够，不足以显示那个时代的特色。王朔说了金庸很多不恭之词，他两个相互抵触的都晓得了，但我怕喜爱金庸，也喜爱王朔。郑渊洁的童话起初也很使我着迷，他后来的作品明显是硬凑着"说"童话，不那么"娓娓"了，我也就淡了。我读书喜欢"原味原汁"，"清淡"的便清淡了。包括像《第三帝国的兴亡》，虽然不是小说，但它刺激、原味，仍然可以使人通宵达旦地读下去。《斯巴达克斯》《三个火枪手》味道很重，但我也读不出兴味，我喜爱莱蒙托夫的诗，对普希金就恬淡。当然这都很"相对"，不是那样兴奋，不那样"雀跃"而已。

在很长时间里，我一直认为，这完全是我的读书主观不够档次的缘由。后来自家著书，又接触到不少大腕、专业读者——评论家，发现和他们意见一样的。这样，我的疑心便动摇了。《红楼梦》是好书，但也有许多人并不爱读，更遑论《聊斋》《西游记》《水浒》，真是萝卜白菜，各有所爱。你是一家，也许真的荼毒了许多人，也许成全了不少人。这是不能用"对"或者"错""档次高""档次低"来界定的。

我的书是能卖钱的，卖相好的书出版家以为好，"为的钞票"。但我深知，有些书不能挣钱，出版家照出，因为明明白白它是好书，可以为出版社"门庭生辉"，有些顶尖级的书读者群很集中，但一般读者不问津。这不是书的问题，是人和书的缘分的事。有的朋友说我的书是"通俗读物"，我知道他的意思是"不入大雅之堂"的吧，那也是他的缘分不对。但我不否认我的书通俗，我的书就是给千千万万肯从自己血汗钱中取出又买进他的书屋书铺，甚至带到公交车上、厕所里去读的，这也是无可救药的缘分在起作用，至于读到了多少，读出了什么味道，那是我和读者沟通的结果，不足与外人道。

我的女儿爱读琼瑶、三毛，爱啃她的青苹果，谁能说她"不对"呢？我会因为她不爱读我的书而不爱她吗？

别人也一样。

（选自2017年2月11日《解放军报》）

良性的感觉就是恩

石 英

说起"恩"字，稍有良知者必都会油然心动。自然联想到人生境遇中有益于己的他人之赐之助之善举。大者拯救生命于水火，济以钱帛解燃眉之急，以正义行动使己转危为安，等等都是。令受惠者感恩莫名，乃至终生不忘，纵然有所回报仍觉难达之万一。至于忘恩负义、恩将仇报之类，自为正义人士所不齿，所谓"小人"者恐亦为此类中之一种表现。

而我题目中之所指，从表面上看似乎没有那么重大，或则少为人所知而近于无形，在施予方主观上并无特别意图，在接受方感觉是"润物细无声"的真诚与温暖。在我本人的大半生中，有幸经遇过他人给予的难忘的"良性感觉"，尤其是在我成长期的青少年时期，在故乡解放区，有几个人、几件事，给我的感觉堪称刻骨铭心。

我永远忘不了那只稳稳托住我的大手——

那是二十世纪中期解放战争时期，大约是1946年12月吧，北平发生了美军强暴北大女学生沈崇的事件，这件事也牵动了解放区人民的心。我们同仇敌忾，举行各种活动进行声援，与国统区的抗议声浪遥相呼应。记得那天风沙大作，我所在的九里镇完小的师生一早就集合了队伍，高呼口号，在各村中游行，然后直奔县城，在城东门外河滩上举行万人大会，声讨美蒋，鼓动士气，军民以更大的力度投入人民解放战争。我作为小学生的代表，上台演讲，那台子是临时搭建的，其实就是在靠河堤处搭了两张大八仙桌。当时我具体讲了些啥今天已忘记了，无非是满怀激情地声讨、控诉、支援、鼓动，落点是美蒋的阴谋行动一定破产，我们一定会取得最后胜利。

讲完了话，我当即从八仙桌上跳下，却未料到有一只大手托了我一把，使我稳稳地落地，我定睛一看，原来是一位三四十岁的"大男人"，一位穿军装的首长（我在小时候，看任何比我岁数大的人，都觉得人家"老"了），腰扎的宽皮带上挎着"撸子"（手枪），面带诚挚的笑意对我说："小同学，讲得很好！"我觉得自己肯定是脸红了。这时带队的女老师告诉我："这是军分区孙司令员。"（其时胶东北海分区地委、专署、军分区的均驻我县）我一时不知所措，只是"哦哦"地说不出话来，更不知与首长握手什么的（因为这是我有生以来遇到的"大官"之一啊）。但孙司令员并不介意，他接着又对我说了一番话，印象最深刻的是其中这样两句："成长要从少年时代开始，奋发努力才能成为有用的人才！"在我们整队回返的途中，女老师还和校长重叙着司令员的这两句话，她感慨地说："有人说我们的军队中都是大老粗，才不是呢。"

然而，也仅就这一次，我再也没有和孙司令员见过面。如果说是缘分，也仅只是一面之缘，或者只是"寥寥数语之缘"。但就这一面，这寥寥数语，却使我受用不浅，随后在我身上产生了很大的动力。

在这以后，战争形势继续发展，在我们胶东也曾一度恶化，有相当长一段时间没有听到孙司令员的消息，但我心中始终记念着他，偶尔听大人们说他已调至野战军工作，戎马倥偬，自然是不可能有机会见面。直到四年之后，我在某军区司令部机要处任译电员，有一次在收译一份朝鲜战场第五次战役战况的电报中，得悉他任志愿军81师师长，率领所属部队于完成既定任务后，边撤边打，又歼灭敌军数千人，然后完整归建，受到志司嘉奖，他本人也破格记功（因为我军高级将领一般情况下是不记功的）。我看后无语，却由衷的高兴，特别特别的高兴，深深感念的高兴——他是师长，也是我成长中的"师长"啊。

随后又是若干年、若干年，又没听到他的消息，直到前几年，有一次与一位相对年轻的同志一起出差乘火车去外地，听说他手机玩得极熟，我请他"搜"一下关于孙端夫将军的讯息，结果得知他在二十世纪七十年代即已逝世。我听后愕然，凝然，岁月何其冷峻！

但作为我精神上终身受益的师长，在我心中并没有因此而逝去。

另一位终生忘不了的人相识与孙司令员大致同时，他就是时任胶东北海军分区政委兼北海地委书记的刘坦同志。1946年秋，蒋军第八军李弥部由胶济线中段的潍县出动，向我胶东解放区腹地进犯，于连续侵占昌邑、沙河、掖县（今山东省莱州市）之后，仍有觊觎龙口等地之势。为应对新的事态，军分区及所属部队向接近前线地区移动——由县城转移至西南方向的九里镇。其时我正在九里镇完小读六年级，为了配合形势宣传，我们师生排练了小型话剧等节目。记得是一个星期天，我们正在加班排练，刘政委事前没打招呼就突然来了，李校长忙不迭地请他坐下，他含笑谢绝，自管站着静静地看。等我们排练一遍之后，李校长（兼临时导演）征求他的意见，他才与校长小声说了几句，然后客气地走了。这时校长才对我们说，原来刘政委见扮演被抓壮丁的"老农"那位同学气色不太好，估计身体较弱，要我们注意他不要太累，扮演蒋军连长的演员对他呵斥也别太凶，防止吓着他。我听了觉得刘政委心特细，连这样的小地方都想到了。

也就是过了两三天，我从学校后操场小门进校，正碰见刘政委在操场上踱步，身后好像是警卫员在一定的距离跟随着。他一看到我，便主动叫我的名字，我一惊，站住了，政委这才说："听你们校长说你特别爱看报纸，我那里报纸比较多，如果你愿意的话，课间可以到我那里去看。"我不好意思地犹豫着："那方便吗？"他说："有啥不方便的，只要不妨碍你的课程。"这时我才料到必是校长告诉了他我的名字。

次日下午只有一堂课，我下决心去刘政委那里看报，但其实内心还是有点忐忑。他的办公处就在操场小北门的对面，是一家人在天津的富户，村里临时借用这家的部分房屋驻军之用。我向大门左首的耳房（类似传达室）的一位通讯员说明来意，他态度温和地告诉我政委在第三进西间办公。我进去一看，首长正盘腿坐在炕上，好像在批阅文件，一见我来了，很热情地让我坐在他的对面，中间是一个挺大的炕桌，看来他早已把一摞报纸准备好了，我规规矩矩地坐下来翻看，彼此好像心照不宣似的各不相扰。

就这样去看了有两三次吧，但有一天，我抽报纸时越是小心越出纰漏，报纸的角儿竟带倒了桌上的墨水瓶，钢笔水立即洒出……我当时心情紧张手忙脚乱可想而知。正无措之际，刘政委一面连连说着"没事儿，没关系"，一面拿抹布擦着墨水，然后又用废旧报纸擦拭干净。但他显然担心我有顾虑日后再不好意思来了，又反复叮嘱我："日后照常来啊。"我虽然点头答应，此后却真的不好意思来了。

然而，人虽未来，心里头的反思和感念久久萦怀。表面上的一桩小事，几个动作、几句话，数十年间挥之不去的影像，这就是我经历的战争年代的领导干部，党政军的首长，对一名普通小学生，平易、平和、平等，爱心、爱护、爱之甚切，不只是讲大道理，更是用细致入微的行动；注意到基层群众演剧活动中演员的身体，关注一个酷爱看报求知若渴的学生；没有壁垒森严的警戒，俨若亲人似的对坐心心交融。成长中的我，感受到的是慈爱、温暖，无尽的感激，抑制着泪水，内心奔腾的热流，最后是积聚起信仰的因子，凝结成回报与献身的精神，这样的一些人代表的主义和精神，为之奋斗乃至献身：值!!!

与孙司令员一样，就这么一段际遇，随后由于战争的变换，莱芜战役之后，蒋军为了收缩战线，自侵占的掖县、昌邑等地后撤，局势出现暂时的和缓，军分区机关和部队又回到县城附近驻地，自那以后，再也没有与刘坦同志见过面。

新中国成立前，他升任胶东行署主任，这是战争年代解放区的一级机构，介于大的解放区和分区之间，党政军分别称为区党委、行署和军区，大致类似副省级机构，新中国成立后五十年代初期即告撤销。刘坦同志在新中国成立前后调南方工作，"文革"中受到严重迫害和极度摧残，"四人帮"倒台后不久即与世长辞，至今已过去三十余年矣。

以下我要说的是同时期的本县县长王佐群同志。在战争时期，我与王县长有过几次接触。他总是穿着一套解放区本地生产和制作的灰粗布干部服，通身上下连帽子都是挺括整齐的。他面色有些黝黑，但身材精干、步履轻快，仿佛时刻都在行动中。平时他的话语并不多，更不啰唆。最典型的一个例子是：有一次他和县教育科李科长来我们完小，好像是视察吧，我们李校长把我叫过去，向二位领导介绍：最近全县高小毕业生会考，我名列前茅啥的。王县长看了我一眼，态度既不热情，也不冷漠，只是很平常地说了两个字"可以"。但我觉得已经很"可以"了。一县之长，现在不讲了，在旧时代那是"县太爷"呀，对一个毛孩子的评价能说个"可以"还要咋的？后来事情的发展证明他对我的印象其实很深的。

1947年春节刚过，全县召开主要是由青壮年参加的反蒋保田大会，我们的李校长为表现先进积极，高年级的五六名积极分子也被破格允许参加了，去往十多里外的南乡城镇。大会由县委书记张竹生同志主持，但在会上没见到佐群县长，经过几天的动员讲话，由蒋占区掖县的受害者声泪俱下进行控诉，张书记站在大方桌上号召青壮年踊跃参加中国人民解放军，上前线英勇杀敌，为受害的父老乡亲报仇！……这时，我们的李校长郑重地问我："石恒基，敢不敢带头参军？"我当即回答："敢！"话音未落，早已站起身来，一溜烟儿地就往土台子上跑去。那时我刚十二岁，虽说个头比一般孩子蹿得快些，现在估计也就一米六吧，我在台前挥舞拳头，大声地喊："大哥哥们，赶快参军呀，上前线打老蒋呀！"随后，"大哥哥"们陆续"咚咚咚"地跑了上来，再过了一会儿，这些山东大汉们将我挤到了后边，遮蔽了我的视线……

最后，这些自愿参军的人们分别乘上几辆破旧的日式卡车奔赴县城。在过"兵检处"这一关时情况并不理想，人家还是因为我年龄太小，安抚我"过两年再来"。我正与他们争辩，一看我所熟悉的王县长过来了，原来他没在大会上，可能是在县里主持工作，他似乎已经听到了，便开门见山地对我讲："过两年再参军也不晚。"我急着说："晚啦，仗也打完了。"他说："打不完，再说上前线那还不容易，机会有的是。"我觉得他话里有话，反正是被他劝回去了。

果然，也就是三个月后吧（当时我已参加了试建期处于秘密状态的新民主主义青年团），有一天，在学校接到县里指令：全县支前大军即将出发，决定以青年团员为骨干组成"少年儿童宣传队"，随支前大军开赴鲁中前线，云云。我敏感地意识到：这多半是王县长提的名，看来他说话是讲信用的。对于此行，我自然是喜出望外。

我县支前大军一路西南方向，穿过胶东数县，越过了胶济铁路，逐步接近鲁中前线。在这当中，我很少见到王县长，他是总领队、总指挥，上千的担架，胶轮大、小车，人和骡马，肩上的担子不轻，偶尔见到他，我知道尽量不要去打扰他，整天就是跟宣传队的小伙伴为支前队伍唱歌、演活报剧，逗他们乐也是好的。最忘不了的是一天傍晚在昌邑县南部的一个村庄宿营，这里刚被蒋军和还乡团洗劫过，空气中还弥漫着血腥味。村干部中只剩下一位"财粮"与我们事务长打交道，看来连铺草都很困难。这时，王县长突然出现了，他径直来到我们少儿宣传队的大屋子里，连看也没看我一眼，只伸手一摸薄薄的一层铺草，一皱眉头说："这哪儿行！孩子们还是长身体的时候，弄坏了咋办？"事务长正要申明理由，县长一挥手："情况我听说了，咱们不是还有些钱吗？再想办法买一些，走以前把铺草也还给人家，我想就没问题了。"果然，这个办法很奏效，新鲜的麦草铺上去，厚度增加了两倍。

虽然白天行军很累，但当晚我还是难以入睡，我在想我们的"一县之长"他这时睡着了吗。一路之上，虽没说上几句话，但他的心完全用在他人身上：想后代人所想，尽量满足后生的正当愿望，心疼离家千里的"孩子们"，真是情如己子，想着，闻着麦草的清香气息，我才渐渐地入睡了……

孟良崮战役之后，已渐入夏季，我华东野战军好像又在酝酿着新的大战、恶战（后来才知道是南麻、临朐战役），王县长与带队领导商定：鉴于雨季即将到来，他们决定先遣支前大军中的老弱病残和"少儿宣传队"返乡，以应对新的战役更加艰难的形势。

谁知我们返乡两个月后，蒋军对胶东腹地空前疯狂的进攻开始，我县终于沦入敌手，乡亲们度过了血腥的七十二天。至于整个支前大军何时回故乡，我一直未获准确消息。

直至我正式参军后，很长时间也未得王县长的真确情况，更谈不到与他见面了。二十世纪七八十年代之交，"四人帮"倒台之后形势比较稳定，我才听说佐群同志早已南下在上海工作，我当即致函我的老朋友、上海诗人宁宇兄代为打听，他回信说佐群同志曾任上海市政府副秘书长，现在已经离休居家，目前身体不是太好……八十年代初，我与妻子赴上海和苏杭等地旅游，去看"老县长"也是此行的重要目的。

仍是由宁宇兄引路，来到上海旧市区的一处旧居宅，幸运地见到了三十多年未见的老县长，他由于身体欠佳，一直半卧在被子上与我们叙话。他还能叫得上我原来的名字，并问："什么时候改了名？"我告诉他："是中间上了大学毕业以后，把用的笔名改为真名。"过了一会儿他又问："我记得你眉头上有一颗蓝痣，怎么没啦？"我说："早就拉掉了，是在左眉上，有人说蓝色的痣不好，就拉了。"我接着又提起当年的一些事情，他立马做出反应："我这人就只能是做些服务型的工作，服务，还是服务。"最后，他忽然想起了一件重要事情，提高了声调："我当时决定先叫你们返回，本来是为了保护你们的安全，可没想到敌人推进得那么快，结果反而把你们推到火坑里，真是对不住，当时还不如留在前方，人多总能护着你们……"

想不到事过这么多年，老县长还在想这一层，叫我说啥好呢。

最后，他舒了一口气说："还好，总算没出什么事儿。"

我告别他回去后，彼此只通过一封信。终于有一天，又是宁宇兄来信说"佐群同志病逝了"。

他走了，一个生前总是想着、关切别人的人，就连本心出于保护却未料到事与愿违，过了许多年还心存歉疚，还觉得"对不住"那些后生们。这就不仅是一般的"服务"之心，而简直就是生为他人——以心系他人安危为使命。一个很少扯闲话的人（也许少了些幽默），但一句有关我本人逗趣的话，至少我听他说过两次："那个眉头上有颗蓝痣的小孩"，至今音犹在耳。

到我老了的时候，便更想起他和他们来。因为他，因为有像他那样的一些人，我才更庆幸能够生长在血与火的年代，能够有幸接收到那么多"良性感觉"。也许他们的性格各有特点，但有一点我觉得是共同的，这就是：坚定的信念，忘我的精神，淳朴的作风，再加上丰美的人性。而信仰与人性的自然融合，使之更觉可亲，更富有感染力。

良性的感觉就是恩：表面上的一件件小事，对"有心人"而言却是情撼肺腑的大恩大德。

（选自2017年第8期《散文百家》）

我多想让他再恨我一回

——与百岁老作家马识途先生的交往

周　明

中国作协"九代会"于丙申岁末在北京召开，这个季节正是北方寒冬。五年前的作协"八代会"时，老作家马识途作为四川省代表团的代表来京出席了会议。那时他已是九十七岁高龄。这次，我想他也一定会来的吧?我期待着和这位健康长寿的百岁老人再次聚会。谁知他没有来。据说亲属不赞成老人家冬季远行。然而我却意外地收到他托人带来的一本新近出版的装帧精美的诗词集，马老虽然是以小说闻名，但他的诗词、书法也成就斐然，令我爱不释手。

最近几年我多次收到马老亲笔签名的赠书。他的长篇小说《清江壮歌》、短篇小说集《夜谭十记》《雷神传奇》《马识途讽刺小说集》、传记文学《我这十八年》及《百岁拾忆》《马识途百岁书法集》等都是我的珍藏。二〇一四年中国现代文学馆曾为老人举办了一次盛大的马识途百岁书法展。在开幕式上，马老精神焕发、神采奕奕地站在主席台上以洪亮的声音发表了热情洋溢的长篇致辞。看到马老如此健康、如此状态，令人欣慰。会前他还特别叮嘱文学馆的年轻人一定邀请我出席。马老一直挂念着我，令我感动和感慨。

那次，我曾到他的住地北京饭店去看望，发现老人依然身心健康、思路清晰、谈锋甚健，并极富幽默感。对于我和他的忘年交的一些往事，他说历历在目啊！难以忘怀。

是啊，我们常说"往事如烟""往事如歌"，往事如什么什么，我和马老的往事难忘，马老真真是我在几十年的编辑工作中所遇到的令我格外敬重、格外思念的前辈作家之一。

当年我在《人民文学》做编辑，有幸做过马老二十世纪六十年代发表在《人民文学》的一批短篇小说的责任编辑。那些小说佳作引起文坛的关注，受到读者的喜爱。当时马老是身居高位的领导干部，并非从事写作的专业作家，然而小说却写得那么好！所以他后来说："我和人民文学出版社的关系与我和《人民文学》杂志的关系，就是我和文学的关系。""如果不是人民文学出版社和人民文学杂志社把我硬拽进文学圈里来，也许我的人生道路会是另外一个样子……"他所说的人民文学出版社由于曾出版了他的革命历史题材优秀长篇小说《清江壮歌》和其他几本短篇小说集，而建立了深厚情谊。出生于一九一五年的马识途其实是二十世纪四十年代毕业于西南联大中文系，曾受教于闻一多、朱自清、沈从文、李广田、卞之琳、陈梦家等名教授的教诲与熏陶，本来是一个钟情于文学的青年，有可能在文学道路上走下去，成就自己，但他由于加入了地下党，真正的活动是革命工作。他在党的云南工委领导下，担任联大党支部书记，领导学生运动，一直从事党的隐蔽战线工作，及至新中国成立后他陆续担负着繁重的行政领导工作。我结识他时，他已是国家一个行政大区中共中央西南局宣传部副部长，中科院西南分院党委书记、副院长。从这些职务可想而知他的工作是何等繁重而繁忙！而我却屡屡去打扰他。现在想起来都还觉得抱歉。

我和他的关系，《人民文学》和他的关系，究竟是怎么个文学关系呢？说来话长。在此，我只能略述一二。一九五九年是新中国成立十周年，《四川文学》要出纪念专辑，时任省作协主席的沙汀熟悉马识途同志的革命经历，写信邀他写一篇革命回忆录。沙汀是他的老朋友，又是省作家协会负责人，马识途不便推托，便忙里偷闲地写了一篇回忆录《老三姐》。谁知《老三姐》的发表引起四川文学界的注意。《人民文学》也看中了这篇小说，破格予以转载，又引起全国文学界的注意。这时，思想敏锐的《人民文学》副主编陈白尘希望马识途再有新作亮相《人民文学》。陈白尘认为从小说可以看得出马识途很有潜力，又有艺术表达能力。于是陈白尘立即派我赶赴成都当面表达编辑部的期望，并要求我必须马到成功，能带回马识途一篇稿子。天哪，这可是一项艰难的任务。到了成都，我先拜访了沙汀主席，而后通过沙汀找到时任中共中央西南局宣传部部长的马识途同志，我向他说明来意，特别告诉他我奉陈白尘主编之命，这次一定要带回一篇你的稿子。他立刻说："这哪行？你不知道我每天工作多少个小时哪，太忙了！哪里顾得上写小说。"同时推脱说他的生活经历没有多少可写的。他这么推脱，我紧张起来，心想：完不成编辑部的任务，怎么回去？马老在他的回忆文章中关于我这次的组稿有一段记述。他在文章中说："周明对我就是不放手，他趁我休息时来找我闲聊，说想听一听我的革命经历，我就随便向他摆了摆几个过去的革命斗争中的故事。他马上就抓住说：这几个故事多么感动人啊！照你摆的写出来，就是好作品。"马识途想，如果这样写下去就是作品，那他倒可以试试。

我见有希望，便在成都住了下来，耐心等待。几天后我欣喜地拿到了马识途的稿子，一篇革命历史题材的短篇小说《找红军》。小说既有引人入胜的故事，人物形象又栩栩如生。到底是他的亲身经历、真情实感的抒发。当月，就发表在《人民文学》头条，引起轰动。主编张天翼和副主编陈白尘是当代的文坛大家，他们一致认定马识途是个可发掘的"矿藏"，要求编辑部关注马识途，加强和马识途的联系，争取他更多的作品刊发在《人民文学》，以便扩大在读者中的影响。时任《文艺报》副主编的评论家侯金镜说：我们发现马识途的脑子是一座革命故事的富矿，要好好开发，会有好作品出世。

果然在此后的几年时间，马识途陆续在《人民文学》发表了小说《老三姐》《找红军》《小交通员》。接着他又将计划写作的一部反映四川革命斗争的长卷《风雨巴山》中的部分章节，有七八万字的短篇系列交由《人民文学》发表，让读者熟悉了一个老干部的作家马识途，一个满脑子故事并且会讲故事的作家马识途。马老在回忆文章中说："这些都是《人民文学》编辑部派周明来挖的。"

由于他连续在《人民文学》和其他一些刊物发表了一系列小说后，受到文学界的热切关注，并给予热情评价，一时间马识途声名远播。他的小说不仅写革命故事，而且反映当代生活。由于关注现实生活接地气，他也写了大家都怕触及的讽刺小说，比如发表在《人民文学》的讽刺小说《最有办法的人》《挑女婿》等都是揭露旧社会带来的痼疾与丑恶，讽刺那种损公利己、唯利是图的旧思想、旧作风，在读者中引起强烈反响。小说《最有办法的人》还引起了茅盾先生的注意，得到先生的称赞。茅盾说："新中国成立后最缺的就是讽刺小说，现在开始有了。"

当时评论家阎纲主编一本《幽默小说选》，请王蒙写序，却顾虑：担心把有成就的作家称为幽默小说家，人家会愿意吗？是不是降低了作家的身份？王蒙立即说——"不是降低，而是提高"。

马识途，是位重情重义的前辈。作为作家，马老与编辑结交的友谊，深厚而长远，堪称典范。人民文学出版社在出版他的长篇小说《清江壮歌》的艰难曲折的过程中，他始终感念总编辑韦君宜，感念责任编辑王仰晨、黄伊、于砚章和刘稚。感念他们在《清江壮歌》的创作和出版中给予他的支持、鼓励和帮助。他说："他们多半都能对我的作品起催生作用，和那个时候的《人民文学》编辑部一样，他们有一种诱导创作的办法，使你不成熟的思考成熟起来，不明确的概念明确起来，不清晰的人物清晰起来，帮助你挖掘你潜在的能力使之发光出彩。"因此他认为——"他们在我的文学创作生涯中起过使我不能忘怀的作用。"这就是我和尊敬的马老虽然相隔千里，平日并无密切往来，却心心相印的缘由。

马老不但常常有新著寄我，还时常牵挂着我。几年前我们中国现代文学馆几位年轻人去成都采访他时，他忽然对那几个年轻人说："我'恨死'你们周馆长了。"马老的话着实吓了年轻人一跳！他们说："我们周馆长人挺好的，您怎么恨他？"马老说："你们想想当年我当宣传部部长当得好好的，你们周馆长，那时他是《人民文学》的编辑，却跑到成都来，硬是逼着我写东西，《人民文学》一篇一篇地发表，结果"文化大革命"中我却为此挨了不少斗！那些批斗我的人说，我在《人民文学》发表的小说是毒草！要我交代'罪行'，弄得我很惊诧。你们想我不恨他恨谁！"年轻人听后感到有些紧张，不料，马老随即大笑了起来，几个年轻人这对才明白原来马老在玩他的幽默呢。

如今，马老已是幸福的百岁老人，当属巴蜀文坛乃至中国文坛的不老松。在此，我深深祝福老人福寿康宁，我期待着与老人的再相见！

（选自2017年2月14日《中国文化报》）

行走在东山

范小青

杨湾古街

  杨湾古街在东山西部，是杨湾村内的一条街，这里是集元、明、清各古代建筑大成的地方，其中明朝的建筑最多也最好，所以有"明朝一条街"的美名。踏入杨湾街，就见街面的与众不同，一律用青砖砌成"万人"字形，称之为御道，说是当年为了迎接乾隆皇帝的。

  关于乾隆的故事可是不少，有一个说是乾隆不服封山寺的老和尚慧丰，写了两个字让和尚说说，这两字是"虫二"。小小伎俩哪能难倒慧丰，慧丰说你这是"风月无边"的意思，概括了东山的风景呢。反过来慧丰也出了点子让乾隆说说。和尚在那纸上点上许多墨点点，皇帝被难住了，最后才知道和尚是说皇帝"无字（事）可寻"呢，皇帝也只有讪讪一笑了之。当然，是否真有如此大胆的和尚，也是否真有这么好说话的皇帝，这都不是我们可以说了算的。

  始建于六百多年前的轩辕宫，雄居山垣，面迎太湖，气势磅礴，壮丽无比。村前港口的演武墩，相传是吴王率兵训练的地方。站在这里怀想当年，真是让人感慨多多。杨湾街上有许多古代建筑，像明善堂，熙庆堂，怀荫堂等都是明朝的建筑。在这里穿行，我们好像也走回到古代的江南去了。

  走进怀荫堂去，据说这怀荫堂是体现了典型的明代建筑特色的。在怀荫堂的最后一进，有门楼三间、住宅楼和左右对称的厢屋。我对建筑艺术是一窍不通的，但是就这样站着看看，却也多少看出些味道来。现在的怀荫堂是杨湾的书场，我们去的时候，没有碰上演出，只有一两老人在看着门，十分的清静。出了怀荫堂，又进另一座古代建筑，里面住着平常的人家，房子已很破旧，看上去也没有维修过，一位老太太正在院子里喂鸡。我注意了一下他们家的鸡食盆，因为早就听说杨湾古街的古董很多，说一般的人家就拿古董也不当古董的，做做鸡食盆猪食槽什么的也是很多。我看那老太太的鸡食盆倒也看不出是什么古董，当然即使它是一件昂贵的文物，我也是有眼不识的。但是想起来，时代已经进步到现在这份上，再拿文物做鸡食盆的恐怕也不会很多，绝不是我这么随便走走就能看到的吧。

杨湾古街看到沿街的茶社很多，随便进一家去坐了，泡上一壶茶来。那紫砂壶虽算不上什么上品，却也很招眼，细腻得很，入味得很。喝着茶，看着小街上偶尔走过的乡人，看他们的神情那么悠然那么自在，真是有些感触的。四周没有喧哗，没有吵闹，偶尔的蝉鸣鸡啼，真有些世外桃源的意思了。我问茶室的老板，你们这街上怎么人这么少。老板说，人也不少，早上你来看，人还是很多的，现在都有事情做呢。原来在表面安静的背后，也有着一个忙碌的世界呢，看起来杨湾古街和杨湾古街上的人也都赶上了时代的脚步了。

再看杨湾人的穿着打扮，好像也看不出什么古意了，只看到一两位老太太穿着大襟的土林布褂子，几位老公公，穿着老式大裆长裤子，年轻人也都赶上了新潮一族。至于那些能代表江南水乡传统服饰的内容，恐怕也只能到民俗博物馆或者服饰博物馆去看看了。

从杨湾古街出来，面临浩浩太湖，真不知道这不息的万顷太湖和平静的小小杨湾是一种反差呢还是一种和谐。

湖 中 小 岛

好多年前的一个夏天，我们几个人相约了去三山岛。三山岛是太湖中的一座小岛，与东山隔湖相望，相距四五公里。明朝文人归有光《吴山图记》云："太湖汪洋三万六千顷，七十二峰沉浸其间，则海内奇观矣。"三山岛，当是这七十二峰中的一峰。清朝诗人吴庄《三山》诗云："长圻龙气接三山，泽厥绵延一望间，烟水漾中分聚落，居然蓬莱在人寰。"三山岛小而孤绝，山清水秀，风光旖旎，世人称之为小蓬莱也不是没有来由。早就听许多朋友说过三山岛不可不去，究竟感觉如何，在我们出发之前，自然还都是一些未知数。

我们先到了东山，因为往三山岛去的机帆船两天才有一班，都是在下午三点左右开航。我们到东山那一天没有船往岛上去，只能先在东山住一个晚上。等到第二天下午，船终于开了。这是一条很旧的木船，船上有一二十人，大多是岛上的居民，像我们这样的外人不多。我注意到有两个年轻人不大像岛民，但也不像是农村干部什么的，也不像是做生意的，穿着短裤汗衫，随身什么也不带，也不和别人说话，只是坐在船头吹风，实在看不出是做什么的。

船舱里岛民们聊天的内容，都是说的谁家的孩子考了多少分，谁家的孩子报考什么学校，那正是公布高考分数的日子，大家都很激动。我们听了也有些感触，想不到一座几乎与世隔绝的小岛上，岛民们对文化却是很重视。

船开了将近一小时，到了三山岛，上岸的时候，就看到有不少人站在岸边等着什么，原来是在等当天的邮件。邮件由船老大在东山那边取来，各个村民组有人来取，小岛和外界的联系，都在此一举。

根据大家的热情指点，我们找到了村里住宿的地方，其实也就是岛民自己的房子，私人出租。女主人很热情，为我们安排好住的地方，看时间还早，就指点我们，说你们不是想来游泳吗，翻过这道山，那边一片湖滩水好，湖底也平整，大家都到那边游泳。她还说每年暑假，城里有些学生和青年教师，他们就到岛上来住，每天下太湖，过几天回家看看再来，这时我才想起船上那几位看不出身份的年轻人很可能就是住在岛上游泳的学生。

我们翻山而去，一路看到不少人都在往那边去，大概都是去游泳的。到了湖边，人却不很多，有一些岛民在筛湖沙，大概是用来造房子的，看到我们躲躲藏藏换衣服，一点也没有什么别的想法，大概来游泳的人多，所以也就不见怪了。也许因为翻了一道山，体力消耗了，肚子也有些饿，下了湖才游了一会儿就很疲劳，到了傍晚，风浪渐渐地大起来，把人在湖里冲来冲去，我们就完全放开自己，任凭风浪摆布了，也有一种自在的乐趣。

游过泳再往回走，已是夕阳西下之时，山村绿林中升起炊烟，袅袅冉冉，如云如雾，如果不是此时肚子越来越饿，脚下打软，还真让人以为入了仙境呢，会生出些许忘尘之感。回到住的地方，一看桌上晚饭已经备好，典型的江南农家餐了，一盘青菜，两条小小的鲫鱼，一碗榨菜蛋汤。女主人再三道歉，说明今天时间已晚，买不到肉了，明天一定烧肉给我们吃。我们捧起饭碗，只觉得这是有生以来吃到的最香最香的一顿饭。我和另一位女伴吃了一大碗又去添了一大碗，实在是有些不好意思的。

晚上我们到王老师家去。王老师家的房子很旧，屋里没有什么好家具，但是有一台彩电，还有许多王老师精心培养的花木盆景。王老师说，别的东西我都可以不要，但是电视我是要买的，小岛闭塞，天下大事就靠它了。王老师又带我们参观他的盆景，他对这些充满生命活力的绿色生灵喜爱之情溢于言表。王老师说，我的生活很贫困，生活中常常有许多烦恼，但是我只要看看这些盆景，真是什么烦恼也没有了。

这话说得真好。我们在王老师摆满盆景的家里谈到很晚，天南海北什么都谈，到十一点钟，就停电了，那时候小岛上用的村里的自发电，到十一点就停。我们摸黑回到住处，那一夜，我久久地没有睡着，不知是因为热，还是因为别的什么原因。

第二天一早我们到三山岛另一位老人家去，他姓韦，是三山岛三怪之一。退休回家乡的老韦的故事说上几天几夜也说不完，如今他的名字已经记录在一本又一本的书上，但是老韦仍然是一个普普通通的退休老工人，他自始至终在为保护和发展自己的家乡而尽力。老韦的故事是从二十世纪八十年代初开始的，那时大规模的开山采石也采到三山岛这样一座几乎是与世隔绝的小岛上来了，老韦出于对开山采石的一些看法，一次次地跑乡里，县里，市里，跑政府，跑文管会，要求上面出面保护。文管会说，如果是文物，我们倒应该出来保护的，但是一般的石头，我们怎么保护，哪一条也轮不到我们管。老韦回去以后，就满山遍野地寻找，谁也不知道他要找什么，恐怕连他自己也不知道自己要找什么。老韦并没有学过考古，这方面的起码的知识他也都不懂，但是他凭着对家乡的爱心，就是不甘心不服输。一开始大家都觉得这老头子有点不正常，满山遍野地乱跑乱挖，全国各地到处发信联系、呼吁，谁也不相信老韦能有什么了不起的发现，但最后的事实证明老韦成功了。那一些旧石器时代的遗物是不是老韦找到的，是不是老韦发现的这并不重要，重要的是老韦的那种精神，吸引来了许许多多的考古专家，他们终于发现了三山岛上的最了不起的文物，先后出土五千多件经过打制的旧石器，并且暴露了含有哺乳动物化石的裂隙堆积，采集到更新世中晚期的动物化石，计有熊、虎、黑猪、鹿、犀牛、猕猴等二十多个种类。三山天下珍类遗址及古动物化石的发现，把太湖流域人类历史推进到一万多年以前的旧石器时代，从而进一步证明，长江下游、太湖流域同黄河中游、中原地区一样，是我国古文化的发源地，苏州的历史，吴文化的序幕正是在三山岛揭开。对于如此重大的意义，老韦也许都明白，也许并不是全懂，但是老韦那种执着的精神实在是令人感叹的。老韦曾经发现了古溶洞口以后，一个人挖不动，自己出钱请岛民来挖，有些上岛来看化石遗址的人，都是有相当身份相当地位的，却偷偷地把化石藏到自己口袋里，老韦毫不留情地请他交出来，并且总不忘记教训一顿。为了三山岛，老韦结的怨不少，可是老韦并不后悔。

在三山岛，我们见到了三怪中的两怪，老韦和王老师，还有一怪没有见着，有些遗憾。那一怪是一位农业专家，在小岛安家安心，后来教岛民养长毛兔，发家致富。提起来，岛民们个个都有很多话要说的样子。

在三山岛让我们体会深的还有岛上的民风。那纯朴那真诚那直率，真是世间难寻。岛上长满枣树，满树的大枣就像马眼一样十分诱人，我们想采些尝尝，又怕被岛民发现挨骂挨罚，站在树下直发愣。岛民岂不知道我们的心思，他们告诉我们现在还不到吃枣子的时候，这枣子你看上去好吃，吃到嘴里是苦涩的。看我们仍不怎么相信，就随手摘几颗下来给我们尝，一尝，果然苦涩，于是他们就笑，说欢迎你们过一个月再来，那时候满山的枣子尽你们吃就是，我相信这话是真的。在小街上我们看到有新鲜的枣子卖，想买一点吃，岛民们却说，这枣子生吃不行，是要煮着吃的，像你们这样的游客，买了也是浪费。送上门的生意不做，也只有在这样的小岛才能遇到这样的事情。

在离开小岛之前，我们上了小岛的顶峰，站在小岛之巅，遥望浩渺太湖，恍如隔世，愿所有和我们一样到三山岛去的客人，都带回一份深深的记忆。

那是三十年前的事情了，后来的许多年中，我曾经多次去三山岛。今年，前不久，我又去了一次，坐个小汽艇，十来分钟就到了。

许多东西都变了，三山岛上的那一份独特的风情和宁静，始终还在。

东 山 采 茶

清明前的一天，我们去东山的茶村，看茶农采茶。天气阴郁着，时时飘下些细碎的小雨，春寒犹在。而我们中的好几个人，因为今天要来看茶，头一天特意听取天气预报，结果上了当。天气预报说，今天晴天，气温也高，大家便换上春装来看茶了，这就被冻着了，但是情绪是高的。茶农四散在茶树中，大多是些妇女，年轻的，也有年纪稍长的，穿着随意的衣服，在绿的茶树丛中，点缀出许多色彩。她们灵巧的手上下飞舞，像歌里唱的那样，"姐姐呀，采茶好比凤点头，妹妹呀，采茶好比鱼跃网"。将嫩绿的细小的卷曲着的叶子摘下来，扔进背篓，她们对我们提出的问题，笑眯眯地一一解答，她们的笑容和吴侬软语，就很像一杯清香的碧螺春茶。

同行中有一个人在说，从前释迦牟尼坐在茶树下悟禅，苦思冥想难以得道，释迦牟尼就摘了几片茶叶塞进嘴里咀嚼，茶的苦涩清香洗净了心肺的浊气，释迦牟尼顿悟。他说了之后，就有好些人，也将随手摘下的一两片两三片茶叶嚼了起来，品咂着未经烹炒的生茶的天然意味。

有一位朴实的老茶农，带领我们去看他的试验田。他试验的无根迁移栽培法获得了成功，使得碧螺春茶叶的产期提前了，产量也有所提高。他说，现在全村的茶农都跟着他学呢。我们说，全村的人学你，那你又是跟谁学的呢？他说，我是看电视看来的，电视上的农业科学节目，讲的是其他地方，讲的是无根迁移栽培别的农作物。他就想，别的农作物可以，我的茶叶行不行呢？他就试了，试着试着，就成了。后来雨越下越大，我们纷纷跑回停在村口的汽车上，茶农就骑上了他的那辆破旧的自行车，沿着山路下去了。我不知道他姓什么叫什么，认不认识字，或者是文盲？我从车窗里看他的背影，看到他的套鞋上裤管上，沾满了泥巴。

看茶的活动继续着，我们还要去看最精彩的炒茶，去看炒茶前的拣剔，去看茶农的那一双神奇的手，怎么在180度的热锅里将茶叶搓揉成形，搓团显毫，然后，我们还要品茶，要谈一谈与茶有关的文化现象和经济现象。只是且慢，此时此刻，站在洞庭东山的山坡上，放眼望去，万顷太湖碧波浩渺，我们的思绪，也已经飘荡去很远很远了。

洞庭东山在太湖边，这个伸入太湖的半岛上，长满果树，掩隐着许多的明清古建筑，茶叶就生在这些果树下，古屋旁，所以它们悠久，又香，从前曾经被叫作"吓杀人香"。那时候它还是野生的茶树，就长在山壁间，农民经过的时候，闻到它的香味，惊呼地说：啊呀呀，香得吓杀人。后来康熙皇帝来了，当地的官员拿这种香茶请康熙，康熙喝了茶，大加赞赏，但是想了想，他觉得这个名字不雅。康熙说，别叫什么吓杀人了，你们看这茶叶，又是碧绿的，又卷曲如螺，又是早春时候下来的，我看就叫"碧螺春"吧。

据说，我们看到的，已经是明前的最后一次摘采了。茶树是非常慷慨的，仅明前的日子里，就能供茶农摘采好几批，而且，采得越多，它们就生长得越快也越多。过了清明，在雨前（谷雨前），也依然还能采好几次，再往后，茶叶老一些了，还能做成炒青，浓香，而且经久耐泡，所以有人说，虽碧螺春名闻天下，这里炒青，也是独树一帜的。

就这样，我们常常去往东山，来来又去去，我们行走在东山，我们百看不厌，我们越看越有念想。

东山就是我们心底的念想，是我们时时向往的地方，我们可以在这里尽情地徜徉，在这里恣意地行走，我们可以和古人对话，可以细细鉴赏那些精湛的民间工艺，还可以泡上一杯碧螺春，品尝一道白煨羊肉，到古村的小街上去看一看，感受它在河岸两边展开的东山人千百年来的日常生活。

东山的文化，东山的历史，是广泛散落在民间的，它浸润在每一处历史遗迹中，它渗透在每一个村庄的生活习俗中，它甚至完全地流淌在每一个东山人的血液中。

东山就是这样一个地方。

（选自2017年第1期《青春》）

我把母亲抱在怀里

吴克敬

我把母亲抱在怀里，就像母亲曾经抱着我一样。母亲抱着我的时候，是我的新生，我攥着拳头哭声嘹亮……我抱着母亲的时候，母亲即将撒手远去，她悄然不语……在我昨夜的梦里，我梦见母亲了。

这一夜，我即将步入我生命的六十四岁，而我的母亲，离开我已有二十二年。

二十二年前的七月，我从咸阳日报社调入西安日报社三月有余，母亲在我租住的家里，三番五次要我把她送回老家。母亲跟我说，我父亲想她了，要她去陪他。我嘴上答应着母亲，却没有任何举动。我坚持认为，母亲是说胡话，她虽然八十五周岁了，但身体很好，能吃能喝能走动，抱着我三岁的女儿吴辰旸，还能坐在阳台上的阳光下，教我女儿说口谱。母亲记得的口谱很多，在我小时候也给我说过。我还记得，我女儿也记得的，就有一大堆。但记忆最为清晰的，是这几句：

> 蜂蜜罐罐，油馍串串，
>
> 肥肉片片，臊子面面，
>
> 额娃额娃福蛋蛋。

我抗拒着母亲，没有立即送母亲回老家，母亲竟悲伤地哭着给我看。我拿母亲没了办法，就把母亲曾经说给我，也说给我女儿的这四句口谱说给母亲听。我不说母亲说给我和女儿的口谱时，母亲只是潸潸地啜泣，我把这四句说出来，是想要引母亲开心而停止啜泣——过去的日子里，我这么来哄母亲，总能把母亲说得笑出来，可这一次，我失败了。母亲不仅没有高兴起来，反而把她的暗自啜泣，演变成了大声的哭诉。

母亲哭诉我是不听话了。她说她没有说胡话，她说她不会说胡话，真的是父亲想她了，她要去陪父亲了。

我父亲在我十四岁时，就被迫无奈地辞世而去。那一年是"文化大革命"如火如茶的1968年，要面子的父亲，不忍自己被戴上一顶"村盖子"的高帽子，在父老乡亲和儿女子孙面前，游街示众，父亲把一根绳子，趁着黑夜，挂在如钩的月亮上，就自己攀着去了天堂。这么算来，父亲离开母亲和我，已经二十六个年头了。在这二十六年里，我在扶风县北的闫西村种了十年的庄稼，此后又在扶风县城做副业工和合同制国家干部，再到西北大学读书，在《咸阳日报》《西安日报》工作，母亲和我，相依为命，我到哪里，母亲跟我到哪里，她突然地说出那样的话，我是不能接受的。

我惶恐畏惧，胆战心惊，我奈何不了母亲，也奈何不了我自己。

我答应了母亲，并找来一辆小车，抱着我的母亲，和母亲一起回了扶风县北乡的闫西村。

坐在小车里，我想着母亲的过去，有些是母亲说给我的，有些是我亲历亲见的。母亲说给我最多的话，是我的父亲。母亲在说父亲时，起头的话，总是一句"短寿死的"。我初听时，以为母亲跟父亲结着什么大怨大恨，听多了，才觉出那是母亲对父亲的一种思念，而且还有点儿母亲自己的骄傲。

不过，母亲来说父亲，总是特别不客气，我忘记不了的还有母亲说的这样一句话，她说："我就不该嫁给短寿死的。"母亲最早说的时候，父亲还没有离开我们儿女而去，母亲那时候说这句话，她会说得咬牙切齿，父亲离开我们走了，代之而来的，就像母亲骂我父亲"短寿死的"时一样，依然怨中带恨，却也不失自己的骄傲与自豪。

母亲被父亲娶回家来，因为一个游方道士的话语，父亲坚持要母亲给他生育五个儿子。母亲是争气的，一个接着一个，给父亲连着落草了四个儿子。到母亲分娩第五胎时，生出一个女儿，父亲面对他的大女儿，也是喜欢的，可是等到母亲又生下二女儿、三女儿时，父亲不能容忍了。他的二女儿和三女儿，在刚刚落草下来，都没能睁开眼睛哭出声，就被父亲按进盛满了水的脚盆里，溺亡了。还好，父亲见不到那个给他算过命的游方道士，就去了我们村口的小庙里，向小庙里唯一的老和尚求教了。老和尚对父亲已有的行为，早有耳闻，在父亲向他求教时，老和尚双手合十，什么话都不给父亲说，只是一个劲地数着他的念珠，口里喃喃自语。

老和尚的自语是：罪过……罪过……

就在老和尚自语"罪过"后不久，母亲又给我父亲落草了一个女儿。这一次，父亲接受了他的这个女儿，自此两年以后，母亲再次分娩，产下了我，完成了父亲所希望的"五条汉子"。

母亲开口即骂父亲"短寿死的"，与父亲溺死她的两个女儿是相关的。再还有什么呢？母亲没有说，我也就不知道了。

可以想象，一对农家夫妻，要养活我们兄弟姐妹七人，是怎样的不容易，仅一个吃，仅一个穿，就让父亲母亲作难了。母亲说过，为抚养我们，他们夫妻是做了分工的，吃是父亲的事，穿是她的事。对此，我有最为深切的体会。

先说吃吧。二十世纪人民公社后的"大跃进"，父亲以他一个庄稼把式的智慧，预知了后来的大饥饿。他在生产队参加集体劳动，过些日子，总要缺工一两天。父亲之所以缺工，他是自个儿钻进了我们村北的深山，在山林里开荒种谷子。父亲的这一举动，以当时的政策而论，是反动的，可是正因为父亲的反动，到大饥饿突然来临，且蔓延全国时，父亲又隔三岔五，天黑时悄悄离家，半夜时悄悄回家，肩背上他耕种出来的谷子，在家熬了稀饭给我们喝，让我们一家的九张嘴，在饥饿岁月里，没受大的罪。

我问过母亲，父亲在山里为啥只种谷子。母亲就在我头上拍了一巴掌，要我去问父亲。父亲给我说清楚了。父亲说荒山地谷子好长。

我没说我藏在心底的小九九，其实我是想吃母亲做的面条的。不是我夸口，母亲的臊子面，做得是很绝的，为此我写过一篇《想起老饭店》的散文，发在2009年的《美文》杂志上，因此还引起了一场小风波。当时，我在西安日报社工作，市委宣传部的一位副部长，是我的同乡，他看过我的散文后，打电话生气地质问我，你怎么写文章说你妈做的面是你们村最好吃的！他这么质问我，没能使我沮丧不满，而是让我更加理直气壮，我对上级的副部长毫不客气地说，我才说我妈做的面是我们村上最好吃的，我这么说是不够的，我还要说，我妈做的面是世界上最好吃的呢！

我电话里的回话，把部长说得哑口了。他在电话那头喘着粗气不说话，我就想，他大概和我一样，是吃不着母亲做的面了。

我没有让同乡太难受，在电话这边说，对不起，我吃不着母亲做的面了。听了我的话，他在电话那头，一改刚才气愤的语调，很是低沉地回了我话，说他也吃不到母亲的面了。

母亲就在我们的舌尖上，当然还在我们的身体上。分工负责我们穿着的母亲，于此是把夜熬深沉了。在我童年的记忆里，母亲的辛劳，无分四季，总在炕头的一角，嗡嗡嗡嗡的风旋着，好像是越到寒冷的冬季，母亲的纺车越是摇得急迫，摇得夜深，我们兄弟姐妹后来说，无人不是蜷缩在母亲摇着纺车的怀抱里睡过去的，我们听惯了母亲纺车风旋的嗡嗡声，仿佛那持续不断的声响，就是一支催眠曲，在我们闻听不见时，还可能睡不踏实。

我们兄弟姐妹七人，倒是在母亲的纺车声中睡觉了，睡足了。可是我们的母亲呢？她摇着纺车，一日一日又一日，一夜一夜又一夜，她就不困了？她就不乏了？肯定不是的，我们听母亲说过，每到换季的日子，或单或棉，我们高高低低七个人，加上身材魁梧的父亲，都能体体面面地换上新衣服，她所有的困乏就都值得了。特别是大过年的时候，初一的清早，泛滥着新棉布、新棉花特有的一种气息，包裹着我们兄弟姐妹和父亲的身体，母亲走过来转过去，把我们穿在身上过年的新衣，这里拽一拽，那里抻一抻，母亲的脸含着笑，特别的温和，特别的温暖。

母亲还要给我们兄弟姐妹和父亲织毛袜子和毛手套的。

母亲把给我们织毛袜子、毛手套的希望寄托在她养的那几只绵羊身上了。要养好养肥几只大绵羊，是费时费力的，青草长上来的季节，可以牵着绵羊到田野上的墩坎上去放，入冬后，就只有关在圈里喂养了。而喂养绵羊的饲草，却也要在青草摇曳的时节，割回家来，晾晒干了，堆积起来，等入冬了喂给绵羊。父亲忙着庄稼地，闲暇了，就去割青草。但这是不够的，母亲知道几只大绵羊卧冬时的食草量，她也是要提上镰刀，拿上担绳，割青草而冬贮的。我们村西，离家三里地的地方，有条名叫草沟的深沟，是母亲割草冬贮的最佳去处，也不知母亲在草沟割了多少回草，偏偏在一个傍晚时分，母亲在草沟割了一捆草，那天的草捆得有点大，母亲用带着钩子的担绳，把草捆子扭紧，就半跪半蹲，把肩膀套进绳捆子里，想要背起草捆回家，可她使着力气，背了几背，都没能把草捆背起来。

母亲奇怪了！想她怎么就把草捆背不起来了呢？

就在母亲奇怪的时候，有几只小狼崽，蹦跳着跑到她的面前，睁着圆溜溜乱转的小眼睛，看着母亲乱吱哇……母亲因此更为奇怪，她抬了一下头，看见了一只大母狼，两条前爪踩在她的草捆上，吐着一条鲜红的大舌头，不偏不倚地搭在她的头顶上。母亲被吓昏了一刹那，紧接着又清醒过来，母亲想着家里的孩子们，她给大母狼诉说起来，说你是个母亲，我也是个母亲哩！母亲都为自己的孩子好，你能忍心你的孩子好，而让我的孩子哭吗？母亲把这几句话，车轱辘似的说着，说得她面前的小狼崽都跑得没了影子，她再抬头，也不见了前爪踩在草捆上的大母狼，母亲使了一把劲，把草捆子背起来，背上壕沟，背回了家。

母亲给我说她经历过的这件事，已经是几十年后了。

这个时候，生活在关中道上的人们，谁还能见到一条野生的狼呢？见不到了，狼几乎绝了迹，而母亲不忘她曾经的经历，母亲问我，说狼都到哪里去了？怎么就见不到狼了呢？特别是在我父亲"文革"时被扣上顶"村盖子"的帽子整死后，母亲不止一次要怀念到狼。

母亲说：狼是通人性的，狼听得懂人的话。

母亲说：而人通人性吗？人怎么就听不懂人话呢？

父亲过世二十六年，一直跟着我生活的母亲，从老家闫西村进了扶风县城，从扶风县城又到咸阳市，从咸阳市再到西安城，母亲的身体向来不错，除了一时半会儿的头疼脑热，没有什么太要紧的病。她说我父亲想她了，她要去陪我父亲了。然后坚决地要回老家去，我不能不顺着母亲的意，陪着母亲回老家了。几十年离家在外，回到家的母亲，引来村里人相看问候，母亲精精神神，什么事都没有，我给家里大哥、二哥、三哥，还有大姐、二姐交代了一下，并给母亲问了声安，就又回西安自己的工作岗位上，编稿子写文章，过去了两天，二哥打电话给我，让我火速往家里赶。二哥说母亲清早起来，自己烧了锅热水，把自己洗干净了，又在脚盆子里腾净了自己身子，自觉地翻箱倒柜，把她给自己准备的老衣都找出来，满面笑容地穿好，在老家的院子里，前前后后走了个遍，就要大哥二哥他们给支床，说她要走了。

母亲是要去见我们的父亲吗？大哥二哥他们吓坏了，打电话给我，我没敢迟疑，在回家的路上，拐进扶风县城，叫上在县医院当院长的一位李姓同学，回到家来，看见我的母亲，已静悄悄地躺在支着几块木板的床上。

我回家来，让在县城名气很隆的医生同学，给我母亲做了全面的诊断，心电图、脑电图地做了一遍，然后跟我说，老人没啥病，老人就是老了。我听得懂同学说的"老了"，也就是说没病的母亲，她全身器官赶在同一个时间，老得没有用了。我没有流泪，更没有哭诉，我爬到给母亲临时支起来的木床上，轻轻地把母亲抱起来，紧紧抱在怀里，我把我的脸，贴在母亲的脸上，我听见母亲跟我再一次说着她说顺了嘴的口谱：

　　蜂蜜罐罐，油馍串串，

　　肥肉片片，臊子面面，

　　额娃额娃福蛋蛋。

（选自2017年8月《散文》）

书象与世象

凸 凹

诗 意 之 殇

我感到，人一过五十，就感受不到爱情了。然而，在爱情麻木之处，人们往往更渴望有关爱情的情怀。

遂取下架上的爱情经典，白朗宁夫人的《抒情十四行诗集》，埋头复读。

该书由四川人民出版社印行于1982年4月，我购于同年7月。

那时我正就读于北京农职院的蔬菜专业，由于不安于枯燥的农学，便拼命地亲近文学，酷爱读诗。且每有心得，渴望与人言说。

恰好我的表兄军也痴情于诗，每日勤于动笔，写得昏天黑地。自然被吸引，一拍即合。我每到周末，就乘车拜访，一同喝酒吟诗，不舍昼夜。他订阅有《诗刊》，常为我朗诵上面的作品，慷慨激昂，自恃为天纵之才。遇到不入眼的作品，他会大怒，竟至把整本刊物撕碎。碎后，还想读，就趴在地上，把碎片再拼贴起来。这种大发神经的做法，让人迷醉，我觉得他天生就属于诗，生出激烈的崇拜。

分别后，竟有强烈思念，不停地写信。有时一日竟连发三封，情感黏着，胜于男女。他在信中随兴赋诗，词采、文思不输于《诗刊》上的作品。我抄录下来，替他投稿，竟篇篇不中。由此我怨恨诗坛，觉诗坛人物有眼无珠，都是欺世盗名之人。恨诗坛，反而更爱他本人，一得机会，便如脱弦之箭投奔于他，耳鬓厮磨，甚至还睡在一个被窝里。

一日，我发现他已有一女友，竟心中嗒然，颇似忌妒。他的女友姓武，姿容凡常，身高而瘦，却有一双大胸乳，被我视为女妖，不愿与之言。此女也爱好文艺，好作惊人之语，被军视为知音。他们在一起时，总是热议白朗宁夫人十四行抒情诗，且以白朗宁和白朗宁夫人自况，好像要学习他们的榜样，也成就一番惊天动地的爱情。

由于忌妒，我不看好他们的感情，认为他们近似肉麻。在一封给军的信中，我竟说，武女浅薄，不过是有傲人双峰而已，所以，你之所迷，乃形而下的欲望，让我看俗。他回信说，友情和爱情，是两种东西，你要学会区别，不然你会永远也长不大，更甭说成就文学。

武女的介入，让我心生不爽，与军的交往便渐渐疏远了。但我走进了白朗宁和白朗宁夫人的诗，觉得她的十四行诗既让人血脉贲张，也让人意象频生，助人于俗处升华。

我读白朗宁夫人的诗，与军和武的着眼点不同。他们看重其中的爱情信息，惊异于爱情可以医病，让一个叫伊丽莎白·巴莱特的腰瘫之女，在情爱的牵引之下，走下病榻，走向诗歌，走向白朗宁夫人；我则看重同声相诉、同气相求的知音境界，可以改变人的心灵格局，从小我走向大我。巴莱特早期的作品，不过是深闺里的感叹，是白朗宁让她走出户外，关注童工，关注黑人，就他们的命运改变发出深情呼吁，写出与时代和社会有关的大情怀。

因而我开始关心身边的人与事，生民与社会的痛与痒，写出关乎时代的文字，并开始在报刊上源源不断地发表。

他们的爱情则没走出书本，因追求惊世骇俗，常弄出一些“有伤风化”的小事情，便愈来愈与周围的环境格格不入。姑母和姑父因反感于武女的嗲与妖，也不认同军的狂与傲，从中作梗，不使其进入婚姻。军在忧愤之下，出外打工，到燕化胜利厂抹灰班当了工人。繁重的体力劳动，使他心灰意懒，渐渐远离了诗歌。

有一年他来看我，胡子盈腮，油渍灰斑遮蔽了工装的底色，有不能遮掩的落魄之相。酒醺之后，他作诗自我调侃：“远看是逃荒的 / 中看是要饭的 / 近看是燕化抹灰班的。”

我无言以对，不停地叹息。他被激怒，说，你现在人模狗样了，出了书，也加入了作家协会，这一切是谁给的？是我，是我领你进了文学的门槛。所以，你能写并不牛×，写得拔份才是真的牛×。因为你现在不是一个人在写，而是代表我们两个人，不，三个人，在写。

就这样，他理直气壮地把他和武女的文学理想、文学使命都不容分说地交给了我。

这岂止是白朗宁和白朗宁夫人的事业，也把他们的门人强行拽入！

军既从高处跌下，就变得极端入世。为了增加收入，他申请到坦桑尼亚援外，拿双份工资，并得到一些外贸商品，早早地置备下了彩电、冰箱、录像机等当时十分热门并让人眼红的家用电器。物质条件的改善，吸引了女性的追逐，便择一貌美者娶之，过起普通人的小日子。

起初还心安，久了就不如意。因为文学的底蕴，他情怀里还是有高洁的东西，而妻子凡俗，美貌之下，不过是生活中的鸡毛蒜皮，便多生龃龉。况且，军妻性拗，脾气刚烈，不容他放纵，就多吵闹，且不时大打出手。在征服与反征服的较量中，内心锦绣的军败下阵来，彻底臣服，沦为凡夫俗子。然而他心里还装着武女，还有一点沉潜的浪漫，平静之下，就有了更深的痛苦。

去年一个晚侄娶亲，在婚礼上我们相遇，见他颜面刮得异常净洁，衣服也穿得异常笔挺，不带一点岁月沧桑，好像日子过得很得意。想借机与他畅饮叙旧，他却说，我已戒酒，只亲近美食。问他何故，他说，酒后常失控，丢乖露丑，而儿女已长大，得保持最起码的父尊。

我知道，文学的军，已真的成为过去，他已与生活言和。

想了这么多的过去，我心绪复杂，为了能够平复，只有借助于手边的这卷白朗宁夫人诗集。给我感触最深的是第九首，不禁轻声地朗读——

> 能不能，我有什么就拿什么给你？
> 让你在我身边承受苦涩的泪水，
> 听着那悲叹的岁月流逝飘飞，
> 在我唇边重复着叹息，
> 我的唇已经被微笑离弃，
> 就算你万般恳求那笑容也难得一回。
> 啊，我怕会铸成大错！我俩不配
> 作为情侣；我承认我也伤心悲戚，
> 像我这样，捧出如此微薄的礼物，
> 必定被视为吝啬。唉，我不想
> 让自己的尘土将你的锦衣玷污，
> 我不想自己的浊气喷到你的威尼斯水
> 晶杯上！
> 我什么爱也不能给你——因为这是个
> 错误。
> 爱人，就让我只爱着你吧！让它成为
> 过往！

读罢，我酸涩难耐，哭了。

白驹过隙，韶华易逝，总是物是人非；而人又不能主宰命运，不甘又如何？只能按生活规定的河岸，顺势而流。

或许，这就是所谓的通透。人生的安妥，缘自放下所执，顺其自然，随遇而安。

生命，被字词提升

常常是这样，只要键下一个字词，其他字词，就会依次涌来，一如田间灌溉，沟渠一开，水自己就会钻隙而至，不需农人另外的照拂。只要电脑前一坐，人就被字词推动，不停地键入，不知夜色已深。与其说是人写字词，不如说是字词书写人。写作，有本身的惯性律动。

不知不觉间，字词已有了撒豆成兵的阵势，漫漫汤汤，乌黑一片。本没有预定的意义，但字词的方阵，已自己呈现出意义，这出乎写作者的意料，令其惊愕不已。

不断涌来的字词，把人锁定在座位上，倏忽间，已过半日。时光速进，大有生命被缩减意味，叹人生苦短。但也被延长、延续，因为字词承载的意义，像插上飞翔的翅膀，飞出个人生命的狭小空间，进入公众视野。被众人品味，被众人传递，他们替你活。众，不仅意味着空间的扩大，也意味着时间的延续，所以，"活"在众中，比自己活，要深广、长远。

而且，字词在传播过程中，会融入每个阅读者的个人经验，到了后来，意义附着在意义上，就有了额外的意义。所以，写作者，既是意义的创造者，也是意义的旁观者，增值其中，远远地超越了自我。

字词键入的初始，是基于写作者的感性体验。当字词集合到自己能呈现意义的时候，就形而上了。形而上是抽象状态，它突破肉体局限，进入精神境界。写作者被字词提升，有了脱俗的生命自足，因而沉着自信，意气风发，唇红齿白。

这一点，系我的个人感觉，可以予以验证。

离开书写状态时，我的身体状态感觉很糟：精神恍惚，哈欠连天，五脏六腑都好像安错了位置，此起彼伏地发出异响，处处发出病变信号。特别是，确有病理存在的部位，痛感放大，似乎已病入膏肓，来日无多。但一进入键写状态，忙于字词的安排，迷于意义的光亮，肉体就被遗忘了。被遗忘之下，所有脏器反而安分守己，静静地恪守职能，无碰撞的杂音，无错位的疼痛。奇怪的是，待书写完毕，舒适感觉依然延续，不禁感叹：生活本无事，肉身本无病，人闲不定，自扰之。

一如袁枚所说美包可医病，书写亦可医病。如果说，人是一部机器，五脏六腑就是身体的齿轮，书写过程，让人凝神静气，无心他顾，进入入定状态，而这一状态，就是秩序的恢复，让齿轮依固有轨迹转动，就相安无事了。而且，闲下来的齿轮会生锈，动起来的齿轮才光滑，不会有梗阻，便不会有疼。

所以，依靠字词的滋润，我相信，我不会有什么大病，一定会活得很长。让喜我者，额手相庆；让厌我者，痛不欲生。

我还要说的是——

以道家话语作譬，入定乃写作者的护身符。道家的符咒可以驱魔，写作者的符咒可以驱病。所谓驱病，其实最根本的，是驱杂念。

浮躁世界、功利社会的种种元素，不可能不作用于写作者。但一进入字词世界，被字词推动，被意义召唤，被字兵军团簇拥，颇有内圣外王的自足胸怀。在这样豪迈的气度之下，金钱多寡，官位高低，功名显隐，与我何干，又奈我何。一如无欲则刚，无私则行大道，驱除杂念之后，心无挂碍，便天地宽阔，不以物喜，不以己悲，气华身伟，出世入世两坦然也！

卡夫卡说，毫不讳言，因为写作，我感觉我有一个"深广的心灵世界"。

我也有相同的感受，在字词里沉浸久了，好像有了"通"的能力，只要给一个命题，我都会有声有色入情入理地写出。

所以，我不仅会长寿，还会……至少，会赢得足够的生命色彩与光荣。

托翁的真实

读《外国文人日记抄》，给我感觉最深的，是托尔斯泰的生命状态。

他有很强烈的虚无意识，他在1898年1月1日的日记里写道：

一事须记：即一切生命都是没有意义的，除非它的终结释为上帝服务，为上帝的工作服务而使之完成，那是我们不可企及的。稍缓我当将这个意见写出来，现在我很忙乱。

虚无造成他的死亡意识很强烈，总觉得自己的来日无多，在每天的日记之后，都要把第二天的日期写上，然后写道：莫斯科。但愿我还活着。

托尔斯泰很鄙薄肉体生活，只为精神的完善而活。他精神生活的出发点，是要为宗教服务，所以他的日记，多说教内容。因为是出自真心，喋喋不休的说教，也不让人厌烦，感到如果不这样，就不是托尔斯泰了。

虽然托尔斯泰痴迷宗教，但他没有进入教主的位阶，也就是还没有达到宗教的最高境界。他一直在路上，在凡世和进入天堂的窄门之间，不过是个使徒。这集中体现在他对女人的态度上。耶稣对妓女都讲宽容，阻止拿石头的信众对其做进一步的伤害。那是个最著名的场景：情绪激动的信众要对妓女施法，征求耶稣的意见，耶稣蹲在地上，用一块石头在地上画。画啊画，等大家安静下来，耶稣也就缓缓地说："你们当中没有犯过罪的人，可以拿石头砸她。"人群静默，最后散去。而托尔斯泰手中的石头是总也不放下的，他在日记里，处处表现出对女人的歧视。信手摘录几条，可窥全豹——

> 当一个女人恋爱一个男人的时候，她能够从他的身上看出他所没有的好处来，但当她不属意于他的时候，她又不能从别人的意见之外看出他的长处来。

> 女人并不用语言来表达她们的思想，而是用语言以达到她们的目的，她们在别人的语言中所搜寻的也是这个目的。

> 一个妻子亲近着她的丈夫，对他说了许多以前没有说过的抚爱的话。丈夫感动了，但这只是因为她做过一些淫秽的事情而已。

> 一个女人，她只在人家与她有关涉的时候是性子和静的。一切与她无关的事情，她都不觉得有趣味，而这种事情如果与别人有了关涉，她是要恼怒的。她似乎担负着（主宰着）一切与她接近的人的生命，好像没有她，大家都会灭亡。为了一切轻微的责难，她会侮辱每一个人，但在十分钟之后，她立刻就忘记了，而且一点也没有懊悔。

在托尔斯泰眼里，女人是弱智、功利、淫荡、狭隘和任性的劣等人种，大可不必平等待之，遑论尊重和怜爱。

令人吃惊的是，强烈的宗教情结，使托尔斯泰陷入巨大的内心纠结之中。虽然他也认为写作是他精神生活的存在方式，是他接近上帝的根本途径，但是他面对工人、农民、奴仆的悲惨生活，又觉得写作是一种"有闲"，是一种"罪恶"，于是他既想写，又反对写。

他说：

> 我不能写作时，我觉得痛苦，于是我对自己施以强迫，这多么愚蠢啊！好像生命是存在于写作之中似的。实则生命根本不存在于一切身外的活动。生命并不如我之所欲，而是上帝之所欲。没有著作，生命反而更充实，更有意义。现在我正学着不写作而生活，我确信能够做得到。

> 我们的艺术，因为它供给了资产阶级的娱乐，不仅类似于卖淫，简直与卖淫没有丝毫区别。

所以，从日记中，看到托尔斯泰真实的生活状态：他生命撕裂，人格分裂，既是圣徒，又是伧夫，伟大与凡俗交并。

这很好。这让我们有了平常心，能够从容地做人。

无边界之思

我越来越觉得，生活的体验、阅读的积累和心灵的玄想构成了一个人的智慧。因为长久的阅读之后，别人的经验和自己的体验往往模糊了界限，一同在脑海里出现，且互相交织，混沌一团。这种混合物，因为已不是原有的独立模样，便猝然全新，一如再生。而玄想，既有的概念认为，它是依托于实有之物和经验积累之后的想象和联想，即基于现实的存在。但是脱离开这一基础，凭空去幻想，也能有令人惊异的现象、思想和情感出现，而且栩栩如生、历历在目，比真实还真实。直让人觉得，人的大脑有独立自主的一面，它可以主观生发。那么，唯物与唯心（唯灵）的绝对论断，就让人生疑。所以，我想，理性的态度应该是：既要信奉"实践出真知"，也要尊重"从心灵里发出的声音"；或者说，唯物与唯心的共同作用，共同构建了人类的认知世界。

比如现在的我，一坐在电脑前，就能情不自禁地键入许多想法，已分不出是源于生活、书本还是主观玄想，总之会弄出密密麻麻的一大篇文字——

正是那种共同的苦难，而不是共同的幸福，使人与人之间产生了那种类似兄弟情的亲密关系。

幸福过于强烈因而不会持久，便顿生忧虑，好像正处于灾难的边缘。

人类的写作，就像是一种接头方式：作者手拿着半朵番红花走向人群，只有遇到拿着另半朵番红花的人，复合成一朵完整的番红花之后，才能说出真相，才能共同去完成文字赋予的使命，才能有最终的意义。

害怕自己的感情，比感情太盛或感情太薄更糟糕。感情一旦产生，就要有表达的出口，否则，回流入心反而淤塞，或病或精神错乱。事实上，人们喜欢热情洋溢的人，敬重内敛冷峻的人，而厌恶的，正是那种不冷不热的人。

文学作品的魅力，在于语言；而语言的魅力，在于它有声音有韵律、有关联有暗示。人们在文学中，可以听到画外音，可以感受到不可言说的美妙意蕴，因而有平静中的心动、朦胧中的清晰、低回中的飞升。

人与人之间，正像历史与道路之间——历史上的曲折和跌宕，往往不取决于道路，而取决于脚下的沙砾；而小小的原因，比如你对朋友文章中一个错字或一处错引的指出，往往会造成难以愈合的感情裂痕。正是：订正了一行诗文，拆散了一对友人。

人们虽然唇齿相依般地生活在一起，沐浴着同样的阳光，呼吸着同样的空气，观察着同样的事物，但他们的感受，包括比例、品质却有大的不同——在这个人眼里，人是巨大的，树是微小的；而在另一个人眼里，树是巨大的，人只是大自然中微不足道的小东西。这种巨大的不同，不仅在于他们有各自的透视角度，更在于他们人生经历的不同——物理往往让位于心理。

荒岛。有人从这个意象中，看到的是风险、孤独和绝望；而有的人，却从中得到另一种暗示：那正是一种思想的道场，人可以在与世隔绝的状态下，独自在那里沉思社会存在的本质和人性生成的途径，因而在彻悟之后，走出险境，步入圣境。

高贵人士和贫寒人家都可悯，因为他们都在忧虑不安中度日。只有在卑贱和高贵之间的人群才有安妥的生存状态，因为他们既不担心贼偷，也不恓惶于无银。这个人群，就是所谓的中产阶级，他们有着优雅的品质：稳健、节制、温和、健康。所以使人才有这样的论断：只有中产阶级占主流的社会，才是最和谐的社会。

什么是快乐哲学？就是叫人们重视小事、善待过程的哲学。斯特恩说，我认为，对待琐碎小事的态度往往比那些国家大事更能使我们看到一个民族的性格。能把小事跟大事一样认真做好的人，因为他有耐心，所以他快乐。同理，那些以目的为快乐的人——因为急切，所以烦躁；因为惧怕不果，所以内心焦灼。只有那些善待过程的人，才有旁观者的心态，才有一路欣赏的心情，才有自己享乐也希望别人享乐因而结伴而行的胸怀。

舞蹈，绝非只是一种肢体语言，它是一种动态的宗教。

道德上的忏悔，应该面对自己的内心，而不应该是引人注意的展览。在我看来，没有什么景象，比一个人硬逼着我们看他道德上的溃疡和伤疤更叫纯洁的人从感情上感到厌恶的了。因为他的这种姿态，使他一转身就取得了道德上的优势，可以理直气壮地指责别人。

鄙俗小气与豁达大度、冷酷无情与热情似火、义薄云天与阴损狡诈，这些对立的品质，往往会混合出现在同一个人身上。这就证明了，人既不是兽，也不是神；所谓人性，就是神性与兽性之间的此消彼长、此起彼伏。

好像英国散文家和批评家赫兹里特曾经说过，你视若仇敌的人，一旦对他有了了解之后，你就再也恨不起来了。这个原则，适合任何人。我觉得他说得很精辟，因为任何误解和罅隙的产生，都是源于孤立与自我孤立、封闭与自我封闭，一旦敞开心扉，实现对话与交流，就觉得人心都是肉长的，都受着人间喜怒哀乐的支配，都有"无罪之罪"和"无过之过"，因而就要有悲悯之心，救赎的行为，要建立在自我救赎之上。

果然就记录下一大片思想的断想。其特点是无序、武断、主观、混乱，就像小说中的意识流，突如其来，任意生发、杳无来路，却似乎处处合情合理，貌似天赐。这正可说明，人的思维世界、精神世界、智慧世界就是一片混混沌沌、漫漫漶漶，分不清哪些是来自生活，哪些是来自书籍，哪些是来自人的大脑自身——你捕捉到什么就是什么。中国的哲学多不成系统，而是以"语录体"大行其道，现在看来，这非但不是缺点，反而是顺应了人的思维特点，是顺生的产物，因而亲切自然，容易被人接受。

体恤的美意

一本厚厚的《兰姆书信精粹》（江苏教育出版社，2006年版），就静静地在我的枕畔放着，一放竟然已到了第十个年头。他的书信，就像他的《伊利亚随笔》，有优雅、纯净的趣味。因而就不忍心急促地读，每日读上二三通，像在谛听心语。

他和姐姐玛丽一样，都有遗传的精神疾病，总是情不自禁地"疯"。但他心地真纯，怕伤害别人，疯的时候不见人，理智恢复之后，才跟人对话。因为总是说得彬彬有礼，人们很难把他跟"疯"联系起来。

这背后的意味，是多么的了不起——克制，自我约束，独自承受，需要巨大的理智和心力才能完成。

这透出兰姆对他人的尊重和体恤，不像一些作家，自己一有不平，就向别人发泄，一味放纵，释放语言暴力，快己乱人。

他的书信，真是遍地兰蕙，睿智的、风趣的、温柔的、玄想的——种种情愫他都能用恰当的短语和句子娓娓地呈现出来，"各种风格都像引弦待发，没有一种显得拖沓冗长"。他总是让自己内心有暖意，并向友人传递欢悦的情绪，1825年2月他在给巴顿的信中说：

你那温文尔雅的兄弟给我灌输了自由的清泉……天空中的鸟儿也不

会像我这样自由，我可以昂首阔步，可以欢腾跳跃，可以采摘黄花九轮草，也可以像傻瓜一样毫无目的地闲逛。

所谓"你那温文尔雅的兄弟"，是兰姆对自己的假托，是快乐的意志。

由于内心妩媚，他一贯善意地看别人，对别人身上的种种不足，他从不指斥，更不讥讽、冷嘲，而是亲切地调侃，并为人家设身处地地着想。1833年7月24日，他在给蒙克森先生的信中说：

> 看在上帝的面子上，别再给爱玛送表了，她的脑袋已经变成了一只钟表。在那次旅行中，她总是对我们那只老钟十分不满，对它说三道四，仿佛它没有保持正常转动，因而没正确地给她指示时间似的。她每隔一会儿就把它拿出来看时间。她不由分说地拉住我们到野外去，因为那里有个捕鸟人，他会问："先生，求求你能够告诉我现在几点了吗？"于是她就会及时地回答他，脸上流露出扬扬得意的表情。她不知道，她时时留意"现在几点了"的问题，反而失去了她所有的时间。唉，这转瞬即逝的时刻，对她来说却意味着永恒。

> 她怎么会这么喜欢一块华而不实的表呢？

> 她之所以只认为她的表才准，是因为"爱我，就爱我的表"这个命题在她那里是成立的。

> 亲爱的蒙克森——别在意我写了上面那么多废话。我想告诉你的是，她不是因为那块表才爱你，而是因为爱你才喜欢那块表。只要我所剩不多的时光能允许，我是会参加你们的婚礼的。

一封小小的短札，包含了多少理趣和美意！一块新表，满足了女孩子天性中的虚荣心，而"现在几点了"的问题，能够让她把这份虚荣适时地展示，以便毫不造作地扬扬得意。在女孩那里，失去时间是不重要的，重要的是她得到了幸福的感觉。而且，兰姆还用"她不是因为那块表才爱你，而是因为爱你才喜欢那块表"传递爱意、促成婚姻，可以看出，他是多么的善良，又是多么的懂人、懂生活。

读兰姆书信，让我感到，品质一旦长久地坚持，就变成了习惯，而习惯正是一种自然而然的力量——喜欢温暖的人，会处处为他人照拂阳光；喜欢放纵的人，会时时散发淫邪的气味；喜欢抱怨的人，即便是身处顺境，也会上眼就看到世事的不公；喜欢宽容的人，即便是风冷雾浓，也会满目春光、一片和谐。

（选自2017年第6期《黄河文学》）

我一直叫你家海

裴山山

记　忆
岁月回眸，真情永在

　　家海，你走了，就在我身在异国他乡的时候。虽然这一切都在预料之中，我还是感到异常难过，我没能看你最后一眼，送你一程。作为一个相处了20年的同事，我的心里有着太深的内疚和不安。

　　家海——我一直叫你家海，从你调到我们编辑部的那天起。虽然你比我年长，因为我们创作室都随了主任杨景民的习惯，每位同事都以名字相称，叫你家海，叫他景民，叫我山山。这20年里，你做过我的领导，后来我又成了你的领导，无论何种情况，我都没改过口。虽然你的性格比较倔强，有时脾气也不好，但我知道你是个好人，心地善良，正直正派，廉洁自律。那年你从歌舞团团长改任创作室主任，走时连团里给你配的手机都退还了，到创作室后你是唯一没有手机的。正因为你的心气太高，对人对己都要求很严，所以活得很累，总是抑郁寡欢。我常劝你不要太在意一些事，不要太好强，可这是你的性格，是你的命，旁人无法改变。

　　家海，虽然我叫你家海，你却始终很拘谨，一直叫我裴编辑，整个创作室只有你这么叫，我也习惯了。但在最后两年，你改口叫我山山。也许是因为我做了主编？春天的某一天，你打电话给我说，山山，我想用一下车。我胃不舒服，想去做个检查。事后我问你检查情况如何，你说做了胃镜，是慢性胃炎。我松了口气，因为我自己也有胃炎。可是过了一段时间我在路上遇到你，你说还是没有好，正在输液。我马上和编辑部的同仁买了营养品去家里看你，你居然还在画画！你真是太能撑了！

　　就在这个时候，大地震发生了！你好像忘了自己有病一样，5月14日一早打电话给我，说要去灾区采访。我告诉你驾驶员不在，探家去了，你说你自己开车，我

102

请示了领导，领导不允许，你说那我骑自行车去，我说绝不可以的，最近的灾区都有几十公里。后来你获悉解放军报的李鑫主任要来采访，部里给他配了车。你说要与他同行，我马上决定与你同行。我是深深被你的劲头感染了。

在灾区采访的那些日子，你哪里像个病人？比我们跑得还快还远，有时我们在路上与人交谈，你一下子就不见了人影。5月15日在北川，你一个人走穿了北川的新老县城，背着那么重的摄影包，饿着肚子。你还给妻子发短信说，到灾区来我的胃反而不痛了。其实那是因为你的心思完全被灾区抓住了，忘却了病痛。

回想起来，我们在灾区采访的那些日子，对你的身体是一种折磨，每天有一顿没一顿的，吃干粮，喝冷水，大强度的行走，肯定加重了你的病情。而我们，也忘了你是个病人。在映秀的那天晚上，我们住在一个四面透风的棚子里，你冷得睡不着，就爬起来坐在外面和志愿者一起烤火。半夜里，听见有人喊"解放军快来帮帮忙，我们又救出一个幸存者"时，你第一个跳起来说，我们去抬吧。王龙，还有一位海峡之声的记者，马上跟着你一起冲出去抬起担架把伤员送到了医疗队。你根本就忘了自己是个病人。在从映秀出来的路上，遇到了大塌方，我们冒着危险往外走，走了4个多小时，四肢并用，我感到有些支撑不住了，你就抢过我的包帮我背，我不忍心，又拿过来自己背。当我们生死与共，一起走到水库边坐上冲锋舟时，都有一种劫后余生的感觉。

其实我和你一起经历生死，已经不是第一次了。1998年我们一起带领10位作家去西藏走边关，也是历经磨难。当我们到达亚东时，被告知去乃堆拉哨所的路断了。我和多数作家认为就不要去了，尤其是我害怕出意外，毕竟是我请作家们来的，负有责任。可你坚持要去。于是邓一光、李鑫和你一起去了，最后一段路你们完全是爬上去的，李鑫还因此吃了救心丸。你们返回后我依然很生气，冲你发火。这大概是我们之间发生的为数不多的矛盾之一。笔会结束前一天，我们遭遇了巨大的泥石流，车子险些掉进雅鲁藏布江。当我们被困在尼木兵站时，那天夜里你大声地说着梦话，高喊：我们一定要把杜鹃花送到哨所去！因为睡的是兵站大通铺，很多人都听见了，一边笑你，一边又被你的精神所感动。而我还知道，这句话不仅仅体现了你的勇敢和尽职，还体现出你是一个富有诗意的人。我常说，你比我们几个作家更具有诗人气质。你发言时常常充满激情，说出诗一样的语言。西藏笔会时你就说：让我们把句号拉成叹号吧！放心，我熊家海是个有肩膀的人！

灾区采访之后，你马上开始创作大型丝网版画《废墟中——生命的最后定格》和《子弟兵——我们的生命通道》。你高兴地告诉我，我干了两个大东西！真的是大东西，两幅画的长度分别为16米和26米，这令艺术创作成了体力劳动。创作完成后，你马上送到北京去参加"抗震救灾主题展"，之后又回成都参加抗震救灾画展。前一幅被中国美术馆收藏了。整整3个月，你都处于高度紧张的运转中，每天奔波忙碌，比一个健康人还要劳累。而那段时间我们也赶着写作出版长篇报告文学《重兵汶川》，无暇顾及你。直到你再次病倒。

家海，我清楚地记得，8月那天早上，你突然从门诊部给我打来电话说，我撑不住了，让刘成（驾驶员）送我去总医院吧。我吓了一跳，因为你能说出这样的话，表明情况已经很严重了。没想到你进了总医院，就再也没能回来。我从你妻子口中得知情况很严重，或者说就是绝症，真是难过得无法接受。毕竟你才55岁啊，不该那么年轻就罹患如此重症的。

我们一次次地去医院看你，每次去看你都是一种折磨，眼见着生命从你身边一点点离开，可我们却束手无策。因为怕你绝望，我们一直瞒着你，不敢告诉你病情。所以每次面对你都要说假话，明知一切都已无法逆转，还要装出笑容来宽慰你。这样的看望真是一种折磨，我特别怕去看你，又不能不去。有的时候还抱着一线希望，会不会发生奇迹？然而一看到你就明白了，上天是残忍的，没有给我们留任何希望。

而你依然要强，每次去都对我们说，你们那么忙，不要老来了，回去吧。住院的最初一周，你甚至不肯换病号服，一直穿着迷彩裤，你以为你很快就能回家。你总是跟妻子说，我还有好多事情呢，什么时候能出院啊？有时你也问妻子，山山是不是知道什么情况瞒着我？我看她好像有点不对劲儿。

是的，我承认，我做得不好，每次都不坦然，总是不敢直视你的目光，东拉西扯的，想让你忘掉自己的病。直到最后一段时间，我们还问你明年想订什么杂志，我们也确实按你说的给你订上了，总希望奇迹发生，到了明年杂志送来时，你依然能拿在手上翻开……

家海，最后一次去看你，是11月21日上午，我出国之前。早上你妻子突然打电话说你情况很糟，我连忙赶去医院。你说话已经有些接不上气了。看着你瘦得变形的样子，我真是不敢与你对视，宽慰的话怎么也说不出口。可你还责怪妻子，说不该把我叫来。后来你忽然叫我的名字，我走到床边靠近你，你微弱地说，山山，我不能走路了。我听着心里真是无比辛酸。我忍住眼泪，努力找出安慰的话，但发出的声音连自己都无法听到，我说，你太久没吃东西了，有些虚弱，以后能吃东西就好了。

后来你妻子告诉我．在我走后的那天夜里，你和她谈了个通宵，你终于面对了真相，嘱咐她顺其自然，一切从简。还说如果出现昏迷，就不要抢救了，没必要浪费国家的药材。你还跟她说，在家里给我留个房间吧，我想回来坐坐。妻子说好的，一定给你留着。你回来的时候，托梦告诉我，我叫你的时候，你要答应。你说好的，我答应。

你安静，从容，以极大的毅力，面对着渐渐逼近的死神。夜里你疼得无法入睡，情况非常糟糕。可第二天领导去看你，问你有什么困难时，你依然说，什么困难也没有，我的经济情况挺好，孩子也挺好。我知道你会这样说，你永远不会说我不行了，帮帮我吧。你永远不会顾影自怜。你是个把自尊看得比什么都重的人。你是我所见过的最要强的人。

家海，你走了，我想说，有件事我一直没有勇气告诉你，我曾经也伤害过你。好像是3年前，你当主任时，有一次很严厉地批评了一位女同事，女同事哭了。为了安慰她，我就调侃说，你不要跟他计较，他这个人就跟头偏牛一样，每天就知道在地里耕啊耕，结果把地耕得乱七八糟。女同事破涕为笑，把这话转述给你（她没说是我说的），你很伤感地打电话给我说，唉，辛辛苦苦忙半天，他们居然说我像一头牛。我吓了一跳，讪讪地说，是开玩笑的。你还是黯然地说，开玩笑也让我难过。后来的日子，我有几次想跟你解释，却怎么也开不了口。对不起，家海，我不该这么调侃你的。你兢兢业业，勤勤恳恳，尽管有时候效果不理想，但依然应该受到尊重。如果连你的敬业都不被尊重，还有什么值得尊重呢？家海，我还想告诉你，大家都很敬重你，就是你批评过的那位女同事，对你也非常好，在你住院期间她是跑医院最多的一位。我们编辑部几位和你接触不多的年轻人，都在为你的事跑前跑后，尽心尽力。你若在天有知，会感觉到温暖的；还有，你若在天有知，就原谅我的玩笑吧，说一声没关系。

在我知道你离世的那个夜晚，我在异国他乡做了个梦，梦见我和编辑部的同仁们一起在为你办后事，忽然看到你就站在我身边，依然穿着那件很旧的深蓝色夹克，很瘦很小，好像比我还矮。我惊讶地问，你怎么来了？我们在为你办后事啊。你露出难得的微笑说，我没事，大家一起干吧。

家海，我真希望那情景能在现实中出现，真希望有一天你走进办公室跟我说，山山，我又干了个大东西，或者说，我想自己开车去川藏线，可以吗？

我会对你说，家海，你去吧，去你想去的地方。

只是，一定要平安。

（选自2017年3月27日《解放军报》）

苯 日 神 山

凌仕江

一

"尼洋河岸就是苯日神山啊！"

牧羊人手指的方向，一片种满经幡的山峦，成了小城林芝遮挡风霜的旗帜。而林芝，在藏语里，一直被喻为太阳宝座。那些经幡像一株株长势喜人的粮食，它们的营养来自风和阳光，以及朝圣者装满信念的眼睛。经幡憎恨雨水，如同鸟儿憎恨飘飞的尘埃。因为雨水，经幡将停止愿望的生长、传递，雨水让所有载满祈祷文的翅膀飞不起来，而苯日神山也将陷入一场病患的沉默。

当一座山沉默的时候，山下的城只能发出几声咳嗽，无比尴尬。既吐不出痰，又流不出一滴血。此时，响亮的则是永不枯竭的尼洋流水。

流水的最终去向是印度洋。

唯有一路的山眷恋一路的水。

工布人习惯朝圣苯日神山，只因山比水更靠谱。山就像头上的一根天线，接通另一个世界的丰饶。工布人一生一世都生活在看不见的丰饶里，而水始终是要流到别处去的，如同情人的情人，瞬间聚散，谁也不能靠谁一辈子。

"我的羊儿们都知道那座山的名字，你们当兵的什么也不知道。"牧羊人坐在太阳宝座上，他挥舞手中的"乌尔朵"，笑容比阳光更有温度。那时，我最着迷的就是牧羊人手上那个玩意儿。当兵的叫它"投石器"，是用羊毛编织而成的绳物，长约一米半，中腰部位成小兜。每当有羊不听使唤的时候，牧羊人就将乌尔朵以小兜为中心对折，将有小环的一端套在中指上，末端捏在手中，接着在小兜中装上石子，然后跑几步，趁惯性加大，挥舞乌尔朵，趁势松开末端，大呼一声"嘞嗦嗦"！把石子投向那只不听话的羊。有时，遇到危险情况，牧羊人也将乌尔朵打向猎物。这旧年延续至今的牧羊细节，它的使用可追溯到聂赤赞普时代，无枪的藏人也曾用乌尔朵追打侵入藏地的英国人。

可是牧羊人看都不准我看，更别提摸一摸了。

二

山尖尖，雪堆白；小水沟，冰洁白；树梢上，一片白；牧羊人，发如雪；训练场，兵成雕；营房顶，落雪饼。面对银装素裹景象，我常常把左手交给右手，钻进袖筒子，靠抚摸自己取暖。边地寒流带给人的，除了肉体的冷，还有日光杀不住的萧瑟，直扑灵魂。似乎军营对人之约束，目的就是不想让一个新来的人，把驻地弄得太懂。其实不然，那些长了胡子的带兵人，对营地少数民族地理文化的胡子，一根也没弄懂，他们一个个大脑袋，装的全是女人的事情。但他们凭的是威严眼神，与钢铁铸就的军权，掩盖真相。

初来乍到，不懂军规的我们，喜欢打破砂锅问到底，可带兵人拼命严防死守，生怕军事机密被一个小兵偷走。多年后，反思兵之初的这段经历，发现不懂驻地藏民俗的带兵人，是相对失职的，他们才是真正的无知者，伪装绝对称得上他们戏弄"敌人"的成功法宝——新兵蛋子，问那么多干啥？真是B话多，想逃跑吗？给老子老实点，记住：不该问的不要问！

如此蛮横回答，让人心里很窝火，这答案毫不接地气。带兵人嘴里冒着烟，眼睛随云飘忽，活活将眼前一枚火花闪现的小炮弹，狠狠踩死成哑弹。同时，带兵人踩死的还有面对集体主义，找不到出口的个人乡愁——他们既看不到想了一年又一年的女人，又要保持官大压死人的傲慢本性。

可戴着故乡面具的新兵们，还信以为真带兵人拿得出异乡的精彩答案？尼洋河岸就是苯日神山，这在当时我们几乎谁都没听说过。好在岁月恰当时候，给人迂回机会。牧羊人的嘲笑，让我对他的职业产生了神圣的敬畏，至少他比驻地的兵者对土地更有感情。对于青春驻扎过的地方，时光去得越是久远，一旦被人驾上时光之翼，岁月淘洗出来的本来面目，恰如一座神山显现。过去营地早已迁徙，剩下的只有墟土、砖块、石灰、水泥、木材，还有向天疯长的杂草树木。间或，有橘红色的蛋子花，米团似的珍珠籽粒，每株花朵与籽粒间，皆藏匿着一窝金龟子，它们不分大小，群起而攻之，在光天化日下，偷吃果实的心，连野花绽放的寂寞，也不放过。

想起小时候，在故乡玉米地捉金龟子，突然在高原的花朵与往事面前，有些憎恨它外表的美丽与可爱。

那棵紧挨着炊事班的青冈树，体积能够遮盖半个连队，叶子像吮干了水的老鹰茶，散发着炊烟味儿。它不离不弃的守候，换来的是不见人烟的孤独。这与报纸上常出现的留守老人孤独相比，何其深重？即使内心再荒芜，年老的青冈树也要忠于内心的守候。

戍边人走了，牧羊人走了，野马晨出夕归，青冈树身上剩下的只有风烛残年。满脸斑驳皱纹的老青冈，主干上结满如佛珠深邃、光亮、慈祥的痂。

一只断奶期的羊羔，在青冈树下自由出没。少了牧人陪伴的它，恰如一个人因失去军规捆绑，获得的另一种自由。羊羔目中无人，只有青草和蚊子。它偶尔用力甩动尾巴，看不顺眼干扰自己啃草的蚊子。我蹲下来，坐在庞大的树桩上，和一朵蓝幽幽的野花，静默地看着它立在风中的静默。风从密林的深纹路里，有秩序地穿出来，波浪似的压过正欲生长的秘密往事。

站在一座营盘留下的灰烬中，仍能想起几张模糊面孔，他们嚣张的样子，似乎早知道苯日神山的存在。

三

的确，苯日神山过于陌生和无知。与之相伴两年多的兵生活，几乎没当它存在，更不可能把它当神山崇奉敬仰。如今，听说这座山居然与西藏原始苯教有关，这就引起我的警觉和兴趣了。

不知谁赋予了这座山一个神乎其神的传说，使得我这样的聆听者肃然起敬。岂止一个传说，在《圣地苯日山志》记载里，民间的许多传说，书页中都可以找到相应的具体描述。工布地区，包括林芝、米林、工布江达都有着苯教的发源地。从某种角度看，苯日神山象征的是一种守望，即工布人民对自己文化的守望，他们看似一生只做了一件事，那就是对一座山周而复始、不知疲倦地朝圣，其实他们表现出的是对苯教发源地的坚守与呵护，这也彰显了藏地文化的强大尊严。

带着传说，从连队遗址走出来，过尼洋河，穿过林芝市区，进入318国道，老远看见山门石头上，红色标记刻着——比日神山。面对经幡飞舞的山门，我的眼睛显得有些惊疑，究竟是苯日神山？还是比日神山？论青藏高原山脉形成，从林芝八一镇到雅鲁藏布江北侧的米瑞乡，这一地带的山脉完整性，找不出任何分割与断裂痕迹，它应该是一座山，何以生出一字之差的两个山名？而在米瑞乡，看到旅游标志分明又是苯日神山，这究竟有何区别？

长期以来，藏地存在藏汉双语同音译的变通使用，许多时候，在传达意境上显得不够准确，尤其是汉文化的急于渗透，多少带有点强硬化的嫁接，导致进入后现代的快速开发与经济增长，使藏语本身的意境，在这些行为中消解了原有自然生长的味道。将"苯"与"比"划定成两座不同意义之山，当是来自沿海地区的援藏者们干的事，不知他们在成为造山运动主力军时，是否对藏地宗教有过真正的体悟和考量。

苯教，最早的发源地为古象雄王国，别名：本教、本波教，也称之为吉象雄佛法，是辛饶弥沃如来佛祖所传的教法。修行苯教者，追求的是圆满，成就虹的化身。苯日神山，在我看来就是辛饶弥沃的化身。最初在此的驻守，我不止一次见到尼洋河升起的彩虹，那时我对苯教一无所知，因此就没往这方面多想了。

如果按来自文君故里邛崃导游小吴的解说，从林芝尼洋河一直延伸到米林县雅鲁藏布江边的山，都叫苯日神山。那么，一个地方对一座山何以两种书写？小吴琢磨了半天，也难以结论。最后，她说造山者有造山者的想法，而当地人有当地人的利益考虑吧。小吴坚持她的解说：反正山就在那里，你自己看吧。这是她出于地理山脉形成的自然道理。若我再多问几句，小吴又将陷入吞吞吐吐的不自信境地。

这的确有些让人生疑，更多叫远道而来者产生迷惑。

山路上，我在想是不是一切与高原相关的景物：树、兽、经幡、溪流、草滩、沼泽、玛尼堆、寺院、石头、小僧与大师，好像都有为传说而存在的理由。在人们四处奔走的相传中，山中的人与物聚集了一种内在力量，令无数人向往而产生神授的行为，那就是观想。其实每个人的生活都存在观想，只是虔诚与否，答案各不相同。

为了克服山名带来的不确定，我执意带着虔诚之心观想一座神山，超出原有世界的认知，朝着山上攀越，期待遇见一些奇迹，如我冥想中的那样出现。

在藏地，想必还有许多看似不起眼的山，值得由视野抵达心灵去观想，可以说，每座山里都住着神。不同的山，有着不同的神。太多躲在深山老林里的神，一直不愿接受信徒的造访。神是否担心，突然有一天被一场造山运动，改写神的尊严？

神有神的性格，观想神山的人，心情也有所不同。

第一次从成都飞抵林芝，快落地米林机场之前，近距离地看见舷窗外的山，雪在天际线上睡美人的妩媚姿态，差点将我带入梦幻，那种近乎小时候擦脸的百雀羚的白，让人产生了冲动的比喻：像盐，又像棉，没有丝毫停顿，直接选择把它比作化肥，才算了却眼见为实的审美震撼——因为雪的生死使命，是为了让缺少营养的山肥沃起来！

这绝不是我的主观比喻，而是自然山神的欢喜赐予，"化肥"一词几乎没有经过任何繁复的思考，一跃脑门，带给我灵感冲击。

没错，那就是苯日神山。

四

山上的林芝自然博物馆，并没有吸引我停下。

陪同我的廖姑娘是四川渠县人，十五岁就与林芝这块丰饶之地结缘。十多年后，当生命满树花开，她却放弃舒适的大房子，失去太多太多，最终一无所有地去了日光城拉萨。走时，真是义无反顾的决绝，然后重返熟悉的地方，却又不断生出反悔叹息。她劝我好不容易来了苯日神山，必须进入自然博物馆，又声称她朋友的妹妹在此当解说员。一路上，廖姑娘主动介绍起馆藏的五百余种植物，以为可以带给我兴趣，可她哪知我对待自然的态度。相对而言，当年老艺术家黄宗英笔下《小木屋》的主人徐凤翔在林芝对待生物的举动与持续的努力，着实令人感动，更令自然起敬，但我并没有对廖姑娘讲徐凤翔20世纪70年代援藏的事。

在一切生态面前，只要进入博物馆的生命，在我看来都已失去自然的本色了，还有什么值得看的呢？人为标注的生命物种，在它活着的时候，没有人去欣赏它，非要在人置它于死地之后，让更多人来欣赏它的死亡之美，这是人于自然生命的不道义。想着那些标本成天待在玻璃闭合的世界，氧气不足，却要面对人类不同眼光的反复打探，在另一个世界，即使死，它们也死不瞑目。

那样没有水分的躯壳，看着它还能产生情感之美的联想吗？博物馆给我印象不好的一面，总是残酷的历史拷问，多于现实生命的呈现，不去也罢。

顺道而下，天气急变，一场雨水，伴着雪蛋子，显示了神山与普通雪山的区别。神山上，天气的变化，总是带有几分神气。灰暗的天空，突然把乌丝与蛋清交织的云杉，压得很低，阳光如同焊接工手上爆出的星子，从树与树之间的缝隙，刹那间落到眼前，踩上去，很快，便听见了水流声。

清脆、洞彻、充满器乐敲打属性的流水声，在一排低矮的丘冈下，咚咚响起。这一汪流经神山血脉，流进谷底的山泉，好比诗歌在自然与人类的血管里流淌。

长满青冈和青松的丘冈上，中间夹杂着云杉，远处的树，在阳光返照下，碧波万顷，奔腾、荡漾。下面是狭窄的河谷，空中有零乱的经幡，如同神女腰间飘飞的彩带，在穿云过雾中，若隐若现。外面的世界突然被林间的事物遗忘。与树相偎的光线，被肉眼折叠、反转，被流水声牵引。如此景象，让我眼前跳出阅读中获得的句子"魔鬼在细节中"。

转山的人，排着队从流水声进入树林，又从树林中往返于流水的声音。而同样的树木，一直重复地伴着我，渡过一座木桥，再往上攀缘，直到那片青稞地出现。

旁边是一座小小的寺院。

树林掩隐深处，可见寺院的金顶，一道阳光瀑垂落在上面，走近才知，寺院被木栅栏围着。里面有油灯在闪烁，光影处，阵阵法器，节奏鲜明地传出。面对寺院，静默伫立，看着自己留在大地上的长影子如同树木的倒影，感觉另一个世界，早已沉沦，而寺院里却是常人不易听懂的喧嚣。在喧嚣中，一边诵经，一边击鼓的人，名叫平措旺杰。他十七岁从苯日神山里的村庄出家，如今已二十三岁，从没离开这座森林与流水萦绕的寺院。

面对我们的出现，除了眼神里的欢悦，平措旺杰并没有停下手中击鼓的佛槌，诵经声像殿堂外雨后的太阳，照常升起。我向着寺院里坐着的每一尊佛，双手合十，顶礼膜拜，依次布施，然后平静地坐到平措旺杰身边，向他请教如何吟诵苯日神山的祈祷文。

"师父下山云游去了，我在功课中，暂时回答不了你的问题。"

廖姑娘问师父多久回来。

"十天半月，没有一个定数。出家人与你们出门人，怎么能一样呀。"

我们踏出寺门，跟随一个来自昌都的信徒，围着四方上下两排经筒，转了三圈。一排排旋转的经筒，在强烈的阳光下，闪着铜质的光芒。一只通灵的猫和狗，在寺院门前，拈花微笑。我一眼认出的芍药、黄菊、灯笼、指甲、卓玛，在寺院里像失散多年的伙伴，它们的出现忽地点燃了我的少年情。那些生命之花与疯长的野草，在光合作用下，仿佛一切面目都已静止。廖姑娘忍不住侧身卧在草地，她摘下墨镜亲吻花草，满脸弥散的自信与幸福充满，她真的听见了草儿在阳光下拔节的声音。花朵对她微笑，她对花朵微笑。佛前的花朵安静、热烈。她的微笑寂寞、璀璨。廖姑娘的愿望是能够在寺院里住几天，暂时忘却来时的拉萨红尘。当然，寺院里的僧人，已胜过她对家中亲人的熟知程度，过去此地是她每周必须光顾的地方。

我记住了苯日神山，一座在原野中深远的寺院——唐拉拉康。它的隐秘，可以说很多林芝人至今未能发现。因为它的内部世界，只有两个念经的人，平措旺杰和他的师父，不分昼夜面对一座座虹的化身佛。我在心里默念，有一天，祝愿他们也能修为苯日神山上的虹。

原本真可以在寺院里住下来，加持体验寺院生活，但想着此次还有更远的行程要事等着，我想，机缘定有让我重返唐拉拉康的那一天。

五

唐拉拉康成了廖姑娘每次观想苯日神山的必去之地。几乎每周她都会到此进行灵修。寺院里的堆石供、火供、水供、会供、煨桑、朵玛、酥油花、擦擦、金刚结，这些源自古老象雄文化的符号，好比她家中的各类生活用具，在她眼里，一点也不陌生。相反，多维度审视苯日神山的不同效果，她也早得出经验。从寺院出来，她便决定将我徒步带往另一方向，进入苯日神山的栈道。

那里可以观看林芝的全景图。本地人与外来者，早已通过朝圣的方式，在经幡舞动的栈道上留下深深浅浅、或浓或淡的心痕。

路上经过一些藏族人家，他们的屋子修建得格外气派，几乎都是石头堆积而成的别墅，这种建筑比普通的砖块构造，显得财大气粗，但在形式上已经不是藏民原有的特色居所，而渗入了太多现代都市的审美趣味。屋门前到处都是开阔的青稞地，由高到低，一直沉入谷底。一条宽敞的路，直接将山外的文明输到家，看似苯日神山替他们挡住了外面的尘嚣，但他们饮的是雪山之上的冰冻水。据说这里的孩子都在林芝享受优越的教育，到了周末，他们照样要进城去接孩子。远处是林芝起伏的山峦。若隐若现，一群羊在山中吃草，像白色的蚂蚁蠕动。

二十年前，面对林芝的山，我眼里无法生出如此鲜活的细节，如牧羊人嘲笑我们的那样——当兵的什么也不知道。我想了很多年，那时我所知道的只有把被子叠得像一块死豆腐，才不会被人修理。

而遮盖这一切的就是那些细节中的魔鬼。他们的肩膀比山更高，他们的脸谱像斧砍的木雕，他们把持纪律的力度远远胜过铁匠，他们保密的神情不像特工就像特务。

那时我以为山只是山，水只是水，根本不知山里还有路，路上有人家。我不知道水里有雪山，雪山上有树和鱼，还有鹰、经幡、牧人、羊、牦牛、虫草。现在想来，牧羊人当年嘲笑我们也是没有错的。

一群牦牛在路上，大摇大摆，它们向着太阳落山的地方，不急不忙地赶路。而有的牦牛累了，直接把大路当温床。任凭摁喇叭的司机，多么着急，它也不管三七二十一。

深入山中的栈道，眼见山下的林芝城，完全是地球上的另一种格局。红色的小方盒建筑，如同孩子们的拼图游戏，铺满了大海一般的沼泽地。而我们曾在林芝仰望的苯日神山，只是一片浅浅的山峰，它由一杆杆风马旗和草地拼在一起，像山脉里神灵随时对万物的点名召唤。如此壮观氛围，走在苯日神山栈道上，令人唏嘘，神山不愧神山!

我看见十万风马旗在大风中舞蹈,它们是神山撩动的衣裳。格萨尔王的马蹄在云中升腾,飘然的经幡,在光影中幻化成多彩祥云,但我清醒地知道,它们只是神山的信徒挂上去的,一团又一团的经幡阵,从万米千米百米的山那头,牵扯到山这头,有的纵横交错,有的横竖成林,有的像飞行表演排出的齐整彩虹,在山的怀抱隆起、升腾。苯日神山上,经幡是一种势力,神山也是一种势力,风则是功不可没的推手。有风的存在,就有朝圣者。每个朝圣人朝着神山捕去的同时,他们先是捕到了风。他们不得不与风合作,在他们的生命里,最安全的地方都是留给风居住的,风让他们的愿望向着光明飞升。我没有真正地见过格萨尔王,来此朝圣神山者,也没有谁见过格萨尔王。但有了十万经幡的吹送,何止是格萨尔王,只要你想见到的人,经幡都能够将他们呼来唤去,人人得以神赐力量,个个都是武林高手。在经幡阵里穿来梭去,见与不见,不再是问题,所有的观想,都会照进你的现实。这是满世界的经幡汇聚在一起的力量,它与风景无关。

"你在这山里跋涉了那么多年,怎么不说苯日神山一句?"

廖姑娘笑了。她的笑其实不是真实的笑。她只在真实的哭里笑,她不知真实的苯日神山究竟藏匿着多少人生的答案。在苯日神山清澈的目光里,她只是另一个看不清的自己。她修得的力量不足以破解眼前的经幡阵,她在黑夜里弄了些诗句,表达苯日神山的爱恋。她把心中的诗默诵给苯日神山,可苯日神山并没有如她所愿,派一位神将她与妹妹互换世界。有一阵她逢人言说的都是那句话:妹妹比我聪明,该去那个世界的是我,而不是妹妹。

十年前的苍茫冬夜。苯日神山脚下的米林县城,一位少年持刀翻窗抢劫,廖姑娘的妹妹在反抗中,倒在血泊中。

我想问问哪一片经幡能够代表她的诉求、祝福,抑或是她内心对神山产生的敬仰,可疑问还没抛出,她的眼色,比迷雾深重,比流水忧伤,比乌鸦叫声绝望。一个电话出现,突然打破了她的观想,她说太神奇,十多年前为她治病的医生,自从她离开林芝,再也没有联系,怎么会知道她回了林芝,还要请她晚餐。

这次廖姑娘真的笑了。她什么也不说,双手合十,独自走在狂舞的经幡中,像一行飞天的经文,强烈的光照刹那将她背影融化。

我停在半山腰,喝了几口冰水。再俯视山下,一幅完整的林芝画卷,尽在眼底。天色开始收光了,当凡尘落素都被岁月雕刻成皱纹,当那些无知者无法再用军权管制人性本有的思想,而无意中以读者眼光打量我笔下的苯日神山,他们是否还能神气活现?

六

世上究竟有多少传说者与被传说者打过照面？苯教信徒阿穷杰博被传是保护比日神山的英雄。若要追问个水落石出，很多风景的核心，其实都禁不起有心人推敲。

廖姑娘自称神山是她内心的秘密之山，她不仅每天早晨和中午上班之前，通过秘道独自转山，还为神山书写诗一样的情书，发表在海外报刊。她从不轻易带人来此山中，走她曾经走过的秘道，因为这些秘道里，布满她太多不可告人的心事。其实，这只是一种苦行，属于她个体生命虚妄的苦行，或许她还不明白，不是所有的苦行都能开出彻悟的花朵。我以为她知道太多苯日神山的属性，可她真正的回答顿时让一座神山失去几分神性与尊严。

"不知，真不知，你明知我的空白装不下一座山的内容，我只希望一个人走在山里，可以开心，也可以伤心，然后一切随风中的经幡，化为乌有。"

在一个不再写诗的诗人看来，苯日神山的传说，远比查良镛先生制造的武侠小说精彩，但查良镛先生肯定不认识制造如此神山传说的那个人，我不知道这位高人究竟何许人也。廖姑娘更不知道，对于她剪不断理更乱的心事，或许只有苯日神山符合她的躲藏与想象。要是那位高人能现身神山，真想拜托查良镛先生前来与他神山论剑，要是他的剑，论不过查良镛先生，那么他很可能会改变规则论神，这样说不定查良镛先生，可能会选择甘拜下风。论神者气度不凡，他是这样讲的——

当年佛苯相争，敢于反对佛教的苯教徒阿穷杰博与莲花生大师在此比试法力，打得不可开交。

我能想象两个影子在山峰与河流之上平步青云的架势。

莲花生大师到达雅鲁藏布江与尼洋河交汇处时，凭借法力调集狂风，试图将村庄和树木全部吹倒。阿穷杰博则以巨石，压住树木使得莲花生的法力失效，重灾得以幸免。接着，两人交锋打到苯日神山脚下的古鲁村。莲花生想彻底摧毁苯教，于是用力击掌，竖起禅功，吹了口气，将苯日神山推入尼洋河。阿穷杰博在水上漂，几个转身功夫，轻轻松松将苯日神山，物归原地。

由此，工布地区的苯教得以保存兴盛。

至今，信奉苯教的工布乡亲在神山上依然供奉有大石、神鸟和天梯崇拜。我没找到人们相传的那棵通天树，因为山里，树太多，不知那棵是哪棵。只看到山上满树挂着经幡和祭品。逆时针围绕神山转经，通常是工布乡亲过节必做的功课。

苯日神山下，陕西路上重庆小面馆的女老板，说她每年春节都会上山，参与工布人的转山仪式。不难理解，一个汉族人在藏地的神化，首先是从朝圣一座山开始的，尽管她可能还算不上信徒，但远离内陆城市的高原生活，在远离了太多琐碎与应酬之后，静下来的时间，就容易接收到一座山赋予人的灵性，同时也容易接收到山补给人的内气。

在藏语中，苯日神山被翻译为猴子山。林芝自然博物馆旁边有两只被关进笼子的猴子，它们的处境很是让人不安，尤其是一些小游客丢石子对它们的玩弄，都快让猴子急疯了。倒是树林里的松鼠可爱，随处可见，它们的灵敏。不难想象，山中密林活跃着种类繁多的动物，尤其是不知名的鸟儿，它们与人的关系在这里和谐共处。不少游人经过的地方，都留下了为它们准备的矿泉水、面包、饼干、松子等食物。

七

半月后，从察隅回到林芝，我决定在苯日神山下的卓玛旅馆住上几宿。背靠苯日神山的夜晚，可以望着山上一行一行的五彩粮食，与神耳语。那些日夜拂动的风马，伴随星辰的祈福，替读到它们的人，做来生与今生的对接。我时刻把脸迎向神山之上，眼睛却看着风马在天空中飘拂。

每有驴友来此，我都会主动劝他们上山看看。正如廖姑娘当初劝我进博物馆看看一样，充满了个人熟知的热情。只是我劝他们上山看的是灵活的自然，读的是每时每刻都在律动的心愿。那不是个人的心愿，而是物赐天愿，如果有缘，他们会自然地走进唐拉拉康。尽管我也有下意识地说出山中那一座苯教寺院的名字。

当然，我也听到一些，从苯日神山下来，对这座山产生摇头的人，说没意思的话。似乎他们上山不是为了下山，下山也不是为了上山，只是他们活在自己的理想中，但世界早已脱离他们的世界，真正的世界保存在有心人的世界里。没错，对于西藏的其他名胜之山，尤其是在天气好的时候，很多都能在远处目睹山的主峰上雪堆白的灵光乍现，视见者都认为好运。但苯日神山并没有突出的主峰，它只是一组山峦紧紧地连在一起，且随时被阳光、风雪与经幡缠绕。加之多云多雾又多雨的光临，肉眼能看清的东西实在少之又少，只好全凭心的阅历了。看山不看山的外表，读一座山，需要的不是钱，更不是权，而是心的时间。读一座神性的山，更需要圣洁的感情和缘分。读一座地理上完全超越了神界的山，更需要把一块地域的神秘底蕴保存在心里，而具备这种透视雪山的人，也只有与山有缘的人才能承接。

生命旅途中，开始许多人，走着走着就只剩下自己一个了。下午，卓玛旅馆来了个武汉小伙，他披着一身雨具，放下背包，吃完泡面，闲得在阳光下打瞌睡。我掀开他头顶的塑料帽，摇醒他。我说要带他去看苯日神山。他顿时来了精神，问苯日神山在哪里。我并没有走过去熟悉的路子，而是随便从山下正在修房子的村庄出发，自作主张地走了一条想象中该有的路子。一开始我就是奔着唐拉拉康去的，因此绕过了林芝自然博物馆。荆棘密布的山道上，奇石怪状，野花乱开，一片潮湿，绕了一段，就没有路了。我们原路返回，见推土机师傅打出的手势，才又调转路线，继续上山。

山中的石头，有的像杨过与小龙女，合炼玉女心经的玉石床，床上隐约可见一些米饭，有拖着长尾巴的鸟，站在石头上，打望山下的林芝。而山上遍布矮小的青冈树，几乎已经顶着云层了，树上挂着的牛仔裤，证明此地有人来过。地上随处有长得血汪汪的野山果，让人多看一眼，便口水直流。有时，我们挨着乌云，在山上找路，一不小心，撞着树枝上挂着的布条，那物状像裹紧的尸体，心里油然生起一丝惊恐。

终于来到一块光滑的大石头面前，上面沾满了油亮的酥油，挂满了哈达。石头上显现了十多尊佛的面孔。旁边有煨桑的痕迹。来不及多想，也没多余的时间停下来观察了，我们加快步伐，一个多小时后，终于见到了那块青稞地。

半月前，还是泛青的青稞地，如今已是一片金黄。它与寺院的白和红形成鲜明的对比。藏地美图上的造物主真是一位比文森特·威廉·凡高更懂色彩格局的大师，青稞地与一座小寺院组合在一起，无论什么季节，延伸的只可能是无限诗意与无限遥想。这种观感，我想住寺的僧人一定拥有超乎诗人与画家想象的艺术境界，因为他们每天陪伴的环境就是诗意。成熟了的青稞，带给我荷兰画家文森特·威廉·凡高画布上向日葵般成熟稳定的气场——那是一种永恒的印象，它既是安全的，又是危险的。危险的是我面对青稞熟了的激情与花朵绽放又冷静的寺院，连同阳光已在笔管里提前熊熊燃烧。手里采摘有一把野山果的武汉小伙，面对青稞，终于露出微笑。与刚才密林里的紧张穿行，他脸上表露的害怕，明显被一种暖色的安全带走——那是寺院与青稞叠加在一起的色彩。当狗吠声传来，随之而来的是阳光垂直落地。如此天气，与上次来此地一样。雨后的阳光打在红光满面的寺院，而周围，或更远的地方，依然被雨雾缠绕。武汉小伙一边品尝酸涩的野山果，一边让我帮忙拍照，他手指那片金色的青稞地，寺院金顶自然成他当背景。

刚进寺院，上次出现的猫和狗，就从木栅栏里飞了出来。武汉小伙蹲下来，开心地抱起它们。谁知这一抱，就松不开手了。瞬间，寺院周围飞来的猫和狗，越来越多，一只比一只袖珍，它们的争吵声，足有一个合唱团庞大，全部往一个人身上蹦跳，将武汉小伙即刻绊倒在地。

平措旺杰听到响声，远远地伫立在寺院门前，笑了。

他转过身，告诉我，他师父已经归来。

我们走进去。见师父正在念经。头也不愿抬，一句话也不讲。平措旺杰把头靠近师父耳朵，说了我的来意。师父仍一句话不说。这和初次来此的廖姑娘，遇到的情形是一致的。她说，平措旺杰的师父，从没与她说过一句话，尽管她十多年涉足寺院，但在眼睛与眼睛的重逢中，她坚信师父是世界上最懂她的人。

八

我们选择悄悄离开，天上突然下起滂沱大雨。只好加快奔跑的速度，雨从不同方向攒来，让人无处避害。苯日神山的雨，就像不可触摸的风，说来就来，落满山谷，通向地心，绝不容许有过荒芜之心的人再长一棵荒草。有些地方的雨，只能落到身上；苯日神山的雨，落进我心里，让我看见生命中不少令人唏嘘的空白。有些地方，人们就身在其中，却不懂得安放自己的灵魂，反而还在满世界的拼命找寻。有些人，总在带着满身尘嚣回眸来时的方向，才发现原来被自己抛弃的所谓安静，一直生长在最初的伤口上。当我抬起头，扬起手拭一绺打湿的头发，便听见了苍老的歌声。放慢脚步，停下来，坐在哗啦啦的流水边，缓慢地转过身，搜寻那个歌声。

雨中飘荡的武汉小伙，倚在石头边，像一棵神色慌张的野草。

不远的山坡上，出现了牧羊人。

是他在歌唱，是他的歌声绊住了我们的去路。那是我熟悉又陌生的歌声，忽远忽近，忽高忽低，忽明忽暗，忽悲忽喜，忽快忽慢，忽唱忽说，仿若寺院里看不清脸的师父在拨动心上的念珠。我站起身，朝着歌声走了几步，在一块静静的玛尼石上，意外拾起一件东西，那是牧羊人遗失的乌尔朵。我把它一直带在路上，再也不想让它成为岁月的遗物。直到经年，我的歌声被雨水打湿，像一道彩虹在苯日神山上空升起——

"总摄太阳宝座的神山呀！"

（选自2017年第8期《北京文学》）

当手指握成拳头

——八一体工大队苏瑞芬大夫剪影

红　孩

大凡热爱体育的人，提起解放军八一体工大队，他或她的感觉大概跟我一样，熟悉而又陌生。大约在我还上小学的时候，我就知道穆铁柱，以至后来的陈招娣、王涛、王皓、王治郅、宁泽涛，这些人都是军人，也都是耀眼的体育明星。

毫无疑问，对体育明星人们肯定会有许多的好奇，诸如他们如何训练，他们如何吃住，他们有什么爱好，甚至有好多的粉丝连明星的血型、属相、星座也都要问个一清二楚。我觉得这都很正常，在一个追星的时代，人们有什么样的关切都可以理解。如果某一天，当我成了大明星，我一定会告诉那些红粉，我的一切都属于你们。现在要告诉你的是，除了关心那些体育明星表演的台前，我更关心那些他们的幕后故事，我马上要把一位神秘人物推送到你的面前。

我要向你讲述八一体工大队田径队队医苏瑞芬大夫的故事。

我与苏大夫相识，是我患有腰椎间盘膨出症，在一连看了四五家医院无果后，经部队的一位作家介绍，使我有幸走进了位于北京中轴路总政黄寺大院八一体工大队门诊部，从而认识她的。苏大夫今年六十岁，副主任医师，从二十世纪七十年代末她在八一体工大队已经工作了四十三年。如今她成了八一体工大队年龄、资历最老的人。苏大夫告诉我，她是青岛即墨人，少年时因为喜欢体育，于一九七四年被特招到八一队从事中长跑项目。一九七七年恢复高考前，在一次训练中，她的脚部受伤，经诊断是骨折，这就意味着她要在相当长的一段时间终止训练了。也许是天意，在这一年，她参加了高考，考入了解放军总后一所军医学校 毕业后，她又到北京医科大学运动医学研究所进修深造。

"您在八一队待了四十多年，从运动员到队医，思想最大的波动是什么？"我问苏大夫。苏大夫说，运动员最大的敌人就是伤。如果是轻伤也就罢了，一旦是重伤，就有可能结束运动生涯。我说，二〇〇八年北京奥运会，在亿万人期盼的目光中，刘翔的突然退场，至今让人心有余悸。苏大夫说，你说到刘翔，我可有发言权。说着，苏大夫将手机打开，百度出一个页面给我看，只见苏大夫在刘翔退出比赛第一时间做客人民网时谈道："刘翔还没有成名对我就认识他了，他是一个很坚强、比赛作风非常顽强的运动员。四年一次的比赛谁都想比好，这次受到伤病的困扰使得他心里非常着急，所以他表现得非常痛苦。这就是竞技运动非常残酷的一面。跟腱损伤是最难治疗的运动员伤病，因为运动员在选用药物治疗上有所限制，而封闭针又不能打到腱组织里面。我国有很多优秀的运动员都因为跟腱炎影响了运动生涯，比如这次奥运火炬传递云南站的火炬手张国伟，他过去是我国马拉松一万米的全国冠军，由于跟腱腱位炎曾经在北医三院做过手术，但之后还是很大程度地影响了成绩。"

虽然刘翔因病退出比赛的事情已经过去多年了，但人们每次谈起还觉得那是个谜。可以想见，苏瑞芬大夫当年做客人民网为刘翔客观解释要面临多大压力。"可苏大夫不怕，"苏大夫的徒弟赵经武对我说，"从二〇〇八年起我给苏大夫做助手，这么多年找她看病的人很多，苏大夫的诊断准确率百分之百。可以说，苏大夫在我们田径队，甚至在中国田径界，就是定海神针！"话是这么说，可苏大夫从来不这样看，尽管她在颈椎、腰椎、关节、肌肉、韧带等外科疾病方面有相当高的治疗水平，每当有重要的伤病员，或者是伤员有些犹豫时，苏大夫一定建议他们去更权威的机构找更加权威的大夫进一步诊断，但经过无数次的证明，苏大夫最初的诊断都是准确的。现在，不光是八一队的运动员、教练员有病找苏大夫，即使是国家队的主力运动员有了伤病，他们也会专程找苏大夫医治。至于社会各界慕名前来的就不计其数了。

我在苏大夫的相册里，看到她与陈招娣、宁泽涛、牛群、刘翔等名人合影的同时，还看到她与外国军人的合影。苏大夫说，她自八十年代成为专门的队医后，几乎参加了以后全部的世界军人运动会、全国运动会，她除了为八一队的运动员保驾护航，还把所掌握的医学知识无偿地传授给其他国家的军医。苏大夫性格豪爽，她对待医术从来不保守，不论是同行交流，还是带徒弟，她总是尽其所能。在传授徒弟时，她采用的方法是言传身教，从来不当着病人的面批评徒弟。

"您几十年医治过的病人数以万计，您觉得印象最深的是哪几个？"找苏医生看过几次病后，我每次都试图从她那里听几则新鲜的故事。苏医生说，她一生从医，追求的始终是平等、善良、用心。不能因为来的病人是明星、首长、朋友、有钱人，就忽视对普通人的关心。几十年来，她随时告诫自己，你是一个军人，你的首要任务就是要为八一队的教练员、运动员服务好。这些运动员，不管取得多大的成绩，在她的眼里，还都是个孩子。去年，在一次国际马拉松比赛中，苏大夫随队出行。当比赛结束后，看到自己的队员因过度疲劳而摔倒后，苏大夫二话不说，将队员拖在怀里边流泪边进行医治，苏大夫说，这女孩比自己的女儿还小好几岁呢！

要说最令苏大夫难忘的，莫过于她给中科院几位国宝级的大科学家进行医治。被誉为"氢弹之父"的大科学家于敏，在认识苏大夫之前，已经因腰病瘫痪在床，不能翻身。经部队首长介绍后，苏大夫坚持每天利用午休时间到于老家里去治疗，经过二十多天，于敏终于可以从床上坐立起来，并且可以生活自理。二〇一五年一月九日，当苏大夫从电视上看到于敏获得二〇一四年国家最高科学技术奖，受到习近平总书记亲切接见时，苏大夫落泪了。她对家人说，于敏他们那样的科学家，是真正的民族英雄，我为自己能有幸给他们服务感到无比的骄傲！

转眼我到八一队门诊部找苏大夫看病已经半月有余了，连总政家属大院的警卫都对我熟悉起来。

每次经过警卫室，警卫都会说，一句，又来看苏医生了。我心里想，苏医生说不定也会经常给这些小战士看病呢！

今年是建军九十周年，苏大夫到七月底就年满六十周岁，这就是说，在这个特殊的一年，苏大夫即将退休。我不禁问苏大夫："您从戎四十余年，把全部的青春和热血都留在了八一队，您此刻有什么感想？"听罢我的话，我以为苏大夫会说上几句豪言壮语，可她只是淡淡地说："离开部队，肯定是遗憾的。不过，回想自己的几十年，我还是挺有成就感的。要说最大的遗憾……"苏大夫的话没有说下去，我看到她的眼里已经噙满泪花。苏大夫的助手方宇悄悄告诉我，苏大夫的父母在生病甚至去世时，由于正赶上全国运动会，苏大夫都不在身边，这种遗憾苏大夫始终不能释然。有道是，自古忠孝不能两全，假如战争来临，我们无法选择，可这毕竟是和平时期啊！

虽然在最后的时刻，苏大夫没有很好地陪伴自己的父母，然而，在女排名将陈招娣癌症的晚期，苏大夫却时常到病床去陪伴她，她一次又一次地为陈招娣按摩，给她做心理辅导，让她坚强地活下去，直至生命的最后日子。苏大夫说，我的双手为无数的人解除过痛苦，虽然我没有能力挽救陈招娣的生命，可我能把战友间的温暖永远地留给她。

看着苏瑞芬大夫的手，我数着那十个普通而又传奇的手指，我觉得那里该有怎样的乾坤啊！那是关于人生的，也是关于生命的。此刻，我愿意与它们紧紧地十指相扣，我知道，当手指握成拳头的时候，它一定是最有力量的！

（选自2017年7月20日《中国文化报》）

谁为失去故土的人安魂

吴佳骏

一

初秋的傍晚，晚霞似农妇身上穿的褪色的红薄衫，被风刮到了天边。几只鸟雀在田野上空滑翔，仿佛几个迷路的孩子，徘徊在漫长的回家路上。不远处的村落里，草房顶上冒出的炊烟，柔软而洁白，像一挂被风提拽着游走的丝线，在苍穹这块幽蓝的大幕布上，绣出各种漂亮的图案，那是天然的"民间工艺品"，带着泥土的气息和干柴的味道。

地里干活的人，都陆续回家去了。大地顿时变得空旷起来。只有我和奶奶，沿着杂草蔽膝的田间小路，慢慢地走着，观察着。我希望能赶在日落之前，陪她找到一块令其满意的"风水宝地"。作为她唯一的孙子，我有义务帮她完成这个心愿。

早在几年前，奶奶身子骨还硬朗的时候，她就已开始为自己的"归宿地"大费周章。她曾叫我父亲陪她去山坡上的向阳处选块地方，被父亲拒绝了。那时，父亲正年富力强，有太多的事情等着他去做。父亲认为奶奶身体健康，却成天担心身后的事，纯粹是无聊。可奶奶并不这么看，她说父亲根本不了解她，不了解她内心的想法和衰老的过程。她是大地上一棵孤独的树，一条干涸的河流，寒冷地带经年不化的雪，从金秋过渡到隆冬的庄稼。我每次从城市回到乡下，奶奶都要向我倾诉她的苦恼和委屈。看到骨瘦如柴、饱经沧桑的她，我无法做到内心平静如水。我知道，这个老人是我生命的源头，我不能伤害她。遵照她的意愿，我陪她在那些熟悉的阡陌间穿行，一如散步在记忆的旷野。我回多少次家，我们的脚印就会在土路上出现多少次。遗憾的是，奶奶的寻找每次都是徒劳的。长久以来，她都没有找到一块让她放心的土地。

我每回陪奶奶寻找墓地，她都要跟我讲述那些正在消失的事物，满脸的忧伤和怜惜。讲到动情处，她常常眼含泪水。没有什么能比一个风烛残年的老人面对千疮百孔的故乡时流下的泪珠让我更生恻隐之心的事了。

近些年来，我目睹了故乡的沉沦。原本热热闹闹的一个村庄，如今到处是破败的房屋。荒草像入侵的敌军一样霸占了良田，少有人迹的石板路上铺满青苔。即使在白天，整个村子也是死一般沉寂。要不是几只黄狗偶尔在村中蹿来蹿去，你会怀疑这里是否还有人烟。

除狗之外，最常见的，唯有留守老人们那衰弱的面孔。他们像一张张飘零的枯叶，在黄昏暗淡的光线笼罩下，怀想曾经绿意盎然的季节。

天气晴好的日子，他们会蹲在村头池塘边晒太阳。伛偻的身影倒映在水中，仿佛记忆或梦境里的人物。时间漂白了他们的年轮，光阴把深藏在他们心底的秘密盗走了，却把寂寞留给了他们。这些老人憨厚、质朴，像沉默的土地，承受着时令馈赠的风霜和雨雪。只是他们的身体都靠得那么近，想借助彼此微弱的力量来支撑点什么。即使在阳光的照耀下，他们也感到寒冷。谈话或许是他们抵御寒冷的最好方式。他们谈春雷和冬雪，谈往事和未来，谈活着的人，也谈死去的人。末了，自然不忘谈在外打工的儿女——那一群群往城市里迁徙、在城市里流浪的候鸟。日月轮转，春秋更迭，他们有些年头没在一起团聚了。年轻的人在外忙着生，年老的人在家等着死。无数的父子和母子，就这样在各自的求生路上阴阳暌违，留下永久的遗憾和悔恨。

村里有个姓王的大爷，七十八岁了，老伴儿早逝，儿子长年在深圳打工，饮食起居全靠自己解决。每天天刚亮，他就扛把锄头上坡干活，直到夕阳西斜，才收工回家。回家后，热点冷饭吃了便躺在床上睡去。有好几次，我从他家路过，发现他吃的剩饭都已经馊了。遇到天下雨，他就一个人拄根木棍，戴个草帽，站在通往村外的那条山路上向远方眺望，没有人知道他在望什么。自从他的儿子离开家那天起，眺望就成了他的生活习惯。直到有一天，王大爷在山路上行走时旧病复发，从路旁的土坎滚下去，永别了人世。好心的乡人们干脆把他埋在了那条山路旁边。安葬他的那天，雨出奇大，水流把他坟上新垒的泥土都冲垮了。帮忙培土的人怕雨水淋着老人，就把他平时戴过的那顶草帽放在了他的坟头，替他遮雨，也算是对这个以生命完成了守望的老人的尊重。

王大爷的死对我奶奶的打击是沉痛的。她说："我要到了那一天，希望不会死得像王老头那么不体面。"

奶奶说得对，死亡也需要尊严。

二

我奶奶今年八十岁，一个人住在山间破旧的瓦房里。历经岁月洗涤，屋檐早已塌了下来。房顶挂满蛛网，墙壁上爬满霉斑。仿佛只要躺在床上的奶奶一声咳嗽，房子就摇摇欲坠。自从我爷爷离世后，奶奶一直坚持独立生活。父母担心她的身体，曾强行让她搬来新建的房子一起过，她死活不愿意。父母拗不过她，也只好随其心愿。每个月，父母都将柴米油盐给她准备好。遇到吃肉，就盛一碗给她端去。二○一一年冬天，一场罕见的狂风将奶奶的房顶掀掉半边。父母再次请求她搬出老屋，一起生活。可奶奶态度强硬，依然要求留在老屋。父亲与她争吵之后，不得不请人买来石棉瓦，重新将奶奶的屋顶修缮一番。奶奶说："我在这间屋里住了大半辈子，舍不得走。我老头是在这间屋子里走的，我也要把自己留在这间屋里。"

对奶奶而言，衰老本身或许并不可怕，真正可怕的，是那种伴随衰老而来的空虚和落寞。这间衰败的屋子，浓缩了她太多的人生记忆。她熟悉这间屋子里的气息，熟悉爷爷遗留在屋子里的歌哭和悲欢。这间屋子，是奶奶在这个世界上最重要的生存凭证之一。离开这间房，她的灵魂将无所皈依。一个老人活到最后，必须抓住一点什么，才能使其晚年生活不至于那么恐惧和苍白。

奶奶是要做一个乡村最后的守望者。

也不只是奶奶，在乡下，坚守土地的人历来存在，只是守望的方式不同罢了。

我们村里的赵婆婆，老伴儿两年前去世了。她唯一的儿子，三十多岁还没讨到老婆。眼看村中比自己岁数小的青年早已成家，他整天忧心如焚，责怪赵婆婆没能耐，不能给他一个相对宽裕的家庭。赵婆婆面对儿子的责骂，心如刀绞，眼泪都哭干了。她曾四处托媒人为儿子提亲，结果总是无功而返。儿子一气之下不辞而别，去了福建打工。一年过后，赵婆婆的儿子传回消息，说自己已经在外安家，讨了一个福建本地妹子做妻子，妻子已怀孕，怕是不能回来看她了，望赵婆婆自己多保重。赵婆婆闻讯，悲喜交加。

但不管怎么说，多年来压在赵婆婆心上的大石头到底落了地。那段时间，她的脸上露出少有的平静和淡然。一次，赵婆婆来找我奶奶聊天，紧紧拉着奶奶的手说："老姐姐，这辈子，我总算可以闭眼了。"说完，浑浊的泪水从她沟壑纵横的脸颊上滑落。

二○○九年秋天刚完，初冬的天气已有一丝微寒。蒙蒙细雨落在暗绿的树叶上，发出轻微的声响。赵婆婆冒着细雨，在她的屋前房后转悠，目光始终盯着那几株高大、笔直的楠树。那几棵楠树，是她刚生儿子那会儿栽种的。几十年过去，自己老了，儿子大了，树也长高了。其中两棵树的浓荫里，各藏着一个鸟巢。那些鸟年年都来树上打情骂俏，传宗接代。它们认识赵婆婆，赵婆婆也认识它们。唯有树沉默不语，它们同时见证了人和动物的哀愁。

这些树，赵婆婆原本是要留给自己打制寿材的，可现在她的想法变了。在这个充满肃杀气息的冬季里，她将这几棵在风雨中日夜陪伴她的大树，以三千五百元钱的价格，全部卖给了镇上一家木料加工厂。

卖掉树后的第二天，赵婆婆把钱一分不剩地汇给了远在福建的儿子。

冬天将尽，眼看下一个春天梳妆完毕，正要蹁跹地来到人间的时候，村里人在一棵楠树墩旁，发现了赵婆婆的尸体。赵婆婆平躺在地上，走得很安详。她特意给自己换了身干净的衣裳，衣服上落着几片被风刮来的楠树叶子。

三

守望是要付出代价的。

每天清晨，村民们最重要的事情，是挑着桶去村头唯一一个地势低洼的水坑里取水。我奶奶自然也在取水队伍之列。父母让奶奶别去取水，由他们给她取回来，可奶奶执意要去。她说："我就是要看看村里的水到底是怎么没的。"奶奶挑不起两桶水，就找来一个装过酒的大塑料壶，用麻绳搓了两根背带，一壶壶把水背回来。

自二〇〇六年大旱以来，重庆下属的大部分区县至今缺水。我们所处的村庄，海拔高，住户多在半山腰上，故缺水尤为严重。曾经水量充沛的稻田，几年都没开过镰了。田里龟裂的缝隙，像一些流干血液的伤口，撕扯着大地的皮肉。昔日金灿灿的稻谷不见了，夏夜聒噪的蛙们销声匿迹。靠天吃饭的农民们无不望天兴叹，叹息过后，只好扛着锄头，去旱地里种点麦子和高粱等耐旱的农作物，维持活命的口粮。

村中原本有一口池塘，因干旱太久，根本蓄不满水。所蓄的少量水源，长期浑浊不堪，水面浮满残渣，人是不能饮用的，只能满足牲畜使用。为尽量节约用水，村里人洗衣和洗澡，都用池塘里的脏水，致使村里大多数人都患有皮肤病。

能供人饮用的那个水坑，水量也极其有限。从地底浸出的山水本来就小，全村近二十户人家，都指望这个水坑。去得早的人，尚可取到清亮的水。跑到最后的人，就只能挑到两桶带着泥浆的黄水。因此，天还未亮，各家各户的人就打着手电筒去水坑舀水。那情形，好似一群做贼的人，在盗取自然界的宝藏。

二〇一〇年夏，我曾专程回乡，就当地村民的饮水问题写过一篇调查报告，将情况如实地向当地政府部门反映。政府也曾派人实地调研过，但问题始终未得到妥善解决。后来，我又多次鼓动村干部向上边反映情况，仍无济于事。

我深深地为生活在底层的老百姓感到难过！

雨季是乡村的另一种灾难。

西南山区，多属丘陵地带，气候变化大。每年夏季，都会遭遇洪涝灾害。密集、汹涌的暴雨，像疯狂的子弹，铺天盖地射下来，冲击着干渴已久的地表。树木被风雨折断，甚至连根拔起。村中不断有土崖塌方，随处可见滑坡的山体和泥石流。那些巨石和泥层从山上垮下，捣毁农作物不说，怕的是砸毁房屋，造成人员伤亡。

奶奶住的那间老房子，背后即是一面山体。一到雨季，我们全家人的心都揪紧了。雨水常常在夜间下，让人来不及防范。噼噼啪啪的雨水，像无数头小野兽，直朝屋顶的瓦上撞击。奶奶本就残破的房子，仿佛开了天窗。冰凉的流水顺洞而下，不大一会儿，地面就湿透了，水能淹没脚踝。整座房子，犹如一艘浮在河面被风雨吹打得漏水的破船。屋外电闪雷鸣，好似战场上冲锋陷阵的敌人，已经攻破城池，正向着主营摇旗呐喊而来。每当这时，父母就会冲进屋来，把奶奶救出"营垒"，背去他们的石头房子避难，尽管父母住的石头房屋并不比奶奶住的老房子牢固多少。

我的奶奶毕竟是幸运的，在危难之际，她有个儿子在身边可以依靠。村里更多的老人，他们举目无亲，孤身一人，没有人在乎他们的死活。近几年来，我们村里先后有五位老人在雨季丧生。其中，两位被洪水卷走，两位被山体滑坡埋葬，一位被躲在家里避灾的毒蛇咬伤而中毒身亡。

我的村民们，就这样在旱灾和水灾的双重煎熬中顽强地活着。大地也在这种水与火的炼狱中，被蹂躏得疲惫不堪。

故土，已先于我的奶奶衰老了。

四

寒来暑往，秋尽春归，奶奶依旧拖着她那老迈的身躯，游走在故乡的山水间，寻找能让她的灵魂获得安宁的地方。每寻找一次，她的惶恐和焦虑就会加重。有时候，她还会去王大爷和赵婆婆的坟头转转，向先她而去的人说说内心的苦闷和彷徨，也顺便问问他们：不知到那边有没有故乡。如果有，会不会跟这边的一样。

奶奶是希望她在活着时失去了一个故乡，死后能够找回一个天堂。这是一个丧失了故土的不幸之人的心愿。

谁来为这些不幸的人安魂？

（选自2017年7月北岳文艺出版社《谁为失去故土的人安魂》）

哨　兵

张国领

我一直认为哨兵是军营里最神气的兵。笔挺的军装，有棱有形的大檐帽，紧束腰身的武装带，稻穗一样饱满的子弹袋，锃亮的钢枪和寒气逼人的枪刺，这一切都烘托着一张英俊的脸庞，那是一张让世界上许多男人拿他当标准，世界上许多姑娘拿他当偶像的脸庞。

哨兵的神气不光是这些外在的衬托，还有他们站着的哨位，这才是体现哨兵气质的载体和依托。不论哨兵的个头高与矮长得胖与瘦，只要他往哨位上一站，他就是一种男人的标准。

因所站哨位的位置不同，哨兵被人注目的程度也有区别。有的哨位在戈壁滩上，除了军营的官兵们，别人是不会专程来看他们的，有的在闹市区，一天到晚在众人的目光里。最风光的要数天安门广场的哨兵，每天被来自世界各地的游人包围着，他们不但是国旗下的哨兵，还成了一种象征，国家的象征，军人的象征，美男子的象征。由于这是个特殊的地方，这里的哨兵必须是百里挑一挑选出来的，他们被选中的同时，就获得了一种荣耀，这荣耀会伴随他走过军旅生涯，他把这荣耀看作是自己的，他并不知道他的身后还有很多人把他的荣耀看成了他们的荣耀，这些人中有父老兄弟，有街坊邻居，有他所在的家乡，他们都为他担负的神圣职责而自豪。很多事情都是这样的，外人只知道他光亮耀眼的一面，却不知他还有另一面，这一面是他要为那些耀眼的光辉付出代价的。为了在那万众注目的哨位上很标准地站一两个小时，他们在站哨的背后却要流常人不能流的泪，流常人不愿流的汗，流常人不会流的血。一个人在春暖花开的时节，在哨位上站立两个小时，谁都会说不难，可如果是天寒地冻的气候下呢？如果是在50摄氏度的高温下呢？在天安门广场站哨的哨兵，夏天没人知道他们一班哨要流出多少汗，基本上是从开始站哨起，身上的汗就开始流，甚至没走上哨位汗水就湿了军衣。不是他们爱出汗，是他们要保持中国国旗卫士的形象，再热的天都要穿礼服，都要穿深筒靴，都要戴手套，都要把领带扎得紧紧的。广场上看国旗的人很多，这些人说是看国旗，实是在看国旗下的哨兵，有的细心人还在边看哨兵边盯着手腕上的手表，看哨兵几秒钟眨一次眼睛，几分钟动一下身子，最后他们自己看累了，却没有发现哨兵眨眼动身的。于是他们就到处去宣扬，说天安门广场的哨兵不是真人，是雕塑。说过之后自己又把自己否定了，说雕塑哪会流汗呢？明明看着汗水从他们脸上流下来，把绿军装都湿透了。有的游客实在看不过去了就上前把汽水、冰棍往哨兵面前送，然而群众的好意每次都被哨兵拒绝，站哨的时候不但不能接受他人送来的礼物，甚至不能报以感激的微笑。

天安门前的哨兵是幸福的，尽管他们什么都不能接受，但他们可以接受男男女女老老少少中国人外国人的目光，在这么多目光下站哨本身就是一种待遇，再苦再累都值。还有一种哨兵是没人知道的，比如在雪山上，比如在深山里，比如在隧洞口，比如在原始森林里。哨所不光是在人们看到的地方，更多的是在人们注意不到的地方，因为哨兵的存在是观察别人而不是让人观赏的。不论在什么地方的哨兵，只要他是在履行着哨兵的职责，他就不会以高声喧嚷而引人侧耳，他也不会耀武扬威招徕注意。哨兵的目的是去发现别的目标，而不是把自己亮在突出的位置，成为人人都能发现的目标。

哨兵要确保自己警卫目标的安全，让那些蓄意破坏或伺机违法乱纪者没有可乘之机。但在哨位上的哨兵，处置问题的方式各有不同，有人喜欢将事态控制在萌芽状态，在事情稍露端倪的时候就及时制止；有的则爱冒点风险，在事件的初期就发现了，但只观察不制止，等发生到一定的程度时再果断出击。两种处理方式，得到的是两种效果，第一种效果不惊不险，不会引起当事者和非当事人的注意，也容易被人忽略。第二种方式看似有冒险性，其实都在哨兵的掌握之中，也对哨兵的素质要求很高，一般使用者都是艺高人胆大的。

我在连队当兵的时候，是在安徽的一个监狱站哨，有个和我同年的安徽籍兵，一天凌晨站监墙哨，上哨不久他就发现了监墙内侧昏暗的灯光下有个东西在蠕动，动一会儿又不动了，停一会儿又动了起来，连动几次，同年兵就发现了问题，但他只站在暗处观察，并没有像其他新兵那样先发警告，他知道只要一出声那黑影的动静就会消失，他在做什么，是什么目的，下一步要采取什么手段，便没人知道。同年兵决定冒一次险，等待事态的进一步发展，果不出他所料，在十几次的停停动动之后，那黑影的胆子逐渐大了起来，开始向灯光更暗的墙角移动，这时同年兵也看清楚了那是一个人，一个犯人。

在昏沉的灯光下，那人犯见多次试探性的动作没人制止，胆子比原先大了不少，只见他把手臂抡圆了，在空中挥了几圈，以后好长时间那黑影又没了动静。同年兵并不急于探个究竟，他知道是狐狸总要露出尾巴的，如果只是那人犯想挥挥手在那儿活动一下身体，即使不制止也没什么关系。他就站在哨所的背影处很耐心地等着，当然在观察这边的同时也不能忽视人犯搞声东击西，异常情况下，哨兵的注意力会前所未有的集中。约半个小时之后，那黑影又动了起来，这次不是挥手臂，而是像壁虎似的贴着监墙向上移动了，看来刚才那手臂挥动的是绳子，这是一般人犯的雕虫小技，先把绳子缠在监墙上的电线杆上，然后向上攀。由此可见这个人犯的智商并不高，因为他没有超出这个犯人逃跑惯用的老套路。

人犯上墙的速度很快，一会儿就接近墙顶了，墙顶有电网，是24小时都通电的，人犯要想从电网上越过去，他必须先在电网上搭上棉被之类的东西。同年兵估计这个不要命的家伙下一步肯定是往电网上搭东西，他刚想完，一团黑乎乎的东西就抛了起来，不偏不倚正落在电网上。早已子弹上膛进入射击准备的同年兵，为人犯的这一难度很大的动作一次完成惊叹不已。就在他惊叹的刹那间，人犯已趴到了电网上，再有丝毫的犹豫人犯就过了监墙，同年兵知道到了该出手的时候了，他此时沉着冷静，食指很稳当地就扣下了扳机。枪响人落，黑影重重地摔在了监墙内。这一枪不是要命的，同年兵想的是如果要了他的命，那就显不出自己的好手段了。监墙的高度是12米，人犯落下之后只停留了几秒便消失了，同年兵相信自己那一枪没有打空，接下来的官兵出动和监管部门的监内大搜索中，很快就找到了那个大腿中弹的人犯。询问中人犯说了实话，为了这次越狱他已做了很长时间的准备，连这个时间段是新兵站哨还是老兵站哨都摸得一清二楚，可是没想到还是栽了。

同年兵平时挺机灵，但这次犯了傻，他很兴奋地把自己如何采用放长线钓大鱼使人犯梦断监墙的想法说了出来，这一来他本来应立二等功，上级知道这些情况以后就给他批了个三等功，原因是哨位弄险，如果这一枪没打准就是一个不小的事故，那部队辛苦一年的工作也就泡汤了。那给他记的也就不是功，而是处分。同年兵听了倒吸一口凉气，他的教训使以后的新兵老兵再不敢在哨位上弄险了。

在哨位上会遇到什么样的情况是哪个哨兵都无法预测的，所以哨兵应具备的起码素质是应变能力，如果应变得当，可以使事态化险为夷，如果处理不当，就要激化矛盾，使自己处身危险之中。无论国内还是国外，都发生过袭击哨兵的事件，袭击哨兵的背后都隐藏着可怕的目的，或抢枪作案，或袭击警卫目标，或制造混乱，所以，哨兵在哨位上不是一般的履行勤务，而是在战斗岗位上，任何的麻痹大意都会造成不可估量的后果。

前些时候出差在火车上遇到一位男子，看我穿着军装就很热情地和我说话，交流中知道他儿子也在部队，是第二年的老兵了。我问他儿子在部队做什么，他叹了一口气说，去了两年了，除了训练就是站哨，本想让他到部队接受锻炼的，没想到在山沟里站了两年哨，没多大出息。听了男子的话我明白了，这位做父亲的并不想让儿子在部队站哨，好像站哨不能起到锻炼的效果。看来站哨在人们的眼里是无所事事的工作，这说明人们对哨兵的重要性并不了解，他们不知道如果没有哨兵的话，我们的生活能有这么安详吗？我们的社会秩序能这么井井有条吗？我们的国家和人民能这样安居乐业吗？我对那男子说，你儿子这两年中站好了哨就是很伟大的，不光是部队感谢他，祖国和人民都会非常感激他的，因为正是他在哨位上很好地履行了哨兵的义务和神圣职责，我们才能在这快速平稳的列车上出差旅行啊。男子说你是当官的，和我们老百姓看问题就是不一样，我说不是不一样，而是你说的是你的儿子，父母都想让儿子飞黄腾达，如果那个哨兵不是你的儿子，你是把他放在一个生活需要这个位置上去看待的，那你一定不会小看了这个小小哨位上的哨兵。那男子笑了，连说对对对，我不知他是否真的明白了我的意思，如果明白了，我想他再对别人说起他在部队的宝贝儿子的时候，肯定不会先叹息了。

哨兵是令人尊重的，因为他所付出的一切都是为了别人的幸福。如果谁想着自己当的是个什么了不起的官，而对哨兵颐指气使，那他首先是对自己的不尊重，在哨兵的眼里，面对的是官是民他们都只坚守两个字——制度，这是哨兵的制度，也是所有人在哨兵面前应执行的制度。倘若哪个哨兵在什么人跟前畏首畏尾，而忘记了哨兵的职责，那这个哨位出现危情的日子将不会遥远了。

（选自2017年第3期《前卫文学》）

老 之 将 至

舒晋瑜

是从镜中发现第一根刺眼的白发？还是不断停下来，等待步履蹒跚的父亲？或者，是突然感觉手心里握着女儿的小手，变得厚实有力起来？

日子就是这样在不觉间把我们一步步带至衰老。岁月在额头的皱纹里葱茏。

1

是从什么时候开始惧怕死亡？是第一次看到父亲糖尿病诊断书时因为无知产生的巨大恐惧？还是得知父亲重病时如天崩地裂的悲痛？

那年四月，父亲在北京小住。清明那天，我准备了祭祀的物品，就在家附近的火车轨道旁，朝着老家的方向，纪念我的爷爷奶奶。父亲为什么不让我陪着？是怕我窥到他心底的悲伤？还是不愿意让我看到他在父母面前孩子般委屈的眼泪？

父亲从山西退休后回到祖籍，已有30多年。霍州煤电集团来信，说有些事情必须要他亲自回去处理。我送父亲去车站坐高铁，因为怕堵车，我们提前动身，不料到车站时还有近两个小时才发车。我不知道父亲拖着庞大的行李是怎么穿过漫长的天桥走到候车室，也不知道他在嘈杂的车站怎么熬过两个小时。怕我停车不方便，他急急地下了车撵着我快走，坚持不让送进站台。挂念可能一瞬间就过去了，我哪里还再想父亲的艰难？

返回时，我打电话问父亲是否需要接站，他坚定地说不用。可是见到父亲的刹那我就后悔了。他所带的东西，哪里是一个人的力量带得动的？父亲告诉我辗转坐车的经过，语气里没一点儿抱怨，可是我听后却难过了很久。我为什么偷懒，哪里找那么多理由？

2

跟父亲在一起，从来都有说不完的话。我从小是个乖女儿，可是在婚姻上却假装强大叛逆了一回。父母见我坚定，便尊重我的意见，父亲说，哪怕你嫁个农民，只要他踏实肯干，对你知冷知热，我们也就不惦记你了。可是后来母亲告诉我，私底下父亲每次提起我都要掉眼泪，比母亲还要脆弱，好像我将要踏入的是婚姻的沼泽，而不是殿堂。

我的婚期定在四月，婚纱穿在身上不免单薄。喧嚣热闹的锣鼓，对父母大约是不肯停歇的沉重的击打。在先生带我出门的瞬间，父亲看到我露在婚纱外的胳膊，大声说：冷啊！

他的声音很快被嘈杂淹没了。

在后来的日子里，我时常想起父亲的声音，是暗示我人生中将要面对的冷暖无常，还是提醒我未可知的婚姻中并非全部温馨的日常？

父亲上知天文下知地理，工农兵学艺样样精通，喜欢海阔天空地聊天。可是我的先生，似乎和父亲没有共同语言。我直觉中，父亲在我家生活并不快乐。可是他又依恋我，希望能帮我做些事情，至少能按时接送孩子，减轻我一点负担。但我又做了什么？每天晚上6点，父亲看养生节目，再看完新闻联播，就主动把电视让出来。也许这时候他希望和我聊聊天，可是我除了在电脑前没完没了地写文章，就是去健身游泳。我和父亲共处的时间，算起来也就是早饭时短短的十几分钟。不错，我很忙。忙碌有时是最好的借口。

临回老家之前，父亲亲手拆洗了他睡过的被罩床单。我正好有事回家，撞见父亲戴着花镜，坐在床上缝被子。见我突然回来，他有些不好意思，笑着说："寻思着悄悄洗了再缝起来，不想让你知道……"我知道了又怎样？除了责怪父亲不必这么做，我并没有接过他手中的针线。

送父亲回老家之后，我突然觉得无比孤独、失落。住过的小屋被他收拾得整齐干净，被褥也缝洗得清清爽爽，甚至连他用过的毛巾，也洗净晾好。当过军人的父亲，来到女儿家里，生怕有一丝邋里邋遢招我厌弃。可是这时候，父亲，我宁愿您留一个乱七八糟的家让我收拾，这样我的眼泪不会那么汹涌，我的自责可能会减少一点。

那天看蒋雯丽导演的《姥爷》，从小跟着姥爷长大的晓兰，在暴风雨之夜，起身去姥爷身边试探他的呼吸。我的眼泪夺眶而出。从什么时候起，我也像电影里的晓兰，恐惧身边的亲人离我而去？老之将至，伤感和悲哀都可放下，我们要做的，也许只是需要抓住今天。

窗外灰蒙蒙一片。严重的雾霾阴沉沉地裹住这城市的每一处角落，我们戴着墨镜、捂着口罩，冷漠着别人，也封闭着自己。只有亲情是温热的血液，流淌在我们的身体里，温暖着孤单的心灵；只有亲人的笑脸，胜过耀眼的阳光，足以穿透厚厚的云层。

3

手机的聚光灯缓缓地扫过，一寸寸照亮父亲的口腔。

饱经磨难。右侧的牙齿全被拔光了，右上颌、右下颌都做过手术，恢复不久的创面比别处显出新鲜；左侧上面的大牙，只剩下孤零零一颗，再往前，是一颗晃晃悠悠的虎牙，尽管自身难保，仍和恒牙担负起挂靠假牙的重任。

没有发现"敌情"。

我说。父亲笑了，满脸皱纹堆起，本来不大的眼睛挤成了一条缝。

心里却轻叹，假如我早一点知道检查父亲的口腔，该省却多少苦痛和折磨！

4

那年从北京返回后，父亲再没有离开过老家。2014年年底，对父亲来说备受煎熬的冬天，一是牙痛，二是口腔内的肿瘤已发展到张不开嘴。即便如此，他也咬着牙没告诉我。

我回老家照例要找固定的牙医看牙。70后一代的四环素牙很不坚固，加之我酷爱甜食，便理所当然成为牙医的常客。口腔科张主任对我说，你父亲有颊膜炎，回去带他再好好检查一下。也别表现得太突然。

我当时心慌意乱，再进一步仔细询问时，原来是张主任帮父亲装假牙时才发现的状况。父亲的牙齿不好，从来都是自己去看牙，那些不熟悉的牙医即便知道父亲的病情，自然不会找到我。

回到家，我按张主任教的，自以为表演得天衣无缝，一下被父亲识破了。他硬朗朗道："要不是张主任告诉你，我还不和你说！"

我发现父亲口腔里长起一大片菜花状的肿瘤，张嘴已经有些困难了，用餐的小勺都难以入口。

还等什么？2015年春节前，我和哥哥带着父亲去市中心医院。

口腔科主任只略做检查，找个机会把我约到外屋，说，是癌。"以他30多年的行医经验，十有八九的确定的答案。"旁边的院办主任说。

我和哥哥相视无言，泪水瞬间涌上来，我问："怎么办？"

方案有两种：一是约济南的专家来淄博会诊手术；二是可去北京口腔医院手术。这个商量过程只有两分钟。

父亲还在就诊台上躺着。他目不转睛地看着我。我知道这时候任何慌乱都是在传递答案，就笑着对父亲说："看你还硬撑着吧？这下要有大动作了，去北京看看吧！"

父亲也就顺势坦然道："去就去吧！"

5

去北京。

直到坐在车上了，父亲还心有不安："咳，带着这个老头子去干啥？给你添乱！"

我说："地球上70多亿人，不就只有一个父亲吗？"

父亲笑了。

按专家指点的，一是去北京口腔医院，一是去301医院口腔科。唯一不同的，是北京口腔医院的医生在目测之后，认为需要做个穿刺。医生先让父亲出去，把我留下。

"你是病人的？"

"女儿。"

"你父亲得的是癌。怎么不早点来看？"

我的心已经被无边的恐惧紧紧揪住，无力地辩解道："他没告诉我。"

——后来我在反思，真的没告诉我吗？妈妈两年前就先跟我说过，你父亲嘴里长了个麦粒大的东西。我马上百度搜索，查了比较接近父亲的情况，说是息肉。父亲说，不疼不痒，由它去吧！这种东西就像韭菜，割了一茬又一茬。

我们都没重视。就这么轻易地被父亲"安慰"过去了。

穿刺需要第二天再做。口腔医院就这么规定的。这个空当，有朋友推荐我去301医院。

在我打电话约朋友见面的工夫，父亲在医生介绍栏里找到了目标：口腔科主任步荣发。

6

被诊断为口腔癌晚期后，父亲在五分钟之内做出决定：不做手术，回家！

我不敢面对因手术需要已被剃了光头的父亲，忍不住心酸。

本来，我们可以顺顺当当住院手术的。邢医生为我们做术前动员，他把我们全家叫到医生办，目光扫视每一个人：你们要听真话还是假话？

我立刻对他产生了一种轻微的抵触。当着病人的面，难道还要我有第二种选择吗？

我没有退路地说，当然是听真话。

"病人得的是癌。"他面无表情地说。

我早已知道，并无太多异常反映，只对他的直言不讳感到一百二十个不满，恨恨地想：即使病人有知情权，难道你们不应该事先征求一下家属意见吗？难道对病人说话不讲究一点儿技巧吗？

父亲平静地问：手术之后是什么情况？生活质量是不是受到影响？

在得到肯定的答复之后，父亲说：回家，不做了！多活个三年五年有啥意思？

遇到大事一向没有主见的我，恳求父亲再想想，哪怕明天再走也行啊！父亲说，明天第一台手术是我，逃不掉了！赶紧走！

赶在医院下班之前，我们离开了。

7

我们第一次面临生死抉择。

以往，总觉得这个问题太过遥远，现在，我们不得不面对了。

我能让父亲就这么离开吗？必须找到口腔科主任和他面谈，手术的做与不做，在此一举。

步主任个头不高，说话做事干脆利落，一脸和气。他说，做的话，需要扩大切除，恢复顺利的话一周左右可以出院；如果不做，后期肿瘤的扩散会越来越快，后果无法预料。

我仍然不敢拿主意，看着父亲犹豫。哥哥动员父亲说，做吧，做了总还是有好的希望。

父亲终于被说服了。

8

我不知道自己那么不中用。

术前要求家属献血。我和妹夫建龙排在拥挤的人群里等待叫号。一个病人至少要有两位家属前去献血，这也是医院的规定，谨防血库的存储不够。一个排在我前面的小伙子转过头来问我："紧张吗？"

有什么可紧张的？我劝他，尽量放松好了，也不会疼。

但是轮到我的时候，只抽了100CC，我就开始头晕，心跳加速，只得暂停。在输液室里间的小床上休息了一会儿，我惦记着如果输的血不够，父亲的手术就做不成了，赶紧起身说："我休息好了，再接着来吧！"

医生面无表情地说："你这样的身体，抽了血也不敢用。"

她不顾我的再三请求，把我打发走了。

建龙献血顺利，回到父亲的病房，他还谈笑风生，豪迈地说："再抽400CC也没问题，要多少我给他多少！"

好在管床医生并没有提出额外的要求，手术将正常开展。

9

三年了，我依然深深地记着那个日子。

3月9日。是父亲上战场的日子。

送父亲进手术室之前，照例是进行谈话、签字。有哥哥在，我顿时觉得有了依靠。

8:00进手术室。手术准备。正在手术……

我们在手术室外，等了整整六个小时，我闭着眼睛，不停地在心里为父亲祈祷：保佑我的父亲，一定要平平安安地出来！

在我们的心目中，父亲是正义和力量的化身，是能工巧匠的化身，他当过军人，不论面对多大的困难，他的一生都以坚强不屈战士的姿态昂扬着斗志。他的性格耿直，热心助人，四邻八舍遇到困难甚至打官司的事情，都来找他帮忙，我从未听他推托过。仗义执言，不惧强势，所有熟悉父亲的人都知道他是个好人。下煤矿时，他一定是挑最苦最累的活儿，轮到奖金福利，他永远都是最后一个。我们家的大堂，挂着《朱子家训》，他要求我们节俭用度，别人需要帮助时，他却恨不能把家底端出去。父亲没学过一天木匠，在80年代却能自己设计、制作躺椅和沙发、高低柜等一系列当时最新潮的家具，在亲朋好友中引起一番轰动。父亲也没学过厨师，却能将那些普通的食材变成美味佳肴。他在退休以后才有时间拉京胡，却很快就成为"领衔主演"；他着迷《易经》，对中医也颇有研究，有个头疼脑热，自己开点中药就解决了。父亲是个全能，战无不胜，可是这会儿，我无往而不能的父亲倒下了。

在手术室外度时如年。

六个小时之后，手术的门再度打开，父亲终于被推出手术室，头上裹满绷带。我们的泪水奔涌而出。

手术一切顺利，还有比这更鼓舞人心的吗？

10

父亲的头上仍缠满纱布。他的右手输着液，左手用劲地攥着我的手，疼得我直咧嘴。父亲笑了，他冲我挥挥手，让我走。这一天，是我应该去鲁院报道的日子。

2014年年底，得知鲁院第二十六届评论家班招生的消息已经很晚了。我几乎是在最后一天报名，鲁院却以最快的速度接纳了我。

然而，我只来得及参加了开学典礼。开学典礼后，我回到房间。门上贴着我的名字，打开房门，灿烂的暖阳从窗外映射进来，顿时觉得心里敞亮起来。我将在这里度过两个月的美好时光了，我幸福地环视房间。平时总是太忙，这下可以拿出整块的时间安排自己的学习和生活，这是多么高的礼遇啊！我打开抽屉，意外地发现一个硬壳本，打开一看，原来是历届学员留下的手迹。她们无一例外都曾住过这个房间，有的留下了生活用品针钱包，有的留下了美好的祝愿，更多的是温暖的记忆。

我想，我一定要记录下自己在鲁院的每一天，最后就起名《我在鲁院XX天》。

我带着鲁院发下来的校徽和纪念册直奔医院。

父亲不能说话，右手打着点滴，他用左手在纸上写下几个歪歪扭扭的字，我看清了，是让我说说鲁院的事儿。待我说完．父亲又在纸上写："安心上学。"我是在课堂上接到哥哥电话的，说父亲大出血，正抢救。我来不及等那节课上完，匆匆赶往医院。

父亲刚被打了麻醉。病房里很安静。究竟怎么回事？

事情因一名护士操作不当引起，而引发的后果，比手术本身更可怕。口腔突然大出血，父亲被几名医生按在病床上，插鼻管、胃管，几次都插不进去。父亲是个对死都不怕的硬汉，可是这一次却饱受折磨，他痛苦得想拔掉那些让他生不如死的管子，从嗓子里发出反抗的怒吼。那声音撕心裂肺。哥哥心疼得直掉眼泪，步主任和几名管床大夫都来了，可是无济于事。好不容易插管成功，父亲筋疲力尽。

安静下来的父亲，像蜘蛛般被各种管子包围着，引流管、导尿管、胃管、鼻管……眼看过几天就要出院了，却又要从头再来，而这时的父亲，身体大不如刚入院那会儿，已是元气大伤，无法正常走路。

我问清了那位护士的姓名，执意要去投诉。父亲仍不能说话，却坚定地按住了我的手。

难道父亲就这么白白忍受这么多的痛苦吗？我不甘心就这么息事宁人。此刻躺在病床上的父亲，那么虚弱，那么无力又无助，难道我不应该担起做女儿的职责，去捍卫父亲的尊严吗？

父亲冲我摆摆手。我只得压下胸中怒火。

我后来回想，听父亲的话是对的。事情已经发生，即使讨个说法，也无法代替父亲遭受的痛苦。而最大的可能，是护士甚至护士长都会受到相应的惩罚。以父亲的为人，他断然不会允许我去节外生枝。我最后悔的，是关键的时刻不在父亲身边。此后，我长期向鲁院告假。是的，鲁院的课很重要，我很珍惜这样一个来之不易的机会，可是，我只有一个父亲，我的父亲再禁不起任何意外的打击。

11

我一直主观地以为，是父亲怕耽误我时间主动放弃放疗。因为我没有拿到鲁院评论家班的结业证，向院方申请后，特批我"留级"，跟着下一届的编辑班上课。事实证明，我仍然很看重鲁院的学习，关键时刻怎么能半途而废？而在编辑班培训的时间，正好是父亲该放疗的时间。

究竟是否要做放疗，我们纠结了很久。我带着父亲先后去了两家肿瘤医院，又再三询问了主治医生。做的话，杀死癌细胞，可是伤敌一千，自损八百，而自身所受的痛苦，因放疗而起的若干副作用，年近八旬的父亲是否能抗得住？不做的话，是否还会复发？如何能有效控制肿瘤的生长？

所有的疑问都是无解的。每一个选择，都无比艰难，我几经周折，向远在美国的朋友咨询，向身边的朋友了解，各种方法都找遍了，然后把各种信息集中起来反馈给父亲，还是得由父亲定夺。

父亲决定不做了，他说，你安心再去鲁院上课吧！我回老家，养好身体，比做什么放疗更有效。

我有些后悔把再次去鲁院学习的消息早早告诉了父亲，他一定有了后顾之忧，才断然决定回到老家。只隔了半年，父亲又复发了。

第三次手术，父亲没让告诉哥哥姐姐。我知道父亲最怕给别人添麻烦，便尊重了他的意见。在手术通知单上签名，我第一次觉得自己的责任重大，父亲的生命之重落在我一个人肩上。尽管妈妈一再地安慰我，和护士一起将父亲推向手术室时，我仍然忐忑不安。好在手术只用了二十分钟，父亲平安出来了。术后不允许病人睡觉，父亲又不能说话，他实在是困了，举起没有输液的那只手。我笑了，这是我经常和女儿做的拍手游戏，先对拍再反拍，再对反各击一次。父亲深谙游戏规则，我们玩了一局又一局。享受和父亲在一起的时光，我似乎回到了童年。

2015年和2016年的11月，父亲因复发两次手术，都正赶上我的生日。母亲说起来时总觉得很对不住我，可是，她哪里知道，有父母陪伴的生日才是最值得纪念的。我们在父亲病床支起的小桌上摆上生日蛋糕，这个记忆足够温暖我的一生。

12

有一段时间，我觉得自己不会笑了，人生变得无比灰暗。

老天为什么让父亲承受这么大的痛苦？为什么是我们？我总想找个没人的地方痛哭一场，不论走到哪里，眼前老浮现出父亲裹满绷带的脸。吃饭的时候，想起父亲只能通过针管输到胃里去的五六管所谓营养剂，我的咀嚼就是一种罪过；走路的时候，想起父亲连去洗手间都要扶着墙无力地移步，我的双腿就是一种罪过；我还能说话，父亲不开口都往外淌血水……换纱布的时候，我看见父亲的脸，里外是通着的。因为患有糖尿病，医生说，这个伤口有可能永远合不拢。我听了大吃一惊！难道父亲这一侧永远都这么开放着吗？吃饭喝水都往外漏？父亲如何能接受这一现实？

父亲倒没有太当回事，他能简单地说几句话了，虽然因手术切除了部分舌头，我仔细辨别，听见他一字一句地说：我死都不怕！

父亲注意到我情绪的变化，说，多看点书吧，你不应该这么悲观。

大概就是从这个时候，我开始反思自己。这种浅薄，一是对癌症认识得不够，二是对生命认识得不够。孔子只言"四十不惑"，但是，如果不经历这些，我又如何"不惑"？

过去从未探知过生死。偶尔特殊的时候需要说出"节哀顺变"，也觉得显得轻巧而不够坦诚。略知皮毛的是庄子"妻子死而歌，已死不哀"。在《庄子外篇·知北游》里，生与死如同春夏秋冬的自然变化一样，生命本来就只是气的聚散：生也死之徒，死也生之始，孰知其纪！人之生，气之聚也。聚则为生，散则为死。若死生为徒，吾又何患！生命如草木——可是哪里就比得上草木那么坦然自如？

但是领悟也就一瞬间。至少，我知道父亲不希望看到我忧愁的样子，而且我的忧伤不但于事无补，更增加父亲的担心。他可以坦然应对生死，但绝不希望女儿因他的变故饱受心灵的折磨。

13

我开始频繁往返于北京和老家，陪父母出去走走，陪父亲喝茶、闲聊。近三年来往老家跑的次数，抵得过前十年的总和。我只恨自己觉悟得太晚了。父母心疼我奔波太辛苦，我屡屡劝慰他们，高铁多么方便，一路看书，什么也不耽误。工作永远都忙不完的，可是和父母在一起的时光有限。最关键的，回家是一种享受，叫声"爸、妈"听到屋里响亮的答应，还没等开门心里就乐开花了！好在我的小家有坚强的后盾，先生和女儿支持我的行动，让我就毫无顾忌地承欢父母膝下。

父亲看到好文章，总是给我留起来，打上记号让我看，有时候会和我交流看法。我们常有不同的观点，辩论起来，往往是我败下阵。

看完庄子《马蹄》，我深以为然。在庄子的眼里，当世社会的纷争动乱都源于所谓圣人的"治"，因而他主张摒弃仁义和礼乐，取消一切束缚和羁绊，让社会和事物都回到它的自然和本性。父亲说：《史记》中说，孔子本来已经准备去晋国，走到半路上听到晋国的两位贤人窦犫、舜华被杀，非常伤心，说，君子最忌讳伤害同类，连鸟兽都懂得躲避，何况我孔子呢？孔子到晋国的目的本来是想宣仁复礼，恢复晋国原来的秩序。不"治"怎么行？老子《道德经》里就说"治大国若烹小鲜"，清代大臣张廷玉也说"治国无法则必乱"。军不治不严，法不严难制众——最后，父亲得出结论，《马蹄》与当前的形势不合，够不上与时俱进。

作家铁凝有一篇谈论幸福的文章，为"你最幸福的时刻是什么？"找答案。父亲等我看完，问我：你说"幸福的时刻是什么"？我说，简而言之一句话：珍惜当下！父亲补充说，有的人认为升官发财最幸福，有的人认为买房购车最幸福，也有人认为父母双全最幸福。过去的事来不及想，将来的事情没必要想。幸福就是现在用心享受面前的好茶——父亲接着说，文章里"和我谈新叙旧的你们更是我的幸福之源"才是主旨。

父亲说得对，我赶紧自我检讨，说，好读书不求甚解，说的就是我。

父亲哈哈大笑。

北京大学教授吴小如生前最后一次接受我的采访，说起过一件往事。他的父亲吴玉如先生壮年时，双臂有力，可将幼时的同宝（小如）、同宾（少如）兄弟抱在手中同时抛向空中后再稳稳接住，小兄弟俩对此不以为惧，反而特别高兴，因而小如先生与其父掰手腕一辈子没有赢过；吴老临终时，年过花甲的小如先生为了博老人一笑，再次提出掰腕子，其时老先生手腕早已无力，小如先生装作再次输给老先生，意思是：您还是那么有劲。小如先生对我说：那是我平生第一次说假话。

此时突然想起这个故事，并非是指我说假话为了博得父亲的高兴，实事求是，父亲的评价确实比我到位——感念吴小如先生的真和孝，够得上我学一辈子。而此时和父亲讨论幸福，又多么恰如其分。是，和我谈新叙旧的父母，更是我的幸福之源。

（选自2017年第7期《美文》）

长在树上的国旗

王宗仁

汽车在唐古拉山北侧的一个洼地里抛锚后，我鼓捣了近三个小时也没有排除故障。这时天近暮晚，四周山峰上终年不化的积雪涂上了一层绚丽的晚霞，天地间罩着一天中最后的灿烂。我这才很不情愿地从汽车底盘下钻出来，搓掉了两手的油腻。我看到山根下的某一个角落，耸立着两尊雕塑般未归去的野牦牛，沉隐，厚重，如同一幅藏区的油画。

我对还趴在引擎上苦苦修车的助手昝义成说："别折腾了，省些力气今晚当山大王吧！"

当山大王，是指我们汽车兵遇上车子抛锚，在荒原野岭守山看车，忍饥挨饿受冻，这是很苦涩的差事。听我这么说，小昝笑着回敬我："今晚还真轮不到我们当山大王，你没看我们到了什么地方？"

我顺着小昝指的方向望去，不足百米处的路边，类似小方桌一样的石头堆上，端端地放着一个铁皮暖水瓶。啊，格桑旺姆阿妈的拥军爱民茶水站！汽车抛锚后，我只是急头巴脑地顾着修车，竟然没有留意到了什么地方！格桑旺姆阿妈，一提到她的名字，高原军人滚烫的心就仿佛回到了故乡！这时，我再抬头望了望稍远处的山坡下，一棵不算很高的白杨树举着一面红旗，卷着高原的风一声高过一声地飘荡着。对于来往唐古拉山的人，特别是军事的司机们而言，那面红旗是插在他们心中的锁眼上的呀！就在红旗的后面，阳光充足的山洼里，有一顶黑色的牦牛绳编织的帐篷，那是阿妈的家。心不在这，肯定在那。阿妈的帐篷不仅能歇身，更是心灵的安歇之处。我们在高原跑车，千里万里，阿妈无处不在，好似从未离开。

我几个小时忍饥耐渴只顾修车，此刻口干舌燥，接过小昝递来的一杯酥油茶，一仰脖子，满口生津，每个毛细孔都充满了甘露。我知道，总有不少路人不忍心在阿妈的帐篷星落脚投宿，端起酥油茶只是抿一口，浑身上下便充满了力量。真的，那个小小的铁皮暖瓶强壮了多少高原军人山峦般的筋骨，滋润了他们儿女情长的胸怀。白杨树上的五星红旗，还有那顶留下岁月厚茧的小小帐篷——这里像家，这才是与时间共存的、真实的家，它曾经也必将在未来漫长的日子里，深刻地影响一代又一代高原人的精神世界。

往事引我回望，那是故事的起点……

从山中延伸至公路边的那条并无野草掩盖、只有砂石蹭脚的崎岖小路上，一老一少两位藏家妇女背着一大一小两个酥油桶，心急腿慢地匆匆而来。格桑旺姆和她的女儿卓玛每天都会数次往返于这条路。公路边终年厚积着冻雪冰碴，然而却坦露出一块光溜溜的地面，那就是母女俩放置酥油桶及她们容身的露天茶水站。当然，有时候遇上风雪天，或是盛夏烈日的曝晒，她们的头顶也会撑起一把伞，那是汽车兵心疼母女俩，留下来的一块无风无雨的天地。过后，她们总会千寻万找地把伞捎给主人。有什么办法呢，领了情绝不欠债，她们祖辈都是从风风雨雨中走出走进的硬硬朗朗的实诚人！

公路在茶水站旁突然变得平缓，前面不远处便是下山的陡坡了。司机们总是会在这里停车检查一下车辆，尤其要看看刹车灵不灵，才能放心下山。这也是母女俩将茶水站设在此处的因由。一杯酥油茶，甚或一杯白开水，都会让人品味到人间的温馨，大大缩短人与人之间的距离。

这么多年来，子弟兵给边疆的亲人创造着安宁幸福的生活，格桑旺姆和女儿每送别一个挥着手向她们告别的亲人，心里就像植入了子弟兵军帽上那颗鲜亮的红五星，亮堂堂的。有的战士得了高山反应，她们还会把他们领进自己的帐篷，熬中药、做藏医按摩。进家时的紧张、忧虑，最后变为分别时的不舍、祝愿。海枯石也不烂。茫茫人海中，藏家母女和这些生龙活虎的兵们仿佛注定邂逅，依依惜别，将所有的祝福都深藏在时光的深处。

格桑旺姆记得很清楚，那天是藏历年的清晨，阳光少有的丰沛，她家的院子、水缸以及帐篷前的草场，一切都显得格外宁静、美好，汽车连的那位沈连长带着两个兵，把一面国旗送到了她和女儿手中。连长对她们说："高原上有战士的家，家中有亲人。战士和牧民都是国家的好儿女。"随后，两个战士在帐篷前挖了个坑，将他们带来的一根木杆栽下，足有10米高。于是，那面国旗就神采飞扬地飘在了木杆顶端。

太阳照在国旗上，国旗闪射出光亮，照在藏家母女的脸上，照在她们每天跋涉的那条山路上——不是一家一户，散落在周围的许多牧民都赤裸着心灵迎着光亮。

母女俩瞬间感觉到，生活了多少年的这个帐篷成了世界屋脊上的中心，脚下的草原和紧挨着帐篷的那片湖水，成了她们新的出发地。

奇迹发生在第二年夏天。那根旗杆原本是战士们从昆仑山中的纳赤台兵站挖来的一棵正在蓬勃生长的白杨树，他们的初心当然渴望这棵移栽的树能够成活，但是说句掏心窝的话，这只是可望而不可即的事，不是有句话，"树挪死，人挪活"吗？何况是把一棵好不容易在海拔3000米的地方成活的树。移到海拔5000多米的雪山上，想成活？太难太难了！然而，天意遂人愿，白杨树旗杆在格桑旺姆摇着转经筒默念着"六字真言"的诵经声中，在卓玛勤快的浇水施肥中，居然抽出了嫩芽，一瓣、两瓣、三瓣……抽出了春天！好个有生命力的白杨树旗杆！霎时，整个唐古拉山都变得鲜亮鲜活起来！

国旗长在树上，树根深深扎入大地。杨树之根亦是国旗之根、人心之根。这不是一种艺术表达，而是军人对边疆藏族同胞的满腔热爱，是祖国对藏地神圣疆土的深情信赖！它传达出一种无与伦比的美妙！

清晨，格桑旺姆母女俩升起国旗，傍晚，她们并不降下国旗，而是在旗杆顶端挂一盏马灯，让灯光映亮红旗。随风飘扬的红旗，猎猎吹起号角，猎猎发出呼喊，拂动了公路上奔忙的各路目光，把他们招引过来——人们肯定不是为了一杯酥油茶，而是要把藏家母女用激情和生命点燃的信仰，把这些美丽的故事珍藏起来，诉说给世界。

（选自2017年9月8日《光明日报》）

毛泽东三次"钦点"黄克诚

王子君

接管天津是最适当的人选

1948年11月18日，中央军委决定发起平津战役。11月20日，中共中央指示东北局："请黄克诚以尽快速度结束工作，率干部随东北野战军南下，黄并准备担任天津军管会主任兼天津市委书记。"

得知中央这一指示时，中共冀察热辽分局书记兼冀察热辽军区政治委员的黄克诚正在沈阳参加一个会议。会议一结束，他即昼夜兼程返回冀察热辽分局所在地，迅速交代了分局和军区的工作，火速率一批干部入关。

黄克诚这次天津任职，是由毛泽东"钦点"。在毛泽东心里，打天津主要是东北的部队，选择一名有威望的东北部队的领导干部主持军管会工作，有利于天津地区的稳定和工作展开。黄克诚沉稳、老练，富有开创新局面的经验，是最适当的人选。

1949年1月14日上午10时许，攻城部队对天津发起总攻，15日15时，战斗胜利结束。15日16时许，黄克诚率军管干部进入天津，开始对天津的全面接管。

由于事先准备工作比较充分，加上攻城部队纪律严明，入城后又正确执行"各按系统，自上而下，原封不动，先接后管"的方针，接收工作进展顺利，一周就完成了接收，基本上达到了"完整接收，免遭破坏"的目的。天津很快消除了战争痕迹，全面恢复生产，开始城市建设。2月25日，黄克诚给总前委及中共中央写了报告，从进入天津前的准备工作、天津情况与各阶层的动态、接收工作的经过、迅速完成完整接收的原因、存在的问题和几点教训等方面做了汇报。

毛泽东对黄克诚的这个报告很感兴趣。报告体现了黄克诚实事求是的工作作风，有经验也有教训，都很宝贵。随着战争的胜利，解放的城市越来越多，全国的工作重心将转向城市。毛泽东认为黄克诚总结的这些经验教训对以后的城市工作很适用，希望了解得更透彻些，遂召他到香山当面汇报。

香山是中共中央于3月25日从西柏坡迁至北平后的临时办公地点。毛泽东住在双清别墅。

黄克诚兴奋地奔往香山。自从参加革命以来，他感到对自己影响最大的人就是毛泽东。毛泽东那出神入化的政治智慧与军事战略思想，让他打心眼里钦佩。

主政湖南"你只管放心大胆地干"

黄克诚来到双清别墅，从容沉稳地向毛泽东汇报了接管天津的过程。毛泽东赞扬了他主持接管天津的工作，然后告诉他中央已决定调他去湖南主持工作。

"是我点名让你去的。你有天津的经验，又是去我们的家乡，风土人情熟悉，你去我放心。"毛泽东说。

黄克诚深感这是一项新的重要使命，是党中央和毛泽东对自己的信任。但是，湖南有湖南的特点，天津的经验湖南不能照搬，这工作怎么做，还"请中央和主席作指示"。

"怎么做？遇到问题多思考多商量，多请示多汇报。一切从实际出发，联系实际情况执行政策，探一条新路子出来。总之，你只管放心大胆地干！"毛泽东认为他善于总结经验，更善于发现问题，处理棘手的问题时老成持重，放到哪个位置上都能让人放心。

不知不觉窗外已经晚霞如火。

黄克诚起身向毛泽东告辞，不料毛泽东却说："你我革命二三十年，可还从来没有这么面对面谈话过，更不要说坐在一起吃饭了！今天机会难得，我为你设个'盛宴'，你吃完饭再走。"

黄克诚心中涌起一股暖流。毛泽东百忙之中留他吃晚饭是关爱，更是荣誉！

所谓"盛宴"，就是两个炒菜一个汤，外加一碟霉豆腐。当然，是地道的湖南菜，连菜汤里都放了辣椒。

餐桌上，毛泽东谈及中央把黄克诚放到湖南去的原因。黄克诚是开创新局面的一把"刀"，是一位既能独当一面又能统揽全局的"刀把子"人物。湖南地处中南腹地，近代有"得湖南以挽天下"之说，但也是近现代革新与守旧、革命与反革命搏斗的主战场，是土匪最多、反动势力最强的地区之一，如今是我百万大军解放大西南和两广的必经要道，中央当然要把最得力的领导干部放到湖南，把这把"刀"放到湖南。

1949年10月底，黄克诚满怀信心地走马上任湖南省委书记。

黄克诚在湖南主政3年，遵照中央的政策，在稳定社会秩序、恢复发展生产、调整城乡关系、发展文化教育事业的同时，完成了土改、支援抗美援朝、镇反、"三反""五反"等一系列工作。仅仅3年，曾经兵连祸结、民生凋敝的中南大省，消灭了封建势力，根绝了百年匪患，生产发展了，社会安定了，人民安居乐业了，一个崭新的湖南展现在世人面前!

黄克诚，成了新湖南的奠基人!

"现在军委更需要你"

就在黄克诚准备继续带领家乡人民为建设新湖南做出更大贡献之际，1952年7月，中共中央电令，要调他到北京担任中央军委副总参谋长兼总后勤部部长。这一次，又是毛泽东点将点到他的。

这个调令来得太突然了，黄克诚的心中十分矛盾。他不想离开湖南，他舍不得离开湖南啊!

他在房间里踱起步来，一圈，又一圈；一圈，又一圈……

终于，他接通了毛泽东的电话，直言自己比较适合做地方工作。

毛泽东却笑道："克诚，我明白你在湖南正干得起劲，舍不得离开!可你比较适合做地方工作，不等于你不适合做军队工作嘛!你本就是从军队到地方的，现在军委更需要你!"

"能做军队工作的大有人在嘛!"黄克诚申辩道。

"我老实告诉你呀，现在的总后勤部刚组建不久，是个大摊子，亟须加强领导。"毛泽东的语气严肃起来，"中央已经做出决定，你是最佳人选。黄老，你就别留恋湖南了，现在军委要用人，要用你这个人，你就莫跟我啰唆了"。

"既然这样，主席您放心!"黄克诚态度一下子坚决起来。

1952年9月，黄克诚恋恋不舍地离开湖南到北京任职。

20世纪50年代初期，人民解放军的后勤保障工作正处于历史性转变时期，集中统一的军队后勤工作面临着后勤体制建设、基础建设和统一供应等一系列新的任务和课题，工作千头万绪，十分棘手。

黄克诚了解一段情况后，即正式上班，主持全军后勤全面工作。1954年10月31日，黄克诚出任中央军委秘书长。同月，他被任命为国防部第一副部长、总后勤部部长兼政治委员。1955年，他被授予大将军衔。1956年党的八大他被选为中央委员、中央书记处书记，同年又增补为中央军委委员。1958年8月31日，中共中央政治局决定让黄克诚接任总参谋长一职。

黄克诚在军委的职务越来越多，工作越来越重。

他主管后勤工作前后5年时间，提出和确立了"为国家负责、为部队负责"的指导思想，健全完善后勤工作规章制度，为实现后勤工作向现代化建设的转变奠定了良好基础，后勤机关的地位也因此提高了。

在中央军委长达7年多的时间里，黄克诚协助彭德怀、聂荣臻主持军委、总参日常工作，主持大规模精简整编；保障朝鲜前线的战勤保障；他抵制苏联一长制，提出的"党委集体领导下的首长分工负责制"，被认为是对党和军队政治工作的一大贡献；在炮击金门这一集政治、军事与外交于一体的重大斗争中，他是毛泽东和周恩来、彭德怀的重要助手；他协助彭德怀、聂荣臻领导军队建立新装备向现代化发展，并受命直接领导了"两弹"基地试验场选址和初建工作……总之，黄克诚为人民军队的革命化、现代化和正规化建设做出了巨大的贡献。

（选自2017年7月10日《学习时报》）

腾格里的另一种解读

郭保林

一

腾格里沙漠不属于宁夏，它的大部分面积在内蒙古阿拉善盟和甘肃的武威地区。横空出世的贺兰山以其雄浑的躯体遏制住了它东扩的欲望和野性的狂妄，留给银川平原一片绿色的安谧。但是在贺兰山和中卫山还未来得及衔接的一瞬间（这一"瞬间"凝固了，它们永远不可能衔接了），腾格里乘隙奔突东来，将一片沙滩愤怒地倾泻在黄河岸边，一积高百米，向宁夏展露出它暴躁的情绪和狰狞的头角——这就是被世人称作的"沙坡头"。

沙坡头如今已成举世闻名的风景胜地。那一轮轮桀骜不驯的沙丘被聪慧的宁夏人用一米见方的"方草格"织成的巨大网络死死地罩住了。草格间栽满了耐旱的芨芨草、索索柴、骆驼刺和沙柳。远远看去像一片绿洲。一天，联合国的官员来到这里，惊叹道："这是人类征服沙漠的典范！"于是沙坡头便名扬四海了。

我对沙漠并不陌生，新疆的塔克拉玛干大漠，古尔班通古特沙漠，内蒙古的巴丹吉林沙漠，毛乌素沙漠；都曾留下我趔趄的履痕，来去匆匆，岁月匆匆，也许风沙早把它们抹平了，或者说沙漠早把我忘记了，但我还记着它们。萧萧漠风曾打疼了我的脸颊，炎炎烈日曾晒爆了我的肌肤。雄浑、寥廓、旷博，沙漠里蒸腾而出的那种肃杀般的苍凉悲壮气氛至今还弥漫在我的心头。

苍凉是天地河汉间之大美。一部文学作品如果氤氲着苍凉的氛围，必然产生震撼人心的艺术魅力。因为悲剧最能展示生命最深刻的矛盾。中国人喜欢"大团圆"，喜欢"光明的尾巴"，但西洋文学作品都重视悲剧的展示，"悲剧是生命充实的艺术"（宗白华语）。人生的悲剧，历史的悲剧，万物毁灭的悲剧，总让人感悟出生命的痛苦，体验出更深奥的哲理。钟鼓馔玉、鸣钟列鼎的富贵，金堂玉户、琼楼仙阁的奢华，威加四海、势炎熏天的狂妄，到头来都是过眼烟云，留给后人的只是一抹苍凉。谁也无能力与时间抗衡。毁灭之神啊，你在吞噬一切！

好啦，现在我已走进腾格里大漠，穿过沙坡头绿洲再往前走，便看到腾格里铺张扬厉恣肆汪洋的面目：满眼是浩浩荡荡的沙丘，雷同化的毫无个性的沙丘犹如大海的波浪，汹涌澎湃地拍天而去。沙涛无声，煌煌大漠是一片起伏跌宕的空旷和静寂。西斜的阳光照耀着沙海，细沙反射着阳光，刺人眼睛。天空蓝得透明，几缕若有若无的白云，像缥缈的梦幻。大漠似乎被太阳煮熟了，蒸腾着热辣辣的蜃气，一种火的战栗，一种凌轹的笼罩。贾谊客居长沙时曾感慨道："天地为炉，造化为功；阴阳为炭，万物为铜。"我不知道此公在江南风景佳胜之地怎么发出如此感悟，如果是站在腾格里的沙丘上，此言更真切了。

时值十月，还不到燠热的盛夏，"四月是死亡的季节"。艾略特大概也弄错了位置，是不是把荒漠当成了"荒原"？四月的沙漠是沙尘暴最活跃的季节，我经历过沙暴天气，那是几年前在塔克拉玛干大漠。人在沙尘暴里行走，轻薄得像一张纸，像一个影子，一不小心就会被卷到空中，然后被狠狠地摔到沙丘上。生命转瞬间消失。地球上有十处沙尘暴发源地，中国占有两处：一处是塔克拉玛干沙漠，一处是阿拉善的荒漠地带，即腾格里沙漠。沙尘暴和地震、洪水、火山爆发一样，自古以来都未停止过，它是大自然万物消长的一环，是天体运作的一道程序。早在汉唐时代，沙尘暴就不断出现，边塞诗人岑参曾描述道："君不见，走马川行雪海边，平沙莽莽黄入天。轮台九月风夜吼，一川碎石大如斗，随风满地石乱走。"这是岑参描写塔克拉玛干大漠沙尘暴的情形，轮台是古丝绸之路的一个驿站。还有陈子昂"黄沙幕南起，白日隐西隅"，写的是河西走廊黄沙飞扬、疾风肆虐的场景。

历史上许多名城都被风沙掩埋了，罗布泊湖畔的米兰、尼雅、楼兰，早在一千六百多年前都化为了废墟，大夏王朝的赫连勃勃的皇都——统万城，建城不到五百年，就被沙尘暴吞噬了，还有繁华一时的黑城子，也早已成了沙尘暴囊中之物了。

现在风沙俱净。太阳已经西斜，沙丘沐浴在温和的阳光下，温情脉脉，那风蚀的沙纹犹如池塘里娓娓荡漾的涟漪。阳光照耀的一面，又像少女的胴体，闪烁着毛茸茸的红光，一种热烈的青春的象征。这时，我想起青海已故诗人昌耀的诗句："黄沙丘，亮似黄昏。"

沙坡头紧逼着黄河，如果不是人工植草种树固定了一座座沙丘，怕是黄河也要改道了，这高达百米的沙山对滔滔北去的黄河是藐视的。据说沙尘暴频频发生，每一场沙尘暴都有给生命带来巨大的灾难。是沙坡头这片小小绿洲保护了包兰铁路，使其几十年如一日地穿越腾格里沙漠未遭厄运。但是人类在大沙漠面前毕竟是渺小而懦弱的，沙漠每年仍然以十几米的速度向黄河逼近。

"大漠孤烟直，黄河落日圆。"眼前没有大漠孤烟，却有黄河落日圆的景观。

漠风轻拂，落日像燃烧殆尽的火球，火苗发出噼噼啪啪的声响，火星四溅，半个天空都灼红了。那一轮橘红的落日在掬水可以铸金的黄河波涛里沉沉浮浮，把一川风涛也烧沸了，浪花里迸溅着火星。天地苍茫，万籁俱寂，只有这苍凉的落日和古老的黄河弹奏一曲悲壮的乐章。

二

腾格里，蒙语的意思是天一样大。走进腾格里大漠，我只感到语言的苍白、贫乏。语言是难以沟通人与自然情感的。这大漠的空旷和寂寥、凝重和静默，你很难用语言表达的。沙漠不是死亡之海，早晨，你会听到太阳抖落一身沙尘，艰难升起的步履声；月夜，你可以听月亮钻出沙海的沙沙声。沙洼间，沙丘与沙丘间的平地上，仍有耐旱的芨芨草、骆驼刺、索索柴之类的生命，坚忍而顽强地生长着，该开花时开花，该结籽时结籽，它们仍然用生命注释着春夏秋冬的更迭，记录着岁月匆匆的脚步。

有一天，我在沙漠里看到一棵马莲草，我被它惊心动魄的生命惊呆了：它孤独地耸立在一个小小的沙墩上。绿剑般的叶子倔强地撇着，愤怒地直指苍穹，展示着生命的高傲和放达。它下部的沙丘被风蚀去，暴露出庞大的根系，绛紫色，像憋青的脸，竭尽全力地支撑着苦难，支撑着一棵不屈的生命。那扭曲变形的根须，纵横交错，绵亘迂回，使我想起了东山魁夷那幅名画《根》，想起了罗丹的雕塑《三个影子》，想起了但丁，想起孤苦伶仃的苏武，想起了受苦受难的耶稣。

走近它，我肃然起敬，我觉得它不是一棵草，是一尊神，是一尊生命的力神和战神。晨风吹来，那坚硬的叶子发出金属般的铮铮的响声，像奏响一部巴赫的《马太受难曲》。

我站在马莲草身边，心里涌动着酸涩和悲苦，我情不自禁地弯下身向它鞠躬：马莲草啊，"我不是向你膜拜，我是向人类的一切痛苦膜拜！"（陀思妥耶夫斯基语）。

这些年来我在西部跋涉奔波，我情感的河流里，总翻卷着凄苦的旋涡：这里的山，这里的树和草，这里的人和牲畜，从他（它）们的身上我感到生命的苦难和世界末日的苍凉，也使我更多地感悟到生命的崇高，爱的崇高。

我想起塔克拉玛干沙漠那片原始的胡杨林，那粗大高峻的树木大多数都已干枯死亡，枝丫断裂，露出白生生的骨碴，脚下是乱七八糟的残臂断肢；有的只剩下半截树桩，如果你俯下身仔细察看树桩的横断面，会惊异地发现：那浅色的年轮构成畸形的图案，忠实地记录着它的争斗、痛苦、疾病、炼狱般的苦难，艰辛的挣扎，还有幸福和繁荣……树是很聪明的，知道没有人记载它的历史，便悄悄地用年轮将生命的每一个细节都写进它的自传。而今这些树木有的已枯死了数百年，上千年了，它们依然一动不动地挺立在沙漠里，像倾圮的神庙，像一场厮杀搏击后的古战场，这风景太悲壮太苍凉了。看到它，你会感到语言有时是人类最愚蠢的表达方式，人与大自然的对话，不能靠语言，最不可信任的是这些无生命的符号。

传说，塔克拉玛干的胡杨树，一千年不死，死后一千年不倒，倒下一千年不朽。只要有一条根，就拼命地扎进大漠深处，吮吸苦涩的水分，支撑着不死的树丫，绽出一片片嫩黄的绿叶。圆圆的薄薄的叶子像粘在树枝上似的，但是那是生命的信念，绿色的宣言。看到它们使人想到希腊神话中的酒神狄奥尼索斯的出生、爱情、冒险、死亡的悲剧。

那天，我和一棵胡杨树做了一场感情的交流。

我：你为什么生长在这死亡之海？

树：这是命运。命运注定我生存在这里。我父母年轻时，这里有河流，后来河流禁不起风沙的袭击，逃亡了，只留下我们这些树。前面那棵是我父亲，后面那棵是我母亲，周围那些都是我的亲戚，我们原是一个很兴旺的家族。我父母都死了，只留下光秃秃的风干的躯体。我父母在世时生得高大健美，风流潇洒，不瞒你说，他们是树中的美男靓女……我们不能像你们人类随便可以迁徙——不是批评你们，那是人类对土地的不忠，对祖先的背叛。

我：这大漠里，夏天烈日炎炎，冬天风雪酷寒，即使春和秋也是沙尘暴肆虐的时节；这里没有蝴蝶的爱恋，没有鸟儿的歌声，你们不感到寂苦吗？

树：这一切我们都习惯了。苦难、寂寞，我们不怕，我父母在世时告诉我：受苦受难是一种伟大的创举，它可以净化灵魂，在苦难中获得新生。没有我们，沙漠真正成了死亡之海。我的父母，我们的家族都有过辉煌的历史。我的祖先就看见过班超和他的骑士，也看见过来往西域的商贾，他们的驼队还在我们身边歇息过，打过尖，晚上点燃篝火，围绕着我的祖先唱歌跳舞，度过一个寒冷的大漠之夜。我小时候还看见过成吉思汗的马队呢，成吉思汗，你知道吗？蒙古人的大英雄，他率领大军西征，就是从这里经过……实际上我们树的历史就是你们人类的历史。元朝有个诗人名叫马祖常，他写过一首诗："波斯老贾渡流沙，夜听驼铃识路赊。采玉河边青石子，收来东国易桑麻。"那时候，我们前面那条路上可繁忙呢，驼队、马帮，还有僧侣、征人，来来往往……如今路也被风沙淹没了，人影也不见了（老树伤心地叹了口气）。唉，我的日子也不多了，只要我还能绽出一片绿叶，我都要同风沙搏斗，坚守这里，守望着我们的家园。

我：你们守望家园的精神实在令人敬佩。可惜，我们人类精神的家园没有了，我生活的那个世界，是金钱喧哗、权力肆虐、病毒蔓延的世界……人类的末日也要降临了。

树：那是你们人类的悲剧，是你们人类自我导演的，你们逃脱不了末日的审判。这和自然界自身的灾难不同，洪水、地震、火山爆发、沙尘暴……都给地球的一切生命带来苦难。由于你们人类的贪婪、自私、欲望的恶性膨胀，这些灾难越来越频繁了，我相信，终有一天，上帝会惩罚你们的。

我离开塔克拉玛干沙漠时，和胡杨林拍了好几张合影，悲壮的胡杨林永恒地留在我的记忆里。

去年春天，我在河西走廊采访，那时行驶在武威荒凉的大山沟壑中。那山呈铁锈色，没有树，没有草，枯焦、干瘦，那山是一个死亡的躯壳。汽车穿行在沟壑间，山谷里有一条河流，早已干枯，河岸上只留下刀刻般的水纹线，醒着一缕河水的记忆。河畔有一方平整的土地，一个小村庄坐落那里。我们看到这村庄时，已经成一片年轻的废墟，武威的朋友说，人都迁走了，属于生态迁徙。村舍全是没有房顶的土墙方阵，土筑的院落，空荡荡的弥漫着一片死亡的气息。当我的目光扫描一阵，却发现有两间土屋，门窗俱在。屋后有一棵白杨树，高高地，孤零零地站在那里。我们跳下车，奔向那座土屋。令我们大为震惊，从土屋里走出一个老汉，像个幽灵似的，他头发花白，目光浑浊，吃力地打量着我们，一言不发。问起来，才知道，前几年政府动员他搬迁，他死也不愿离开这里，儿子、媳妇、孙子都走了，这两间土屋还有这个村庄只剩下他一个人了。他守着这村庄，守着这棵树，还有他放牧的一群瘦弱肮脏的羊——这简直是一个古老的童话。我问老人怎么吃饭，老人说，每隔半月二十天，他儿子就开着车给他送些干粮、面粉、水和蔬菜。他说，他和这山这河都有着血缘关系，小时候，山上有草，河里有鱼，夏天在河里抓过鱼，冬天在河上滑过冰，现在河干了，草死了，山也死了……他眼睛里蕴含着悲怆，脸上是一片木然。老人又说，村里人都走了，我不走。他指着对面山坡说，那里有他的爷爷奶奶，爹和娘的坟——其实很难看得清，那坟堆和大山融在一起了。这土地是他们家族生活过的地方，有他的根，有他的神。

我倾听着老人的叙述，虽然方言味很浓，断断续续，语句不连贯，但我感到惊心动魄，有一种震撼灵魂的力量。这是人类最高贵的精神，人类就是凭着这种精神而生存。爱的力量比死亡更勇武百倍。

后来的事情，武威的朋友告诉我，那老人在去年冬天死了，是一个风雪天，老人为寻找一只走失的羊，从山上摔下来，死了。他儿子半个月后才找到他的尸首，用屋后那棵树做了一口棺材，把老人安葬在"祖坟"上——从此，这个村庄从地球上真正地消失了。老人用他的生命为这个村庄画下了一个令人伤感的句号。这消息，使我心情沉重，其实我和那位老人只有一面之交，姓甚名谁都不知道，但一个巨大的命题却始终盘绕在我的脑海：人啊，你究竟是什么？

现在让我们再回到腾格里沙漠，回到马莲草身边。马莲草绽蕾了，开花了，倔强地挺立着，蓝得纯净，蓝得深沉，像天空，像海，在这荒凉和寂寞里，默默地生存，默默地繁衍。这小小花朵里，这纤弱的枝茎里，蕴藏着多少世俗的、冷漠的、庸浅的眼光无法诠释的生命意志和力量啊！

我心里萌发出一个伟大的主题：双手举起相机，颤抖着手指按下瞬间和永恒——这是世界上最辉煌的风景，这是羌笛哀怨、春风不度的腾格里生长出来的春天！感谢马莲草，感谢沙漠，感谢阳光，感谢风，感谢天地日月之精华，共同打造了生命的神圣和庄严，为人类的精神世界展示一个全新的经典！

这伟大的灵魂是虔诚的，面对炼狱般苦难，你是苦行僧，又是欢乐佛。而我们生活在富裕的城市和肥腴的土地上，心灵却是那么浮躁、迷乱，灵魂那样荒芜和苍白，欲望之火已把城市烧成灰烬，人满为患，金钱肆虐，权力纵横，已使我们的日子长满霉菌；我们的生活已被看不见的竞争的魔爪撕得支离破碎，鲜血淋漓。

四月的阳光照耀着腾格里空旷的大漠，没有风，腾格里是一片苦涩的静默。这时，我感到彻骨的孤独，一种被遗弃的感怀，涌上心头，我的心酸酸的，只想掉泪。

三

腾格里沙漠虽然已有火车通过，现代化的交通工具并没有彻底淘汰古老的沙漠之舟——骆驼。它们依然默默无闻地步履稳健心无旁骛地，跋涉在茫茫的风沙线上，高昂着头，微眯着眼，将信念和毅力，忠贞地写满重重叠叠的沙丘。

那是一个晨光初露的早晨，我漫步在沙丘间。大漠在粉红的霞光里变得温柔、迷人。沙质极为细腻，鎏上一层薄薄的霞光，犹如铜浇金铸般的高贵典雅。天空由黛蓝色变成瓦蓝，蓝晶晶的天，透明的空气，鲜丽的朝霞，使人感到大漠并不荒凉，沙丘波涛起伏，犹如奏响一曲无声的滂滂沛沛的乐章。

就在这时，我隐隐听到一声声驼铃——叮咚叮咚，从大漠深处传来，犹如深山里的泉韵，有一种寺院晨钟梵音般的庄严。

"千里驼铃动朔方。"我想起了这个诗句。久违了，大漠的骆驼。

骆驼是大漠一页鲜活的历史，这些古丝绸之路的拓荒者的后裔们依然穿梭在这风沙线上。看见它们总想起古代和中世纪那波斯老贾或是汉唐的商人，赶着驼队，满载着波斯的玻璃、胡麻、苜蓿、葡萄干、绿豆、宝石等，和从中原装载的锦帛绸缎、茶叶、陶瓷、铁器……长长的驼队跋涉在戈壁旷漠，缰绳连着缰绳，驼铃声伴着驼铃声，像一曲雄浑而又悲壮的慢板，奏响在风路浩浩沙路浩浩的天地间。炎炎烈日，萧萧风沙，骆驼和拉驼人已饥渴难忍，但他（它）们依然艰难地行进。骆驼高昂着头，微眯着眼，目光蕴含着信念，步履稳健，不急不躁，那种坚忍和毅力，那种雍容大度和充满自信，使你会感到一种敬畏。这些伟大的独行者在传播着友谊和文化。一条古丝绸之路编织了几千年人间动人的故事和史诗。

骆驼是苦难的象征，是上帝派它们来到人间，与人类一起历经苦难的洗礼。诗人们把骆驼比作放逐者，放逐者自有放逐者的旷达，他绝不屈就强加的忧患，更藐视人窒息的浮华。这古老而荒凉的沙漠，留下它们深深的蹄窝，那是先哲的诗行，是特立独行伟大秉性的传记。

太阳湮灭在大漠中了。大漠梵天净土般的幽静，落日的余晖映照在沙丘上，犹如灵柩前熊熊燃烧的火烛。一枚生锈的古箭镞裸露在沙滩上。像古老的符咒和占卜，恐怖和肃穆伴着萧萧暮色的降临，大漠出现一种幽冥和恐怖的宗教氛围。沙丘上的沙蒿和梭梭草像魔鬼乍撒的毛发，在夜幕中恐怖而狞厉。风吹过，索索有声，像念着谁也听不懂的咒语。天地间寂然如梦。

孤独的驼队和孤独的商贾就地露宿。骆驼围成一座驼城，拉驼人就依偎骆驼温暖的怀抱里，喝上几口烧酒，吃上几块干巴的馕，便对着初升的新月，弹奏一支曲子，那凄清的胡琴的旋律，像神曲一样在月色里飞翔，像幽魂一样在大漠里游荡。

腾格里大漠是古丝绸之路必经之路。从咸阳出发的商贾驼队就是沿着萧关道，经灵武过中卫，进入腾格里，然后到达古凉州，再沿着河西走廊跋涉而去。我曾访过一位驼人的后代，他说他的先人就是"骆驼客"。赶着六七十匹到上百匹骆驼，最远到达过现在的阿富汗、伊拉克，往来一趟八九个月到一年。

他说：骆驼是天生受苦受难的角色，常常几天吃不上草，喝不上水。忍饥受寒，满载重负，却无怨无悔。骆驼食量大，一口气能吃六七十斤草，饮好几桶水。

骆驼的食物都很粗糙，沙棘、索索、骆驼刺，很坚硬的枝叶，枝条上还长着满疙针，它用舌头一襄，全进了坚强的胃。

他说，骆驼最通人性，温厚笃实，对孩子妇女都不欺生，只要缰绳往下一抖，它那高大的身躯就很驯从地卧倒在地，让你骑在它的双峰间。风一程，沙一程，它会把你安安全全送到目的地。骆驼的记忆力很强，凡是它经过的地方，它能记住哪里有草，哪里有水，哪里适合拉驼人休息。它的嗅觉非常灵敏，能闻到几公里外的水草味。过去"骆驼客"骑上头驼，把后面的骆驼用缰绳连在一起，你尽可背依驼峰打瞌睡，凭着节奏舒缓的驼铃声，你可以放心地让骆驼们走下去。

他说：现在虽然有了飞机、火车、汽车，有了高速公路，现代化交通工具很发达，但大沙漠里仍然离不开骆驼，这古老的牲口，伴随着人类走过了几千年的历程，只要沙漠存在，它们仍然伴随着人们继续走下去。什么秦皇汉武，什么唐宗宋祖，说白了，是骆驼开辟了一条伟大的丝绸之路。

听罢年轻人的讲述，我对骆驼肃然起敬，骆驼被世俗称之为"四不像"，其实正是它集中许多动物的优点，才适应这艰危的生存环境和苦难而粗糙的岁月。它的脸型像猴，耳朵像牛，脊梁像龙，嘴巴像兔，大腿像鸡，鼻子像狗……几乎囊括人的十二属相。这十几种动物的灵魂铸造了沙漠的怪物，这是上帝赐给人类的助手。

我想起元代诗人马祖常的诗句：

贺兰山下河西地，女郎十八梳高髻。

茜根染衣光如霞，却召瞿昙作夫婿。

紫驼载酒凉州西，换得黄金铸马蹄。

沙羊冰脂蜜脾白，筒中饮酒场渐渐。

诗中的河西，就是指黄河以西地区，也就是今日的银川平原。沙羊，就是沙漠中的羊只，今称滩羊，宁夏五宝之一——滩羊皮，就出产于此。这首诗画出一幅宁夏一带浓郁的风俗画。那时，宁夏，有招赘僧侣做丈夫的风俗，也反映出元代西域与内地经济贸易状况。

马祖常还有诗句："橐驼驯象奴子骑"，橐驼即骆驼，那意思说连小孩也可以骑。

马祖常曾在灵州一带生活过，对宁夏的风物地理十分熟悉，也对北国风光格外迷恋。他另一首著名诗篇《河湟书事二首》（其二），更生动地描写了古丝绸之路上的拉骆驼的商贾跋涉大漠的形象："波斯老贾渡流沙，夜听驼铃认路赊。采玉河边青石子，收来东国易桑麻。"

叮咚叮咚，远处的驼铃声更清晰了，也更动人了。一队浩浩荡荡的骆驼，首尾相衔，出现了一种古典诗词的意境，使人振奋，又让人悲凉。这时，太阳已高高升起，朝霞鲜丽得像一幅水彩画，阳光温柔的光芒照耀着辽阔空旷的大漠。重重叠叠的沙丘，波涛翻腾，无边无际。沙漠之舟，多么生动形象的比喻，一页驼舟，迎着风涛沙浪，行驶在漠漠天地之间。那声声驼铃，犹如贝多芬的《命运交响曲》，悲怆雄浑的乐章演绎着人类命运的蹇涩和苦难。

叮咚叮咚，古丝绸之路的驼铃凋零了，后来的骆驼仍然记住了它们的道路。

（选自2017年第6期《山东文学》）

柴 食 记

邱振刚

二十多年前一个深秋，我和几个大学同学相约登泰山。清早看罢了岱顶日出，下山时不打算再走回头路，从后山小路绕下山去。当年，这条路几乎没什么游客，路旁不少人家过着逍遥自在、不受打扰的山居生活。

中午，随身带的水和面包告罄，就进了路边一户人家。一进院，就看到满屋顶晾满了金黄色的玉米棒子，门口的一棵柿子树也是硕果累累，树下还有一套黑黝黝的炊具，安安稳稳地放在一只黄泥砌成的灶上。同学中有眼尖的，一眼就认出是摊煎饼的铛子。只是和京津等地那种早餐车上做煎饼果子的铛子相比，这只铛子的直径要大一倍都不止。

一位农妇从屋里走出招呼我们，我们说要吃煎饼。她回屋捧了一大捧玉米面，放在一只不锈钢面盆里，稍稍添了些淀粉，再加存在大缸里的水和好了面，然后笑着对我们说要稍微醒一会儿才好吃。接着她取下原本用钉子挂在树干上的柴刀，坐下来削干树枝。她的柴刀呈椭圆形，只有鸭蛋大小，较细的一头是手柄，上面缠满了布条。这小小的柴刀貌不惊人，但颇锋利，只见她在树枝上轻轻斜着一旋，就有一枚木片落下，顷刻间，她面前就有了一堆柴片。她起身把柴片塞进灶膛生好了火，又用一只木柄扁勺抠出一大团玉米面放在铛上，再徐徐摊平。十几秒后，煎饼已然焦黄熟透，农妇手腕一抖，就把煎饼铲了下来，扔在旁边高粱秆儿编的浅筐里。我上去掂了掂，煎饼分量足有半斤上下。几张煎饼烙得了，她转身进厨房炒菜，很快端出一大盘肉末炒茄丁，又把一张矮脚方桌放在院子当中，我们的午饭也就开始了。

山东人喜吃煎饼全国闻名，但各地吃法颇有不同，鲁南沂蒙山区那种煎饼蘸酱卷大葱的吃法名气最大，而这里呢，吃法和吃馒头差不多，都是握在手里就着炒菜吃。有同伴要了她家自制的黄豆酱，用煎饼裹了，吃起来更见当年玉米的新鲜香味。我们吃饱喝足，算完饭价后，临出门，农妇不但把刚烙的煎饼满满装了一大塑料包送我们，又给我们每人塞了两个大红柿子。山里的人家，竟然淳朴到这等地步，我们下山路上一直都为此感慨。

后来，在回京火车上，我忽然想到，自己已经多年没吃到在柴灶上烧出来的食物了。

我生长于鲁北一座小城市，对于家中燃料，印象最早的就是摇煤球，后来就是蜂窝煤、液化气罐。大概在我初中时，家中通了天然气管道。我小时候能接触到柴灶，是因为有时会住到近郊农村的姥姥家。20世纪80年代初的华北农村，大部分人家都还在烧柴或者烧秸秆。至今不灭的印象是，农家烧饭锅不但大——能放下好大一张蒸屉，能同时蒸20多个大馒头，而且，同样是炒肉片、煮饺子、蒸馒头、炖排骨、烙大饼，从那口大铁锅里出来的食物，吃起来似乎格外香。后来，近郊农村也先后用上了煤和液化气，各家也就都拆了柴灶，改用小巧的铁质灶头，但那口大铁锅，倒是都好好留着，谁家赶上红白喜事，往往还要找出来洗刷干净了，好给宾客们准备酒席上的饭菜。

泰山之行后，又是多年没见过柴灶铁锅。大学毕业参加工作后，成了有车族，不免经常自驾出游。京郊农家乐众多，基本上家家都号称有"铁锅炖鱼"之类，有的就直接拿"大灶台"做了店名，可进去一看，只得喟然长叹：基本上都在用天然气，灶台不过是个摆设，看上去干干净净，旁边墙上无任何烟熏痕迹，这样的灶台，垒成后大概就没用过！

我小时候在家乡农村看到的柴灶，所用柴木都是大块长条，个头不小。后来读到海明威《巴黎，流动的盛宴》中的文字，"我知道，要生火暖炉子，就得买一小捆树枝，三把劈好后用铁丝扎好的长度与半支铅笔相仿的短松木条，还要买一捆劈成短节的半干硬木，这得花不少钱呢"，心里颇不以为然，不大相信这等大小的木条竟然有资格被称为柴。记得是在工作后的第四个年头，我才见到有人当真在用这样的木柴。

那次是去广西桂林出差，晚上赶完了稿发回报社，已经饿得不行，于是出门觅食。当时已是午夜，大堂夜间值班经理说象鼻山公园门口应该尚有不少小吃摊子。我到了那里，只见摊子的确不少，每个摊子都毫无顾忌地向夜空散发着香气，前来吃夜宵的市民、游客或站或立，各自品尝自己手中的美味。我细细一看，发现这些摊子几乎都是用液化气罐，只有一家炸年糕的摊子用的是柴，外加一口小小的、简直比一只巴掌大不了多少的铁锅。我要了一份腊肉炒年糕，只见摊主是用一小堆干树叶引燃了一把捆扎得整整齐齐的细柴。这捆柴，每根的大小长短也真的如海明威笔下那样，"与半支铅笔相仿"。我问起柴木的来历，摊主说自家承包有一座枇杷林，这些都是从果树上修剪下来的。这把柴别看小巧，竟然颇耐烧，点燃后很快就把一锅油烧得滚开了。待一道腊肉炒年糕做完，柴也不过烧了三分之一。说起来，这道菜倒也的确是柴灶铁锅出品，只是手推车上的小锅小灶，比起记忆里的大灶台、大铁锅，的确袖珍含蓄了些，少了那一番淋漓尽致的气概。

几年前，我在一个旅游网站注册了"昵称"，从此经常和"驴友"到全国各地旅行，越是偏僻处，越有兴致，这才多次遇到地地道道的柴灶铁锅。记得一个冬日清晨，我和几个驴友乘车离了大雪覆盖的喀纳斯湖，来到位于中国、哈萨克斯坦边境的村庄白哈巴。山路蜿蜒，村子地势又低，我们在车上远远就望见了村庄全貌。只见草垛、围栏、木屋点缀在茫茫雪野中，有的人家屋顶冒起笔直的炊烟，眼前村庄酷似一帧水墨小品。进了村，司机把我们拉到一户牧民家中。这家贮存的羊肉都在柴房里挂着，柴房不同于用原木垒成的居室，系取细木条搭建，背阴透风，正是储存的好地方，里面东西两面墙下都是劈好的木柴，码放得整整齐齐，一直堆到了房顶。

我们选了一块颇为肥硕的带骨羊肉，请主人做了一个羊肉烩面片、一个手把肉。吃罢晚饭，我特意去厨房看那口煮羊肉的锅。那锅体形硕大，边沿足有一寸来厚，此时锅里尚有大半锅羊肉汤，最上面一层则是厚约寸许的羊油。我伸手在锅沿一摸，此时距离灶中熄火已经个把小时，但在零下二十多度的气温下，手中仍有蓬蓬勃勃的暖意，看来这只厚边铁锅的保温性能着实不错。

前不久，我和妻子回到她的故乡，那是云贵高原上的一个小山村，村里至今在使用柴灶烧饭。和妻子幼小时不同，如今村里年轻人大半在外讨生活，各家基本只有留守老人、儿童，所以厨房中的大灶旁，往往又垒出一只小灶。老人日常都不用上山捡拾木柴，只需把田里的农作物秸秆带些回来，就足够在小灶上煮饭炒菜了，那只大灶几个月都未必动用一次。妻子朝着大灶台，比画着说起当初一家人围在这里烹煮年猪时的快乐，我也不禁悠然神往。

这天，岳母现杀了活鸡，又用这只小灶慢慢炖了。我用鸡汤连下了三碗米饭，兀自意犹未尽，这也是我迄今为止最后一次吃到柴灶烧出的饭菜了。

木柴加铁锅所烧饭菜为何更香，我始终不明其理，一度还以为是心理作用，这一印象直到后来在电视上看到一位名厨的访谈才改变。名厨说，柴木的火焰，温度不过七八百度，而天然气燃烧的温度可以达到两千度。但是，柴木燃烧时，热辐射的范围比燃气炉大得多，锅中食物四面皆可受热，入味也就更均匀了。这点其实也是生活常识，当木柴烧起来时，距离灶台两三米外就感到热气扑面而来，而家中燃气炉烧得再旺，一两尺外就温度如常了。看到这里，我才相信铁锅柴灶烧菜更香，原来还真的有科学道理哩。

眼下这类锅灶越来越难觅到，固然可惜，但细细一想倒并非是坏事。天然气管道所到之处，灶台拆了，柴火也不用了，对林木资源的破坏自然也就减少了。而且天然气的确比其他燃料方便洁净，和环保大局相比，个人的喜好也就微不足道了。毕竟，时代在发展，科技在进步，总有一些似乎对自己很珍贵的事物在渐行渐远，若是一味迷恋旧物，无形中其实为新事物的出现制造了障碍。我们就让这些记忆留在岁月深处，自己还是迈步向前，且行且珍惜吧。

（选自2017年7月22日《人民日报海外版》）

关中偏偏房

吕向阳

世人皆知的"陕西八大怪",是一组由无名氏创作、无数人传唱的民谣,耐人寻味。"八大怪"之首便是"房子偏偏盖"。这偏偏房显然是我们关中棱角分明的脸面。

老祖先的日子不是我们想象的那么滋润与阔绰。在蛮荒时代,他们要仰视日月运行的奥秘、倾听土地的暗语、提防野兽的伏击,七灾八病、异族侵凌,哪一天都担心天塌地陷、朝不保夕,哪有福分高枕无忧。高大茂密的密林树杈,荆条柳条遮盖的地窖子,芦苇枯藤搭苫的茅庵,曾是他们的安乐窝。伐树,缺斧;过河,缺舟;煮饭,缺锅;御寒,缺衣;患病,缺药;大旱,缺水……你看,哪一样都靠劳动创造。《诗经·国风》里的《豳风》《秦风》,多是周人秦人劳作的场景。《豳风·七月》是一幅悯农图,开荒、种田、狩猎、熏鼠、挖菜、砍柴、打谷、上仓、剥麻、搓绳、采桑、染织、酿酒、修屋、塞户,忠实刻画着周人先祖一年四季的艰辛;《秦风·车邻》则是一幅植树图,山上栽漆树,洼地种栗树,半坡植桑树,湿地插杨树,没有一个神仙下凡来。而在《雅》《颂》之中,多半记载的是周人早期开辟性的劳动,像讴歌农业之神后稷的《生民》、赞颂公刘自邰迁豳的《公刘》、歌咏古公的《绵》、忧愁岁旱的《召旻》、祈求上天的《甫田》、怨恨老天的《雨无正》以及奋力耕田的《良耜》、除草务尽的《载芟》、撒网捕鱼的《潜》、开荒垦田的《天作》与欢庆秋收的《丰年》……听听这些诗名,就不难懂得先人能盖起模样粗俗的偏偏房,是多么来之不易。

是的,偏偏房比茅庵只多了几堵墙、几页瓦、几块砖、几扇窗、几副门,但谁又知道墙、瓦、砖、窗、门这些如今司空见惯的物件,竟是后稷、公刘、古公、王季、文王、武王与太公、周公、召公乃至成王的数十代人孜孜以求的呕心之作。读了《绵》,我们才知道古公亶父不堪忍受狄人的欺凌,从豳地举族南下,丢了土地，丢了茅屋，丢了家当，丢了魂似的翻山越岭，活像一群逃荒的乞丐，风餐露宿，到了周原，举目无亲，一穷二白，住的是山洞地窖，吃的是野草苦菜，哪里有金碧辉煌的王宫与车水马龙的京城！哪里有炊烟四起与牛羊遍地的景色！哪里有金戈铁马与仪仗如林的威风！

面对穷困与死亡的威胁，自强不息的周人只有一条黑压压的夜路往天明走——进山伐木、披荆开路、烧荒治田、挖渠引水、打猎拾荒，才熬过了最艰难的日子。为了扎根周原，古公夫妻察地形，观风水，烧龟甲，看卜象，把京城定在了岐山下，古公召来司空画图，司徒领工，男女老少齐上阵，拉绳墨、竖夹板、筑土墙、建城门、起宫殿、做祭台，周人第一回有了安身立命的金窝银窝。后来文王之所以能以殊勋名垂青史，实在是有赖于古公时代奠定的强大基础。而身为古公重孙的周公，念念不忘祖先的开拓之功，于是把铲土的噌噌声、倒土的轰轰声、夯土的砰砰声、削土的乒乓声与战鼓的咚咚声，一齐铭刻在饱含激情的诗行里。

我的村子就是所谓的"宗周"之地，是古公落脚、王季创业、文王负重、武王告捷、周公制礼之地，这个叫京当镇衙里村的村庄，3000多年没改过名字。往东隔条沟是贺家村，那是有颁布政令接受朝贺迎接万邦朝贡祭祀祖先的大殿与明堂；往西隔条沟是宫里村，是文王母亲和嫔妃的住所，嫔妃住的偏偏房。宫门外两排对檐的偏偏房，住着王公大臣。王富门前不栽狮子和老虎桩。周王爷喜青蛙，青蛙生育能力强，周王爷的宫殿前碾盘大的青蛙石雕，现在还放在岐山周原博物馆内。周王爷也夸蝗虫的繁殖本领高，《诗经》里就有一篇叫《螽斯》，螽斯就是蝗虫，诗人就是取比它群集群飞来盼望周人多子多孙。周朝缺这缺那，最缺的是活蹦乱跳的娃娃。据说周文王有100个妃子。爱青蛙就多娃，羡蝗虫就多子。文王的子孙多，周朝就把天下切分成发糕块，让这些孩子去封国施展自己的能耐。

偏偏房从周朝开始，就成了几千年老陕盖房的模板。房子像人一样，也有头有脸，有鞋有帽，有皮有肉，有肋有骨，也有里三层外三层。偏偏房的背墙也叫界墙，东西两邻三家人共用两堵墙，一个村子就节省了几十堵上百堵界墙，全村界墙与屋墙连在一起，像一群人手拉手手挽手，这是周王教化百姓唇齿相依互帮互衬呀！但好事里面有坏事，争墙根的纠纷多发，德行差的西邻狠心在东墙根下做手脚，心肠短的东邻则偷偷在西墙头上安埋瓷片镜片铧片，一来二去，把一生搬不走的近邻弄成了抬头不见低头见的仇人。

偏偏房分顺椽房、页椽房（页，老陕方言，音"学"，指横向，有拖拉、牵引意，与斜不同）。富人的顺椽一律用碗口粗的松木椽，像美女赛腿，椽上又铺了一层划豁，像壮汉亮膘。富人还给橡头加装了一根三尺长的方橡，一来防止长橡橡头淋雨过早腐烂，二来用方橡搭凉棚，安装防盗防雀网，老陕话把这称之为"严窝"。不仅如此，富人还在长橡之间铺上一层划豁，划豁也是烧砖一样，烧出的七八寸见方、厚不过寸的建材，橡与橡之间铺上蓝亮亮的划豁，仰头一看，既像青天，又像书本，蓦然间叫人感到主人的雅致与阔绰。划豁能隔热御寒，能防泥土掉落，也能防鼠打洞防鸟作窝。而穷人的页橡则用的横摆的杂木棒棒，一眼能看出寒酸样，长虫蝎子蜘蛛簸箕虫爱的是页橡房。顺橡房是媒婆的贵人，喝杯茶的工夫就揣回了谢礼，页橡房是媒婆的灾星，跑断腿、说破嘴，回家喝凉水。

偏偏房盖好后，爱干净的主人用白土把墙面刷得白白净净。砖铺地，土炕光，楸木柜，桐木箱，油漆供桌四方方，靠背杌子摆两旁，老小孩子喜洋洋，这就是全部的幸福指数。活干累了，睡在土炕上就像皇帝坐在龙床上。到了饭时，蹲在杌子咥一碗干面，卖派着给个县长也不当。

关中是大粮仓，渭河两岸是大森林。周秦汉唐盖大殿，砍光了南北二山的树，以至关中人惜木如金，盖房子就为木料发愁，往往盖房只先盖一半单檐房。关中人除涝池及坟地栽树，门前屋后栽树，很少在田里栽行道树，一来怕树与麦争地，二来栽了也让人偷，所以人们一辈子便瞅着哪棵树应该长大了，经常为做个箱柜跑遍十里八乡，打口棺板就等于把一半麦当打了进去。

我们村子叫科娃叔的，从他老爷爷手里就备料，到他手里盖了20年才草草收工，他的这项"马拉松工程"传遍了村村寨寨，以至于谁办事拖拉，人们总会说："你是科娃盖房吗？"科娃叔没钱买橡，天一黑他腰里就揣着一把斧头，出没在邻近村子，看见胳膊粗的树就砍下扛回家。一天夜里，民兵巡逻时发现了他怀中亮晃晃的斧子，拷问了一晚上他只得如实招供，一堆木料又被没收，但科娃下手更狠，见树就砍！盖房时帮忙的人都认出了自家树。"这房盖得贼腥气！""科娃，虎毒不食子，你咋偷亲戚哩？"大伙骂得唾沫四溅，但淳朴的乡亲还是同情科娃家境，为给科娃省几斗麦，盖房速度加快了一半。房盖超时，科娃跪在地上，给大伙磕了几个响头。他从此再没当过贼娃子。科娃是结巴，可儿子嘴巴很利索，考进了外院，毕业后在新加坡当了商人。前年回村把偏偏房拆了盖了个楼房，也把村子学校盖成新的。

单扇窗户是偏偏房的气眼，也是主人的钱眼。有余力的人家，窗子里有门、外有格。窗门遮光，娃娃睡得香，长得壮。老人说，婴儿的眼光嫩、眼力软，一天长一寸，一月长三尺，到了周岁才能看远，最怕强光刺激，所以产妇育婴的房子总是黑咕隆咚；同时，窗门能隔音，睡梦不受惊。至于窗格，格子细密，象征着财运旺、人寿长。一个格子一岁，可没有几人能数到七八十个就咽了气，一格一份财运，可暴富的希望总是落空。不过，人们逢年过节还坚持给窗格上贴满窗花，坚信花花绿绿的窗花会醒动打瞌睡的财神福神的。

偏偏房的房门是双扇门，开合之间吱呀一声，屋子霎时有了人气。门板与门帘像夫妻。门帘在外，遮风挡雨，门板在内，隔寒生暖。另外，两张门板还是老人向天国起飞的平台，百年时就用板凳支起两块门板，等待亲人到齐后入殓，一张黄纸苫住了黄蜡状的脸，孝子哭天号地央求阎王爷麻利地下达指令，这时，乌鸦这孝子鸟也咕咕叫着，像是人间与阴间的信使。乌鸦喜欢给死者引路，乌鸦给死者叮嘱着路怎么走，乌鸦希望死者赶快上路。乌鸦是个乐于助人的急性子，它们在院中起舞聒噪不休。在一个明晃晃的月夜，我看见老屋那扇门板上有着曾祖父穿着黑袍子的影子；在另一个打雷闪电的夜晚，我看见奶奶噙着麻钱的嘴在翕动着。这副门板是我家老人去世时留下的黑白底片，总会在某些时刻照出他们的影子。

厦房光线很暗。婆婆穿着黑棉衣，爷爷穿着黑棉衣，老人不嫌黑，在黑的光线中挪着细碎的步子，就像鱼儿在暗夜的水中游呢。老人话很少，有些话重复了几万遍，他们不想说了，说了也没人听了。老汉就吧嗒着烟锅，像婴儿吸吮着奶头。老婆就纳着鞋底，像用针要扎碎这个世界。村上的秀秀婆在偏偏房中活了99岁，她已经不串门也怕见人了。我去看她，她嘴巴咕噜着，终于说出一句话："上年纪的人都死了，我咋不死呢！两个儿子也死了，神得我怕见人。"关中人说"神死人了"就是羞死人了，活大寿是人盼望的事，却也成了很羞愧的一件事。秀秀婆年轻时漂亮得像牡丹，腰身柔软得像柳条，到老了成了娃娃眼中的老妖婆。秀秀婆的房顶瓦烂了，儿子上房预换成了新瓦，秀秀婆却生气了。她说，房上有个洞好，能看见星星，她睡不着时就与星星说话。她说房上有个洞好，西天的神路过时能看到她。

秀秀婆的屋中放着一口棺材，秀秀婆说这是她的新房子。她说这跟偏偏房有点像，偏偏房挺着头，棺材也挺着头。秀秀婆的棺材是用松木打成的，打好时她很喜欢这个松香味，可是越想进棺材越进不了。儿子每年要给棺材涂上一层漆，已经涂了20遍，上一次漆要花几百元。秀秀婆说，再这样下去，花的漆钱就够埋她三五回了。一只黑猫天黑时总会爬上棺材顶，秀秀婆在炕上眯缝着眼，黑猫在棺材上眯缝着眼。先前村子人多，现在年轻人都外出打工了，孙子们也出去了，很少有人来她的屋子，秀秀婆想，下世时谁埋她呢？她时常用拐杖敲着棺材自言自语地说，为盖偏偏房苦了一辈子，要知走时只能背口棺材，还不如早些给子孙打几个小箱子留个念想。

先前村里的老鼠多，孩子也多。自偏偏房被大规模扒掉，老鼠少了孩子也少了。乡亲们这才弄明白十二生肖中鼠为老大的道理。世世代代老鼠偷吃着人的粮食，嬉皮笑脸地与人活到现在。庄户人如今粮食堆成了山，老鼠却少了，鼠辈不见了人就不见了。老鼠一窝窝地生，老鼠多了孩子多。一个屋中养着数十只老鼠，一个屋中养着六七个甚至八九个孩子，老鼠跑上跑下，孩子跳上跳下。现在放开了二孩，生孩子的人却很少。人怕老鼠吃粮，也怕孩子带来负担。人小气了，老鼠也就走了，孩子也就来少了。人小气得不留一座偏偏房，村上的狗也因逮不上老鼠管不上闲事而变得懒洋洋。

房子偏偏盖，是老陕的杰作也是老陕的无奈。

房子偏偏盖，是历史的进步也是历史的遗痕。

（选自2017年6月14日《文艺报》）

花　白

宁新路

　　屠汉刚进院，"花白"就大叫。"花白"是我家的肥猪，白里透红，我叫它"花白"。屠汉是冲"花白"来的，院外大锅的开水在白浪翻滚，是杀猪水，为"花白"准备的。也不仅仅是屠汉进院时它就叫，自这锅水冒汽，它就察觉到了凶气，神慌乱，食不吃，不停转圈。难道它真闻到了杀气，看出屠汉是它的煞星？"花白"太聪明，屠汉身上的确杀气太重。

　　屠汉当然是杀"花白"来的。他让家人清早就做宰猪准备，院外架好了吊猪割肉的架子，也支好了剁肉的板子。大锅烧得正欢，水早开了。半个锅盖上，摆好了大砍刀、长尖刀、铁钩子、铁刮子、磨刀石。这些闪烁寒光的刀器，是杀和割猪肉用的。我看到这场面，顿感天要塌下来了。他们怎么会杀"花白"呢，"花白"怎么能杀呢？"花白"从一年前来我家时的猫那么大，长到现在的小牛般大，每天与我在一起，形影不离，怎么能杀它呢？它是多么聪明可爱啊！它喜欢吃我给它打的食，喜欢跟着我撒欢，喜欢让我抱它，喜欢我给它挠痒。它在家里进进出出，也跟着人东奔西跑，已成家里一员，更是我的玩伴和朋友。我离不开它，不能杀它！

　　我喊，不能杀"花白"！屠汉哪会听我的。我对父亲大嚷，不能杀"花白"！父亲说，明天是小年，杀了"花白"过小年，也过大年。我仍对父亲急嚷，能不杀"花白"吗？杀了"花白"我就不活了！父亲厉声说，不杀它拿什么过年？家里过年就指望它了！我的腿被屠汉的杀气吓软了，也被父亲的威力吓得不敢吱声。

　　他们动手杀"花白"了。手拿麻绳的屠汉和他徒弟，朝"花白"缩手缩脚走去。"花白"知道危难降临，望着我大叫，恐惧地往墙角退缩。

　　屠汉和他徒弟是杀猪老手，他们有又快又准地把猪擒住的绝技。他们猫腰步步逼近"花白"，把"花白"逼到了墙角。正当"花白"惊跳时，屠汉手疾眼快抓住了"花白"的两只后蹄，猛然一拉一翻，把它掀翻在地，并"唰唰"几下捆绑了双蹄。接着是他徒弟上手，一个扑上扭住"花白"的两只耳朵，一个利索地捆住了前蹄。"花白"被他们彻底放倒在地，动弹不得，它尖叫，它的吼声震得树叶直落。

汉子在拴捆的蹄子间插上扁担，即要抬走。我的心被揪了起来，揪出了嗓子眼儿，我喊："'花白'快逃！""花白"立刻惊跳起来。可它被绑得太牢，即使它拼命用力，可麻绳粗大，捆得太牢，难以解脱。我幼稚的心在企盼他们抬不动"花白"。"花白"大又肥，我看他们怎么抬得动！而屠汉和徒弟等几个人居然把它抬了起来，不是抬起，而是拖地而拉。"花白"背被拉破，大惊，发疯跳跃，把个抬它的一干人，还有我父亲，抡了个人仰马翻。我兴奋，我朝"花白"大喊："花白"使劲！它便暴跳如雷般跳跃。屠汉却有招，当他扭住它两只耳朵，它的头摆不动，身也摆不动了。他们接着抬，仍没有抬起，还是边抬边拖般把它拉到了院外。

"花白"惨叫，泪水泉涌，弥漫双眼，它在寻找我，我也在哭，我的心被揪得疼痛难忍，但我没有办法拦住屠汉，更不敢拦我父亲。我被屠汉的凶狠吓得浑身哆嗦，只能盼望"花白"有挣脱捆绑的最后机会，却看不到它有一丝挣脱绳索的可能。

当"花白"在惊天动地般的号叫中，被拖到大锅旁时，屠汉的长刀随之捅进它的咽喉。刀入，"花白"暴怒、惨叫，又是惨痛哀鸣的长叫，是十里外都能听得见的惨叫声。我疼痛难忍的心，似被插进了长刀，似在喷血。刀出，一股鲜血随刀喷射而出，喷在了屠汉的身上。我拼命喊："花——白——！""花白"暴怒，没想到它挣脱了前后的捆绑，撞倒了屠汉，爬起就跑。它的脖子流着血，发疯地蹿向果园，转眼看不见了。我大喊："花白——快跑——快跑！"盼望它跑得远远的，跑到让他们找不到的地方。

受伤的屠汉，恼羞成怒地叫嚷说，一年天天杀猪，也没碰到一刀杀不死的猪，这猪怪事了！屠汉脸挂丢人的难堪，但我狂喜。屠汉哪肯罢休，他叫上徒弟，还有我父亲，跟着血迹很快找到了"花白"，一路的草上都是血。"花白"倒在一丛草里，刀口仍流着血，它喘着弱气，显然血快流光，无力动弹了。

屠汉把它绑了个结实，随之又在咽喉要害处狠狠捅了两刀。这两刀，一刀比一刀深，一刀比一刀流出的血少。流干了血的"花白"，呼出一口长气，四蹄抖动几下，双眼紧紧闭上了。"花白"不动了，它死了吗？我被吓得哆嗦。我的"花白"，给我带来很多快乐的好朋友、好伙伴，也许真被杀死了。眼前的惨状，让我眼冒金星，天转地旋。

屠汉几个人把杀死的"花白"吃力地抬回，扔到开水翻腾的大锅里，这是要烫毛。烫刮了毛，才能开膛破肚。我盼望"花白"没有死，赶紧从锅里跳出来，可毛正被刮去，"花白"一丝不动了。"花白"真是死了！"花白"死了，我的心碎了。接下来肉体分解的一幕幕惨痛，与前面的惨痛加在一起，把我幻想的心摧毁了。我的魂魄被吓走，我的心里尽是刀伤。我想念我的"花白"，我对无力救它而陷入痛苦。我连续几天发高烧，烧退病好，小脸瘦成了猴子相。

我吃不下"花白"的肉。我不能吃"花白"的肉，我吃不下我猪朋友的肉，可锅里的红烧肉，香气勾魂。数天后，饿极了的我，终于扛不住猪肉的诱惑，我吃了猪肉，含泪吃下了又肥又香的猪肉。我感到每口肉，嚼碎的是"花白"，胃里翻腾着油腻的东西。

从此以后，我家每年春节前，都要杀一头猪。当然是我父亲花钱请屠汉来杀的，不杀猪，没钱没肉，就过不了年。农村人过年，家家得杀猪，早成习俗。屠汉有的是杀猪活，他从早到晚都在忙，杀了村里的杀村外的，每天有杀不完的猪。请他杀猪，得提前个把月。约了也未必如约而来，还得去催，常常催了几遍才能来。尽管是请他来杀的猪，但我憎恨屠汉。

每一头猪都是母亲和兄弟姐妹桶桶食料养大喂肥的，每头猪都会成为家里难以离开的一员，可每头猪都得被宰杀掉，每头猪的离开都是人与猪的泪水永别，每头猪都成了不得不吃的美餐，每口猪肉都让人下咽时有疼痛的心酸。这难道就是人与猪的宿命吗？我接受不了这个现实。

但有了"花白"刻骨铭心的离别伤痛，已知道宰杀是它们最终的归宿，也是我没法改变的现实。后来每逢宰杀，我都躲得远远的，免得经受难以接受的伤痛。至于猪肉，不吃也是由不得我的，不吃也没别的什么可吃的肉。红烧肉那么诱人，肉夹馍那么诱人，猪肉臊子面那么诱人，摆在一个饥饿的孩子面前，还能有什么选择呢？年年宰着、年年被留恋的猪，最终还是被吃了。至今吃掉了多少头猪，连自己也说不清，不知怀念过多少头心爱的猪朋友，它们那不同的可爱的神态，很难忘却。真是肉吃在嘴里，与它们的情却缠在心底。

村里常常都会宰杀猪的，常常会有凄惨的猪叫声，每年春节临近，村里村外成了屠宰场。我每当听到猪的惨叫声，心就颤抖，腿就发抖。我讨厌屠汉，我讨厌这惨叫声。

我恨那个屠汉，他虽让我吃到了香美的猪肉，可他每年残暴地杀着我家心爱的猪，我不愿看到他。可宰杀猪，是我无法摆脱的现实，每当我吃下猪朋友的肉时，就为自己开脱，它们融入了我的身体，它们没有死，而是化成了我身体的一部分。这样想来，对它们的悲惨命运，也就得到了几许宽慰。

宰猪的惨叫声，是无法拒绝的。久而久之，看到的宰杀越发频繁，痛楚的神经渐渐没感觉了，甚至不再恨屠汉，居然习惯了对它们随时的宰杀和难听的惨叫声。我努力不恨屠汉了，是因为屠汉每当给我家杀猪都非常卖力，而且得到的只是一条猪尾巴、两只猪耳朵，还有两块钱薄酬。他宰杀全村和村周边十里内外的猪，都收这么少的酬劳。他非常辛苦，起早贪黑，雨天雪地的，还要面临被猪咬的危险。他的腿和胳膊，被猪咬的疤痕一块又一块。每当我看到他身上的累累伤疤，我就恨不起他来了。

（选自2017年第3期《北京文学》）

一棵小白杨

朱金平

"一棵呀小白杨，长在哨所旁。根儿深、干儿壮，守望着北疆……"

一路听着这首耳熟能详的军旅歌曲，我们的越野吉普车向着西北边陲的"小白杨"哨所奔去。那个在歌声中被传唱了30多年的北疆哨所，最标准的名称是：塔斯提边防连。

尽管浩荡的春风已经吹开内地的万紫千红，可西伯利亚寒流还在北方边境线上肆虐。远远望去，矗立在一座山岗上的小白杨哨所，在逶迤高耸的雪山映衬下显得那么不起眼。

身着迷彩服的哨所四班长王克怀，见面就给我们敬了一个标准的军礼。他那身黄中显绿的色彩，亦如这北疆春天的山野。其黑里透红的脸庞，焕发着青春的光彩；扎扎实实的身板，折射着军人的刚毅。

18岁那年，他就是唱着那首脍炙人口的《小白杨》，带着无限美好的向往来到这个哨所的。谁知，当时通往这个哨所的路是那么的艰难。

那也是一个春天，新兵训练刚结束，他就和18位新战友乘坐一辆卡车离开营部，向边境线上的小白杨哨所驶去。哨所矗立在一座陡峭的山顶上，四周的积雪还没有融化，卡车喘着气怎么也上不去。大家下车使劲去推，车子还是爬不动，无奈之中他们又返回了营部。3天后，他们再次出发，谁知融化的冰雪在山下通往哨所的小路上划出一道七八米宽的口子，冰块和着泥水汹涌奔流，载着他们的卡车又打道回府了。一周之后，他们才终于越过一路坎坷，登上了哨所。

此时，连队在冬天里已被冻裂的水管还没来得及维修，他们上来做的第一件事就是到十里外的布尔干河里挑水回来用。洗脸、洗衣服，都是冰凉的雪水，小伙子们的手很快就被冻肿了。大雪封山至今，连队官兵也吃不上新鲜蔬菜。面对这样艰苦的环境，王克怀起初一颗火热的心似乎被冰水浇凉了。

连队组织新兵来到那棵小白杨下进行革命传统教育，要求大家向哨所的前辈学习，以苦为荣、乐守边疆。指导员带领大家庄严宣誓："我是小白杨精神第48代传人！小白杨精神的内涵，是忠于祖国、扎根边疆，英勇顽强，视死如归；甘于寂寞、无私奉献，坚韧不拔、蓬勃向上，牢记嘱托，建功边防。"王克怀当时也许还没能深刻理解这段誓词的含义，但看到那棵名闻天下、参天而立的小白杨，浑身上下又像汲取了一股力量。

10年一晃就过去了，王克怀伴着那棵小白杨的成长而在边疆深深扎下了根，并成了闻名边防的"神枪手"。

打枪，是每个军人的基本功。但边防连主要的职责是站岗、巡逻、执勤，对打枪的要求并没有步兵连那么高，可王克怀不这么想：既然来当兵，就要当一个精武的兵。2014年5月，边防团组织各连进行步枪射击考核，全连官兵都要参加。那天，王克怀与6位战友匍匐在地下，进行100米射击考核。随着砰砰一阵枪响，报靶员抑制不住内心的激动，举靶高喊："王克怀，50环！"

这也就是说，他的每一发子弹打的都是10环。小白杨哨所自1962年组建以来，只在平时的训练中有人打出过这么好的成绩，而在正式考核时还没有人打出过50环。因为考核时，由于射击者要受心理和气候等因素的影响，很难发挥平时的水平。考核组组长、团政委带人现场反复验靶，确认了这一成绩，当即给王克怀戴上了大红花，一片喜悦的红云飞过小伙子的脸颊。

王克怀是不是运气好，偶然碰上这么好的成绩呢？看看他那胳膊肘上比别人厚些许的皮层就有答案了。为了取得这样的成绩，他付出了许多心血，进行了多年的摸索。过去每次打靶，他都是48环或49环，就差那么一两环就大满贯了。原因在哪里？他在加班加点的训练中摸出了门道，就是关键时刻的气息和心理没调节好。于是，他对症下药反复练习，终获突破。1个月后，军分区考核组再次来到哨所组织射击考核，王克怀又一次打出50环的最佳成绩。这下，没有谁不服了！

作为一个班长，王克怀认识到"一花独放不是春"。他在不断提高自己射击成绩的同时，又把自己的射击经验一一耐心传教给班里的全体战士，要求大家：射击时肘子要撑稳，枪托抵肩要实，自然贴腮，呼吸均匀，憋气不能太久。因此，他带领的四班在上级组织一次次射击比赛考核中也一次次名列前茅。

如果以为王克怀就会射击这点本事，那就错了。在军事训练项目上，他哪样都是出类拔萃的。就拿5公里越野来说，作为一个已经28岁的士官"老兵"，他像刚入伍时一样拼。每次跑步，他都在自己的腿上绑着沙袋。天长日久，他的双膝严重积水，常常针扎般疼痛。后来利用探家的机会，他在家乡医院抽掉了积水，病情才有所缓解。他说自己是班长，训练时要给战士们做榜样，决不能落后，"强将手下才能无弱兵"。

王克怀不仅仅是四班的班长，他还身兼数职。入伍不久，他被推荐参加了上级组织的6个月的卫生员培训，是连队公认的"小军医"。在哨所与世隔绝的漫长冬季里，他就是战友们身体安全的"定心丸"。同时，他还兼任了连队10多匹马的兽医。

由于连队分管23公里长的边防线，有许多地方汽车通不过，只能靠骑马巡逻。而这些军马，要靠连队自己繁殖、培养和训练。王克怀又担任了军马驯服训练的任务。驯马，可不是件好玩的事。一次，他训练一头两岁的枣红色公马，刚一骑上去，那头野性十足的高头大马就乱蹦乱跳，一下子把他掀下马背，并狠狠踩了一下他的右大腿。一阵钻心的疼痛袭来，他在地下卷曲了腰身，幸好没有踩断骨头。他知道，这时候的训练不能停下来，否则这头马又要等很久才能训。于是，他又纵身上马，终于将其驯服。天长日久，彼此还建立了很深的感情。塔斯提边防连现在巡逻的军马，这些年都是王克怀一一训练出来的。

鉴于王克怀的出色表现，这些年一项项"优秀义务兵""训练标兵""优秀士官""优秀党员"的荣誉加身。而他最喜欢的，是"为国戍边"的银质奖章。2015年年底，组织上又给他荣记了三等功。

俗话说："男大当婚，女大当嫁。"作为一名边防军人，王克怀的婚事成了家人的"心病"。一次，在乌鲁木齐工作的姐姐给他打电话，说她认识了附近美容院的一个姑娘，人品、长相都不错，而且来自甘肃会宁红军当年会师的地方，对军人很崇敬，而王克怀的祖辈也是从甘肃来到新疆伊宁的，愿意见见面。那年利用休假之际，小伙子前去赴约，在一家快餐店里来了一次"快餐式"的相亲。

在边防哨所，一年到头连个女孩子的影子都见不着，未婚士兵的假期每年也只有20天，不像地方青年，平时有那么多与女青年相识的机会，能够在花前月下谈情说爱，慢慢了解对方。饭吃完了，小伙子直截了当问姑娘："你对我印象如何？"姑娘红着脸："不错啊！"两人约好保持通信联系。

远在甘肃的姑娘的父母亲对此事却有些犹豫：女儿本来就离家这么远，还要嫁给一个远在天边的军人，平时分居两地，连个照应也没有，不觉有些担心。这时，心细的小王给女方寄来了一双休闲鞋，姑娘穿上不大不小、不胖不瘦，非常合适，感觉到这个边防军人粗中有细，很能体贴人，就决定到部队去看看，再决定关系的发展。

刚进10月，小白杨哨所矗立的山上已是一片枯黄，一片片雪花开始飞舞。姑娘就是这个时候千里迢迢来到王克怀身边的，整个哨所像过节一样欢乐。可这里已经没有什么风景，王克怀带着姑娘来到哨所旁那棵高大的白杨树下参观，给她讲这棵白杨及连队的荣誉史。姑娘的眼睛一下子就亮了："原来的《小白杨》唱的就是这棵啊！这里就是小白杨哨所？你怎么不早告诉我呀！"婚事，就这么定了！

2015年5月，王克怀当爸爸了。爱的牵挂，使妻子周娣不久就放弃了原先收入不菲的工作，带着孩子搬到离哨所还有60多公里远的县城，与人合租了一套民房住下，为的是靠心上人更近一点。然而，部队管理很严，只有到大的节假日，母子二人才能搭便车到哨所来团聚。就这样，他们也是几个月才能见一次面。

一个年轻的母亲，带一个淘气的孩子在地生人疏的地方独自生活并不容易。一天半夜里，孩子又呕吐，又拉肚子，哭闹不止，只能在母亲的肩膀上趴着。周娣几乎有种叫天不不应、叫地地不灵的感觉，一夜未眠，天刚亮就搭出租车带孩子去医院看病，回来在手机里对着王克怀哭诉："你说，我找了一个人结婚，虚无缥缈的，等于一个人。你照顾不了我，孩子你也顾不到。我奔这么远来干啥呀？"

王克怀理解一个军人妻子的苦衷，他不是一个"钢铁"的人，也有自己的柔情。一番"甜言蜜语"，妻子又在电话里笑了。他说："我媳妇特好哄，平时我给她买点小礼物，制造一点小惊喜，她就满足了。"

妻子每上一次哨所，王克怀特别珍惜夫妻团聚的时光。他认为工作要干好，妻子也要"哄好"。1岁多的儿子，也在不知不觉中，受到父亲和军营的熏陶，对哨所有种天然的亲密感，而且对连队的哨音特别敏感。一天早上，刚来哨所的儿子，听到起床的哨音，像爸爸一样，咚的一下跳下床，光着一双小脚就冲出门要跟着爸爸出操，妈妈再拉也不行。于是，在连队出操的队伍后面，跟着一根小尾巴，嘴里还喊着"一二一"的口令……

今年春节期间，中央电视台播出了边防军人王克怀在部队训练与生活的专题报道。他的父母亲、岳父母及全连的官兵，都坐在电视机前，观看央视记者拍的这个纪录片。王克怀的父亲是一个从不流泪的铁汉子，当看到儿子在那样艰苦的环境里奉献边防的一个个镜头，不禁老泪纵横："没想到过去在家里一句话不对就摔门而去的娃子，在部队里变得那么能干、那么有出息……还是部队锻炼人、出息人啊！国家也离不开那些兵娃们！"

王克怀在军营里并没有什么惊天动地的壮举，他的故事感动人，只是因为他在平凡的岗位上努力尽一名普通战士的职责而已。他是千千万万边防军人的缩影！

　　离开哨所前，我们去参观那棵小白杨。1982年，连里一个战士探亲带回10棵小白杨，栽种在哨所旁，最终成活了这一棵。如今，这棵小白杨已经长成大白杨。其洁白的身躯挺立在天地间，一根根枝杈向上蓬蓬勃勃地伸展着，显得那么伟岸、质朴和纯洁，亦如王克怀那样守边的军人。

　　在这棵高大的白杨树旁，还生长着一棵个头稍矮的白杨。指导员说这是那棵白杨树根上冒出来的子母树。而旁边，更多的一棵棵子母小白杨也正在成长。

　　《小白杨》优美的歌声再次响起，笔者的脑海里突然蹦出茅盾在《白杨礼赞》中的一句话："那就是白杨树，西北极普通的一种树，然而实在不是平凡的一种树。"

（选自2017年5月10日《人民日报》）

村里有个姑娘叫小芳

常红梅

走进贫困户任春生家中时，主人正在做午饭。

这是一个老宅基地，偌大的庭院里，除了南边两间土坯房，一眼望去竟有五六孔窑洞；窑洞很破旧，但也有烟火的味道。

虽然是大白天，窑洞里光线依然不好。进门是炕，炕里面是锅灶，灶连着炕，炕连着灶；再往里是烂柴火，最里面还堆了些粮食袋子，周围放着铁锹镢头之类的农具。村主任告诉我们，这样好，尤其到冬天时一烧火做饭，热量传过去，炕也热了。大家都说窑洞好，冬暖夏凉，说这些话的时候，眼睛却几乎要被迎面扑来的炊烟"眯"住了，有人已开始咳嗽。

这个叫任春生的60多岁的老人一边叫我们上炕坐，一边忙着给大家递自己卷的旱烟。当然，炕是没人上的，旱烟几个男同志接了，算是领了他的心意。

我总觉得这个老人和一般农民有些不同，具体不同在什么地方，我一下也说不清。

"虎虎大（爸），你看看后锅猪食溢出来了，赶紧兑些凉水，搅搅。"

"哎！"听到自己女人的喊叫，春生对我们尴尬地笑笑，就去看后锅了。

隔着薄薄的炊烟，我们这才看见，春生家里两口锅，离火门近的前锅做的是午饭，后面煮的是猪食。

前锅大杂烩面，几根面片，煮了几个萝卜块、几根菠菜，还有早饭剩的一碗苞谷糁也烩进去了。后锅，春生说是剁碎的猪草和糠煮在一起的"猪食"。

春生说不好意思，养了两头猪，"张嘴货"。

我看见，春生在搅动猪食时有一些溅进了前锅，他也不管。

村主任说，这下后悔了吧？你要是当年回城里，用得着受这份洋罪？现在这个队伍里站的才是你。他指指我们，然后又不无感慨地说："说不定早当了城里某个领导了。"

村主任说这些话的时候，春生搅动猪食的棍子停了下来，他的手明显抖动了一下，然后背对着村主任甩出一句话："我的事还用不着你来管，滚。"随即对着烧火的老伴说："舀饭，咱过咱的日子，吃咱的饭。"

这样的局面其实很尴尬，被贫困户撵出门还是第一次，虽然人家撵的是村主任，很明显，对我们也是极不欢迎的。看来，任春生不希望别人来打扰他的生活，更不希望有人对他眼前的生活评头论足、指手画脚。

来到院子，我们才了解到，原来这个任春生是当年的下乡知青。当年下乡时，他因为爱上了这个村子一个叫刘芳的姑娘，才没有回城，留在这里和他的芳芳一起当起了农民，听说为这事他城里的爹当年还要和他断绝关系呢！刚结婚时，他城里的娘还来，后来爹娘都去世了，家里一个姐嫁远方去了，从此他几乎与城里断绝了关系。

那一刻，我想起了一首歌《小芳》，只是眼前这个小芳比歌曲中的小芳幸运，她把她爱的人留在了身边，他们的爱情没有他"在回城之前的那个晚上"的断肠，没有分别后日复一日的思念；他没有让小芳流泪，而是给了她一个家，一个坚实的怀抱，一份朝朝暮暮的陪伴。那一刻，我对灶房里那个叫"春生"的如今比农民更像农民的知青肃然起敬！

然而生活远不如我们想象中的这般温情与浪漫，春生和他的芳芳不可能永远在这山坳里演绎他们超越世俗的爱情。留乡后，生活真实的一面很快裸露在他们面前，女方虽然招他上了门，但家里除了芳芳年迈的爹和几孔破窑洞外，几乎一无所有。接下来的几年，他们的孩子就像门前地里的倭瓜一样一个一个瓜熟蒂落，芳芳连生了三个光葫芦儿子和一个宝贝女儿，两口子疼爱至极，但同时日子过得也紧巴至极。

为了供养这个原本就不富裕的家，不会干农活的春生几年下来竟也侍弄着十几亩地。芳芳也是既当爹又当娘，几孔窑洞里，一孔拴着牛，一孔喂着猪、拴着羊，还有一孔窑洞放着烂柴火，也是母鸡下蛋的地方。门前的洋槐树上就是鸡的窝，尤其是晚上，人走过时，惊起鸡群一片，抖落一地鸡毛。几十年下来，娃们长大了，春生原本直挺的背，硬是被生活这只手拉成了一弯残月般的弓，再也直不起来了；芳芳当年圆润饱满的脸蛋像失去了水分的蔫果，布满皱褶。当年的一对金童玉女，成了在这山坳里艰辛度日的这对老夫妻。

打拼几十年，老两口终于在院里盖起了两间土坯房，也是为儿子们结婚用的，但除了小儿子和媳妇愿意待在家，其他孩子都去远方城市打工了。这对老夫妻，从未想过挪出这里半步，依然在勤勤恳恳地劳作，除了牵挂远方的孩子，一如既往地经管着贫瘠的田地和眼前这些家禽。几十年了，他们待它们如亲人。

正说话间，一对年轻人扛着镢头从地里回来了。说说笑笑的，窑洞里传来了芳芳叫他们吃饭的声音。

显然，这是春生的小儿子和媳妇。

村主任说，太像了，活脱脱一对当年的春生和芳芳。

村主任告诉我们，小伙叫根根，媳妇叫翠翠。

我们赶紧把这对年轻人挡在院子里，以了解这个家庭更多的情况。

你两个哥哥和一个妹妹都去远方打工了，你咋没去？同事小王问根根。

"我爸妈年龄大了，我们再走了，谁管老人？只要人勤快，爸妈说日子会好起来的。"

有人问翠翠，这么穷的家，你能过惯吗？

"有什么不习惯的？"翠翠说，"我和根根哥打小一个山里放羊，只要跟他在一起，过什么日子我都愿意；再说只要我们勤劳，就饿不了肚子。倒是你们城里人一天舒舒服服啥都不干，就想着咋吃好、穿好……"

翠翠脸上明显露出了鄙夷的神色，把长辫子往身后一甩，画了一个美丽的弧线，甩出了这句令我们瞠目结舌的话。

大家面面相觑，随即几乎一起笑了，这小媳妇辣，比中午咱们吃的辣子扯面还辣，辣得解馋，辣得让人喜欢。

干部老杨说，你咋知道我们城里人一天啥都不干？实话告诉你，我们扶贫工作组都连轴转了几个月了，你们不脱贫，我们不撒手，这女娃咋就不理解我们呢？还有，我们城里人除了像你说的希望吃好点、穿好点，其实也懂点爱情的……

一提起爱情，翠翠的脸"唰"地红了，这美丽少妇的娇羞，绽放在庭院里，花朵般好看。听到我们说"辛苦"，翠翠的心瞬间也软了下来，说叔叔阿姨哥哥姐姐们，刚才是我不对，你们说咋样能让爸妈和我们一起过上更好的日子，啥苦我们都能吃……

院里的人都笑了，这个伶牙俐齿的小媳妇，不就是另一个"芳芳"吗？人说"扶贫先扶志"，这个家是最有希望的。

一年后，春生一家和其他移民搬迁户一起搬到了条件便利的公路边，根根和翠翠在我们的帮助下，申请到了政府的扶持资金，在路边开起了玉水村第一家"农家乐"。考虑老两口年龄大了，我们鼓动春生把牛和羊都卖了，所得钱又多买了几十只鸡，专门请城里的专家给他们提供技术指导，这些鸡个个长得很健壮。母鸡下蛋，公鸡一部分卖了，一部分留下来提供给"农家乐"做"烧土鸡"；一家人本来勤快，再加上有了技术和经营理念，生意一天天好起来。

大家看到，春生的"倔"脾气不知何时从他身上一溜烟跑了，再也找不到了。这个当年在山坳里演绎过爱情神话的男人，性格又回到了年轻时的开朗；闲暇时，他和他的芳芳一起坐在晒得暖暖的院子里，望着出出进进的客人，一脸灿烂的笑容，热情地招呼着……

（选自2017年6月14日《宝鸡日报》）

生 死 杨 村

袁 方

生

二十世纪六十年代初的一天，临近年关，滴水成冰的时节，杨树的一户人家里，女人早就起来了，扫完院子，看日头已高，就开始给去下地的男人做饭。锅里没有多少粮食，稀得能照见人影，尽量加些荠荠菜和白菜帮子。日子再难熬，也要想方设法让下地的男人吃饱。饭很快就做熟了，她觉得肚子痛起来，就挣扎着回到房间。一会儿，一个婴儿出生了，是个男孩。犹豫了一下，她还是挣扎着把那个男婴扔到了院子里那棵石榴树下。很快，男人收工回来，刚进家门就觉得有些异样。他听到石榴树下那个肉块儿发出像小猫一样的叫声，他就什么都明白了，走过去拎起双腿就把那个冻成紫色的男婴提回了房间。女人见了，说：还提回来做什么？又多了一张嘴！男人说：也是一条命吗，能活着是他的命大。

二十多年后，女人来到一座城市看望在那里工作的儿子。晚上，母子俩挤在单身宿舍里，不知是什么话题把母亲又引到了当年她扔掉的那个儿子身上，她很平静地讲述了二十多年前的那个早上所发生的一切，最后，母亲说：要不是你爸回来得早，那个娃早就没了！儿子听了后笑了，纠正道：妈，不是那个娃早就没命了，是我早没命了！母亲听了，愣了半晌，看了看儿子，也笑了，有些愧疚地说：那时候，大人都吃不饱……儿子说：妈，这我知道。

那个儿子，那个在滴水成冰的日子被母亲扔到石榴树下又被父亲拎着提回房间的紫色肉团就是我。

多年以后，想起当年的情景，我确实后怕过，也庆幸过。想想那个年代，在杨村，在中国，还有多少个婴儿并无这样的幸运。当年，我稍长一些，能够跟着那些大哥哥们一起去地里挖猪草、捡牛粪、拾柴火的时候，不止一次地看见野地里被狼、野狗拖出来咬得稀烂的弃婴。他们的身旁，往往有一块破席片，或是一片蓝色的花布。那些弃婴更多的是溺婴！

"生"在杨村实在是一件大事。你想，这个世界上从此就多了一条生命，而这个生命将来有可能做出惊天动地、轰轰烈烈的事情，因此，绝大多数情况下，杨村人都把"生"看作是喜事。只有那些"生不逢时"的小生命才会被剥夺生命的权利，这在杨村历史上是很少有的，因为杨村人虽然不懂得基督教义，但他们都懂得"所有的生命都有生存的权利"这样的道理。所以，几十年来，在杨村，很少有人提起过弃婴或是溺婴这些话题，只有他们的父母，在日子一天比一天好起来、衣食无忧的时候，会说，要是那个孩子还活着……

剥夺新生儿的生存权利的现象并不仅仅发生在那个时代。从二十个世纪七十年代开始实行计划生育政策，这种现象便有增无减。之所以如此，就是那些父母总是想养一个或几个男孩，在大姐、二姐之后出生的女孩，要么送人，要么杨村田野里会出现一块破席片或一片蓝花布。二十多年前，杨村一户人家迎娶回一个漂亮得惊人的新娘，婆婆为娶了这样一个令全村人艳羡的儿媳妇半个月合不上嘴。一年以后，那媳妇生了个女孩，婆婆脸上便没了表情；两年以后，又生了一个"赔钱货"，婆婆的脸便长了许多……十年之后，她生下来第九个女孩，婆婆就疯了；终于，在第十一个年头，她生下了一个男孩，而她的婆婆在第一时间听到这个消息后撒手人寰。十多年过去了，那个当年鲜亮无比的新媳妇也油尽灯枯，一脸的憔悴，佝偻着腰，驼着背，邋遢得像一堆枯草。她生的九个女孩，自己养活的有两个，有两个送了别人，其他五个在这个世界上连眼睛都没有睁开就被送到了村东的田野里。

几十年来，"生儿子传宗接代"这种思想被当作农民的落后观念在主流媒体上反复批判，直到今天在杨村的墙面上依然能隐约地看到白灰刷写的"该扎不扎，房倒屋塌；该流不流，扒房牵牛"这类标语。其实，几千年来农耕社会的特点决定了农民的生育观念。就说二十世纪六七十年代吧，生产队去粮站交公粮，一麻袋小麦，两百多斤，你能指望你家如花似玉的姑娘抢起来背上它爬上几十米高的粮库入口？风高月黑的凌晨，水库里放水浇地，你放心让你家水灵灵的丫头去几公里外的玉米地里挽起裤腿开闸放水？汉字的"男"，就是在一个人在"田"里下"力"气，这才是问题的关键。

如今，杨村年轻一代终于不再像他们的祖辈、父辈那样认为多子多福，也不再强求媳妇一定要生个儿子。除了目前各类学校高额的学费大大增加了生育成本之外，耕作方式的变化是其改变的根本原因。因此，在如今的杨村，儿女成群的现象没有了，更多的人家只有一两个孩子。过去"国策"在杨村执行起来如行蜀道，而如今光学费二字就能够让那些打算生一堆孩子的杨村农民望而却步。这可能是高额学费所带来的"正效应"之一，尽管这有些让人啼笑皆非。然而无论如何，杨村人"生"的观念的改变是千真万确的事实。

"我们的出生是容易的／但活着不易"。这是杨村西邻的一个叫杨母村的村子走出去的一位诗人写的诗句。这其中的道理杨村的人或许懂或许不懂。但是，随着时代的变迁，弃婴、溺婴的现象在杨村已近乎绝迹，如今很少听说过在田野里再发现破席片或蓝布包的情况。经过了几百年、上千年痛苦的经历，杨树人终于明白：要让孩子出生，更重要的是要让他活着，而且还要尽可能地活好。祖辈、父辈们孩子一大堆，老了无人赡养的现实教育了他们要好好"活着"！

这年的农历十月一，寒衣节，我回到了那个给了我生命又差点让我失去生命的杨村，给父亲、母亲上坟烧纸。吃罢午饭，走在杨村的街道上，看到的是一个个满脸皱纹、老眼昏花的老人坐在太阳下打盹儿，整个村子里静悄悄的，偶尔会有几声狗叫传出。这不是我记忆中的杨村，记忆中的杨村永远是孩子们的天下，一年四季、从早到晚，杨村上空飘漾的是母亲唤儿的叫声，是孩子的嬉闹声；杨村的两条街道，充斥着箭一般窜来窜去的男孩和笑嘻嘻哭啼啼的女孩。大人们见了，高声地骂一声。那骂声里，充满着疼爱和慈祥，充溢着骄傲和希望。

"孩子们呢？孩子们哪里去了？"走在杨村的街道上，我这样问自己。

老

2011年央视春晚，《春天里》被两个民工唱红了。当"如果有一天，我老无所依，请把我留在，在那时光里"被那个一脸沧桑的民工从心灵深处吼出，确实触到了我心中最柔软的地方。我想到了杨村，想到了那些老无所依或老无所养的老人们。

1985年秋天，淫雨霏霏。在杨村村口的一个麦草垛旁，我看到了一个活物：一个七十多岁的老人蜷在洞里，身上凌乱地盖着破棉絮，身旁还放着一个破碗，周围四散着颜色不一的秽物。大概是听见有响动，他探出头看我，眼里放出一种攫取的光，让人惊悚；随后，那种光芒又熄灭了，他又继续蜷在了那里。回到家我问母亲，母亲看了看我，说，那是村西头你三爷，在麦草垛里钻了半年多，谁家有残汤剩水就端一点。三爷有三儿一女，当年为儿为女没少吃苦受罪。我就问母亲：三个儿子，何至于到这种地步？母亲又看了看我，说：没人管，儿子再多有什么用？我理解母亲说这话的用意，但不想接她的话头，就又问：那几个儿子为什么不管老人？母亲说：良心让狗吃了呗！说完，母亲想了想，叹了口气，说：唉，还不是因为穷！

按中国的传统，人生在世，看重的是老了之后的生活，在一些经典著作里，有关的内容很多，诸子们对此都有过论述。那些宣传因果报应的古典小说里，也不乏这方面的内容。也难怪人们看重老了之后的生活，你年轻力壮时，什么事都能干，什么活都能做，什么苦都能吃，如果没有如战争、瘟疫之类大的意外，要吃要喝要生要存是不成问题的。然而，人生就是这样，你生，意味着你会死；你年轻，意味着你会老去。而老人单靠自己衰老的身躯是无法生存的，需要帮助才能继续生存下去。暮年的巴金老人曾说：长寿是生活对我的惩罚！这其中蕴含的无奈与无助，大概是年轻人所无法体会的。

我看过许多老人的眼神，慈祥的，邪恶的，麻木的，空洞的，漠然的，深邃的，焦虑的等，但在这些眼神的背后，有一种共同的东西：无奈与无助！活到七八十岁甚至更老，所有的器官都已经像一架磨损了七八十年的机器，到处都是毛病，你甚至都无法动一下，喝口水也需要别人的帮助，这时候就需要子女、他人和社会的帮助。这也是人所以为人，人类社会所以为人类社会的关键。在这个问题上，杨村人或许说不出更多的道理，但他们自有做人的标准和评价人的准则，他们会指戳那些不肖子孙的脊背。而对父母孝顺，在杨村人看来，只是在做着不让别人指戳脊背的事情。

在我们姐弟送走的三个直系长辈中，爷爷去世时七十多岁，卧病时间不长，而且我们上有父母，头顶有天；母亲去世缘于一次意外事故，年仅五十五岁，可以说没有给子女添任何麻烦。父亲去世时八十多岁，算是高寿，而父亲卧病的时间也最长。可以说，我是眼看着父亲一天一天从中年到老年到去世的。我出生时父亲36岁，童少年时期，感觉父亲如山，有着使不完的力气；父亲60岁那年，母亲突然去世，他既当爹又当娘，才没有使我们家散伙。待到子女都成家立业，用杨村人的话说就是翅膀硬了之后，父亲老了，无可挽回地老了。先是在家里的新房盖好不到半年，父亲就因沉疴做了一次手术。手术之后他以为自己又回到了年轻的时候，走很远的路去赶集，甚至还想下地干活。然而不到三年，因为骨折又做了一次手术。这次骨折彻底使父亲老了：除了一次乘车去县城参加外孙的婚礼，一次小弟推着轮椅去了趟王乐镇外，直到去世，父亲再没有离开过杨村半步。

父亲一生最怕麻烦别人，老了之后这一习惯还保留着，自己行动不便，但只要自己能做的事情，都要挣扎着自己去做。骨折手术后，每天他自己拄着双拐，一步一步地挪到门口，坐在圈椅上一坐就是几小时。后来，拐不能拄了，他就挪着圈椅，一寸一寸地移到门口，望着来来往往的杨树人。再后来，圈椅也不能坐了，他便只要求弟弟把他抱到轮椅上，自己转着轮子坐在门口，望着老老少少的杨村人。在这个过程中，小弟想帮他，他总是严词拒绝。父亲年轻时脾气不好，老了之后却好了很多，连说话都不再大声，对此我们还很不习惯。父亲这样做，是不愿意老去，是对生的留恋，然而他终归老了。等到父亲去世的前几天，他已经不能说话，他看子孙们的眼神活像一个无助的孩子。

杨村人都知道，总有一天自己会老，他们也都希望自己会有一个还算幸福的晚年。自己老了，怎样算是幸福，他们说不清楚，但他们看见过别人晚年的幸福。

说到老，说到晚年幸福，有一件事给我的印象十分深刻，也让我见识了杨村之外的另一种老人是什么样子，他们过着一种怎样的生活。七岁那年，我上小学二年级。一天早上，我们停课紧急集合在门口列队，准备夹道欢迎"白部长"。队排好了之后，我们翘首以盼，却等来了一个骑自行车的男人，一进门腿还没有蹁下来就发火：白部长不让夹道欢迎，你们偏要欢迎！于是，我们就又紧急地四散回到教室上课。过了一会儿，听到有小汽车沙沙地驶来的声音，听到有人小声却紧张地说着什么，然后就见一干人在雷鸣一般的掌声里进入教室。为首的是一个老人，白发，胖，穿一件白色的短袖上衣。浅色裤子，黑色凉皮鞋。这应该就是"白部长"了。他也鼓着掌，微笑着，很慈祥。当时我坐在中间第一排靠边的位置上，看见老人微笑着向我走来，心咚咚跳个不停。老人过来摸摸我的头，然后问我几岁了，上几年级，我机械地微笑着作答。老人在教室停留的时间很短，很快就离开了，我们又接着上课。而老师那节课对我的关注超过了我学生生涯的任何时候，我被"白部长"摸了一下头的消息也迅速地传遍了杨村的每一个角落，成为杨村人多年茶余饭后的谈资。

我印象最深的却是白部长身上的味道，那绝对不会是杨村老人身上的味道，杨树老人身上的味道实在不好闻，首先是土炕味，其次是烟熏火燎的味道，还有汗味、剩菜剩饭的味道，甚至还有尿骚味、屎臭味、牛粪味等，那实在是五味杂陈。而这位老人身上是一种淡淡的肥皂味，甚至还有股淡淡的清香味。我无法知晓甚至无法想象"白部长"的生活，但从他身上的味道来判断，这位老人肯定过着一种杨村人可望而不可即的幸福生活！什么时候杨村农民老了之后身上也是这样的味道呢？当然，等到杨村的那些身上五味杂陈的老人们有一天悄然离去，被葬在春天的田野里，他们身上的味道也会从这个世界上彻底消失，真正的悄然无声，如同他们活着的时候。

病

在杨村，如果你问一个农民：怕死吗？回答是：不怕。怕苦吗？不怕。怕累吗？不怕。怕穷吗？不怕。死不怕、受苦不怕、受累不怕、受穷不怕，那么，杨村人最怕什么？病！杨村人最怕的就是病，尤其是那些久治不愈、拖着等死的病。

2007年暑期，一年中最热的时候，有天中午，杨村的街道上走过了几个一字排开的僧人，敲着各种响器，听到响动的杨村人就走出家门看热闹。我见那几个僧人后面跟着早就出嫁的远房堂姐，就问身边的大妈是怎么回事。大妈说：给你五伯安顿安顿，烧些纸。"安顿"是杨村的一种习俗，老人去世之后一般都要做，大概属于醮禳，祈求亲人在那个世界里无灾无难。可问题是，五伯虽长年卧床，可他还活着呀！我就又问大妈，她看了看我说：就是想让他走得快一些！十几年了，谁能撑得住？也就是这一次，我知道了杨村的"安顿"还有这样一层意义：希望自己的亲人早早升天，尽快到那个世界去！

不孝吗？残忍吗？杨村人不这么想，就说五伯吧，六十多岁患了脑血栓，到七十多岁去世十几个年头。这十几年，除了吃，其他功能全部丧失或失控，一见有人来，嘴里就发出呜呜的叫声。五伯有三儿两女。开始老两口跟着小儿子过活，时间一长小儿媳不答应了，说弟兄三个，不能只拖累小的。于是就开始在三个儿子家里轮换，一月一换。就这样轮换了十多年。村人私下里说：幸亏老伴在，不然……有一年年三十，我去给两个老人拜年，五妈那天说得最多的一句话是：我就盼着你五伯早早死了!我相信五妈说的是真话，你想，瘫在炕上十几年，甭说治病花的钱，单是吃喝就不是一个小数目。这十多年，两个老人不可能有哪怕一分钱的收入，儿子都是土里刨食的农民，没有多余的钱给父亲治病，但病又不能不治。所以杨村人说：一个病人，就把几家都拖垮了！

所以，杨村人最大的愿望就是期盼全家老少健康地活着。而为了达到这一目的，他们不能寄希望于医院，因为当今的医院对于金钱的渴望与攫取超出了历史上任何一个时期；甚至，你也不能把希望寄托在儿女身上，农民的儿女多是农民，他们能做的都已经做了。于是。杨村人就只能把希望寄托于神灵，祈求神灵保佑他们全家老少四季平安、一生平安！

对于杨村人来说，理想的状态就是健康地活着不要生病，而且最好是一辈子不生病、得病以后杨村人怎么办?扛!能打着绝不去治病。小病如此，大病也如此。治一场大病，几千块钱、几万块钱，土里刨何时能刨这么多?于是就只能扛着，能扛多久扛多久。在扛的过程中，最痛苦的也许不是病人而是家人，你想，眼睁睁地看着亲人忍受着病痛在等死而自己却无能为力，这该是一件多残酷的事情啊!老年人病了，似乎还好接受一些，毕竟岁数大了，病上几年就到头了。但年轻人就不同了，他病了，你不知道他会拖多久。

2006年春天，父亲腿部骨折，当时我正在重庆公干，接到电话后我迅速赶回杨村。弟弟拿着片子说，爸的腿应该不要紧，只是碎了一点点骨头。已经让县医院的医生看过且做了牵引。当时我不大放心，就拿上片子去城里找到一个相熟的骨科大夫，他一看说是股骨头骨折。我当即打电话给弟弟让送父亲来城里做手术。当时，包括大姐在内的许多人都反对做手术，说爸八十多岁了还要挨一刀!我知道他们的想法是善良的，但我想着不做手术就意味着父亲要在炕上瘫到他去世的那一天，就坚持着为父亲做了手术。出院后，我送父亲回到杨村。那天家里来了许多人，都说父亲要了好儿子，要是换别人就肯定不做手术了。他们话里话外的意思我都懂：并非别人家的儿子不好，而是别人家的儿子大多拿不出或者舍不得拿出做手术的那笔钱；父亲也不是要了好儿子，而是他有个儿子，能够拿出那笔钱。

钱!钱!钱!都是因为钱，杨村人才不敢生病，生了病才不敢去治疗，宁愿用命扛着。2007年，农村合作医疗在全国试行，杨村民自然也是受益者，终于，杨村人得了大病才敢去城里的大医院治疗了。作为一个"城里人"，我由衷地感谢国家这一政策的出台，也由衷地为杨村的父老乡亲感到了一丝丝的欣慰。

不过，这种欣慰里似乎夹杂了些许苦涩，因为在杨村那些因为不敢治病而早早去世的人当中，不光有垂垂老人，也有我的同龄人。我不敢设想，如果我没能走出杨村，而是在杨村那一块土地上做农民，也是在土里刨食……

幸亏，这一切只是如果!

死

孩提时节对死亡的记忆也和兴奋联系在一起。在杨村，能够回忆起来的第一个死亡的人是三爷。一个春天的早晨，下了一点雨，空气中弥漫着泥土的芳香。孩子们被叫到了已换上一身簇新衣服平躺在棺木中紧闭着双眼的三爷身旁，一位女性长辈说：摸摸你三爷的手，以后就不害怕了!三爷的手是冰凉的。随后，我们兴奋又紧张地来到街上，争相诉说着自己刚才的感受。说完，又很快进入孩童的世界之中。过了一阵子，我回到家中，家里静悄悄的，有点害怕。听见爷爷的房内好像有动静，我蹑手蹑脚地进去，看见端坐在炕边的爷爷竟然在流泪。看到我，爷爷有些不好意思地抹了一下眼睛，什么都没有说。

这是我对死亡的最早记忆。当时应该是两三岁吧。两三岁，实在是个什么都想懂却什么都不懂的年龄。但爷爷那天的流泪，一直在我幼小的心灵里留存着。三爷是爷爷的堂兄，大爷、二爷我都没有印象，如今三爷死了，爷爷行四。

从没有想到自己总有一天也会死，直到五岁那年的一天晚上。那时候，杨村村东的那一座座崭新的坟头告诉我，人总有一天都会死的，都会埋在那一抔黄土中，谁都不能例外。死了，你就会陷入无边无际的黑暗之中，尘世上的所有一切都跟你没有了关系，哪怕是田野中刮过的一阵风、天空中飘过的一片云，都和你无关。那天晚上，"死"让我陷入一种巨大的恐惧之中，想睡又不敢睡，脑子里挥之不去的始终是那个黑色的字眼！最后，巨大的恐惧让我跑到了爸妈的房间。爸妈问明原委，都笑了，说：屁大点就想这个事情，赶紧睡！然后爸妈岔开了话题，然后我就睡了。

杨村有一个最没有尊严的男人，那个葛姓矮个的老年男子的年龄和我爷爷相当，辈分很高，但由于他手脚不干净，于是老少均唤他"刘(流)二"。杨村不大，人口也不多，两条不长的街道一根烟的工夫就走遍了，村人几乎无隐私可言，东家长西家短，一顿饭工夫村里的老少就都知道了。虽然我成年之后在外谋生，但距离杨村只有一个小时的车程。父亲年纪大了之后，我经常回家，父亲和我聊得最多的话题都是杨村的事情，哪个老人死了，谁家的媳妇生了，东家的儿子上了大学，西家的女儿嫁了个有钱的人家，等等。但是，将近二十年，父亲从未谈起过刘二的死。

那天傍晚，刘二想在村西那口"辐射井"（关中地区的一种大口井)跳井自杀的企图被人发觉了。那个人走过去，劝住了他，拿出一包烟，说：二爷，有啥想不开的，抽烟！刘二看了看来人，又看了看那包烟，于是就开始抽。抽了几根之后，刘二只是反反复复地说：我养了个狼娃！我养了个狼娃！那人就明白怎么回事了。刘二婆娘不能生养，有一年，杨村来了一个小要饭的，刘二就收养了他。不想，刘二省吃俭用给那个小要饭的娶妻生子之后，小两口对老两口的死活都不管不问，那媳妇还常常指桑骂槐，嘴里很不干净。至于最近又发生了什么事情，杨村人并不十分清楚。那个人陪着刘二一边抽烟一边劝说。一包烟抽完了，刘二的眼睛直直地盯着天边那如血的残阳，嘴里还是那句"我养了个狼娃"。当那个人回头朝村口张望的当儿，刘二一头扎进了那口直径超过十米、深度超过三十米的井里，伴随着他一同坠落的，还有一声绝望而无助的号叫声。

刘二的死让杨村人很难接受，尽管他生前在杨村活得相当于一条狗，尽管他活着或者死了对于别人没有任何意义。杨村人开始表达自己的愤怒：面对那个不愿意下井打捞养父遗体的"狼娃"，他们群起而攻之，要将他推下井去；他们参加了那草草的葬礼，但无人去赴刘二养子举行的答谢宴；埋葬刘二之后，杨村的绝大多数人十几年不理会他那个养子。他们的逻辑是，刘二该死，但你作为养子把老汉逼得跳井，那就是你该死了。

杨村人能面对人生的必然结局，但他们十分在乎死的方式，追求"好死"。所以，杨村人最狠毒的一句骂人话就是：你不得好死!像刘二这样大头朝下跳进几十米深的井里而死就不是"好死"。所谓的"好死"，其实就是"寿终正寝"或者"无疾而终"。如果能够做到这一点，那无疑就是人生最高的境界了。

有一年过春节回家给爷爷上坟，我突然又想到几十年前三爷死的那天，爷爷流泪的事情，至今我也不知道爷爷那天到底是为三爷的死流泪还是因为别的什么事情流泪。但后来，我曾经不止一次地问过爷爷关于死亡的话题，问爷爷怕不怕死。爷爷笑了，说，老了就要死，谁也不能老活在世上。二十世纪七十年代中期的一个暑天，家里给爷爷做寿材，我原以为爷爷知道了这件事会很伤心，但那一段时间却见爷爷整天地笑着，和那个做棺材的爷孙俩又说又笑。1980年年初爷爷去世时，弥留之际的爷爷很清醒，说：这一辈子，没啥放不下的事情了，可以安心地走了。于是，爷爷就走了。比爷爷更达观的是他的大弟。爷爷行四，他的大弟行五，我叫他五爷。五爷是个生意人，一直开着铺子经商，手里攒了一些钱。五爷老了，棺材做好了，五爷说：这是我的房子，我要在里面睡觉。于是，他真的在棺材里睡了一个晚上。第二天起来，他连声说好。五爷是在1995年夏天去世的。那一天早上起来，他吃过饭，来到街道上，儿媳妇把躺椅拿出来他躺在上面。就在这时候，街上来了一个卖豆腐脑的，儿媳妇就问五爷吃不吃，五爷就说了句"不吃"。等儿媳妇再回过头，发现五爷已经去世了，前后不到两分钟。二十多年过去了，五爷的一生，包括他的死，仍是杨村人经常谈到的话题，人们都说五爷这一辈子活得真值，死得也真好，一点罪没受。

写这篇文章，不得不撕开我心灵上的最深的一道伤口：母亲的死。将近三十年了，"不思量，自难忘"，母亲的死一直在我的心上悬着，但我实在没有勇气去面对，经常是一想到母亲的死就强迫自己想别的事情。母亲去世于1986年夏。那是个下午，刮了一阵狂风，下了一阵雷雨，然后雨过天晴。母亲在家里忙着染布，染料配好了布泡在了锅里，母亲看看天色还早，就去了杨村东北的自留地里。平日里很细心的母亲没有发现，井边的那根电线杆被风刮倒了，而电线就横在她面前的玉米地里……母亲被人发现时，手里还握着一把玉米苗，同时还有那一根电线……

这么多年之所以一直不愿意面对母亲死亡的这个事实的原因是，母亲为了我们姐弟几个受了大半辈子苦，好不容易家里的光景有了一点起色，而一天福没享过的母亲却撒手人寰，且死得那样意外，实在不能接受。母亲非常善良，也非常能干，很会做人，很会说话，加上会接骨，而她帮人接骨从来不收一分钱，所以，母亲在杨村甚至邻村口碑都很好，直到现在杨村或者邻村人见到我，还时常说起母亲。

母亲去世了，眼睛紧闭着，但我想，母亲是不会瞑目的，因为在她看来，几个儿子都没有成家立业，丈夫又是一个老老实实的农民，这个家如果没有了她的操持，还会是一个完整的家吗？没有她的遮风挡雨，儿女们能顺利成人吗？

安息吧，可怜的妈妈！瞑目吧，杨村那些故去的人们！活着的时候，你们虽然处在这个社会的最底层，但杨村人会记住你们，永远！因为，这片土地上有你们流下的汗水，有你们流下的泪水；这片土地上，还生活着你们的亲人！

大杨村，这个关中平原上极为普通的村落，这个生我养我的地方！三十多年前，为了离开这个贫穷落后的村庄，摆脱祖祖辈辈土里刨食的命运，我曾经"三更灯火五更鸡"地寒窗苦读。终于，1980年9月，那个秋雨绵绵的季节，我打好行李，坐上了开往省城西安的公共汽车。我清楚地记得，当时，我并没有回头看一眼雨雾中的杨村。可是，多年后，每次当我再回到杨村，看到一天天改变了却似乎并没有改变的村落，看到那一张张熟悉和陌生的面孔，看着父老乡亲们依旧为了衣食住行在奔波劳作，看着杨村的一代又一代人在经历着生老病死，我的心灵却是安宁的、熨帖的，有一种找到根的感觉。

是的，杨村就是我的根！杨村的父老乡亲依旧在那里生活着，而我的父亲母亲，就埋在杨村村东的坟地里……

（选自2017年10月12日《咸阳日报》）

愿像雪山一样发光

陈亚军

这是正午的拉萨，我在西藏自治区团委工农青年部泽仁扎西部长的安排下，见到了嘎玛尊追桑布。

他眼神明亮，一笑，瓷白的牙齿更衬出他的古铜色皮肤，头顶后端扎起一个小发髻，典型的藏式造型。颇有艺术气质的嘎玛尊追桑布，谈吐洒脱，语声朗然。准确地说，他的笑带有一点紧急性，仿佛还没有从某种意绪中完全转过神来。

他现在是西藏当雄县羊八井游牧文化体验服务中心的负责人。

嘎玛尊追桑布的家乡在西藏当雄县。当雄，藏语的意思是挑选的草场，位于西藏自治区中部，藏南与藏北的交界地带，是拉萨市唯一的牧业县。

你可以不知道当雄县，但是，西藏的一山一湖两个地方是著名的：山，是念青唐古拉雪山，青藏、川藏两条重要公路干线穿越念青唐古拉山脉，而它的最高峰就在当雄县境内，海拔七千多米；湖，是纳木错湖，是海拔很高的大型湖泊。

羊八井，就是嘎玛尊追桑布从小生活的地方。抬头是雄伟圣洁的雪山，低头是宝石般明澈的湖水。的确，任何形容词在这里都会变得苍白无力，这是难以用语言形容的美景，人类的奇观。

但是，物极必反。极端的气候造就了仙境般近乎极致的美景，也给人们的生产生活带来了局限。生存的严酷，不是置身其外的人所能想象。这里八级以上的大风年均可达一百多天，占去全年的三分之一，最主要的自然灾害是雪灾、风灾，生活在这里的人却必须把美妙和严酷照单全收。

牧业收入是当地人的主要生活来源，即便在过去的困难时期，人们从不畏惧严酷的自然环境和生活的紧迫，这与地域文化的营养不可分割，草原民族生性乐观豁达，宗教信仰也带给他们慈善与祥和。

嘎玛尊追桑布从小在并不富裕的家境中长大，懂事好学。上学之余，他奔跑在广阔的高山草甸牧场上，放牧着他的牦牛和绵羊。他无数次听大人们讲西藏古老的神话。在当地牧羊人和狩猎者的民歌和传说里，念青唐古拉山是神的象征，统领横贯藏北数以百计山峰的唐古拉山脉，而纳木错是圣湖。嘎玛尊追桑布在神话的环境和故事的熏陶中，度过了快乐的童年。

2008年，嘎玛尊追桑布考入西北民族大学学习藏语言专业。大学四年，嘎玛尊追桑布与来自四川、云南、青海、甘肃等地藏区的少数民族同学有着充分的交流，尤其是不同地区藏文化的交汇融合，极大丰富了他的所思所想。各地的生活习俗、宗教信仰都有自身的特色，是薪火相传的文化积淀。他看到了藏文化的无穷魅力和光辉，暗暗萌发了做文化传播者的想法。

本民族的土特产，甚至生活方式都是不可替代的文化标签，也蕴含着商机。对他来说，更重要的是，他要用自己的观念带领父老乡亲走向更好的生活。

创业，不是一蹴而就。他知道，按部就班才是扎实做事的根本。他需要做准备，需要积累经验。

大四时，他为考公务员紧张备战。当年，全西藏自治区从各地应届藏族毕业生中招收二百五十名"大学生村官"。嘎玛尊追桑布被录取了，他如愿成了藏东昌都地区的公务员。

这里有一个缘由。在他从小的印象中，昌都地区就被描述为商业重镇，那里商业气息浓郁，康巴汉子被称为很优秀的人，他们睿智、精进、善良、豪放。他想去学习、取经，认为不凡的品质是成就事业的根本。

一年多的基层公务员生活，他兢兢业业做事。那里同是藏区，却跟他固守着传统模式的家乡有着很大的不同，当地人更热情奔放，有着更灵活、现代的思路，追求创新生活……

当他突然辞职时，很多劝他的人不理解。好好的公务员说辞就辞了？不能只看眼前，慢慢发展，干好了，以后能当县长……

端上"铁饭碗"的他当然也有过犹豫和彷徨，但每当他想到自己家乡依然贫困，很多人连普通话都不会说，尤其是家乡独具特色的土特产资源，因为缺乏推广和销售渠道，多被浪费或低价卖出，没能成为致富的资源，这些都让他心里很不是滋味。他是村里唯一的大学生，是村人的骄傲，他想要带领乡亲们改变现状。

他有紧迫感。创业，他需要资金，还有各种经验。嘎玛尊追桑布先去传媒公司打工，帮歌手写歌词，兼做推销……其间，他昼夜鏖战，考取了导游证。2012年8月，他开始在旅游公司做导游带团。这不仅仅是每天四百元的收入，而且可以获取大量的信息和人脉。他为顾客讲解，不是局限于一个景点，博大精深的西藏历史和文化往往成为解说的背景。很多游客因敬佩他广博的知识，赞赏他拉萨式的气质而成为朋友。他的朋友，天南地北，四面八方。

到西藏旅游，纳木错湖是一个重要的景点，只要是去往那个方向的，他都会把游客带回他的村庄，带到他的家里。

纳木错湖，被称为"天湖"，因为她仿佛从天而降，仿佛蓝天落到地面。每当藏历羊年，这里都会迎来大量的信徒，他们绕湖而行，祈福祝愿。著名景点是一个窗口，满载着当地的历史和文化，当地人的生活本身就有旅游价值，自然带给游客惊喜。

他的理念是，一个老者的辞世可能都代表着部分文化的流失。现代社会很多民族的东西，一不小心就会被遗失在经济全球化的浪潮中，所以要给那些民族的东西注入新的血液，焕发新的生机，让它变得有用起来。

其实，在上大学期间，他就经常和几名同学从拉萨购进藏族特色的装饰物件，拿到兰州摆地摊，一方面为挣取生活费，另一方面，也想把家乡的手工制品带到外面的世界，让更多的人了解他的家乡，了解他们的民族文化。

2012年年底，嘎玛尊追桑布着手创办当雄县羊八井畜产品加工销售专业合作社，筹资五万元起步。

当地人的观念还比较保守，认为家里有公务员才是一种荣光。他有满腔的热忱和美好的愿望，但开始并不太被人理解，甚至遭遇冷嘲热讽。这时，父母和一些亲友都一直鼓励他。

从小事做起。他先把村里的散牛奶收集起来，手工做成酸奶，再包装统一销售。羊八井乡的温泉吸引了大量游客，这时卖得最火的就是合作社经营的酸奶了。旅游旺季的时候，合作社每天能卖出十余箱酸奶。除了将有特色的畜牧产品卖给游客，嘎玛尊追桑布还在淘宝上开设了网店，将这些产品卖到全国。

在村里，不少乡亲都有磨了一辈子的老手艺，但手艺活儿很少走出村庄。他的合作社，就是要一步步把当地有市场价值的产品一一整合，让它本就具备的价值在市场中变现。

乡亲们好像明白了。很快，有许多牧民加入进来，合作社逐渐壮大起来了。

壮大的合作社对资金有了要求。一直关注着这个项目进展情况的当地政府，这时及时出手给予资金、政策等支持，稳稳地扶住了他……

早在2015年，在拉萨市首届青年创新创业大赛的舞台上，帅气阳光的嘎玛尊追桑布唱着《劳动歌》，背着草篓在舞台上大放异彩。他以一种文艺的方式演绎着他的创业梦想，生动的解读和完整的创业构想征服了评委，荣获冠军，获得十五万元的奖励资金。他一夜成了颇有名气的创业人物。2016年3月，由西藏团委组织的首届青年农牧民创新创业总决赛，嘎玛尊追桑布又获得三等奖和最佳网络人气奖。

今天的合作社，已是规模初具，可以分门别类进行加工、生产、制作。门面房的展示台上，特色商品依序摆放：奶渣、奶饼、奶酪；氆氇、唐卡、藏袍。厂房内，一楼，有的女工用木制织机织着藏布，还有的在用传统纺织机编织藏族特色毛毯。二楼，手工艺人正在羊皮藏袍上绣着图案。四周墙上，悬挂着各种色彩和图案的藏毯成品和工艺品。

手工制作的传统的羊皮藏袍，由里外两层羊皮制成，边上是绣着美丽图案的丝绸。这是合作社的明星产品，普通一件价格过万，品质精致的能卖到一万三千元。它的制作者是村民白玛。白玛从小就从长辈那里学得了加工羊皮藏袍的祖传手艺，而且这手艺随着她的成长，越来越精致了，十里八村都小有名气。但之前，她只是在家里做，或是受牧民邀请上门去做，一天下来仅有二十元的手工费。她今年四十二岁了，织了小半辈子的藏袍，每天针线不离手，却没挣到多少钱。加入合作社后，白玛也是每天干活儿，半个月便能做出一件藏袍，每年的收入达四万多元。

看着琳琅满目的商品，村民们抑制不住地开心，也骄傲。过去这些都是自家的小玩意，经过嘎玛尊追桑布的手，竟神奇般地成了气候。

2015年，政府又支持他扶贫项目资金一百五十万，他自己筹措三百五十万，新建了四家固定的牛奶收购牧场，拥有六十多头奶牛，并已投入了合作社的下一步建设：打造集特色商品、游牧文化、民俗歌舞于一体的现代游牧文化体验中心，把家乡变成一条独特的乡村旅游线路和一个草原上最美的乡村。

嘎玛尊追桑布上大学时就已经加入了中国共产党。他曾荣获中国青年涉农创业大赛全国十强、拉萨青年"五四奖章"、拉萨市城乡劳动者创业明星奖……这些荣誉都带给他激励和自信。在嘎玛尊追桑布看来，巍峨的念青唐古拉山更像是一位伟大的牧人守护着它的子民。他也愿意成为一座山，像念青唐古拉雪山一样，绽放光芒，带领乡亲们奔小康……

（选自2017年9月13日《人民日报》）

巴金在三八线上

侯炳茂

头顶早春的太阳，翻过一座座山峰，穿过一道道峡谷，巴金带领赴朝访问团的同志在大山里行进，崎岖的山路阻挡不住他奔赴前线的步伐。在巴金看来，硝烟弥漫的三八线，是人民作家必须登临的高地，也是文学创作的源头。

一九五二年三月十六日，国内一批文艺工作者，以极高的热情参加了全国文联和军委总政治部组织的赴朝访问团，个个身着和志愿军一样的服装跨过鸭绿江。著名作家巴金是这个团的负责人，队伍中有黄谷柳、白朗、罗工柳、王莘、胡可等同志。为了防空袭，他们趁夜色冲破敌机封锁线，来到三八线西段我们十九兵团指挥部。

当年巴金比兵团司令员杨得志、政委李志民年长几岁。一见面，巴金向兵团首长提出到前线连队住些日子。那里打得还很激烈，许多阵地是刚刚夺过来的。

首长指派文工团团长张文苑陪同，再三嘱咐一定保护好巴金同志的安全。

经过研究，出发时间选在黄昏之前，太阳还有一竿多高，巴金换好黑色矮腰胶鞋出发了。刚过公路，突然天空像被一下子撕裂开，地在颤动，巨响震耳，背后山沟里有炮弹爆炸，前方也有炮弹爆炸。几团黄烟腾空而起，炮弹呼啸声在头顶飞过，人们的神经紧张起来。"敌人在封锁道路！""往前，往前去！跑步冲过封锁线！"

巴金很镇定，步履如常，听到领队的许副团长短促有力的话，也拔腿跑起来。通信员领头跑进一条交通沟。沟又深又宽，沟底深褐色，湿润，散发出泥土味。炮弹还在附近爆炸，沟沿上的浮土被震得往下散落。

这是前线高炮阵地。连长向巴金细说了敌情：上个月，河东还是李承晚的陆军第一师，现在换成了美国海军陆战队第一师，火炮比李伪军的多几倍。我们在秋村消灭了他们一个连，看样子他们得猛烈报复一阵子，还去前沿连队吗？巴金听了不肯却步。

夜里下了蒙蒙雨。早晨有雾，总可以起点遮掩作用，于是确定早饭后出发。

刚出洞子登上平台，炮兵观测班长来报告：敌人有五辆坦克，到了六十七高地后山上，封锁了山下公路。

许副团长沉思了一会儿说："巴金同志，前沿连队和这里差不多，我看不用去了。"巴金向前跨了一步，仍是那么温和地说道："不见一线的指战员，无法了解体验他们的战斗事迹，作家创作不能凭空想象。还是去看看好。"许副团长劝阻无效，只好说："好！事不宜迟，出发！"

到了炮连交通沟尽头，雾已散了。只见前面黄澄澄一片大开阔地，小草零零落落，炮弹坑一大片。

"快过！"许副团长领头跳出交通沟。走了二百多米，敌人开炮了！爆炸声从背后不远的地方传来，许副团长挽起巴金的右臂，助跑起来，汗水从他们鬓角上流下来，那片密密麻麻的弹坑已远远抛在身后。

向右拐了，面前要过没有铁轨的铁路了，这是敌人多种火器重点封锁区，大家来了一次百米赛跑，一溜烟似的冲了过去。"看到他们了！"巴金很高兴。

原来山下几个战士正修补被炸坏的交通沟，有的插标杆，检查射向。他们看见大白天从后面上来了人，高兴地唱起歌：炮火震荡着我的心，胜利鼓舞着我们。中朝人民亲如兄弟，并肩作战打击敌人……歌声在山洼里回旋。

坑道口到了，连长、指导员放下工作接待巴金，特意从坑道厨房里端来洗脸热水。他们都是打过来五次战役的老战士，入朝一年多，第一次见到祖国来的亲人，兴奋得不知该怎么说，巴金刚拿起毛巾，就听到一连串的问候："祖国人民都好吧？""毛主席身体健康吧？"巴金一一回答。许副团长到外边看了阵地，问巴金："是不是到各班去看看？"

坑道是凹字形的，出口外边是机枪掩体。这里是名副其实营连防御阵地最前沿。战士握着枪从射击孔目不转睛观察敌情。巴金从射击孔向外看得清清楚楚。河东岸阴森、冷凄，山腰部黑洞洞，身边的战士告诉他，那是敌人的工事。山梁上矮矮的松树林，一动不动……巴金看着看着说了声："敌人！"的确，有两个戴钢盔的从松林里跑出来，到了他们前面山洼上的位置。

敌人有活动！许副团长带巴金离开了机枪掩体，顺交通沟走去。这里只要一挺身，踮踮脚，可以把敌人阵地的一切尽收眼底。霎时，阵地上响了两声炮，许副团长说："这是我们的迫击炮在试射，连长担心敌人的炮火会还击，让巴金进坑道去。"

巴金刚坐在坑道的小油灯下，就掏出本子写。

果然，美军的炮很快打了过来。炮弹炸起的硝烟、尘土、砂石一下子扑到洞口，剧烈的响声和震动仿佛把整个山吞下去。巴金的头顶、背后都有砂土落下来，他把眼镜推上额头，手里的黑杆钢笔仍在不停地写着，像是捕捉到了什么新东西，目光更加专注。

敌炮停了，战士们冲出坑道修整被炸坏的工事，巴金想到阵地上看看，到了洞口看到迎门的"钢铁战士洞"两旁有对联，写的是：出枪林入弹雨不怕流血牺牲，为正义反侵略保卫世界和平。横批是：一人吃苦万人享福。

巴金正要把对联抄在本子上，旁边洞里出来个性格豪爽的老战士，向巴金打招呼，巴金愣了一下。原来这位战士是团里侦察员，他把挖的美制地雷拆掉撞针，抱了几个雷管，往桌子上叮叮咣咣一放，绘声绘色地向巴金和黄谷柳、王莘同志等讲了他和几个同志侦察地形的情景。

巴金来到在廖川洞的指挥所。二十多岁的年轻团长兼政委张振川在山下迎接："欢迎作家首长！"巴金微笑着对张团长说："我是来向你们学习的。"

张团长向他介绍：红包山原是敌前哨阵地，由于敌我激烈争夺，不断遭到炮火轰击，青山变成红山，因此战士们叫它"红包山"。我团连着三次攻打红包山。前两次歼灭敌人后就撤回来。第三次歼灭敌人后顽强坚守阵地，敌人连续五昼夜猛攻，我们坚决扼守，六连副指导员赵先友指挥固守阵地。敌人在喷火坦克的支援下，进攻十分猖狂。六连顽强拼搏，最后只剩下赵先友和通信员刘顺武两人。赵先友命令通信员用步话机向我报告："团长，敌人已上阵地，向我开炮！"我观察到赵先友两人与敌拼杀的身影，他俩退守防炮洞后，我命令炮群向阵地上敌人猛烈齐射，掩护反击小分队冲上阵地。

当我们夺回阵地后，发现防炮洞里静静躺着已牺牲的赵先友，通信员刘顺武牺牲后，手中仍紧紧握着冲锋枪。十多个敌人的尸体倒在他们面前。

战后，志愿军十九兵团批准二营荣立一等功，一营一连、二营五连立一等功，二营六连荣立特等功，被授予"英勇顽强如泰山的钢铁连"光荣称号。赵先友追记特等功。

巴金听了张团长的简短介绍，很受感动，决定到六连去采访。这年他从初春到暮秋，在三八线上跑遍了一线阵地。一九五四年第二次又入朝鲜半年，采访无数指战员的英雄事迹。

根据巴金创作的小说《团圆》改编的电影《英雄儿女》，生动地反映了抗美援朝战争中英雄的事迹，影片中王成则是英雄赵先友的真实写照。

一九九一年夏天，英雄所在部队为了进行革命传统教育，决定在部队营区建立一座三米多高的英雄赵先友塑像，敬请近百岁的巴金题词，请老团长张振川撰写碑文。巴金不顾年事已高题写了下面的文字：王成式的战斗英雄——特等功臣赵先友。巴金一九九二年八月二十日。

（选自2017年10月26日《中国文化报》）

莫高窟的背影

曹建川

跟敦煌诗人建荣走在莫高窟的人影里，他绝对是主人，我只能沦为客体。

建荣给我的介绍不是卖弄，都在敦煌这片戈壁滩上日出而作日落而归，卖弄是不好使的。他倾泻的是真情。那股固执的真情岩浆一样炽烈，再硬的心都会被熔化。何况我的心不熔，即化。我和他在一起，总有几分男人的婉约。这是两个男人之间的灵魂密码。

建荣说：洞子就不去了咯。

我说：不去。

建荣说：我带你往里走，去个你没有去过的地方。

我说：还有我没有去过的地方吗。

建荣笑笑，箭头似的径直往里走。

我就跟在他的箭头后边，成了另一只箭头。

两棵比人腰还粗的杨树，大伞似的庇护着一处青砖小院。可能是年代已久，青砖已经不青，幻化出黄泥的本质。那两棵比人腰还粗的杨树，就是竖在眼前的两部厚重的生命史书。我摸摸它，似乎摸到了祖辈的年纪。

建荣说：这是常先生的故居。

我的注意力从古杨树撤回来，目光落在门槛上，确是常先生的旧居。恍然间，眼前似乎飘逸过一双脚影，跨门槛而进。我连忙去追寻，急急慌慌的样子。

建荣问：你怎么了，看见什么了？

我说：哦，哦哦。我似乎看见常先生刚进去呢。

建荣说：这本来就是他的家啊，不足为奇。

走进不大的院子，我立马被更加粗大的两棵老树慑住了脚步。

老树的主干跟牛腰一样粗壮，就连曲里拐弯伸展出去的枝丫，也比人腰要粗。

我不敢轻易判断它的年轮，枝丫成树。枝丫像写意画里的虬盘交错，覆盖了整个院子的天空，太阳只能从缝隙中垂下斑驳的影光。再看那主干，树皮皴裂，炸起比手掌还深的裂口。裂口套裂口，裂口又连成有机的整体，成了一张别样的树皮。

我迟疑良久，伸手感触了一下那隆起的刀锋状的树皮，手掌似乎穿越过了千年的粗糙的历史时空。

望着这两棵老得几乎分不清种属的老树，我心潮起伏。

旧居房舍低矮，明显区别敦煌地区的农舍。似庙非庙。

后来知道，莫高窟原有三座寺庙，一座在最南端，原名雷音寺，简称为上寺。紧临上寺的是中寺，原是喇嘛寺，又叫皇庆寺，改建成研究所办公室。下寺就是道观，原名三清宫，在北端，莫高窟山门之外，离上寺中寺一公里多。

常先生的故居就是其中之一的中寺。

但明显是经过改造和翻修。翻修的印记沉淀在墙体，并随着时光如梭也变成历史。

旧居是前后套院，呈"日"字状。前院和后院大小相当。所有的房舍都成了常先生的文史陈列馆。不多的几个游客进进出出，没有多少表情。

后院正面是常先生的油画展厅。

门厅处竖着常先生的黑色大理石雕塑，具象，那富集的经历、学术、思想和智慧，将冰冷的大理石都烘托得厚重而温暖。在雕像后墙上，是常先生晚年的手迹，虽然手有些颤抖，但字体端庄，有力有型。

常先生自书道：

> 人生是战斗的连接，每当一个困难被克服，另一个困难便会出现。人生也是困难的反复，但我决不后退，我的青春不会再来。不论有多大的困难，我一定要战斗到最后。
>
> 八十八岁叟：常书鸿。

这是厚积近九十年人生经验的真谛，也是他人生长旅的总结。

在后边的陈列馆里，我看见了几十幅油画作品，大多是他年轻时旅法、在杭州、在重庆的作品，还有初到敦煌的创作。可能后来研究工作过于繁忙，他不得不放下自己的油画笔，而专注敦煌洞窟的修缮保护以及对敦煌文化的发掘和研究。

他油画功力自不必说，当然赶不上一心作画的徐悲鸿，但从对中华文化的贡献，悲鸿先生于常先生，又是自愧不如。

我想，这是上天垂幸的使命不同罢了。

其中有一幅油画令我长时间驻足，那是常先生风华正茂时在法国与妻女一家三口的合影。常先生书生意气、挥斥方遒的样子，典型的五四时期"洋学生"模样。他的前妻，典型的女艺术家模样，聪慧，洋气，透着几分东方女性的端庄、含蓄和不事张扬的美。他们的孩子，女儿常沙娜，还是三四岁模样，乖巧可爱。

走出陈列馆，建荣浅浅地对我笑。

我说：常先生当年是多么幸福的一家子啊。

建荣低声说：那是常先生的前妻，是个雕塑家，名字叫陈芝秀。

我反复求证了这个名字的几个字，因为我要记住她。

建荣说：史料和书籍里记载她的也有，但很少。

我说：我记住了她的名字。她是莫高窟背后的名字。

建荣说：她是个悲剧性的名字。

我说：常先生是敦煌文化的正史，陈芝秀就代表了莫高窟的野史；正史是史学家书写的，野史适合作家的书写。

建荣点点头，说：正史和野史相结合，才构成完整的历史。躲也躲不过，历史就是硬币的两面，就看你翻着哪一面了。俗话说，这就叫运气。

我说：我记住了那个艺术气质浓郁的女子，她叫陈芝秀，更重要的是，她是常书鸿的前妻；她在常先生名贯九鼎的名声背后，几乎连名字都擦抹干净了。

难道命里注定，她只是常先生生命里短暂的注解吗？

从陈芝秀的命运，可以反证莫高窟那个年代之艰辛。

我只能说，在那个一贫如洗、饥寒交迫、残破落寞的莫高窟年代，女人应该走开。就像战争让女人走开一样，这是上天本应对女性天赐的悲悯。

常先生有文章对那段惨不忍睹的岁月有所记忆，说起前妻，他只能寥寥数语。

常先生如是记载：

> 我结束了当天的工作，带着疲劳而满足的心情回到宿舍里的时候，忽然发现妻子不见了，哪里也找不到她。
>
> 我开始责备自己一味地埋头工作，平时对她关心太少了。
>
> 看来，她来这里只是做一次短期旅行，并没有长期干下去的思想准备。粗粝的饮食，单调、枯燥的生活环境，使她再也无法待下去。
>
> 想不到，这个虚有其表灵魂腐朽的女人，竟然忍心丢下她的两个儿女和艺术事业，追逐她个人的"幸福自由"去了。

似乎足够了，再多就多了。抛去大艺术家、学者、敦煌文化守护神的外在桂冠，作为一个男人，他能短短记载下那一份撕心裂肺的情感和婚姻，忠诚与背叛，真的就足够了。

还有文章记载：

> 这样的变故对常先生是一个晴天霹雳，于是连忙去追赶，结果茫然。

在追寻途中，从马背昏倒跌落在茫茫戈壁，幸亏遇上在戈壁上寻找石油的老地质学家孙健初、沈建南等救了他，并把他送回敦煌，才幸免命丧戈壁。

打击是巨大的，几乎无法言表。

但我对"虚有其表灵魂腐朽"这八个盖棺定论似乎阶级仇恨的汉字，表示深深的疑虑和悲悯。当然，那是常先生的大事件，是莫高窟的大事件，也是斯时中国画坛的大事件。

悲伤至极，沉默是最好的表达。

陈芝秀为什么要逃离莫高窟呢？我试图追溯。

1943年，常书鸿几经辗转来到心中的圣地敦煌莫高窟，映入眼帘的景象令他心酸欲泪。

许多洞窟已被曾住在里面烧火做饭的白俄军队熏得漆黑一片，一些珍贵壁画被华尔纳用胶稚粘走，个别彩塑也被偷去。

大多数洞窟的侧壁被王道士随意打穿，以便在窟间穿行。

许多洞窟的前室都已坍塌，几乎全部栈道都已毁损，大多数洞窟无法登临。

虽赖气候干燥，壁画幸而仍存，但冬天崖顶积雪，春天融化后沿着崖顶裂隙渗下，使壁画底层受潮，发生起鼓酥碱现象。

窟前绿洲上放牧着牛羊，林木岌岌可危，从鸣沙山吹来的流沙就像细细的水柱甚至瀑布一样，从崖顶流下，堆积到洞窟里，几十年来无人清理。

总之，莫高窟无人管理，处在大自然和人为的双重破坏之中。

常书鸿首先想到如何保护这些价值连城的文物不再受到人为、自然的破坏。要保护就需要银子，没有钱什么事也干不成。

他此时对钱的需求跟当年那个王道士一样急迫，而二人有别的是，王道士卖经卷攒经费，而常书鸿呢，他不可能倒卖这些宝贝，他只有不断地给国民政府打报告。

可是半年过去了，经费仍毫无音信。

常书鸿只好给梁思成发去电报，请他代为交涉。经过梁思成的奔走，经费终于汇出。梁思成还鼓励常先生继续奋斗，坚守敦煌。

常书鸿与梁思成交往甚笃。常先生那时很忙，顾及了敦煌莫高窟，就顾及不了儿女的成长。常沙娜从美国归来入学清华，都是梁思成、林徽因两位先生的鼎力帮助。

得到不多的政府补助，常先生开始整理残破的洞窟。

据初步测算，洞窟里面的沙子大约有10万立方米，如要清扫，按照当时的工价，需要300万元，但所里剩下的经费只有5万元。捉襟见肘。幸而得到当地驻军义务清运，才把堆积如山的黄沙用驴车一趟趟拉到远处。

在崖顶有裂隙的地方抹上了泥皮和石灰，防止雪水继续渗入。同时还尽可能地修补那些已颓圮不堪的残余栈道，以便研究人员可以进入洞窟。基建行将就简，马不停蹄。

紧接着开始洞窟的编号和普查，开展重点壁画的临摹。

多数洞窟还是上不去。他们就使用一种相当危险的名为"蜈蚣梯"的独木梯。在调查南部高处一座晚唐洞窟第196窟时，常书鸿与潘絜兹、董希文和窦占彪上去工作，蜈蚣梯却不知什么时候翻倒了，上不着天，下不着地，被困在距地近三十米高的洞窟中。他试图沿着七八十度的陡崖往上爬上崖顶，却险些摔下山崖。

正在莫高窟临摹壁画的张大千感慨道：你们这是一个漫长的无期徒刑啊。

是的，这无异于无期徒刑。没有人愿意来服这个刑，张大千更不愿意。唯有常书鸿等满腔热血的艺术家，他们愿意将这个牢底坐穿。

生活之艰辛，连最基本的生活物资都无法得到保障。

水是盐碱水，炒菜不放盐都咸得难以下咽。当地很少种植蔬菜，长年都是吃咸韭菜。肉食要从城里买来，来回五十几公里，牛车要走一整天，加上戈壁滩上太阳毒辣，往往是肉也臭了，豆腐也酸了，所以只能在冬天把肉腌起来。因为缺乏燃料，要从好几十里以外的戈壁滩上挖取一种叫作"梭梭"的枯死灌木根来烧，每开一次火，就蒸够吃半个月的馒头。馒头一出笼，立刻铺在筐箩里放到房顶上让太阳暴晒，干透了可以保存两三个月。口粮不充裕，一天只开两餐。

半饥半饿中，他们磨砺精神，支撑着疲惫的身躯。

宿舍和办公室是小庙和马棚改造而成。土炕、土桌子、土沙发和土书架，是最常见的家具。交通工具是牛车和毛驴。

经费得不到保障时，生活无法维持，很多对艺术满腔赤诚的狂热分子耐不住艰苦与寂寞，有的告别离去，有的不辞而别。常书鸿几经辛苦才建立起来的队伍全军覆没，最后只剩下他一个光杆司令。

现在我以一个旁观者的叙述，也许过于冷峻，只有你经历过那样的生活，才能感知那是什么样的滋味。在很多人眼中，他们是知识分子、是艺术家，是来朝圣敦煌，向伟大的敦煌艺术取经的，而不是来接受"无期徒刑"的。不辞而别，完全可以理解。本来，他们是应常先生的招呼自发而来的，也没有国民政府的委任状。

说白了，只是艺术家自发践行使命，而不是责任。

在这样的情况下，陈芝秀的"离别"也似乎理由充分。

试想，常先生是佛降大任于他，而作为妻子的陈芝秀不一定就非要肩负这种使命和责任。除了婚姻和道德的约束，从个体的人来说，她有自己选择去向的权利。这种权利也是神授，谁也不能做道德判官，或者假以法律进行审判。

人权天赋，她可以不选择真理。

陈芝秀被迫选择了自己的心灵所向。

据说，她受到自己的浙江老乡，一个上尉军官的蛊惑，不辞而别，丢下两个孤苦幼小的孩子。作为一个受到过高等教育的女性，做出这样的决定可见暗下的决定和勇气。也许，就在她转身之际，早已预料到身后名，将是多么的一地狼藉。

即使早有预料，她还是依然转身离去，可见当时生活之艰窘。

不是每一个女子都能做或者必须要做道德楷模。

钢铁意志，有人天生有，有人也可以没有。

其实，陈芝秀在浙江出身大户人家，从小就没有肩挑背磨，没有饥肠辘辘，也没有忍耐和抗拒苦难的基因。但她也并非就是一个骄奢淫逸、灵魂肮脏、思想腐朽的典型代表。

也有人言，陈芝秀的性格挺好，待人和气，乐意助人，她只是实在不能忍受敦煌的生活和孤寂，也不能体己天降大任的丈夫。她曾劝常书鸿放弃敦煌事业，为此两人经常争吵。

离开敦煌后，她过得并不好，先是在浙江老家当了一名中学美术教师，后因她曾到法国留过学，被认为历史复杂而清理出教师队伍，以致穷愁终生。

陈芝秀最后一句话是：一失足成千古恨！

陈芝秀的后半生，可以说比在敦煌的岁月更加惨不忍睹。

陈芝秀跟国民党上尉军官私奔南归后，受上苍赐予的幸福和舒适少得可怜。南归后，陈芝秀和上尉军官在西子湖畔定居下来。陈家在诸暨枫桥仍旧是大户，上尉军官因在军方政界有一些朋友，很快就找到一份收入不菲的差事，日子过得还是不错。

好景不长。祸不单至。

中华人民共和国成立之初，上尉军官被判入狱，陈芝秀也被打入另册。没有工作，再失生活来源。本来艺技在身，完全可以觅到一份过日子的工作，但她无脸乞求故人。

她从敦煌负情出走的事在艺术圈子里传得沸沸扬扬。她早已是千夫所指，再加上又戴上反动军官家属的帽子，更让人退避三舍。屋漏又遭连夜雨。陈芝秀只好隐姓埋名，艰难度日。上尉军官病殁狱中。陈芝秀再次改嫁一个工人，生有一子，生活更加窘迫。

为了生活，她居然干起浆洗衣服的用人活计，浑噩残生。

真的可以想象，受过海外艺术熏陶具有较高审美品质的陈芝秀，在灵魂上是不可能跟一个低级军官产生契合。那时不可能，放在现在也不可能。就好比两种不同属性的植物根本无法嫁接在一起，这就是本质和属性。她可能只是想搭上这个军人的顺风车，逃出莫高窟罢了。

但她，是真正搭错了车。

刚刚逃出去，整个中国艺术界都轰动了，这导致她再也没法回到艺术圈里去。被迫无奈，她只能一次又一次将自己低质典当。

她的艺术灵魂只能在肉体之外游走。

天注定，她只有在悲剧中，落幕人生。

打开常沙娜女士书籍，开篇便是两幅雕塑照片，一是婴幼儿时期的常沙娜，二是吕斯百，皆是陈芝秀作于法国。文章里常沙娜回忆道，陈芝秀天资聪慧，自学法语，自学雕塑，还拿到了奖学金。可惜所有雕塑作品都没有保留下来，只留下两幅雕塑作品的照片。

从照片上看，可谓大师级水准。

一代聪而惠的女子，就这样运沦黄尘。

也曾有人将常书鸿、陈芝秀的爱情与梁思成与林徽因家庭相提并论。说除了感慨那个时代的知识分子高尚坚定的治学态度之外，也感慨时代给他们的事业家庭带来的难以想象的艰难。然而两相对比，孰是孰非，自见分晓。意即生活在同样困苦时期，梁思成既能坚守学术，又能呵护家庭。而常书鸿，完全成就事业而无暇妻小，以致最后家破人散，悲剧使然。云云。

面对历史，最好不要使用假设。有了假设做前提，历史的面孔就会变得完美无缺。而不可预知的"残缺"，才是历史的真面目。

常沙娜并不掩饰她家庭的际遇。

1979年年底，她给母亲寄去那年的最后一笔钱后迟迟不见回信，后来才得知母亲突发心脏病不治而亡。接到电报，潸然泪下，她多么想告诉母亲：妈妈，我是爱你的，做了母亲之后，我就原谅你了。

可惜，上苍并没有给她们母女打开心扉面对面的机会。

常沙娜将母亲去世的消息告诉给常先生。常先生猛地一愣，小声问道：

什么时候走的？

又问：

什么病走的？

听常沙娜回答后，他沉默了，过了一阵，又问常沙娜：

什么时候走的？

常先生反反复复询问了好几次。

原谅和宽容是神的品质。

时间能包裹伤痕。在常书鸿得知陈芝秀去世消息的凝噎和絮语状，便可以感知一代大师内心的伤灼和不可磨灭的记忆。欲罢不能。

谁能看得透春天的新绿暗藏有冬天的凋零呢？

1994年6月，常书鸿在北京病逝，时年90岁。按其遗愿，骨灰埋葬在了莫高窟，这是他的生命和灵魂家园。生前，他是敦煌的守护神；去世后，他也永远守护着莫高窟。

这是恰切的结论。莫高窟，敦煌文化艺术，因常先生而幸。

说到此，该了却这个话题了。我在常先生的旧居里，顶着一头斑驳的阳光，听着九层楼里大佛无声的禅语，一声叹息。

是谁，在这低矮的黄泥小院里，一晃而过……

（选自2017年第4期《石油文学》）

春天的青海湖

辛　茜

青海湖的春天来了。

因为深居内陆，青海湖的春天来得晚。因为海拔高、缺氧，青海湖的春天气温低。但即使这样，当平原上的蜡梅、迎春、玉兰竞相开放，青海湖沿岸看似枯黄、平淡的河谷灌丛、高寒草甸，长在流石坡上的点地梅、晶晶花、微孔草也在悄悄地发生着变化。特别是环绕青海湖的西北针茅、沙蒿和芨芨草，高寒草地上的紫花针茅、冷蒿、凤毛菊、冰草、铁线莲也都在春寒料峭、清冷逼人的空气中渐渐吐出了新蕊。

青海湖的春天是多雪的。

刚刚伸出黄绿色嫩芽的草叶在一场大雪后，会被积雪层层遮盖。可等到正午，太阳出来了，雪化了，植株矮小的野花又会马上露出温柔甜美的身姿，在白雪滋润过的土地上微笑。你还会惊讶地发现，雪后的草地、坡塬深褐色的地皮，连一小片叶子都来不及长大的枝干上，会冒出一朵朵蓝色、紫色、黄色的小花；一支、两支冬虫夏草，黑色的脑袋匍匐在地。第二天清晨，灰色的云沉甸甸地挂在天上，大朵大朵的雪花又落在小草、野花和湿润的沼泽里。

不必担心。春天的雪是有温度的，像暖洋洋的潮水，漫过大地，使青草的身子、龙胆的花叶、绿绒蒿的娇容，在阳光下重现，在不经意间，将薄雪轻轻抖落。仔细听时，还能听见飘零的种子、蛰伏在地下的根茎，发出的一声声欢笑。

就这样，在一次次璀璨的白雪中，被草原人称作格桑的野花，被雪水滋润的草甸，终于在海拔4000米以上的青海湖沿岸，发出了奇香。

此后，又一批繁衍生命的种子，继续耐心等待，一直到发芽、生长、开花、结果……

这个季节，从冬季牧场迁徙返回的牛羊，闻到了青草的香味。

朴实敦厚的牧羊人，按捺住心跳，在期待中，渴盼草木丰盛、鲜花怒放。

这个季节，人们有太多的理由，幻想未来……

这个季节，草原把阳光收进了自己的五脏六腑……

大地回暖，春草萌动，白皑皑的山峰露出了山的原色。青海湖流域的无数条河流，在冰雪覆盖下，长长地吸了一口新鲜的空气，舒活着有些僵硬的身子，开始缓缓流动。

青海湖人，从不敢忽视那些看似不那么宽大、不那么肥硕的每一条小河。如果没有它们，青海湖也许早已变成死水，或是干涸的盐池。草原上，牧人的帐房要扎在离河不远的地方。只有面对流淌的河水，他们的心才会安定下来，他们的日子才会慢慢地过下去。

环湖周围，与青海湖直接有关的河流很多。径直入湖，流域面积较大的是伊克乌兰河、哈尔盖河、布哈河。还有一些虽不直接入湖，却不影响与青海湖之间亲密的关系，比如希格尔曲、夏而格曲、峻河和夏日哈河，同样属于青海湖水系，同样源于四周连绵的群山，以青海湖为最后归宿，滋养着大湖，庇护着这片诱人的水域。

青海湖的春天是多风的。

因为风，青海湖有了特有的解冻方式，"武开"和"文开"。

文开优雅，于夜间进行。狂风后，千里冰封的湖面，会在一夜间，默默地变成平和如镜、青蓝透绿的一湖春水；武开的前奏也是由于风，但因风力过于强大，封冻的冰层内温度突然升高，使湖面在瞬间出现炸裂、分离、漂移、撞击，咆哮如猛兽的场面，景象极为壮观。但能够欣赏到武开的场面，是需要运气的。可不管怎样，从青海湖融化的那一天起，青海湖沿岸，那些暗藏着的生命迹象，会像春潮般滚滚而来，无法阻挡。

春天的晴空下，刚刚开化的湖水湛蓝无比，微波涟漪。远处的山峦清晰可见、连绵不绝。举目远望，环湖碧草鲜嫩欲滴，蓝色的马蔺盛开在透明的空气里。

湖岸的人，神清气爽，头脑干净，呼吸顺畅，忘记了烦恼。

待到一阵小雨过后，青海湖畔浅浅的山麓、相对低洼的地方，冒出了青稞葱绿的嫩苗。青稞的模样与春小麦相似，但颜色偏重，深墨绿。认真看时，才知青稞的麦芒比麦子长，略显粗糙，边缘密布纤细的小刺。肉眼看不出来，可以用手摸，青稞与麦子给人的手感不同。

青海湖的春天真的到了。

青海湖的春天，不像平原春水细雨中抽丝的青柳，也不像桃花般嫣红的江南少女。青海湖的春天是狂喜的诗，是阴阳之交汇，是月亮，是母亲，是叫人忘却忧伤的梦。更何况，只有青海湖的春天，才能让你亲眼看见，海拔4000米以上的野生植物，如何在雪中复苏；让你看到，荒芜寂寥的大地，怎样在冰雪飘零中敞开胸怀，拥抱生命，感受到草原人并非单调、枯燥的生活。

你还会发现，青海湖人不可能轻易摘取一朵小花，也不会随心所欲地捕捉每一条游动的小鱼。

春天里，牧人们需精心侍弄刚刚降生的羔羊，修补帐篷、编制氆氇、准备嫁衣，在忙忙碌碌中迎接夏天的到来。

高贵的天鹅心满意足地离开了青海湖。但是，来自我国南方、东南亚的斑头雁、棕头鸥、赤麻鸭、鱼鸥、鸬鹚又日夜兼程、不辞辛苦地向青海湖飞来。

我们无法探知鸟儿的内心。却可随意在青海湖看到，每一只展开双翅的鸟儿，满怀爱意追逐配偶、欢悦腾飞的情景，会发现即便是舞蹈、唱歌、捕食，它们的心思也全然不在自己身上，而是只围着、顾着亲爱的伴侣。5月、6月，雌鸟开始孵卵，鸟儿已不像初来时那般兴奋、好斗。雌鸟衔食喂饭，等待宝宝出世。

三十多个昼夜的孵化后，幼鸟相继出窝。雪中，长着金黄绒毛、橙色嘴巴的小斑头雁正破壳而出，仰着小脑袋嗷嗷待哺。

这就是青海湖的春天。

白雪中看大地返绿。劲风中听湖水绽开。微波中迎来飞驰的候鸟。在这样的地方，如果是一棵小草、一朵花、一只小鸟，该多么幸福。

（选自2017年3月1日《人民日报》）

从一个故乡到另一个故乡

魏丽饶

此生，坦率地说，我想去的地方，似乎没几处，可又不得不去；能记住的人和名字，也仿佛消失得越来越少。但是，唯有我呱呱坠地那个麻糊村，以及从母亲灶台上升起的熬沁州黄小米粥的锅灶味，一直深藏在我心间，越来越深，挥之不去。我不敢说夹在太行山褶皱里的麻糊村，就是中国最后的具有古风古味的山里村庄，但是它一直会保留在我和我之前之后几代人的记忆中。

我还想说的是，在我扛着麻糊村的炊烟走南闯北打拼的时候，又不得不在另一个离故乡千里迢迢的城市安家落户。那里没土地，只是水泥地，人们只顾低着头建高楼大厦，乐于搞大路大街大广场，却忽视对棚户区、城中村的改造治理。导致了"锦上添花"处处花，"雪中送炭"不见炭。为了生计，我可以在这个地方安家，却无法生根。

十五年前，初到昆山时，我像一个尚未断乳的婴儿，对故乡山西充满了无法割舍的牵挂。仰望蓝天，我能望见故乡天边的白云；闭目听音，我能听见太行峡谷的风声。江苏和山西，我从不比较，因为无须比较。在我心中，山西是赋予我生命、抚育我成长的母亲，无可比拟。无论何时何地，只要有人问起哪里人，我都毫不犹豫地回答，我是山西人。自然，对故乡也有暂时的忘却，怎能没有呢？生活天天变新，物质的欲念把人带得团团转。每天都被忙碌驱赶着向前走，走着走着竟然忘了身处何处。忙过后，清醒，思念又回到麻糊村。忙碌过后的思念，我的心感到舒适和愉悦。

每当春节临近，我便想尽一切办法买火车票，即使再苦再累也要赶着回家。怎么能不回家过年呢？倘若到年三十日我还没回去，奶奶那三寸金莲定要僵在村口的积雪堆上了。奶奶在这个时候是多么固执啊，她拄着拐杖，眺望着远方，路上每走过一个人，她就兴奋地唤上好几声我的乳名。我不回去，奶奶要在寒风里经历多少次失望啊！我不回去，她连年夜饭都吃不下了！更要紧的是，我不回去，她围裙兜里那一兜子的好吃食怎么办？从记事起，一见着我，奶奶那双枯树枝似的瘦手就忙不迭地伸进围裙兜里掏摸，不是几颗干枣，就是一把炒瓜子。我不回去，她舍得分给谁？

去年春节回家，因大雪封路，航班取消，无法按计划返昆山上班。滞困于老家三日，借机与同学小聚。本想叙叙旧，不料言谈之际大家最感兴趣的话题竟是昆山，这座我长期居住的城市。昆山的经济发展、历史文化、古镇周庄、昆曲《牡丹亭》、百年小吃奥灶面、闻名海内外的阳澄湖大闸蟹等，都成为酒桌上最热的谈资。甚至有人不觉间对我说"你们昆山""你们昆山人"。除此之外，还饶有兴致地印证了一个现象：一方水土养一方人。在他们看来，我性情温婉、皮肤白净、身形纤瘦，皆是受了江南佳境的滋养。而同窗好友这般不经意的说法，却使我瞬间感到一股无法言喻的凄凉。我想问，我究竟是哪里人？吃北方的面食长大，晕染了二十多年北方文化。体内流着山西人的血，口中讲着正宗的山西话，在他们眼中，我却是江苏人了……

晚上回到家，我心里仍旧酸楚，为自己被说成是江苏人。尽管已在昆山成家立业，也被称作"新昆山人"，并且十五年如一日兢兢业业地为昆山的现代化建设默默奉献自己的绵薄之力，更为昆山的繁荣昌盛感到骄傲和自豪。可是……可是什么呢？可是突然被同生同长的好友这般说起，我感受到的竟是一种说不出的委屈。按理讲，当天的聚会由我发起，自应由我埋单。不料我刚要掏钱包，就被止住了："你是客人，咋能叫你埋单？"说这话的，偏偏是邻居家从小跟我一块长大的小午哥。同年毕业后，我去了江南，他留在县城，年初一那天我们还像儿时一样兜着糖果相互串门。我却从不曾想，这些年小午哥在我心中越发亲近，而我却成了他的"客人"。

家乡的正月，连子夜都是醒着的。鞭炮声此起彼伏地响在耳畔，远的，近的，单响的，双响的，成串的。然而这热闹越是热闹，它就越冷清，甚至冷清出一种客居他乡的悲愁。

何尝不是呢？不得不承认，在这该走却留的三天里，我内心里是何等的焦急难安！按照计划，开工第一天单位要组织巡线拜年活动，到生产流水线上给春节期间留守公司加班的一线员工拜年慰问；第二天是举办开春第一期爱心行动，组织志愿者去看望市福利院的孩子。在昆山，这是我的工作，他们是我的家人，是我最难以割舍的牵挂。可是，一次又一次打电话到机场咨询，得到的回复都是等待通知。汽车站被积雪包裹得严严实实，大门口电子流动屏上的停运通知，在白茫茫的冰天雪地里，格外令人绝望。街头的行人三五结伴，提着礼物走亲访友，他们悠闲自在的说笑，既与我无关，也不令我生羡，我所有的心思都飞向了千里之外。十多年来，我第一次惊奇地发现，昆山在我心中是如此不可或缺。山西似酒，越陈越香；江苏似茶饭，一日不可无，只是我一直不肯承认罢了。

血脉的根扎在山西，梦想的花开在江苏，以致我无论身在哪里，心都难以踏实安宁。回望来路，不过是从一个故乡到了另一个故乡，借一种牵挂牵挂着另一种牵挂。

人在思乡时是有姿势的，男人女人的姿势不同。大自然本来就赋予男人和女人不一样的生理结构和寄托感情的方式。男人思乡时抬头望明月，女人思乡时低头瞅脚尖。望明月，是让思念飞跨银河看到故乡的炊烟；瞅脚尖，是回望回家的路多么漫长。我自然是低头看的时候多，偶尔破例也会对着明月思念，那是因为别有乡愁一万重。前不久在北京参加一个文学笔会，恰逢中秋佳节，我放弃了和文友赏月的机会，特地踏访了赵树理在京城的故居遗址霞公府。老赵——家乡人都这么称呼他——是从我的故乡山西沁水县尉迟村走出来的作家，他进京后住在霞公府的一间民宅里，现在那个地方早被北京饭店的楼群淹没得不知去向。我却要固执地找着一个小饭铺的留痕。得不到一块地砖，能看到曾经铺过地砖的泥土，我也心满意足。我在参观赵树理老家的故居时，想到村里的乡亲曾告诉我，那时老赵常在霞公府一个小饭铺吃一种最便宜的菜叫"炒和菜盖被窝"——菠菜炒粉丝，上面盖一层薄薄的摊鸡蛋。此次来京我虽然没有看到霞公府的"盖被窝菜"，可是对并不完美的故乡和并不完美的故乡人的思念，依然挚爱着。月光下，我站在霞公府遗址上望尉迟村，不由地想到了赵树理的烟袋锅，那时老赵总嫌一般的烟锅抽起来不过瘾，就用一个山药蛋挖空了，插一根竹管，装了一"蛋"烟，狂抽几口，才算解气。后来，他进京了，没有了山药蛋他就用"盖被窝菜"来顶替。这就是我们这位农民大作家改不掉的地气！我不得不说的是，正是这山药蛋和"盖被窝菜"给赵树理的作品注入乡土文化的内涵和人格力量！

参加北京笔会的文友来自全国各地，相互之间频频询问是哪里人。起初我很确定地回答，江苏昆山。因而从江苏来的朋友，很热情地将我当作一个小老乡，处处加以照顾。活动第二天，在前往采风的途中，我又结识了一位山西老乡。他也毫无保留地分享自己的生活经验和创作心得，鼓励我坚持走好脚下这条平凡却不平坦的路。

　　活动结束，在北京火车站跟山西老乡依依不舍地道别，然后和江苏老乡同道乘车返回昆山。我一路思索，我究竟该算是哪里人？山西人？江苏人？来自江苏的山西人？还是远离了山西的江苏人？故乡究竟是什么？身在外时想着她，盼着早日回家。而回到故乡后，看到的还是曾经的那个故乡吗？长着枯草的撂荒土地越来越多，空巢老人加上留守儿童成了村庄的主人，那些祖坟以及坟地上的古柏青松被迁移到了老远的山脚下……故乡，故乡，是一种辽阔、复杂、矛盾的心情。她承载了我们太多的期望和情感，也许她不要求你去膜拜，却又让你心存敬畏；她不要求你衣锦还乡，却又让你魂不守舍地牵挂！即便我走到天涯海角，也走不出家乡那个血脉相连的麻糊村。然而，倘若久居故里，我的内心又无法安分。唯有背着故乡跋涉途中，才是灵魂深处的归属。

（选自2017年第2期《散文百家》）

本次列车抵达黎明

马国福

一

"各位旅客，本次列车的终点站是首都北京，预计到达北京站的时间是明天早上7:30。"随着列车广播员的播音，一个在我脑海里蛰伏了很多年的梦开始启程，向着那辽阔遥远北方的殿堂迈进。

此刻，我要切换一下空间和时间，让时光回溯到1993年穿过刘家村的铁路旁边的那块麦田。

那时候我在乐都六中上高一，住校，每个星期回去一次。每次回去等待我的是没完没了的农活，说实话，我虽对这类农活有着天然的排斥和抗拒，但这又是我不得不面对的现实。

记得那是一个秋日的午后，父亲让我跟着他去铁路边的蒜地去翻地。我极不情愿地扛着铁锹跟在他后面，到达那块地。秋日的铁路旁，白杨树叶子掉光了，光秃秃的像工整的大楷字帖。几只喜鹊飞来飞去，在空旷的田野发出寂寞的叫声。土地的颜色如同俄罗斯经典油画里干枯的火焰。收割完庄稼的土地空旷、孤独，一览无余地留白，这奢侈的孤独就这样占据着我想脱离土地的内心。

挖了半包烟的工夫，父亲和我都有点累了。我们坐在田埂上休息，父亲默默地抽着他那三毛钱一包的劣质香烟。我构思着肤浅的诗歌，突然想写了，赶紧从衣兜里掏出随身携带的笔。找遍了全身，却没有找到一张纸。我皱眉头，低头用力捏着笔，父亲问我想干啥，我说灵感来了想写诗，忘了带纸。父亲没有说话，掏出口袋里的烟盒，把里面的香烟都拿出来了，然后小心翼翼地放进口袋里。他坐下来，伸直了腿，将烟盒纸铺在腿上，用他那沾着泥土的粗糙大手，一遍一遍用力抚平烟盒的褶皱。我静静地看着他，父亲的手如一个熨斗，带着他的体温一点一点驱赶走烟

212

盒纸上细小的褶皱。纸平整后，他递给我，说就在这上面写吧。我接过纸，低头一个字一个字写下那些肤浅的文字。

诗写好了，父亲说给他看看。一列火车从我们身边轰隆隆驶过，我们不约而同地看了火车上鲜艳夺目的站点"北京——西宁"。他说尽管你写的有的我看不懂，娃娃你好好写吧，以后考大学考到北京去，总有出头的日子。我点点头，折叠起那所谓的诗稿，然后拿起铁锹翻地。

火车消失在远方的拐弯处，留给我的是它绝尘而去的声音和一个慢慢模糊的黑点。北京，一个多么遥远神圣而又神秘的地方，这铁路的尽头将会是什么呢？

一个梦如同一束光的原点，它出发地方是希望的源头。那个秋日午后父子之间的对话和父亲给我抚平写诗烟盒纸的细节就这样如一粒种子埋在了我这个乡村少年孤独自卑的心里。

二

一个人的命运版图谁也无法保证它该有怎样的底色和所能抵达的可能性。

时光定格在2017年9月7日，晚上6：30我坐上了南通开往北京的火车，我要去北京鲁迅文学院报到，我将在那里度过四个月奢侈而又可贵的时光。躺在卧铺车里，我怎么也睡不着，脑海里胶片一样回放着多年前和父亲在铁路旁的麦田里对话的场景。我也无法想象，我何德何能能享受文学带给我的恩赐。

我又想起了2010年初秋的一个场景。那年9月，我受河北《思维与智慧》杂志社邀请，到北戴河参加该杂志社主办的笔会。那次笔会上来了哈尔滨的作家澜涛，那段时间他在北京鲁迅文学院学习，笔会结束后，他邀请我和小说家周海亮以及《思维与智慧》杂志社的副主编焦秀兰到位于八里庄的老鲁迅文学院玩。那天中午，他请我们吃了一顿饭，然后我们在鲁院门口合了一张影。当站在"鲁迅文学院"门牌前时，我对自己说，不知自己何时能到这文学的最高殿堂学习深造？当有了这个想法后，我立马否定了这个遥远而不切实际的念头。就凭我这三脚猫的文字功夫，我怎么可能能进入鲁院学习呢？

那天中午，"鲁迅文学院"这块招牌如一个界碑稳稳地镇住了我。她如定海神针，是我心目中的珠穆朗玛，是一棵护佑我文学梦想的大树，隐隐约约覆盖我可望而不可即的文学理想。她是清晰的，白底黑字，分明就在我眼前又觉得遥不可及；她是朦胧的，神秘光影焕发着神所蕴含的光芒。我是很纠结的，站在老鲁院门口，一遍遍端详着这块招牌。她似乎在召唤，又似乎在排斥我那肤浅不自量的心。她是凝固的，又是流动的，凝固的是她的建筑，流动的是她迷人的气韵。没有人能随随便便跨进这神圣的殿堂，临走时，我一遍遍回望着这块招牌，她谜一样存在，高高在上，又和蔼可亲。

这是一份眷恋，如孩子对母亲的眷恋；这是一份牵挂，如神对信徒的牵挂。再多的眷恋，也注定终有一别。我清晰地记得那个午后，离开老鲁院的心情，幸福而又感伤。是一种花遇到春风颤抖的幸福，是一种花凋零枝头的难言与孤独、落寞、感伤。我离开的脚步，如同踩在云彩，不知轻重不知何往。我的心情，一点也不平静，是孤舟在大江上掀起的波澜，是闪电撕裂星空的震撼。这样的憧憬，如泰山巍峨于远方，明知遥远，却还渴望着抵达。这惊鸿一瞥的回望，在我与鲁院之间构架起一座隐秘的桥梁，别人看不见，只有我知道，我该如何踏实蹚过时光之河流，慢慢靠近，皈依。我在此岸，鲁院在彼岸，我们之间的距离，是信徒和神的距离。是的，我要泅渡，泅渡多年前那个乡村少年孤独卑微的梦想。

三

我喜欢黑夜，喜欢黑夜里的火车如孵化器将蛰伏于我们内心深处的理想一点一点唤醒。是的，去鲁院就是我生命里二十四节气的惊蛰。鲁院粉红的录取通知书就是我惊蛰节气里的一声温暖春雷。唤醒了我从小根植于乡村版图的那单薄文学理想。收到鲁迅文学院录取通知书的那一刻，百感交集，喜悦又想哭。这一天，终于，到来了，一个梦就这样被烛照进现实。

火车车轮铿锵而行，多年前和父亲在麦田旁见过，又多次住进我梦里的火车，这一次，在另一个时空复活了，如一条蛇的蜕变，一点一点蜕去那些浅薄的衣服，历练生命长河里的霜起雪落，月缺月圆。这薄薄的录取通知书简洁，不大，却在有限的尺寸里藏纳辽阔无边的世界。那一方红印如隐匿在漫漫长夜里的红日，它将一点一点掀开黎明的缝隙，让我在夜行火车上保持朝觐的庄重感，开启我生命里的庄严时刻。

黑夜如守口如瓶的墨汁，我正在一点一点接近黎明，书写我平凡岁月里的光彩。天快要亮了，黑夜匆匆撤退，它完成了它的使命，将我们运往黎明。广播里传来播音员标准的普通话："各位旅客，本次列车将在9月8日早晨7:22抵达终点站首都北京，感谢你们对我们工作的支持，愿您旅途愉快。"

车轮缓缓减速，火车拉响制动。我知道，黎明就这样真的降临了，因为鲁迅文学院蒙娜丽莎的面纱将和黎明的薄雾一起退去，她就像圣母一样，在前面，等我。

（选自2017年11月29日《江海晚报》夜明珠副刊）

我和卯林哥

黄长江

卯林哥是一个有梦想的人，可是他却空有一番梦想，没能飞起来。

他是我二伯伯家的儿子，上有三个哥哥和四个姐姐，行幺，与我同岁。所以与我一起摔着抱腰、吹着箫笛长大。

他虽然比我晚一年发蒙上学，与小满哥一起赶上了那个不负责任、超了生就躲计划生育去了的老师，与全班大部分同学一起还没上完一年级就辍学了。由于家里的活儿有7个哥姐和父母做，卯林哥便有了更多的时间玩耍。在我上三四年级的时候，一次他来找我，要在我家竹林里砍棵小竹子做箫，我惊讶：你会做箫吗？

果然，我和他到我家竹林里挑拣一阵后，他相中一棵竹子并砍了下来。削掉两头、留下中间的几节，三下五除二就用镰刀修得光溜溜的了。

我和他一起拿着这几节光溜溜的竹子到他家，他找来一根铁丝，将一头放到火里烧红，便在这一根根修整得光溜溜的竹子的适当位置漏起了眼孔来。

每漏完一根，待竹子受热冷却后，他便拿起吹。你别说，还真成了箫呢。那声音悦耳得跟我从电影里面听到的一般，只是不成调罢了。

待一根根都漏好了孔后，他又把这些箫都放进烧得滚烫的一大锅猪食里煮。

他告诉我，这样煮过后，箫就不容易破裂了。他还说他一定要成为方圆几十里的人，只要一听到箫声就能知道是不是他在吹箫。

我十分羡慕他，也学着吹箫，学他自己做箫。每当放学回家或节假日，只要有时间就去挑一棵竹子砍来漏箫学吹。果然我也能做箫吹箫了，并且感觉跟他也差不多了，便自告奋勇要与他一起比做箫和吹箫。

不料他竟然很熟练地就做出了箫和笛来，而且各支箫笛吹出的声音还不一样。他吹起箫笛来那声音也是那样的轻快、悠扬。而我不但不会做笛，还不会做那种吹来声音不一样的箫，吹出的声音总是一种生硬硬、直统统的感觉，一点轻快、悠扬的意思也没有。

我抓紧琢磨、练习，待我也能勉强掌握低音的箫笛怎么做，高音的箫笛怎么做，且能吹出较为悠扬、轻快的箫笛声的时候，他却学会敲锣、打鼓了。

我一个劲儿地跟着他学，可是总跟不上，待我学会了敲锣打鼓，他竟然连唢呐都会吹了。

所幸，我在读书方面有得意的一面。我升初中了。卯林哥自卑了起来，也更加发奋了起来。他每天吹箫笛、吹唢呐，甚至还学读号……简直成了个民间音乐家。他的木叶、口哨还吹得杠杠棒呢。

我来北京上学那年，他非要同我一道来。他说他那一身演技，来到大城市不愁混不到饭吃。兴许三五年后还能挣些钱积攒着回家娶媳妇。再说实在不成还可以去河北的三姐家，三姐夫在北京承包工程活做，去跟他当小工也可以学点手艺。

我觉得他的思维比我一个高中毕业生都开阔，也说得条条有理、头头是道，就答应了他。

到北京后我先参加一个笔会，他随我去了。参加完笔会，我俩发现并不像来之前想象的那么容易。举目无亲，口音难懂。那时的北京话就连我这个高中毕业的学子听了也犹如听一门陌生的外语，摸不着头脑，走在大街小巷，一片茫然。

我们不得不问寻着找到赵公口长途汽车站，乘长途汽车去河北徐水一个叫贾庄的村子他三姐（我的堂姐）家。

或许是几天以来一路陌生环境使然，他格外兴奋，到三姐家后，就老是唱。因我忙于返京报名上学，就把他留到那里了。

过了约一个月吧，我去河北看他，却听说他到北京他三姐夫处打工去了。我放下了心来。可是没过多久，我通过他三姐家找到他三姐夫所在的北京工地，却得知他失踪了。先失踪了一次，找回来送到河北三姐身边，等了几天又来北京，又失踪了。我听了着急，与他三姐夫商量，就写了一个寻人启事，找复印店复印了100多张在他失踪附近和路过的几趟公交车沿途站点一处处地张贴，启事上留下他三姐夫的BP机号和工地电话号码。可是一天天、一月月地过去了，仍无效。

大约两年后的一天，他姐夫告诉我，找到我卯林哥了。他的一只胳膊没了，送他回老家了。

我心里一阵酸楚，无话可说，却又似放下了很大的一块石头。

我再次见到卯林哥，是1998年我回到老家养病。他来看我了。

随着一声熟悉的呼唤我名字的声音，只见他举着只剩下了半截胳膊的左手来到我的床前，怜惜着看我，微微的笑容里透露出阵阵忧伤。

他走后，我听到一阵悠扬的箫笛声，我对侍候着我的母亲说："这是卯林哥吹的吧？"

母亲说："不是他吹的，他那手，已经吹不了了。"

我一天天痊愈，能到门口小坐，在附近走动了，常见卯林哥一担又一担地挑着石砂往百德的方向去。一问才知道，村里修那条通往百德的路，一家负责管理一段，姐姐们嫁出去了，哥哥们分家立户了。他和二伯伯、二妈妈算一家，也分有一小段路管理，他就经常挑沙子去铺。整条路就他负责管理的那段最平整。大家都称赞他，他就说，铺平了，车就会来走，到时候有开往北京的车来，他就搭车去北京。

可是至今，我回北京已有20来年了，他再没来过一次北京。

上次父母亲来北京，我问起卯林哥。母亲说，他有一身梦想，只可惜书读少了，翅膀没长硬，飞不起来。

我就想，要是那时他早一年读书，与我一起，不遇上那个老师，兴许就不会这样了。

（选自2017年第10期《中国残疾人》）

父亲的遗墨

姚化勤

一摞裁作斗方的劣质麻纸上，写满了"但行好事，莫问前程""积善之家，必有余庆"之类的格言。楷书的毛笔字，或大如拳头，或小不盈寸，却字字显出了深厚的功力，兼有着欧体的刚劲、赵体的圆润，撇捺之间，还透出一种神定气闲的坦然。谁能看得出，这竟然是拿了一辈子锄头的父亲，在生命的最后时光，留给我和我的儿子们的遗墨呢！

当时，他已经被查出了胃癌晚期，去京城的妹妹家住了段日子，又回到了我上班的小城，一向硬朗的身子骨明显的衰弱了，但精神上绝不像个病人，依然笑容可掬，一副心满意足的模样。并悄悄地买来了笔和纸，每每早饭后，便小学生似的，坐在我租住的两间平房的窗前，开始了他的"书法课"。难道不知道自己病情严重、命在旦夕吗？不可能。妹夫曾领他去过几家大医院，进的都是肿瘤科，且回来后一直反复低烧，嗓子也开始嘶哑，几近失音了，一个识文断字的明白人，怎会觉不出死神的迫近呢？肯定清楚自己来日无多，才有意向儿孙写出自己的期望了。——只是全写在了草纸上，根本无法装裱悬挂啊！

此刻，在父亲辞世20周年的忌日里，我再次把这些遗墨一张张地打开，品读。读着，读着，一团无法弥补的悔便弥漫了心头。唉，那时，我怎么没给老人买刀宣纸呢？是认为他的字不够名家，不愿张挂，抑或对他写字的本身就别有想法呢？

是的，我曾经对父亲的写字很不以为然。因为在我的印象里，写字并没给父亲带来任何的好处，别的不说，他们那代人大多是目不识丁的"瞪眼瞎"，上过两年"馆学"的父亲算得上村里的"知识分子"了，可竟连个敲犁铧催工的村官也没捞上。——听母亲说，早年也有学校要聘他教书，他含着泪谢绝了，说："校长，不行呵，爹娘殁了，三个弟弟全靠俺拉巴哩，俺得推盐赚钱，养活一大家人呵！"中华人民共和国成立初，还当过一阵子村长，不久，开始了斗地主、分田地运动。我

218

家近房的三奶奶年轻寡居，领着女儿，守身如玉，却摊上了成分。第二天，就要去她家"打土豪"了，父亲实在不愿带头斗争自己尊重的"三婶子"，头晚就不辞而别，找参了军的三弟去了。结果，自然而然地被罢了官。

打我记事起，父亲一直是个"光头"老百姓，和乡亲们一样，日出而作，日落而息，农忙时则起五更、搭黄昏地"土里刨食"，打发着辛苦且单调的岁月。尤其公社化后大搞农田建设的那些年，冬天也不得清闲，还要拉着架车，跑几百里外运粗沙碎石，用来预制桥板井管。村里又穷得叮当响，掏不出路上的饭钱旅费，出苦力的父老们，只能啃自带的干粮，真真的风餐露宿，当牛作马了。可父亲毫无怨言，甚至把途中见到的尴尬事当作笑料讲出来，给苦涩的生活增添些许的笑声。难道不感到劳累、痛苦？长年累月的庄稼汉生活，使自己也变成了一株庄稼，没了知觉和思想？否！旋即发生的一件事，使我对父亲有了别样的认识。

那天，父亲拉石子半夜才回家。一大早，我就拿出一沓纸喊："大（父亲），老师请您给俺班的同学写几张'仿底'，让俺书法课上描字哩。"父亲不顾疲劳，立即起床拿出笔墨。笔尖凝硬了，便放进嘴里轻轻地嚼。那神态，仿佛在品呷美酒佳肴，运起笔来也顿时精神醅畅了。

先写一张"人之初，性本善"。

再写一张"人之初，性本善"。

……

最后一张的内容变了，写的是"鸡声茅店月，人迹板桥霜"。大概认为我已经长大（农村的孩子上学晚，我是五年级的学生，中学生的年龄），该懂得做人的道理了吧？写好后，一字一顿地读了一遍，说："上面的字认全了吧？这一张你留下。"接下来，像对我，又像自言自语地道："活出个人样来不易哩！好比拉着车，走在路窄霜滑的小桥上，要用力，也要小心。一不留神，会跌倒落水哩！"

这句话和当时的情景，深深地烙在了我的脑海里。多年后，我还在想，父亲读书并不多，只是粗通文墨罢了，怎么能写出如此漂亮的毛笔字，说出如此富有哲理的语言呢？我长期和文字打交道，反而自愧不如。假若条件允许，他能多上几年学，或者当上老师，说不定会成为诗人和书法家呢？可惜，一双本应握笔的手，却常年攥着锄头和镰刀！写字仅能偶尔为之，且无点滴收益，徒添劳累而已。别人拉石子回来，可以躺在床上均匀地喘口气，他不能，他要为娃儿们写帖，继续忙个不停，怎么忍受得了呢？

然而，父亲乐此不疲。许是认为自己的知识派上了用场，干起类似的义务工来，心甘情愿，又严谨认真。乡村的事情多而杂。东家娶媳妇，聘他当"总管"，西舍办丧事，请他做"执事"。他既要提前写好婚联呀、神牌呀、请柬呀……又要现场主持婚礼丧仪什么的。不知一场事下来，要耗去多少时间和精力，却从未收过分文的"辛苦费"。

春节前夕，尤其腊八一过，娶媳嫁女的多了，找父亲写喜帖的人络绎不绝。他来者不拒，不分远近贵贱，也无论本村邻村，一概笑脸相迎。那个忙呵！（大集体时无"农闲"，不到祭灶不歇工）放下农具就拿笔，几乎没有片刻的消停。到了祭灶，更是忙上加忙，来家求写春联的排成队……直至除夕，村里红红绿绿，贴满了大年的气象，父亲才顾上写自家的春联，并且总要多写一幅，嘱咐我："去，帮三奶奶贴上。有钱没钱，贴副春联过年。别叫一个孤寡老人过不了年呀。"

恐怕父亲做梦也想不到，他的言行影响了儿子，竟也给儿子带来了灾难。读六年级的时候，"文化大革命"开始了。我的班主任出身地主家庭，自然而然地成了批斗对象。因为是班长、学习尖子，校革委点名要我揭发班主任的所谓"罪行"。我沉默以对。如同父亲不认为三奶奶是蛇蝎心肠的地主婆一样，在我的眼里，班主任就是个兢兢业业、教书育人的教师，且对自己格外培养。我已经15岁了，分得清对错善恶了，怎么能落井下石、陷害有恩于自己的老师呢？

结果，我没写出片言只语的揭发材料。校革委不相信一个小学生敢不听招呼，便把我的表现和父亲联系在了一起，说父亲就是个封建余孽，宣传旧文化，连给学生写的"仿底"都渗透了毒液。于是，和地富子弟一样，我被打入了另册，成为革命师生大批判时"上挂下联"的靶子。

实在受不了接踵而至的侮辱与"白眼"，我退学了。而心灵深处又渴望着读书，一时间，简直苦闷绝望到了极点，以至于迁怒于父亲了。

一天晚饭后，我带着质问的口吻埋怨他："大（父亲），你写字图个啥呢？劳力费神，不多得一粒籽儿，还连累儿女……"父亲没有回话，只是装袋烟叶，点燃，闷闷地抽，苦涩的烟味儿呛得人直想流泪。久久，才叹了口气："唉，事理都颠倒了！"只一句，又低头无言了，却起身把笔锁了起来。直到春节，不得不又取出时，也不再从他珍放的《格言联璧》《名句集锦》中找对联，而是写一些应景的流行语了。

莫非冥冥中真有佛安排的因果报应？再次出人意料，退学不足一年的光景，我们村也办起了学校，我因祸得福，居然当上了民办教师！拨乱反正后，又考进了一所高校，端上了"铁饭碗"。

父亲呢？写字的时候倒越来越少了。"文革"十年，传统的婚丧礼仪都被当作"四旧"破除了，除了春联，哪还用得着毛笔字呢？之后，土地承包，我和妻都是民师，分了地却很少有时间耕种，家里的责任田基本上全靠父亲管理，加上年老眼花，他的笔也就束之高阁了。开始，我还以为他写字的心凉了呢！

当我把责任田转让了他人，才发现父亲对毛笔字钟情依旧，简直到了至死不渝的程度！查出癌症后，仍练笔不辍。有天中午，看到他正全神贯注地写一副名联："读书即未成名，究竟人高品雅；修德不期获报，自然梦稳心安。"写好后，招我近前，用食指指了指"人"字，却哑哑地说不出话来。我的心猛地一疼，倏然想起他为我们写"仿底"的情景，止不住的泪在眼里直打转。呵，父亲，我的把墨水吃进了肚里化作汗水的父亲，放心吧，儿子明白您的意思，一定学您的样子，努力地写好人生。

其实，"不期获报"未必就没有"报"。父亲病危的1997年春节那天，一大早，挤得满满一四轮拖斗车的乡亲，冒着零下七八度的严寒，跑百余里路，给老人拜年来了。父亲安葬时，更是家家送丧礼，满村皆哀容。公道自在人心呵，获报何需钱财！

今天，我重新品味父亲的遗墨，往事历历，顷刻间全涌上了心头。蓦地，从这字里行间，我嗅出了一种庄稼的味道——一种家乡麦穗儿的清香。哦，对了，也许它算不上艺术品，不能让人挂进客厅，蓬荜生辉；可它对我来说，却是强魄健体的精神食粮呵，金贵无比！我想，我应该给正敲击电脑的儿子讲一讲爷爷的毛笔字，一代代地传下去。

（选自2016年第12期《散文百家》）

小草忆大树

朱佩君

一年前的春天，陈忠实老师走了。今天，又是一年春草绿，当大家再次谈起这位可敬的人民作家时，我不由得视线模糊，泪眼婆娑。

与忠实老师相识已近二十年了，虽说接触不算太多，可每次的交集，都在我的脑海里留下了深刻的印象。

父亲老家在灞桥，和陈老师是老乡，与陈老师也相识。二十世纪九十年代，陈老师应邀来三原剧团做客，听完我父母演唱非常高兴，当即展纸泼墨，现场挥毫，为父母题写"灞柳绝唱""梨园独秀"，两幅作品至今还悬挂在我家客厅。

二〇〇三年刚到北京，我在一家知名地产公司任职。在参加中国名家富力论坛活动上遇到了忠实老师，当他得知我离开秦腔舞台到京城创业时，他有点遗憾地对我说："好着哩，年轻人出来闯一闯也能成，只是不唱秦腔了有点可惜！"

后来，我在周明老师的引荐和培养下，与文学界的接触渐渐多了起来，在许多文学活动中能有幸见到忠实老师。记得那是二〇〇五年随采风团回西安参加活动，当周明老师告诉忠实老师说我已开始学写作并获得了西柏坡散文大赛三等奖时，他高兴地说："不错！不错！小乡党是灵性娃，能唱秦腔，也能写文章，好啊！女子有出息！你妈你爸现在还唱不？剧团情况咋样？"我把剧团的困境做了简单描述，他说："唉！都不容易！三原的戏以前硬扎得很。可惜了！"他那关切的话语瞬间拉近了我们的距离，我一直仰望的大作家原来是那么的可敬可亲，那一次类似小草与大树的对话至今记忆犹新。

二〇〇八年初夏，我一位朋友写了一本关于历代美女故事的小说想请忠实老师作序，得知我与老师是乡党并且熟悉便托我帮忙。在我的思想里，虽说与老师相识，但只是仰望、尊敬、崇拜，只有聆听老师教诲，自觉人微言轻，还没到直接找老师办事的分儿上，所以就去拜访周明老师，请他出山帮我说个情。周老师笑着说："你和忠实老师熟悉，打电话给他，他一定会帮你。你忠实老师是个热心人，也善于扶持年轻人，如果他认为文章不错，也有空闲时间，一定会答应的。"听了周老师的话，我怀着忐忑的心情给陈老师打了第一个电话，通了，屏住呼吸期待着对方的应答——"喂？"当时我激动坏了，"陈老师好，我是中国艺术研究院《艺术评论》杂志的朱佩君"。"朱佩君，乡党，我知道嘛，有啥事说。"陈老师那一口浓浓的关中腔听起来就如邻家大伯一样熟悉啊！那么大的人物那么亲切的话话打破了我原有的拘谨，我便将所托的事与老师做了详细汇报，没承想，老师真的就答应了。他让我先寄稿件过去，看过以后再做答复。事情进展得很快，七月初我便带着作者赴陕西在西安市新城区广场附近的酒店与老师会面了。谈完作品，我和好友吴珏瑾还演唱了两段秦腔《火焰驹》和《虎口缘》的经典唱段。陈老师听得非常投入，左手拿着雪茄、右手在桌子上拍打节奏的画面至今印在我的脑海里。

二○一二年三月《艺术评论》杂志百期纪念，唐凌主编安排我请名家给杂志题词。我首先想到的便是忠实老师，但又怕打扰老师，便给忠实老师发了一个短信。下午便接到忠实老师的回电：朱佩君吗？我是陈忠实，你发的我看了，你看我是口述你记下来呢，还是我写了给你寄去？我当时激动坏了："感谢陈老师！能写了寄来我们太荣幸了！"没过几日，我便收到了陈老师寄来的赠言："《艺术评论》视野开阔，古今中外，广采博纳，为繁荣艺术园地贡献卓著，也使我大开眼界，受益匪浅。望更上一层楼，再创新的境界。陈忠实二○一二年三月三日。"看到陈老师的题词，我深深地感受到大树对小草遮护的美好，他用智慧的枝条引导呵护着我这棵文学园林里的小苗。

听说老师生病是在去年春节前夕，记得是元月六日，我应西安市外事学院邀请组织了几位话剧界的专家前往西安观看学院艺术系排演、由吴京安主演的话剧《白鹿原》。令我感到意外的是竟没见到忠实老师！后来才得知忠实老师生病住院了。想去探望，可听说老师需静养不宜见人太多，故而遗憾地未能前去。

如今，那个生长在云端里的巨树消失在万古的长空里，让我们觉得一个长安城里真正的先生走了！文苑一片悲怆！先生一生对文学事业做出了巨大的贡献，让后来者长久得其温暖，享受其文学精神！虽然他枕着用生命书写的巨著《白鹿原》离开我们远行了，却将宝贵的文学财富留给了世人。老师去世一周年了，我常常会忆起他。依稀往事在心头。

（选自2017年4月18日《中国文化报》）

一颗永远醒着的灵魂

马泰泉

千百年来，曹植的《七步诗》家喻户晓，老少能详。看似童谣一样通俗简易的诗句，字里行间流淌的却是人间热血。人们为这首兄弟相煎的诗洒下太多的情感和眼泪。其影响之大，远远超出诗的本身。这首刀斧下的七步成诗，一字一句都是从他那双眼睛里碰落下来的泪、血与烈性的火，都是从他内心深处舔抚着被啮咬过的伤痕独对天空和大地的倾诉！它既是曹植生命的写照，又是对中国历史与现实的折射，更是对人类生存与毁灭的痛彻揭示。

在中国五千年文明史中，载入史册的文化名人着实不少，但以一首诗广为流传，常被人们景慕成典者屈指可数。有心想为曹植写点什么的念想已存心中多年，这似乎没有什么特别的理由，只是觉得我和他有一种不可言喻的缘分。这并不是因为曹植曾当过我家乡的父母官陈思王，并在此殉职安葬，陈郡百姓为其四棺同出，万民悲恸。后奉诏迁葬东阿鱼山。知道或者熟悉一个人，与他是否为同代人没有关系。要了解一个死去千八百年的人，似乎并不困难，这主要是看你对他的真正了解和喜欢程度。

千百年来为什么中国的老百姓这么热爱曹植，有那么多的文豪大家评说曹植，我极力想探究一下这种缘故。当然，像曹植这样一位世间不可无一难能有二的人物，古往今来引起人们的关注，必是因为他身上有一种常人不具有的特质让人很难定性，所以成为人们话头的范本，人们可以按照自己的想象来解读他，这会让人看到无数个不同形色的曹植。但是我想，对他的人生做背乎历史真实的臆断或一孔之见，都是徒劳无功的。自魏晋以来，有关曹植作品的学术文论繁多，且仁者见仁，智者见智。而曹植的生平传记，已有晋人陈寿著《三国志·魏书十九·陈思王传》，做千余字记述，后有裴松之对本传做注引，其文字也不过万言。这似乎为后人留下太多的填补空间，曹植之所以成为历代文人墨客评品不尽的话题，多是为他卓越的才华深印在他写的每一行诗上而津津乐道，各持己见，但对于他浸透诗行的血泪和心灵史，深究者又有多少呢？

就说《七步诗》吧，因此诗不见《魏志》本传，有人疑是附会，并非曹植亲作。提出这种"疑信难决"的可信度是什么？是权威还是历史？曹植为何"维系了千载的同情"？曹丕又为何"膺受了千载的厌弃"？七步诗除了揭示兄弟相煎的悲剧之外，又告诉了人们什么？那只操纵燃萁煮豆的幕后之手究竟是谁呢？以《七步诗》为标界，成为曹植人生的另一种生命形态，围观者在他七步成诗的举步间，看到的是怎样一双悲悯天下的眼睛？血与泪的凝结，情与思的辐射，酒与剑的狂放，又有谁能听懂那是他灵魂啼血的足音？还有《洛神赋》，在中国文坛被誉为千古绝唱，他笔下的洛神是神还是人？还有《白马篇》，"捐躯赴国难，视死忽如归"是他对功成名就不懈追逐的最后寄寓吗？……但是，他倔强地倒下的躯体内，流淌的还是王者的血液，王者的风范，王者的期待吗？这一切一切，都需厘清历史的尘埃，拨开重重谜团，以舍下苦力的劳作和披肝沥胆的求索，突破故纸堆和文字的局限，让人们看到一个从云里雾里走出来，走在坚实大地上的主人公。然而，面对一个沉睡千年的旷古奇才，我概不敢背乎真实、超乎历史而夸大其说，妄加描绘，我只能沿着他走过的人生历程做一次生命轨迹的探幽，把活现于我心目中的曹植忠实地告诉人们。

曹植离开这个世界，尽管隔着一千八百年时空，但古朴憨实的豫东人依然能与一千八百岁的曹植掏肝掏肺地交谈。这是因为在他那奔放的才情里充溢着大自然的万籁音响，而这个万籁奏鸣的世界早已潜入一个自然之子的心灵里了。他的俗，他的雅，他的悲愤哀怨，他的沉雄遒健，无论是"下里巴人"，还是"阳春白雪"，都能从他的诗文里听到人类情感之弦的振动，都能与他在精神王国神交畅游。在大家看来，他是一位喜、笑、怒、骂真性情的现代古人，他成了人人心中的兄长、老友，连娃娃们也把他当作童年的伙伴，子建子建地叫，曹植曹植地喊，没了年代，没了年龄，没了辈分，一切概念都模糊了，只有一个清晰的不变的永远鲜活的形象存留在人们的印象中……

今天我们之所以喜爱曹植，不只是因为他饱受磨难而引起人们更多的同情，更是因为对他超凡的才华与人格的极大崇敬。他的作品中流露出他的本性，他的人品构成了他名声的傲骨，他的文采则凝结成他精神之美的血肉。倒下的只是一尊英年早逝的躯体，站立的却是一颗永远醒着的灵魂！虽然，他是政治上的失败者，而他的人格则成全了他在文学上不朽的美名。历史记载下的不仅仅是兄弟间的手足相残，更重要的是曹植诗歌的风华绝代，上继"风骚"，下启盛唐，在六朝以至明清的历史长河中都产生了深远影响。

以飘逸遒劲的诗风，以开阔辽远的视野，以朴素凝练的笔墨，写天地人生，写乱世景象，写战争苦难，在兵荒马乱和屡遭贬斥的岁月中，如此决绝地挺起中国文学的脊梁，在血泊和夹缝间捍卫其人格与生命尊严者，正是我们可亲可敬、可歌可泣的曹子建！前人已向我们倾情颂赞：魏陈思王植诗，其源出于国风，骨气奇高，词彩华茂，情兼雅怨，体被文质，粲溢今古，卓尔不群。嗟乎！思王之于文豪也，譬人伦之有周孔，鳞羽之有龙凤，音乐之有琴笙！又云：论汉魏以来两千年间诗家堪称"仙才"者，唯曹植、李白、苏轼三人耳！今天，曹植依然是中国文学天幕上一颗璀璨的星。没有他，中国文学的光辉会黯淡许多。甚幸的是，在他身后渐渐隆起的中国文脉高地上，同他接通气脉的接力者一个接一个地走来了。远远望去，李白、杜甫走来了，苏东坡、李清照走来了，辛弃疾、文天祥走来了，携着"投枪"和"匕首"的鲁迅走来了……

一颗伟大的灵魂就长眠在淮阳城南那片田畴里，经历一千八百年风雨沧桑。

一生壮志未酬、郁愤而逝的曹植，直至到死都一直在寂寞中等待。一千八百年时光，那是怎样的一种期冀啊！然而，曹植的身影从公元二百多年的三国时期，走到今天的二十一世纪，看来他还将一个世纪一个世纪地走下去。这也许是因为，一首诗与一个民族的心灵史交融在一起，一个民族的文明基因里都有文学的精髓在。千百年来有多少人在时光深处，无限深情地呼唤他，怀念他，惋惜他？有多少人一遍又一遍地把自己假设为曹植，该如何选择自己的命运？我相信，一万个人中，有一万个不同的答案。对于一个民族而言，再也没有比种植在这个民族心灵里的声音更为珍贵的了。

他的躯体可以腐烂在泥土里，他的声音无法被掩埋！在这个似乎七步而括的天地间，该发生的故事都发生了，将要发生的故事迟早都会发生。于是，人们发现，曹植离我们并不遥远。那颗醒着的灵魂，那双未泯的眼睛，那深深的血脉之声，一直伴随着一个国家和民族的足迹一路走来……作为一位风华绝代的诗人，人们被他语言的力量和美感所折服。他的诗作因极富情感和思想性而显得厚重，又借助想象和隐喻的翅膀而变得灵动。他的诗真诚、平易，但总带着一份执着；他的声音清澈、纯净，但总回响着一种抗议。他总是注视脚下的土地是否坚实，把最深沉的爱献给了这片土地；他坚信人民的力量，用他的智慧才情为人民歌唱，同时又以斗士的勇气去捍卫文化的尊严。

伟大的曹植在他生命的最后时光里，对所经历的人生进行思考，终于坦然地向自己的内心和上苍承认：人是卑微的，渺小的，在那个可以称作为主或自然的存在面前，人只是天地间的一粒微尘，森林中的一片树叶，旷野里的一缕轻烟。名为皇叔，他是那么强烈地对抗自己的贵族皇室身份，那么激烈地反对皇权和所有不平等的事物，他把父亲曹操和朝廷授予他的官佩爵位乃至俸禄都交上去，甚至放弃一贬再贬、一削再削的食邑，除了一介草民，他什么都不要了。他要像一片树叶，一粒微尘，一缕轻烟一样回归到天地深处。他做到了。

（选自2016年12月5日《文艺报》）

回　望

杨海蒂

在遥远的陕北之北，在苍莽的黄土高原，在浩荡的黄河岸边，有一座独具魅力的历史文化名城——吴堡，我一个月内就去了两次。

最初知道吴堡，因为当代著名作家柳青，吴堡是柳青故里，2016年恰是柳青诞辰一百周年。对于中国当代文学，柳青和他的现实主义杰作《创业史》具有旗帜意义。柳青祖辈，原是大户人家，然而，柳青和兄长背叛了他们的家庭、阶级，弃绝"维新"，追求革命，投奔了延安。在寺沟村村口，巨幅柳青语录迎面而来："人生的道路虽然漫长，但紧要处常常只有几步，特别是当人年轻的时候。"我心头一颤，驻足，凝眸，五味杂陈。年少时，经常抄写这段话于笔记本扉页，那时候，何曾想到过有朝一日竟能在先生故里拜谒先生！

柳青故居分为两个区域，一是生活院落，另一为私塾学堂，在居所几百米开外。私塾前有块石碑，被树木荒草遮蔽，难于被人发现；石碑上镌刻着"资生功不替，得主运维新"，横批"德合无疆"。

那是激情燃烧的岁月。延安，是中国工农红军的再生之地，吴堡，则是中国人民解放军的出发之地。

"邑枕黄河"的吴堡，是陕北通往华北的桥头堡。现今的吴堡，有四座黄河大桥连接着秦晋两省，曾几何时，要东渡黄河，只能依靠渡船。半个世纪前，吴堡川口渡口，水浪滔天，战船列阵，毛泽东主席率领中共中央机关前委和中国人民解放军总部，在勇敢、智慧的吴堡人民齐心协力下，从这儿乘木船东渡黄河，过境山西，前往西柏坡指挥解放战争，共产党从此一飞冲天，走向辉煌胜利。毛主席转战陕北十三个春秋留下的光辉足迹，在吴堡画上一个伟大的句号。

1948年3月23日中共中央东渡黄河，是中国革命史的闪光点，是中国共产党的转折点。这是陕北的光荣，是吴堡的荣光。

离开河边，一行人走到地势较高处时，毛泽东停住脚步，回头眺望黄河对岸，动情地说："陕北人民对中国革命做出了很大的贡献，我们是忘不了的。陕北是个好地方，陕北人民太好了，陕北人民对革命是有功的。"周恩来接着说："陕北人民对革命的贡献我们是忘不了的，将来我们有了条件，一定要多关照一下陕北人民。"

在渡船上，毛主席一次次恋恋不舍地回望陕北，主席深情回望的照片，深深地打动着我。

一年后，整整一年后，1949年3月23日，毛泽东率中共中央机关和人民解放军总部离开西柏坡，向北平进发，去建立新中国。他为什么又选择3月23日动身，与东渡黄河的日子一天不差？也许，吴堡东渡，在主席心中有着不可替代的分量，有着难以言喻的意义。今天，吴堡黄河古渡（川口渡口码头遗址）古石碑旁，矗立着吴堡的红色地标"毛主席东渡纪念碑"；纪念碑右侧为"河神庙"石窑洞，一簇簇山丹丹花开红艳艳，在微风中轻轻摇曳。

沿着黄河岸边崎岖山道，汽车一路颠簸，盘旋而上吴山，地势在纵横沟壑和成林枣树掩映下不断升高。黄河西岸，吴山之巅，有一座石城环山抱水，蜿蜒盘曲，拔地通天：东以黄河为池，西以悬崖为堑，南为绝壁天险，北为咽喉狭道。悬崖峭壁下方，黄河自东向西奔腾而去。山上乱石穿空，山下惊涛拍岸。真乃雄奇而险峻，盛大而别致，磅礴而壮丽。正可谓独造之域，一家之奇，至高之境。

这就是黄河文明的璀璨名片、名闻天下的"华夏第一石城"——古吴堡石城。

吴堡扼秦晋之交通要冲，自古为兵家必争之地，凭借石城这一雄关险隘，千余年来，吴堡虽饱经战争创伤，却始终"一夫当关，万夫莫开"，从未被破城。这座坚不可破的天堑雄堡，使吴堡成为享誉天下的"铜吴堡"；这座固若金汤的军事要塞，抗战时期再立新功，它抵抗住了日寇的侵略，守住了陕甘宁边区东大门，护卫了延安，保卫了党中央。

古吴堡石城年代久远，据成书于唐代的《元和郡县图志》记载："刘裕子刘义真于长安，遂虏其部，筑城以居之，号曰吴儿城。"若此说不谬，其当建于公元418年，距今近一千六百年。最普遍的说法是，吴堡石城始建于五代十国时期的北汉国，只不过当时它只是北汉御敌的一个军事要塞。史料确凿的文字记录为《宋史·外国列传·夏国上》，其记载显示：一千多年前，吴堡石城已颇具规模。1226年，吴堡由寨升县定名吴堡县，该城成为县府治所，由军事堡垒升级为政治、经济、军事、文化中心，且一直沿用到元、明、清。

石城不大，占地约十万平方米，但作为县治，却"麻雀虽小，五脏俱全"。城内原有南北大街一条，小巷十余条，店铺数十处，不仅设置了县衙、捕署、监狱、官仓等，还有观音阁、魁星阁、文昌宫、文庙、城隍庙、娘娘庙、祖师庙、龙王庙、关帝庙、七神庙、衙神庙、土地祠、节孝祠、节义祠等众多庙祠，并且建有南坛、北坛、先农坛、校场、点将台、兴文书院、女校、清廉牌楼、贞节牌坊等。大部分建筑为石砌窑洞式，只有少量砖木结构建筑；各式建筑星罗棋布，错落有致遍布全城。可恨侵华日军占领山西后经常隔黄河炮击石城，致使城内大部分古建筑损毁，只留下众多遗址、遗迹、遗存、文物，幸而尚有七十多处明清时代所建窑洞和民居保存较为完整。庙堂文化与江湖文化，在这座古老石城一直相融并存。

登山临水，不禁发思古之幽情；登高望远，进而怀激烈之壮志。元代诗人萨都刺的《念奴娇·登石头城次东坡韵》，不由就浮现脑海，挥之不去："石头城上，望天低吴楚，眼空无物。指点六朝形胜地，唯有青山如壁。蔽日旌旗，连云樯橹，白骨纷如雪。一江南北，消磨多少豪杰……"只消换几个名词，何尝不是眼前这座石头城的写照。

吴堡石城城墙里外墙面均为石砌，条石拉筋、中间黄土夯筑，最重的石块一吨有余，普通筑石也多在三百斤余，令我惊奇在生产力那么低下的古代，劳动人民是怎样"与天斗，与地斗"的。古吴堡石城，就像古埃及金字塔，留给人们一个未解之谜。城内触目皆石：石城门、石垛口、石庙宇、石民居、石塔、石街、石墙、石道、石匾、石雕、石刻、石狮、石礅、石碑、石桥、石鼓、石凳、石碾、石磨、石柱、石臼、石杵、石板……在金色阳光照耀下，石头器物熠熠发光。

这是一座石头雕刻而成的石艺博物馆，是别具一格的"全国重点文物保护单位"，极具艺术观赏价值和科学考察价值。国家文物局古建顾问马旭初先生为之赞赏不已，马老说：中国古建以砖木结构为主，吴堡石城以石为主，实属少见，这些东西留下来真不容易。

在我看来，石城南门外的瓮城，更加具有深厚历史文化价值。瓮城门匾额为"石城"（原为"带砺"），城垣东、南、西、北四门均建有门楼，城门洞顶上对应有"闻涛""重巽""明溪""望泽"四块石匾，皆为清乾隆年间知县倪祥麟所题。更早年代的"生聚""南熏""威远""北固"等匾额可惜已毁。从民居"义行可风"门匾可窥民风一斑。城南西侧石壁上刻有"流觞池"，为明万历三十六年（1608年）知县杜邦泰题写。流觞池位于石城南石塔寺下，古时每逢农历三月初三，城中文人墨客聚会于此，在水池上放置酒杯，杯随水流，停留在谁面前，谁即取饮并作诗助兴。石城北官道旁西侧石壁上，刻有"逝者如斯"，落款"道光二十年冬，山右刘元凤题"。

天之高焉，地之古焉，唯陕之北。

夕阳西下，枣花飘香。下得山来，奔往高家堎村，去品尝央视纪录片《舌尖上的中国》力推的"天下第一挂面"——吴堡手工空心挂面。吴堡手工空心挂面，经十二道工序成品，它是原生态的民间传统技艺，是农耕社会生产形态的缩影，是一份宝贵的历史遗产，对研究陕北饮食文化具有重要的参考价值。它绵细而又筋道，色、香、味十分诱人。餐间，有热辣辣的陕北民歌从塬上响起，朴实自然，优美动听，能将人心融化。现场当即有人唱起《赶牲灵》，歌毕，四座掌声经久不息。歌者大声宣告：《赶牲灵》作者张天恩，就是我们吴堡人！自豪之情，溢于言表。我惊喜交加。传唱于世的《赶牲灵》，陕北民歌中最具代表性的《赶牲灵》，被誉为中国民歌之首的《赶牲灵》，我最爱唱，且曾登台演唱的《赶牲灵》，原来就源自我脚下这片雄浑而又多情的土地，而且，这位为民间音乐做出巨大贡献的作者，竟是一位时常赶着牲灵往返于秦晋的普通乡民。

当战争的硝烟散尽，正是人性中对美和爱的向往和追求。

（选自2017年第3期《海外文摘》）

稻　时　光

周华诚

有闪电的地方，稻子长得好

有天听朋友说，有闪电的地方，稻子长得好。

很奇怪。闪电与稻子有什么关系？

——啪啪啪关系。

这是日本的说法。日本人也是以米饭为主食，他们对于稻米的态度，甚至更虔诚。不是有"米饭仙人""寿司之神"之称吗？只要有一碗好饭，不需要任何配菜都可以心满意足。

古代日本是一个以农业为主的社会。古时日本人长期从事田间劳作，发现经常打雷的地方，水稻长得特别好。什么原因，百思不得其解。只好猜测臆想——古代人想象力都特别丰富，而且什么不明白的事都往啪啪啪上想。

于是人们就认为，闪电和水稻发生了关系。闪电一激动，水稻怀孕了。

"稻妻"这个词，是有来历的。事实上，它起源于《古今和歌集》。在古老的时代里，人们把"稻妻"叫作"稻交"。

"交"的意思，对，就是你想的那样。

现在看，"稻妻"这个词也很有意思，雷电是丈夫，水稻是他的妻子。

小时候，常见到闪电，在田野上空奔走。

继而滚雷大石碾过，继而霹雳声裂长空，继而狂风大作，暴雨倾盆。

夏天的雨来得猛，去得急。雨去之后，碧空如洗，万物灵光闪闪。

要我说，水稻不过也是万千野草之一种，承接雨露阳光，受惠于风和空气，种种恶劣天气，不过生命之中应有之义。该来的都会来，躲也躲不掉。去承受，接纳，应付，欢喜，生命也才完整。稻子的一生，春夏秋冬，要是平淡无奇，草草而过，岂不无聊。

当然，这样说，我父亲不会同意。农人们年年祈求风调雨顺。要风得风，要雨得雨。事实上农人不是神仙，他做不到。他们能做的，只有常常仰天兴叹，只有常常望天长跪。有田地处，皆有龙王庙，便是一例。龙王司雨，旱时各处都要请龙王莅临指导。有河流处，皆有宝塔，宝塔镇河妖，又是一例。河水泛滥也不成啊。

一个字，难。

有一天读到毛尖的一篇文章，题目就叫《有闪电的地方，稻子长得好》。但她说的是电影中的外遇。毛尖写电影，真泼辣，真敢说。她敢说，我不敢登。我在报纸副刊的时候，约她写专栏，又常不得不把她文章中某处一二句擅自删去。我不删去，报纸就要把我删去。所以当编辑也是幸福的，那些最终被删去的文字（往往是最妙的）其实我都读到了，而读者读到的，都是洁版。

所以我现在很少读报纸了。

我是那样一个污的人。

比如毛尖这样说："今天就来说说美好的外遇。在外遇题材上，日本电影的贡献最重大，天地良心，日本导演把外遇表现得真是美好啊。来看成濑巳喜男的《愿妻如蔷薇》（1935）……"

你看，要在报纸上，这第一句肯定会不见了。

毛尖介绍到日本导演成濑"艺术极致作品"的《稻妻》（1952）。她写道："如果内容提要一下，简直是八十集连续剧的容量，但波澜跌宕的日子被导演克制在平静的素描里。母亲运气差，遇到四个男人生下四个孩子，为了大家庭，她任劳任怨到让小女儿清子从抱怨到看不上，终于她忍不住问妈妈：'你这样幸福吗？'妈妈的回答似乎避重就轻：'什么幸福呀，你竟然也问这样高深的问题。'"

不知不觉，扯远了。

这几天，水稻成熟了。两畦黑糯米在阳光下美得不可方物。

吃饭饭，睡觉觉

远人兄，天涯隔阻，青鸟未还，加之近时诸事繁纷，心未可闲，便久也没有给你提笔写信。倘你因此生有一丝责备，于我便是几分安慰（生活就是这么奇妙，莫名的奇妙）。

我前些日子是在乡下。秋天的农事，近期是一个集中时段，田野里稻子和毛豆都黄了，黄了便要收获。稻子种在田间，毛豆栽在田埂上，稻子与毛豆是互惠互利的一对。千百年来延续，相伴相依。老话说，"种豆不施肥，越种地越肥"。豆类植物的根，有一种固氮菌，是能把空气中的氮变成氮肥的。千百年来的农人，并不知道这样的科学道理，只因为田埂上的地，空着也是空着，不如栽几行毛豆，常常地便有豆子吃了。有时去田里看水，除草，晚归的时候，便在锄头把子上挂两株毛豆。植株上缀满了豆荚。在屋檐下坐着，耐心地把豆荚一一地剥出来，红的青的辣椒炒了，下酒也下饭。（剥毛豆我是不愿意干的，烦琐极了。但人间事，有几样是不用烦琐的呢。小时候不愿干的事，后来也一样一样去做了。人，大约总是这样的。）

说到毛豆，梭罗在瓦尔登湖隐居的时候，也种过。他说——

"这时我的豆子，已经种好了的一行一行地加起来，长度总有七英里了吧，急待锄草松土，因为最后一批还没播种下去，最先一批已经长得很不错了；真是不容再拖延的了。这一桩赫拉克勒斯的小小劳役，干得这样卖力，这样自尊，到底有什么意思呢，我还不知道。我爱上了我的一行行的豆子，虽然它们已经超出我的需要很多了……"

超出了生活所需，还要去种它，大约原因只有一样，那便是他喜欢种植这样一个行为。人们为什么常会去做一件超出需要的事，是的，天晓得——只因为喜欢。

江南的稻田边上，便因此布满一行行毛豆。毛豆叶子在秋天里黄了，是极明亮的黄，正大光明的黄。有一本杂志叫《大豆科学》，1983年第4期里有一篇文章——《我国南方稻田种豆的调查研究》，我愿意找来一读。那时候的论文，连题目也朴素，是可以当作随笔来读的。那时的论文大概还是田野中得来的多，不像现在，有些种种借鉴和抄袭，就算是极其高端的论文，也存在着造假的现象——某大学一位教授发表的基因编辑新方法的论文，震惊全球学术界，然而很多科学家都说他的实验无法重复，因此闹得沸沸扬扬。你在国外，怕也是听说此事了……且不去说它了。

毛豆成熟以后，连根拔了在场圃里晒，日光下听得见噼啪作响的声音。那是豆荚爆裂的情景。在毛豆边上坐下来，仔细听，是一件有趣的事情。

毛豆的收获很简单，稻子的收获就颇不容易。以前乡下一年到头，有几件大事呢，收稻子算得一件。种两季稻的时候，"双抢"是在最热的大暑里，算是一年当中农人最为辛劳的时节。双抢，是抢收和抢种，抢的也就是时间。农人素来平淡，有什么好抢,抢到一个好天气,抢到两天提前把农事做完,就是幸甚幸甚的喜事(抢亲、抢钱是只有戏台上才会发生的)。

现在我们,是只种一季稻了,节奏也就悠缓许多,并不急着在两三天里收割又赶着把秧插下去。收割过后,是漫长的冬闲,把田闲下来,什么也不管它,或者种上一季紫云英——这就是一种保养。休养生息。田也是需要放空的。什么事情也不干,看起来是懒散,其实张弛有度,是令生命悠长的方法。

远人兄,我们以前收割稻子,用打稻机——今秋在兰溪的梯田里收获,农人们搬出了最古老的稻桶,那是我从前没有用过的农具。有勇猛的朋友,光了膀子,把稻穗一下一下地挥舞起来,击打在稻桶的壁上,天地之间发出"咚咚咚"的声响。稻粒飞溅,好看,也令人欣喜。

远人兄,我们今天,可以这样感受劳作,是多么难得。即便稻叶把肚皮划出一道道浅浅血痕,即便手臂痒上几天,那也无碍。这样的痒,这样的挥汗如雨,是生命里珍贵的体验。离开了这片田野,离开了这一天,走千里万里,过五年十年,也不大会有这样的体验——人活着,不就是想千方百计地证明自己活着吗。痒也好,痛也好,那就是活着。

现在乡下,当然也进步了。一般的收割劳作,也有收割机。十里八乡,有一台收割机,挨着日子过来,一块稻田一块稻田地收割。如今农村里缺的是什么?是人。壮年的劳力,都进城去务工、谋食,村庄里寂静得很。田也没有人种了,很多稻田,因此荒芜。种了又如何,没有力量收割,也是白费。我的父母每到收割季,就天天担心的是收割机哪一天会来。收割机来的时候,我们的稻谷是否刚好成熟——是这样,田畈上十块田,八块成熟了,收割机过来,最好是全部收割掉。下一次,收割机就不来了。农人只有自己动手,以镰刀、打稻机去收割。这样的劳作,放在从前还是可以,有人。现在没有人,岂不愁闷。那便只好将没有成熟的也一并割掉了。

没有完全成熟的稻子提前收割,收成当然是很受影响的。但比起成熟却丢弃在地里,还不如提前收割。

种田,就是这样,琐碎而磨人。一件一件小事,看不见,摸不着,却牵动全局。

比如换一个稻米的品种,也很困难。成熟期早了三四天,或是晚了三四天,都是一件难办的事。

我们的田里,今年尝试种了一片黑糯米,大概是经验不足,还是什么别的原因,成熟期也晚了好多天。大片收割的时候,它还没有成熟,而且整穗里面,空瘪、秕谷占了大部分。别的收割过后，父母两个人挥锄收割，又用打稻机脱粒，最后晒干一称，只有20来斤谷子。

远人兄。我们这几天吃到新米了。新鲜的米，吃起来有一股米香。我这样和你说，你会觉得好笑。香味是很微妙的，除非亲尝，否则用言语很难说得清。

今季的稻米品种，是"天优华占"，跟去年的"Y两优二号"有些差异。

天优华占——

米质主要指标，整精米率69.9%，长宽比3.4，垩白粒率3%，垩白度0.3%，胶稠度80毫米，直链淀粉含量20.7%，达到国家"优质稻谷"标准1级。

Y两优2号——

出糙率80.8%，精米率71.3%，整精米率67.2%，垩白粒率30.0%，垩白度2.1%，透明度1级，碱消值3.3级，胶稠度90毫米，直链淀粉含量15%。

这样的两组数据放在这里，你能看出什么不一样吗？

长宽比，垩白粒率，垩白度，透明度，都是外观。垩白，是米粒里白色的部分。一般来说，白的东西多，米就不好看。垩白粒越少，越透明，大米越是美观。后面的部分，比如胶稠度，是大米的蒸煮品质。

煮出来，有的大米特别黏稠，有的就粒粒清爽，就是胶稠度的不同。

最后，是直链淀粉含量的不同。这一项很有意思。我早先以为，直链淀粉含量越高，品质越好，其实不是这样的。淀粉含量高，只是甜一些，但是越高，煮出的米饭就越硬。一比就知道了，今年的"天优华占"比去年的"Y两优二号"直链淀粉含量高一些，因此米饭的口感上没有去年的黏软，吃惯了东北粳米的人，就会觉得这米饭干了。

今年新米收获后，我在心里隐隐担心，是不是大家能够接受。好在收到米的朋友，品尝之后纷纷跟我反馈，说还是很喜欢。有的正好是因为喜欢吃干爽的米饭。还有一位，特意炒了一盘蛋炒饭，金黄漂亮，粒粒清爽，说拿来炒蛋极为相宜。我也觉得高兴。

远人兄，米饭的口感，说起来真不是一件简单的事，用机器可以测出各种各样的数据和指标，但是口感，还真是只有靠舌头来感受。前段时间，我受邀到日本某公司去采访他们怎么做马桶盖和电饭煲。电饭煲的公司——居然他们是有一个专门吃饭的团队，叫作"Rice Lady"（米饭夫人），他们的工作，是每天煮出十几二十锅米饭，去品尝其口感和味道。

说到做事的用心，我这次是深受震动。一个制造电饭煲的公司，为了一款新产品的上市，要用掉3吨大米！每天都是煮饭、品尝，煮饭、品尝。我这样说来，还是简单了。举一个例子吧，他们搞研发的技术人员，进入岗位的第一件事，就是去公司附近的稻田干活——亲手去种一季水稻。通过这样的劳作，去体会农人的艰辛，感受每一粒米的得之不易，从而知道珍惜。他们投入研制电饭煲，是带着敬畏与感恩之心去做的，真正把"一碗好米饭"作为自己的目标。

再举一个例子。我在他们的实验室里，见到一个场景，令我惊讶。几十台电饭煲同时工作，24小时不停歇地煮饭，并由专人记录在案。一个新产品要上市，按照5年的设计寿命，每天煮2顿，那么，它应该保证煮3690次饭而不出问题。他们怎么干呢？

真的就让电饭煲不停地煮饭，煮足3650次！

远人兄，你说这样做事的精神（大家都在说的"匠心"，听到耳朵起茧），在我们现今，在我们身边，多吗？

——怕是不多的吧。

不由得让人敬佩。

想到我的种田。我也希望，是以匠人之心，种出一点好的大米来。种田这件事，就是这样，一种就是一年，好的坏的，都无法重来。一个人，一辈子，又能种几季田呢？

又想到，写文章，是不是也是这样？

远人兄，今天一早，我坐下来给你写这样的一封信，拉杂地说一些闲话——是的，我很珍惜这样的时光。

静静地吃一碗饭

之前看日本电影，他们在吃饭前都会双手合十，说："开动喽！"一朵问我为什么要这样做。我想了想说，这样说一句，是提醒米饭做好思想准备，免得"啊呜"一口下去，米饭要被吓到。

清晨翻《日日之器》这本书，看到里面有说，吃饭前先说声"开动"，表示对稻米与农夫的敬意。这是从日本人以米为主食的习惯中产生的用语，隐含了生活的严苛与温暖。每粒米，都蕴含自古至今所有农夫为了种稻而费尽心血的智慧，每思及此，都让我想静静合掌，表示感谢。

中国人相信，米饭是有灵性的，小时候一粒米饭掉落地上，老人绝不允许踩到它，会小心翼翼拾起来，丢给鸡吃。遥远的甘肃，一位姓韩的朋友也说，小时老太不让孩子剩饭，说碗底有金银。稻穗遗留在收割后的田间，也是不被允许的事。

我本以为，只有中国人才是这样，因为大家经历过一场又一场的饥荒。其实，这不仅仅是饥饿记忆的后遗症。相信稻米有灵，不仅是中国传统文化的一部分，而且在以稻米为食的许多地方，都对稻米有着同样的尊重。《作为自我的稻米》一书中写道："柳田指出，在所有的作物中，只有稻米被相信具有灵魂，需要单独的仪式表演。相反，非稻米作物被看作是杂粮，被放到了剩余的范畴。"

例如日本人，依然有一些习俗流传，证明稻米的神圣性。"如果某人踩到了稻谷，他的腿就会弯曲。如果用餐者哪怕把一粒米饭留在碗里，眼睛就会失明。"这也是《作为自我的稻米》里面提到的禁忌，对稻米失敬的人，将会得到相当严厉的惩罚。这样的惩罚，相信千百年来并没有真正地应验过，然而，它依然对人们的行事起到告诫作用。

稻米的地位很高，在我的记忆中，乡下曾有一种迷信活动，如果有哪个孩子受到惊吓，晚上孩子入睡后，由大人盛满一碗大米，用手绢包裹，拎在孩子头上转三圈，说些"宝宝不怕，宝宝回家"之类的话，然后把米碗放在孩子枕边。第二天，小心把米碗摆正，可能会出现一边缺角或是几粒米竖起来的现象。有经验的人从中就可以得出结论，孩子是在哪个方位被什么东西吓着了。

现在破除迷信，这样的占卜祛邪之事，已然没有人做了，怕是不久也会失传。但中国人的问题在于，什么迷信都破，破了以后，就什么也不信了。"信"，是一份约定，一丝敬畏，一种从内心里生长出来的做事规则。现在的人们，好些时候不再"信"，也就是什么都不怕了。不要说碗里剩几粒米，脚下踩几颗饭，就算是把有毒大米拿出去卖，在被抓进牢狱之前也照样可以喜气洋洋。

这是扯远了。然而对于米饭的尊重与敬畏，只有真正挥汗如雨的农夫，才有深刻的体会，并且把这种尊重与敬畏，延续到日常的生活当中。我的父亲，一介农夫，每一次在碾米的时候，都极其认真与慎重，从不提前许多天碾米，而是吃多少，碾多少。听他说只有这样，才能保持大米的新鲜口感。平时，是把谷子储存在大型的木质谷仓中。

书上说，"在日本文化和稻米作为主食的其他文化中，一个观念认为，每一粒稻谷都有灵魂，且稻米是生活在稻壳中，这是赋予稻米的一个基本意义。例如，传统上消费前会慢慢地脱粒，以防止稻米失去灵魂，稻谷不久就失去了生命成为'陈米'。"

现在，不管是日本人还是中国人，大概都不会相信稻米具有灵魂，或是什么谷壳包裹之下存在着稻米灵魂这样的事。但是直到今天，父亲依然延续少量碾米的习惯。有人在网上下单购买我家"父亲的水稻田"大米，父亲都会头天傍晚才碾米，第二天一早把大米快递出去，还要叮嘱我说，"记得告诉人家尽早把大米吃掉，不要存太久哦。"

前段时候，有一个"米饭仙人"的故事流传很广。说的是在日本，有一位叫村嶋孟的老人，在"煮饭"这件事上有着极深的道行——他将毕生心血倾注到做好一碗白米饭之中。这位老人童年身经战火，亦曾无家可归，流离失所，最艰难的时期，一度流落至捡面包配杂草充饥度日。那时他便认定，能吃到一碗热腾腾的白米饭，就是人生幸事。因而后来他用余生用来追求最简单质朴的幸福。人的生命很短暂，人也非常渺小，他从一碗米饭里，看见爱与人的本质。所以，他才一直坚持，用灶台煮出最好吃的白米饭。

一个一辈子煮饭的人，一个把饭煮得很好的人，在日本可以得到崇高的荣誉及尊重。这样的故事，令人感动。同样，日本还有一位人物达至"国宝级"，居然是一个保洁工。这位叫新春津子的保洁员在东京羽田机场工作。她的父亲，"二战"遗孤，日本人，母亲则是中国人。她17岁时，举家迁往日本生活，那时她一句日语都不会说，总是被周围的人欺凌，恶语相向。高中毕业后，她就只好做起清洁工。没想到，搞卫生就此成为她一辈子的工作。可是，她仍凭借自己的努力，取得"日本国家建筑物清洁技能士"的资格证书。她能对80多种清洁剂的使用方法倒背如流，也能快速分析污渍产生的原因和成分。现在，她上了电视，成了明星。她也出席演讲会，甚至还出了书。更令人意外的是，居然还有人专程跑到机场对她说："您辛苦了。"

要我说，这样的故事，说来还真是平淡，一点波澜起伏都没有。可是，不知道为什么，听起来却有惊心动魄的力量。

这让我想起，静静地吃一碗米饭，是一件多么平凡却重要的事。一碗米饭，就是一份约定，一丝敬畏，一种从内心里生长出来的做事规则。日本人在吃完一碗饭时，常会说一句感谢的话，直译过来是"为我的奔走"。人的一辈子都在奔走，能静静地吃一碗饭，跟静静地做一件事，都是值得十分感恩的。

（选自2017年第8期《广州文艺》）

母亲的簸箕

黄圣凤

一

简朴的院落，健朗的老太太，灰头巾，蓝布围裙，脸上的皱纹和簸箕的纹路交相辉映。夕阳照过来，谷子上铺满金黄，上上下下颠颠簸簸中，尘杂飞去，谷子变得粒粒分明。

到了皖西的乡村，"妇人簸谷图"随处可见，这是画家作品之外生活的杰作。但我家山墙上挂着的那只簸箕，它只钟情于它的主人——我的母亲，一个粗手大脚的妇人。

簸箕是用竹篾编成的，用它簸掉谷物里的瘪子、壳子和杂草，也用来晾晒土地上的大豆、花生、辣椒、萝卜干。社会迈着匆匆的脚步一路向前，很多农具被遗落在进军的路上，但簸箕一颠一簸地走来，始终没有却步。随便走进一户老百姓的家，都可以看到它依然忙碌的身影。

乡下，男人们下地干活，出的是硬力气，他们根本看不上这些鸡零狗碎的家务活，簸箕是属于女人帮的。"簸"是一种动作，很讲究技巧。母亲把簸箕舞起来，像一个大型乐队的指挥：麦子或者谷子，借助手的力量飞起来、落下去，一起一伏，绝不会让一个音符跑到节拍的外面去。

母亲微微猫点腰，双手握住簸箕的两边，运匀了气息开始簸动：左边一下、右边一下、前面一下、后面一下，双手力道不同，谷子在簸箕里起伏的方向就不一样。每簸动一下，谷物就顺着用力的方向，齐刷刷地抖动着翻上去。左手用力，谷子就在左边腾起，落在右边；右手用力，谷子就会在右边腾起，落在左边。像海浪、像瀑布、像顺着键盘滑下的音符，母亲的指挥棒指到哪里，哪里的音乐就飞起来。在优美的律动中，那些瘪稻子呀，碎石子呀，草梗呀就会很自觉地与丰盈饱实的队列划清界限。而更轻的尘土和碎叶，在簸的过程中就知趣地从一个妥当的方向飞出去。

母亲和皖西乡下很多技艺高超的农妇一样，每个动作都优雅自如，每一拍都簸在节点上。她自如的臂膀和腰肢，节拍天成。在茅屋竹篱的乡舍，在绿草青青的篱边，在野花依依的院落，把自家的领地打造成舞台，自己无意中做了一个表演者：不疾不徐，沉着自信，绝无多此一举的动作。手一扬就是造型，腰一扭就是才艺，没有哪个艺术家可以把劳动的剧目演绎得如此精彩。

二

在皖西的乡村，有的是扶不起来的汉子，却很少见到不能干的媳妇。

能干的媳妇是从能干的姑娘中培养出来的，能干的姑娘往往有一个能干的娘。我母亲的娘是个严厉的"教授"，她不允许自己的女儿在一群小姑娘中不出众。于是，她亲自传经授道。姥姥开始示范：只见她左一下，右一下，左两下，右三下，不消十下二十下，簸箕里的场面就拉开了。

母亲没有想到她看来不起眼的娘，竟然变戏法一样，瞬间把簸箕里的"各色人等"列开阵容。可是年幼的母亲，胳膊架不住簸箕。她学着姥姥的样子簸了几十下，但簸箕里分不出三六九等，这让姥姥非常不高兴："现在架不住簸箕，将来怎么嫁得了人，谁个婆家要了媳妇是去吃白饭的？家务都做不来，还能当家立户？"

姥姥声音不大，分量不轻。

母亲心里听见了，耳朵假装没听见。

她望着飘落下的屑末尘杂发呆，那些东西怎么就乖乖地被簸箕"吐"出来了呢？

"你瞅着，"姥姥说，"簸箕三面立起，一面大嘴敞开，这叫'窝深''掌平'。窝深，不容易撒出簸箕里的家什；掌平，多余的杂物才能飞出来。"

母亲又试几次，才吐了一点碎屑。姥姥帮她扶正簸箕："端平，端平！这簸箕呀，就跟你人一样，不可低头，也不能仰脖子。低头，谷物会掉出来；仰脖，杂物就簸不出去。"

母亲牛劲上来了，还不信了，搞不定这笨笨的家伙。左邻大婶佝偻着腰能使簸箕，右舍阿婆扭着脖颈也能使簸箕，好手好脚的本姑娘就不行？没这道理。

"这样不照的，丫头！你要把心实实地沉下来，才能把轻飘飘的东西簸出去。你现在不是簸箕没端平，你是心没有放平。"

母亲白了姥姥一眼，低下头继续练兵。那时候，母亲是在私塾里已经念过几年书的女秀才了，她大脑里懂得的道理不少了。所以练着练着就练明白了：簸箕肯定会把废物吐干净的，因为稻子那么多，稻子又那么实诚，轻薄的碎末在簸箕里是站不住脚的。邪永远压不了正！再说了，簸一遍不照，两遍不照，那就多簸几遍呗，总会簸干净的，功到自然成。

这些道理，是在母亲的胳膊疼了一次又一次，腰酸了一天又一天，被姥姥训了一百次，打了一次之后悟出来的。

许多年以后，母亲对我说："人这辈子，其实跟簸箕差不多，身子摆正了，心态放平了，就得心应手了，该去的自然去了，该留的自然留了。"

好多人看到了村庄里飞舞如花的簸箕，却并不一定知晓能叫簸箕飞舞如花的理由。皖西大地上，每一个村庄，每一个院落，大约都经历过这种劳动技艺的传授，农耕文化的传承。

三

簸去尘杂，留下丰润，这是簸箕对谷物的选择。

簸去浮躁，留住坚忍，簸去偷懒，留住本领，这是姥姥教给母亲的选择。

之后的日子里，簸箕在母亲的手里越来越乖，越来越驯服。到最后母亲不仅纯熟地掌握了簸的技术，而且动作中有了音乐般的节奏和韵律。姥姥成功地把母亲塑造成十乡九寨出了名的"俏巴"女孩，提亲的人就一拨一拨地来，挡都挡不住咯。

母亲开始有心事了。她把摇动的心旌放在簸箕里，晃了很久，簸了很久，一直簸进梦里头。在梦里，一些面孔屑末般从簸箕里飞出去，飞出去，最后簸底亮出一汪晶莹。母亲终于把满簸的心事簸成了珍珠，有了珍珠，母亲手心里就有了宝。天亮的时候，母亲告诉姥姥，那三家提亲的，我选第一家。母亲的手装在裤兜里，手心里握着昨晚的梦，她相信那个曾经给过他一个憨笑的人，手心里一定也有一颗和她一样的珍珠。

母亲出嫁了。她从家境殷实的娘家带着好大一个牛皮箱子，外加被褥、脚盆和簸箕，嫁给了清贫的父亲。精致的牛皮箱子只能用泥浆土坯垒砌的台子支起来，母亲却笑。

选择，其实就是一个内心簸动的过程。母亲簸了好些天好些夜，给自己簸出了可以托付一生的男人。

母亲从来闲不住，她说她是个忙命，忙时一身劲，闲下来就害病。经年积劳让疼痛蛇毒一般盘踞在腰间，她却坐不下躺不住，菜地里草还没拔呢，小鸡还没喂食呢，俺大宝要吃糯米粑粑呢，母亲总有干不完的活。前脚把糯稻从满是阳光的簸箕中收起来，送到碾米房里去，后脚就得把水缸挑满，再把劈柴掇到灶屋去。汗珠从母亲额上冒出来，滴在泥土里，激起一缕一缕的烟尘，很细，袅袅的。

母亲相信，簸箕里有轻舞，更有飞扬，只要能把簸箕的春风秋雨舞起来，就不愁过不上丰裕饱满的生活；只要簸得动日子的勤与俭，天地不会亏着一家老小的嘴巴和肚皮。

四

土里刨食的庄稼人，家家少不了簸箕。簸箕既和战斗于劳动一线的犁耙、锄头、铁锹等称兄道弟，又和工作在二线的篮子、水桶、笆斗等志同道合，它和谐地融于劳动生活的前沿和后方。

母亲也一样，既在一线耕地插秧当农夫，又在二线喂猪烧饭浆洗缝补当妻子和母亲。三间房、一个院、一方塘、一个男人、五个孩子，数只簸箕，这是母亲全部的内涵。

簸箕跟着母亲多年，每一根竹条都被磨得锃亮。它不仅见证了一个乡村母亲劳作的本领，还成了她亲密的伴。青蛇化作簸箕，白蛇化作母亲，二人不恋断桥恋乡村。白蛇的乡居生活，怎么离得开青蛇的倾情参与。

那年月，能填饱肚子就是不错人家了，老咸菜、酱豆子、萝卜干都是宝贝。

腊月天，家家户户腌腊菜。腌腊菜是体力活也是技术活。在刺骨的河水里洗腊菜，青翠的菜叶考验着红肿的手背；洗净晾干，簸箕支在长凳上，砧板放在簸箕里，挽起衣袖，菜刀飞舞，一切就是几十上百斤，菜刀考验着手腕；切完后撒上盐，洗衣服样一揉一搓，粗盐考验着掌心和指头。

等菜揉得湿漉漉水淋淋了，得一把一把按进坛子里，用擀面杖捣实。弓腿、侧步，弯腰，抡臂，劲要大，力要猛，往往把人累得龇牙咧嘴，气喘吁吁，满面通红。直捣得绿水直冒，再加菜丝，再捣再扒，直到绿水冒完，直到力气用尽。

菜要切得匀称，盐要撒得适中，还要揉得恰到好处，没有一颗慧心，没有一双巧手，没有很好的技术，是腌不出一坛好菜的。臭手只能腌出臭腊菜，这成了某些媳妇大妈们心口的一种疼。而母亲的老咸菜鲜亮诱人，不酸不臭，男人和孩子本来只吃一碗饭，冲着这香辣的咸菜，也得再加一碗半碗。前村大妈、后村老婶时不时来家讨一点回去，老咸菜联络着乡亲乡情。

就凭这，母亲觉得多少苦累也值！

她愿意把一簸箕一簸箕的阳光搬回家，也愿意把一簸箕一簸箕的阳光洒出去。有了阳光，黑暗就会躲开；有了阳光，大鬼小鬼就会躲开；有了阳光，疾病就会躲开；有了阳光，母亲的微笑常开不败！

假如生活是一张铺开的稿纸，母亲就是蘸着阳光在上面书写诗篇的诗人，写着一家人的欢喜酸甜。而簸箕，它是母亲诗篇中饱满的句点，在简朴的日子里，标示出平平仄仄的节拍。

五

隔壁张大爷是竹编能手，早些年去世了，但张大爷编的簸箕，母亲一直在用。母亲还从张大爷那学会了给簸箕打补丁。巧手的裁缝，能在衣服的破洞上绣一朵花，让破洞成为一种装饰，一处景观。巧手的母亲对年复一年使用的簸箕充满了感情，她花了心思了。母亲把竹篾晒干，两面削平，用砂纸打磨光滑。在锅里放上水油，一直烧，一直烧，烧到油冒烟。母亲用手拿着竹篾的两头，让竹篾从滚油中慢慢过一遍。过了高温的竹篾就成了紫红色，又软又韧，还有好看的光泽。母亲利用颜色的差异，用心地在破了的簸箕上补出一张"牛"形的脸面来。

有了牛脸，母亲的簸箕就抖起精神来了。它执着地认为：这是一枚象形文字，是一个个性签名，是一方主人的印章。簸箕得到了主人的资格认证，它认定自己只属于一个人。

明媚的秋夜，月亮在云朵里穿行，瓦砾下的蟋蟀和池塘里的蝈蝈低吟高歌，一唱一和。簸箕陪母亲坐在门前的树墩上，它听见母亲手下花生壳"哔哔啵啵"地响，还听见母亲在轻轻歌唱："不种谷麦没得粮，不种棉麻没衣裳。会当家的省吃穿，好吃懒做家败光，一年四季饿肚肠……"

簸箕也想唱，但它没有出声，它静静地望着自己的主人。

簸箕有一双眼睛，是的，每一只簸箕都有一双眼睛，不动声色地注视着寒来暑往，朝朝夕夕。簸箕绝不只是几根竹篾的简单排列，它带着一颗心来的。

月亮斜向了西面，把母亲的身影长长地投照在泥地上。簸箕突然发现主人原本挺拔的身躯竟有些弯曲了。

人总要老去，时光总要驰离，迟早有一天簸箕会和别的农具一起在庄稼院里被渐渐遗忘，最终落满尘埃。但有谁愿意站在时光的屋檐下，穿过风，穿过雨，穿过簸箕簸掉的石子和沙砾，去倾听古老农业身后那断尾的压抑？

簸箕站在母亲的生命里，站在乡村原生态的生活里，站在故乡记忆的深处。

簸箕无语。簸箕看着一个人，一些村庄，一种文化，不可阻挡地向另一个方向走去。

六

母亲成为土地的一部分，簸箕向刀耕火种的黄昏转身。

簸箕被一根钉子沿肋骨挂住，安静于西山墙的一隅。待在墙上的簸箕对自己的境遇冷峻进行分析，清醒地发现生活真的变了。一个人怎么可以说走就走了呢？今年的腊菜还没有切呢，酱豆子还没有焐呢，萝卜干还没有晒呢！簸箕感觉突然丢掉了半条命。

半条命的簸箕挂在墙上，它赋闲了。赋闲了的簸箕多的是时间，有闲情去思这想那：它想到母亲对稻米的虔诚，想到谷麦对土地的追随；它想到一个人的生命像太阳升了又落，却又像河水去了就不再回；它想到历史面目一直冷峻，而相思总有扯不尽的余音。

簸箕决定向所有美好的旧时光致敬，因为时光赋予了它一个有爱、有智慧、有感应、有交流、有顿悟的曾经。

老了的簸箕，被一根钉子沿肋骨挂住，在西山墙的一隅。它并不巴望有人重新启用它，它变得非常温静。看看一样赋闲了的针线篮、筐箩、水桶和笆斗们，它笑了一笑。簸箕想，也许有一天，所有的它们都会和主人一样，慢慢消失在村庄的记忆里。

簸箕无语，簸箕淡定。

簸箕想念一个人，想念一种生活。

母亲淡出了红尘，簸箕成为定格的风景。

（选自2017年第2期《清明》）

梦里依稀看淮安

赵日超

"悠悠运河水，浓浓淮安情。"一方山水养一方灵性人，正是老淮安的神韵自然与浓郁文化，才孕育了吴承恩、韩信、周恩来、漂母、赵嘏、吴鞠通等名人。在这些名人中，我最仰慕和钦佩的还是中国著名的文学家吴承恩先生，总觉得先生的故乡流淌着神话色彩，先生笔下的人物都有深邃的含义。

一　部　书

上中学时，再读吴承恩先生的《西游记》，就对先生笔下所描述的人物充满了神往。

此前一直认为悟空火眼金睛，性子刚烈，为人正直，为取经立下了汗马功劳；悟净老实本分，一路虽说没有像悟空那样的功劳，但牵马挑担，没有功劳也有苦劳；八戒不光好吃懒做，而且在艰难的时候，总是希望着散伙回到高老庄。没想到在如来佛主最后封神的时候，八戒为何也被封了神？

带着疑问，走进吴承恩故居。踏进大门，首先映入眼帘的是艺片苍翠的竹林。修竹丛丛，绿叶婆娑，摇曳生姿，给我们一种虚怀有节、幽雅恬淡之感。这不由得使我们想起宋朝苏轼《于潜僧绿筠轩》中的几句诗："宁可食无肉，不可居无竹。无肉令人瘦，无竹令人俗。人瘦尚可肥，士俗不可医。"吴承恩一生屡遭困顿，而不随波逐流，这一丛修竹不正是他傲岸不俗的风骨写照吗！

吴承恩在《西游记》中写下了"花果山福地，水帘洞洞天"的句子。带着憧憬，我体验了水帘洞别有洞天的风韵。

吴承恩生活的年代，正是明王朝由盛转衰、日趋腐败的时期，宦官刘瑾及严嵩父子先后擅权。在父母的影响下，他爱听神魔故事，搜集唐僧取经的戏剧、评话等资料。吴承恩36岁那年，明世宗南巡承天府（今湖北钟祥市），随驾文武大臣乘机敲诈勒索，大捞横财，闹得民不聊生。吴承恩写下了著名诗篇《二郎搜山图歌》。诗中把那些祸国殃民的文武大臣比作二郎搜山这个神话传说中的"妖魔"，斥之为"五鬼""四凶"，连皇帝明世宗也遭到了他的斥责。

青年才俊吴承恩历经寒窗苦读之后，写诗作文，一挥而就，其文才很早就受到官员、前辈、社会名流的认可。原以为可以登科及第，红袍加身，披红戴花，光宗耀祖，却因他的文风求真洒脱，一次次乡试，他总兴致勃勃地去应试，然而又总是榜上无名，扫兴而归。于是悲泪长流，面对孤灯，创作了80万言的章回本小说《西游记》。吴承恩故居客厅前廊柱上的楹联是："搜百代阙文，采千秋遗韵，艺苑久推北斗；姑假托神魔，敢直抒胸臆，奇篇演出西游。"这副对联，概括了吴承恩创作源流和一生的文学成就以及他的名著《西游记》的历史价值。

一个人，一辈子，一部小说，名满天下，谁人不羡慕？然而星移斗转，日月轮回，再没有吴承恩之外的第二个人这么幸运，这就是吴承恩与众不同之处。而造就吴承恩与众不同之处的，便是他一次次考试的失败以及他官场的失意。

迄今为止，《西游记》已被译为20多个国家的文字，外国翻译家把《西游记》的书名翻译得五花八门，有的译为《猴与猪》，有的译为《神魔历险记》，有的译为《中国的仙境》，有的就直接译为《猴子》。他们认为《西游记》里孙悟空、猪八戒写得生动有趣，对这两个人物情有独钟。《西游记》在中国文学史上被誉为"四大奇书"之一，成为世界文坛瑰宝。

一　座　桥

在兴文街与胯下街交叉处有一座胯下桥。"汉初三杰"之一的韩信，年轻时曾在此受过"胯下之辱"。

一日，一个卖肉的青年屠夫仗力逞强，看韩信身背宝剑心中不服，便欺韩信贫贱。韩信面对这无赖屠夫的逼迫，只有两种选择，一是刺杀他，等待官府杀头，二是俯身受辱。最后，韩信"熟视良久，俯出胯下"。后人于是在韩信当年受辱的地方树立了一个牌坊，以表韩信的忍辱负重和大丈夫气概。

在胯下桥东北不远的地方建有韩侯祠。祠中存有"精白乃心""国上无双""兴汉三杰"等匾额。还有一副楹联：奠数千里长淮，神留桑梓；开四百年帝业，功冠萧曹。在胯下桥西北的漂母祠，内有东鲁刘大文等人书写的对联："一饭感韩信，巾帼丛中早把黄金轻粪土；千古拜遗庙，淮流堤畔有谁青眼识英雄。""人间当少真男子，千古无如此妇人。"这是对中国女性和男性代表的歌颂。这里历史上还发生过一个著名冤案"窦娥冤"的故事,是元代著名剧作家关汉卿创作的戏剧作品。

人间有道不完的冤屈,没有洗不尽的耻辱。

一 条 街

石板街曾因漕运及盐商聚居而富甲一方,甲第园林之盛、儒雅向学之风甚浓,一时无二。

河下镇的湖嘴街、花巷等九街两巷的青石板路面,是清代盐商大户程本殿利用运盐的回头船运回石板铺设而成。当时河下最大的商业是盐业。苏北沿海所产食盐统称淮盐,产量、质量均为全国之冠。河下镇乃淮盐囤积之所,淮盐行销皖豫41州县。朝廷在河下镇特设淮盐运司的官衙,负责征收盐税。据说运盐后是空船回来的,因载重减轻了,过桥时不少桥太矮,就过不去了,于是就装些石头以降低船在水中的高度,过桥后就把石头卸了。后来,空船回来时干脆运条石到河下,于是就有了河下石板街。

也许街道就是街道,时间就是时间。走进这条街时,在时间的隧道里,我开始在这里驻足,回首。在街道的入口,几块赫然入目的石碑,镌刻着古镇的历史——四大名人的头像、姓氏、名字,连同他们曾经的战事及其辉煌,都以文字的形式在石碑里若隐若现。

这里被誉为华夏进士镇,仅明清两朝这条街就出过55名进士,状元一名、榜眼两名、探花一名。出举人100多人,博学鸿儒司5人。从官职来讲,有的人任过翰林、侍郎、尚书,也有人做过皇帝的老师。世界级文学大师《西游记》作者吴承恩、被誉为世界冷兵器时代最伟大的军事家韩信、南宋时击鼓抗金兵的巾帼英雄梁红玉、明代状元抗倭英雄沈坤都出生在河下一条街……

走进这条街道,就如同走进华夏的历史,却很难触摸到他们曾经的过去。远方苍茫,远方已远。除了一个模糊的背影,祖先们的荣誉、骄傲,祖先们的功名、利禄,都已化作尘埃,零落成泥。祖先们带给自己的那份自豪和优越,早已让位给日出而作、日落而息的日子了……

一 棵 树

进入周恩来故居大门,一股蜡梅花香扑鼻而来,荡人心旌。走近水井边,我看见了一棵枝繁叶茂的蜡梅树。树在水井旁,茕茕独立。导游姑娘说,乳母蒋江氏是位心地善良、勤俭朴实的劳动妇女。100年前，她常带幼小的恩来到后院的空地上种瓜种菜，栽树栽花。

1903年，刚满5岁的恩来遵祖训入家塾馆读书。6岁时，恩来移居清江浦外祖父家，在那里恩来先后读了外祖父家的《西游记》《水浒传》《三国演义》《说岳全传》等大量藏书。10岁时，乳母蒋江氏带领恩来在后院这口水井旁亲手栽下了这棵蜡梅，又名一品梅，暗寓背井离乡、怀念家乡和饮水思源之意。

童年的周恩来在这里曾得到了众多亲人的怜恤和疼爱，受到了多种性格的影响，生母、嗣母和乳母使恩来受到了不同性格涵养的熏陶。我的目光抬起又放下，放下又抬起。我始终游离在蜡梅和水井之间。一棵树，一口井，竟然要有如此的承载，而且注定承载千年，直至地老天荒。蜡梅，花中一品。我突然有些情不自禁——怅望千秋一洒泪，时移代易，这一份与生命和年轮同步的回望，在时间与灵魂的高度上，已然烙下不朽的刻度。从回望一棵树开始，到想念一棵树时结束，从走出淮安开始，到回到淮安时结束，我对于一棵树的解读，竟然这样一以贯之。这是偶然还是必然？只是想，当我走出这座古镇，走出这帘烟雨，当我最后把伞合拢，一棵树，一口井，就会成为全部的隐喻和注解，成为淮安通向世界的秘密途径——依稀，隐约如梦。

望着小桥、古宅院、酒店、茶馆，我带着对这方水土的感叹、对中国文学的感悟、对岁月春秋的感怀、对历史文化名人的感想，望着清澈的运河水，怀着痴情、眷恋与仰慕，久久地沐浴在中国文学的深邃博大的思想中。

（选自2017年1月25日《淮安日报》）

雪域行（节选）

郭　伟

穿越柴达木盆地

前往雪域高原的西藏探秘，是我多年来渴望的梦想，经过多年的酝酿和策划终于成行。7月17日我和专程从深圳和上海赶来的朋友及司机师傅驾驶越野车从兰州穿越青海向西藏驶去。

越野车也如同我的心情那样憋足了劲向青海疾驶而去，过河口驶入高速公路。当越野车一进入青海民和，我便被眼前绿色的风景所吸引，高速公路两边的绿色森林、草地如同汹涌的海浪层层叠叠、郁郁葱葱，在蓝天、白云、远山的衬托下显得格外诱人，绿色的树林掩映着村庄，炊烟袅袅升腾，弯曲的河流或穿过广阔的麦浪，或盘绕在黄土崖畔间。远远看去满眼含绿，那树有的连成一片，有的二三株或四五株，或横或竖的排列组合在很大的一块块麦浪中，偶尔还有那么一株绿色树冠造型别致地挺立在麦田中傲视着远方，使我真没有想到在这兰州以西的青海竟有这样美丽的景色，我感到不是置身在西北，而是行驶在江南。这样优美的景色不似江南却胜似江南。正在绿色中遐想，车已驶进西宁市，越野车在高速公路的高架桥上行驶着，森林般的楼群在公路旁闪现，我们的车仿佛从楼顶上一跃而过。

驶进海拔2300米的西宁市区给车加满油后我们又继续向西前行，刚驶出距西宁市约30公里的湟中县城，看到前方的道路被许多车辆堵塞，向人打听，原来前面公路正在举行第四届环青海湖国际自行车赛，双向行驶的公路被临时改为单向行驶，噢！难怪我们途经湟中县时，看到了公路上方悬挂着"祝第四届环湖赛圆满成功"的横幅，我们的车显然是被第四届环湖自行车赛堵塞了交通，交通被管制只能单方向行驶，就是向青海湖方向行驶，我们的车在大批同方向行驶的车辆中缓缓前行，车行时断时续，车道并排前行着两三辆轿车前看不到头后看不到尾，浩浩荡荡、蔚为壮观地行驶着。车的最前头有警车开道，警车的前方是环湖第一赛段，湟中至西宁绕湖101公里的自行车赛车车队，我们的越野车只能跟在环湖自行车队后面缓缓行驶，车速在20~30公里，大约有两小时的时断时续的路程，这一路程车的左侧有着大片大片的油菜花，掩映在绿色的麦田中，金色的油菜花和绿色的麦浪组成一黄一绿优美的景色，连绵起伏一眼望不到边，车的右侧有着深蓝色的湖水，在蓝天和白云的掩映下浩瀚无垠，远远望去蓝天和白云仿佛连在一起辽阔壮丽，一暖、一冷、一黄、一蓝，黄的金光灿烂，蓝的摄人心魄，真是美丽极了。

好不容易我们的车驶进了青海湖151基地风景区，已是下午2点多，此时已是饥肠辘辘，走进一家餐馆，点了几样菜，西红柿炒鸡蛋、蘑菇炒牛肉、手抓羊肉等。服务员神秘地询问我们要不要买点青海湖有名的"黄鱼"，问了价格后吓了我一跳，一斤"黄鱼"要价在120元，我问这鱼价怎么这么贵，服务员附在我耳边悄悄地说这是青海湖的湟鱼，是国家禁止的食品，因为湟鱼珍贵，它的生长期很长，一年长一两，十年长一斤，是极为珍贵的，如发现有售罚款一万元，停业整顿一个月。听服务员讲完后我连连摇头摆手，国家严禁的怎能食用。

饭后我们赶紧上路，兰州--格尔木全程1180公里，在"湟中"路段压车很久，延误了很长时间，越野车加速行驶着，不知不觉已到了"橡皮山"山顶海拔3718米，驶过橡皮山，远处闪现着一片湖泊，司机对我们说，那就是青海有名的茶卡盐场，车继续前行，沿途是一望无际的戈壁，路向前延伸着无边无际似乎和天连在一起，几个小时过去了，天渐渐地暗了，我们的车已驶入柴达木盆地，柴达木盆地辽阔无垠，夕阳燃尽的余晖涂在柴达木盆地上，在残阳余辉下的柴达木盆地显得更加辽阔和壮丽。这种美是戈壁滩上特有的景色，是任何地方都代替不了的，车在辽阔无垠的柴达木盆地中行驶着，我们的车显得那样渺小，仿佛一只蚂蚁在爬行，此时我才体会到了自然界的壮丽和雄伟，刚刚还晴朗的天空，突然狂风大作，飞沙走石，越野车迎着狂风前行着，铺天盖地的黄沙落在挡风玻璃上，我们只好放慢车速顶风前行，此时使我真正体会到了"前无古人，后无来者，念天地之悠悠"这句名言用在此时的含义。刮了近两个小时的狂风终于停了，接踵而来的是倾盆的大雨落了下来，顶着倾盆大雨我们在漆黑的柴达木盆地行驶着，仿佛进入了魔鬼城，寇师傅说坚持住前面就是格尔木市，透过车窗漆黑的夜幕我向前望去，前方似隐似现朦朦胧胧的闪烁着一片红光。

翻越唐古拉山

7月19日凌晨5时我们便起床前往拉萨，虽说是在盛夏的季节。然而青藏高原格尔木市的凌晨，还是让我们感到了寒气逼人。从兰州出发时司机师傅就一再嘱咐我要多带点衣服，青藏高原的气候是变化无常的，看来多带点衣服的选择是非常正确的。

凌晨的格尔木市还处在梦中，整个城市显得是那样的寂静，而我们的越野车却已经睡醒，像一头咆哮的雄狮那样向前飞奔，越野车的车灯划破黎明前的黑暗向拉萨疾驰而去。在出格尔木市90公里处，司机将车停在了路边，用手指着马路左侧路基下的一个亭子对我们说："亭子里有个泉眼，流淌的泉水就是著名的昆仑矿泉水，此水甘甜无比，沁人心肺，比我们买的矿泉水好喝多了。"在此之前我们已经准备好了好几个喝空的矿泉水瓶子，用空矿泉水瓶装满矿泉水，我喝了一口，真是甘甜爽口，使我心旷神怡，天然的矿泉水就是好喝。喝完矿泉水后我们继续前行，寇师傅说："前方不远就是'昆仑山'及'可可西里'自然保护区。"青藏高原除了辽阔的草原、湛蓝的天空、洁白的云朵和珍珠般滚动的羊群、牦牛外，就是连绵不断的莽莽群山。从兰州出发时就有皋兰山、白塔山，到了西宁后有象鼻山、日月山，出了格尔木市有海拔4700米的昆仑山，而现在我们的越野车就沿着昆仑山向前西行，今天我们就要翻越唐古拉山，唐古拉山就像一个谜，一直在我的脑海中萦绕，就是她吸引着我的脚步，为了目睹她的风采，我曾多次在梦中呼唤着她的名字。想象着唐古拉山一定是非常的高大与雄伟，壮丽而险峻，就在我胡思乱想时，越野车已停在了"可可西里"自然保护区的纪念碑前。在"可可西里"保护区的纪念塔上雕着四只藏羚羊，塔碑上雕刻着"可可西里国家级自然保护区"几个字。在可可西里塔碑前拍完照后继续前行，天阴沉沉的时有雨滴在不停地飘洒着。

从格尔木出来后，青藏铁路就一直在我们前行的途中蜿蜒，时不时地呈现在我们的眼中，沿途的自然风景绚丽多彩、辽阔的草原和莽莽的雪山一直伴随在我们的身旁。突然车又停了下来，我透过车空窗看到在车的右侧前方有一群藏羚羊静静地伫立着，正警惕地向我们张望。我屏住呼吸抓起车上的望远镜向藏羚羊望去，呈现在我眼中的是一群优雅机灵的藏羚羊，它们的身躯不是很大但羚羊角很长。司机师傅说："藏羚羊非常的灵敏，我们不开车门它们不会跑，只要打开车门它们就会飞奔而去。"司机师傅刚说完话我便推开了车门，果然这群藏羚羊一瞬间便没有了踪影。又往前行，一群野骆驼大约有十只，悠悠荡荡地从我们的车前旁若无人走了过来。在可可西里自然保护区这一行程内我们眼福不浅，不仅看到了藏羚羊、野骆驼、黄羊、野驴还有肥头大耳的野兔子和野狐狸等，如此近距离与这些野生动物接触，令我们很是欣慰和惬意。

青藏线上的气候真是千变万化，特别是在临近唐古拉山这一路段，一会儿晴空万里，一会儿阴云密布，一会儿狂风大作、一会儿暴雨如注、雪花飞扬。真可谓十里不同天，七里不同景，真正地让我们感受到春、夏、秋、冬四个季节。其实旅游是件非常辛苦的事情，沿途我们总能看到一两个或两三个身背行囊或骑自行车，或驾摩托车顶着狂风、迎着雨雪的探险者。不知他们从哪里来，更不知他们要到哪里去，我总在想他们那样冒险为的是什么，忽然我想起了一位诗人赠予我的一行诗："世界上没有你不想去的地方，没有去过的地方充满着幻想。"也许是为了去看这充满幻想的地方，一批又一批的旅行者不畏艰辛，前仆后继地去跋山涉水，看那心中珍藏着的美丽的风景。比起那些或骑自行车，或骑摩托车的行者来说，我们的旅行要比他们安全和舒适了许多。

越野车像是有了高原反应，喘着气吃力地向前行驶着，离唐古拉山口已经不远了，我的心止不住的狂跳起来，回头看看两位朋友，他们已经好久不说话了。另一位朋友紧闭着嘴唇，我问他感觉怎么样，他说："就是有点头痛、气短，但身体还行。"说着话车已抵达唐古拉山山口，停车后我们走了下来，唐古拉山山口海拔5231米，也是我们今天旅途的最高海拔，我顶着雨雪终于站在了唐古拉山山口，当梦境与现实在此交汇时，我看到了现实与梦境之间的距离。唐古拉山并没有我在梦中想象的那样险峻与雄伟，它只不过是处在一个很高的海拔高度而已，唐古拉山纪念碑前的雨雪很大，而所有过往的车辆都在此拍照留影，我们也不例外。纪念碑的台阶上坐着几位藏族青年，在向过往的游客兜售着他们的纪念品，藏刀、转经筒、藏香、哈达及藏药藏红花、雪莲花、红景天、灵芝、冬虫夏草等。纪念碑后的山峰上的积雪终年不化，和唐古拉山纪念碑铸成了一道永久且美丽的风景。

（选自2016年第12期《中国作家》）

低　飞

王　韵

　　回家的路上，瓢泼大雨兜头而来，毫无防备的心在雨中激灵了一下子。雨又笼罩了我所生活的世界。雨，断断续续，时疏时密，因落地高低的不同，这雨便有性情、有气味一般，在我咫尺之远，竟有一些息息相顾。于是想起了我所居住过的那些漏雨的房子，那些滴雨的日子。结婚以后搬了十四次家，从结婚上班的第一个地方，到休产假时借居的娘家，以后搬出来，开始了漫长的流浪。第一个家在我当时工作的单位附近，我的单位是开发区一家新建单位，周围都是一些民居。我在距离单位最近的一个村子里，与人合租了两间平房。与他一起，欢天喜地地买床，买洗衣机，买桌椅。那时候，新婚的我，以为租房只是一个短暂的过渡，却不曾想到，那只是我此后漫长租房生活的开始。此后，下岗、失业、创业，所谓的家，便与我流浪的脚印一路相伴。因为没有固定收入，经济拮据，每次都是与人合租两间正屋，有时则住在南边或者西边的厢房，只是为了有个暂时栖息的场所而已。

　　印象最深的是第四次搬家，因为没有了生活来源，我们听从亲朋的意见准备下海。那一年，借了生命中第一笔巨债，我们在市郊租了一个荒芜的院子，一个废弃的村委会。荒凉破败的院落，搬进去第一件事是除草，草已没过膝盖，散发着一股潮湿霉烂甚至可怕的气息，可是我们管不了那么多了，创业的理想支撑着年轻的身体和灵魂。我们就在这样一个聊斋一样荒草萋萋的院落安了家，既是厂房，也是住室。院子里从东到西有十几间高矮不等、断垣残瓦的平房，我们选了最东边，看上去最整齐的三间住了进去。带着对新生活的向往，开始了忙碌。为了节约每一分钱，我们自己动手，踩着梯子，粉刷斑驳的墙面，给张着口的窗子安装玻璃。

　　夏天蚊虫叮咬，苍蝇嗡嗡飞舞，冬天寒风从墙缝、门缝中，裹挟着雪花造访我们的室内。那是真正的寒舍，寒冷的寒，寒酸的寒。多年失修的房顶漏雨，每逢下雨我们家的塑料盆必定派上用场，雨滴滴答答落下来，床上，家具上，地上全是，

254

满屋子响起清脆悦耳的叮叮当当。我和他忙个不停，把所有的塑料布，各种盆子，洗衣盆，洗脸盆，锅碗瓢盆，全都拿了出来，挨个地方放上接水，女儿在雨声中酣然入睡。结婚时买的床太大，床垫子太厚，那时对新生活充满向往的我们，没有想到在此后漫漫十五年租房生涯中，当时费心买来的最满意的床和床垫成了每次搬家最沉重的负担。在每个漏雨的夜晚，因为两个人无法挪动大床，又担心年幼的女儿被雨淋湿，我们几乎一直在不停地盖雨布，接盆子，不停挪动熟睡的女儿温暖柔软的身体，尽量不让她被雨淋到。甚至有一次，实在无处可挪了，我在女儿身上撑了一把伞，小小的还没有上幼儿园的女儿，就蜷缩在雨伞下面，伴着雨滴滴答答落在伞上的声音，香甜地睡着。有时会看到她睡梦中，梦到什么欢喜的事情，小嘴微微上翘，眼睛轻轻张开，发出甜甜的笑容。

2001年夏天的一个周末，我们创业的第二年，他去外地同学家借钱，当天没有赶回来，那晚又下雨了。我一个人手忙脚乱，铺塑料布，接盆子，抱着熟睡的女儿在床上四处躲避。整整一个晚上，我不敢入睡，望着漏雨的屋顶，听着外面肆虐的风声、雨声，感觉房屋随时有崩塌的危险，人要崩溃了。看着怀中酣睡的女儿，她是支撑我生存下来的全部力量，像有一只看不见的手，紧紧攥住我的心，又像有一个声音在耳边回响：既然把她带到这个世界，就要为她负责。坚持下来，坚持！那一夜，我没有合眼，没有丝毫倦意，一个人抱着怀中小小的女儿，在滴雨的夜里坐到天亮，直到雨停下来。多年后回顾，那个一夜无眠的漏雨的夜晚，如果没有女儿温暖柔软的小小身体相伴，我不知道，自己会不会因为绝望而坚持不下来。

夏季，又偏偏多雨。就这样，一个夏天，雨弥漫于整个卧室，整个房间，弥漫在潮湿的心里。床头被雨水浸泡得斑斑驳驳，床头上的漆一片片掉了下来，像一幅蜿蜒的地图。屋里到处是发霉的味道，衣服要全部拿出来曝晒，人进去会忍不住打喷嚏，喘不出气，窒息的感觉，我因此得了过敏性哮喘，因那潮湿的味道。在郊外，幼小的女儿被蚊虫叮咬，体无完肤，却从来没有抱怨，只是默默承受。也许因为生下来她就跟着母亲三餐不继，颠沛流离，早已习惯了这样的生活。那时候，从小衣食无忧的我，真正体验到了吃不上饭的滋味。刚刚结婚生育就遭遇下岗，一穷二白的一对夫妻，靠四处筹借，办起了预制件加工厂。当时渴望的是有一份稳定的收入，维持起码的生存。

然而刚刚投入资金，投入生产，当第一批自己研制加工的预制件品销售以后，以为会马上有资金进账，再进入下一轮生产。可是我们辛辛苦苦兴高采烈送出的第一批货，就遭遇拖延付款。工人多是外地打工的，与我们一起吃住在工地，再没钱，也要想办法让他们吃上饭，安心住下来。原料的供应方，也要想办法给人家结清款项，不然随时面临停产。谁都不能得罪，不能凑合，唯一可以忍委屈的只有我们自己。我的母亲还没有看到外孙女就去世了，母亲走前，从来不会想到她从小钟爱的最孱弱的女儿，会在她离开之后，过上这样的生活。公公婆婆又远在外地。一家三口，在那间漏雨的屋子，那个空旷的大院，像被人遗忘了一样，相依为命。因为是非农业户口，没有土地，没有责任田，没有粮食、蔬菜，也没有钱购买，哪怕馒头和咸菜。失去了工作，就意味着失去了生活的全部来源。

大姑姐送来了一袋小米，那袋小米成了我们救命的口粮。一家三口，上顿下顿喝小米粥。不足四岁乖巧懂事的女儿终于忍不住了，抬起瘦弱身体支撑的硕大脑袋，仰头怯生生地问我："妈妈，咱们家可不可以不要天天喝小米粥啊？"一句话惹得我泪水唰唰流了下来，看到黯然神伤失态的母亲，女儿像做错了事一样，立刻扑到妈妈怀里，伸出娇嫩的小手为我拭泪，用稚嫩的嗓音为我唱童谣，想哄妈妈高兴起来。我低下头，看到女儿娇嫩皮肤上被蚊虫叮咬的点点红斑，脸上，腿上，胳膊上，全是蚊虫叮咬的痕迹，有的起了红点，有的因为瘙痒难耐，被女儿挠破结了痂。夏天的郊外厂区，没有空调的房间，像一个被太阳曝晒的蒸笼，晚上无法入睡。不下雨的晚上，女儿跟着爸爸，躺在外面院子里的水泥制品上，伴着院子外水湾里的蛙声，和身边蚊蝇嗡嗡的声音入睡。

实在没有生活费了，孩子要吃饭，工人们要干活，外边的欠账要不回来，而我们又不能总是向亲朋张口借钱。家里常常连一块钱也没有，连一袋盐都买不起。他天天唉声叹气，垂头丧气，从来不抽烟的他，从那时开始吸烟，并且有了很大的烟瘾，即使只有五块钱，什么不买，也要先买上一盒烟。劣质烟的味道，开始充斥在整个房间。有一次，他从外面回来，破天荒地买了蔬菜馒头，一进门放到桌子上，什么也不说，转身躺到了床，边喘粗气边抽烟。然后从兜里掏出两张票子。看到这些钱，我很奇怪，因为家里即使再拮据，他也不肯开口向人借钱。没有办法，总是看到家里断了炊，全家挨饿，没有周转资金导致停工，最终鼓足勇气向亲戚同学借钱的都是我。虽然我也是那么不情愿，张不开口。看着我满怀狐疑的目光，他拿出了一个小本子，我拿起来一看，才知道他去献血了，我的眼泪哗地流了下来。又心疼又生气，我们家再困难，也不能去卖血啊。他说看到路旁有流动献血车，义务献血，虽然是义务献血，多少还给一点补贴，他就去了。并且说没什么，在单位时不也曾经献血吗？我年轻，过几天就好了，没事。

我们在单位时，的确经常组织献血，我贫血，检验不合格，没有献过血。他的确参加过献血，可是那种心境情景，跟现在哪有可比性呢？那时候我们意气风发，豪情满怀，积极响应国家号召，而今献血是为了补贴，解决基本生存。而且长时间的营养不良，现在献血，身体已经消耗不起了，何况这也不是解决问题的办法。

没有奶奶家和姥姥家可去，孩子跟着我们，冬天伴着肆虐的寒风，夏天在蚊虫的叮咬、雨水的滴答声和不见饭菜、更不见鱼肉荤腥的清粥中成长着。我终于下了决心，大人尚可以坚持，不能让孩子跟着我们受罪了。我鼓足勇气，第N次出去借钱，给女儿交足了一个学期的生活费，送孩子去上了幼儿园寄宿班。一个三岁的小小幼童，生活尚不能完全自理，说话还不能完整表达，就这样离开了母亲的怀抱。

那个初秋的早上，第一次送孩子上寄宿班，小小的女儿紧紧拽着我的衣服，声嘶力竭地喊妈妈，生怕妈妈不要她了，生怕从此离开母亲，她出生后唯一始终陪伴她成长的人。怕离开那个贫瘠困顿，于她却无比温暖依恋的家，离开妈妈的怀抱。看着秋风中伸出手绝望哭喊的孩子，我的眼泪哗哗流了下来，这样一个小小的人儿，就这样一下子被她唯一依赖信任的亲人推到完全陌生的环境中，作为母亲的我，肝肠寸断，心疼自己小小无辜的可怜孩子，痛恨自己没有能力为她创造一个同龄孩子无忧无虑的童年。我想紧紧抱住那个秋风中无助地颤抖的身体，可是理智最终战胜了感情，以爱的名义把她带在身边，却不能给她最起码的衣食住行的保障，这样所谓的爱，是不是更是一种不负责任的自私？一个人的生命旅途中，很多事情会不经意间忘却。可是秋风中女儿撕心裂肺的哭喊，那双绝望恐惧的眼睛，小小战栗的身体，却一直在我的眼前闪烁，在我的耳边回荡。眼泪蒙住了我的双眼，那些往事却清晰地浮在眼前，唤醒了我隐藏在内心深处潮水般的记忆。

安居方能乐业。没有家，就没有安全感。心和身体、灵魂，一直在流浪，游荡，像一个无家可归的流浪儿，从一个屋檐下流浪到另一个屋檐下。见到了很多人，认清了很多事。那些善良房东温暖的语言，和善的笑容，和另外一些房东们鄙夷轻蔑的神情，刺耳的声音。声音也是有表情、有温度的。还有那些漏风的屋子，墙上斑驳的苔藓。背阴潮湿的房子住久了，我对阳光有种执着的渴望和热爱，那时最大的愿望是期待能够拥有属于自己的房子，拥有一个属于自己的温暖的阳台。能够让我娇弱可爱的女儿天天沐浴在温暖的阳光中，过一种安定的日子。一直在幻想一种生活：岁月静好，现世安稳。有一间不必太大却安静的房间让我写字，让我或喜悦或忧伤的情绪在夜里静静宣泄，在一张张纸上涂上斑驳的墨色。房子一定要有采光极好宽敞明亮的阳台，站在那里，抬头可以看见天际，低头可以看到人流，有阳光的温暖，有月色的冷寂。一张桌子，一台电脑，一对音箱，能够让我离我的梦想近些，再近些。能够给我的女儿一个温馨的家，一束温暖的光芒。我知道，只要有温暖的阳光将我包围，纵然寒冷的冬天，孤独一人，我的心也会春意盎然。直到2010年，生活稍稍安顿下来，立刻贷款买了房，我才有了一个栖息的所在，买上了电脑，开始重新写作，灵魂终于跟着疲惫的肉体，得以安定下来。

生活中有许多事情是消失在写作之外的。相对于生活来说，写作只是一个小溪。生活空间只是我们身体的延伸，无论是延伸在大地上面，还是大地里面。

有些词汇，在书本上学来之后，还需在生命里再学一次。在种种生活磨难的背后，让我真正懂得和学会了隐忍、面对和坚强。

匍匐在地的时候，渴望的是一种低飞。

（选自2016年第7期《朔方》）

宁 夏 寻 绿

刘业勇

"宁夏寻绿"，写下这个标题我就有些后悔——在地处荒凉大西北的宁夏真能找到期待中的绿色？宁夏，平均海拔1000米以上，北部是腾格里、乌兰布和、毛乌素三大沙漠；中间是成片的荒漠戈壁；南部是沟壑纵横的黄土高原；虽然境内有一片宁卫平原，但年均降雨量也在200毫米以下，而蒸发量则高达1800毫米，风大、沙多，冬春季节，酷寒难耐。我心目中的宁夏，仍停留在边塞诗杰王维驶出汉塞"大漠孤烟直. 长河落日圆"的苍凉中，停留在范仲淹"长烟落日孤城闭"、岳大将军"驾长车、踏破贺兰山缺"的烟尘里。

飞机临近银川已是半夜，舷窗下呈现的是璀璨的灯火和漆黑的山峦，这使得心中悬念的落差更大。然而，一下飞机进入银川河东机场，我疲惫的双目突然被一簇簇翠绿激活，这是一座即使在内地省会城市也毫不逊色的现代化机场，洁净如洗的廊柱间和地面上，一盆盆巨大的绿植恰到好处置放其中，散发出无法抵挡的活力和清新；就连洗手间里也精心放置一盆盆长了根的绿萝和贵妃竹，令人赏心悦目。出机场刚好经历了一场中雨，一路上，皆是树木，虽是半夜难辨色彩，但那些树木散发出负氧离子的惬意是可以感受到的。这种只有在南方才能拥有的感觉，随着汽车沿着林荫长路的疾驶，一直持续到目的地。

也许是军人的缘故，见到绿色就有一种天然的亲近感。第二天早晨，我急不可耐地早早起床走上街道，来到小区和公园。其实，一走出酒店，就进了花园，马路边、人行道、商店门口、小区空地，凡是有空闲的地方，都被树木和花盆填补，几乎找不到一块裸露的土地，绿树掩映的空地上是晨练的各族群众，路旁的河沟有清澈的溪水在流淌，一缕清风送来一股油炸果子的香气，夹杂着悠扬热烈的"宁夏花儿"，在树木的缝隙中穿梭游动，营造出一种和谐和安详。

银川是自治区的首府，绿化工作做得好似乎情理之中，那么，出了银川情况会怎样？我们的第一个目标选在了干旱少雨的工业城市——石嘴山市。

京藏高速路上车不多。从车窗望去，除了觉得视野开阔，没觉得这是西北高原。目光所及，发达的水系布满河湖港汊，北方罕见的芦苇和一些不知名的植物、花木临水生长，水中鹅鸭频现，可见捕鱼者和众多垂钓者，一幅江南景色。而更多的，则是大西北慷慨阳光下的苗壮树木，一排排的杨树、槐树笔直地站立在辽阔的原野上，任由一片片即将成熟的小麦映衬着，显出一种从翠绿到墨绿的层次感。远处，参加第二届中国国际房车旅游大会的各种房车在芦苇中穿梭，如同一幢幢移动的白色城堡。草原上能见到徜徉的羊群和牧人，与蓝天、白云、绿草嵌入一幅巨大的画框，这久违了的牧野风光又一次再现。一直延展了近80公里，直到汽车进入石嘴山市区。

石嘴山，因贺兰山与黄河交汇处"山石突出如嘴"而得名，东、北、西部与内蒙古毗邻，南与银川接壤，东屏黄河，西依贺兰山。石嘴山，这是个令我这个走南闯北近40年的人也没听说过的城市，等待我的将是什么？

汽车临近石嘴山时，首先看到的是一大片横卧着的深绿色，一栋栋高楼从这片绿色中钻出来，如同森林中矗立的山峰。汽车进入市区，方知这里才是树木的天下。石嘴山市区的主要街道与内地大同小异，所不同的是街心花园和林荫大道。仅以朝阳东路为例：主路的两边一律是宽阔的绿地，有多宽？均并列种着三排高大的树木，绿地的外侧是自行车道，自行车道的外侧依然是并列种着三排大树。我目测了一下，主路两边的绿地的宽度已远远超过主路的宽度了。这些树以槐树为主，也有榆树、楝树、梧桐、杨树、核桃树等，主干直径大都在30厘米以上。从树龄上看少则也有几十年，遒劲的树干令人想到北京天坛的松柏和潭柘寺的银杏。这些大树也印证了这里的当政者忠实而坚定地接力着既定的理念和共识。试想，如果朝三暮四，遍挖树坑，更换树种，我们看到的则永远是树苗和千疮百孔的道路。巨大的树冠占据着每一块空间，枝叶笼罩着主路和自行车道，形成了一个绿叶的隧道，任行人、自行车和各种车辆惬意穿行。据说，当年城市规划的决策者承诺，要让市民夏天在城市街道上不受日晒，无疑是兑现了。

我在市区踽踽独行，偶尔也能看到卫生死角，如没有来得及清除的垃圾、没有流走的污水，但这一切一定是被草坪和花木包围着。我在感叹，在寸土寸金的市区，拿出这么多的土地种草种树，要损失多少GDP？

如果说我面对街道的绿荫发出的是一阵感叹，那么，当我来到大武口区汇泽公园时，则不由阵阵赞叹了。汇泽公园占地201.3亩，地处市中心，周边配套设施十分齐全。一批又一批的开发商找到政府欲高价买下开发，但几经博弈，最后，还是变成了人民群众渴盼已久的现代化公园，为此，政府放弃了4亿余元的收入，并投入4000多万元。

一片绿荫，一座公园，也许不会马上带来GDP的增长和收入的增加，但它隐形的回报是无穷的。在石嘴山市停留的一天多时间，我没有见到有人随地吐痰，没有见到有人购物插队，没有人闯红灯，行人过马路时车让行人已成常态。该市庙庙湖靠挖煤起家的企业家王恒兴，在煤炭资源濒临枯竭时，毅然卖掉包括公司全部股权在内的所有家产，决意反哺大地，70岁高龄的他率全家治沙7年多，使万亩荒漠变绿洲，故事令人动容。大自然的绿色多了，心灵上的沙漠就少了。市民们把树木当成自己生命的一部分：小学生上学途中如发现干涸缺水的树木，会毫不犹豫地拿出自己的饮用水浇灌；许多结婚的新人，把植树当成婚礼的一项重要议程；一些群众举行葬礼时，也以植树寄托哀思。

在告别石嘴山时，我竟有点难舍难分。我虽然没有经历这座昔日尘土飞扬的煤城成为今日绿洲的变迁，但石嘴山身后静卧的贺兰山见证了这一切，正因为这朝气蓬勃的绿色，石嘴山市成为当之无愧的"国家森林城市"和"国家园林城市"。

石嘴山连同身后的贺兰山在我的视野中渐渐消失，但那片浓浓的绿永远无法抹去，而这无法抹去的绿色，随着我来到宁夏中卫市，则又一次加深了成色。

中卫市全境海拔在1100米至2955米之间。气候干旱，春暖迟、秋凉早、夏热短、冬寒长，风大沙多、干旱少雨，年均降水量138至350毫米，蒸发量却高达1800毫米。然而，当我们汽车进入市区之后，举目四顾，毫不夸张地说，这是一座名副其实的水城。一看，又是一座把大片土地用于绿化等公益事业的城市，最显著的特点是树多、水多。现代化的体育馆、博物馆、图书馆、文化馆都仿佛是坐落在湖上的岛屿，各种树木依次排列，甚至北方的雪松、南方的水杉也在这里成林，宛如一座植物园。湿地中随风摇曳、含苞待放的芦花穿插着，像在表演一场大自然的巨型团体操。时不时有毫无惧色的水鸟从芦苇中腾飞，五颜六色的锦鲤追逐嬉闹，亭台楼阁小桥流水，富有民族特色的楼房与一望无际的树木、厚实的草坪把这片黄色大地严严实实地覆盖了，以至于我想找一处裸露的沙或一片黄土都变得很难。市区，依然是一片片绿荫，树木很知足，只要适量的水和充足的阳光，就会以疯狂生长来回报人们。大西北慷慨的阳光和滚滚而来的黄河水，经各族人民的勤劳双手，把这座城市染绿了。这是一种西北特有的绿，绿得豪放，绿得铺张，绿得无拘无束，绿得忘乎所以。一袭墨绿，层林尽染，从翠绿到浓绿再到墨绿，一道又一道，如手挽手的士兵组成的绿色长城，抵御着风沙和严寒，改变着环境和生态，守护着人民的福祉。

在中卫期间，恰巧赶上中共宁夏回族自治区第12次党代会胜利闭幕。主要街道悬挂着庆祝大会召开的横幅标语，在浓浓的绿荫中，这红色标语虽然不大，但也显眼，仿佛是一排红花点缀在绿荫之中，互相映衬相得益彰。5年一次的自治区党委换届，是全区的头等政治大事。在大街上，我指着标语问一位头戴白帽的回族大爷："自治区党代会刚刚闭幕，选出了新的一届领导班子，您知道这事吗？"他似乎略带羞涩地小声回答："当然知道。"那表情，仿佛是家里有了喜事，不太好意思示人一般。我又问："您知道选出的新领导是谁吗？"他回答的音量依然很小，但显然是压低之后迸发出来的一种赞赏："晓得哩！"然后，又继续埋头干他的活了。

大街上液晶屏和喇叭在播放着自治区新一届常委的简历，而群众依然在认真地做着手中的工作。汽车、自行车、行人各行其道，井然有序，显示着这个城市人民群众的理智和成熟，也显示着人民群众与党和政府的默契。这朴实的西北人民与那些厚道的树木是那么的相似。

其实，何止是银川、石嘴山、中卫，在宁夏，这个西北面积最小的自治区的其他地区，最好的土地也往往不是搞房地产，而是让给了树木。绿色，护佑着人们的健康，也滋养着人们的心灵。善良的人民知恩图报，当他们一旦确认一个政党和一个政府确实是全心全意地在为他们服务时，即使这种服务尚未产生效果，他们也会毫不犹豫地把党和政府当作亲人和靠山并加倍回报。况且，这种服务在这里已经成果辉煌。于是，这里有了和谐的社区、和睦的家庭、各民族兄弟姐妹亲如一家的温馨，城市乡村改建和土地征用十分顺利，云天中卫、中国"凤凰城"、国家级军民融合产业园等悉数落户。在和平时期，党、政府和人民的最正常关系也许就是回族大爷的那羞涩一笑之后的恪尽职守、默默工作。但是，当国家和民族的灾难降临时，大爷们定会是第一个冲上去，并且不计报酬、不用指令，因为国家的命运已经与他们的血肉连在一起。一个国家兴衰的唯一条件，是取决于人民利益真正被放置于什么位置，而不是口号、标语和空洞的理论。

这种理念在我亲历了一系列扎扎实实、卓有成效的绿色扶贫项目之后，变得更加无法动摇了。在平罗县红庄子乡，我见到了一片片绿，枸杞和辣椒、甜瓜、西红柿杂交的新品种；在大武口区龙泉村，我看到了绿树藤萝野花瓜果交织的绿色山庄；在贺兰山东麓葡萄园，我见到了树龄200年的葡萄长出绿叶结满硕果；在盐池惠安堡，一望无际的黄花菜耐旱新品种如抽穗的水稻在龟裂的旱地里长势喜人。西吉返乡青年绿色养殖创业园，闽宁镇绿色光伏农业示范园。宁夏也顺理成章地成为全国第二个全域旅游示范区创建单位。在西部大开发这硕大的棋盘上，宁夏走了一步举足轻重的好棋……

　　飞机从河东机场一跃而起，我又一次从空中俯瞰宁夏大地，除了贺兰山裸露着的灰褐色山体之外，果真是满眼葱绿，这绿色随着飞机的爬升渐渐变深，与蓝色的天空融为一体。真可谓："春夏绿如蓝，怎不忆朔方？"也许是忌妒这大西北如此厚重的绿色，朵朵白云挡住了我的视线，却更丰富了景致，使舷窗下的宁夏变得更美了。贺兰山下林涛啸啸，六盘山上绿浪滚滚，"一年一场风，从春刮到冬"的谚语无人再提。今天的绿水青山，就是明天的金山银山。也许有一天，沙漠在宁夏成为奢侈品，宁夏的沙漠只剩下中卫沙坡头那座供游人滑沙的沙丘。宁夏，这个宁静的初夏，一次相见恨晚的造访，一次难舍难分的邂逅，那一汪汪青翠欲滴的绿色已经在我心灵的沃野扎根，染绿我的思维和梦想，滋润着我去寻真、行善、赞美。

（选自2017年6月28日《解放军报》）

嫁　妆　树

宁　雨

1

椿树与典子同岁，是她爹耪子为她栽的嫁妆树。说是等她长大了，找上婆家，就把树刨了，为她打一屋子家伙，躺柜、迎门柜、梳妆柜、大饭桌，凡是时兴的，都打，老末窝闺女，不能亏了。

典子背起花书包上学那年，她家的椿树已经高过房顶，石榴花开得比火还红。

身材高大的椿树，枝繁叶茂，像一个俊美的武士，把守着典子家的大门。那棵石榴，在东窗台前边最朝阳的地界儿。

夏至前后，田里麦子秀穗扬花，金黄如蜜的阳光催开第一朵榴花，椿树的花事也筹备好了。

椿花是浅黄绿色的，花朵又小，粗心的人们甚至没留心过椿树开什么样的花。但椿花的气场很大，臭香臭香的，顶风数百步开外能把不习惯的人熏一溜跟头。因此，椿花不在花籍，还得一"臭椿"的骂名。

这个时节到典子家串门的人，都奔着那一<u>丛</u>榴花，情愿被那一团团的红火烤花了眼睛。

只有一种雅号"臭嘎谷"的小鸟迷恋椿花。它们在椿树上停歇，小巧的身子掩在花塔中，日夜歌唱。对于"臭嘎谷"的雅号，置若罔闻。

孩子们喜欢布谷鸟，也不觉得椿花有什么讨厌。每日晨昏，典子、菁菁，我们一群丫头在典子家的椿树下玩耍。玩新嫁娘游戏，掐来榴花别满典子的额角、发梢、褂子前襟。玩厌了，就开始捉椿树上的蹦极蝴。蹦极蝴，是一种很小的蝴蝶，动作慢吞吞，一飞起来，翅膀红红的，煞是好看，像飞在空中的石榴花。

典子大些，不再玩新嫁娘。我们这拨大的逗她，她的脸便像榴花一样烧得通红。

典子再大些，出落得比榴花更美。暑期，我放假，又逗她，典子，你家的椿树都一搂粗了，还不找婆家？典子追着我跑，放言要撕嘴。

2

典子的爹秸子在村里有一号，耕地拿耧，赶车使牛，无不是一等一的把式，余外，还会捕鱼，有一杆土枪，专门三九天到大洼打野兔子。乡里乡亲，谁家有个大事小情，秸子总是颠前跑后，一点不惜力气，不把身子骨使得散了架不拉倒。事毕，主家摆酒酬谢，他两杯下肚，便脸红脖子粗，回家时一路歪斜地飘着走。主家若不摆酒，他就自己到小卖部打上一提山药干烧锅，滋溜一下进嗓子眼，跟着，头脸、胸膛整个红成一块布，回家路上，依然是一路歪斜。

秸子脸热，好面儿，宁肯胳膊折了往袖筒里吞着，也绝不在人前显软蛋稀泥。村里有几个奸猾的家伙，知道他这个性子，专门用好话、软话设局，白让他帮着干活，想让他生气的时候，就舌头底下下毒编派他家孩子们的不是。

我小时候，秸子正值盛年，跟他媳妇接二连三生过八个孩子，老大十三四了，最小的典子还穿开裆裤。二丫头早夭，其余七个躺下多半炕，吃饭整一桌。为了挣够大小九张嘴的口粮，下地拿工分是秸子的头等大事。每次去秸子家找他七围女——我同学菁菁，他几乎都不在家。

秸子不在，正合我的心意。我才不稀罕看见一喝酒就满脸黑红的秸子，我喜欢他那张晒在西窗根的渔网和那支挂在西间墙上的土枪。渔网和土枪，让我的童年在土坷垃和旱庄稼之外，觑见生活另外的样式。我甚至暗自想象着，哪天秸子一高兴，能带上菁菁、典子去打鱼、打野鸽子，看在我和菁菁同学的分上，说不准还能捎上我。直到我长大成人，也没等到这种幸运来临。下河、动枪的，在秸子看来是极苦的差事，石榴花一样娇嫩的女孩，怎能去做那样的苦差？

典子和菁菁若是突然一天坚持不玩打墙戳、窝软软儿，肯定是吃多了好吃的撑着了。渔网或猎枪重新回到家的日子，她们一准撑着。其实，渔网或猎枪哪天回来，没人知道，但我姥姥凭着秸子家烟囱冒出的烟，能猜个八九不离十。她猜着它们回来了，就不让我串门找菁菁和典子去玩了。姥姥拽着我的胳膊，说，人家一家子插着大门吃饭，你别去烦。

插着大门吃饭，属于吃独食，是不合乡俗的。我们村的人，一般都敞着门吃饭，天气暖和，还时兴端着粗瓷大碗到街头蹲着吃。秸子极疼孩子，可他无论怎么拼命干活，还是挣不够供一家九口嚼用的工分。捕鱼打猎，是秸子对孩子们独特的补偿方式。相对于孩子橡皮筋一样弹性巨大的肠胃，能打到的活物儿、捕到的鱼，总是少得可怜。所以，粆子在他媳妇开始炖鱼、卤兔的一刻，总是把心一横，把一根门栓插到厚厚的门扇上。那比擀面杖还粗的门闩，也悄然插开了粆子和邻里间的距离。粆子没办法顾那么多，他心疼孩子们的肚子。

除了捕鱼打猎，到深冬，粆子都出去讨饭。一辆独轮小推车，拉上两个红荆扁筐，左边筐里坐上闺女五妮，右边筐里坐上儿子六蛋，外加一床打满补丁的被窝、三只裂口的粗瓷碗，四条粗棉线编织的大口袋。跟吃独食的时候相反，粆子家的讨饭行动，从来都不背人，去得坦然，回得丰饶，总有半胡同的人瞧热闹。

粆子父子归来，一般在小年腊月二十三之后。棒子面、高粱面、谷子面、杂面、山药面做的各色饽饽，或整或碎，或陈或新，满满四条口袋，粆子在前面推车，满脸热气腾腾的油汗，一双儿女跟在后边，边走边踢地上的土坷垃玩。典子、菁菁飞跑到父亲的小车前，伸手就在饽饽袋子里乱翻，转眼翻出大白馒头、炉糕等宝贝，吭哧咬一口，一手拿着，又跑去疯玩。我姥姥夸粆子，要饭也比别人家能耐，要来的饽饽整理一番，过年用的、做饽饽酱的、喂猪的，全有了。三口人外跑一个月，家里还能省出不少嚼用。

我却清清楚楚记得粆子酒后痛哭的样子。那年，粆子要饭回来，又在年根外出打猎。他空手而归，陪着他的只有那杆乌黑的老猎枪。粆子家大门口，我和典子、菁菁、方子正在玩耍，他蹲下身，一把抱起典子，放声而哭，哭声里飘着浓厚的酒气。

3

典子闹着要做一件印着石榴花的洋布衫子，不答应，就不去上学。也是，典子总拾菁菁的衣服穿，而菁菁穿的衣服，都是五妮穿剩的。典子都四年级了，出落得身材高挑，已经超过菁菁，她穿起菁菁的旧衣服，袖子短一截，一猫腰脊梁露出一块儿肉，一举胳膊露肚脐儿。好说歹说，粆子从合作社赊了一块花布，满足了他的老末窝闺女。

这年秋天，粆子突然失踪了。粆子失踪的时候，学校放秋假，生产队的人正忙着收棉花，没几个人注意到，他还带了他家典子。过了几天，典子就回来了。典子说，她跟着爹到四川走亲戚了。她爹留在四川，在盖房班干活，到年底再回来。她学她爹说，外边的钱好挣，比干庄稼活儿强多了。十一二的闺女，一个人从四川回家，姥姥摇着脑袋，怎么也不相信。她说，你看粆子那护犊子劲儿，他心能那么大。

一天后半夜，巨大的一声闷响，把我和姥姥都吵醒了。接着，有人敲窗户棂子。我紧紧攥着姥姥的手，连气儿都不敢出一口。"婶子，婶子——"居然是秸子的声音，他贴着窗户纸低声说话。他说，婶子，我知道你胆小，可我也是没办法了，你得心疼我啊。我在你家东柴房藏了点东西。他们不会来你这里找的。我不来拿，就一直在你这里藏着吧。

后响，邻居李姥姥说公社和大队的人一起抄了秸子的家。秸子领着孩子们偷棉花，天天夜里偷，白天在外地与不法小贩勾手做生意，不光偷过本村的，还偷过邻县几个村的，最终犯了事。

秸子真的失踪了，一晃就是两三年。两三年间，村里实行了包产到户。菁菁、典子都不上学了。秸子的媳妇带着一群孩子种棉花，棉花让秸子家发了家。秸子回到家，村里并没人找他的后账，没凭没据的，又各自单干，谁没事找事呢？秸子大张旗鼓，张罗着拆旧屋盖新房。他趁夜把藏在姥姥柴房里的半截躺柜扛走了。躺柜上着锁，不知道里边装的到底是什么东西。

4

新房子盖起来，秸子没钱刷抹装饰。外墙一水红砖倒也喜气，内墙该挂灰粉白，他却跟盖老式房子一样，抹了厚厚一层滑秸泥，不等房子干透就住了进去。一拉溜五间北屋，最东头住着典子，最西头住着六蛋，余外西间住五妮和菁菁，东间住秸子和他媳妇，居中的堂屋做饭兼供奉灶王爷。大闺女、三闺女、四闺女都已出阁，女婿家就在邻村，婆家娘家当天去来。没什么家具，高大的屋子空落落的，秸子屋中的老猎枪和六蛋窗外的破渔网，格外惹人眼目。

大门附近的椿树已高耸入云，典子窗外的石榴树一进晚春就烧起一小簇一小簇的火苗子。这让秸子的家看上去简单而迷人。

典子岁数小，却单独一间房，而且炕席、炕单、铺盖全是新的。这让我怎么也想不明白。我曾参着胆子跟大人打听，得到的回答是，秸子认为典子是二丫头转世投胎。二丫头两岁时发高烧，扔给不到五岁的大闺女看管，秸子两口子一整天都拴在地里。傍晚收工回家，孩子早咽了气。典子比二丫头小十岁，同月同日生，脸盘就像二丫头脱了个影。自从二丫头暴亡，秸子就变得护犊子得不行。典子出生，他格外疼惜，含在嘴里怕化了，捧在手里怕摔着。

拥有单独一间房的典子，人大心大，家里盛不下了。受到伙伴的影响，她到本县皮毛市场找了一份工作。市场离家二十多里，典子一个星期才回一次家。后来，一个月回一次家，甚至半年不回家。

粘子打了鱼，让人捎信给典子回家吃鱼。典子回了家，不吃鱼，扑通一声跪在爹娘面前。典子给人家当收银员，心思一走神就把一百块钱揣进自己兜里了。老板盘账，不打不骂，却不错眼珠地瞅着典子那张俊俏的脸儿。一百块钱，让典子的腿陷进泥坑拔不出来了。

那些天，典子家格外安静，大门经常上着闩。有时候粘子老婆出来一下，轻手轻脚地买半斤散酒，然后轻手轻脚回家。据说，粘子的渔网就是在那几天烧毁的。粘子喝了酒，左右开弓结结实实扇了自己几个大嘴巴，一个人走到院子里西窗台旁边，直冲着渔网过去，噌噌地从架子拽下来，想扯烂，却怎么也扯不烂，转身，进屋，揉吧揉吧，扔进了他媳妇正做饭的灶火膛里。

粘子没舍得动典子一个指头，典子是他的心尖子。

<h2 style="text-align:center">5</h2>

典子到南方打工，嫁给了一位广东小伙儿。小广东的话，乡亲们听不懂，说他说话像臭嘎谷唱歌。

嫁给小广东的典子不需要大椿树打的家伙了。粘子迎接老闺女和女婿回娘家，高兴得不得了。他家的大门一清早就敞开着，晚上月亮都老高了还不关。粘子在街上溜达，见人就撒烟，说是老末窝女婿从广州带来的。他置办酒席，一桌一桌在院子里连摆十几桌，亲戚朋友、前邻后舍，都被请来喝酒。

粘子喝了酒，又是满脸黑红。客人没走光，他一溜歪斜在院子里转，转着转着，就转到了大椿树下。粘子搂着合抱粗的大椿树，哈哈哈哈地大笑，嘴里唧唧哝哝：谁也用不着喽，给我留着吧，老了，打喜材。

大椿树，没等到粘子的老。有一年闹虫子，虫子从半腰蛀空了树干。一场雷暴，树整个折断了。

（选自2017年秋季号《在场》）

白马山水一壶茶

刘建春

"神农尝百草，日遇七十二毒，得荼（茶原名荼）而解之。"近日读《神农本草经》方得知，茶对人大有益处。其实，在《诗经》里也明确记载"谁谓荼苦，其甘如荠"。正如已故的书法大师启功诗云："古称荼苦今称茶，今古形殊义不差。"

我不喝茶，何来写茶一说。但此次来白马山，我倒真真实实地喝了一壶茶，闻名遐迩的茶——仙女红茶。

主人盛情邀我们至位于武隆白马山天尺坪茶海的茶庄。坐在茶室里，主人端上一壶茶，倒入杯中，一缕花雨，摇曳出淡淡的清香，氤氲在茶室里，洗去一天的劳顿和疲惫，身体顿觉温暖愉悦，心也随着茶香袅袅地升腾。

有人说，山水之美，美在特质，美在底蕴。那茶呢？没有山水的特质美和底蕴美，何来有特质和底蕴的茶叶呢？可见，山水孕育了茶的特质，而茶又反哺了山水的底蕴，两者交融，相得益彰。可谓山水中有茶，茶中见山水。难怪，我有一个长年浸泡在茶馆里的茶友欣喜地告诉我，他品大红袍时，便在茶里看见了武夷山九龙窠上的红芽；品毛峰茶时，便在茶里看见了黄山上迎风峭立的迎客松；品龙井茶时，便在茶里看见了西湖中含苞待放的荷花；品君山茶时，便在茶里看见了岳阳楼边烟波浩渺的洞庭湖……

茶如人生，人生如茶。取一杯香茗，慢慢品尝，品出了生活的感悟，品出了一种悠闲和恬静，品出了一种做人的境界。诚如品茶，先是淡淡的苦味，而后是淡淡的清甜。茶遇水是缘，亦如人生之情缘。今日能得品尝仙女红茶，即是缘分。所谓相遇即是恩泽，惜缘即是福祉也。

相传白马山的仙女红茶还有一段经典的爱情神话。那是许多万年以前，仙女化作茶仙草掉落在天尺坪之上，采药人白龙马发现了茶仙草的妙用，并大量耕种。每当白龙马采茶之时，都有一美丽女子前来讨论茶道，后两人因茶投缘，彼此相爱，结为伉俪。然而人神不能相恋，天庭震怒，遂将仙女贬为仙女山的地仙。白龙马闻讯，悲痛欲绝，后发奋研制出贡品情侣茶"白马茶+仙女茶"，敬献国王。国王听闻白龙马的遭遇后，动了恻隐之心，便将白龙马也列入白马山地仙仙班。如是，白龙马与仙女虽不能朝夕相处，却可以隔江而望，世代厮守。

"从来佳茗似佳人。"这一段凄婉的爱情神话令人动容，也为仙女红茶的质地增添了更深的底蕴。茶因水而绽放，水为茶而多姿。看茶在杯子里漂亮地旋转着，似乎也能听到远古仙女和白龙马对唱的情歌，它就这样亘古一日地滋补着人们忠贞不渝的爱情，抒写着一代代绵延不尽的关于茶滋补人的爱的故事。

为了一探究竟，我们在白马山的几个主要景点黄柏淌湿地、望仙崖、天尺茶汤领略了仙女红茶的神韵。

走进黄柏淌湿地，三个湖泊蜿蜒在海拔1600多米的高山上，明艳如珍珠，熠熠闪亮。不知是不是仙女当年在这儿与白龙马约会，把自己戴在颈项的三颗珍珠遗落在这里，遂成为三座湖泊。那湖边的一大片红草则更是别有韵致，远看就像一片云霞飘浮在湿地里。我突发奇想：红草或许就是当年白龙马的红色马鞍？当白龙马听说仙女的珍珠遗落在了黄柏淌，白龙马也有意将自己的红色马鞍遗放在了湖泊边，化成眼前的红草，与湖水相依相偎。

再行山路，沿石梯登上望仙崖。一路岩峰耸立，伟岸奇秀。凭崖远眺，巍峨群山，交错叠嶂，青青林海，浩荡无际。绵绵的白云，在天际间悠然翱翔，呈现出一派天垂阔野、云海苍茫的壮丽景象。而喊仙台则是当年仙女被贬之时，白龙马"一日不见兮，思之如狂"，站在崖端口，对着远处的仙女山情切地大声呼唤之处。其声气壮山河，感天动地，江河为之呐喊，山花为之盛，日月为之放光，连喜鹊也"知我相思苦"纷纷飞来搭建鹊桥，助其千里来牵手。望仙崖成了白龙马和仙女历经劫难、再次团圆的美好象征。

漫步天尺茶场，那6000多亩漫山遍野的茶园，生长茂盛，绿油油一片，沿错落有致的梯田绵延至天边。一阵清风拂来，感觉空气中都飘荡着茶的清香。"好香呦，这就是仙女红茶！"我喃喃道。连同行的女作家都控制不住自己的情感，在茶园里展开裙摆，尽显美姿，连拍留念。我随手掐了一片嫩芽放进嘴里咀嚼，感觉清甜怡口，再咽下肚里，芽香顿生两腋，使我香馥全身，连摘芽的手也清香犹在。"世间绝品人难识"，仙女红茶，不愧是冠绝渝东南的名茶。它曾两度在国际荣获大奖，出口东南亚及欧美等地，其精品茶叶，每斤卖到5万多元，成为品茶人炙手可热的首选品种。

　　伫立茶海，思绪纷呈。"茶者，南方之嘉木也。"早在两千多年前，巴渝就是产茶胜地，其茶一度成为皇上贡品。而武隆县则是我国饮茶文化的起源地之一。尤其是白马山的仙女红茶更是茶中上品，"此茶只因天上来，人间哪得几回茗"。时光流逝，云水千年。品茗一杯，暖心惬意。那一片茶叶，何以从天尺坪启程，历经千年的风雨，才撰写出如此清芬怡人的诗篇？是白马山的土壤、雾雨和阳光，给了茶叶的养分；是原始森林天然的气流，给了茶叶的灵韵；是白龙马和仙女的爱情，给了茶叶的精魂。品仙女红茶，你才会品出不一样的味道、不一样的人生。

　　正所谓：仙女千年求茶道，白龙马万载惜香芽，都为了：白马山水一壶茶！

（选自2017年6月14日《文艺报》）

河口的豆腐

谢德才

饭桌上，一个帅哥开起美女玩笑："美女，你怎么长得这么漂亮？"这个美女一点也不羞涩，还哈哈大笑："我的美，应感谢河口的豆腐，我是吃河口的豆腐长大的！"

一句简单的话，引起我想再次行走一趟河口的兴趣。河口这地方，对于我，并不陌生，相识也相处过，但对于那里的豆腐我了解甚少。在最近一个微雨的日子里，我与几个朋友去了那个幽静而具有灵性的地方，感受了那里豆腐的魅力。

晚上，我几乎没有睡着，不时都想着河口的豆腐，因为，在天黑以前，饭店的老板摇着轮椅来到我面前热情地跟我说："这里的豆腐真的好！"他的老婆见他的话说得不具体，连忙来补充，补充也补充不到哪里去，只晓得自己在做菜的时候，做出来的豆腐客人都喜欢吃……轮椅老板还跟着说，天一亮，卖豆腐的就从牌坊那边上了街。

我终于等出天的蒙蒙亮，一个中学生挎着书包上学去，我喊住他，要他带我经过牌坊看一家豆腐店。这个学生爽朗地答应，说他奶奶就是做豆腐的，住在牌坊边。他边说边揉起了眼睛，说他的爸爸与妈妈感情不和离婚多年，妈妈跟别人到外面打工去了，爸爸身体又不好，他在学校的生活费全靠老奶奶卖豆腐供给。走着走着，他朝上一指：这就是牌坊！啊，牌坊，一副特别孤独的样子。我走进他的家，老奶奶正在包豆腐准备上街去卖。老奶奶见我来，连忙拉着我的手说："来，吃点豆腐脑！"她给我舀上一大碗要我喝，说，大清早喝点豆腐脑挺好，可以去火、补脑、提神……绝对舒服。我呼呼啦啦地喝下去，爽滑甘甜，还有浓浓的黄豆味。在喝豆腐脑的时候，我从老奶奶的口里得知晚清时代这里就来过一位二品大员吃这里的豆腐。

"既要当婊子，又想立牌坊"是不行的，心存坏心的人，牌坊是立不起来的，

272

一立就会倒下去。这里的牌坊，拥有几百年历史，是清朝时候奉圣旨给处士长永开之妻章氏所立，呈三拱门样式，上面的词一点也看不清，风霜雨雪几乎给洗尽。古代的女人，拥有这样一座代表着所有女德的牌坊是对她一生功德的肯定。看着这牌坊，油然生起一种想法：而今的女人许多心里装着浮躁，不妨也从古代女人的豁达、贤惠、节俭、尊老爱幼的崇高美德中启迪自己的心灵。

河口的豆腐与别的豆腐不同，那是因为晚上推、早上卖的缘故，这样的豆腐才保持鲜嫩。他们不是用机械制造，而是靠石磨一旋转地推出。石磨磨出的豆浆，不像机械打出来的粗糙。制作豆腐前，先将黄豆用水泡到发胀，然后用石磨磨出豆浆。磨出豆汁，把豆汁一瓢一瓢地装入沥豆浆的口袋，然后人工用力将豆浆像挤牛奶一样一点一点地挤出来，直至剩下豆渣为止。随后，将锅里的豆浆舀到盆里，锅里一点不剩。洗锅之前，会刮下糊锅的一层豆腐锅巴。点豆腐用的是石膏，石膏是把豆浆点化成豆腐的关键，石膏重，豆腐化，压不出多少豆腐；石膏轻，豆腐难成块。检验豆腐是否成块，筷子是检验的唯一标准，一根筷子甩进豆腐中，筷子倒了，说明豆腐不成；筷子直立，证明豆腐结实。等豆腐降下温度之后，把它们装入事先准备好的包袱里，用大石头压上一夜，豆腐水一滴一滴地落下，直到第二天不再滴水，豆腐出现在这个世界上，剩下的豆腐（告子）水被累了一天的人们用来洗澡，据说包治皮肤病。

豆腐的制作，主要来源于黄豆，一粒粒的黄豆由此得到升华。从外面进的黄豆不如本地的黄豆好，即使本地的一些并不饱满的黄豆也能榨出嫩滑的豆腐。豆腐的榨出，意味着人生也要像豆腐一样经过一番拼搏之后才能获得一定的成功价值。

河口的豆腐，有股浓厚的豆制品味道，绵、香醇、嫩中不老、老中含嫩、炖而香软，煎而不碎，显白而不漂、嚼而不噎。豆腐口感，无论你是煎、炒、熘、烤、涮，你都不会嫌弃它。它，清淡如一、苦中含香、白净濡润，而且还有降血压、降血脂的作用，看一眼这里摊上摆着的切得匀称而整齐的豆腐，垂涎三尺，好想带上一点回家做得吃。

河口豆腐的美，离不开这里水的滋润。人、动物，一切生命，大自然的一切都与水有着密切的关系。这里水的存在有了这里豆腐的诞生。荒无人烟的山湾里蹦出来的水，尽管一路颠簸，跳到农家的水缸里仍汩汩地笑。这里的水，平常都是凉凉的，尤其在六月，这里的水跟冰水一样的凉，人们把豆腐常放在出水的洞边，如同放在冰箱里一样，一点也不会坏。汇集到大河里的水，随时都可以用手捧得喝。这河里的水，并不逊色九寨沟水的蓝。河的两边，经高高低低的吊脚楼和一些柳树的装饰，真像一幅美丽的山水画！最妙的是这里下点小雨落点小雪呢，雨一落在河面上，河面立即就会感动得露出无数的小酒窝；雪花一飘，房屋上、山上、大树小树上都披上了如同这里豆腐的颜色。这时，给人的感觉，更富诗情画意啊！

河口，一个拥有万把多人的乡镇，虽有一个私人的农贸市场，摆有二三十个摊位，但供不应求，一些卖豆腐的也只好蹲在水泥板的街沿上或者推着架子车叫卖。遇到这里逢场的日子，陈家河、蹇家坡、岩屋口、上河溪等四道八处的人，或乘车或步行或坐船来这里，使这里热闹热闹。一条平常就并不宽裕的街道，在这时拥挤得连脚板都难放下。一些卖豆腐的，只好把豆腐运上附近高高的一座石拱桥上去卖。他们卖豆腐，不像有的人卖东西喉咙都快喊破，纠缠得令你头晕目眩。他们卖东西，态度明朗，从不讨价还价，愿买就买，不买也不在乎，摆在那里的豆腐，却在不知不觉中卖完了。

河口的豆腐，这几年"火"起来了。它，让人体对大豆蛋白的吸收达到一种高峰。它，滋补了人们的身体，愉悦了人们的心情。一些想到河口吃豆腐的人，大多也想趁机去看看河口的美女。说起来，你可能不太相信，在河口的山路上和一些屋门口，你不时都可领略到河口美女们的风采。她们绝对使你眼前一亮。你看起来，个个都是那么顺眼舒服，看了一眼，还想再看上几眼呢！

（选自2017年第6期《天津文学》）

在秋天里驻足

潘永翔

城市的秋天不像农村来得盛大和热烈。它总是悄悄地来，慢慢地走，然后像一个顽皮的小孩，突然间就消失了。

最初，秋天是从母亲那里来的：天凉了，该加衣服了。顺着母亲的话题，我们就听到了远处传来的秋天脚步声了。伴随着寒意，秋风把天空擦洗得湛蓝，一丝云也没有。而大雁的翅膀把天空托得更高了，你没法不想起"天高云淡"这个词。这时，人们听从了母亲的话，夏装收起，添加秋衣，大街上渐渐地少了喧嚣和嘈杂，安静平和连同秋天一起漫过了城市的上空。时间跟着秋风奔跑，就这样，顺着一些蛛丝马迹，秋天就悄悄地来到了。

我居住的这个城市的秋天是从街心公园西苑开始的，而西苑的秋天是从我的脚步开始的。每天早晨在西苑散步，每天晚上在西苑健步走。西苑几乎就是我的后花园，我的天堂。我对西苑的细微差别都能感觉出来。她的季节变换当然也逃不过我的眼睛的。而西苑，这个天堂一样的街心公园，最适合在秋天里驻足。因为她的丰腴、她的色彩，还有她每天包含的魔幻般的故事。

在农村，秋天是一个盛大的节日，它来得总是隆重、喜庆而热烈。经过两个季节的汗水和辛勤的滋润，大地已是色彩缤纷、五谷飘香。那种排山倒海般的丰收景象，醉了山村和大地。每当秋天来临时，欢笑和喜庆洋溢在人们的脸上，而希望和憧憬总是藏在心里。人们就像迎接一场战斗那样，摩拳擦掌，秣马厉兵，准备打一场秋收大会战。

在城市就不一样了。秋天的到来和人们关系不大，除了天气的变化，景色的迁移之外，似乎和人们的生活相去甚远。这里没有庄稼成熟的喜悦，也没有丰收的景象，更没有五谷飘香的氛围。季节的转换只是一个简单的轮回，就像今天和明天一样简单平淡。过了白露，秋天的影子就出现了。而秋分一过，天气就渐渐地凉了过来，这种凉，没有排山倒海的气势，也没有从夏到秋的华丽转身，只是悄悄地在你还没有留意的时候就来到了。就像一个你想见却还没有见到的远房亲戚或同学，不打招呼，不事先通报，在你毫无思想准备的时候，突然有人敲门，你开门一看，你期待的那个人到了。

西苑的秋天也是这样。在某一天早晨，你一出门，秋风起，叶子黄，秋天到了。西苑的秋天不像大、小兴安岭那样，一夜之间绚丽的"五花山"在山水间恣意纵横，也不像大平原的秋天那样气势磅礴，波澜壮阔。西苑的秋天有点像南方的女子小家碧玉，精雕细刻。没有盛大的开幕，也没有喧嚣的告白，秋天跟随着脚步声悄无声息地来到了。

西苑秋天的序幕是由连翘和榆叶梅拉开的。几场秋风过后，首先是连翘叶子黄了，紧跟着的就是榆叶梅。之后，一场秋雨，一阵秋风，它们的叶子就落了。在西苑，这是两种最早掉叶子的灌木。我发现一个这样的规律：春天发芽早开花早的植物，秋天来得都快。连翘在春天四月中下旬就开花了，一片鹅黄，一片温暖，人们甚至把它误认为是迎春花。然后榆叶梅追随着连翘的脚步，急急忙忙地也开花了，而且比连翘有过之而无不及。随后山梅花、刺玫、丁香相继盛开，一起唱响了春天的序曲。而秋天的谢幕，也和春天的盛开是一个顺序，它们相继和秋天告别，叶子纷纷落下。

这时候，杨树、榆树、白桦、落叶松、柳树、槭树、桃树……所有的树木都加入了秋天的演出，一起奏响了秋天的交响曲，五彩斑斓的秋季大合唱开始了。

高大挺拔的杨树的叶子落得很晚，秋风吹来，叶子哗哗作响，像是在和秋天对话。垂榆默默不语，不论霜冻还是风吹，纹丝不动，像是一位饱经风霜的老人，神态安详，处变不惊。它看透了世态炎凉，任凭风云变幻，我自岿然不动。虽然一样是松树，落叶松在霜降过后叶子也开始变黄，风一吹就落了一地的松针，像是铺上了一层绒毯，几场风霜过后，它也只有光秃秃的枝杈直指蓝天了。而樟子松似乎对秋天不太敏感，任凭秋风秋雨扫荡，依旧安详地绿着，只有到了深冬落雪的时候，它才稍稍有些发暗。那片匍匐着的沙地柏，依旧紧紧地拥抱着大地，用一片绿色装点着西苑的生机。

除了松柏，最后落叶的就是柳树了。柳树的叶子是零零落落慢慢地落，风一吹凌乱的叶子就飘落一些，但是它们绝不像其他树木那样把叶子掉光。即使是干枯了，它的一部分叶子也在树上挺着，直到来年春天，新芽出来的时候，它的叶子才能全部落光。它们就像一群不肯离开家的孩子，守着一树的孤单和寂寞，也守着一个季节的寒冷和希望。因为它们，这个冬天也许不会太单调和乏味。

寒露一过，西苑的秋天就更浓烈了。树的叶子大半都已掉光了。这时的白桦更白了，像是一只只巨大的粉笔，在湛蓝的天上写满了对秋天的爱和对冬天的憧憬。而偃伏莱木越来越红了，像是一位正在恋爱之中羞涩的少女，被幸福陶醉了脸庞。高大的杨树，叶子几乎掉光了，只留下零星的几片叶子守着孤单的树。樟子松在一地枯黄中骄傲地绿着，叶子上挂满了树叶，红的、黄的、绿的、白的……像是落满了蝴蝶，又像是栖息着一群小鸟。逆着阳光一看，那就是一棵棵五颜六色的圣诞树，树上挂满了人们期待的圣诞礼物。

在这里我着重要说的是槭树。在西苑有两种槭树：一种是属于灌木的茶条槭，一种是高大的乔木色木槭。霜降一过，茶条槭首先红了叶子，逐渐地那叶子由淡红就变得殷红，像是彩色的红纸，薄而透明。然后它就早早地落了，落成一地的红色，一地的叹息。色木槭长得高大，笔直。在秋天它的叶子先是变成淡黄色，逐渐地就变成了金黄色。在有阳光的日子里，碧蓝的天空，金黄的叶子，是一道不可多得的靓丽的风景。每当秋天到来，在槭树旁总有俊男靓女们在拍照。你方唱罢我登场，槭树没有清闲的时候。一场霜过后，槭树的叶子落了满地。槭树的叶子腭裂深，五瓣，落在地上像是落了一地的鸭掌，生动，醉人。 一个周末的下午，天空晴朗，暖阳如春。我踩着满地的落叶，在西苑散步。此时的西苑人少、安静、平和，适合一个人在太阳下发呆和做梦。我在一个长椅上躺了下来，像一片落寞的叶子落了地上。阳光正好暖暖地照在脸上，闭上眼睛，阳光透过眼皮，感觉红彤彤一片，像是眼睛被蒙上了一层红布。躺着躺着半梦半醒之间，回忆穿过时光隧道回到了20个世纪70年代。那时我已经中学毕业回到生产队当社员。也是秋天，庄稼收割完了集中往场院里拉，称作"拉地"。一个车老板，一个跟车的。如果地离村子远，装完车躺在高高的车上，任由马拉着车往回走。因为马是认路的，不用管，你尽管躺在车上享受阳光，享受秋天的暖阳，享受不可多得的悠闲自得。在劳累的空隙里，身下是成熟庄稼的味道，上边是瓦蓝瓦蓝的天空，四周被丰收的喜悦填得满满的。尽管前途迷茫，但是此时啥也不想，啥也不问，放松地躺在车上，全身被阳光笼罩，被温暖包围着，那是真正的享受。就像我此时躺在西苑的椅子上。

在西苑的秋天里，我不得不说到两种特殊的树木：火炬树和卫矛。这两种树是专为秋天而生，在秋天涅槃的奇树。春夏它们一点都不起眼，丝毫没有出奇之处。只有进入秋天，它们的奇妙和美丽才渐渐地显露出来，让人过目不忘。

火炬树是一种小乔木，每个枝上有小叶二十片左右，它的叶子是奇数，长椭圆状，边缘有锯齿，叶子长渐尖，约十几厘米长，基部圆形或宽楔形，叶片上面深绿色，下面苍白色，两面有茸毛。它的叶子是对生，有序排列，扁而长，一根枝上长长的两排叶子，被霜一打，耷拉下来，蔫头耷脑，看着特别的沮丧。最奇怪的是它的叶子被霜打之后，有的变黄了，有的变红了，还有的落在了地上依旧是绿的。像是悬挂着的一面面彩旗，十分招摇。最有意思的是火炬树的花序。它的花序顶生，圆锥形，密生茸毛，花淡绿色。但是一到了秋天，它的核果变成了深红色，外边覆盖着一层密密的绒毛，密集成火炬形。当叶子都脱落之后，只有它的火红的核果高高举起，像是一枚枚燃烧着的火炬。在秋天的清冷里，带给人温暖和感动。

卫矛是一种灌木，椭圆形的叶子，一丛丛、一簇簇地生长着。它的花淡绿色，有的带有白色，花细碎小巧，在春天烂漫的花海里它的花一点都不起眼儿；只有到了秋天，它的美丽才渐渐地突显出来。它的美丽源于它的果实——种子。它的种皮初始是褐色或浅棕色，随着时间的推移逐渐就变成了粉红色，全包在种子的外边。到了秋天，种皮裂开，像是开了一个粉红色的花。而它中间的鲜红的椭圆形的种子突出来，点缀其间。当叶子逐渐地落了，只有枝干上的果实红彤彤的一片，远远地望去，像是一片花海。走近一看，渐次打开的粉红色的一瓣一瓣的种皮，中间悬挂着红红的种子，像是一个小灯笼，挂在秋天的门口，照亮我们回家的路。一位喜爱植物的朋友这样描述卫矛的果实：粉色的假种皮，总在秋风里忍俊不禁，从微笑到开口大笑，吐出粒粒晶亮的红果。我很喜欢这种神来之笔，描写得惟妙惟肖。

除此之外，还有一种奇怪的树叫作偃伏梾木。在见到它之前我都没有听说过这种树，我查了许多资料才弄明白。这是近几年我居住的这个城市作为绿化树才逐渐引进的树种。它是落叶灌木，枝条春夏为褐色或者绿色，到了秋天，它的枝干逐渐变为红色，到了冬天变成了血红色或鲜红紫色。它叶子单叶对生，叶片长圆状卵形，上面深绿色，下面灰白色。到了秋天它的叶子可谓五彩斑斓：有红色的，有黄色的，有粉红色的，有酱紫色的，还有坚持绿色不变的。秋天一到，远远望去，一片五彩斑斓的一定是偃伏梾木了。这种近几年才有的树种，带给城市一种新奇，一种色彩和活力。

我有一位朋友也特别喜欢西苑，喜欢西苑的植物。她是一个特别简单纯粹的人。有了花草树木，有了蓝天白云，她就高兴得不得了。我在西苑总能遇到她。不同的是她来西苑不走步，也不锻炼身体。她来西苑是为了拍照。拍人物，也拍风景。春天拍花开，夏天拍绿时，到了秋天就拍树叶。有时候和朋友来，有时候自己来。我曾经问她：为什么这么喜欢拍照？她说，我想把美留住，留在记忆里，留在生命里。有的美瞬间就没了，拍照就留了下来。什么时候想起来，翻看一下照片，心里美滋滋的。拍照时她也小心翼翼地，怕不小心踩了草，也怕踩了树叶。我估计她拍的西苑的照片有上万张了。一个深秋的早晨，地上洒了一层薄薄的霜。阳光洒下来，满地亮晶晶的，像是洒了一地的水晶。天冷，我走得也快。在那片红叶李树林里，一个身穿橘红色衣服的女子弯腰低头像是在地上寻找什么。我的脑海里突然冒出来一个句子："一个在寻找灵魂的人。"原来她在拍盛满了霜雪的红叶。橘红色的衣服，美丽的女人，早晨的阳光，深秋的红叶，满地亮闪闪的水晶，那是一个美丽的早晨。看来留住秋天，留住西苑的美，是每个人的愿望。

西苑的秋天以它自己的方式奏响了一曲秋的颂歌。舒缓、柔曼、亲切、喜悦而祥和。人生漫漫，季节的渡口依旧熙熙攘攘，一些风景，注定要用一生去守候。就像这小小的西苑，每次都有新的惊喜，每次都有新的感动。一片叶子，一棵不起眼的小草，一朵无名的小花，都让你留恋，怎么看都看不够。也许这就是由我们内心而生出的缕缕美好的缘故。因此我们渐渐学会了感谢和感恩。感谢那些慷慨赠予我们时光与情感的人和事物，还有美丽的大自然。

"天凉了，该加衣服了。"这句话我一辈子没有从母亲那里听到过，因为母亲去世得早。但是我从姐姐那里听到了。关心和温暖，总是从最朴素、最贴心的语言开始。就像秋天，总是在无意中到来。

当秋天铺天盖地地漫过来时，当一个季节成熟了而另一个季节还没到来时，我在你的秋天里驻足。在你的秋天里驻足而不是路过，那就是说我要在你的秋天里徜徉和观赏，虽然不能收获。尽管没有了养精蓄锐、重新上路的雄心壮志，但是，偶尔的感动和感激依旧让我流连，因为我相信，时间的种子一定会发芽。

自然界的秋天，正像我此时的人生，一边盛开一边凋零。那么就让我在自己的秋天里驻足，享受美好，享受成熟和期待。因为秋天也有太多期待的理由。秋风凉，意浓浓，转眼又一季别过了，还有另一个季节在向这里眺望。我们在这个秋天的落叶中学会从容，在挺拔的枝干中学会了坚韧。多少人来了又走了，有些人总在不经意间喜欢上了远方，喜欢上了那些温暖的牵挂。而经过的人，看过的风景，总有一些是来温柔你的岁月，总有一些是要与你擦肩而过的。那些留下的，刻在心里的，一定是你人生永远的风景和牵挂，成为你生命里不可或缺的元素，就像这个街心公园西苑。

（选自2017年第4期《天津文学》）

我家的鸟儿成双对

王小丫

魏家大院儿的鸟儿们又开始歌唱了，清脆明亮啭成一片。这是它们每天清晨必做的功课，听到这样的晨曲，大院儿的主人们就知道自己该酝酿着起床了——新的一天就这样鲜活地登场了。

话说天下第一美狗魏家球儿这日晨起闲来无事，伸罢懒腰陪女主人在魏家大院儿闲逛。秋日的阳光安详地照耀着一切。安徒生说太阳是一朵用纯金做成的花，现在，这朵纯金的大花儿正笑眯眯地用她那美丽的金手掌抚摸着魏家大院儿，令这里的一切生命都充满了感激，该绿的更绿，该红的更红，该俏的更俏，该狂的更狂。麻雀在密枝上跳来跳去地唱着评戏，唠着家常，甚至在八卦。北边的屋檐下，勤劳的燕子一家早已集体在田野晨练过，这会儿，正悠闲地梳理着羽毛，得意地哼着昆曲。那腔调儿，还真是玲珑剔透，九曲十八弯地绕，绕得我差点迷失在宋词里的烟波十六桥。魏家球儿忍不住驰骋了起来。没错，是驰骋哎！只见它四条小短腿生风，两只大白耳朵上下飞翔，在魏家大院儿里兜了一圈儿又一圈儿，断然撇下正在月季树下逗螳螂的我。

不过，我不生气。我家的两株柿树、两株石榴、一株香椿它们也不生气。农历八月的风是脆的，脆得就像从东墙斜伸过来的邻家冬枣的味道。滑溜溜的风轻摇着它们的果实和叶子，我甚至听到了它们咯咯咯的笑声。我的乖巧的西红柿、茄子和灯笼椒们，它们也没工夫生气，现在正是它们暗肥的好季节，况且它们正和高架在西房上的丝瓜、扁豆、芸豆角们暗自较着劲，看谁能长得更多、更大、更好看。反正魏家大院儿有的是全心全意的阳光雨露伺候着它们，长不好，自己也怪难为情不是？但见，紫芸豆花儿矜持高贵，白扁豆花儿素淡优雅，金黄的丝瓜花儿满架招摇，它们的藤蔓相亲相爱，纠缠在一起，难舍难分，团结得一塌糊涂。爱荡秋千的丝瓜们从繁花密叶间垂吊下来，随时期待着风。可惜时令不对，否则，瓜下再添两只毛茸茸的争嘴小鸡，把一条蚯蚓拉扯得跟拔河似的，那就赛过白石老人的小品《他日相呼》了。不过，我心里明白，魏家大院儿的一草一木也都自信，这里的风景早已胜过名画儿筹。试问，那满院的花香袭人岂是人间凡笔所能描绘得出的？

可惜花喜鹊今天没来，听不到它的梆子腔了。还有那些偶然飞来凑趣的小鸟，带来的那些风味不同的偶然的家乡小戏。

这样的好风景全是为了鸟儿。古人云，植芭蕉以邀雨，种柳以邀蝉，栽松以邀风。十六年前，当我在我们小县城的边上一个偏僻的角落里买下这几间平房瓦舍时，我就知道自己将要过上什么样的生活了。一直固执地认为：有房必要有院，有院必要有花，有花必要有鸟。若有花无鸟，犹如山中无泉、碧水无鱼、春野暮归的老牛背上没有牧童、牧童手中握的不是短笛而是长鞭，总觉得少点儿什么。于是，我在院中栽下了树。栽了树，我也怕它们不来。曾经那么家常的燕子、麻雀现在竟越来越少见了。在我们这个发展中国家，在这个向城市化进程大跃进的时代，土房平房正被慢慢消灭，坚硬、挺拔、光滑的楼群令它们无处栖身。我们大规模地使用农药，令人恶心地吃着炸花雀。据说，在许多省份麻雀已经大面积绝迹，两湖两广的燕子们好多都飞到国外去了，害得国家不得不动用法律来保护这些曾经伴随了我们人类数万年的小生灵，实在是让人心酸啊！它们本来就是我们的家雀家燕，就如同我们的家猫家狗，怎么如今竟离我们的家园越来越远了呢？如果人类进步到最后就只剩下了自己，如果小燕子衔来的春天只能在儿歌里去回忆，那我宁愿留在从前！我害怕孤单！

我收拾好自己的庭院等待着它们。那年春天，来了一对燕子夫妻在我家檐下寻寻觅觅，我们全家人的心都狂跳不止，仿佛中了百万大奖。后来它们果然口衔了圆溜溜的湿泥巴，开始垒起窝来，当时我家的郎猫魏鸭蛋(因它来我家时才出生二十天，团起来睡觉时比一只鸡蛋大不了多少，因此取名叫"鸭蛋")正在换毛，全身蓬松松的，而且正在害着严重的相思病，每日茶不思饭不想卧在自家房脊上眺望邻家院里的一只母花猫，见鸭蛋那副痴样，燕子们不免嘴痒借了几根猫毛来用，谁想鸭蛋一心用情，只甩甩尾巴，对损失了一部分衣服的事全不放在心上。燕子们越发泼辣了起来。那时有几个好事之人闻风而动来我家看过借毛一景：只见两只燕子围着鸭蛋低飞盘旋，仿佛鸭蛋是花它俩是蝶，冷不防就衔走几根毛，冷不防就衔走几根毛，冷不防就有人笑得从墙头上掉下来摔坏了腿。那年冬天，燕子走了以后，麻雀就满心欢喜地住了进去，现在房檐下已经有一大排燕子窝了，碗形、蜗壳形、吹风机形的都有，差不多每个燕窝里都有鸭蛋的贡献，虽然鸭蛋正常时免不了也会产生抓几只燕子或麻雀来吃吃的想法，但没办法，它一到春天就发痴，好像一身好毛若不搭了燕窝就白白糟蹋了年景一般。

小城的建设速度日新月异，越来越多的平房区消失了，取而代之的是整齐划一的新楼房，我们这片地方由于规模、大房子、新人顽固(我的对门说那不叫"顽固"叫"坚守")，被开发商视为鸡肋，居然得以幸免。更兼最近中央明确强调绝不允许强拆民房，我家前邻紧跟时尚艳羡楼上生活，久等拆迁无望就贷了款买楼去了，我知情后赶紧凑了钱奉上，央他将房子卖我，于是各取所需，皆大欢喜。我将他的房子刨掉，魏家小院儿一下子就变成了魏家大院儿，于是看自家那条普通京巴就格外顺眼，不免将它由原来的献县第一美狗加封为天下第一美狗。荣升为天下第一美狗的魏家球儿，对自家的鸟儿越发慈悲，从此再也不朝它们吠叫。事情就是这样，一些人陆续从这儿搬走了，因为在他们看来平房是贫困与落后的代名词，容易遭人怜悯；又有一些人陆续地搬了进来，因为他们和我一样，也会在冬天到来时在自家庭院早撒下黄灿灿的谷米，生怕饿到自家的鸟儿。

没错，我不搬家。我舍不得这有宅有院有花有鸟的好日子！若没有这样的好日子，谅他陶渊明再疯也未必能写出《桃花源记》这么美丽的故事来！

我不搬家，我喜欢这么热热闹闹的大家庭！

如果某年冬季，小女子闲游南国，有几只燕子一直殷勤相伴，我一点都不会诧异，因为那很可能就是我家的鸟儿。

（选自2017年第2期《青海湖》）

遇见赛里木

曹 岩

似乎是很多年前就听说过这个名字，却怎么也记不起是谁说过的，就那样轻轻滑落于心底一处安静的角落，不声不响，无波无澜，悄然蛰伏，有如无物。那是个令我喜欢的名字，本能地喜欢。遥远，缥缈，无法企及的疏离感，却不隔膜，就像我曾经在不同的边地旅程中遇到的那许多与水有关的名字一样，如一个美妙的魅惑，即便在心底沉寂着不去想起，也是一份上好的陈设和收藏。

赛里木湖与我，如长旅中一处清洁温暖的驿站，必然会有早已注定的不期而遇。

1

机缘突然而至。出发的日子定在八一建军节，于是，一次旅程就越发像是一个礼物。这一天几乎都在路上。从北京飞往乌鲁木齐，会齐从东南西北赶来的同伴，再一起乘坐96座的小飞机飞往博尔塔拉蒙古自治州州府博乐。抵达时已是夜里十点多。其时，雨后初晴，遥望四顾，橙红的晚霞穿透层层叠叠的积雨云，渲染着低垂的暮色，润湿的地面亮晶晶地反射着暖色的灯光和美丽的霞照。天际遥远，大地静谧。机场尽头停泊着一排我们刚刚乘坐过的那种小型客机，看上去很像是一组儿童玩具。整个机场晶莹剔透，美轮美奂，宛如童话。瞬时间，仿佛一个开关被悄然揿动，都市的喧嚷和旅途的疲惫一扫而去，莫名的喜悦油然而生，生命转入新的模式，充满期待。

到达酒店的时候，已是帝都第二天的凌晨，而这西部边疆的夜晚才刚刚开始。这就是2300公里的距离，祖国之大令人欣叹。

2

迟到的清晨是从九点钟开始的。约定的吃饭时间还未到，自治州的副州长已经在餐厅等候。副州长姓李，形容清瘦，身材高挑，高高的发际线衬托出宽阔饱满的额头，即使是与人寒暄，也是面容恬淡，沉静如水。这位分管旅游和交通的副州长，对属地的热爱，不只表现在"不是在湖上，就在路上"的工作状态，他不停地说着赛里木湖，似乎想在一个早餐的时间，把他所知道的赛里木湖全都填鸭于我们这些匆忙的旅人。

早饭后，我们乘车从博乐出发，一路向西南而行。天空辽阔而明媚，簇新的公路在灿烂的阳光下像刚刚画就的水彩画，一副纤尘不染的样子，鲜艳夺目地趋向天之极处。一个个陌生而熟悉的地名在眼前转瞬即逝，灼热的阳光忽左忽右地侵进没有窗帘的车窗，赤裸裸地炙烤着车内的我们，无处躲藏，将这去往赛里木的最后一段旅程，烘托得更加迫不及待。田野、山峦，布景一样在视野中绽开，又退去。发电风轮的白色巨阵，随田野山峦或远或近，起伏升降，近时巨大，仰望难见其项，远时萌小，犹如掌中玩物。就那样蜿蜒跌宕地在这沧桑的欧亚大陆上，漫不经心地上演着现代文明的温情与浪漫。

看似平坦的一路向前，耳鼓中的微妙轻响却在提醒我，我们正一路向上，向上，去追寻那个"山脊梁上的湖"。

3

车停在一片开阔的山脊上，步行穿过一处简易的建筑，几步之间豁然开朗，眼前蓦然升起一片浩渺的蓝。那一刻，不知该如何来描绘它，第一眼望去，那就是一片令人惊诧的蓝，在漫坡的草原之后，在环绕的群山之中，在清蓝的万里晴空之下，就像一匹华美的靛蓝的丝绸，横贯视野。那靛蓝临风起微澜，在炫目的阳光下，时而深湛，时而浅淡，时而又似有七彩斑斓坠落其间。湖是蓝的，天是蓝的，天湖之间的山也被洇染成深深浅浅的蓝。或许那山本来就是蓝的，无须去沾染别人的色彩。虽然同为蓝色却参差有致，绝不雷同。云，团团簇簇地散落在群山之上，浸润在蓝天之中，犹如花冠，庇护着那终年不化的雪山之巅。

躁动的心如被慑住一般一下子沉静下来。赛里木，就这样尽收眼底，如诗如画。

更新世由新构造运动断陷而成，海拔2073米，水深92米，天山西段，准噶尔盆地西南端，丝绸之路北道，新疆海拔最高、面积最大的高山冷水湖，这就是赛里木湖，由26条山泉和差不多同样数量的季节性山溪丰泽着，滋养着。蒙古人称它为"察罕赛里木淖尔"，意思是"白色的平静无波的湖"。有人说它是"大西洋最后一滴眼泪"，因为它是大西洋暖湿气流能够到达的最东端。还有人说它像海，它似乎具备了海的全部要素，的确太像海了。有人干脆就赞它是"大地的眼睛"。可我觉得它更像是天山诞下的一位处子，那环绕的群山，苍劲雄浑的是父亲，淡雅俊逸的是母亲，他们环臂相拥，执手而立，亲密无间地守护着他们那风华正茂的少年。

那少年秉"西来之异境，世外之灵壤"之空灵，持"四山吞渺，一碧试空明"之澄澈，经千万年沧海桑田而不老，就那样仪态翩然地静卧于山的怀抱，任凭那远古商队的悠悠驼铃，蒙古王西征大军的凛凛战阵，以及塞种、月氏、乌孙、突厥人于马背上游牧的帐篷和漫山遍野的牛羊，于这湖边鲜花盛开的草原，于北天山葱茏的雪杉林间，于历史深处绵延不绝的千古风云中，际会于此，又消失于此，了无踪迹，只留下那"乳海池京邑，双河沼帝乡"的帝王诗篇，为自己做一领花环掷于颈项，遗留至今。

四季更迭，万物流转，似乎亘古不变的只有乳海，只有圣湖赛里木。

4

沿着山路顺势而下，穿过开阔的草原及至湖边。那湖水澄澈碧透，犹如无物，十几米之内，只有水底的石子历历在目。伸手探入湖中，湖水冰寒，透着远古冰川积雪的清冽和冷峻。那是西天山极顶的冰川之水穿越莽莽群山、数千米海拔以及千万年时空奔流至今的温度，那是赛里木父亲的温度；而草原却丰饶而温暖，像母亲。

据说这里曾经是西天山最优质的夏季牧场。其实，草原上百花烂漫，金莲花、蒲公英、锦鸡儿、白头翁、三棱草姹紫嫣红，生机盎然。来此分享草原盛筵的牧民最多时达上万人，织锦的毡包像花朵一样绽放在草原上。在这样的季节里，自然少不了落日后的篝火、马奶酒和令人柔肠百转的蒙古长调。还有那一年一度的那达慕盛会，都是赛里木最奢华最喧嚣最恣意的时光。

不过，这样的时光如今只能在照片和想象中复原了。因为过度的放牧和踩踏，每每盛筵之后，草原只剩下荒芜和一片狼藉，直到第二年春天都难以恢复生机，湖水也受到污染。如此循环往复，草原日渐衰退。为了保护赛里木湖的原始生态，这个最好的夏季牧场已经开始禁牧，那达慕大会也迁至别处。博乐人对赛里木湖的热爱和呵护之举让人心生敬意。

边塞秋来早，短暂的无霜期如白驹过隙，过早地催熟了这片没有被剥夺过的湖畔草原，虽然姹紫嫣红几乎褪尽，但植被依然茂盛，已经秋黄的枝叶间姿态各异地怀抱着不同的籽实，在秋阳下熠熠生辉。但也有例外。那是一种正灿灿地开着白花的植物，花叶细小，但枝干挺拔，成片地鹤立着，同样细小的白色花蕾丛丛簇簇地高擎在枝头，也高擎着一份迟到的骄傲和独领风骚的炫耀。放眼望去，远远近近的草原上只有这白色的花朵还在绽放，装点着去向湖边的路和我们的照片。

想起了李副州长话，他说，在我们博州你能看到新疆几乎所有的自然风光，碧湖、湿地、高山、冰川、森林、草原……唯独没有沙漠。

5

我们一次又一次登车沿着公路绕湖而行，不断从新的角度抵近湖岸，那湖就时而狭长悠远，时而开阔浩渺，但始终那般静谧舒展，犹如梦幻。

同行的当地朋友如那位副州长一般不停地讲述着他们珍宝一样的赛里木湖。冰川，峡谷，狐狸，草原狼，神秘的湖畔岩画，埋在山中的宝藏，古老的爱情，现代的相思——赛里木湖的前世今生。

关于湖仙的传说，据说是当地牧业学校一位七十多岁的老师少年时亲身所历。

那是初夏时节的一个午后，正是草原上花盛如海的季节，熏熏的暖阳下，少年正在湖畔牧着自家的十一头牛。忽然，平静的湖面陡起一处波澜，没等少年反应过来，湖中已走出一个水淋淋的生物来。只见那生物形似公牛，生着宽阔的额角、长长的胡须，上得岸来就和他的牛群在如海的花丛中嬉戏玩耍起来。他怔怔地伏在草丛中不敢作声，那公牛便也当他不存在一般，大约玩耍了一个多小时的样子，才依依不舍地又走回湖里。回到家里，他把这件奇事告诉了爸爸妈妈，爸爸妈妈又把这件事告诉了喇嘛。喇嘛说：那是赛里木湖的主人，有眼缘的人才能看到。

都说西域的土地是有灵性的，我相信那形似公牛的湖仙必定是真的，在这地球上最美丽的蓝湖之中，护佑着草原，护佑着牛羊，以及这湖边的万物生草灵。

赛里木湖美如梦幻，却难免让人心生奢望。

高山引水工程的壮举发生在二十世纪六十年代。在那个物质匮乏却"人定胜天"的年代，豪情万丈的人们要将赛里木湖水穿山而过，引去灌溉博尔塔拉干旱的农田。于是，在一个阳光灿烂的早晨，几百名意气风发的兵团战士在湖边驻扎下来，开始了早出晚归的浩大工程。大山苍然无语，却巍立不动。历时八年，兵团战士们究竟遭遇了多少艰难已不得而知，只知道八年之后工程以失败而告终。关于失败的原因有两种说法：一说是在工程进行得如火如荼且即将近尾声的时候，人们忽然想起要对湖水进行检测，结果发现湖水中所含成分根本不适合灌溉农田，只好前功尽弃；另一说是开拓者们从大山两侧相向而动开掘隧道，可是在隧道预计应该贯通的日子却迟迟不见贯通，再行勘测，发现两侧的隧道竟然不在同一轴线上，而且整整相差了三百米，工程被迫停止。

从感情上说，两种说法我更愿意接受后者。在这个即便是一棵随处可见的小草也可能比人类更古老的地方，想必一定有神秘的力量是人类所不可抗拒的。透过那遗址，似乎依稀能看见兵团战士被火红的年代和纯情的理想所鼓荡的青春岁月，犹如一面被时光无情撕裂的英雄的旗帜，高高地飘扬在一个我们今天所不能企及的高地，令人惋惜，也令人景仰。

后来那遗址被艺术家们用来造成了仿古的西夏建筑，成了电影中有蓝色湖景的城池。如今那城池已成为新的遗址，栖踞在湖的一侧，犹如某种象征。

<h2 style="text-align:center">6</h2>

当晚，宿在古朴别致的赛里木湖酒店。晚餐时，品尝着来自圣湖的极品美味，想象着大自然种种奢侈的馈赠，心中感喟不已。我将湖的照片发给几位喜欢旅游的朋友，说那是赛里木湖。有一位很快来了回复：我十多年前就去过那里，那附近的那拉堤草原、昭苏草原、巩乃斯草原、慕斯塔格冰川都很美。伊犁河是中国唯一一条从东向西流淌的河流。

不禁会心一笑。夕阳尚未落幕，已然华灯初上，站在酒店后人工湖临水的木栈道上，仰望长空，似有什么极空灵的存在正纷纷英落于心，不声不响，悄然蛰伏，有如无物。一首关于湖的歌正穿越音乐喷泉迷茫的水雾袅袅传来：

> 那里春风沉醉
>
> 那里绿草如茵
>
> 月光把爱恋
>
> 洒满了湖面
>
> 两个人的篝火
>
> 照亮整个夜晚……

（选自2017年第5期《后勤文艺》）

寻找记忆深处的美（外一篇）

任晓璐

很久没动笔，很久没写文，很久没读书，很久都没做些自己该做的事情……

但其实，生活轨迹没有发生改变。我也没有变，在坚守着初心。还是在关注那些自己想关注的人，还是那个小圈子，还是那种我认为很好的生活方式。依然知道，这样的生活方式就是让自己在原地不停地打转。也不想给自己找任何理由去开脱，这种自己认为舒服的方式，是有人在替你承担着那些不舒服。

其实很久了，我想说这些，但找不到题目可以囊括这些，现在这个题目差强人意，也牵强。

做了个冗长的梦。

关于南方。那个离慕容很近的地方。得知慕容遇见了对的人，很开心。他过得一定很好，有人惦念、有人爱是幸福的。因为，我也感受过，可以说是很美。

一座城市能够吸引你的，其实不仅仅是风景。就像一个女子，吸引你的，可能不只是她的外表，还有内涵。外貌是一时的，内涵带给你的美好会跟随一辈子。这种感受，会让你们比一般情侣愉悦，但也会让你们比一般情侣烦恼。其中滋味，需要慢慢品味。

不说女人。说梦。这个梦关于南方。

梦里，我叩开了一扇黑色的大门，它略显神秘。我仿佛穿越了一般，像是古时候小学徒叩开师傅的大门，要去拜师学艺的感觉。手捧礼物，师傅如果同意，就会举行隆重的拜师礼。多次梦到那扇门，有时候叩不开，内心会有臆想出的失望。像是丢了师傅一样，但想想可笑，自己编造出的感受何必真的失望。

梦里这座城到处充盈着一种明朗而又神秘的香味，我不知道这香味是来自哪里。我想大概是桂花。电影里的中校闻香识女人，我，闻香识城市。这一定不是北方，一定是南方的某座城市，才会满是花香。门里门外一样，同样香气四溢。

我像个孩子一样，享受这些。

其实谁不想像孩子那样，我不能，你不能，我们都不能。我就这样被时间从梦里拉回了现实。

我迷恋着这座城，就像看到一件很美又很适合自己的衣服，或者一个适合自己的爱人。但遗憾的是，它仅仅是适合你，你迷恋的，并非属于你，我又感到了些许的失望和不满。没有办法，现实中你生活在一个不太适合你的小城，你又有着让你不太吃得开的小性格。就像你迷恋一个人，但他属于别人一般。我这样说，可能有人会觉得，我是不是爱上了别人的男朋友。这样想你就错了，我觉得没有爱情更单纯更坦荡，像个孩子一样。

大家都说我活在自己的小世界里，是这样的。我不该这样，但是现实如此。我该怎么改变呢？也许有许多办法，我却觉得安于现状也没什么不好。

这座城，传说中泪很多很多。正是这些流不完的眼泪，让它略显悲伤。梦里我站在桥上望。望湖水，望远方。看看自己，想想也可笑。迎着香气，漫步在桥上。迎着香气，在湖中畅游。那是一个很大的湖，一座很著名的湖，湖面上有美丽的荷花，湖边有依依的垂柳。我天天在湖周围游荡，看风景，看美人，看野鸭戏水。在湖心驾驶一叶扁舟醉享芬芳的我，看到了最暖心的画面。在湖中心远远地听到了野鸭的叫声，循着叫声看去，在离我很近的湖面上，一只野鸭一边叫着，一边奋力地游向另一只野鸭，这只忘情中的野鸭甚至差点撞上我的小船，我的视线就一直跟着这只野鸭，直到它和另一只野鸭会合，那份欢愉之情鸣唱在湖面上。这看似平常的事情，却让我感触颇深。谁说我早已看淡人间冷暖，发生在动物之间的温暖让我险些掉下眼泪。内心的坚强和脆弱，一下子被激发了出来。这不是一瞬间的事情，只是初心还在。试问，野鸭子能做的事情，有些人，你能做到吗？还是只是说说而已。有些人曾经说过初心还在。我想问，你有心吗？善良的人永远不会耍手段，使伎俩，活该被伤害吧。希望在人间能够多看到些类似野鸭的故事，别把所有人的心都伤透了，然后变硬，变凉。如果每个人的心都是凉的、硬的，谁还能温暖这个世界？

这是一座有魔力的城，它让我觉得安心。这里每个人脸上都有一份淡然，我不知道那些淡然来自哪里，也许是桂花的香味，或者是那些不知名的植物，又或者是那一条条整齐的街道。相由心生。也许大家都在奔波劳累，每个人都有他的社会责任，但是心情愉悦，会让我们更好地承担这些社会责任。

梦里，我去了这座城市的很多地方。我不知道它带给我的是什么感受，说不明白。

隔 空 倾 诉

很久都不肯提笔，很久都不想触碰内心的伤痛。

一个月前，姥爷走了，永远地离开了我们，再也不会回来了。我是看着他离开的，陪他走完了生命的最后一段路程。也许姥爷知道，我是爱他的，所以每次的梦里，他都很开心，开心得像个孩子一样。

伤心吗？真的很伤心，已经不足以用伤心形容了，就像心脏被挖出来，然后再也填补不起来一般。姥爷走了，也带走了我心脏那个位置的填充物。

十月，我就开始担心姥爷的身体了。从那时候开始，他的身体就不太好了，但仅仅是不太好而已。我尽可能多的去陪伴他，我想他也是欣慰的。因为在他的眼中，我和妈妈是值得他骄傲的好孩子。或许，我们并没有他想象的那样优秀，但是他开心就好，他觉得我是第一，我就是第一了。但是十月份的时候，我并不知道他那么快就能离开我们。

你们看到过流星吗？我虽然没有见过真的流星，但在电视上见过，流星一瞬间就由天空滑落了。人的一生看似漫长，但其实很短暂，在我眼里，姥爷生命的旅程，真的就像一颗流星滑落的过程那样，美丽而绚烂。

其实，我并不了解年轻时的姥爷，因为我出生时，姥爷已经五十四岁，也是年近花甲了。他给我的记忆都是十分美好的，以至于我的童年少年时代，除了母上大人的悉心陪伴，还有爱我的姥爷姥姥。但就在这几年的日子里，姥姥和姥爷相继离开了我。在童年时的我的眼里，姥爷是我可以炫耀的资本。那时候他就很厉害，时常出国，印象最深的就是姥爷从新加坡回来时，给我带回来一串漂亮的水壶，有七八个，我小小的虚荣心得到了百分之百的满足。现在姥爷走了，谁来满足我小小的虚荣心呢？靠自己吧，因为长大了。一夜之间，更加长大了。我就这样，没得商量地一次次地被迫长大。

那时候，我还穿着开裆裤，被姥爷笑嘻嘻地抱着，那笑容很灿烂。过了一会儿他竟然将我放在了烫手的暖气上，屁股挨到暖气的一瞬间，我放声大哭。姥爷赶忙把我抱起，随即不好意思地笑了，像个犯了错误的孩子一样天真地笑了。这件事已经过去二十多年，可是姥爷脸上的笑容，我却记得很清楚，可是以后再也看不到那样的笑容了。

姥爷退休以后，接送我上下学的任务就落在了他的身上，他每天接送我上下学，乐在其中。母上大人因为工作原因，经常出门，我每次给母上大人打电话，都跟她说，姥爷可好了，总给我买糖稀。说起糖稀，我想起了糖稀事件：一次姥爷接我放学，给我买了五毛钱的糖稀，别看只是五毛钱，但其实很多很多，技术不佳的我把一坨糖稀掉在了姥爷的自行车车座子上，姥爷只能走路推着我回家，并且笑我是个小笨蛋。童年的美好记忆太多了，大概几天几夜也说不完。

翻看博客，写《樱花祭》的时候是2009年3月3日，至今，姥姥去世已经7年之久，也许是姥爷想念姥姥了，因为她离开姥爷的时间有些太久了。或许，这时候，他们早已经在天堂团圆了。我不知道以后的生活是什么样子，但是我想姥爷一定在天堂看着我，他教会我的一切，我会铭记在心。只是，走到姥爷姥姥家大门口时，我还是会心痛，让我心痛又欣慰的是，那是我上下班的必经之路，心痛的是他们已经离开了，欣慰的是看见那个门口觉得他们依然在，依然在陪伴，陪伴着那个还没长大的我。

有太多的情感无法抒发。姥爷离开前的那段时光里，他最爱的孩子们都陪伴着他，我想他在天堂会感到欣慰的。我亲爱的姥爷，我爱你，像你爱我那样爱你。

写《樱花祭》的时候，我泪流满面，这次依然泪流满面。那时候的我因为年幼悲伤挖空了我的心脏，现在的我因为成熟悲伤同样挖空了我的心脏。不知道要往前走多少路，时间过多久，心脏的那个位置才能够被填满。

上周六的《朗读者》徐静蕾朗读了史铁生的《奶奶的星星》。她还没开始朗读的时候就已经控制不了自己的情绪。许多人也许都不能理解，这是为什么。尤其是离姥姥、姥爷、爷爷、奶奶很远的人。我能理解，因为很长一段时间姥姥姥爷都陪在我的身边。徐静蕾是流着眼泪把这篇文章读完的，读完我看见她淡雅的妆容都有些花了，但她还是很美，美得那么真实。徐静蕾是被姥姥带大的，我也是。她说了一句话，我感同身受。她说，她姥姥去世之后，她感觉一夜之间长大了。我姥姥去世的时候，我觉得我已经不是我了，我不能再是个孩子了，我该长大了，当时觉得这样长大真不好，这代价让我觉得好心痛。史铁生是被奶奶带大的。他的奶奶对年幼的他说，死了，就再也见不到奶奶了。他的奶奶或许是一个没有太多文化的老人，但是这样表达内心恐惧和心酸的方式，让我的内心十分震颤。她知道等到史铁生能够照顾她的时候，她真的就已经不在了。她恐惧什么呢？是死亡吗？我想不是，而是她觉得她陪在自己乖孙孙身边的时日不多了。

我是姥姥姥爷带大的，其实也不全是。带我的人有许多，还有爸爸妈妈。

我从小体弱，性格有些孤僻。当小朋友都走进幼儿园的时候，我一天都不愿意去。为了表示抗议，我整日放声大哭，午饭时将饭扣在桌子上，午睡时拉了一床。

儿时也许就养成了某种个性。我被家里人从幼儿园领回来了。我的目的达到了，心里暗喜。那时候姥姥姥爷还在上班，无奈，姥姥提前退休了，专门带我。现在想想，带一个两岁的孩子并不是一件简单的事情。姥姥一生操劳，带大了自己的几个孩子，然后带大了我。许多记忆都模糊了，尤其是儿时的那些记忆，难道是姥姥离开时将它带走了？也许她脑海里存留着这些，在天堂会更开心。在我的脑海里姥姥没有年轻过，一直都是六十多岁的模样，一双粗糙的手，一张抬头纹很深的脸。这些是岁月留在她身上的痕迹，也是日夜操劳造成的后果。青春期的那一段时间，我后悔不已。但这就是生活，总会给你些许的遗憾。

姥爷走了之后，感觉天塌了，不知道能用怎样的词语表达这种感受。从小家里人给我的爱很多很多，我童年是不缺乏爱的，每个人都对我体贴入微，姥爷更是。但在某种意义上，姥爷其实是撑起我一片天的那个人，他教会了我许多，教我怎样为人处世才更加稳妥，虽然有时我做得不尽如人意，但我一直在按他说的做。现在没有人再对我说这些了，再也没有了。以后，人生的道理需要我自己领悟了，生活的技能也需要我自己摸索了。因为，爱我的人又少了一个。我心里的位置又空了一大块。不，不会。我会一直爱我的姥爷。属于他的那个位置永远是满满的。

史铁生说，奶奶讲的故事与众不同，她不是说，地上死一个人，天上就熄灭了一颗星星，而是说，地上死一个人，天上就又多了一个星星。这几天，我总会抬头看天上的星星，看到最亮的那一颗，我就会想，哦，这有可能是我的姥爷，看到附近一颗，会想，这有可能是我的姥姥。姥姥、姥爷走了，天上多了两颗闪亮的星星。以后，我肯定会经常抬头看看天空，看看美丽的夜空。有多少星，就有多少失去的亲人在惦念着你。

（选自 2017 年第 9 期《散文百家》）

村里的川妹子

刘亚荣

拐过街角，就听到表姑家传出一阵欢笑声。进门洞，影壁，一丛盛开的秋秸花，花下立着一个俏丽的女人，如瀑的长发，黑漆染过一样。表姑说："这是你嫂子九妹。"九妹正拿把红色塑料梳子梳理着她的秀发，慢慢地，阳光穿过斑驳的树影，照在她身上，一院子人盯着她，好像在看天上来的仙女。大嘴巴的表哥喜滋滋的，嘴角笑得几乎咧到耳垂下面。

表哥长得丑，大脑袋、罗圈腿，走路一晃一晃的，在当地找媳妇很难。活该九妹和他有缘分，吃了媒人如簧巧舌的亏，千里迢迢嫁了他。表哥心满意足，走路都挺着胸脯子。九妹接连给表哥生了两个花朵似的孩子，日子似乎因为孩子的到来有了奔头。

表侄六七岁的时候，我去表姑家，正赶上九妹给小表侄理发。表侄不配合，小脸憋得通红，眼泪混着汗水滴滴答答地往裤子上掉，在推子下面扭来扭去，表姑帮着，都按不住他。我说："干吗费这劲，到集上花几毛钱推推算了呗。""能省一个是一个吧。"九妹低声说。

这当口，表姑为了让小表侄止住哭，声，拿来了镜子。没想到，小表侄对着镜子看了一下，大喊："我不要这样的头！我不要这样的头……"一挥手，"啪叽！"把镜子摔到了墙角，粉碎的镜子在阳光下晃得人睁不开眼睛。九妹把刚放下的推子操在手里，咬牙切齿地说："儿子！敢打破我的镜子。看老娘给你理个好看的！"我忍不住笑了，这九妹自称"老娘"，可分明是一个唇红齿白的"小夜叉"。

九妹拉过孩子，坐在板凳上，两腿夹起孩子，几推子下去，孩子变成了小和尚一休哥的样子。我和表姑哭笑不得，小表侄哭得鼻涕吹起了大泡泡。更让我想不到的是，九妹还跷起手指弹了孩子脑门两下，说："龟儿子！看你还捣不捣蛋？"表姑翻着白眼抱起孩子，边走边嘀咕："哪有这样的亲娘！"

之后很久没见到九妹。有人说她去学理发了，有人说她过不下去回娘家了。表哥又变得蔫蔫的，像秋后经霜的茄子。没想到，九妹走了三年后又回来了，一头长长的乌发没了，短短的发梢还有些染过没褪尽的黄。

她指挥着表哥用带回的钱沿街盖了几间房子，两间做小卖部，套间里她开了理发馆。小卖部地理位置好，九妹又会说话，生意不错，年节的时候，来理发的人也是排着长队。村里人说，九妹家的钱是大风刮来的，九妹拿着耙子往家搂就行了。九妹听了咯咯大笑："你们没看到我辛苦。"也是，九妹家院子里种啥菜吃啥菜，不吃反季菜，常年也不见油水。

有的川妹子嫁过来，随着这里不爱吃辣的习惯，渐渐地也远离了辣味。九妹不，她每年在院子里种上两畦辣椒，秋后穿成串挂在墙上。她炒菜没肉一味地狠放辣椒，炒的菜红彤彤的，别人看着都没法下嘴，怕辣的表哥倒逐渐适应了九妹的口味。打牌的人都说九妹的钱串到了肋板上，九妹不恼，自嘲说："谁不知道肉好吃，不是要供孩子上大学嘛。"

眨眼九妹的两个孩子都读大学了，九妹还是说钱紧张，农闲时表哥被她支派着去了外地打工，她一个人理发，看顾小卖部，忙得团团转。有时候会看到九妹累得坐在理发的椅子上打瞌睡。我就想，唉，九妹或许是上辈子欠了表哥的债吧？不然，依她的姿色该找个好人来疼她。打牌的女人们有时候也拿这事嚼舌头，但说说也就过去了。

可九妹疯狂地追打村子里的一个"无赖"，却被村里人看到了。那天晚上，人们听到九妹疯了似的骂人，还有人们听不大懂的四川话夹杂在里面，有好事的人起来看，发现九妹挥舞着一根棍子站在街口路灯下大骂。原来有人趁表哥和孩子们不在家想占九妹的便宜，便宜没占到，讨来一场好打好骂。我想，九妹的辣椒吃得真棒，骂起人来用上四川火辣辣的方言，村里人听惯了，像听小曲。一日九妹沉默，就像做饭没放盐巴，觉得生活没滋没味的。

一晃，九妹来我们村二十多年了，那黑黝黝的长头发早不见了。九妹的一腔四川话也失了真，只有骂人时还带有浓郁的川味。

街上流行歌曲《九妹》时，孩子们嘻嘻哈哈冲着九妹唱"九妹九妹可爱的妹妹"，九妹拿着笤帚追着笑骂："九妹是你们叫的吗？九妹是你们祖宗！"九妹这话也不差，她婆家在村子里辈分极大，年轻的她是很多人的本家奶奶。

我问九妹老家都有什么人。她说，爹、娘、兄弟姐妹都有。我说，也不见你回去看看啊。她眼望着西南方，说："回去一趟要很多钱，孩子要上学。"我一时找不到话劝她，很久才说："会好的，孩子们快毕业了。"

　　九妹人聪明，干啥都像回事，唯独包不好饺子。看她剁白菜，叮叮当当，利利索索，可是包的饺子，像孩子们过家家弄的泥饺子，没一个成型好看的。九妹自己会解嘲："饺子好吃在馅，样子难看吃到嘴里一样的味儿。咯咯……"惹得女人们一起攻击她，说她来河北这些年不会包饺子，心还在四川。

　　九妹眼里突然起了雾，汪着点什么。

　　一个中秋节，村里的懒汉二货赖在九妹家要买九妹的饺子吃，九妹不卖他，说自己家没开饭店，要吃饺子回家自己包去。二货掏出十元钱要买一碗，九妹不理，却要表哥把第一碗饺子给斜对门的孤寡老人三奶奶送去。二货斜着眼睛，说九妹傻，有钱不挣，把饺子送给孤老太婆。九妹把筷子摔得山响，敲着桌子骂："滚！滚！我的饺子，我愿意给谁吃就给谁吃！三奶奶一个人可怜巴巴的。你懒蛋一个，喂狗也不给你吃！"事后，九妹对我说，三奶奶像她远在天边的老妈。

　　院子里的秫秸花又开了，九妹笑盈盈地告诉我，女儿大学毕业找了一个四川同学，离她的老家很近，马上要结婚了。

（选自2017年5月9日《人民日报》）

隐逃的倭瓜

蒋建伟

人会隐藏，瓜，也一样。

可能是长得不好看，圆圆的扁，弯弯的长，也就是圆不圆、扁不扁，弯不弯、长不长的，一副窝窝囊囊的样子，就叫它"倭瓜"。也可能它有自知之明，从夏天的开花结果开始，一直隐藏在浓密肥大的叶子丛中，时刻寻找着逃跑的机会，不想让你逮住它。然而当冬天快要来了的时候，万物开始枯萎了，掀开这一丛那一丛的瓜秧，"呀"，瓜秧上、黄叶子背面的许多小刺儿一下扎住了手，接着是阻挡不住的突然的惊喜："倭瓜！满地跑的大倭瓜！"瓜秧上的倭瓜们胆小，立马现出原形，大小老少，慌不择路，东西南北地满地乱跑。黄灿灿的，橘黄黄的，黄绿绿的，那一丁点的绿啊，过不了几天也会变黄的。摘倭瓜的当儿，如果怕遗漏掉，只要你猫下腰，找到老根子往上一拽，"啪啪啪啪"，瓜蔓下的嫩根子一阵乱响，叶子也乱响，黄的绿的"窸窸窣窣"的尘土惹了一身，直直腰，阳光正毒，大汗稀里哗啦地乱淌，湿漉漉的衣服和皮粘在一起，有点痒痒，可一看见瓜秧上悬挂的金灿灿的灯笼们，这点脏算什么？只是纳闷：它们，到底是如何隐藏了一夏半秋的？

倭瓜的狡猾远不止这些呢！它常常藏在叶荫浓密处，也就是倭瓜叶子最浓密的地方，一动不动，一直潜伏，悄悄地长大，悄悄地……让你找不到，或者让你找得失望透顶，彻底放弃不再寻找了，只留下它一个个暗地里傻笑。直到摘的一刻，它们不得不哆哆嗦嗦站出来，老的，半老的，少的，嫩的，小小的，大拇指一般大的，从许多肥肥大大的叶子当中出列，集结。好家伙，收获了六十多个瓜，沉甸甸而归。老的、半老的摘了也就摘了，但，剩下那些小小嫩嫩的，它们可是还能长大的呀，它们头顶的叶子还积蓄大口大口的营养，太阳还可以勉强毒辣十几天呢，它们都是可以长大的、长老的，唉，太可惜了。除了发黄的叶子，单单看绿得淌油的倭瓜叶子这么多，一片片闪烁着希望，将来，这瓜一准小不了。

倭瓜的叶子，是瓜果类植物中最大的。夏天里，瓜秧有节，蛇似的向前爬呀爬，一条两条许多条。节只要贴住地皮，都会伸出五六个嫩根子，像脚，像手，牢牢抓住一小团一小团的泥土、腐草，一节节地获取更多的营养，支持上边的叶子生长。奇迹天天都在发生：一枝发四个杈，吐叶，开花，结果。叶子们长得更不像话了，迎着各自方向的太阳，一片片唱着歌儿，昂起脑袋，扯直嗓子唱，从倭瓜秧上拼命高举起一枝，爬过其他的枝枝蔓蔓，再被别的竞争者爬过去，自己再爬上来，如此反复，一只一只的绿色大手，捧出了一个浩浩荡荡、郁郁葱葱的天下。这是怎样的一只大手呀！朝阳的手面上，是"心"形，七个角，相当于两个手掌加起来的面积大，长满了密密麻麻的小刺儿，好像谁谁谁身上的毫毛；朝阴的手背上，凸起一根根墨绿色的经脉，和主脉络交织成一个网、一棵树、一条爱情船，网结上的每一个点，也长了一根毫毛，只不过有些纤细，不扎手，好像刚刚从某个女孩脸上掉下来似的，有一点点的害羞。正因为这样，你不敢随随便便去摘倭瓜花儿，想想看，哪一朵花下边不是一大片叶子？哪一片叶子浑身上下不是长满了小刺啊？

可是，你咬咬牙决定，哪怕扎手也要摘花儿，一种谎花——说谎的花儿。花儿为什么要说谎呢？这因为，倭瓜开两种花儿：第一种花叫谎花，只开花、不结果；第二种不说谎的花儿，先结果、后开花。所以呀，谎花要想假装成一副不说谎的样子，打开自己的花蕾，怒放全身的金黄色，释放出满世界的暗香，一下子抓住蜜蜂们的眼球，吸引它们纷纷前来采蜜。当然，你也会来采花儿。下厨热水焯一下，小葱蒜泥凉拌，下酒就饭；也会把谎花儿掺和粉芡鸡蛋，油炸，放进冰箱冷冻储存，留到过年时，做一盘反季节的烩菜；也会把谎花儿直接晒干，放到厨房阴凉处，该吃了，就拿热水泡开，跟肉块、排骨一起烩炖蒸炒，横竖都叫一个好吃；也有吃倭瓜叶子尖儿的，叶子尖儿就是朝着太阳昂头最厉害的那一枝，嫩、鲜、滑润，热水一焯，精制凉拌，那些个小刺都软了，细细嚼起来，脆、爽、香、咸、苦、辣、涩、甜各味逐个叩开心门。大自然的这类纯绿色食材，就在眼前，你还上哪儿找啊？

不说谎的倭瓜花儿，其实就是小倭瓜，瓜纽纽儿，纽扣一样粗的小小瓜儿。大自然讲究优胜劣汰、弱肉强食，并不是所有的瓜纽纽儿都能坐果，长个儿。倭瓜也一样。无论是哪一条的秧子上，结的瓜纽纽儿的数量都差不多，但哪一条瓜秧上的叶子肥厚且稠密，嫩根子扎得多且深，就决定了倭瓜的大小、多少。有时一条秧子发四五个杈，能各自结两个瓜；有时一条秧子的几个杈之间只有一个大倭瓜，一个瓜抢走了整条秧子上的营养；有时一个杈上的瓜纽纽儿长着长着就没了下文；有时一个拳头大的瓜纽纽儿头顶上突然长了个黑心，好瓜变成了坏瓜，实在让你接受不了。真正坐果之后，那些瓜纽纽儿哟，好像吹小气球似的，从瓜屁股开始长，从大屁股开始长，从细腰、粗腰开始长，一鼓作气长到头顶，一天比一天大，十来天的工夫就可以变成一个篮球、一只暖水瓶、一条土豪胖子的大腿、一个弥勒佛的大肚子、一个有着喜怒哀乐的梦中人。它们，该会做什么梦呢？

是绿意萌动的春天？那，是它们小时候的梦呢。

三四月里，童年的小倭瓜们，身上弥漫着叶子的味道．春风春雨春光，随便做一个深呼吸，满肺腑里都散发着浅浅的甜甜的空气。刚刚钻出大地上的叶子，起先是小小怯怯的两片——鹅黄嫩绿，再是小小而后变大的一片——油绿，然后是一片一片，一片比一片变大，变肥厚，墨绿墨绿的，大口大口地喝着阳光，喝着雨水露水和风，大手拍着小手，赞美着每一天的幸福生活。这当儿，瓜秧子是嫩嫩的呢，叶子还是小鼻子小眼睛的呢，连浑身上下的小刺儿都那么水嫩，风吹来，步子不稳，细细的腰儿怎么也站不直，满世界的嘲笑声一下灌满了两个耳朵。可是，有什么可嘲笑的呢？大地上万物复苏，绿意星星点点的，不成什么气候，大家都在生长，理想起起伏伏，谁笑谁都没有什么意义，那么，干吗老嘲笑某一个人？这样一想，它们开始争气，男男女女变得有了骨气，有了思想，有了理想。它们的理想就是长大、长高，把自己所有的叶子都高过嘲笑者们的头顶，让阳光从此只拥抱它们！才几天，无论或抢或扛，或挤或爬，还是彼此擦肩而过或者拥抱取暖，生生抢走了周围瓜果和小草们的阳光，它们做到了。

太阳底下，倭瓜秧上的最上边几片叶子在鼓掌。然而，并不是所有的叶子都鼓掌，也并不是所有的叶子都高兴。果然，几片当中的一片突然朝下边看了看，一惊，它看见了倭瓜秧子最初的两片叶子，还是那般大小，微微有一点枯黄，甚至是枯萎。它们俩，为什么这么苍老呢？那可是我们的老大哥啊！有一天，它们俩会离开我们吗？

这个小精灵呀，仿佛看见了那两片叶子出生前的一幕：

一个下午，南风寒，零下二摄氏度的天气，一个人在北京某小区的一小块空地里，种下了二十多粒种子。

（选自2017年5月6日《人民日报》）

城堡·姥爷

杨俊文

当夕阳每天作别这方土地上劳倦的人群，在不远的医巫闾山身后顾恋地隐没之前，总是毫不犹疑地拨开遮掩它的雾霭或云翳，将最后一抹余晖涂饰到孤傲地崛起在平原上的那座城堡上。

城墙四角炮台上盔甲的烁烁之光虽在岁月的烟尘里永逝，而操练中士卒的踢踏与呐喊声，仿佛在时光深处飞旋、回荡，城头上浸染的殷红似乎还充溢着当年的悲壮与杀机。西侧高耸的城墙伸展到极限的身影，覆没了城中袅绕着炊烟的大片房舍，似乎一只光阴之手又从那密闭的方位悄悄偷伸过来，抚摸早已不属于它的雪月风花。

一

我睁开记忆的双眼，是在某个阳光朗照的初夏，城堡给我的印记多余而荒寂。从外祖父的家门向南再向西折向城里，或去城外的任何地方，都要越过看似行人拆出的一处墙体的豁口，叫不出名称的草木沿着豁口形成的硕大的U字生长出来，参差而葳蕤，红的白的黄的紫的花儿绽放其间，从远处看去像是一个残破的花环，为这处断壁默默吊祭。

当我向这里走近，几只鸟儿忽地从花环里扑腾而起，鸣叫着飞向另一处城头的草木丛中。其实不仅是另一处，城墙之上和四周几乎都长满了灌木与蒿草，间或也有高大的榆树和槐树在墙根处振拔开来，枝叶紧紧攀附着满是藤蔓的墙体，直至探出墙头铺展出一簇簇绿荫。我想，如果没有城墙，人和车马的行走该有多么自由。

城堡只是人和车马可以穿墙而过的地方，高墙上下堆叠着花草树木，与城外的几片林木一样有鸟儿飞翔。我用童年的目光摹绘城堡的素描就是这样简约而直观，以致留下大片莫名其妙的空白。后来的记忆便在这片空白里渐渐生长，占据了那些高墙、草木和鸟儿之外的所有空间。

历史的长河从古老的源头奔泻过来，并非一路连绵不绝地高歌与诉说，总会因某种疏忽或灾难时而变得哑然失声，况且一个不足四万平方米的小小城堡，不过是长河里泛动的一朵微微浪花，随时可被那轰然澎湃的涛声吞噬。所以，壮镇堡的人对城堡的用途并不十分清楚，他们因为地位的卑微，无法查阅属于这座城堡的残篇断简。在对这段历史的遗憾中，又往往习惯依照美好的想象去填充攫取人心的故事，于是城堡所在地壮镇堡便有了出过状元的传说，于是便有了专为那位状元修筑的这座城堡。状元堡便成了今天壮镇堡的第一个称谓。

细一忖度，中状元者尽管号为"大魁天下"，皇帝也未必以一城赏赉。但壮镇堡的人言村必言其城堡，言其城堡又不免言及那位不知姓甚名谁的状元郎。如果"师出必捷、威震绝域"的李成梁地下有灵，这样的讹传一定使他哭笑不得。他作为明代的辽东总兵镇守辽东三十年，曾驻防在壮镇堡以北二十公里的广宁城以遥制一方，抗击北元残余及女真各部的侵扰。这里的人们虽然无人不知李成梁的声名，但对他为整饬兵备、积草囤粮，在如今的栖身之地修筑城堡的史实却知之甚少。

这座城堡并非形单影只，周边尚有不同功能的城堡与之守望相助。有史学家考证，距壮镇堡城堡北不足五公里的二十里堡城堡，还是明代的一座制胜堡。西南方位依次而建几处烽火台，以台台相连的密布警戒疆域，倘遇敌情便会即刻施烟点火。紧邻医巫闾山的另一个士兵操练场，在阒静的黎明可与这里的城堡互闻鼓角。

那些浸渍在时光里的往事旧话，已被时光之水销蚀得凌乱不堪。这很容易让人想象一面镜子被无意地滑落地上，随着粉碎之声而呈现的分崩离析的状态。壮镇堡的人无力将属于自己的历史碎片重新拼接在一起，他们只能从碎片折射的几丝光芒里，恍惚看到久远而沉重的影子。因为有高墙、有炮台、有曾经驻守广宁城的李成梁，他们能够猜得出身边的城堡会与某种防御有着关联。但他们似乎不愿如此联想，也许讳忌那带有血腥的味道冲抵了脚下泥土的芬芳。他们还是仰羡状元，喜欢对那个状元郎津津乐道，对状元堡这一生发着独特文墨气息的地名情有独钟，并把城堡同状元联系在一起，坚信书中自有黄金屋，中了状元就会赢得一座城堡的富贵，致使这样的故事不知相传了多少代人，似乎那传说中的状元与自己的祖辈有着不解的亲缘。

据说是李成梁偏偏要取强壮重镇之意，硬是将状元堡改换成了壮镇堡。由文到武的两字之差，让壮镇堡人一直耿耿于怀。

这里的富人倒是因了一个虚拟的文脉，率先在延展的土地上炫弄起风雅。

最早进入城堡的是三百年前的一户于姓人家。没有人能够说清楚，当年消失了士兵身影的城堡是怎样的萧然空寂，更不知是谁掌管准入城中的权力，让远道而来的陌生人堂而皇之地进入城里，并成为这里的首位主人。不过几年的光景，于家已拥有了大片土地。接踵而来的三户人家依然是于姓，分别获取的土地与首位主人达到相仿的面积。由此诞生了于氏四大家族，将方圆三千多亩土地瓜分殆尽。他们本来是贪婪的土地占有者，与那些终日劳作的穷苦人有着同样的肤色，但他们渐渐让聚敛的财富披上了文化的霓裳。

一个中秋的夜晚，四人聚饮后开始商议，各自要立一个堂号，这样既可昭示富后之贵以超尘拔俗，又能彰显本地文治而不辱先贤。于是在地主烟尘飘移的宅院里，分别悬挂出"尚"字头的四块匾额——尚仁堂、尚德堂、尚义堂、尚缘堂。尚义堂主于绳武真的开始讲情重义，时常以粮食济困邻里，据说张作霖一时开不出兵饷，他拿出一大笔银圆，为大帅解了燃眉之急。经常在这里过往的人们，知道这里的地主家也有堂号，自然会相信此地曾有状元及第。

姥爷的父亲在这里停下奔走的脚步，就是因为有状元与城堡的传说，才情愿拣择了这方水土。但是他已不能在城堡里找到栖身之地，那里早已布满了大小屋舍，只好在城堡的东墙以外夯土建屋。之后也有许多人家从遥远的地方迁徙过来，城外与城里共同升起了炊烟。

不知道当年城里城外的人们往来于哪条路径，到我开始学会奔跑的时候，就看到那个U形。后来，两百米长的东墙出现几个U，当然有的还不像确切的U。

我不止一次看到，住在城里的人总有一点儿高傲的样子，他们很少从那U字里出来，而城外的人要经常去往城里，见到城里的人会主动打个招呼。其实是我不知道，那些住在城里的人早已因为祖上的先入为主，自然获得了较高的名分。孩子们不讲这些礼节，只顾沿着城墙根儿玩耍。

我是那么喜欢城堡，喜欢城堡的墙根和墙头。单是这城墙根一带的玩物，就要比鲁迅先生百草园里的泥墙根丰富得多。他家的墙毕竟是泥墙，而且是"短短的"长度。城墙便不是一般的墙，那墙根直抵历史的土层，宽厚而又沉酣，四周的天地也格外的广阔。春天，在墙根的树丛里蹦跳的鸟儿就不下十几种。它们大都不喜欢往高处飞翔，受到孩子们追打便忽地跃上墙头，窥视一会儿见没有人来，还会飞落到墙根一带。麻雀的脑子像是没有季节的概念，什么时候都会在这里飞来飞去。可我还是讨厌麻雀，也许因为它们被人称为"家贼"，身份已经一败涂地。它们混入到其他羽毛鲜亮的鸟群里，仿佛漂浮在清溪上的一块干涸的粪便。但到了冬天，城墙根只剩下"家贼"们留守，有时看那不离不弃的样子，又觉得不该给它们戴上一顶"贼"的帽子。

那些被风雨剥蚀得毫无棱角的青砖，有的从墙体里脱落下来，成了我们这群孩子做"打衙役"（东北农村以砖头或石块为玩具，模拟宫廷或县衙审判活动的一种儿童游戏）游戏的玩具。砖头被一个个砖头猛烈地撞击，变成了比砖头更小的碎块，散落在有空场的村头街口，看上去像丢洒的煤块。孩子们又去墙根下拾取砖头，照样玩"打衙役"，笑声在城堡里不停地回响。有时砖头没了高度，选两块摞在一起，但没人敢从墙上扒下一块砖来。

二

一座关帝庙紧邻城堡的南墙。此庙建于何年又于何年起几次修缮，已经无法考证。但人们相信有城便有庙，城与庙应为一体。所以关帝庙的历史与城堡修建的年代相距不会很远。在我的记忆中，庙宇入门有高大的影壁墙，然后是"马殿"，更高更大的房子是正殿，里面供奉着关公像，还有关平、周仓等人的塑像。两对石狮立于庙门内外，十余块残破的石碑散落在庙院之中。一座铁铸的巨型古钟悬挂在马殿前方，人们用铁杆撞击它发出的沉闷的声音，每天唤出走向田野的男男女女。但在"大跃进"时古钟却成了大炼钢铁的绝好原料。还有一些专属于关帝庙特有的陈设，有的已不见踪影。

庙宇虽然破旧，却是一个供奉神祇、寄托心灵的地方。壮镇堡的许多人始终把关公作为神明加以崇祀，但凡要将烦恼变为欢乐，将苦难转为甘甜，将凶险化为吉祥，都要到关公面前焚香叩拜。敬神敛息地祈愿过后，总有一种期待留在人们的心头。期间，如果遇到某种颜色、某种气息、某种声音抑或是风雪云雨，也会以为是与祈祷相关的感应与讯息。他们在冥冥之中即使已经得到了祸福吉凶的暗示，现实中还要回到又一个对未来的假设和祷告的情境。这也许就是神祇的力量。

那时，我不会注意这个庙宇的格局与气势，也记不得人们到此祷念祈愿的种种情形，只记得在庙宇里遭遇的那场惊悚。

夏日的一天，我和伙伴们在玩耍中遇到一场大雨。我们跟随一只拖着长长的暗黄色尾巴的鸟，不知不觉追赶到了城堡的南门外。那时的北门还有城门的样子，南门却模糊了门的形状，人们还是按照原有的模样去称呼。雨点落到头上才知道是下雨，仰首看天之时，雨水便从浓黑的云层里倾盆而泻了。我们开始奔跑寻找避雨的地方，相互的呼唤声却全部湮没在轰鸣的雨声里。由于慌不择路，当我拭一把满脸的雨水，眼前却出现两扇虚掩的红漆大门。

我此前没有到过这里，虽然距姥爷家还不到一华里。姥姥叮嘱过无数次，小孩子不能去那个地方。我不知道不能去的缘由，但看她说这话时的表情总带有几分神秘和恐惧，所以也就遵嘱守规不敢冒犯。玩耍时如果抬头看到南门东侧高耸的青色房脊，就会不情愿地扭过身来。

没见过哪家的门如此鲜红与高大。透过门的间隙，我看见一座盘卧着巨龙的影壁，那上面的龙张牙舞爪，身子涂抹深黄的颜色，眼睛向着大红门死死凝视。正在迟疑之际，一阵狂风几乎将我拖进门里，一直拖进一个无窗无门的大房子内。房子里站立着一白一红两匹马。外面尽管风疾雨骤，马却纹丝不动，像是这场风雨与它们毫不相干。我很快断定两匹马不是真的马。靠近马头的位置各站着一个人，当然也不是真的人。但他们的眼睛比那堵墙上的龙眼更让人惧怕。我已经将身体从一个角落挪动到另一个角落，但总有一双眼睛在逼视着我，仿佛疑心我要将哪一匹马随时牵走。看到僵硬的头颅上忽然闪现出两只灵活转动的眼睛，即使是成年人也不免毛骨悚然，何况一个风雨中误闯这里的孤单的孩子。

我禁不住打了个寒战，向外面打量期待发现人的踪影。风裹挟着雨肆虐地撕扯，房子里已注满风雨的和声，我的全身浸透了雨水，只好跑出去躲进一座更高更大的房子，紧靠在一根粗大的红柱子上。一阵喘息过后，手提长刀的一尊塑像映入眼帘。塑像高大无比，面部也如红门的颜色，两道剑眉在一双长眼之上如倒写的"八"字。也许是这双眼睛没有盯着我，对他便没生出更多的畏惧。我全然不知这是什么人的塑像，另有两尊立于左右，个头显然比他矮了许多。一座残破的香炉里正弥散着香火的味道。这味道我很熟悉，它让我的惊慌之心开始有所放缓。

一股强风猛然吹来，一扇高高的窗棂径直砸向地中央，摔落成一片支离的木楞。此刻，闪电射进一道银白的光亮，随之比窗棂砸落更猛烈的响声骤然而起。我从没有听过这样的雷声，像是天空被炸裂开来，在空旷的房子里留下嗡嗡的回音。我的心头又是一阵惶恐，就在不经意地转头之际，我险些发出惊叫——天哪！那是怎样的场面？一个人头滴着淋漓的鲜血，被一个横刀立马的人拎在手上，人头上的眼睛睁得牛铃一般，像要随时滚落出来，显然是死不瞑目的样子。我即刻觉得全身的血蹿到了头顶，像是自己的头颅也要随时被那个立在马上的人砍下拎走。

姥姥那句话飞至我的耳边，顿觉眼前一片漆黑，便什么也看不见了。当我听到姥姥说话的声音，已是躺在暖融融的土坑上。之前，姥爷的千呼万唤没有换回我的一句回声，最后是在一名小伙伴的嚅嗫中，趔趄着跑进那个院子，在大红柱子下找到了我。姥爷坐在一旁已恹恹无力，他说是他将我从昏迷中抱起背回家中的。

童心的田畦如果笼罩上一丝阴影，就像肌肤留下一道疤痕难以平复。明明一个神灵敬奉之处，本该廓清所有的凶险恶煞，却到处充满了令人瑟缩的血腥与杀气。有人说非如此无以表现关羽的骁勇神威，武财神当以勇武之事昭示天下。这种揣测虽然有其情理，但关公毕竟供奉于庙宇而不是展馆。听说道教将关羽奉为"关圣帝君"，作为"护法四帅"之一，在道观之处才会有此庙之类的图绘。

但这里不是道观，与庙宇相连的东侧有几间房屋，住的是身披茶褐色袈裟的僧人。庙宇里唯一一块字迹较清晰的石碑，刻着"青岩寺下院——壮镇堡"魏碑体大字，为一个场所注明了佛教的身份。僧人们在这里诵经打坐，寂静的夜晚偶尔传来单调的木鱼声。其实下院的职责并非在壮镇堡一带弘扬佛法，而是经管属于青岩寺的几十亩土地。在田野里几乎看不到僧人的影子，他们雇佣当地的农民春种秋收，每年秋后青岩寺有僧人到此清理账目，几辆马车从靠近河边的场院装满粮食，在吆喝声里慢悠悠地驶出来，拐入正对城堡南门的砂石路，朝南方去了。

后来，我再没有去过那座庙宇，只是见过一位身材矮矮且胖胖的僧人，肩上背着很大的包裹，从城外的路上向南行走，他的身体有些摇摆，步子却显得匆急，脚下荡起一溜儿淡淡的烟尘。

三

我的神思在佛与道之间逼仄的蹊径上游走，最终在温暖的茶褐色与寒酷的血色渐渐模糊中，停止了继续向前探寻的脚步。

而一位老者道出了血腥的由来。

某年初秋的一天，南方两名瘦小而颈长的孪生兄弟，专门为绘制壁画来到壮镇堡。听说画匠要在刚刚涂饰好的墙壁上画"三国"，城堡里熟知三国故事的几个人，便来到庙宇里蹀来蹀去。他们一看画匠其貌不扬，先是显得不屑一顾，而后看见画匠兄弟口叼香烟，高傲地在庙宇里环视，更是心生厌恶，便相继悻然离去。

翌日，洁白的墙壁上赫然出现一幅漫画似的粉笔构图：小小的两只乌龟伸出长长的脖子，各自叼着一支香烟，烟雾缭绕成一团乱麻状，一直缭绕到东面墙壁的尽头，并配两句打油诗：小小的脑袋长长的脖，胆敢来此画三国。画匠受到羞辱后没有大动肝火，两人相互说了几句当地人无法听懂的话，便若无其事地开始了壁画的绘制。没人知道，他们之间短暂的几句交谈已埋下了一颗恐怖的种子。

紧闭了一个月的庙门打开后，人们陆续进来要一饱眼福。最先赶到的还是懂三国故事的那些人，画乌龟的人也许就在其中。壁画逼真的场景仿佛使他们真的看到了关公的威猛，看到了他们时常聚在一起想象的场面，而细腻精妙的画工更是令人惊叹不已，正殿里马上回荡起一片赞许声。画匠得意地拿走了工钱，很快消失得无影无踪。而等到孩子们进去的时候，便都迅速往外跑，个个脸上失色，有的吓得哭出声来。从此，这座庙宇却成了儿童不宜之地。个别天性怯懦的大人，也不敢到此孤身焚香。

供奉在血色和厮杀场景中的关帝浑然不觉画匠的心思，依然以佛一般的庄严面对身下的跪拜者，而虔诚里像是没有畏惧和惶恐，壁画绘就之后，几乎每天都有前来祈愿的人。虽然香火不是很旺，但总有神圣的气象显现出来。据说，关帝庙马殿里的那匹马，先为它的主人显了灵性。一天，几个大人在马殿里歇凉，一个于姓的小男孩儿混入其中。他忽然指着颜色变浅的赤兔马，喊着非要骑上去不可。在三国故事中，关羽就是以这匹坐骑书写了千里走单骑和过五关斩六将的传奇。见孩子执意要骑马玩，有人伸手将孩子举过头顶，让孩子坐在了马背上。大人松开手时，孩子却号啕大哭，只好又伸手向上，要将孩子扶下马来。但人们被眼前的一幕惊呆了：无论大人如何用力下搋，孩子却一动不动，撕心裂肺的哭声让在场的人一时不知所措。有人跑去找孩子的家长。家长跑来伸手去接抱孩子，结果那场面依然如初，于是急忙到正殿给关公连叩响头，以求宽恕孩子冒犯无礼，随后又跑回马殿，此时孩子哭声已止，从马背上笑盈盈被接抱下来。

壮镇堡的关帝庙虽然有种种显灵的传说，但看不到哪个卷帙里有关于它的记述。而绵延百余里的医巫闾山（古称无虑山，地处辽宁省西部地区，相传舜时把全国分为十二州，此山被封为北方幽州的镇山）却是"凡峰开地衍，林茂泉清，无不建立精舍，以极工巧"。作为辽代皇族耶律倍一系的世袭领地，由于契丹贵族的信奉作用，医巫闾山很快成为我国东部地区宗教活动的一个中心。无论是金代末年"文士领袖"赵秉文诗云"三百六十古精庐"，还是一代贤相耶律楚材吟诵的"无恙闾峰三百寺"，都将当时的宗教活动及其场所歌咏得夸张而真实。壮镇堡的关帝庙一定远在其后，不仅非正脉佛家寺院，而且始建时期尚晚，似乎远不入寺庙之流。但壮镇堡人敬畏这座庙宇，因为庙宇里供奉着关公，供奉着使孩子魂不守舍的赤兔马。许多庙宇所建之处不见得有城，而这里的关帝庙与城相依，从南向城堡望去，庙宇就成了镶嵌在城堡上的一颗明珠。

我终于从那个满是血雨腥风的梦魇中醒来，开始对庙宇有了情感上的亲近。

那天雨霁日开，我爬到城墙上用弹弓打鸟儿。雨后的城墙有许多鸟儿从躲避的阴暗里飞出，尽情地为再现的晴空啁啾。我不想听它们的鸣叫，当一双红色的翅膀正在我的眼前扇动，便将用黄泥揉制的弹丸射了出去。那颗弹丸似乎射给了所有的鸟，随着呼啦啦的声响，它们一齐腾跃而起，水珠旋即迸溅开来，像是抖落一地碎碎而晶莹的银子。我直起腰来，朝着鸟儿飞走的方向望去，惊奇地看见一道彩虹。这是我第一次看到彩虹，正悬垂在庙宇的上方。彩虹的一侧似乎从天而降，直接栖落在庙宇之中，又像是从庙宇而起，顾盼地升至天空。那耀眼的色彩令我两眼迷离。长大后才知道彩虹有七彩，那天彩虹的色彩却足以让我辨识一生。鸟儿飞去的方向正是彩虹升起的地方。

"我把虹放在云彩中，这就可作我与地立约的记号了。"上帝与一切有血肉之物所立的约，似乎就兑现在这天的雨后，让那些鸟儿为庙宇中的彩虹激动不已。它们以人们无法计数的频率扇动着羽翼，以超乎寻常的强音狂欢般鸣唱，最后又在彩虹里渐渐消融。彩虹倏地消逝了，我脚下的墙体像是突然升高，但已经仰望不到蓝天上还有什么，只见庙宇的屋脊上浮动着几丝洁白的云雾。

次日是个晴朗的早晨，城堡四周都有鸟儿纷飞，鸣唱得异常清婉。我突然发现，它们的羽毛变得格外亮丽。我本熟悉这些鸟儿羽毛的颜色，如此的光鲜一定是染上了彩虹的颜色。

从此，心中的庙宇有了莫名的神圣。

四

童年里的故乡不论现在变得怎样的衰老，总能留有当年熟悉的容颜和声音，每个游子会在寻找中随着它始终不变的脉搏感受温暖。

写到这里，我才对你说，城堡虽是我记忆中的金子，但它不是闪烁在定义中的故乡村落。只是因为它庇佑了我的整个童年，所以我心中的故乡就在这里，就在这块超越了故乡地域的土地上。

爷爷的家在距壮镇堡城堡西南方位不足五华里的B村，去青岩寺必须要经过这个村。爷爷兄弟五人拥有大片土地和两座油坊，城里还有一个贸易货栈。这是我的曾祖父杨印轩的功劳与罪过。他在年轻时与人发生一次格斗，以为结果了对方的性命，逃到很远的城市躲藏三年。后来听说那人一直活得很好，他便悄悄返回到家乡。长久的流浪使他的视野延展到医巫闾山之外的广阔世界，一个倒卖粮食的欲念疯狂地生长出贪婪的果子。他用倒卖粮食赚来的钱收买土地，再用土地上长出的粮食换回继续扩大土地的资本。他的儿子们继承家业的结果，是分别被戴上地主和

"地主分子"的帽子。

我几次蹚过一条满是细细黄沙的小河，或踏过小河结成的晶亮的冰面，去那里看望爷爷奶奶。饱餐之后的孩子管不了自己的脚，总要跑出去玩耍一番。但从那一年起，他们开始叮嘱我，除了隔壁的张二妈家，其他人家一律不准去。张二妈住在房西，与爷爷家隔一道不高的土墙，土墙在紧贴房子的一端有个缝隙。两家人来往要先将一条腿从缝隙间伸过去，然后需侧过身子，再迈过另一条腿。平日里缝隙被爷爷家的一捆柴草遮掩着。我每次去张二妈家，总会看到全家人的笑脸。有时我还是忘了老人的叮嘱，偷偷跑进后院一户人家，去找曾经在一起玩耍的伙伴。当我推开这家屋门探进半个脑袋，女主人像是遇见了怪物，呵斥着将我驱赶出来。我的身后第一次传来"地主崽子"的谩骂。尔后，只要我在爷爷村庄的街道上出现，总会有"地主"或"地主崽子"的声音传来。起初我并未因为这声音有何惧怕，只是由于看到那些人喊出声音时，目光里充满讥讽甚至是仇恨。当我在爷爷家昏黄的油灯下止住泪水，我首先想到城堡，想到庙宇之上那道奇异绚烂的彩虹，以及城墙上下那一群群快乐的鸟儿。

还是城堡让我心仪让我心安让我快活，让我忘记所有的冷眼白眼和仇恨的眼。虽然它已见凋敝，却依然以防御的姿态守护一颗稚嫩的心。我从爷爷的家回到姥爷的家，似乎从一个危机四伏的白区撤回到红色的根据地，快乐的种子又重新播撒在城墙根一带。"文革"开始后，两个堡子虽然响起同样的讨伐声，但对我来说，姥爷的家乡依然是一块乐土。不只是因为这里有座城堡，而是姥爷姥姥双双以贫农的身份，理直气壮地在此生活。自从父母去了城里当工人，将两岁的我寄养在姥爷姥姥的家，我的生命一直得到城堡似的卫护。爷爷奶奶有时来姥爷家看我，他们大都是天黑时来，迈着很轻的脚步，直到敲门时才知道。进屋笑着看我，眼睛似乎不会转动，然后递给我一包糖果或点心，偶尔也有饺子、包子和馒头之类的东西。一次，我透过窗户看着他们蹑足出门，身影突然消失在夜色里，便哭着追赶过去。爷爷轻抚一下我的头："你不能去！"那声音像是从喉咙里挤压出来的。

我不止一次爬上城堡的墙头，向着爷爷的家张望，眼里却常常噙满泪水。那个让我感到恐怖阴森的地方，正幽囚着我年迈的亲人。我不知道他们有无被幽囚的苦痛。

春天的大地被阳光朗照，升腾起丝丝袅袅的雾气，于是远处的村落在雾气中颤抖、摇晃，房舍像是在渺远的汪洋里漂浮，很快就要倾覆沉没。我仿佛听到有人的号叫和鸟的哀鸣，从迷茫的雾气里隐隐传来。我开始恐惧没有青禾的大地，它裸露、薄情而又隐恶。待到禾苗覆满空旷的原野，村落的轮廓开始变得清晰，那些晃动的房舍终于安稳下来，而无边无际的青纱帐又将爷爷的村庄掩没，即使站在城头上踮起脚来，也望不到那里半间农舍。我想象着爷爷奶奶在自家院子里走动的样子，想象着屋顶上一个用废弃的泥缸裹着泥巴做成的烟囱冒出的那缕炊烟。

初冬的第一场雪，空气格外清新，我的两个故乡之间的距离瞬间拉近，医巫闾山也仿佛移近城堡。此时，我已完成了四季里一个完整的思念，不再于残雪积存的墙头上翘首眺望。

也许城堡完成了对我的一种守护，当我走出城堡转身的一刻，它已将斑驳的身影隐没在如血的残阳里了。

（选自2017年第9期《作家》）

乡村药书

张 静

1

我四叔说，他十五六岁的时候，村里的二爷是个牲口贩子，每过一段时间，总要把方圆二十里的村子里养的牛呀，马呀，猪呀等拉到北山去贩卖。由于我四叔不但识文断字，还拨得一手好算盘，账算得又快又准，故而二爷经常会带着他一起去。

二爷是入赘的外姓人，老家在河南，闹饥荒时流落到我们村。当时二爷不到二十岁，正值年轻力壮。村里人见他孤身一人，怪可怜的，就让在砖瓦厂、油坊和磨坊里打短工，混口饭吃。后来，村东头的老五爷两口不生育，保养有一个女儿，正到婚嫁的年龄里，看二爷为人诚实又能吃苦，就差人做媒成为四爷家的上门女婿。

入赘后的二爷除了能种庄稼，做牲口买卖，十里八乡的牲口，公的母的，肥的瘦的，他闭上眼睛都能数清。最令人想不到的是，他不知啥时候，自个揣摩除了医治牲口的几味良方，药到病除，令族人惊叹。

立夏那天，二爷和我四叔顺着韩家湾的羊肠小道赶着牛车回村庄。牛车上，是换回来的药材和粮食，还有两头小马驹，是二爷下了北山路过一个村子时，赶上一户人家的马下马驹时难产死了，那户人家男人生了重病，没钱医治，女主人看着刚下的马驹束手无策，一筹莫展。二爷掏干了身上所有的钱，将马驹牵走了，也算救了那家人的急。

二爷很满意这头小马驹，浑身的毛不但匀称而且又软又光，惹得二爷一路上不停地跳上马车，坐在小马驹身边，不是摸脑袋，就是抓耳朵，满脸喜滋滋的，活像捡了个宝贝似的。牛车两边，野刺玫在沟里开得正娇艳，一股子浓浓的清香弥散在空气里。

拉车的大黄牛显然有些疲倦了，只顾低头踩在花瓣上，蹄子沾满了野刺玫鲜红的花瓣。我四叔和二爷的裤管上、鞋子上也同样沾满了野刺玫的花瓣，细细碎碎的，随着风儿散落。

终于快走出沟了，沟边不远处一条小溪缓缓流淌。小溪又窄又浅，溪水淹没了溪边一片片草滩，葱葱郁郁的。二爷手上牵着的牛鼻子灵得很，一闻到草的清香和水的清凉，眯着的眼忽而就来神了，牛蹄子也撒欢似的快了起来，几步之后，便把嘴巴扎进水里，咕滋咕滋喝起来。

看着牛儿喝得带劲，我四叔和二爷索性坐下身旁的塄坎上歇脚。塄坎上，长满了牛蒡子，蓝色的花蕊摇曳在夕阳下，像一只翩跹飞舞的蓝蝴蝶。

四叔说，二爷对于牛蒡的青睐是他所不能理解的。打他记事起，就见二爷经常吃牛蒡子花的花蕊，这会儿也不例外。二爷从牛蒡的花塔上拽下来一个细长的花蕊，把白色部分放在舌尖上，轻轻舔舔，花蕊甜腻的味道变流入嗓子里，嘴巴一阵清凉。

回到村庄，四野暮合，一缕晚霞在天边肆无忌惮地燃烧着，像某个画家一不留神打翻了油彩似的，村庄一片静谧和绚红。老槐树上的猫头鹰，叽叽咕咕乱叫，房前屋后一缕缕炊烟从高低不齐的烟囱里冒出来，偶尔还带着稍纵即逝的火星，"嗖"地钻入暮色中。

让四叔和二爷非常扫兴的是，村子里的牛在两天前得了一种怪病，不吃不喝，满身生出恶臭的脓包。二爷转身去了马朝岭找药材去了，两日后，他在麦场上用砖头块垒起来一口大铁锅，填满水，将苦参、血参、桔梗、苍术、黄精、葛根、天花粉等几十种草药倒进去熬。铁锅里溢出难闻的苦味，和着蒸腾的烟雾里，一直弥漫在整个村庄。

那个时候，乡下人对于牛、骡子和马驹，比待自己的儿孙还要亲切温存。看着自家牲口被满身的溃烂折磨得一个个蔫头耷脑，心疼得茶饭不思，魂不守舍的，听说二爷熬好了药，一个个迫不及待地将牲口牵过来，连症状不明显的，也统统被灌了一遍。二爷家新买的牲口拴在麦场边的几棵苦槐树上，为防止后期传染，二爷提着药桶，一只手掰开牛的嘴巴，另一只手举起灌桶，把药汤倒进牛的喉咙里。这样灌了几茬后，牲口们背上、腿上的溃烂渐渐萎缩，精神头也好多了。那日黄昏，老兽医看着剩下的药汤说，都是上好药材，倒了怪可惜的，让娃们喝了吧，保证晒一个夏天，蚊虫不叮咬，还去湿去邪，很灵。二爷旁边站了很多人，都愣着不动弹，二爷急了，当即舀了满满一大碗，先放在自己嘴边喝了一大口，眉头紧蹙，唇角也皱成一道道褶子，似乎很苦。他转过身子把大碗递给我四叔说，军娃，喝吧，这些药都是从咱北山上采的，喝下去，你就成了老张家的牛崽子，抗风又抗雨，还顶天立地呢！

四叔说他那会儿很听话，听话到像头牛一样昂起头颅，张大嘴巴，呼噜呼噜就把一大碗牛的药汤装进了肚子里。这个情形，我后来在四叔的日记本里看到过，记得他是这样写的：没有喝这碗药汤之前，我还是一个有很多梦想的乡村小伙，喝了这碗药汤，我也许会像父辈一样，变成一头牛，扛着锄头和铁锨，在这片贫穷的土地上，终老一生。

不过，我四叔最终没有成为一头耕牛，倒是几天过后，村子里的牛儿开始欢叫了，满村子一阵阵"哞——哞——"调子，拉得好长。乡亲们奔走相告，欢天喜地，一个个提着鸡蛋、烙饼、核桃、香烟、茶酒去谢二爷，一时，二爷家里热闹地，像过年。

那个夏天，我四叔终于金榜题名，全家老少在院子里欢欣跳跃的时候，木栅栏里的牛儿，也在欢腾。

2

乡下的春天来得晚。已经是三月天了，村子里的槐树和梧桐树上，才慢腾腾地钻出一寸一寸的绿色，倒是那些鸡呀，狗呀，羊呀，什么的，迫不及待地从围得结实的圈里探出脑袋，舒展着整个冬天里蜷缩得有些僵硬的腿脚。当然，还有一些人家的屋檐下，燕子欣然归来，叽叽喳喳地在屋檐下叫个不停。

村头的老柳树上，饱满膨胀的柳芽嫩绿绿的，只待一场春雨，自会垂下万千条翠绿的帘子；果园里，粉的桃花，白的梨花，热热闹闹地挤在枝头，绽开笑脸；几棵钻天杨树，也缀满了一指长的、毛茸茸的叶桃，在春风里悠然荡着秋千。

哦，春天来了，和风习习，阳光煦暖，村庄在经历了一个荒芜冗长的冬季之后，渐渐苏醒了。和村庄一起苏醒的，是被青青麦苗覆盖的田野，一望无际地绵延着，起伏着，将春风大把大把地揽进怀里，像极了我的父辈们敞开胸膛，侍弄庄稼时流淌出来的那份虔诚与敦厚。

依然记得小时候和伙伴们在广袤的田园里，煞费苦心地寻找粗粝简单的童趣。比如说春天来了，顺着长满野草的土坡打滚；夏天来了，摸到沟底小韦河凫水；待冬天时，又一群群围在落雪的柴火堆里打雪仗，捉迷藏，直到炊烟四起，母亲和婶子们倚着门楣声声唤归。

其实，在春天里，我最喜欢的莫过于埋没在一簇簇顺地攀爬的蒲公英里。曾经，那一朵朵黄灿灿的花瓣，启蒙过我对数字最初的概念。慢慢长大时，却更贪恋暮春时分在田野深处随着风儿到处轻扬的蒲公英。你瞧，一顶细细的杆，托着圆球状的、洁白的花絮，在春风里摇啊摇。我小心翼翼把它们摘下来，掬在手心里，对着太阳，对着蓝天，对着云朵，对着清风，用力吹，吹成无数个甜美的梦想，飘向空中，飘向远方。这蒲公英一般的梦想，成为我后来挑灯苦读，想走出去，看看外面的世界有多精彩的无穷动力。

后来，我果真从那片村庄走出来了。我走过很多地方，在"一枕暗香听橹声，寻梦无痕到江南"的水乡、在"天苍苍，野茫茫，风吹草低见牛羊"的大草原，亦会见到随风飘摇的蒲公英羸弱而细碎的身影。那一瞬，我总在想，是不是我在小村庄里吹落的那一朵飞絮飘落至此？

之后的每年春天，在我校园，草坪里、花坛，以及青石板的缝隙里，都见到蒲公英迎风而舞。它们来自何方？我在询问，询问南来的、北往的风儿。风儿告诉我，河东河西，山南水北，云里云外，都有。于是，我明白了，原来，这蒲公英一如我。某日，扯断了故乡的衣襟，便有了散落天涯的梦，倾一生，去怀恋，去追逐。

不知从什么时候起，当我在春天回到乡下的时候，田野里，麦子即将起身，绿汪汪的，不见了燕麦，不见了荠菜，不见了胖娃菜，不见了车前子，更不见了拔草的乡亲们漾起的歌声，吼起的秦腔。父亲说，除草剂真的管用，家里的锄头、铲子再也用不上了，人闲得不踏实，连前街的玉秀婶子想寻一些蒲公英给仓叔看病下药，都得去韩家湾的山岭，或者下到沟壕，才能挖几株回来。

仓叔怎么了？我问。

"胃癌，没钱治，活不了多久了。"父亲淡淡说。

"不是有医疗报销吗？"

"医疗能报销多少？你仓叔的两个儿子在建筑工地干土工，靠力气吃饭，这两年刚盖了新房，又分别供着一个大学生，挣回来的钱像长了腿似的，进来一个，出去两个。再说了，这富贵病，哪里是咱乡下一般百姓人家生得起、看得起的呢？"

"难不成仓叔就这样等死，他自己知道吗？"我又问父亲。

父亲说，开始不知道，玉秀婶子瞒着。后来，仓叔自己可能觉得难受，不停吆喝，让带他到西安的大医院瞅瞅到底咋了，脾气也越来越坏，动不动在家里摔碗摔碟子。一日，玉秀婶子终于熬不住了，索性扯开嗓子说明白了。仓叔先是愣了几下，然后一个人蹲在墙角，抱着头，抽了几杆闷烟，之后再也不提看病的事了。

父亲又说，人真奇怪，面对大病大灾，反倒想开了。就拿你仓叔来说，以前之所以穷，也是因为懒散，可自从知道自己患了癌症后，一下子变得勤快了，从早到晚在两个儿子的果园里忙活着，除草，打药，套果袋，一点都不马虎。而且，隔三岔五去镇上吃碗羊肉泡馍，听戏，喝茶，日子过得有条不紊呢！

春天里，我再次回到乡里，仓叔除胃癌之外，又患上了白血病，瘦骨嶙峋，痛苦不堪。玉秀婶子讨来一个中药方子，和蒲公英有关。我不懂那方子，只听说是用蒲公英作药引子，得益于蒲公英大凉的药性，效果神奇得很。平日里，玉秀婶子做凉拌蒲公英，蒲公英红豆糯米粥，蒲公英猪肝汤等，不厌其烦地做，希望多少可以缓解仓叔的病痛。

那日，我随母亲去了地里，老远看见玉秀婶子一个人在村子南边的坟地里。母亲说，准是在寻找蒲公英。如今，家家户户都在用除草剂，杂草很少，蒲公英也不多见。为了寻到更多的蒲公英，玉秀婶子几乎踏遍了周围几个村子所有的坟地，沟壕，坡坡岭岭，那些旮旯角落里，没有除草剂，草儿茂盛，一簇簇蒲公英长得更喜人。她家院子里，窗台上，任何时候进去，都有几撮干瘪的蒲公英晾晒着，连她从人身旁走过时，一股蒲公英的味道，在风中散落。

母亲话一落，我朝坟地望过去。阳光下，玉秀婶子正蹲在荒芜孤寂的坟前，用铲子挖一株蒲公英。她的动作很轻，唯恐伤了蒲公英的叶子、花絮或者根茎。因为下单子的中医大夫交代过，蒲公英全身都能当药用，可不能马虎。而她的脸上，有细密的汗珠滚落，连那一撮湿漉漉的刘海，也从她的额头一直遮蔽到眼睛，似乎要将仓叔的痛苦遮挡到尘世之外。我再朝她的笼子望去，几株蒲公英安静睡着，叶子翠绿厚实，茎秆粗壮清透。显然，那形状如伞一般洁白素净的花团，若与平地里的蒲公英相比，开得更肥硕饱满。

3

祖母有很多土法子，很灵验，这些土法子，在那些贫瘠的岁月里，解决了村子里很多人身体上的不适。首先是干净的白土，婆对它有一种神性的敬畏和痴迷。比如，我和妹妹身上都起了红疹子，瘙痒难忍，祖母下到沟壕里，找些干净细腻的白土一遍遍涂抹，不出两日，疹子全部消失，而且，抹过白土的皮肤处，光洁柔滑，像绸缎一样的感觉；再比如，弟弟感冒，伴有头痛和小发烧，祖母断然是不会让去医疗站的，她一声吆喝，弟弟乖乖坐在她怀里，任她揭开衣服，在后背几处穴位上点一点，掐一掐，按完了，两只手顺着鼻梁上下使劲捋一捋，捏出一块血斑出来，最后，下几片生姜到醋里，熬了喝，发发汗，睡一觉，烧很快就退下去了，一分钱都不用花。

祖母对灶心土也情有独钟，其实就是烧饭后正对锅底的一撮子柴火的灰烬。祖母认为赛过龙王爷的肝胆，用它入药最好不过了。有一回，堂弟肚子痛得在地上胡乱打滚，二婶儿急得团团转，祖母却不慌不忙，去厨房灶膛里抓了一把，两只手又揉又搓，直到成末子，倒进开水中，命令堂弟喝下去，还真管用，功夫不大，堂弟肚子不痛了，爬起来，又活蹦乱跳了。

村里四婆家的媳妇秀秀进门好几年了，老怀不上孩子，四婆着急得茶饭不思，逢初一和十五，一趟趟往庙里跑，又是烧香又是拜佛，秀秀婶的肚子还是平塌塌的，一点动静都没有。那日，秀秀婶儿来我家借蒸馍用的发酵团，从厨房往外走的时候，祖母看见秀秀下身穿的蓝裤子后裆底下一块块暗红的印痕，赶紧拽住她问："秀秀，身子来了，咋不多垫上手纸？"

秀秀红着脸说："垫了，太多，老渗出来。"

祖母看了看她蜡黄蜡黄的脸，又问她："这个样子有多久了？"

秀秀说："打第一次来身子时，就这样了，偶尔更多，一泪一泪地涌出来，吓得不敢动，更不敢给家里人说，家里穷，没钱看大夫，即便说了，也没人打理。"

祖母一把拽住秀秀："傻女子，这还了得，血亏崩漏，会要人命的，难怪你这么长时间了怀不上娃。我给你说个方子，回去把灶心土捋出来，压面，加进水里一起喝下去，晚上睡觉前，再用艾草泡的水洗一下下身，这灶心土，温和燥湿，止血止痛，艾草，驱炎症，会有效果的。"

秀秀怯怯笑了，回去照祖母给说的方子试了，没过半年，怀上了。十个月后，生下个大胖小子。秀秀知道，这是祖母给的偏方起的作用，从那以后，有好吃好喝的，总要给祖母留一份。

村里的孩子，七八岁时差不多都要出一茬水痘，祖母更是忙前忙后。她一边用让父亲去对面马超岭背后的林子里寻些板蓝根、牛蒡子、连翘，加上杏仁、陈皮和蝉壳等熬成汤药让喝下去，一边差使教书的二姑从学校里拿回来一瓶墨汁，给娃娃们抹得满身满脸都是，像包公和张飞一样。除此之外，还叮咛出水痘的孩子家里人尽量给娃们多吃萝卜，煮绿豆汤喝，说是清热解毒疏风，促使疹子毒尽快外排。总之，不用去医疗站，凶猛顽虐的水痘，最终会在一个星期左右黯淡下去。

当然，祖母的土方子也有不管用的时候。比如，患了痨病的三爷，遭遇车祸的七叔，还有八姨一生下来就心脏有问题的小女儿慧琴，任凭祖母用尽了土法子，都唤不醒了。他们走的时候，祖母掩藏了眉间的哀伤，只用温和的口气告诉亡人的亲人，莫悲伤，生死哪能由人呢？应该是阳寿到了，该去阴间了，何况，在阳间大苦大难了一遭，阴间，一定会有福气的。

因为这些土方子和祖母的热心肠，那些年，祖母是很受人爱戴和敬重的。在我家里，门前的石墩上、院子的枣树下，以及上房的椅子上，农闲时总是坐满了乡邻，很热闹。祖母被围在中间，眉慈目善，像一尊菩萨。

（选自2017年第3期《延安·下》）

在 人 世

习 习

瘦嶙嶙一棵枣树，很幼小，叶子看上去纸片儿一样轻薄，只几颗枣儿颤颤地挂在枝上。

树下，匠人在上了红漆的棺材上谙熟地用金粉描画仙鹤祥云。

奶奶早晨在院里晒太阳，说想梳头，正给梳着，头一偏，就躺在马扎上了。头发统共拢起来，只一缕，枯瘠的麻绳一样，一个老街坊掭着清水，在她耳边绾了个灰髻。

之前，棺材没上漆，白晃晃的，骨殖一样，放在一个杂物房里，很刺目。房小，一开门，就能看见，害怕，还常去看。是奶奶死后要睡进去的匣子，再转头看，奶奶正颠着裹脚忙出忙进，就想哭。棺材是爷爷生前做的，他比奶奶早走了40多年。

小街隔着一个村子，黄河横在村子前面，河对面是城。河滩遍是枣树，大约材料丰盛的缘故，爷爷的棺材营生一直不错。正值壮年时，盛夏的一天，爷爷从河滩回来，大汗淋漓地吃了碗凉饭，竟至得了场大病，最后也没缓过来。父亲一直把棺材叫"材"，这是棺材匠人们的叫法，父亲虽然承继了爷爷的木匠手艺，但不喜欢做"材"，他宁可每天挑两筐沉沉的瓜果枣子，走十几里河滩路，过黄河铁桥，到城里卖。

那棵小枣树是奶奶去世两年前叫小爸从河边挖的，快90岁的奶奶对它仿佛有长长的念想。这叫小院有了一种奇怪的意味，一个枯老的人，一棵幼小的树，都摇摇晃晃的，一个往地里长，一个向高处生。

深夜，画满祥云仙鹤的棺材在烛光下显出异样的幽红。那是我第一次端详过世的人，奶奶像在熟睡，表情安宁。她昏迷时，我揉搓着她尚有温度的手，给她耳边嘀咕周遭的各样事情：太阳晒到哪里了，隔壁家大牛妈领着孙儿来看她了，鸡蛋换衣服的人又吆喝上了……她的大红棺材靠在她的小枣树旁边，我没给她说。

孝子贤孙跪满一院子，子夜将至，偏偏在二神仙马上要摇响殓棺的铃铛时，我见小爸无所事事地伸长胳膊，摘了一颗枣子咬进嘴里。这是我不情愿的，之前，我曾长时间守着画棺材的匠人，暗地里想让他在祥云仙鹤中画进这颗枣树。

果然，奶奶走后，小院荒芜，那棵小枣树没熬过冬天，殉葬似的，跟着奶奶走了。

"当当当当"，二神仙的铃铛摇得欢。竹签子开了童男童女纸人儿的眼仁儿，娘娘带着哭腔忠告两个小人儿："你们在那边好好伺候我妈，做饭端盘子洗衣裳，不准偷懒！两个人不准吵架！"

小娃娃们低着头哧哧笑呢。90岁高寿，说是喜丧。红烛高照，人来人往，像场欢宴。但那口凉凉的红棺材，看着还是孤单。

二神仙把奶奶那根老拐杖和在她手边，还是一根枣木，满结的树瘿像黑色的花骨朵。二神仙说："老汉家小脚，下世能用得着。"我不情愿了，"为何奶奶下世还得裹脚？"夜色中的二神仙站在此世和下世之间，眼光渺茫得很，他答不上来，"当当当当"，铃铛摇得欢。

奶奶体力尚济时，小院远没有这般枯燥。院门一推，一院子红火。墙上爬满豆角秧，满秧子红艳艳的花儿，葵花的大脸盘一个个争着伸出院墙，冬果树、苹果树、巴梨树枝繁叶茂。裹着小脚的奶奶在屋里屋外终日不闲。一大堆儿女之外，她还留着精力顾惜着这一院子的花草树木。后来，花木渐渐稀疏，奶奶操持不动了，叫小爸从河边移来一棵枣树，幼小的枣树孤零零站在院里，她常望着它，一动不动。

父亲很怨怼他小时候的生活，作为家中老大，他说吃遍了各种苦。开木头拉大锯、挑担卖瓜果压弯了腰，早晨睡不醒就被奶奶用木棍敲醒。常年在阴湿的长柜下睡觉，留下眼疾，流了一辈子迎风泪。每次回到奶奶家，他总沉郁着脸，和奶奶说不上两三句，便去河边了。

父亲喜种葡萄。栽在两个大花盆里的葡萄，醒目地排列在屋檐上。盆里插一根木杆，葡萄藤缠扭着往上攀缘。一株红葡萄一株白葡萄。葡萄挤挤挨挨，像小米粒大的时候，邻家孩子会偷偷爬到屋顶，父亲厉声呵斥。他们说，他们不是要掐葡萄，葡萄那么小，谁会心疼着掐它们，他们说太馋了，嘴里乏味，想摘几片葡萄叶子吃。我不信，摘一片口子尝，味道果真靠近小葡萄的酸爽。

父亲爬上木梯浇水，浇完水，站在梯上，把葡萄藤左左右右端详好些时候。父亲那时好像有的是闲心，偶尔还会在小院里摆出架势，雄赳赳地唱上一句："临行喝妈一碗酒！"葡萄所以搬上屋檐，是因为院里有棵椿树，椿树枝叶繁茂树冠阔大，遮住了小院地上的阳光。那时，弟弟还小，坐在父亲做的木头小推车里，咿咿呀呀。阳光透过椿树，洒下一院子光斑。那年，葡萄熟时，弟弟刚好开始蹒跚学步。红葡萄甜中带酸，白葡萄甘甜如蜜。父亲在盘子里红白葡萄各摆上一串，左邻右舍一家一盘。月亮圆圆，小院白亮。他一手端着葡萄，一手牵着他的儿子，嘴里哼着曲儿，生之欢乐，洋溢在他身上。

后来搬上楼房，家里容不下葡萄树。父亲便养了半阳台花儿。绣球、吊金钟、海娜、金盏花、金钱树、玻璃海棠，都是素常的平民花儿。父亲在熬皮胶的生铁罐里沤肥，阳台上常常臭气熏天。但他总也养不好这些花儿，他不甘心，竟然买来一盆南方的花儿，说是米兰。米兰，像是斯文女孩的名字。米兰夜里开花，花儿香得熏人，但不久，它就病塌塌的了，很快又枯死了。父亲从盆里拔出米兰来，细弱的根须浅浅地扎在土里，他一挥手，将它扔下楼去，愤愤的样子，不像是对待一小蓬花儿的样子。

那时的父亲，性情变了。我便想，米兰不似阳台上那些北方的素常花儿命硬。

彼时，我们都已成长起来，于父亲言，养育的扰攘似乎远远大于欢乐。我常常恍惚觉得，那个葡萄成熟的月圆之夜，蹒跚学步的弟弟牵着父亲的手走出我家小院，那样的温情仿佛不曾有过。

愁苦暴躁的父亲，好像更擅长养那种倔强的植物，虎刺、仙人球、仙人掌，它们皮肉厚韧、长着利刺，花盆里的土都干裂了，它们还会忍耐着缓缓地活着。

常做这样一个梦，踅进一个路口，怀着一种仿佛已知的期待。果然，前面出现了汤汤的黄河，河滩枣树林立，树下奇花异草。而无论这相同的景致处在何处，身后永是一条小街，小街上永有一个小院，院门口，小脚的奶奶靠着半截水泥电杆，左左右右地张望，等她的儿女回家，锅台上，饭已做好。

我还常想起，暑假时，和弟弟去奶奶家。晚上关灯后，我俩躺在炕上听收音机里的相声。半夜，我们同时被矮墙外的声音吵醒，隔壁一个孤寡的男人总领回一个声音细小的女人，但声音再细小我们都能听得清。第二日我们便给奶奶说，给四爸、小爸说，得到的都是讪笑和叱骂，"呔，尕娃娃家，懂个啥？嘴夹紧！"

我和弟弟睡在一张被子里，清晨的混昧中，一听到骡子或驴的叫声，便知道奶奶背着拾粪的框和木又出门去找它们了。白天，我们会跟着奶奶，赶到叫唤的骡子或驴跟前，目不转睛地看它们从黢黑的肛门里拉出一疙瘩一疙瘩草屎。

我们姐弟，仿佛过早断秧的瓜蛋子，到这世上，更多的是靠着自己的造化生息。

弟弟到了中年，还不知与这世界如何相处，也不懂这世上命与命的联系。他不惜爱的东西很多：很多的人，花草树木，院里的鸡狗。他住在奶奶生前小院里拔地而起的楼上，高高在上仿佛隔世。从他的窗外望出去，我常想起奶奶离世时那棵幼小的枣树，还有墙角那个存放烧炕的驴骡草粪的小偏洞。但在最后，弟弟的小屋忽然间葳蕤起来了。说是邻居搬走了，一屋子的花都给了他，他特别爱惜，恰是冬季，但那些花儿的长势很努力，这于我心里是极大的慰藉，似乎总有些生机勃勃的生命陪着他。我每每去看他时，就觉得他愈加地孤单，血肉一点点地耗尽，对我挣扎着笑时，脸上只剩了肉皮，但他的花儿争奇斗艳精神勃勃。跟着晒进屋里的阳光，他把花儿移来移去。他不愿弃世，看着这些花儿也能够知道。

寒冬深夜，弟弟孤单走了。之前，我去送他一双棉鞋，出门后，他揭开门帘一直看着我走远，我和他心里都知道，我们的每次见面都将是永别。寒夜不可阻挡地横亘在我们面前，我们孤绝的父亲，他早已拒绝得知他儿子的任何消息。

我每走过弟弟住过的楼房，总要看他的窗口，我便想起他的样子、他叫我时的声音，"尕姐，尕姐"，我心疼得就要碎。

（选自2017年第3期《散文》）

奶奶的木杆长烟袋

荆淑敏

奶奶已经故去多年，她留下的木杆铜锅琉璃嘴大烟袋，在我家西房茅草屋的棚板上静静地躺着，每年的大年三十，父亲都要把这支老烟袋取下来放在自家的祭台上。

年三十，我家的祭台：一张先人闯关东带来的家谱，泛着岁月的土黄，有裂纹，有模糊。擦擦眼睛，亮了：祖宗叫荆孝，祖奶叫荆张氏，我的奶奶排在第四代，爷爷叫荆凯德，奶奶叫荆王氏。

供品依次摆开：水果、点心、炸鱼，还有煮熟见方肥瘦相间的一大块猪肉，一把被油炸得像白色菊花瓣儿一样的粉条儿，这些都一并恭恭敬敬摆在家谱的前面。鞭炮声起，香火，蜡烛，海碗的酒都用火点着了，大伯，叔叔，哥哥，弟弟侄子们依次跪拜在祖宗位前，拜、跪、磕头，站起。再拜。

女儿家不磕头，只能静静看着，坐在土坯炕上眼睛不眨地看着，那副对联我记事时候就有的：祖宗恩德深似海，父母恩情重如山，对联是悬空挂着的。

好大的排场，父亲从棚板上取下一根长长木杆烟袋，在那烟袋锅里装满"蛤蟆头"烟沫，用拇指压一压，刺啦划着一个火柴，自己试着吸了一口，烟叶就有了星火，着了。然后把这袋烟举到了祭台……

那是一根长长的大烟袋，木质本色的烟袋杆，烟袋锅是古铜色烫了烟熏的烙印，烟袋嘴是墨绿色的琉璃，我懂事的时候就记得，奶奶随身携带的唯一的一件东西就是这支烟袋。

她会牵着几个孙儿们，在田间地头坐下，给孙女梳理着小辫，给孙儿讲"王小卧鱼""替父尝药"的故事，孙儿们静静听，奶奶用心讲，讲到高兴的时候，奶奶就自己装起一袋旱烟，吧嗒吧嗒抽了起来，抽进去的烟从奶奶的鼻孔里冒了出来，这种儿孙绕膝的陶醉都在奶奶抽烟的吧嗒声里流淌出来。不听故事的大孙儿淘气去了，偷了生产队的香瓜，奶奶不声不响走到大孙儿跟前，举起长长的烟袋，照着孙儿的屁股刨了下去，"知错不？我敲断你的腿！"大孙儿直溜地跪下了。

奶奶会在东屋的守着一个火盆，那火盆里的旺炭是婶娘们从做好饭的灶坑里扒出来的豆秸灰。

奶奶把手轻轻地搭在火盆的沿上，烟袋杆也搭在火盆沿上。北方的冬天很冷，窗花凝结的图案是门前老榆树的枝叶，水缸也经常冻得绝底，只有奶奶的炕头和火盆是热乎的。

大伯去公社开会回来了，节省了几根麻花，直接来到上屋奶奶的住处，"妈，我给你带回五根麻花"。奶奶并没有显得那么高兴："孩子有吗？媳妇留了吗？"大伯是个粗性急人，顺嘴溜达出一句："妈只有一个，老婆就像衣服。"大伯的话或许还带有几分玩笑，说完就趴在奶奶身后暖和去了。奶奶吸了一口烟，发现烟没了，使劲在火盆上磕抖着烟袋锅里的烟灰，好像还有点不高兴："去。回你屋去，五根麻花我留一根，其余给孩子和老婆。"大伯似乎没有听见，奶奶又重复着，大伯还是没有反应。奶奶急了，拿起烟袋朝大伯的后背刨去，大伯"哎呀"一声，笑呵呵的，"妈，妈，你别打呀！"说完，大伯抓起两根麻花走回自己的房间。

过年了，她抱着一捆自己织纺的麻布给伙上的妯娌们分，奶奶的烟袋别在右大襟上，手里拿着木尺流利地丈量着撕扯着布，最后剩下一块布头，"老五家，你孩子多，这块布头儿归你。"四婶眼神机灵地转着，传给二娘，二娘又传给了我妈。奶奶眼神横扫了一下，坐在炕沿上，取下烟袋，用烟袋锅"咚咚"地敲着鞋底，直敲得奶奶的发髻也跟着颤抖。

婶娘们忙给奶奶脱了鞋，然后又重新装好一袋烟，"妈，谢谢你，我们回屋了"。

奶奶的烟袋杆，在夕阳的拉拉下似乎变得更长了，顶天立地的。

大伯的后脑勺有一个大筋包是被奶奶用烟袋锅刨的，奶奶说活该，打得不后悔。

大伯要离婚，奶奶绝对不许的，且不说奶奶一生三十九岁守寡，拉扯父辈弟兄五人成家立业不容易，奶奶认为女人出一家进一家不容易。与大伯谈话未果，奶奶突然举起大烟袋，那烟袋锅像一块重磅的石头，狠狠地砸在大伯的后脑勺，大伯急了："哎呀妈呀，妈，你真打呀？"奶奶又补了一句"休妻毁地，到老不济"。从此，大伯后脑勺上的包便成为一种记性。

奶奶这一烟袋锅子刨得震天动地，余音回荡，大伯被刨明白了。

祭台上烟袋锅里的烟沫还在烧，我仿佛看见祭台上若隐若现了"德、顺、孝"三个字。

（选自2016年12月1日《大庆日报》）

遥远的昆仑泉

窦孝鹏

去年七月，正当北京进入高温炎夏，人们渴望消暑纳凉的时候，我收到了一位战友从青藏高原捎来的产自昆仑山海拔近4000米处的矿泉水。看着那晶莹透亮的水质和那雪山下昆仑泉的图案，一股清凉甘冽之感立即渗入心脾，让人顿感浑身清爽，燥热全无。

战友在信中说：你还记得昆仑山中的那个纳赤台吗？还记得纳赤台兵站门前的昆仑泉吗？也就是我们过去经常洗汽车的那个地方。矿泉水就是昆仑泉中的水。经鉴定，它是无污染的优质矿泉水，如今被人们誉为"昆仑圣水"和"雪山甘露"。想想就觉得我们过去多傻呀，竟用它来洗车……

几句话，立即把我带到了遥远的昆仑山下。

20世纪60年代，我是青藏高原上的一名汽车兵，部队驻在昆仑山下的戈壁新城格尔木。从格尔木南去西藏的第一站，便是藏身于昆仑山中的纳赤台。纳赤台兵站由依山而建的十几座拱形棉帐篷组成，主要任务是为在青藏公路线上执勤的汽车兵和过往部队提供食宿和加油服务。兵站门前是缓缓流淌的昆仑河，河边上便是咕嘟咕嘟往外冒水的昆仑泉。

在当地，纳赤台的名字与一个美丽的传说有关。当年唐朝的文成公主奉命远嫁西藏的松赞干布，从长安出发时带着许多东西，其中有一尊释迦牟尼的大铜像。由于路途遥远，山水重重，当一行人抬着沉重的佛像走到此地时，望着茫茫雪山和崎岖的山路，实在走不动了。看着已伤亡过半的随从，文成公主只好叫人把佛像的赤铜台座拆下留在这里，只把佛像带去了拉萨。从此，这里便被称为纳赤台了。大家说，那昆仑泉水便是文成公主当时滴下的伤心泪。

当年，每当我们的车队把物资运到西藏，在返回途中来到纳赤台时，都要把车开到昆仑泉边，用泉水把奔驰了半个多月的积满泥污的汽车冲洗一番，用昆仑泉水冲去车身上沾的唐古拉山的雪渍，轮胎上沾的藏北草原的泥土，还有风火山上的砂石、通天河畔的冰粒，好让它干干净净回营房，因为前面不远便是部队驻地格尔木了。

几十年来，我们在昆仑泉边洗车的欢乐镜头，一直久久地留在我的脑海里，成为叫人回味无穷的一道风景线。

战友在信中热情邀请我回青藏高原去看看。

于是，国庆节前夕，我打点行装，乘火车，坐汽车，又回到了曾经战斗过十个春秋的青藏高原。

眼前的变化，已很难用语言来描述。过去令人望而生畏的风雪青藏线，如今已成为热闹的旅游热线。昔日粗糙的砂石路面，已变成宽敞平坦的柏油路，犹如一条黑色的绸带飘向远方；与青藏公路相伴的青藏铁路，成为内地连接边疆的交通大动脉。

看，当年文成公主留下佛台座的荒凉的纳赤台，已发展成为昆仑山中一座热闹的小镇。纳赤台兵站那宏伟的四层楼房，取代了低矮的拱形帐篷，骄傲地挺立在昆仑山中。

我急匆匆地奔向昆仑泉边，出现在眼前的是一座矗立着的有两层楼的矿泉水厂房。老战友领着我楼上楼下地参观了一遍，那取水设备、净水设备、灌装设备等，一律都是现代化的装备。他嘿嘿地笑着说："没想到流淌了千万年的昆仑泉，竟是含有多种矿物质和微量元素的宝水呢！可惜它过去生不逢时，一直被我们用来洗汽车。"

我凝望着已担任生产负责人的老战友那被高原紫外线晒得粗黑而充满豪气的脸庞，听着他满嘴不断迸出的新名词，想着当年那个一字不识、曾由我负责扫盲的部队炊事员，怎么也难把这两种形象统一起来。我不由感慨：要说变化，人的变化才是其他一切变化的根本！

晚饭后，我又一个人来到了昆仑泉边。望着白雪皑皑的昆仑山头和那已流淌了千万年、如今被派上了新用场的昆仑泉，浮想联翩，思绪万千。

夜幕中，一辆辆装满矿泉水的汽车由昆仑泉边出发向远处飞驰而去，我感到那就是一条空中渠道，昆仑泉水将通过它们流向西宁，流向兰州，流向西安，流向北京，流向祖国四面八方。它就像中华母亲身上的一根毛细血管，是祖国这位巨人吹响了发展的强劲号角，才澈活了它一直封闭的心，尽管它那么遥远，又那么天荒地老……

怀念你，焕发了青春的昆仑泉！

（2017年2月24日《中国纪检监察报》）

京城记忆（外一篇）

苗　莉

2015年秋天的一个午后，在北京，真是一个难得的好天气。往日肆虐横行的雾霾，不知被一夜的大风赶到了什么地方，已经消失得无影无踪。阳光如此明媚，天空如此湛蓝，白云如此纯净，心情如此美好，京城的一切，在我眼里，充满了芬芳。

这一刻，我坐在北京历代帝王庙，等待着一场音乐会的开始。

历代帝王庙，建于明朝嘉靖年间，里面祭祀的都是历代开国帝王和历代开国功臣，共有188位皇帝的牌位，伏羲、黄帝、炎帝位列其中。

我眼前的景德崇圣殿，金砖琉璃、廊檐飞翘，辉煌而壮观，在今天依然显示出超凡的庄严和神圣。这样气派的建筑是古代建筑宝库中的精品，更是吸引海内外华人祭炎黄、颂扬圣贤、增强民族凝聚力的重要文化场所。

中央广播民族乐团的中秋音乐会，为什么会放在历代帝王庙演出，我已心领神会。坐在景德崇圣殿前的广场上，心生崇敬，静下心来，我仿佛看到了时光从远古走来的脚步，听到了时光向未来走去的晨钟。

大殿前的石阶上，已经摆放了各式的乐器。演奏家们已依次登场，在自己专属的乐器前各就其位，最后是音乐会的核心——乐队的指挥——在掌声中登场。乐队指挥看上去很年轻，虽然说不上太帅，却散发着一种由内而外的强大气场。

演出开始，美妙的音乐，即刻像天籁一般向我飘来，她们时而像清澈的水，在洗涤我的灵魂，时而又像奔腾的万马，让我心潮澎湃。音乐飘飞，阳光普照下的一切，都散发着香甜的味道。我看见坐在我身旁的女儿，听得近乎入迷。她一身的亚麻裙装，白色的上衣，红色的长裙，给了她与这场古典音乐会浓淡相宜的和谐。她的皮肤白皙，长发飘飘，干净而纯美。有女儿的陪伴，真好。

美好的时光总是溜得飞快，两个小时的演出已近尾声，音乐会即将谢幕，那些响在耳边的掌声真诚而热烈，一次又一次由衷地响起，直到乐队的指挥一次又一次谢幕，观众才在依依不舍中注目着乐队离场。

我和一脸陶醉中的女儿，又匆匆赶往朝阳区，那里还有一场话剧演出在等着我们。

赶到朝阳区的这座剧院时，已是黄昏，街上灯火辉煌，京城的味道更加浓烈，远远地我看见了对面的北医三院，忽然想起前不久我的二哥，在北京住院，就是这家医院吧。想来北京看望二哥，却被二哥二嫂极力阻止，说是太远了，来了也不能随便探视，就回去再见吧。我就真的没有来京，却日日担心和牵挂二哥的病情，好在如今二哥早已康复回家，但是我今天看见这座医院时，还是觉得这周围一定有过二哥和二嫂活动的痕迹，内心感到亲切，便拿起电话给二哥打了过去。说我们正在他曾住过的北医三院的附近，很想念电话那一端的二哥，我听出了二哥对这座医院的复杂感情，毕竟二哥在这家医院经历了病痛的洗礼。

我的大哥在我很小的时候就离开了家，我更多的时候是跟着二哥玩。二哥小时候养过一只小羊，我就常常跟二哥去田野里割草，冀南平原一般是种玉米，那时没有除草剂，全靠人们拿着锄头锄，草的生命力很顽强，在一望无边的青纱帐里，锄不到的地方，野草往往是和玉米棵子一起成长，也很茁壮，所以割草就成了一件很简单的事情，不一会儿两个人就能割上一筐。新鲜的草一到家，那只白色的小山羊，就咩咩地围上来，吃得很是开心。二哥又弄来了玉米糊糊，调剂一下羊的伙食，小小年纪却很会饲养。那只小羊在哥哥的精心照料下长得很快。我喜欢羊，但却很怕猪，大街小巷假如与一只猪遭遇，对我来说，那简直就是恐惧到腿软，我总是惧怕猪那长长的嘴巴子会拱到我的腿，会咬到我的脚。两次被猪吓得蹲在地上哭天抹泪，是二哥，站在我的身后为我壮胆，把那些招摇的猪们轰得远远的。

那个时候我居住的小县城里，还有一些水塘，冬天的时候水面结了厚厚的冰，放学之后，会结伴去冰面上滑冰，现在想来其实很危险，冰面并不结实，但孩子们并没有意识到这种危险。雨季的时候水塘水涨得满满，孩子们依然去水边摸小鱼捉小虾，危险依然存在。那天黄昏，天气炽热难耐，我和英子又跑去水边玩，图个凉快，却不料一失足跌进了水塘里的深坑，水几乎一下淹没了我，这个时候，同在水边玩耍的二哥，一下子把我从水里捞起来，让我转危为安。这就是亲人，手足之情，今天的独生子女是难有机会来体会的。时针已指向晚上七点半，和女儿一起入场，看话剧《既然青春留不住》。观众大多都是一些年轻人，台上的青春和台下的年轻，融合得恰到好处。台下的一阵阵掌声，落在我的心底就是一声声慨叹，青春留不住，岁月总无情。一晃就是数年，想起我第一次跟着父母来北京，从一开始说定到最后成行，心里足足美了好几天，见了同学总是忍不住地说"过几天我就要去北京了"，那种抑制不住的自豪感，引来同学伙伴多少羡慕的眼神。

到北京要坐火车，而我居住的县城不通火车，就要先坐汽车去邢台，汽车也就一两班，过了点，就再也没了车。那天的一大早，天刚刚蒙蒙亮，尚在睡梦中的我，被父母叫醒，洗了一把脸就去赶汽车。晃晃悠悠一百多里的路颠了两个小时才赶到。不知怎么在火车站买的是晚上的火车票，我们就在一个靠近火车站的旅馆里等到天黑，夜色中，站在月台上等着从南边开过来的火车，第一次见到绿色的长长的火车，那沉重的呼啸让我的小心脏突突地跳。上了绿皮车，没有座，我就坐在靠近车门门口的地上，八个小时到北京，正好天亮。

记得当时住在月坛公园附近，是一个部队的招待所，住下之后第一站就是去北京天安门。在天安门前，站在父母的中间照的那张照片，黑白的，至今留存。照片上的我，梳着两个小辫子，非常瘦，一脸的单纯。

在北京，父母让我吃到了有生以来最好吃的冰激凌，黄色的、奶油的，有着那样诱人的芳香，吃在嘴里，香香的、甜甜的、沙沙的、凉凉的，感觉真是好。那一天，我们又去了北京的永定门火车站，接来了在官厅水库当兵的大哥。晚上在一家回民餐馆吃的饭，饭菜很精致可口，印象中有一道菜是烧牛肉条，又脆又嫩，美味多汁。

我们去了颐和园，万寿山巍峨秀美，湖水波光涟漪，大哥在颐和园的商店里买了一个西瓜，不大但很甜，品种是京西产的枣花西瓜。在北京的几天，一切都像这西瓜一样新奇和甘甜，更有父母的呵护，那是沾了蜜一样幸福快乐的日子。

几十年过去，今夜星光灿烂，比星光更为灿烂的是北京的夜晚。看完了话剧，和女儿选择步行穿过簋街回宾馆，顺便享受一下京城的美食。簋街，北京饮食文化的代表和时尚餐饮的集中地。虽然夜色阑珊，但热闹的簋街却灯火辉煌，热闹非凡。

走进路边的一家餐馆，点了一盘在簋街很著名的麻辣小龙虾和几种小菜。鲜活的小龙虾，加上师傅的精心烹制，红红亮亮，虾肉新鲜，味道浓郁。

今天的簋街，真成了京城的又一个好去处，在那里，各色美食散发着迷人的香。

继续穿行簋街，初秋的风有了几分凉意，又加上下起蒙蒙细雨，吹起女儿单薄的白衬衣，飘飞的红裙子。挽起女儿肩膀，快步回宾馆。

第二天早早起床赶去机场，飞机从首都机场上一路穿云破雾，飞越千山万水，向着祖国的大西北方向飞去。女儿依然静静地坐在我的身边，有女儿的陪伴，真好。

或者之后的某一天，女儿也会想起我们今天的京城之旅。这个秋日我们在京城所经历、所分享的一切，都会成为她人生路上的美好记忆。这就是血脉的相依，这就是亲情的传承，一代又一代，从远古走来，向着未来走去。

大 地 无 声

在冀南平原广袤的大地上，有一个名叫南乌的村庄，那里住着我的表妹桂花一家。

桂花高挑的个子、白皙的皮肤，说起话来快言快语，是个性格爽快的女子。无论寒冬还是酷暑，她总是早早地起床，洒扫庭除，喂猪做饭，总是在忙忙碌碌中，开始一天的生活。

桂花当年结婚的时候，是个春暖花开的好时节，她家院子里有一棵很大的梨树，树上开着洁白的梨花。我赶过来参加婚礼，在树影婆娑中，看见桂花的丈夫大龙满脸喜气，长得还真不错，个子高高的，眉清目秀，因为刚刚从部队复员回来，整个人还有几分英武之气。

桂花婚后的日子是幸福平静的，在农家虽然不能算太富裕，但种些田地，收些粮食，辟个菜园，养鸡喂鸭，自给自足。大龙则在外面打些零工，挣些活钱养家。儿女双全，一家人的日子倒也不错。

桂花的厄运是从一个炎热的夏天开始的。

这一天的清晨，桂花依然起得很早，安置好一家的早饭和孩子的去处。她准备去地里给棉花锄草掐枝打杈。棉花地里的活很繁重，需要不断地去打整，才有可能保持产量，获得丰收。虽苦虽累，桂花一盘算秋后卖了棉花可以攒下一笔钱，等钱攒够了建个新房，什么苦和累就都忘了。

扛着锄头就要出门的时候，大龙也推着那辆三轮车往外走；边走边说："今天有个好活呢，说不定能多挣点，中午回来吃凉面条吧，擦个黄瓜丝，砸点蒜。"

桂花高声答应着就往外走，沿着小路来到自家地里开始干活。太阳渐渐毒辣起来，临近中午的时候，桂花在太阳的烘烤下，心情竟莫名地起了几分烦躁。忽然远远地看见邻居王嫂骑着个破车子，慌慌张张地向她的棉花地奔过来，刚到地头边，王嫂就丢下车子朝着她大喊："桂花，不好了，出事了，大龙被车给撞了！"

跌跌撞撞跟着王嫂奔向医院，在医院的重症监护病房惨白的病床上，桂花看见了早晨出门时活蹦乱跳的大龙，满脸血迹，生死难料。

肇事的司机早已驾车跑得没了踪影。桂花把家里所有的积蓄都拿到了医院，又四处举债，拼尽全力求医生救自己的丈夫。大龙的命是保住了，但最终由于颅脑损伤严重，大龙失去了意识，成了植物人，可能再也无法醒过来了。

桂花觉得自己的家天塌了，地陷了，心也碎了。

在住院治疗无望之后，心力交瘁的桂花把丈夫接回了家。从此之后，既要照料丈夫大龙的吃喝拉撒，又必须去操持一家人的生计，膝下一双儿女还在眼泪巴巴地看着她。但除了家里的一亩三分地，就是为治丈夫的病欠下的一屁股外债。桂花一家没有其他经济来源，日子的艰难可想而知。

我去桂花家看她的时候，是在一个寒风凛冽的冬天，年关将近了，紧跟着寒风的脚步，纷纷扬扬的雪花已在悄无声息中不期而至。

寒冷的冬天，对于桂花一家来说，日子必定会更加艰难。虽然对表妹一家的情况早已了解，心中也早做了一些铺垫，然而，走进这个家门的那一刻，我的内心还是受到了强烈的冲击：这是怎样一种景象，屋外大雪纷飞，寒风刺骨，本想踏进屋门之后能暖和一下，但桂花的家，屋内屋外，基本上是一个温度。

环顾屋内，几乎是家徒四壁。一架旧缝纫机上面放着一些未做完的活。一台洗衣机早已油漆脱落，锈迹斑斑，不知还能不能使用。一张沙发早已有名无实，露着里面的海绵，而海绵的颜色也难以分辨。只有堆在墙角的几袋大米和食用油，尚飘散着几许人间烟火的味道，那一定是有人捐助的。

桂花没在家，说是去场院里背柴火了。两个孩子正蜷在床上取暖，弟弟的手上拿着两个熟鸡蛋，兴奋地说邻居家奶奶刚送来的，孩子还小，尚不知忧愁，有吃的就好。

桂花从外边回来的时候，肩上背负着一捆体积很大的玉米秸秆，因为过于沉重，桂花脚步几乎蹒跚。院子里白白的积雪，在她的脚下一变得凌乱。

桂花走进屋门，看见我显得有几分惊喜。拉住表妹手的一瞬间我暗自心痛。那是怎样的一双手，粗糙、红肿、布满裂口。桂花说，每天都要给大龙洗尿布，冬天太冷，寒风太烈。看见我关切心疼的样子，桂花有些难过。不过很快，一向说话高声大气、性格爽朗的桂花，飞快地抹去脸上的泪水，亲热地招呼我坐下。

那张破沙发上，堆满了旧衣服、旧床单之类改成的尿布片，桂花不好意思地往里推了推，说这些都是大龙用的，每天不知更换多少回，洗多少回。

我这才想起这个家里还有一个家庭成员，我掀开里屋的门帘，看见床上躺着的大龙，身上盖着厚厚的棉被，依然在一呼一吸间沉睡。

临近中午了，孩子们喊饿，桂花忙着做饭。只能是一些极简单的饭菜，只能用来填饱肚子，一双儿女却吃得很香。打发孩子吃完饭，桂花开始准备丈夫的午饭，温温的牛奶、五谷粉制作的流食只能从针管打进胃管，一点一滴，倾注着桂花对丈夫的深情至爱，时光在一天一天地流逝，这份爱却如涓涓细流，滋养着大龙的生命。

午饭过后，忽听大门外有响声，桂花忙往外走，只见自己的哥哥推着一辆三轮车进了门，车上装着蜂窝煤。哥说："快过年了，家里不能断了煤。"说着就往下搬煤。之后进屋在妹夫大龙的床头待了一会儿，说家里还有别的活等着，就起身告别走出了桂花的大门。

望着哥哥远去的背影，桂花半天才回过头来说："你刚才问我，这么苦的日子我是怎么熬过来的，其实真的离不开亲人的支持、乡亲的帮助。还有好心人一直在资助着孩子的学费，过年过节总有人送米送面，还有孩子的衣服、学习用具。你看这房子，每逢下雨就漏水，还是市妇联找人修的房顶，还一次次为我家捐款，让我在一个个最难的关口坚持走过来。

"日子真的很苦很难熬，但同时我又觉得很幸运，因为在我艰难的人生路上，遇到了很多好心人。他们热情的帮助和真诚的爱心，是我勇敢面对苦难的动力。只要大龙活着，我的家就是完整的。无论怎样我都要笑着把这个家扛下去，孩子在一天天长大，日子会好起来。"

桂花说出的这番话，有些出乎我的意料，一个农家女子在灾难和不幸面前，所表现出的那份坚强，那份不抛弃、不放弃的坚守，以及涌动在人间的挚爱深情，都让我为之感动。

雪已经停了，我看见院子里那棵梨树的枝杈间，落满了积雪，银装素裹中宛如一树春天的花。告别桂花走出村庄的时候，已是暮色将近，雪后的茫茫原野处在一片寂静之中，放眼望去不禁心生感慨：此时的大地无声恰如人间的大爱无疆。虽然天气依旧寒冷，但在我的内心深处，却涌动着一种超乎异常的温暖和力量。

（选自2017年第8期《散文百家》）

爱心流淌青春的河

刘　宏

　　凌晨5点。解放军总医院南楼临床部肾脏病科护士长张瑞芹从办公室沙发上"起床"。穿上工作服，路过治疗室，看见值班护士正在查对早晨抽血的单子和试管，花花绿绿的管子把试管架子都塞满了。科里人手少，打了转业报告的护士仍坚持每天上班。"真是一群可爱的护士"，她感动着，加快了脚步。她上午还要去外科大楼查房。5时40分，护士们开始忙碌。20张床位，大部分病人卧床，口腔护理、测生命体征、测血糖、打胰岛素、鼻饲，早晨的工作一环扣一环，容不得半点疏忽。6时40分，她终于坐下来写交班报告。敲完最后一个字，手指摩挲着"句号"，迟迟没有敲下去。昨天，政治部通知她办理转业手续。交完班，她将告别这里，她舍不得这里——病房长长的走廊，犹如一条河，是她青春的写照。

　　7时，1号楼护士长高萌带着她的龙凤胎宝宝出门了，难得妈妈有时间，孩子开心极了。高萌觉得自己不是一个好妈妈，她没有时间给女儿扎小辫，陪儿子玩玩具。她在微信里用照片和文字断断续续记录着孩子们的成长，起名就叫"家有一对儿"。今年，转业指标下来后，科室有4个护士提出要走，无疑对于原紧张的局面是雪上加霜。护士们都是好样的，带病坚持工作，无论是"白加黑"还是"五加二"，大家都圆满完成任务。"南楼精神"不是口号，就是实实在在的、活生生的人和事！

　　7时5分，护理部侯惠如主任，稳稳地将车停好。她快要到任职最高年限了，不久就要离开护理部主任的位置，回首10年前，南楼270名护士，本科生屈指可数，研究生是空白，学术任职几乎为零，如今90%以上的本科生，30多名护理研究生，50余人在军内外有学术任职，学科地位稳步提升，新业务、新技术创新发展。老年机械通气、高龄围术期护理、超声引导下PICC置管等多项护理新技术走在全国前列，形成了先进的"南楼护理服务品牌"。近10年，获批近200项护理专利，完成

10余项省部级课题，发表1100余篇论文，6部老年护理专著，实现了medlin和SCI论文及军队医疗成果二等奖零的突破……

7时55分，南楼临床部早交班室，各科值班医生、几位负责南楼工作的副院长、部领导、机关干部按照各自的座位坐好了，钟光林主任和许晓东政委一行人在查看了一圈病房后，也准时来到交班室参加交班。8时，科室值班医生按照顺序汇报病区患者总数、新入、手术、病情变化、处理情况。科室交班完毕，机关部门领导汇报上周工作和本周安排，钟主任讲评和布置一周工作。许政委指出，要完成院里布置的转业任务，更要保证医疗护理工作安全，保证诊疗水平和服务质量。8时40分，交班结束．一天的工作开始了。

心内科三病区，刘玉春护士长带领护士们刚刚结束交班。任国荃院长周末来查房，挨着房间查看了心内科三病区的所有病人，不久提出以她的病区和紧邻的呼吸科一病区为主，成立老年综合病区，护理部刘志英总护士长召集两位护士长，就怎样实现感染监控、病区改造、规章制度等，提出了初步的方案。

同一时间，血液科王晓媛护士长载誉归来，她率领的团队在中华护理学会举办的"循道杯"最美血管通道全国大赛上得了集体一等奖，她本人获得最佳辩手奖、最佳风采奖和最具幽默奖。病人都热情地和她打招呼。她走到设立在护理站右边的"书吧"，动手把书整理清爽，书架上既有专业科普书籍，也有名人传记、中外文学，这个"书吧"，仿佛一汪清澈甘甜的泉水，多少住院患者在这里重燃生命希望，治疗疾病也恢复身心健康！

10时，综合外科护士长张丽萍带领护士把术后要用的各种管道展示给患者，用胶布粘贴在相应的位置，让患者看一看、摸一摸，告诉患者管道的功能作用。南楼外科在张丽萍、龚竹云和王彬3位护士长的带领下，推行高龄围术期"体验式"护理模式，打消了患者手术前的疑虑和恐慌。今年，她们将建立高龄外科围术期评估系统，形成围术期护理干预体系，并完成视频短片的拍摄。

11时30分，消化科黄莉护士长连接好幻灯机准备培训讲课。麻玉秀、刘红、石海燕几位护士长虽然分属心内、呼吸等不同专科，但是在南楼，肠内营养置管是各科室都共同面对的问题，成立专项小组后，对置管维护的流程、标准、规范进行了统一，并通过质控员传达到每个病区的每个护士。

12时，各病区的质控员按时到了，护士长们根据教学计划开始授课，幻灯制作精美、案例分析透彻，没有人能比这些在临床一线摸爬滚打成长起来的护士长们经验更丰富了，她们在护理队伍里承上启下，既继承传统，又开拓创新，手把手地引领新一代护理人才的成长!13时,培训结束,质控员每人拿着一盒盒饭,边走边讨论着,这些精神食粮比手里的盒饭还让人回味。

几乎是同时,呼吸科武淑萍护士长也刚好结束了最后一张幻灯片的制作,她的气道管理组里,来纯云、高艳红护士长临床、科研都是一把好手。应用呼吸机的患者每天在80人左右,抓好气道管理,避免呼吸机相关疾病,节约社会医疗资源,是护理组当仁不让的任务,她和她的伙伴们都感到时间紧迫。她一直坚持给病区所有的护士父母手写一封家书,告诉老人,他们的孩子工作、学习、生活得很好,她和他们一样爱这些孩子。

13时30分,神经内科张玉兰和王锦玲护士长,刚刚结束了阳光房的布置。桌子上,色彩艳丽的积木、跳棋等玩具,帮助患者锻炼手指的协调、抓取能力,护士教患者做"吞咽操",减少因为吞咽困难和误吸带来的不良后果。地面上,一道道红色的标线,用来进行步态训练。她们手把手地教耄耋老人重新学会吃饭、喝水和走路。

"照顾病人像照顾婴儿一样",这是南楼极致化的护理标准。一位长期卧床住院的老红军,治疗期间,陪护人员换了一批又一批,但做到了千余人次轮一岗、万次操作无疏漏,创造了卧床10余年生命体征平稳、无褥疮的医学奇迹。几位住院患者联名写信说:"我们已经是八九十岁的老人,体弱多病,眼睛看不清,耳朵听不清,嘴巴说不清,脑子记不清。几年来,我们从未遇到过一句埋怨、一点差错、一件不顺心的事儿。常人做不到的你们做到了,儿女做不到的你们也做到了,使我们切身感受到了医者仁心、无私大爱。"

14时30分,门诊大厅里还有几位老年患者在挂号、取药。就诊的患者平均年龄大,患病种类多。金岚护士长交代分诊护士注意就诊人员的安全后回到自己办公室。门诊部今年推行"延伸护理",建立公众微信平台,打造医院、干休所、家庭一体化模式,实现门诊、病房、院内、院外无缝衔接。

15时30分,肿瘤内科传出阵阵歌声和笑声。护理部今年推行"舒缓护理"新模式,布置家庭病房、开设舒缓沙龙,设立安宁关怀日,提高患者生存质量。每年她们专门为患者和家属举办中秋联欢会,自排自演,病房里拄着拐杖的、插着胃管的老人,都来赴"家人的约会",满满地坐了一屋子,歌曲、戏曲、游戏,其乐融融。老人们拿着科室精心准备的小礼物,眼含热泪,感谢他们得到的精心治疗护理。受爱心的感染,3年来病区共有12人留下遗嘱,自愿捐献遗体和角膜。

16时,健康管理研究院。护理部杨丽副主任和鲍莲华总护士长带领研究院的护士们正在进行岗位练兵。虽然以健康查体和健康管理为主，对于护理操作，两位管理者严格按照护理部要求，逐项逐人、练习、考核、总结、讲评，一丝不苟。杨丽副主任立过一等功，获得过二级英模的称号，当过人大代表，上高原、下海岛、远赴海外执行过抗击埃博拉任务。她在哪里，哪里就是护理质量的保证！

17时，心血管内科二病区正在为转业护士举办欢送会。勇琴歌护士长专门制作了离队护士工作瞬间的视频，离队的战友流着泪，拥抱在一起……18时，下班的人们陆续走出大院，夜班护士开始了新一轮的治疗。20时，值班副院长、部领导开始夜查房，3栋病房楼，22个病区、16公里……22时，病房的灯渐次熄灭，通宵不灭的是重病患者病房，可以看到，白衣护士轻盈的身影穿梭其中。

为了谁？住院的患者都是为新中国成立建设出生入死、浴血奋战、立下赫赫战功的功臣。南楼的医护人员除了立足本职，用敬佩之心、感恩之心为他们服务，还能回报什么呢？追问过很多人，得到过最统一的答复就是最朴实的几个字："这是我应该做的！"

2017年国际护士节，传来三个好消息，南楼护理部副主任杨丽获第46届南丁格尔奖，主任侯惠茹被表彰为中华护理学会杰出护理工作者，护理团队获中国老年医学学会"卓越团队奖"。王晓媛护士长接任了南楼护理部主任，接力棒沉甸甸地交到了她的手里……

（选自2017年7月14日《解放军报》）

山茶花开

王　宁

　　已经是午夜十二点，仍然没有一点睡意。倚坐在床上，一边在电脑上翻看着已经看了很多遍的几个新闻网站，一边有一耳没一耳地听着电视里传来的声音。电视频道也来回换了好几轮，没有一个可以看下去的节目。

　　明天就是妈妈的生日。

　　手机很安静，家里没人打电话商量给妈妈过生日的事。也忍住，没有打回去。

　　不会忘记的，这是妈妈的第一个忌辰。不用提醒，家人肯定会给妈妈上坟烧纸的。

　　往年这个时候，已经赶回家里。

　　给妈过生日，是一年中最隆重的家事，也是家人相聚最齐的一天。比过年还齐。

　　无论在哪里上班，无论多忙，姊妹们，还有满头白发的舅舅，都会从各地赶回家里，给妈妈过生日。

　　特别看重、珍惜每一次给妈过生日的机会。因为过了今年，不知道还有没有明年。

　　一直到凌晨两三点才有了点儿睡意。

　　六七岁的模样，早上放学回家，背着书包，独自走在洒满晨曦的马路上。知道这是自己，而背的书包则是现在常用的双肩背。马路还是记忆中家门口那条贯穿村子东西的平整光滑的土路，也是村里唯一的一条主干道。

　　穿过门楼，见院子里有好多人，疑惑地向堂屋走去，赫然看见妈妈！

　　屏住呼吸，不敢出声，怕一出声妈妈就不见了。

　　紧张地试探着向前挪动，画面渐渐清晰起来。

　　堂屋门口有张圆桌，桌上摆满了饭菜，妈妈正站在桌前吃饭，津津有味地大口嚼着，就像平日喂她吃饭一样好胃口。

　　意识到这是给妈过生日。

　　妈抬眼看到我，很吃惊，没想到我会回来。

像受了委屈的孩子一样，见到妈妈后忍不住号啕大哭。后来哭得失声，张大嘴巴却无法呼吸，憋得浑身颤抖，瘫坐在地。

此时已是现时的模样。

终于睁开泪眼，妈妈已进了里间。感觉妈妈在哭，亲戚们在劝慰她。

要站起来去安慰妈妈，手机猛然响了。

意识到刚才是梦，再次恸哭，许久无法自已，只有在心里不停地默念："妈妈，生日快乐！妈妈，生日快乐！"

妈妈，今年没回去给您过生日，是想我了吗？过几天就是清明节，正准备回去看您，妈妈，您别着急。

本是个坚定的无神论者。妈妈走后，却愿意相信还有另外一个世界——妈妈的世界，那里有奶奶，有现实里的一切温暖和光明，还有世人无法企及的一切美好。那里永远快乐顺遂，没有疾病灾难，没有苦痛烦恼，那里是圣洁的净土，是天堂。在那里，有仙灵陪伴与照顾，妈妈不再寂寞孤单，也不再有无助与无奈。

在这个凡俗的世界里，妈妈受了太多苦。

妈妈走后，到寺庙参观，不再仅仅是个游客，也渐渐学会祈祷，发自内心地、虔诚地祈祷。

到福建泉州著名的开元寺参观。

花坛里，一片山茶花开得正浓，有的含苞待放，有的层层叠叠地怒放，微雨中，显得圣洁而娇艳。不由想起那年，跟爸爸、大姐一起，推着轮椅上的妈妈，到大学校园里散步、锻炼。路边的小花园里，有棵山茶树花开正浓。我们惊喜地凑向前，一下下嗅着那缕缕花香。

大姐捡起地上的花瓣，放在妈妈手里，妈妈轻轻地抚摸着，像呵护着自己的婴儿。大姐又捡起地上的一朵落花，插在妈妈耳鬓，说："妈戴上花，真漂亮。"听到夸奖，妈高兴地笑了。

于是我们忙着照相。每个人单独照过后，又挨个跟妈合影。我把相机递给爸，让他给我们仨合影。

妈看见爸有模有样地端着相机，笑了，用方便的右手指点着他数落道："看把你能的。"

听妈这样说，爸也不由得笑了。那自信、骄傲的神情，仿佛一下回到了属于他的那个遥远的青春时代。

爸也曾是青年才俊，意气风发，二十多岁在县委工作，写得一手好文章，拍照也很在行。只是造化弄人，被贬回农村老家后，二三十年，在村里受尽势利小人的欺辱，直到1977年恢复高考，哥、姐考上大学，家里的情况才慢慢好转。

在艰难的岁月，妈妈是顶梁柱，支撑起这个家，为儿女遮挡风雨。

如今一切都好起来了，妈却不在了。

心脏一阵绞痛，眼睛湿润。

突然，耳边传来浑厚、温暖的诵唱声，天籁一般，极具磁性和感召力。

循着这诵唱来到大雄宝殿，僧侣及居士们正在做功课。穿着一尘不染、没有一丝褶皱的黄色袈裟的僧侣们在神像前诵唱、跪拜，两侧穿着浅灰布衫的居士们手捧经书，一起随着诵唱、跪拜。

这庄严肃穆的氛围也感染了每一位游客，都自觉地停下脚步，安静下来，放下相机，双手合十，闭目祈祷。

这情景，又想起妈妈。

一想起妈妈忍不住又要流泪。

这供奉着的诸神和妈妈在一起。

祈祷，愿诸神保佑妈妈在天国平安健康，远离疾病。愿妈妈的灵魂得到安顿，永远安宁，不再四处漂泊……

怕失控，走出大殿，用雨伞遮挡住满脸的泪水。

在石凳上坐下，终于无法克制，涕泪齐下。

逝去的人需要安顿，世人的灵魂更需要慰藉。

待平静下来，收起雨伞和泪水，向大殿后面走去。

一处门额上写着"佛慈安养院"，还有僧侣和香客进进出出，不知道里面有什么活动。

小心翼翼地靠近，跨进门槛，赫然看见殿内摆满了灵位，几位香客在香炉前燃香、祷告。

似乎明白了人们为什么需要寺庙，需要宗教。

寺庙，是人神共处、现实与虚幻共存的地方，是世人安顿灵魂、寄托哀思的地方。当世人无法面对、承受不起这生老病死时，便需要神灵、宗教的安慰。

清明节便是世人寻求慰藉的日子。买些平时妈妈爱吃的水果、点心，回家给妈上了坟。

与其说是祭奠妈妈，不如说是慰藉自己无处归依的灵魂。

（选自2017年4月1日《新华每日电讯》）

白 雾 清 净

阿 慧

一

公路两边的尘土原本安静地伏在那里，但来往的车辆却让它们无法安静。我坐在一辆气味混杂的中巴车上，跟着前头那辆中巴车疯跑。一路裹带看不见的小沙砾，把车尾拍得唰唰响，还鼓动一只肮脏的白色塑料袋没头没脑地追，然后攀上车顶的铁丝，气鼓鼓地远走高飞了。

我在一个叫"倒栽槐"的小镇上下了车，迷蒙的尘土中，我晕乎乎落了地，感觉自己真成了一棵倒栽的大槐树。

有人走近我，我认出了他，也认出了他头上新崭崭的白色孝帽。表弟华子把我扶上面包车，他坐上驾驶座，扭脸对我说："姐，俺爸他走了。"虽然华子知道，我是专程前去"发送"他亡父的，他还是沉痛地告诉我一遍，活像是在提醒他自己，他的父亲是真的走远了。

华子的父亲，是我父亲的小妹夫，我该叫他小姑父的。小姑父其实不算小，今年正好七十岁。几个月前小姑父被诊断为食道癌，手术前我去郑州看望他，他身板直溜溜，说话也不拐弯。我朝他病床前一站，他咧嘴一乐说："别担心，闺女，俺死不了。"又捏了捏咽喉说："这里离心脏远着哩，得些日子不死哩。"路上想好的安慰他的话，一句也没说出，倒是被他安慰了。我走时，他执意要送到电梯口，轰隆隆的电梯声中，他突然红了眼，说："你爸妈对俺真不赖。"我把这句话，通过电话传给爸妈，我爸声音一软一颤地说："你小姑父的日子不多了。"

面包车在乡间的小路上摇摇晃晃，窗外的树木和村庄如跳动不安的镜头。平原上的玉米、大豆、红薯已被辛劳的农人收干打净了，他们顾不得秋收后的劳累，不歇气儿地耕地施肥，把个土地伺候得柔软平整。他们也不让土地歇气儿，有人已经率先种下了小麦，有人正在地头作着准备。放眼望去，灰黄的地皮上，爬满犁铧走过的轨迹，像极了产后女人肚皮上的妊娠纹。偶尔闪过，地头上一片片黄绿树木，土坟上一团团凌乱的荒草，看起来很像大地母亲肌体上稀疏的毛发。

二

小路前头，依稀晃动几顶小白帽，冰凉的气息越来越重。小桥边，一座半新不旧的四方院子，门楼外的白灰墙，新粉刷的样子，白得让人心惊。门楼下几条长凳上坐满了人，见我走近，都站起来让路。这时，堂屋里响起一阵哭声。一挂竹帘垂挂门口，将外面的尘世隔开。掀起一角迈入，小姑父躺在哭声里，蒙在新鲜的白布里，梦一样安宁。

小姑姑的手像经了寒霜的老萝卜，在我的手中无力地冰凉着。仅仅几个月，她老得那么快，简直让我无法相信。曾经那么中看的双眼皮，肿胀得像正在糜烂的白菜叶，两颗浑浊的眼珠，沦陷在淤泥般的眼白里，眼袋颓废地低垂，似乎眼袋底下还有个眼袋。

她流着黏稠的老泪向我诉说，一时把我当成了她的娘家哥嫂，我代替父母庄重地倾听。小姑姑每说一句话都那么用力，但我还是难以听清。她的嗓音，被巨大的悲哀挤压在喉咙深处，深度嘶哑，她只好用手比画着表达，然后捋起她的裤腿。我看见小姑腿上两片浸血的皮肉，那是她的儿子们抢救母亲时，慌乱中的粗野。

我原不知，小姑姑会把"那个人"看得这么重，也许她自个儿也没有料到。小姑父七天前，被儿子们从县城的新家抬回乡下老家，昨天他咽下了最后一口气。当时，我小姑姑正往里屋走，她思忖着，想给那个人换件什么衣裳，就听有人说："不中了，人走了。""我活像一口气被谁抽走了，脑袋一蒙，就啥也不知道了。"小姑姑哑着嗓子这样说。当时的情景极其混乱，小姑父的身子还软乎着，儿女们哭声撕心裂肺，小姑姑却在里屋硬挺了身子。孩子们把对父亲凄厉的喊叫，瞬间转嫁给倒地的母亲，又掐又撇，又拍又打。"他们说我好长时间不回气儿，脸都青紫了，差点把我的两条腿撇断了。"小姑姑喘口气说，"慧啊，我真傻啊，这会儿才知道那个人有多主贵。大半辈子了，我出门口不知道东南西北，家里大小事都是他操心，一针一线都是他置买的。四个儿子的五座房子，都是他一砖一瓦盖起来的，我只会围着锅台做顿饭，他这一走，我可咋活啊！"小姑姑又无声地哭起来，那么真切的伤痛，活像一个失去父亲的女孩子。

小姑姑八岁那年，我爷爷去世了，当时我父亲也只有十五岁。我印象中，小姑姑每次回娘家，都是哭着来哭着走，已经生了第四个儿子了，她依然拉着一嘟噜孩子边哭边走，弄得我奶奶和爸妈都不敢接送她。不知什么时候，这个相当复杂的任务就落在我肩上。

我奶奶倚着门框向她摆手，说："走吧。"她抽泣着走两步又站住，我奶奶撩起围裙擦一把眼泪，又摆手说："走吧。"她这才转身朝村外走。

她对我说："俺妈真狠！把我嫁到那鳖不下蛋的小刘庄。"那时，太阳才冒出粉红的大脑袋，小姑姑淋着泪水的脸颊红润润的，如两团沤开的胭脂。一双大眼睛，两汪深潭水似的，双眼皮一扑闪，满世界都是粼粼波光。我忍不住夸她："俺家小姑姑不是一般的好看。"

好看的小姑姑却嫁给了不中看的小姑父，你一听他的乳名就知道了，弟兄六个，他排行老二，名字就叫刘二眯。小姑姑这样评价小姑父："真主啊！那个人一双小眯眯眼，就像用秫秸篾子划开缝儿，成天看不见他的眼珠子。"但是我奶奶，还是狠着心把她嫁给了刘二眯。奶奶曾这样解释过："刘家好赖是个贫农，咱一个地主家的闺女，哪有好家愿意娶啊。"十八岁的小姑姑过门后，好像从没正眼看过刘二眯。

但这双小眯眯眼，看牛羊却一看一个准。小姑父打小就跟他父亲四处游乡买牛羊，十来岁就敢单干了。他围着牲口市转几圈，不说话，眯缝着小眼儿只是看，看准了，上前一抓羊的脊梁骨，掰开羊嘴看牙口，再把羊揽腰一抱，就能估量出宰多少羊肉，赚多少钱。

我们一群小孩子，好像在六十里外的城里就能闻到肉香，一到节假日就争先恐后地朝乡下小姑姑家跑。一盏透明炮弹似的大马灯，挂在院子里老枣树的树杈上，树下一口敞口大铁锅，燃烧着的柴火伸长红黄的舌头，把铁锅沿舔舐得吱吱啦啦，锅里奶白的汤柱起起落落，羊肉的鲜香股股袭来。我们这群小馋狼，被香味弄得目光灼灼，没有人回屋睡觉，都托着腮帮子围着锅台坐。把在一旁忙碌的小姑父，乐得眼睛眯成一条缝。

三

还是这个老院子，还是这棵老枣树，老枣树下新支起一口大铁锅，还有一口小铁锅。鼓风机呜呜地怪响，煤炭火热烈地扑突，羊肉的香味裹在秋末的寒气里。

女人们正围着锅灶忙活，戴着白孝帽，束着花围裙，刷碗，洗菜，切菜，剁肉，屋里的悲哀，被忙碌的她们化成了薄雾。女人们看上去都还年轻，衣着和发式带着城市的影子。说的还是本土话，骂身边捣蛋的孩子还是豫东口音："弄啥哩？打你个龟孙！"但干活时，不小心就跑出异地腔："你弄撒子嘛？""羊肉汤不能放花椒，好不啦！"

我一旁静静听着，暗暗猜度她们目前正在打工的城市，或者是曾经在哪个城市打过工。

女人们的脚旁，摇晃着几个小孩子，两到四岁的样子，肉滚滚的，跑起来像几个色彩鲜艳的毛线球。小孩子说的是普通话，但听起来并不普通，里面掺杂不少特色味，一会儿是新疆羊肉串味，一会儿四川麻辣锅味儿，一会儿又回到河南羊肉烩面味道上来了。孩子们跟着他们的父母，天南地北满世界跑，有的就出生在奔跑的路上。我想，若照这个跑法，这群孩子，很快会跑到地球的另一端，脚踩着祖辈们留下的小刘庄，说着小刘庄听不懂的外国话。

华子从外面扛回一个羊筒子，放在锅灶旁的案板上。他一弯腰，一仰头，一眯眼，像极了年轻时的小姑父。

就像小姑父接手他父亲的生意一样，华子四兄弟，都自然而然地做起了牛羊肉生意。正应了那些俗语："回族人个个怪，生来就会做买卖。""回族人两把刀，一把卖羊肉，一把卖切糕。"他们这代年轻人，腿却伸得很长，心也长了翅膀，嫌弃祖辈们生息的小刘庄太小了，小得施展不开拳脚，就一抬腿到了新疆、内蒙古、四川、上海、天津、南京……开清真饭店，烤滴油羊肉串，辛苦买来的牛和羊，不再倒卖给肉贩子。兄弟几个，互相帮配，用大车拉到清真寺，宰后拉进自己饭店，直接变成鲜汤鲜肉。

小姑父这几年日子过得不错，在县城边买了片宅子，盖了座小楼，直到几天前病重了，才被儿子们拉回小刘庄。

远亲近邻，穆民乡老，陆陆续续到来，他们随上"经礼"，戴上主家奉送的白帽，进屋看望归真的故人。红着眼进去，流着泪出来，坐在长凳上长久唏嘘。

村里一群老者，老得辨不出男女，折根树枝当拐棍，三条腿还走不稳。他们年轻时没机会走出村子，年老了没能力走出村子，也真真地舍不得离开村子了。人老了，腿短了，追不上儿孙们的脚步，就待在家里等他们回，为小兔崽子们守住老窝。老人们没了就去看儿孙们住过的空房子，拎起拐棍使劲敲生锈的大铁门，张开没牙的嘴狠狠地骂："小鳖孙儿，跑再远也得滚回来，这是你的老窝！"就像我小姑父一样，跑到六十里外的县城，躺在装修一新的小楼里，他却对儿子说："送我回家。"

这几天，老人们不断地到小姑父家来，来了就坐在门楼下。这些年，村里有了白事才会热闹一阵子，喜事都在城里办了。年轻人在那置买了新房子，不愿意回到乡下来，老人们一年到头见不着几个人。来客们哭亡人时，老人们也跟着哭，无声地流泪，一次又一次。是哭先走的亡人，也哭待走的自己。而后，身子松快了，胸口松动了，就拄起拐棍往家走。半路上，一条灰黄的老狗，摇着少毛的尾巴，来接它的老主人。

一个光头老头却不肯走。华子说，他叫刘老别，小姑父的好朋友，一起做生意几十年。1975年发大水，小姑父救过他和两个孩子的命，他老婆却被倒塌的房屋砸死了。我小姑父病重回来的这些天，刘老别都是天不亮就来，天黑透才走。有啥吃啥，也不客气。两个儿子都在上海开火锅店，家里只剩他一个人。我见刘老别一直坐在方桌旁抽烟，头发掉光了，牙齿也掉光了。他抽完一根，又续上一根，一口接一口地抽，抽得袖筒子直冒烟，像是着了火。他偶尔也跟旁人说话，大部分时间是跟自己说。我走过去，他正说："去球了，二眯你真走了。"看着自己吐出的白烟儿说："一辈子的老伙计，说走就走了。"

华子的三个弟弟从地里回来了，浑身上下沾满湿黏黏的泥土，像是刚从土里钻出来。媳妇们纷纷问，墓坑打成啥样了？他们都不吭声，好像一场压抑很久的暴雨，一个闪电就会倾盆而下。表弟们一个个进了堂屋，蹲在床前头喊了声"爸"，软在地上不肯起来。

四

小姑父的墓坑打在他家的西边，中间隔了一条河沟，只是沟，没有水。一座小桥，连接村子和田野。一片平展展的庄稼地，还没有来得及种庄稼。这是小姑父的自留地，村里人大都把地租给外村人种了，小姑父不愿意出租，他抽空回来把儿子们的地也种上了，他说："即使生意做得比天大，你还是个农民。"

小姑姑说，她要下地看看小姑父的"新房子"。明天是第三天了，按教规小姑父该入土了。有的地方，当天就下葬，越快越好，"亡人入土如奔金"。但殡葬时，女人是不能进坟地的，小姑姑打定主意，今天一定去看看，不看不放心。我就搀着小姑姑走上田野，刚犁耙过的土地暄腾腾的，小姑姑的脚步也虚腾腾的。两堆潮湿的新土中间，一个南北走向的长方形墓坑，四面垒砌崭新的青砖，坑底是瓷实的土层，一粒泥土也没有，被小姑姑的儿子们收拾得很干净，像整洁的床铺。

这冰冷的床铺，才是小姑父最长久的安歇之处，无论他在小刘庄躺过的硬板床，还是县城小楼上的席梦思，那都是他在现世中的临时床铺。明天上午，他就会头朝北方，面朝西方——圣地麦加的方向，安静地睡在这里，享用后世的清净。

天一点点暗下来，白雾起来了，悄悄填满了墓坑，弥漫了我们回村的路。小姑姑瘦小的身子一个劲儿地颤抖，她的声音弱得像一根蛛丝："国凤啊，你这是跟我分开住了吗？没有你我该咋活哩？国凤……"

这是我第一次听见小姑姑喊他的大名，一声又一声，是刀子拉过皮肉那种嘶嘶的痛。

在地头碰见刘老别，他一个人朝坟地走，白雾里走得飘飘忽忽。他不搭理我俩，只顾自己说话："我来看看你的大堂屋。老伙计你先去，跟为主的讨个口唤，我也去，人早晚都有这一回……"

这是小姑父在家的最后一夜，他躺着的木板床边，铺了一层厚厚的麦秸，儿孙们睡在麦秸上为他守夜。屋里屋外的灯都明晃晃的，注定这是一个无眠的夜晚。

我没有睡意，来到外面，深深呼吸着凉气。院子里撑起一个大布篷，白雾丝丝缕缕钻进来，绕着灯泡转，转累了，落下来，冰凉凉地贴在人身上。一团黑苍蝇冻昏了似的，趴在篷布上一动不动。门外有人走动，踢踢踏踏，我认出是小姑父的六弟。老六说在家也睡不着，还是坐这踏实些。还说，他的两个儿子从内蒙古搭飞机，这就到家了。华子就连忙进灶屋，点火做饭。堂屋麦秸铺上的人都睡着了，横七竖八躺了一地。我就帮华子烧锅，地锅前一大堆玉米芯子，燃起来有股好闻的玉米味，华子爆炒羊肉的香味更好闻，老六也夸他是个好大厨，难怪在上海开饭店。

羊肉正在锅里闷着，两个年轻人就进来了，带着草原上的青草味。他俩从遥远的内蒙古飞回来，又倒了两次车，一身的疲惫，一脸的忧伤。老六催儿子们赶紧洗手吃饭，俩孩子没听见似的往堂屋走，隔着帘子看白布下的小姑父。想抬脚进屋，见满地睡的都是人，没有下脚的地方，就垂着手退回来，木木地坐在饭桌前，沉沉地呼吸，不抬头地吃饭，将悲哀深深地压抑。老六在暗影里悄悄抹泪，我知道，他老婆十五年前患病去世，小姑父帮他供养俩孩子，一直到大学毕业。

老六三口走后，白雾侵占了整个院落，在灯光下翻卷着滚动。我和华子坐在锅台前看雾，他说："早雾晴，晚雾阴。真主啊，明天可别下雨啊。"我说："手机预报是阴天，没有雨。"他仍然不放心，看白雾时的表情很纠结。我明白他的纠结，父亲这棵大树倒了，他就成了大树，有了撑起刘家的责任。他说："明天要把俺爸送好。"眼里的雾气越来越重，渐渐聚成一大团水。"还得赶紧把麦子种上。"那团水终于啪嗒一声落下来。

五

我和华子表弟倚着玉米芯子说话，他向我讲述了小姑父生前的一件事，我听后有着不小的震惊。

小姑父抬回小刘庄那夜，他把长子华子叫到床头，当时说话已经含糊不清，他说："我渴咋办？"又说："我饿咋办？"还说："人财两空啊！"小姑父已经滴水难咽，只靠输液维持生命。他望着黑夜长叹一声："我罪大啊！"

他对儿子说，他白使了人家两头牛。

小姑父娶第四个儿媳妇时，他县城的小楼刚盖好，手里没有一分钱。眼看婚期快到，婚礼婚宴的钱还没有着落，小姑父急得满嘴燎泡。半夜起来，一个人在城外溜达。那天也是大雾，三个影子从雾中走来，细看，是一个老头牵两头黄牛。再细看，老人很瘦，黄牛却不瘦，屁股蛋子上的肉一走一颤。小姑父一拍手，又一拍牛屁股，说："好牛！好牛腱！"就拽着老头一路走一路说，没走到集市，两头牛就被小姑父牵回了家。宰一头，卖一头，四媳妇风风光光娶进了门。

半月后，卖牛老头手里攥着两条牛缰绳，来跟小姑父要牛钱，说他家老妻住院急用钱。小姑父当时拿不出，就给老头打个欠条，说是下月奉还，老头很实诚，拎着牛缰绳回去了。

又过了半年，那天小姑父一个人在家睡觉，从楼上瞅见卖牛老头，拎着长长的牛缰绳，拖拖拉拉地朝他家走。他赶忙下楼锁上门，躲进树丛中。他看见那老头满脸都是汗，拍门一声声叫"刘二眯"，小姑父咬着牙不吭声。眼见着老头歪歪拽拽地离开了，那牛缰绳拖拉到泥地上，像一副腐败的牛肠子。

有一阵子，卖牛老头没有来，小姑父松了一口气。有几天，他手里攒够了牛钱，心里盘算着找老头还了去，可又赶上三儿媳生孩子，一胎给他生了俩孙子，他一高兴，又把两头牛的钱给俩孙子用上了。接下来的事情一个接一个，小姑父手里的牛钱来了又去了，后来他就劝自己：过一段再还吧，活人欠不了活人的钱。这一拖就是六年。

今年春上，小姑父仔细包好两个红包，一包是牛钱，一包是利息，也打听到了老头的村子，没想到一场大病让他爬不起来了。小姑父说罢，只抓自个儿的脖颈子。华子对我说："那样子活像一条牛绳子套在他脖子上，越勒越紧。"

第二天，华子就揣着父亲给他的牛钱，找到老头的家。老头的儿子接待了他，牛棚里挂着两根破败的牛缰绳，老头已经去世了，刚过四十天。小姑父昏睡了一整天，半夜里醒了，闭起眼睛默念"清真言"。陪护他的家人也都一起念"作证言"。小姑父对儿子们说："我罪不小啊！向主做'讨白'，求主宽恕我吧！我只顾恋自己的日子，可把老人家给害苦了……太晚了。"

六

晨礼过后，人陆续地来了。亲戚、邻居、阿訇、乡老、不相识的穆民，都来了。他们换过水，也换过衣，进了院子，一股股清洁的气息。待会儿，就要给亡人站"者那则"了。

有人喊："水来了。"从清真寺拉来两大桶温热的碱水，几个青年人抬着进了院。屋子里哭声一片，他们知道，跟亲人分手的时刻到了。我担心着小姑姑，挤进屋去拉她的手，她的手紧拉着小姑父，拉上就不丢。她嘶哑的嗓音含着血，她说："舍不得啊，舍不得……"

还是出了堂屋，还是松开了那双手，小姑姑两手空空地出来了，小姑父两手空空地躺在那儿。

屋子里，华子四兄弟，同清真寺专管洗埋体的男师傅一起，为小姑父进行神圣的洗礼。先洗小净，再洗大净，汤瓶里的净水，从头流到脚，把一个人的罪恶和污垢冲刷得干干净净。

干净的埋体，穿上雪白的卡凡（葬衣）。小姑父曾经用牛皮置换的皮衣、皮帽都用不着了，只有这素简的装束、清爽的穿戴。

小姑父的塌布被抬到院子中间，地上铺满白色鱼鳞布，换过水的洁净的男人，一个个脱掉鞋子站上鱼鳞布，一直排到大门外，面朝西方，整齐而肃穆。我心里涌出股股热流，没想到，在这空旷寂寥的乡村，一个普通穆民的葬礼，会一下子赶来那么多人。亲的、近的、远的、疏的、熟悉的、陌生的，听说了，都来了。在这里静静地站立和祈祷。

我和妇女们站在大门外，默默祈求真主，让站"者那则"的人，再多些，再多些吧，多为小姑父求饶恕。如果有一百人为他举行葬礼，那他就可以进入天园了。

穆民们和阿訇一起，默念对真主的赞辞，默念对穆圣的赞辞，默默为亡人祈祷。浑厚的声音回荡小院上空，跨过河沟，飘向田野。

最后，穆民双手捧到面前接都哇，在阿米乃声中放下双手。

华子四兄弟走在塌布的前头，走出家门，走过小桥，走上田地，走向墓坑。女眷们被挡在河沟边，压抑着哭声，远远地目送，跟亲人诀别。臂弯里的小姑姑，没有哭泣，没了眼泪。

小桥边站立三棵杨树，两棵大树中间，一棵蓬勃的小树。树上传来几声斑鸠的鸣叫，"咕、咕咕、咕——"像一个人在吹埙，声音古老而神秘。

安顿好小姑姑，直到傍晚我才起身回城。路过小桥，见平整的田地耸起一座平头梯形的新坟。

华子四兄弟还在地里，招呼着一辆播种机疲惫地忙碌。一个光头老人扛着铁锹蹒跚地走，我认出是年迈的刘老别，他像一头老牛，领着几头倔强的犍牛耕种。

我想，用不了多久，绿油油的麦苗就会淹没那堆新土。

（选自2017年第2期《回族文学》）

永远的长恨歌

王　洁

> 人生若只如初见，
> 何事秋风悲画扇。
> 等闲变却故人心，
> 却道故人心易变。
> 骊山语罢清宵半，
> 泪雨霖铃终不怨。
> 何如薄幸锦衣郎，
> 比翼连枝当日愿。
>
> ——纳兰性德

夕阳西下，当最后的一抹血色从天际边褪去的时候，骊山脚下，华清宫内，万盏彩灯齐射，照亮了半边天际。那种叠错交映、如梦如幻的万彩灯光让骊山更显出了它那妖娆的娇艳与缠绵。华清宫内乐鼓阵阵，歌舞声声，一颗流星划破了天际，坠落在了骊山之上。恍惚中，烟云袅绕之上，一位身着轻纱薄翼的美丽仙子踏着山间的清泉似乎在寻找、张望着什么，时而妩媚，时而忧伤。终于，一首《霓裳羽衣曲》吸引了她的注意，顺着传来舞曲的方向她努力地眺望，她笑了，也哭了，她依稀找到了什么。

华清宫上空，繁星闪烁，明月如钩。"七月七日长生殿，夜半无人私语时。"明皇与贵妃仰望银河，共诉衷肠，他们痴醉缠绵，情长意深。他们一起面对面许下了"在天愿作比翼鸟，在地愿为连理枝"的衷心誓言。他们时而相拥相依，耳鬓厮磨，如漆似胶；时而他们又追逐牡丹丛中，嬉戏打闹，欢快歌唱，翩翩起舞。天纵英才，绝代佳人，一次偶然的邂逅，谱写了流传千年的爱情篇章。

"回眸一笑百媚生，六宫粉黛无颜色。"华清宫内，莲花池中，温热润滑的水珠划过佳人如玉的肌肤，更显贵妃的娇艳与柔美。这样的女子，如何不让人怜爱与疼惜！帝王位高多寂寞，他需要一个情投意合的绝世佳人陪伴左右，他们违背了礼乐，他们不顾天下人的耻笑与谴责。他，是她的三郎；她，做了他的玉环。他们用真心死守着那份生死相依的爱恋。

他们是一世一代一双人，他们是独一无二的。他的宠爱，她受之如饴，享受其中。这种疼溺之爱超越了帝王与嫔妃之间的恩宠。他们的爱，如同寻常夫妻之间的恩爱般真挚与纯朴。在他的面前，她只是一个小女人，一个不涉时政，一个只视他为丈夫、为三郎的小女人。她，喜欢被他娇惯，享受被他宠溺。她像一朵名贵的花朵一般被他供奉在暖房之中，捧在他的手心之上。他，也无一例外地给予了她最大的包容与娇宠。当一个男人爱一个女人时，不用她要求什么，一切都会为她想得周全、安排得妥当。他是帝王，他愿以江山博取美人一笑，谁又能奈何？

弱水三千，只取一瓢。谁，执我之手，敛我半生轻狂；谁，吻我之眸，遮我半世琉璃。寻一方石凳，坐看那些缠绵，那些缱绻，那些绕指柔般的蕴藉，总是若即若离，又时而忽近忽远，又似那隔岸的灯火，被山岚所遮掩。

夜，静得出奇。她深深地享受着、深深地沉醉在这万般宠溺之中，不能自已。然，她却未曾料到自己是身在福中不知祸，不知自己却身系天下苍生、王朝国祚，更不知自己已然背负了"红颜祸水"的罪名。然，她似乎又像是明白了什么，她在心里喃喃道："三郎，如不是因我，怎忍你千里奔波劳碌出潼关？怎忍你皇图霸业转眼化为灰烬？"

昨日的风流不羁，今日的天涯孤寂……可是谁又能料到绚丽的开头，又有谁能见得到那命中早已注定的结局？

"六军不发无奈何，宛转蛾眉马前死。""君王掩面救不得，回看血泪相和流。""上穷碧落下黄泉，两处茫茫皆不见。"

或许，这原本就是中唐的宿命；或许，这都是冥冥之中从未休止的拨动的命弦；又或许，这将是一方爱的曙光在这寒冷的冬季将整个华清宫点亮，让这十一年的恩恩爱爱与缠绵悱恻，在这里华丽上演。

宏伟的王朝金殿，也抵不住她轻盈曼妙的舞姿，和他们初见时的回眸一笑。远去的车迹，回首这雄伟的金殿，天摧残星，月蚀清夜，玉阶生怨……

那夜的马嵬坡，在祭奠绝代的红颜；那夜的马嵬坡，着裳的红衣谢了；那夜的马嵬坡，好美，好凄凉……

有人说，她爱明皇，不爱天下，因为他是她的三郎；有人说，她的出现使得天下苍生一无所尽；也有人说，她是红颜祸水。

错！历史非柔媚女子所能主，她对自己的定位从一开始就只是一个女人，一个妻子，一个想全身心拥有丈夫疼溺的小女人。她何错之有？

"宛转蛾眉马前死"，她死而无怨，只为求得三军齐发，护送她的三郎平安返回长安。她知道，她也懂得，她的三郎对于这样的结局从未悔过。她也听到了她的三郎在心里冲她苦苦哀求着："玉环，你可以怨，可以恨，但别误我，只因我救不得你，我会为此而抱恨终生！"

"春蚕到死丝方尽，蜡炬成灰泪始干。"悲剧的开始往往都是没有征兆的。彼此爱得太浓腻、太纠缠，便会落得如此悲怆的结局。然，彼此之间这种浓烈的爱，是不允许别人来弥补的，这种爱的精神领域，是任何一个人都无法踏足的。或许只有一死一伤才能让这份爱戛然而止。这种撕心裂肺的诀别是上天的旨意，是他们命运与爱情最终的归宿。

雨纷纷时，旧故里，唯有草木深……上苍在注定他们这场悲剧的同时，也注定了，在他们的生命里不能没有彼此存在的宿命。没有了她，他的世界一片坍塌！

在天愿作比翼鸟，在地愿为连理枝。

天长地久有时尽，此恨绵绵无绝期。

那误入凡间的精灵、那匆匆的一瞥，便盲了他今生的眼。

我们可以将历史与爱情分开来看，历史不会被遗忘，他们的爱也同样不会被遗忘。历史的步伐不断在前行，而他们，也早已团聚，相拥相守，厮守生生世世。

呵，人生若只如初见，多好！

（选自2017年8月24日《中国文化报》）

阆 中 时 光

李燕燕

一

嘉陵江从明月峡的崇山峻岭出发，碧水蜿蜒一路跃进，直至悄悄隐藏于川北缓缓丘陵，一切有了改变。就像，眼前的你放下盘在头顶的银发，不再执着于流年带来的苍凉，一身蓝色碎花的棉布长裙，青丝重现，温润如斯。

细雨飘落古城，相伴前世今生。

几街老屋，巷道相连。喧嚣尘世虽换人间，却总在不经意间点破浮华。穿斗房子的屋檐不曾沾染雨丝，却随同那轻微的节奏生发出木料独有的积年清香。

"记不清多少年了，我在这里，目送过无数娇娇的新娘出嫁。她们人小巧，喜轿也小巧。"你站在屋檐下，对我说。

"我分明看到，长长的迎亲队伍已经等候多时。喜庆的鞭炮响起，俊俏的新郎官登上马车，新娘凤冠霞帔，红盖头遮住她的脸，在伴娘的搀扶下坐上花轿。师爷会大喊一声，良辰已到，起轿！顿时鼓乐喧天。除了锣鼓唢呐、陪嫁物品，喜字牌匾、竹马、羊灯、大木偶、钱棍、舞龙舞狮、金钱板，哦，还有花伞队、舞蹈队，好热闹！从下沙河街、南街、学道街、双栅子街一路行进……可我，一直在等我的情郎。"

听得心头酸酸，刚想酝酿几句慰藉的话送上，却抬眼瞥见，燕子正于梁下啄泥筑着春天的新巢。一旁的条凳上坐一对老人，白发如银。老婆婆挑拣手中一盆桑葚，把紫黑个大的送到老爷子嘴里。"你看，连手都不动就动口，硬是享福哟！""那是，我这辈子就享你的福了！"

"我们，这辈子能像他们那样吗？"你突然问。

我牵过你的手，点头。

时光在这片古城，似乎蕴涵永恒。我走过许多地方，飘荡着现代气息的街道、花园与洋房，你的身影若隐若现，我对你说过的话，已然记不清。可是在这里，一切都那么清晰和确定。

小小的虎皮土猫从屋顶跳下，停住脚步，打量我们良久，方才欢悦地跃到老婆婆的膝盖上。

"呵呵，那只猫好像对我们很感兴趣。""那是因为你太美。"闻言，你开怀地笑了，笑颜如花。

细雨润泽，老屋前，生长在豁口旧瓦盆里的几株粉色月季开得异常生动。月季这花原本家常，大城市的精致花坛虽能令它繁盛，却少了惊艳。唯是被年岁铭刻的旧巷旧屋，这花才显出本真的美貌。你微微弓下腰，眯起眼睛欣赏。

来了，来了！几个穿白色对襟的壮实小伙吆喝着，怀抱大缸当街走过。浓烈的醋香，到底丝丝缕缕地从缸口的缝隙中溜出，游走一路。

二

走吧。你盈盈地下了台阶。我紧随着你的步伐，穿梭在前世今生的时光中。

我们踏着印下青苔痕迹的石板路，穿过撑伞的人群，经过见证沧桑的一棵棵古树，时光一点点往后退去。不知不觉，主街上嘈杂的音乐声与叫卖声悄然隐去。翻新的四合院外，刻着福蟾与游鱼的四方石缸，还是旧模样，已风化的石壁诉说着关于聚散的悲欢。许多年前的正月间，我与你曾在它四周欢笑奔跑，偶尔甩下手中的响炮，或有一片纸屑飞落到缸中，引得红鱼张着小嘴赶来。对年岁高的长辈来说，水缸旁的安坐与闲谈就是一个静谧的下午。那时的石缸中，有着翠绿的金鱼草，飘浮着细碎的如星星般零散的浮萍。而今，四合院是一座私房菜馆，石缸中养着午后才从嘉陵江打捞的河鱼。一只龟用长爪勾住缸壁的层叠沟壑，奋力想要爬出，无奈身子负壳未免太重，终于仰面倒了下去。水花浅浅，却令缸中被春日妆得五彩斑斓的河鱼四散惊走。

确实有趣，你叹道。俯身捡起一根树枝，横在那龟身前，不料小家伙竟别过头去，不愿再做动静。

前世今生，你我为知己，遗落许多故事。我喜欢听你说话。从你口中，道出若干我原不知道的掌故。

我们曾一同去过城中张飞庙。我感叹"万人之敌，为世虎臣"死于两个小卒之手，原来三天时间赶制"百盔百甲"，否则"杀无赦"的逼迫，也能让普通军士生出逆天之胆。你轻轻摇头，掂掂发辫，告诉我，那"百盔百甲"乃是两个军士的误会，张飞祭奠亡兄关羽，要军士们赶制的是"白盔白甲"，这样一套足矣。而张飞平日的雷霆手段，让闻军令已近绝望的手下只能"先下手为强"，于是一代英雄就此故去。

我们也曾一同去过"滕王阁"。那时，提起"滕王阁"，我会想起王勃写的《滕王阁序》。雄踞赣水之滨的"滕王阁"，因"序"而名扬天下，声威古今。我便疑心巴蜀之地"滕王阁"为冒名而建。"其实不然，滕王阁不止江西南昌有，山东滕州和我们这里均有一座滕王阁，而这三处滕王阁，都渊源于滕王李元婴对故地滕州的思念修建。"你对我说。

你我顺着狭窄只容一人的楼梯，相互扶携，爬上滕王阁顶层。站在廊上往下看，但见黑瓦飞檐密密相连，远处一衣带水，全城之景尽收眼底。

炊烟缕缕，自然升起。乡愁难忘，皇子与百姓皆如此。

三

我们最终在贡院门前停住脚步。

"龙门"前，高高的门槛依旧矗立，人流如织，早已失了百余年前的清净。游人吃劲抬腿跨过门槛，怀着好奇且沾沾喜气的旁观之心；当年，寒窗苦读数载的秀才们却恭敬而忐忑地提起衣角迈过门槛，热切期盼在此取一世功名兼济天下。其中有我。

三进四合庭式建筑纯穿斗木结构，房舍整齐规矩，高出街坊民居一头。前院是考场，后院是斋舍，四周都是号房。考试时按天、地、玄、黄……编号，每间号房有进出小门一道。与大门相对的正厅是一楼一底的殿堂，考官在此唱名、发卷、监考。庭院中间为十字形走廊，走廊两边栏杆连带靠背木椅，供考生休息候点。斋舍为一楼一底四合院，楼下庭院纵贯走向。那一年，我坐在小小的号房挥毫应答，间隙抬头，透过雕花窗棂，见你正把一盆假山与虎耳草组合而成的盆景放在庭院的黄桷树下。恰目光相触，你莞尔一笑，令我记起前夜你递与的那盏花茶之清香。

那一年走出贡院，我求得了功名，却匆匆远赴他乡，虽有誓言与思念，隔着经年的战火烽烟，经历漫漫的岁月变迁，再未与你相见。你就站在老街的屋檐下，等着我，目送着百年间无数嫁娶的锣鼓喧天。如今我终于回来了，回到你的身边。

于是你我携手，走到那棵已逾数百年的黄葛树下。那里依然有虎耳草盆景，虽不知是否当年那盆，却在细雨滋润中分外茂盛，星点白花从毛茸茸的叶丛中迸出。

"真好。"

"是呀，世事变幻，唯顺初心而活。"

（选自2017年第1卷《散文家》）

关于白话文

陈　雪

　　我并非是个复古主义者。大跃进年代出生的人，既没上过私塾，也没有听老师讲过"四书五经"，自然不知道文言文的好，当然也认识不到它的坏。我最早接触的古文是在中学课本上，比如始读《邹忌讽齐王纳谏》时，就感觉晦涩难懂，不知所云。但一经老师注释和解读，又感觉古人的作文具有洗练、言简、意深、精准、到位且有韵致的特点，这是现代人抑或是现代汉语难以企及的境界。

　　一种流行两千余年的文体，在新文化运动中一夜之间说革就革掉了。谁也不敢否认五四运动的积极意义，但谁又不得不对这个新文化运动保持着某种疑问。白话文是那时开创的，新诗创作是从那时开始的，"打倒孔家店"的口号也是那时提出来的。如果说白话文改革是为了普及推广大众文学文化的便利，那么孔子的儒家思想一直是中国知识分子和历代封建王朝奉为圭臬的思想宝典，为何也在一夜之间被全面打倒全盘否定呢？难道这在中国流传延续了几千年的传统文化全是糟粕？一无可取之处？"五四运动"之后的国学一落千丈，沉寂百年之后又悄然兴起，看见今人在拼命地修造孔庙恢复旧学，追溯孔孟的治国思想和修身法则，说明实用主义并无代替儒家学说，是不是中国太多的事情都要经历一个臭了香，香了臭的"腐乳"发酵过程？

　　胡适先生应该是白话文运动的发起者和急先锋，奇怪的是那么有学问的人犟起来也会如此偏激，竟会把文言文贬得一无是处。据说五四时期的中国知识分子也分为革命派和保守派，反对白话文运动的人亦为数不少。如章士钊、梅光迪、林纾、黄侃等，这些都是白话文运动的坚决反对者，尤以黄侃为甚。黄侃有一次在课堂上讲文言文就专门举例恶损胡适。他说："同学们，如果胡适的太太死了，他的家人用白话文来拟电报，无非这样写：'你的太太死了，赶快回来啊。'如果用文言文来写则需四个字'妻丧即归'。这两份电文一份11个字，另一份4个字，仅电报费就省去三分之二，你们说哪种文体好？"黄侃的这个举例确实有些尖酸刻毒，但也足见他对胡适之流的不满和对白话文运动的拼死抵触。

胡适当然也不服气，在课堂上一样举例反驳黄侃。说行政院拟聘他去当秘书，他不愿从政，便需用电报形式来婉拒，要同学们代拟一文言文电报稿，看看究竟是文言文简洁意明还是白话文简洁。胡适最后在众多的同学答卷中选出一份数字最少，且意思表达较完整的"才学疏浅，恐难胜任，恕不从命"12个字，而他自己用白话文拟了只有5个字："不干了，谢谢！"随后他对学生解释说"不干了"已含有才学疏浅、恐难胜任的意思，而"谢谢"既有对举荐人的感谢又有婉拒之意。依笔者看来，胡适先生的解释有些牵强。"不干了"就是直接拒聘，硬邦邦地拒绝，哪里有才学疏浅、恐难胜任的意思？如果说"干不了"倒有些许"恐难胜任"的含义。有人夸胡适的反击巧妙得令人拍案叫绝，例子举证得天衣无缝。我读不出，相信好些人也没读出。倒是黄侃质问胡适："你提倡白话文，不是真心实意！"胡适不解，黄侃正色道："你要是真心实意提倡白话文，就不应该叫胡适，而应该叫'到哪儿去'。"黄侃的根据是"胡"为疑问代词，例如"胡不归"就是为什么不回来的意思。而"适"可解"去、往"等，如"无所适从"，故这样翻译成白话文则该把名字改为"到哪儿去了"，此言真的是对胡适之名字的一个绝妙讽刺，可见当时两派的斗争达到了何种尖锐激烈的程度。

当代人没有扎实的古文功底，也没有了那种语言习惯和语言环境，古文很难写得出彩，当然也没必要费大力气去研习。但写作的人要言简意深，要练字练句，仍需从古文中去汲取养分。韩石山先生在《装模作样》一书中讲了一则轶事。那是1980年春天，中国作协复办第五期文学讲习所，蒋子龙、王安忆、叶辛、陈国凯、张抗抗、刘亚洲、贾大山、韩石山、孔捷生等都是那一期为时三个月的同班学员。如今这些人大多成了当代文坛的大腕级人物，但在当时也不过是些优秀的文学苗子。贾大山是大家熟悉的一位河北作家。这是一个颇具智慧和超级幽默的人。老师讲到《史记》的课程时，他便活学活用对着韩石山调侃开了："石山啊，我琢磨了，《史记》这种笔法，我也会，我写了段，你听像不像？"接着贾大山拖着长腔摇头晃脑地念道："石山者。韩姓，临猗人也。少聪颖，喜读书，及长，善横舞。夜，欲尿，以面盆接之，琅琅有声。"据韩石山先生自己介绍，"善横舞"指的是当时风行一时的交谊舞，贾大山认为跳舞的动作要领与性交的动作要领有相似之处，只不过是一个竖式，一个横式。学校舞会的时候，贾大山与韩石山都去，但他俩只看不跳，贾说韩"善横舞"便知其内涵所指了。而"夜欲尿"是因为他与贾大山共居一室，当时的宿舍内无卫生间，解手须到走廊尽头很远处的公共卫生间，夜起寒冷，韩常用水盆接尿，翌日再倒。贾大山这则"史记笔法"虽不失挖苦和调侃，但你不得不佩服他简练而精准的表述，也不得不承认古文言在某些地方无法替代的妙处。

说到古文的简洁，我还想起苏东坡的一篇《记游松风亭》。我们今天读到的游记动辄几千字上万字，而苏东坡的这篇散文不足百字，却写出了人生的大境界。文曰："余尝寓居惠州嘉祐寺，纵步松风亭下，足力疲乏，思欲就床止息。望亭宇，尚在木末，意谓是如何得到？良久，忽曰：此间有甚么歇不得处？由是如挂钩之鱼，忽得解脱，若人悟此，虽兵阵相接，鼓声如雷霆，进则死敌，退则死法。当恁么时，也不妨熟歇。"在这里有必要回顾一下此文的创作背景。东坡于绍圣元年(1094)十月初二到惠州，惠州太守敬仰东坡，把他安排在官衙的招待所合江楼住下，但有人就此事向上弹劾詹范太守，说苏东坡一介贬官，且是"安置"监管对象，无权享受行馆待遇，不得住在合江楼。十月十八日，仅在合江楼住了半个月的苏东坡便被逐出府衙行馆，搬到归善城郊水东街的破庙里居住。苏东坡从一个府衙州官的座上客，旋即变为城郊荒野的市井草民，高大宽敞的合江楼与阴暗潮湿的嘉祐寺形成了强大落差，这种跌差换作他人也许心理难以承受，但苏东坡就是苏东坡，他很快转换角色调适位置，转而寄情山水亲近自然了。这是苏东坡到惠州之后在嘉祐寺写的第一篇游记散文。据《舆地纪胜》记载，松风亭在嘉祐寺后山巅，始名峻峰，山路怪石嶙峋，石级幽径陡峭，山顶有古松数十株，树下有亭，谓之松风亭。苏东坡在文中说，他很想爬到山巅，俯览一城风景，但可惜人老体衰，腿脚无力，走到半山腰抬头看看，松风亭还挂在高高的树梢之上，如何爬得上去？很想就此打住就地歇息。正犹豫间，忽然像听到有人说："此间有甚么不得住？"是的，人生有什么不可承受？此间有什么停不下来？嘉祐寺不一样可以住人！想到此，苏东坡感觉如脱钩的鱼，无比的轻松和自由。由此再悟出，人生在世，官场险恶，犹似两阵对垒，短兵相接。冲锋的号角吹响时，前进可能被敌人打死，后退则会被军法处死，进退都是个死，"当恁么时，也不妨熟歇。"目标都是自己定的，这不就是人生的另一种选择和境界？这是一篇充满智慧和哲理的游记，若是叫苏东坡用白话文来写，能在如此短短的95个字中容下如此深刻的思想内涵吗？

"五四运动"迄今已近百年了，事实证明，实用主义代替不了儒家思想，新诗创作无法超越唐诗宋词，虽然白话文给我们读书写作带来了极大的便利，但文言文仍然有着不可取代的作用。时至今日，我们在旅游景区仍可看到许许多多的碑文石刻，虽为当代人所写，但它无一例外是采用古文或半文半白的文体写就。如用现代汉语来写赋记，它的韵味，它的篇幅又将如何来处置呢？何况中国数千年文化积淀和经、史、子、集都是用古文写下来的，如果完全摒弃，不习古文，那不等于拧断了中华文脉，又何谈继承和弘扬？

（选自2017年第3期《海外文摘》）

秘密花园

汪彤

我是极爱花的人，喜欢花的状态，也是旁人无法体会的。

我从小生活在高原矿区，矿区上开得最美的花就属马兰花，每次去山上玩，我都很开心，头上戴着马兰叶子编的草帽，帽子上插着马兰花，这样还不行，采一大把，下山带回家，插在瓶子里，闻好几天。

最开心的是放暑假去奶奶家，奶奶家在兰州附近的乡村，有一个大花园。每天早晨，还在梦中，凌晨的暗夜里，隐隐感觉，爷爷的火炉已冉冉升起，罐罐茶浓烈涩涩的茶香，充满了整个屋子。而当太阳升起，阳光爬上白纸的窗棂，印满婆娑的树影，睡眼蒙眬中，闻到的却是一阵阵花香。那是早起的奶奶，踮着小脚，在花园里剪下一大把大丽花、月季，插在供桌上的两只花瓶里，花香又充满了整个屋子。

我从暖暖的被子里爬起来，穿着背心裤头就往院子里跑，一边去解个手，一边要站到花园边上闻闻、看看，花香比梦乡更甜蜜，我惺忪的眼睛，彻底睁圆了，对着花儿微笑。这时候，恰巧，头顶的杏树，一只成熟的杏儿蒂落了，"咚"的一声，重重地砸在土地上。然而土地却松软有弹性，杏子没有完全跌破，只让外皮着地的一面更加软活，我赶紧拾起来，在小背心的一角擦擦土，咬一口，酸酸甜甜的，我一夜的慵懒彻底醒来，长久地注视着花丛里的蜜蜂，嗡嗡地落下又飞起，从一朵花蕊跳到另一朵花蕊，那时我心里的欢乐，是无可言语的。

每回从奶奶家坐火车回家，我都和爸爸绷着脸。我硬要带一只爷爷的酒瓶上火车，瓶子里装了水，插满了花，火车上挤，还没上车，在车站，爸爸就连瓶子带花从我手里夺下，远远放在站台的地上，拉着我的手上车，我回头看着那瓶被丢弃在车站的花，眼泪流了一路。

长大后我离开了矿区，我要去的就是向往中花草繁盛的地方。大学的花园里，一年四季的花，开得满满当当，冬天有蜡梅，夏季各色的叫不上名字的花，校园里走一路，路旁的花陪伴一路。工作后，我所在的城市天水也是陇上的江南，同时站在长江流域和黄河流域的交界上，天水的花和植物，更有着与众不同的样式。南方的卫矛，也在这里长，却不是灌木，而是长成了参天大树；北方沙漠里的沙枣树，也在这里开花结果子，果子虽然不能吃，但成了一种发着香气能驱赶蚊蝇的防虫树。一年四季，这个城市里有成百上千种花草，西城区水月寺公园里，菊花展年年都人来人往；东城区马跑泉公园的郁金香，把一个传说故事中的景点，装扮成新世界。

我爱绿色，爱花，办公室里养了绿色植物，家里的窗台上也到处是盆栽的绿色。牵牛花是我每年都要在办公室和家里必种的花，或者在开春的时候，或者在夏季最热的时候，或者就播种在秋老虎炙热的那些天，这样一个适合人居的地方，我发现什么时候把牵牛花的种子播下去，都能够发些嫩嫩的绿芽，不几日便开些有颜色的花。

牵牛花特别容易养活，记得奶奶家的花园，有一面围墙，铺满了牵牛花的枝蔓，每天早上，满墙的花朵盛开时，我便观察它们，谁开的紫色，谁开的粉色，谁还开出了蓝色。但儿时的我，始终没有看明白，这种叫"朝颜"的花，只有一天最可爱的生命。它们以"接力"的形式，用各自仅仅一天的时间，开出最美的花，装扮生命里曾经最美的季节。而仅仅就在那一天里，它们绽放从种子的孕育到开花时最绚丽多彩的生命，短短一天的生命，它完全将自己彻底交给天地万物美的造物主。

知道牵牛花只有一天生命时，我已成人，懂得珍惜，珍惜眼前拥有，珍惜使我懂得不去破坏各种美的形式，珍惜使我愿意委屈自己心灵自然而真挚的感觉，去成全生活中将会发生和发展的未来和卓越。于是，每每看着牵牛花，便知道成全最美生命形式的未来，是一种美德，而对牵牛花的美，会用虔诚的心去欣赏，只有它们生命的历程结束，开败凋零落下时，我才小心地捡起，轻轻夹在书页深处，书页上染上淡淡的粉、淡淡的蓝、淡淡的紫，一页一页地书写，算是牵牛花生命绽放过的记录。

又是一个阳光明媚的休息日，早上起来，去伏羲庙前打一阵太极拳，赶紧四处去给我窗台上又发出新芽的君子兰找花土。正好朋友韩姐家里有花土，她在伏羲庙旁有一座令人羡慕的四合院，她完全按照古代风水构造，精巧地摆置自己院落里各个房间和大门的方位。最妙的是她也是一个极其爱花的人，她院子里的白牡丹，被她这样称赞："从它的身边过，它便跟着人来，香气会走很远……"这让我想起聊斋里的花仙子，它虽为木本，却用善良呵护着爱花人；它愿为人们绽放，却一点也不会打扰爱花人的生活；它只是暗地里帮着人们的功名成就，即便寒冬凋谢，也将花魂护佑有缘人。

韩姐给了我花土，又给了我七种多肉植物，每一种都来自遥远的南国，韩姐栽培繁殖，又将培育成功的植物，从土里一个个挖出来给我，有鹿角，有佛珠，有景天、肉锥、生石花等，我欣喜地满载而归，又做了半天的花农，将可爱的多肉植物归进了自己的秘密花园。姐姐说："这些多肉植物不好养活。"

我却边培育边轻轻地说："一定能活……"无论任何事物，心上要有力量去努力，就一定会好好的，这是我给我的花赋予的力量：好好地活……

（选自2017年第7期《党课》）

村 庄 来 信

余继聪

暮春前后，工作比较忙，几乎把我们的村庄忘记了。我们的村庄，却没有忘记我，牢记着寄居在城市里的我这个村庄子弟，频繁给我来信，告诉我小春丰收的消息。

有一天，中午下班骑着自行车回家，突然不断有小东西飞扑来脸上，虽然小，竟然把脸撞得痛痛的。有很多是噗噗啪啪地撞在我身上。我心里很纳闷，低头一看，原来是很多几乎被我忘记了的小蚜虫。久久寓居城市，几乎要把我的这些小老乡、这些乡下亲戚忘记了。

它们都长着小小的翅膀，像一封封展开的信，会飞会动的纸张，从遥远的村庄里飞进城市里来，好像就只是为了给我捎来村庄小春丰收的消息，或者它们本来无意，只是因为村庄收割小春作物，比如油菜籽、小麦、蚕豆，我的父老乡亲们叫它们无处容身了，才盲目地向城市里转移。

村庄人厌恶蚜虫。此时，我却是"他乡遇故知"，觉得它们很可亲。它们是村庄捎给我的信。读着村庄的来信，父亲母亲、兄弟姐妹、叔伯婶婶、堂兄堂妹……统统在我的心里浮现出来，清晰起来。我想象得到，他们正在割蚕豆，割油菜，割小麦，割大麦……

父亲告诉我，收割小春前，蚜虫都还没有长翅膀，等到收割时，它们已经长齐了翅膀，可以飞了，就转移到城市里，想跟农民们打游击战，但是它们错了，城市就是它们的坟墓。

我不禁有些同情小小的蚜虫们，它们像一页页零乱的信笺纸，究竟有多少人像我一样读懂了它们捎进城里来的消息，村庄丰收小春了的消息。究竟又有多少人稀罕它们用生命终结的方式捎进城市里来的这个消息。细心一看，它们躺满城市的地面，只是因为它们太小，太卑微，大家不注意罢了。

村庄，还以另外一种方式给我捎信。一辆辆由村路上驶进城里来的汽车轮子上、肚底上，都会被村庄偷偷摸摸塞上一些麦秸、蚕豆秆、油菜秆，走着走着，这些麦秸就掉了下来，躺在街道上。我知道，这是村庄偷偷揣进司机和汽车衣襟里，请他们免费给我们这些寓居城市的乡村子弟的家信。由于这可能导致交通事故，司机们对此很不满，对村庄铺放在公路村路上晾晒的庄稼，对这些信很痛恨。司机们是不经意间，自愿、主动带上信的，村庄、乡亲们都没有强迫他们。

春天的早上，总有花喜鹊、画眉鸟飞进城里来，在人们眼前起起落落，快乐的鸣叫，还有布谷鸟的声音远远传来，村庄的辛劳者小蜜蜂误入城市来。这些，也是村庄托阳光和它们这些小鸟给我捎来的信，告诉我，我的村庄和亲人们还在。

村庄还以很多方式给我捎信进城里来，一箩埋在麦秸或者干松针里的土鸡蛋，几罐野花蜜，一挂腊肉，一盆泥鳅，半蛇皮口袋的红薯，几个老南瓜，几包嫩苞米，都是村庄的来信，上面有母亲的手印，父亲的气息，姨妈的声音，亲兄弟堂兄妹的影子。虽然我住在街市深处，村庄照样要执着地找到我，给我捎信来，告诉着我村庄的一切信息。我寓居城市这么多年了，最感动最开心的就是村庄总记得我，记得我这个离开村庄多年的乡村子弟，总要执着地时不时给我捎信。最伤心的是城市总把我当外人。

而母亲父亲，亲人们，总是还不太习惯托别人捎信，常常亲自给我送来，一袋新稻米，一箩红柿子，数十个红梨，几把青葱、红蒜，几棵青菜，很多黄瓜、苦瓜、小南瓜，还有青辣椒、红辣椒，都是村庄的来信。我在城市十几年了，从来没有买过稻米辣椒等。父亲母亲兄弟侄女侄子，叔伯婶子，堂兄弟堂姐妹，姑舅姨表，都要给我捎来村庄的信，村庄的物产。

我怎么给村庄回信呢？村庄就在十几里外，本来如果工作不太忙，我也应该常常回去，给村庄送回我的消息。可是，我教着高三年级三个班的语文，天天上课，周末都补课，个别辅导，我抽不出一天时间回去。愧对村庄，我只能给村庄打电话。可是，父母亲，村庄，都觉得打电话生分，不习惯用，而且村庄用得着电话的时候不多，电话收座机费的不划算，所以除了年轻人，村庄不习惯用电话。我没有办法给村庄回信。在信笺纸上写，更显得生分，而且我也没有时间动笔。

我常常写一些小文章，发表在报刊上，但是村庄是看不到这些报纸的，我的亲人乡亲们，统统看不到。村乡干部看到了，也不知道是我给村庄的信，不会帮我转告我的村庄，因为他们不知道我还会写文章，以为是同名字的另外的人。我无法告诉他们，也不敢告诉他们，我"忙"得没有时间回村庄去给亲人乡亲们送信，甚至给他们电话回信、纸上回信的时间都没有，竟然还有时间写文章。

（选自2017年9月1日《云南时报》）

"狗狗"来了

宗福军

　　人的一生大大小小、多多少少都要经历几件刻骨铭心、终生难忘的事，或许是一次探险，或许是一本书，或许是一场比赛。我的人生第一次被震撼却是因为一场电影。

　　记得那是在20世纪70年代末，我在柴达木盆地一个叫冷湖的小镇上小学。那时的家庭能有手表、收音机、自行车就算是小康富裕人家了。电视、洗衣机、冰箱还没有出现，计算机、互联网更是闻所未闻，电话只有公家单位上才能装，而且都是清一色的黑壳手摇电话。那个年代，精神生活比较单调，主要是听广播、看书。小镇有个电影院，半年才能上演一个新片，能看场电影是很奢侈的事情。记得有一个周末，听同学说要上演一部特别牛的外国片子，心里就像只乱撞的小鹿，非常高兴又特别紧张。那时的孩子自己是没有零花钱的，又不敢因为看电影这样奢侈的事情向大人要钱，于是和发小商量，利用影院的人流做掩护，偷偷混进了影剧院。

　　这是一部讲述机器人故事的美国科幻电影《未来世界》。这部电影对我的冲击，不亚于一场十级的大地震，感觉自己所了解的世界一夜之间被颠覆了。我第一次知道了人类的未来，可能会出现与真人外表一模一样会说话、会做事、会思维的机器人，感觉简直太神奇，太不可思议了，机器怎么可能做得与人一模一样呢？是用什么办法、什么材料做的呢……那个晚上，我失眠了，整夜躺在床上翻来覆去，满脑子都是奇形怪状的机器人。

　　后来长大成人，上了大学，参加工作。随着社会的发展进步，真实的机器人已经进入了我们的生活。汽车生产线忙碌的制造机器人、小饭馆里做刀削面的厨师机器人、大餐厅里端盘子的机器服务生、展会中推介产量的展示机器人，甚至我们家还买了一个专门扫地做卫生的清洁机器人，可以说已经是司空见惯，习以为常了。

　　斗转星移40年过去了，就在我即将迈入知天命之年，对电影《未来世界》的记忆即将遗失殆尽的时候，突然横空出世的一个智能机器人阿尔法狗，再次颠覆了我对机器人的所有认知，让我童年的记忆再次满血复活。

那是2016年的早春3月，由谷歌公司开发的阿尔法狗的围棋人工智能程序，与韩国棋手、世界冠军李世石进行了一场五番人机大战。谷歌为此提供了100万美元作为奖金，如果李世石取胜拿走奖金，如果阿尔法狗取胜，谷歌将把这笔钱捐赠给慈善机构。此外李世石还有15万美元的出场费和每场2万美元的赢棋奖金。

至今，我还清楚地记得赛前中国棋圣聂卫平在电视评论中，对机器人的不屑和藐视："电脑和人比赛围棋是一点机会都没有的。"说句实话，对于特别喜爱围棋，达到业余三段以上水平的我来讲，当时也与老聂持同样的看法。因为围棋不是单纯是计算能力，它还包含了对大局的战略思考和运筹帷幄，对棋形薄厚的感觉和运用。不要说职业棋手，随便一位热爱围棋的棋迷都对围棋倾注过无数心血，深知围棋的广博深奥，多少大棋士穷尽一生心血也只敢说自己"棋道为百，我所知不过七八"。对于不具备人类感性思维的计算机，怎么可能去明白围棋那些玄之又玄的判断与选择？

五局棋的比赛结果，犹如一颗"氢弹"爆响，震动世界！围棋计算机阿尔法狗是伟大的，划时代的以"4:1"完胜世界围棋冠军李世石九段，突破了被视为人类顶级智力的试金石，人类智力游戏最后的一块高地，堪比登月的壮举，让全世界目瞪口呆。说到这里，可能有人要质疑李世石九段的棋力。我只能遗憾地告诉你，对不起，没有任何问题，他可是当今世界的顶级的棋手，堪称近十年来围棋界的传奇人物，十三项世界围棋大赛的冠军得主。是不是李世石状态不好，没有尽力呢？答案也是否定的。据说李世石为了捍卫人类的尊严，此次比赛前进行了精心的技术、心理和身体的准备，比赛期间，他全身心进入状态，全力以赴作战，短短几天比赛下来居然整整瘦了14斤。

五局战罢，聂卫平棋圣的态度也是180度大反转，他认为"狗狗"的几局棋，下出了人类棋手不可能下出的水平，远远在中国甚至世界很多职业棋手之上。并谦虚地坦言应该管它叫"阿老师"。老聂服气了，但是中国一位18岁小将却并不买账，在自己的微博中高调地喊出了"'狗'能赢得了李世石，却赢不了柯洁我"的豪迈誓言。少侠柯洁这么说是有底气的，因为他是最新登基世界围棋冠军、世界围棋排名第一人。

故事并非简单的挑战和应战，中间还有一段特别的小插曲。2016年年底的一个夜晚，一个注册为"master"（大师）、标注为韩国九段的"网络棋手"接连"踢馆"中国的弈城网和野狐网。与中日韩数十位围棋专业顶尖高手进行对决，结果柯洁、朴廷桓、井山裕太等中日韩排名最靠前的棋手均披挂上阵，却连遭败绩。中国的古力九段实在看不下去，个人出资悬赏十万元，奖励获胜棋手。虽说重赏之下必有勇夫，但是还是这一次却没有灵验，没有人能止住"master"（大师）的脚步。最后的结果令人失望之至，战绩为"60:0"。终局结束，"master"（大师)亮明阿尔法狗的身份后扬长而去，像一位古代的独行大侠，只留下了一串远去的背影。

2017年5月下旬，少侠柯洁九段的挑战终于有了回应。由中国围棋协会出面，携手阿尔法狗在浙江的乌镇举办举世瞩目的"围棋峰会"，最新升级版阿尔法狗将与世界排名第一的中国围棋棋手柯洁进行三番棋的对弈。客观评价三盘棋柯洁下的可圈可点，特别是第一盘棋机会最多，经过四个半小时的激战，柯洁以半目的最微弱差距告负。虽然只输了半目，行家评价却是全盘无胜机；第二局柯洁虽然死了大龙，却长时间保持僵持状态。第三局柯洁一直被压制，后来虽然放手一搏，却是无功而返。赛后，非常争胜要强的柯洁已经控制不住自己的心情，当场落下了眼泪。当然伤心归伤心，柯洁还是有大家风范，也由衷地表达对"狗狗"的赞叹："它下得太好了，也在改变我们最初对围棋的看法，没有什么棋是不能下的，它可以大胆创新，大胆开拓自己的思维，很自由地下棋。它实在是太厉害了。已经不是人，是上帝了。"

作为一个资深的棋迷，我一边关注着阿尔法狗的精彩绝伦的表演，一边在思想和灵魂深处，也进行着激烈的碰撞和升华。在柯洁遭遇零封，人类自尊轰然坍塌的同时，儿时科幻电影中的《未来世界》难道就此开启了吗？

过去我始终认为机器人再"牛"，也只能做到体格比人类坚固，速度比人快捷，动力、耐力比人强大，但不可能具备人类的思维能力，更不可能在思维上战胜人类。看来，我彻底地错了。它不但学会了分析，学会了选择，甚至学会了"直觉"。

"狗狗"的胜利说明进行了深度学习的机器，思维不再是简单的模仿人类，它甚至可以超越人类，进行独立的创造性的思维，想人类所不敢想，思人类所不能思。一个人的智力、体能是有限的，机器智力和能力超过个体人是人类智慧的结晶。君不见，高铁代步比人快，吊车的长臂比人举得重，雷达扫描比人看得远，这都是科技进步给人类带来的福祉。作为一个技术盲，我可以大胆地预见，在未来的几十年，毫无疑问，我们将迎来一个新的伟大的人工智能时代。

让我们展开想象翅膀，展望未来，人工智能将在不同的领域中被"训练"、被"培养"，真正代替甚至超越人脑。而随着这次人工智能浪潮的推进，将给我们的生活带来极大的便利。比如，人们可以按阿尔法狗的模式培养一大批机器人医生，只要病人把检查结果交给机器大夫，它马上就可以确定病症，并拿出最好的治疗方案，并马上进行全自动化的手术和治疗。这样，普通老百姓就用不着再千里迢迢地跑到外地大医院，排长队甚至从黄牛手里买号就医看病了。比如，随着中国进入老龄化社会，今后一个独生子家庭将要面对照顾4个以上的老人。如果按阿尔法狗模式培训大批智能机器人保姆，既能说话聊天，又可以照顾老人的生活，这样就可以极大地造福老一代，解放年轻一代。再如，未来，甚至可以实现所有汽车的自动行驶，乘坐人只需输入地名，其他什么都不用操心了。车辆便可由人工智能实时设定路线以最快速度安全、准确地驶向目的地。

在写这篇稿子的时候，又看到了不少关于"狗狗"的消息：美联社拥有一周能写百万篇新闻的Wordsmith；机器人Shimon通过人工智能和深度学习来编写和播放自己的音乐作品；更神奇的是，今年5月机器人小冰在北京举办了"个人"第一部原创诗集《阳光失了玻璃窗》新书发布会。这个可以聊天、可以写诗的人工智能机器人，引发诗人圈空前的热议和争论。8月中旬，小冰又在《华西都市报》"宽窄巷"开设专栏"小冰的诗"，独家发布新作《全世界就在那里》，第一次在报纸上开专栏，再次引发读者的关注和议论……越来越多的"狗狗"正向我们走来，我不禁要张开臂膀大声疾呼：让"狗狗"来得更猛烈些吧！

（选自2017年8月28日《青海石油报》）

未完成的抵达

胡宝林

一朵云，行在天空。一滴水，行在大河。一粒沙，行在风中。一条路，行在大地。一个人，行在旅途。

大山，枯河，戈壁，草原，沙漠，风雪，烈日……一个人，行走丝绸之路，一行脚印，行在自己的影子中。

这是天涯孤旅，这是万里行途。

有人，从起点出发，完成终点的抵达。像张骞，从长安而出，被匈奴截留，始终未曾忘记自己的使命，终于抵达大月氏又成功回返，完成凿空西域的壮举。像玄奘，历经万千生死考验，终于到达天竺佛国，取回真经，弘佛法于东土。他们把孤独的旅程写在生命里，也把脚印和名字刻在史册里。

但是，在丝绸之路上，还有一些人和事物，没有完成自己的抵达。走在丝绸之路，他们的身影，像遥远的旋转而起倏忽而去的大漠孤烟，时不时在我的脑海浮现回旋。

一场战争结束了，英雄还没有抵达他的战场。公元前119年，跟随大将军卫青去攻打匈奴的老将李广，在沙漠迷路失期。战争打完了，他和他的部队才与回师的卫青半途相逢。渴望与匈奴单于对阵的60多岁的李广，失去人生中最后一次建功获取功名的机会，最后自杀身亡。"冯唐易老，李广难封"。一个英雄征战了一辈子，还没有抵达他的功名。太史公马迁和无数人为李广鸣不平。徒劳，是战争的一种状态，是生活的一种常态，更像是命运的一种形态。其实，八千里路云和月，三十功名尘与土，封侯又算什么呢！功勋和品格，朝廷的嘉勉未必，没有遗漏，民众的口碑才更持久。和李广同朝封侯的人，又有几个是被后人铭记的呢？将军也有自己与国运相连的时运、命运，李广是汉朝的盾牌，功，在护卫国土，而卫青与霍去病是汉武帝的两只长戈，功在开疆拓土，后者更为醒目。在塞外大漠，一位英雄

365

没有抵达战场，他把自己永远留在了征途。

一个将军走完了的一生，还没有抵达自己的中年。我还想说说霍去病，这位攻取河西走廊，打通丝绸之路的骠骑将军，多么年轻，多么英武！18岁随军出征，率八百壮士，奔敌营，斩酋首。19岁，率兵两次出击，占领河西走廊，立武威于河西，"张国臂腋，以通西域"。21岁，和卫青率军远征与匈奴决战，封狼居胥，肃清漠南，使匈奴远遁，解大汉边患。24岁，遽然离世。像璀璨的流星一样的生命呀！这是青春与生命的放歌，是勇气与激情的进军！在18岁至24岁怒放的青春里，开疆拓土，建功立业，彪炳史册，他把自己完成得那么漂亮！行走武威、张掖、酒泉、敦煌，看到如怒涛奔涌的祁连山，看到安详的草原的牛马，宁静的戈壁上的白烟，看到绿洲上的城市，和贯穿它们的丝路，就想起这年轻的生命，想起雄才大略敢于让热血沸腾的青年在疆场书写传奇的汉武帝，想起一个不读兵书却运筹帷幄、用大军在大地书写史诗的青年。他和卫青就是上天赐予汉武帝完成千秋功业而又匆匆收回的两支天戈。咸阳茂陵旁祁连山土堆积的陵墓怎能安顿他的魂灵，马踏匈奴的石雕怎能象征他的雄风！他的魂灵在千里祁连、河西走廊、沙漠戈壁，与大漠孤烟，长河圆日在一起飞翔！一个青年，人生完成在24岁。他告诉世人，一个人，甚至可以无须抵达中年，活到24岁就够了！

一封信走了1700年，一个女子的思念还没有抵达她的丈夫。"眼下这种凄惨的生活让我觉得我已经死了，我一次又一次给你写信，但从来没有收到过你的哪怕一封回信，我对你已经彻底失去了希望，我所有的不幸就是：为了你，我在敦煌等待了三年。"这是一位名叫米薇的粟特女子写给在撒马尔罕的丈夫那奈德的一份家书。那时，从敦煌、武威到长安、洛阳，丝路沿线旅居着大量从事中转贸易的粟特商人。米薇不顾母亲和兄弟们的劝告，来到敦煌，那奈德却丢下她和女儿消失再没有回来。日日站在敦煌的城头眺望，直到夕阳染红大漠，期待的身影始终没有随着驼铃出现，只将她望眼欲穿的孤单影子投在城墙之上。在漆黑的夜晚，辗转反侧，以泪洗面，这个快绝望的女子，给丈夫的信中字里行间渗透着悲伤、哀怨、愤怒，渗透着深深的牵挂和一腔痴情！边关孤城，大漠戈壁，丝路商旅，留给历史的常常是战争、公文、经卷、壁画，而这一个女子的思念和深情，却穿越戈壁大漠、历史风烟，拂动人柔软的心湖，让人忧伤、让人感怀、让人心疼！我不知道这不幸的女子最后的命运如何，只是这封信并没有如愿抵达她丈夫手中。1907年，英国人斯坦因在敦煌附近的一座坍塌烽燧中，找到了8封粟特人信札，米薇的信是其中的一份。这封信沿着丝路走了1700年，还在路上，一个妻子的期盼和哀怨依然在路上。

一个使者走到遥远的异域，但没有抵达海的那一边。地中海就在眼前，彼岸就是罗马帝国的首都。他甚至听到了当地人讲述，美丽的巫女在地中海上歌唱，美妙的歌声让痴迷的人不能上岸。这恐怕是那个时代中国人对丝绸之路另一端的罗马的最近的一次眺望吧。那是公元97年，甘英受班超派遣赶赴大秦，而班超的出使，是中国古代规模最大的一次陆上远征。身负使命的甘英"抵条支，临大海欲渡"，船人说"海中有思慕之物，往者莫不悲怀。若汉使不恋父母妻子者，可入。"英不能渡，最终望海而返。穿越万里丝路而来，却没有抵达目标，甘英那怅惘的回眸一瞥中，有多少不甘！他遇到了时代和自己的限度，或许还有中国人对家的依恋的羁绊。166年，大秦王安敦遣使，中国和大秦"始乃一通焉"。甘英没有抵达地中海那一边的欧洲，是中国人的遗憾。

一本书从唐朝出发，还没有抵达今天。这本书就是历史上第一个有真实姓名可查的到达非洲的中国人杜环所写的《经行记》。公元751年，高仙芝统帅的唐军在怛逻斯，与侵略中亚诸国的大食军队大战，战败。随军的杜环和一些士兵被俘，被带到了位于今伊拉克境内的阿拔斯王朝的都城。这些战俘中有会造纸、会画画、会织锦的，他们将中国先进的工艺技术传到了中东，辗转再至欧洲。杜环淹留异域10余载，游历西亚、中亚、北非，经过耶路撒冷、埃及、埃塞俄比亚等地，于762年从海道回国，并写下了一本游记《经行记》。杜环的《经行记》是古代中国人看世界的一本书，留下了中国造纸术西传的珍贵记载，但是这本书自唐朝出发，至今没有到达今天的读者的手中。在流传的途中，不知经停何处，不知散落何方，不知是否尚存。我们只能通过杜环族叔杜佑在《通典》中的片段引用，来一窥书中的内容。我一直想，或许，这本书在大地的某个角落里沉睡，或者在某个古墓或者考古发现中出土。这本从唐朝出发的书，还在走向今天的途中。

一片云行在看不到边际的天空，一滴水行在看不见海的大河，一粒沙行在不知何时会离去的风中，人一生行在不知能否抵达的旅途，这是生命活在天地之间的姿态，这是万物的命运与宿命。但是远方总在召唤，什么也阻挡不了与远方交流的渴望。为此，那些没有抵达远方和远方的人们的旅人和事物，在地球表面人类的脚印与记忆勾勒的古老的丝绸之路上，已经走了几百年、几千年，并继续在绵延的时光里走下去……

（选自2017年9月23日《西安晚报》）

怀 念 父 亲

——为纪念父亲诞辰100周年而作

李志亮

 我与父亲不能相见已有三年了。常常想起父亲对我的关怀，于是拿起笔写下了这篇文章。

1958年春节，父亲在北京清华大学学习时，我与母亲兄弟们前去探望父亲。父亲忙着给我们安排住宿，第二天带我们去前门老北京烤鸭店吃烤鸭。父亲高大的身影走在前边，他戴着一副眼镜，身穿一身中山装，和我们说说笑笑，充满着浓浓的父爱。

北京车水马龙。吃烤鸭的人接连不断。我们等了一会儿烤鸭上桌了，我用筷子夹了一块放在嘴里，酥脆香，肥而不腻，香味刺着舌尖儿，久久不去，直到今日回忆起来，仍在大脑中缠绕。北京故宫，颐和园，北海公园，北京动物园，天安门，父亲都陪着我们游玩，我们受宠若惊。

咄嗟之间，我们要离开父亲了，父亲慈祥地拿出一本笔记本对我说："孩子，送给你一本，我已给你题了字，留个纪念吧！"我接过笔记本打开看："赠，志亮儿努力学习，天天进步。父某年某月某日。"此时我忍不住热泪盈眶，泪珠从面部向下涌流着……

镜头瞬间推到解放战争时期。那时我才三岁，父亲骑着那匹高头红色的枣红马，把我紧紧地抱在怀里，他慈眉善目地教我："这是高粱，那是玉米……"在父亲谆谆教育下，我慢慢地认识了麦苗、韭菜、萝卜、白菜……

镜头再次推到1940年秋。淮北蒙城的板桥之战。驻徐州日军第十二独立混战旅团，以及驻蚌埠、宿县日伪军共5000余人，出动坦克20辆、汽车70辆，在空军掩护下进犯涡阳、蒙城。

我新四军游击支队与黄克诚率领的八路军两个旅，受中共中央和十八集团军总部电令，在新兴县合编成八路军第四纵队（皖南事变后改编为新四军第四师）。纵队司令员彭雪枫、政委黄克诚、参谋长张震审时度势，命令纵队第五旅旅长滕海清部在板桥阻击来犯之敌。果不出所料，日寇500余人和伪十五师千余人向板桥扑来。敌人在猛烈炮火掩护下兵分两路发起冲锋，双方激战到黄昏。面对数倍于我军之敌，我军付出了惨重代价，但我军阵地坚若磐石，岿然不动。我军只有四个连的兵力，苦战一天，面对天上有飞机、地下有机械化装备的敌人，滕海清旅长觉得坚持太久，粮食给养、枪弹装备会出现困难，于是遵照毛主席"不计一城一地得失"的思想，遂率部队趁夜色转移，与来援的第十三团一个营会合。

师长彭雪枫恐怕有失，又命令师作战科长白浪带特务团二营、三营两个营去增援。于是三路人马在大赵庄召开会议决定立即组织力量攻打收复板桥集。五旅和十三团往西，我父亲所在的团往东分包过去，向敌人发起攻击。板桥集寨墙高并有碉堡，居高临下的敌人火力又猛，墙下水深不易渡过，我方没有重武器配合，一次次进攻，都被打了回来，白科长看攻克无望，决定撤出战斗。

他们向曹市集方向转移，在途中又和一支强大日伪军遭遇。这支日伪军正是向涡阳、蒙城进犯的主力，有坦克、飞机掩护。我军迅速散开队形，主动开火。敌人立即陷入被动，惊惶失措乱作一团，低空飞行的飞机慌忙升上高空。因为两军距离太近，飞机在高空无法投掷炸弹和射击，失去了战斗力，但是坦克横冲直撞不可一世。我军怒吼着冲入敌群与敌军混战在一起，战士们杀红了眼，敌人被杀得吓破了胆，狼狈不堪。此时，敌人坦克已用不上了，敌人飞机力图低空俯击，蓦地，有一架敌机被我机枪击中，黑烟滚滚落了下来。

战后，参加此战的指战员受到彭雪枫司令员和张震参谋长的表扬鼓励，并与他们在敌机残骸前合影留念。这架飞机（385号轻型战斗机，昭和14年2月造）被运到涡阳、洛阳展览，提高了全国军民抗战必胜的信心和勇气。

我父亲的特务团三营在板桥战斗中还有一个小插曲，就是在与敌遭遇战斗中，部队被敌三辆坦克冲断。三营与整个部队隔离，并被日伪兵包围，情况危急。但是，战士们在营部首长指挥下，浴血奋战，浑身是胆。后来在敌人薄弱的西北角方向突围。我父亲他们顺着一条小沟前进，突然，走在最前面的二排长发现有日本步兵，便快速隐蔽，但还是被敌人发现了。顿时，激烈的枪战开始了，我父亲他们边打边退，跑了五六华里（1华里约合500米）才摆脱敌人包围。我父亲负责四处巡视并与哨兵和营长联系工作。此时，我父亲发现他们的营长孙连胜在强敌面前动摇了，他和机枪手悄悄说要拐几挺机枪回萧县拉队伍。我父亲当机立断找到总支书记冉宪生，又向从延安来的副营长韦郁周做了汇报。此时，副营长召集部队召开战地紧急会，总支书记与副营长分别讲了政治形势与个人出路。总之，只有抗日才是唯一的出路，从而稳定了指战员的情绪。

黄昏时分，我父亲在巡逻时发现孙连胜带着通讯员和几个战士趁吃饭时逃跑，因当时周围都是敌人，不能打枪，我父亲三步并做两步追去，眼明手快地夺回一挺机枪。

夜幕降临，我父亲他们在副营长带领下，急如星火，跑了五十多里地，找到了纵队司令部，并向彭司令汇报了战斗经历和孙连胜逃离情况。彭雪枫司令员说："培棠（我父亲）同志临危不惧，警惕性高，立了大功，应该提出表扬！"不久，师政治部正式任命我父为特务团三营教导员。

日月如梭。1966年，父亲被关进"牛棚"，家被抄，父亲工资被扣发，只给生活费。对这样环境的突变，在"牛棚"里，有人痛哭流涕，吃不下饭，睡不着觉，我父亲开导他们说："要相信党，相信群众……"

父亲在"牛棚"里，腿被打断，耳被打聋。当时我被分配到大西北工作。临别之时，我到"牛棚"与父亲告别，父亲对我说："到那以后，要好好工作，注意自己的身体，不要担心我……"父亲见我中山装上边第一个扣子没有扣，他慢慢挪上来，用双手轻轻地帮我扣上，他眼里含着泪水，对我笑了笑：走吧，走吧……

近日，我做了一个梦，梦见我与父亲在竹林里一同游览。父亲高大的身影，戴一副眼镜，身穿一身中山装，向我笑笑，挥了挥手，离去……

（选自2017年5月8日《三亚日报》）

雨 中 观 荷

钦冀莲

那夜/想看看雨荷花/秋风四起/雨儿却躲在了云里

那日/云撒下了雨丝/花儿老去/叶儿却铺绿了一池

电闪雷鸣/风雨阵阵/狂舞的荷叶悲伤不已/柔柔的手心捧起点点秋雨

怕身边的荷花跟着哭泣/可盛不下了/再也盛不下了/盈满的泪珠如瀑般地泻进了湖里……

从去年开始才想到看荷花，非常地想，一直熬到了今夏，却只在六月初夏的时候去看了几回玉睡莲。盛夏荷花开得最旺的时候，没来得及看。入秋了，荷花该谢了，我真怕又错过了机会，想看荷花、拍荷花的愿望便愈发地强烈了。

孩子暑假开学临走的前一天，下午睡晚了。我叫醒孩子，一起骑车赶去蠡园。路上竟闯红灯了，还差点撞人了。终于到了公园门口，守门的却说已经清场了，不让进去。

又一日，终于进到了蠡园，风起云涌，以为能看到雨中的荷花了。雨中的玉睡莲没能看到，那就看雨荷花吧。一直守到天黑，雨却迟迟未下。

又过了几天的下午，台风将到，我又匆忙赶去蠡园，路上已下起了小雨。

到了太湖边的蠡园荷塘，只见满池墨绿的荷叶，宽大肥硕，还有些各种姿态的小荷苞，以及开足了的和快凋谢的荷花。只待了一会儿，空中便开始电闪雷鸣、狂风大作。荷塘中，成片成片的荷叶挥袖群舞，卷起阵阵绿浪，气势庞大。

雨声夹着雷声，忽听得池塘中发出一种特别的声音。循声望去，原来是大雨泼在了大荷叶上。像透明的水晶珠子，有的雨滴颤颤微微地停留在荷叶的边缘上，有的则汇聚成了大些的水珠顺着荷叶的表面轻巧地滚落到了凹陷的荷叶中间。

大荷叶很软，就像只硕大的聚宝盆，连绵不断的雨水在荷叶窝里聚成了一颗更大的圆圆长长的椭圆形水珠子。水珠越来越大，细长的荷秆顶上，柔软的荷叶开始重心不稳。终于，荷叶一倒，那大水珠子便哗地一下像小瀑布似的全倾注到了身旁的池水里。

走近细看，才发现荷叶的材料很特殊，表面布满了细小的茸毛，又像打过了蜡，所以不沾灰尘和雨水。

雨下个不停，再一次地，雨水盛多了，荷叶一歪，雨水又顺势滑到了池里。只见大荷叶摇晃了几下后，便在荷秆的弹性支撑下又站稳了。

如此反复，让我又忽然想起了古时候用来盛雨水的一套木制工具。一只小木桶的上端用钩子钩着，小木桶盛满了水，便自动倾斜倒入另一只更大的木桶里。这种工具许是古人见了雨中的荷叶才激发灵感发明出来的吧。

四周垂着雨帘子，荷叶上小瀑布倾泻的声音此起彼伏。"哗……哗……"这边的荷叶歪斜了，那边的荷叶又站直了……

我独自一人坐在蠡园莲舫的栏杆边痴痴地望着、傻傻地听着，几乎忘了再去看那雨中的荷花。

大风雨过后，躲在荷叶下的荷花和荷苞安然无恙，笑脸依旧，就像躲在了亲人的怀抱里，安详甜蜜；可在荷叶中间高高窜出头来的荷花，满以为自己成熟，禁得起折腾，却不料绽开的花朵终被风雨冲洗得花瓣零落、面目全非。

见过吗？荷叶对荷花的情意？看多了人们对荷花的太多赞美之词，可就在这个初秋的雷雨天，我看见了一部凄美委婉的写意泼墨动画大片，看见了宽厚的荷叶对娇俏荷花的无比爱怜。

自然界的植物也是有灵性的。荷叶从不与荷花一争高低，因为他是看着荷花一点点地从小慢慢长大的。身披着最沉静的绿色，荷叶儿团团地护卫在荷花的周围。其实，荷花也不想高高在上，她只想在盛开时让人们尽情地观赏，养眼养心；又能在沐浴阳光雨露后孕育出更好更纯的莲子，繁衍后代。

"木秀于林，风必摧之"。敢于挺身而出的荷花，谁见了都会怜惜她。不忍心看着摇摇欲坠的荷花被肆虐的秋风吹落，秋雨哭了。荷叶儿托住了秋泪，又把聚起的秋泪浇灌进身旁的湖里。因为，荷花的根茎仍在那里，荷叶企盼着能与荷花相守一生。

荷叶又是坚强的，风雨过后的荷叶依然敞怀挺立着，还越长越高，越长越壮了，他正准备迎接下一个雷雨天！这便是荷叶的伟大了！难怪朱自清要写田田的叶子，也难怪李商隐总忘不了"留得枯荷听雨声"，而我只想留住眼前的景色。

花儿渐渐老去，荷叶终究护卫不了最心爱的荷花，荷叶哭了；荷叶也会老去，可无论何时，无论何地，荷叶和荷花的根茎永远连在一起，藕断还有丝连，今生来世，永远心息相通……

（选自2017年10月10日《东方旅游文化网》）

一场寻找自我的旅行

若 荷

少军离家出走的时候，送给我一本书，我把它放在书架上，再也没有动过。是真的惊讶于他离家"出走"，尽管他说自己厌烦了当下的这种生活，自行去了遥远的地方——有人是这么说的，可我一直都没有做最后的确定。直到通电话他十分谦和地告诉我，他曾留下一本准备给我的小说，这才让人信以为真——生活中很多事是出其不意的，就像人到中年的他，出其不意地由一名工人变成干部，而后又出其不意地宅进家庭那样。反正他是幸福的，一路欢快地离开这座小城远走他乡了，从一个足不出户的作家，变成一个游历的歌者，趁着不太年轻的梦想和热血。

恍惚是临行的前夜，他给我发来信息，让我无论如何去一个地方收一本书，就是前面我说的那本。他说的那个地方是我们当地的县图书馆。我有点困惑，想当年再熟悉不过的图书馆，却是近些年我很少往来的地方。以前想看书，都是从那里饱享阅览的快乐，但是十多年来这个习惯早已经打破，或者说这一点点的爱好早已被网络侵蚀了。我若想看书时，就不再去图书馆借，而是从网上一摞摞买了快递回家，像欣赏一根头发丝一样去翻阅每一本每一页，再顶多有喜欢的却买不到的书和内容，上网看电子书查一查资料也不错。

自己买书的好处是可以想见的，它让我有时间慢慢回味书里的每一个风景、人物，以及繁复描写的各种情节。我把这些书堆放在我的床头，醒来好能够目视着它，兴趣来时，伸手刚好够到它。有时早上醒得早，迷迷糊糊中想看书了，我闭着眼睛伸手就能摸到一本，那是我昨夜临睡前打开还没来得及合上的。一起打开的有时有好几本，每一本都读一半之多就不想读了，打开的书就匍匐在枕头旁边，书背上的字目一个个笔画朝天地对我瞪着眼睛，仿佛我不是在揣摩它们，而是它们在安静地不动心机地揣摩我。

图书馆里已不再有我认识的那位中年女人了，那位不再年轻但风韵依旧的知识女性。估计十年之后的现在，她也早已经退休，一位白白净净的女孩接待了我，她把摆在膝上正读着的一本书放在栗黑色茶几上，起身走向另一个房间，转而又从那间屋里出来，手里拿着一本蓝色封面精装的书本递了过来，我匆忙打量了一眼，是塞林格的小说《麦田里的守望者》。我顿了几秒，思忖了一会儿，这才把书接了过来，对这个白净的女孩微微一笑。

回到家，我把从图书馆里拿到的信封用刀剪开，里面有一张纸条，上面写了一串手机号码。他不屑于有过多的话。他的行为从来不和人们所称赞的那样"拥有一颗简单的心"。他从小就很复杂。三十多年前，我和他在同一个学校上学，那时候，他就是那种喜欢冒险又喜欢沉默的小男孩。他并不喜欢读书，他写的字也不十分好看，因为不好看，我们都叫它"龙飞凤舞"，他是喜欢做自己想做的事，比如看书，比如写一些稀奇古怪的文字，他说是在写"小说"。他的那些"小说"和他那些当作家的梦都令我们遥不可及，或许还有一些冷言冷语的嘲笑，而这一些也只有他自己知道。

真正发表小说的时候，他着实吓了我们一跳。这时他已经参加工作了，在一家电池厂工作，一篇洋洋几万字的小说发表在某省级文学杂志上时，他拿给我们看样刊，我们用一道道迟疑的目光及一双双虔诚的手传阅着，惊叹着他未尽显露的才华。后来他调到文化局从事专业文学创作。他的人生就这样简单固定下来了。文化局里的人并不多，有十几个人吧，各有各的工作，各有各的生活和行动规则，无论有多大的风浪也不会出现多大的生活波折。这是一个显示才华的地方，是一个多才多艺的所在，是县城里的一个具有高度的艺术领域，书画、戏剧、小品、歌舞……每个人都陶醉于自己的创作之中，也包括当年的他。

蓝色的书本封面上，写着"麦田里的守望者"。但凡是他的书，我知道都会有一些书签，果然，我在书中找到一张小纸条，是捆钱用的那种白纸条，被他用来夹在书页里当记号。我还找到了一根深蓝色的缎丝带，在书页的正中的缝隙里，我把这根丝缎带从缝隙里拉出来，把有些弯曲的带子放在手指尖仔细地捋直，丝带显得更光滑了，蓝色的书本，蓝色的丝带，还没打开书本，就有些莫名的好奇，这时的我很想一口气把书看完，可又安不下心来去读，我在想一些有关少军出走的问题。

很久很久以前，我曾建议少军，让他给我推荐一些书看，其中一本就是《麦田里的守望者》。当时我没有买到，网购也没有结果，我记得他还曾问过我一次，那几本书买到了吗？我说就差一本《麦田里的守望者》了，由于网店一时的短货。我并没把这些放在心上。他在QQ上默不作声，也没有回复。一本书而已，大家都忙于各自的工作和生活，时日已久也就不了了之，我没想到他还会悄然记得。平时处事不怎么细腻的他，能想着把自己的那本给了我。一个人的远行，与一本书的到来不无关系，这场我与远途旅行有关的牵挂，便是这样与之俱来的。

从拿过书来的第一天，我就找他读过的每一个痕迹，包括书中每一处无意识的涂抹，试图了解他读书的习惯。我知道，我们都喜欢用书签。二十世纪九十年代时，我也曾借过他一本书，书签也不过是一张啤酒瓶上的标识，有崭新也有半新的那种，可能是一边喝酒一边读书，酒杯后来被水打湿了，他便得了这样的一张顺手可得的"书签"，上面还密密麻麻地记着些事。后来我归还时，把自己喜欢的一张书签夹进去，一同还给了他。不知他可有些记忆。那是一张红楼各金钗的肖像画，利用书签的瘦长，而把一个个红楼女子描画得煞是逼真，长裙曳地，凝眸浅愁。

和少军一样使用纸条当书签的大有人在。我有一个闺密就喜欢用小纸条当书签。原因只有一个，她喜欢的，也同时喜欢她的一个同事，就用小纸条当书签。或许他家里有谁在金融部门工作，可以很容易地得到那些窄窄长长用来扎钱的纸条，把它们剪得长度如书签一般，也不乏整齐厚实。有一次，我和她去操场里看男生拔河，无意中从她怀里滑落出一本书，拿起来一看，原来是一本包了封面的小说，中间的书页被一张张洁白纸条隔着，洁白纸条上又密密麻麻地写满了字，很难分清是读书笔记还是情书，用这个在书里传递一场爱情，比轻浮地以眉目传情有意思多了。

这样的小纸条持续了几年，后来男生调出了那个工厂，不久心情转移到别的女孩身上去了，扔下他那沾满墨迹的无数纸条绝情而去。她把书里的纸条收集起来，从此锁进了心房，再也没有打开过。这一锁就是十几年，当她再次打开时，是他们在超市里巧遇，实在避之不及，双方尴尬地问了对方一些不着边际的话。当知道男人下岗，生活穷困潦倒时，她不由在心里欣慰地笑了。当两个人分手之后，千万不要以为，当初相互的祝福永远是出自一种真心，这种真心，有时也是带着某种期待的，没有了这份期待，所谓的祝福也就失去了意义。面对潦倒的男人，她从此彻底地放下。他的未来，就是她的过去，生命之花在她心里，又扑棱棱开满了。

想着这些没有来由的往事，翻看着他送给我的这本书，我神思有些恍惚。或许我也应该远行。我在微博里搜索与旅游有关的某些图片，试图走近某些人某些圈子，我在网上订购当一个旅者最起码的装备，却由于缺乏自信转手送给他人。人家远行的是步履，我永远是心在远行，这不能不说是一种软弱和悲哀。少军远行几个月后，曾给我来过一封书信，也就他还会用信纸写信，大书特书游历时的所见所闻。不久又收到他的电子函件，他说是在网吧里给我写信，一边吃着面包一边打字。他有时就在网吧里过夜，写完他跋涉一天的奇异经历。

五月，在甘肃，他遇到一群割麦人，向他们借了一把镰刀也割起来。他说，你无法想象顶着那么毒的太阳劳动是什么滋味。在陕西，他把自己变成了一个全副武装的兵马俑，他的脸笑得很有智巧，胳膊上的血管暴得刚好显出力气；在一个遥远的草原牧场上，他骑着别人的骏马，像骑着一匹经年跟随的轻骑一样。以前在他笔下写过的那些虚构情节，如此在画面里熟悉得再也熟悉不过。在广阔的天地里潇洒的他，不再是一个木讷的、靠无端的虚构来完成作品的家伙。他把这次行动定义为"一场寻找自我的旅行"，途经的每一道风景，都是他生命旅程上的导师，不断地收获也不断地抛弃，甚至一场又一场意外的邂逅。

他去银川，去拉萨，去雅鲁藏布大峡谷，去纳木错，去日喀则、扎什伦布寺、天葬台，去离天堂最近的地方，去任何一个能让心灵腾空的所在，纯粹到像高原的蓝天白云那般清澈干净，淡泊到像山野的微风那般徐徐轻行，见证神圣，分享阳光温煦与炽烈，在温婉与豪放中体会那份融汇与和谐。他去呼伦贝尔，去海拉尔，去敖鲁古雅河畔，居住在鄂温克族人曾经游牧的故乡，用心灵触摸祖国最原朴最美丽的疆域，捧喝没有一丝污染的河水，畅吸没有一丝污染的空气，体验没有倾轧的人性，感受没有锱铢必较的胸怀。他已经拥有了作家具备的几个特质：孤独，洞察力与敏感。

看着他发过来的照片，我故作生气地抱怨着风景里那个无拘无束的笑容，却无法不让自己坐在家里，丝毫不能安静地去看一本书。经历了旅途劳顿的少军会怎样呢？当他终于经验丰富地将异域民俗的所知写进他的小说或散文诗歌的时候，也许他也早就悟出，人生原本就是一场旅行，当你终于起锚远航的时候，不管走出多远，不管怎样漂泊，照耀在你额头上的，永远都是故乡的那轮明月。面对这些，他不过是更多地担了些责任。一个对这个社会拥有责任心的人，才是一位好的思想者和创作者。"未来是一张空白的画布，如果你具备自我观察的勇气和自我实现的能力，你就能把它画成你想要的那样。"——Lewis Lapham（美国知名作家）。与之不同的希望是：未来是你所做的事情，而不仅仅是你所寻找的事情。

（选自2017年第1期《前卫文学》）

眉山的异乡客

甘建华

丁西仲夏，应邀来眉山采风会友，离上次的辛卯春月蜀中之行，又是五年多的时间了。那次是我与先贤苏东坡桑梓最近的距离，到了乐山大佛头部后面栖鸾峰上的东坡楼。门额横匾是其弟子黄庭坚手书，楼堂正中有东坡坐像，但印象最深的还是线描《东坡笠屐图》，画中人物衣袂飘飘，线条爽利刚劲，描摹工稳端丽，神态高洁潇洒，一幅出游远山乐悠悠的形象。中国古代文人绘像似以苏东坡为多，以前在网上见过这类图画，仿若个人LOGO，有人说是虚构，有人说是真实，但在我看来都无关紧要。记得当时见到这幅真人大小的画像，不知怎么，腿一软，跪了下去，恭恭敬敬地磕了三个响头。

现在回想起来，这几个响头磕得值，因为他是苏东坡。宋代文化堪称中国传统文化的高峰，苏东坡则被认为是屹立于峰顶的旗手，这个评价不可谓不高，却也是实至名归。《苏东坡传》作者林语堂就说过："苏东坡是个秉性难改的乐天派，是悲天悯人的道德家，是黎民百姓的好朋友，是散文作家，是新派画家，是伟大的书法家，是酿酒的实验者，是工程师，是假道学的反对派，是瑜伽术的修炼者，是佛教徒，是士大夫，是皇帝的秘书，是饮酒成癖者，是心肠慈悲的法官，是政治上的坚持己见者，是月下的漫步者，是诗人，是生性诙谐爱开玩笑的人。"可我觉得，这些都还没有道出东坡全貌。即使在远离眉山两三千里的衡岳湘水，只要一提起"苏东坡"三个字，乡间父老的脸上也会浮现亲切敬佩的微笑，这才是他作为文化名人最可称道之处。

唐代曾有"天下诗人皆入蜀"之说。昨日自成都下眉山，沿途只见平野田畴，烟树远村，山不高而秀，水不深而清。犹记一则宋人笔记，说是北宋蜀地有民谣："眉山生三苏，草木尽皆枯。"苏东坡和父亲苏洵、弟弟苏辙，唐宋古文八大家占了三席，何等的文才盖世超拔绝伦！三苏出世，眉山百年内草木尽皆枯萎，原因是草木之色全加诸他们父子仨身上了，不知可信的程度到底有几分。

将近眉山市区，果如方志所言："介岷峨之间，为江山秀气所聚。"这样孕奇蓄秀的地方，诞生三苏父子，拥有千年诗书城，绝对不是偶然的。东坡后来宦游南北各地，仍然对家乡山水十分眷恋，经常午夜梦回，要么"吾家蜀江上，江水绿如蓝"；要么"想见青衣江畔路，白鱼紫笋不论钱"；要么"每逢蜀叟谈终日，便觉峨眉翠扫空"。阅读古代诗词，多见乡愁之作，但像苏东坡这样深沉真挚的书写，倒也并不多见。而家乡也一直以他为荣，十年前以其头像作为眉山市徽，蕴含了眉山丰富的文化内涵和对东坡由衷的敬仰之情。

到宾馆后稍事休息，便去瞻仰三苏祠和三苏纪念馆，这两处都是眉山的文化地标，甚至可以说是中国的文化地标。用不着导游，随便一打听，无人不知晓，而且指路者都很热情，川音听起来特别悦耳。三苏祠门前有联曰："北宋高文名父子，南州胜迹古祠堂。"这儿是三苏之家，也是东坡文化的根。前不久深圳举办的第十三届文博会上，东坡诗词屏风、拓片寒食帖、三苏祠丛帖、苏祠印记笔记本等文创产品，皆出于此，眉山新闻因此欣喜地报道："世界正热情地拥抱三苏文化。"

三苏生平事功我都比较熟悉，可谓了然于心。尤其苏东坡那句"问汝平生功业，黄州惠州儋州"，稍有一点文学、地理常识的人，都会引发无限感慨。东坡一生坎坷，屡遭贬谪，中间虽有短暂的时间被朝廷召回起用，大部分时候却都在各地流寓。从江南富庶的杭州，一直到海南岛，都留下了他的足迹，在地理、空间上越来越被边缘化，越来越偏离当时的政治文化中心，然而每到一处，他都留下了无数佳话和政绩。杭州西湖的苏堤世人皆知，便是那颍州、惠州，也有以"西湖"命名的湖泊，而且都与东坡有关。吾乡衡阳也有一个西湖，他虽然未曾亲临，西湖岸边的那位同时代著名画僧，他却是知道并大加赞赏的。花光和尚是中国墨梅画鼻祖，东坡所写《画潇湘晚景图》一诗，内中"会有衡阳客，来看意渺茫"，此"衡阳客"即指花光寺僧释仲仁。

在三苏祠这座庄严古朴的川西园林中，我独自行走，慢慢怀想，细细品味，感受着蜀地的闲适气质和东坡的浪漫情怀。旷世奇才苏东坡，"身行万里半天下"，这虽然于他个人及其家庭苦不堪言，但对于中国文化来说，却未尝不是一件大好事。如果没有苏东坡，宋代文学将会平淡得多，中国的文化地理也会减少许多景观。那些待在京城或困守某地的文人士大夫，怎能体会"江山也要文人捧"的妙谛呢？又怎能得到"捧了江山文人红"的福报呢？

从三苏纪念馆出来，见江边竹林一家茶馆，许多人围着桌子搓麻将，旁边一条竹椅上，赫然摊开一本《东坡志林》。此书吾家书斋也有，平时只是偶尔翻一翻，此时此地见了，如同遇到故人。反正没有什么事情，遂学川人的散淡，索性坐下来，叫一壶春茶，向书的主人借过一阅。在东坡出生地读其书，与往昔心境又有不同，竟有悠然心会的惬意。书中多是只言片语，字字却都是从真纯的心肺间流出，有着许多丰富的暗示的力量。《记承天寺夜游》是其名篇，记载元丰六年十月十二日夜，与好友张怀民寺中庭赏月，兴奋至极，说："何夜无月？何处无竹柏？但少闲人如吾两人者耳。"短短八十余字，写景状物，寄慨万端。《题李岩老》记述的是南岳衡山人事，在我看来尤感亲切。李岩老嗜睡，别人下围棋，他却在旁边扯起了呼噜，忘却了世间的一切喧闹，令人好不歆羡。苏东坡的题句"昔与边韶敌手，今被陈抟饶先"，幽默中兼有禅趣，活现了一个坐忘尘俗的快活道士。

《临皋闲题》这则笔记，出语便成金句："江山风月，本无常主，闲者便是主人。"想那大自然中的美好东西，本来就没有一定专属于某个人的，谁有闲情逸致欣赏游玩，谁就是江山风月的主人。而我辈成日忙忙碌碌，追名逐利，走得太远，甚至于忘记了当初为什么出发。窃以为所谓的闲者，大概就是在匆匆的行程中，能够放慢脚步，欣赏路边风景的人；能够稍微停顿下来，听一听灵魂声音的人；能够抽暇暂时离开红尘，去山中野游寻胜的人；能够弯下腰来，嗅一嗅小区花草芬芳的人；能够半夜披衣悄立露台，观看星象预测风雨的人；能够以一颗平常之心，读一本无用之书，在世俗的生活中享受简单和愉悦的人；能够知道"生活不止眼前的苟且，还有诗和远方"的人……抑或，最起码也得像今日今时之我，一边品尝新茗，一边沉吟遐想，心中藏着一个苏东坡的人。

我沉浸在一种类似哲人的思考中，四周的喧嚣渐渐远离了耳际，想象的骏马挣脱了肉身的藩篱，驰骋在浩渺的天地之间。无人注意一个异乡客的存在，连我自己都不知道此刻置身何处。

不知过了多久，暮色缓缓地人川西平原上空笼罩下来，灯火次第闪烁着。那丛丛修篁幽深处，有妙龄男女的轻声嬉笑，间或又有一两声川式老人的咳嗽。我似乎闻到了苏东坡的竹林气息，正慢慢悠悠地飘忽过来。

（选自2017年7月3日《人民日报》）

过　年

尉迟克冰

儿时对过年除夕夜的那种无限期盼早已成为过往。令人兴奋到睡不着觉的新衣服、新鞋子、年糕和饺子，早就进入寻常人家的日常生活。年轮的飞速转动还意味着青春不再，美好年华总是禁不起一轮又一轮新年鞭炮声的摧残。更何况，情随境迁，过年并非对所有人都意味着团聚与幸福。

年节之于我们家，随着时间的推移，欢乐的背后却逐渐隐藏了一种伤痛。

母亲大约是喜欢过年的，但她的年不是正月初一，而是正月初三。

按我们当地的风俗，每年的正月初三是姑爷给岳父岳母拜年的日子。这一天，街头里巷人流如织，饭馆酒店棚棚爆满。花花绿绿的点心盒子或者烟酒穿梭在街道里，朝着岳父岳母家的方向飞。

母亲有两位姑爷，每到正月初三，她会喜上眉梢，忙得不亦乐乎。

母亲总是在初二的晚上，就把她买的最好的糖果瓜子摆出来，把菜和肉一遍遍洗干净，把饺子馅儿剁好，把鸡鸭鱼炖好。她那双平日里干涩粗硬的手会因为不停地洗涮，被泡得通红而柔软。

每年的大年初三，一家人都盼望着。一进门，儿子和小外甥女就会跳到母亲怀里，爸妈脸上的皱纹顿时卷曲成花朵。不多久，一道道美味佳肴上了餐桌，那是爸妈的杰作。这一天，母亲的脸上始终挂满笑容，她因为拥有我们而幸福着，快乐着。

人老了，是渴望儿女陪伴的，尤其在过年的时候。当春联贴起来，鞭炮响起来的时候，老人从内心盼望着能够享受儿孙绕膝的天伦之乐。可母亲要从年三十盼到正月初三，才能有这样的享受。这日子是在母亲默默巴望中到来的。

因为她没有儿子，只有两个女儿。

不知是哪年哪月哪辈儿留下的风俗，女儿出嫁后，不能在娘家过除夕和初一，连父母的面也不能见，说是不吉利。这个规矩在旧社会特别是农村是很严格的，违反了就是大不敬。新社会里，人们虽然不大迷信了，可在我们当地，谁也不愿成为"始作俑者"，破坏了规矩。

我想母亲内心深处，依然埋藏着些许没有儿子的遗憾，尤其是过年的时候。

两个女儿先后出生了，家里越来越热闹；两个女儿先后出嫁了，家里越来越清冷。

妹妹出生时，全家人没有太多喜悦，尤其是奶奶和父亲。作为长子的父亲，一直希望母亲能为他生个儿子。在一丝叹息中，父亲低头离开了产房，回家为母亲煮鸡蛋。可是，在失意和困意双重纠缠下的父亲居然歪在床上睡着了，等他醒来时，鸡蛋早就被煮开了花。产后虚弱的母亲，抱着襁褓中的妹妹，流泪了。三天后，同一病房里，一个男婴诞生了，他是家里的二小子。为了圆儿女双全的美梦，两家决定将孩子交换抚养。可到正式要换的时候，母亲的目光不肯从妹妹身上挪走一寸，看着孩子忽闪忽闪的大眼睛，母亲将她紧紧抱在怀里，不肯松手……

许多年过去了，母亲还偶尔提起这件事儿。看得出，她的态度是庆幸。而令她庆幸的不止此事，还有我们的婚事。我们当地有些没有儿子的人家，为了传宗接代，会招女婿上门儿。在我即将谈婚论嫁的时候，姥姥三番五次叮嘱母亲，一定要留一个女儿在家里。母亲只是笑着，最终也没有遵从姥姥的意见，放飞了我们。姥姥拄着拐杖，拧眉叹气说，傻闺女，不听娘的话，到时候你就后悔喽，过年时人家家里都热热闹闹的，就你们跟前没人陪。

姥姥的话一半对一半错。母亲从来没有后悔过，因为她的双眼，可以捕捉到我们的幸福。两个女儿也逐渐成为父母的骄傲。尤其搞文学创作的我，成了别人眼中的"作家"，时有文章发表在各地的报刊上。每次发表了文章，我都会拿到母亲面前"炫耀"，那种炫耀成了让母亲感到欣慰的精神食粮。

母亲让我们都飞向不同的巢穴。老巢里，只剩下父母。

过年那天，女儿不能回家的风俗像一条无形的巨大绳索，多年以来，将我和妹妹拦在母亲门外。绳索的一头是孤独，另一头是思念。每当年三十和初一，我们一家三口和公婆团聚在一起，谈天说地、觥筹交错的时候，我就会想起我的父母。震耳欲聋的鞭炮声里弥散着浓浓的年味，在人们的听觉和嗅觉里此起彼伏，一直连绵到一百公里以外的太行山。这是万家团圆的日子，火红的日子。而母亲和父亲却守着两盘饺子，默默无语。餐桌上没有酒，也没有菜，除了饺子还是饺子，并不是家里没有，也不是他们舍不得吃，只是过节的时候缺少了我们，他们就缺少了乐趣，一切都变得同平素一样简朴。于是，我就在电话这头劝他们多做好吃的，劝他们到亲戚朋友家里玩牌，劝他们去看电影……我也劝过我自己，冲破那绳索，去陪他们吃上一顿饭，可却没有成功。因为拦住我的，不仅是那无形的绳索，还有人们不理解的目光。这条由来已久的绳索，拦住的也不仅仅是我和妹妹，而是农村里世世代代、千千万万个过年时无法回娘家的姐妹们。

2012年春节，母亲的年里没有红火和热闹，即使是在大年初三。因为父亲躺在病床上。每天，母亲和我游走于病房和医办室之间，穿行在住院楼的走廊里，飞驰在医院和家之间的路上。眼睛看不到街上红色的春联、灯笼和花花绿绿的年画。眼前，全是白色。医护人员白色的大褂和口罩，病床上白色的床单和被子，还有父亲苍白的脸色。

守候着父亲，看着透明的液体一点点从瓶子中渗漏出来，滴入父亲的血液，流进他的身体。监护仪上显示着父亲的心率、血压。一根又一根的线，将父亲的身体和种种仪器接通。这时候，生命的特征就是一个个不断跳跃和变化的线条和数据。这些数据又通联着所有家人，心随着它们的变化而跌宕起伏。

我注视着病榻上消瘦的父亲和守在床边的母亲。感觉时间过得太快了，又一年终结了。我们无法阻挡时间的脚步，它锋利得如同刀子，我们如同在刀上行走。我甚至听到，时光沙漏渐渐磨蚀父母皮肤的声响，它催塌他们曾经饱满的脸颊，横扫他们的眼角和额头。它固执得高高挺立，强大而又隐秘，无法摆脱，更无法抗拒。

那年春节，我们几乎是在医院中度过的。一切鞭炮和礼花，过年的盛事，皆与我们无关。对于父母，唯一的幸事，就是大年初一那天，与两个女儿团聚在一起。是父亲的病，暂时击倒了世俗的观念。我的内心不免一阵凄凉。在中国最盛大的节日里，父母的孤独成为我挥之不去的疼痛。

父亲出院后，我开始上班，不能每天守在他们身边。每当我打去电话的时候，父亲和母亲总说一切都很好。而我能做的就是经常回家看看，多陪陪他们。因为我发现，家里只要有了我们，即使平常的日子也像是过年。

可父亲的病情在好转了一段时间后，最终还是恶化了。2013年9月2日，父亲永远离开了我们。从此，偌大的房间里便只剩下母亲一人。两年多了，形单影只的母亲在豁达中承受着巨大的伤痛和内心的悲苦，当着我们的面，始终没有掉过一滴泪。

这两年的除夕夜和大年初一，我儿子陪在母亲身边一起过年，母亲已然满足和宽慰。

然而陪伴毕竟是短暂的，拒绝与我们搬在一起居住的母亲，多数时间还是孑然一人，母亲苍老了许多，也清瘦了许多。前些日子，路滑，母亲不小心摔伤了左腿膝盖部位，那段日子，母亲拄着拐杖艰难地行走，却拒绝我们长时间的照顾，只三五天，身体略有好转便硬撑着自己做饭。

那日，我打开房门，母亲拄着拐，左腿肿胀而僵直，浑身的力量几乎都支撑在了那根拐杖上，缓慢地挪动着脚步。母亲手上端着一只筐子，强忍疼痛，吃力地从厨房走出来。我突然觉得，一直以来十分要强的母亲是那样瘦小，拐杖使她的背部更加弯曲。我的视力竟渐渐模糊起来。母亲像是置身于一片荒凉的戈壁滩，茫茫四野，空无人烟，艰难跋涉的母亲，踽踽独行，风起，掠动母亲有些凌乱的花白头发，掀起她的衣角，时间将母亲的身影拉得愈发瘦长单薄……生命就是这样，偶或一瞥间，竟是如此飘摇。

又一年春节将至。每至团聚的日子，残缺愈加彰显，也更怀念父亲，餐桌旁，永远少了一人。

我和爱人也早已做出决定，再也不管什么风俗抑或别人的眼光，过年时，一定陪伴在母亲身边。

（选自2017年第2期《当代人》）

朱各庄与大槐树

张长水

房山城以北的老住户，对朱各庄这个名字都不陌生，但它的来龙去脉，却没几个人讲得清楚。朱各庄有两条街，相互毗邻且格局相近。南边的那条街叫前街，北边的叫后街，前街后街即前后朱各庄。人们习惯把两条街统称朱各庄。有不少人都以为两条街是一村所辖，就连村里的乡亲们也舍去前后，称自己是"朱各庄的"。

其实，两条街巷虽然有不解之缘，却不是同一个村庄。前后朱各庄都隶属城关街道，坐落在房山城东北郊外的丘陵盆地间，村名由朱葛张三家姓氏谐音演化而来，地域文化浓荫厚重。战国时期的窖藏文物，明朝皇帝敕封的郑氏石碑，清代乾隆诰封的王室陵寝，以及村庄北面那片松林之下，清朝王室的赵家宝顶……一处名不见经传的古村古巷，一方乡民引以为傲的风水宝地，多少故事为后人津津乐道。不止这些，在乡亲们的内心深处，还有一桩景物更让他们为之敬重，难以释怀。

前朱各庄村东头的胡同里有一棵老槐，从地表残存的朽木推断，老槐旺盛时期的围度，应该在五尺开外，村里人都称它"大槐树"。说它大，已名不副实，不足两丈高的树身，既不蓬勃挺拔，也没有枝繁叶茂；说它古，却毫不夸张，它佝偻着躯身，老态毕现，仅剩下西北方向的一片标皮。俗话说："千年松，万年柏，不抵老槐跐一跐。"大槐树如此形象，还有谁会怀疑它的百年传世呢?也许会有三百年、五百年，或许更长时间。听老人们说，他爷爷的爷爷小的时候，大槐树就是这个样子。大槐树到底经历了多少风雨，又与村庄有怎样的渊源，没人能说得清。若不是每年春天枯树上拔出几束新枝，它几乎就要淡出人们的视线了。

那么，大槐树真的会在村民的记忆中消失吗?当然不会!大槐树是村庄的图腾，是朱各庄人寻根问祖的见证。"问我祖先在何处，山西洪洞大槐树;祖先故居叫什么，大槐树下老鸹窝!"祖上流传的这句话告诉后人，我们的祖先在山西，大槐树下就是我们的家。

《前朱各庄志》张姓溯源中有如下著述：古老年间，山西大旱，颗粒不收，数以千计的山西百姓，从大槐树地区逃荒到"北直"（今北京地区）……在逃荒的先辈当中，有一户张姓，肩挑两个儿子来到前朱各庄，这就是前朱各庄张姓的祖先。志书所述与现实极其吻合。大槐树在村东朱葛张三姓人家的老宅旁，脚下是厚厚的黄土，东侧有清泉藕塘，还有与三家一墙之隔、明代香火极盛的五道庙。从村名姓氏排序上推断，朱各庄在成村之前，就已经有朱姓葛姓土著人家在此生息。

大槐树与老宅之间，早先曾做过学坊，是一处破落不堪，却又被叫作"皇城"的颓垣院舍。到底是"黄"还是"皇"现在已不得而知。如果是"黄"，不足为奇，不过是一座高墙土垒；如果是"皇"，明朝、朱姓、皇城，是巧合还是败落？此地距京城不过百里，耐人寻味。但朱姓葛姓虽然是土著，且至今仍有延续，却没能将家族发扬光大，"皇城"便显得像是不经之谈，渐渐淡出了人们的记忆。直到张姓祖先从山西逃荒至此，种下了这株象征移民标志的"根"，才有了村庄数百年的发展变迁。由此，大槐树即为先民们最早的落脚点——朱各庄成村的地方！

光阴荏苒，此后依然有灾民落荒于此，村庄不断向西扩展。张姓人家人丁兴旺：东北院、东南院、西南院、井儿场，晚辈儿孙各据一方，前街后街槐荫遍地，大槐树成了乡民永久的情感寄托。

据史料记载，朱各庄在清代中期被一分为二，前街后街变成两个行政村。乡亲们旧情不忘，依然把两条街视为一家，或称前街后街，或叫朱各庄。

二十世纪末，两个村庄合计人口已逾三千，辖区仅住宅面积就达八百余亩，一抱多粗的老槐不计其数。进入二十一世纪，前后朱各庄整村迁居，两座村庄被夷为平地。大槐树作为古木被保留下来，但失去了乡民的滋养和依偎，悠悠古槐就像一位风烛残年的老者，孤独地守望着家园，只有枝干上那座悄无声息的老鸹窝在默默地陪伴它。每年春天，它依旧生枝发芽，仿佛还有着未尽的述说……

（选自2017年11月4日《中国建材报》）

买咸橘的老头

何惠芳

开店容易守店难。

诚然开店，仿佛自配一把锁，把自己给锁在店里，日复一日，店里的生活似闹钟重复单调的摇摆。内心坐成一潭死水，轻易不起波澜。外面世界的纷繁精彩好像与己无关。

开店生涯二十几载，招徕顾客数以万计：进门招呼，出门目送。正如样板戏《沙家浜》里阿庆嫂的唱段：来的都是客，全凭嘴一张，相逢开口笑，过后不思量。人一走，茶就凉。面对迎来送往的客人，大半没有印象。

有这样一位老头，也是顾客之一，相见于店里，告别于店外。一来二去，竟再也忘不了。如今老人已然逝去多年。大凡心情郁闷或闲看南来北往的客时，我就会想起他来，尤其拄着拐杖的老人出现于我的视野，我总恍若他又出现于眼前。如此三番，终怅叹、哀伤，不觉眼眶蓄泪起来……

初见他，大约在十年前初冬的一个早晨。记得，当时的他一身挺直的腰板，粗壮的臂膀，一米八的块头，一副旧军人的做派。大步踏进店后，他随手从破皮包里抽出一件水洗皮衣服说：我个头大，难买衣服，这件衣服虽破还是不舍得扔掉，听说你的手艺好，看看能不能给我改动改动……我注意到衣服下摆、袖笼处等多次掉皮，觉得已没有缝补的价值。抬眼看他的巴望劲，不忍违逆，终承诺下来。

老头旋即高兴起来，一双大而有神的眼睛成了一条缝，笑呵呵地拍拍自己的大肚子说："看看，你们女人的肚子哪有我的这么大。你们是十月怀胎一朝分娩，我是十年怀一胎……"老头的声音洪亮，中气很足，如敲响了教堂里的晨钟。我忍不住呵呵笑起来。好风趣的老头，每天应对迎来送往的顾客，知觉似已麻木。老头一席话，竟在我波澜不惊的心湖逗溅起层层笑纹。

谈话中，我了解到这位老头姓张，原看守所所长退休。年轻时精明干练、英气逼人，全身似有使不完的力气。拿他自己当时的话说，擒一只老虎都不在话下。那时，县城小，看守所处在居民区里。每至清晨，"立正、稍息、齐步走"的口号声一准在看守所的操场上空响起，那便是张所长高亢、有力的嗓音，伴随着队友们整齐划一的脚步。他的嗓音有一种特有的磁场，如猛虎下山，威风凛凛。队友们闻之振奋，在押人员闻之胆寒。

退休闲来，张老上市老年大学歌唱班。于是，我的店成了他温习的课堂。他会告诉我某天学了什么歌，然后坐在为他打开的电脑边和着里面的乐曲唱。张老反复强调他唱歌不如从前，说声带因病动过手术。在我，好似听台上绝妙的歌唱表演。他不仅步步紧跟音乐的节拍，还创造性地在原唱的基础上，加入了部分颤音和变奏，听来如潺潺流水，一路和谐、优美。无论音的高低过渡，歌词的情感把握，还是天然的音质，在我，均是一种享受，觉得专业演员不过如此。古有孔子闻"韶"乐，三月不知肉味。听张老的歌声虽不至于三月不知肉味，事后回味真有"余音绕梁"久久挥之不去之感。

我还爱翻看他用笔尖纤细的毛笔抄写的歌词、简谱。非亲眼所见，绝不敢相信，身板魁梧粗壮、大大咧咧的老人，写得一手美丽娟秀的字，如清新淡雅的水墨画，一下子锁住了我的双眼，引领我进入书法艺术的殿堂。品赏疏密工整，清新娟秀，端楷高雅的字体，让人想起颜真卿的书法，想起电脑文档中的"宋体"字，好像形神兼似，难分伯仲。联想起自己丑陋的字，没法并论，简直相差十万八千里。甭说工整的框架、严谨的结构，笔画的长短都毫无章法可循。

有一天，张老又穿上那件翻改N次破到不能再改的旧衣服来到我的店里，一张嘴：老板娘，你这里有没有比我身上这件好些的，我们换一下。给你两块钱。我一指女模特身上穿的衣服，对他笑说："有啊，这件比你那好，如何？"好、好、好，老人一连道三个好后，戏谑着说："这样俏多了，穿上它到街上屁股扭一扭……"我笑说回头率百分百。继而忍不住地捂嘴笑……

秋去冬来特别几近年关，生意忙碌起来的时候，我无暇陪他闲聊。偶尔，打门前过，见店里人多或恰逢店里来人，他会知趣地离开，甚至更多的只立在店外脸朝里说你忙吧，不打扰，然后走人。

寒来暑往，记得又是一年秋天，当时他正在我店里小坐，店门口骑过一个卖柑橘的老农夫，停下三轮车上门兜售，说，自家橘子，很甜很甜的。那时张老已被医院检查出患有多种疾病，如高血压、糖尿病等，一年到头药不断。只见他慢慢挪到三轮车旁，低头巡视了一车黄澄澄的橘子，捡起一个甜橘放下说：我不要甜的，有没有咸的橘子，我要买咸的。停顿片刻，复扬手挑起甜橘来。引逗得农夫盯着他只一味发愣，旋即多皱的脸绽成了一朵菊花，憨憨地笑：你这老伙头真逗，种了一辈子的橘子，还真种不出咸的橘子来。呵呵！

我们有时也聊天，谈国家政策，也谈家长里短，其间，常常被老人一句俏皮话惹得呵呵笑。我开心地吃着张老买来的橘子，想着张老真是个老顽童，开心果。都说：予人玫瑰，手留余香。我不知道，老人在逗他人笑的时候，内心是否在笑。只感觉像台上表演的相声演员更多的不露声色。

光阴永远停不下脚步，如街面一辆接一辆的车不断地向前奔驰。门前樟树绿了泛青、青了又绿。它见证了我从青春迈向衰老的开店岁月，当然也录下了张老逗留的来去身影。

一天，我突然发现，门前光秃秃的槐树缀满了枝叶，冬去春又来临。

蓦然想起有好久没见到他了。这些天，他怎么不来了呢？

立春的雨水多，淅淅沥沥泻不停，终于盼来雨霁初晴。那天，我正在店门口一边晒着暖融融的太阳，一边睁着百无聊赖的眼睛，看路人一拨又一拨从我身边走过。突然，张老出现在我的视野里，我着实吓了一跳，这还是我认识的张老吗？人好像足足瘦了两圈，本来平整的国字脸上爬满了一道道皱纹，背也驼了，右手里多了一根拐杖，一副风烛残年的相貌。我还发现，他肥肥大大的肚子不见了，衣服穿在身上明显大了好几码，随风摇摆着。真不敢相信，多少年前曾经威风凛凛的老虎竟然变成了如今孱弱的小猫。他朝我伸出左手：讨点，行行好。

我旋即拿出凳子，脸上带着笑说：给，凳子，要不要？

心里分明在说：这其中发生了多大的变故，他才会变成现在这副模样？

搀扶他缓缓坐下，稍稍喘口气后，他才慢慢告诉我这些天来发生的事。二个月前一次去菜场路上，他不幸被汽车撞进了医院……后来好些了，医生不让出院，可他硬待不住，上星期办了出院手续。今天去医院配药，转我这坐坐，顺便看看我。我着急地询问肇事者有没有赔足钱。他叹口气，缓缓说：对方家穷，有一个常年卧病的老父亲，一辆二手运货车还是借钱买的。东拼西凑那点钱……我的退休工资算够用，能帮就帮垫点，能报销就帮报销点，谁家没有个难处，谁叫我撞上呢……

我久久无语，我又能说什么呢？在我面前，他忽然像一座高山令我仰视。看着他拄着拐杖，颤颤巍巍离去的背影，我含泪在心里默默祈祷，愿善良的他早日康复，愿爱的欢心与他永随。没想到这一别竟成永别。

佛说，前世五百年的回眸，才换来今生的擦肩而过，那么我的前世修行必远超五百年，才换得与这位老人的交往。这是何等有缘啊！

他是那样有趣明理的一个老头。他是一剂鲜美的调味品，一曲悠扬的圆舞曲；欢乐的歌，爱的礼赞。陪伴我挨过单调、寡味的流水岁月。这些年从他那所有享受到的诸如快乐、开朗、幽默、善良、大度带给我的影响，大半被我收留、回味。从今后，我愿努力活泼、开朗、善良、大度似他，活出余生精彩。

店犹在，我的生活还将继续。店前南来北往的路人中，我总在经意、不经意间寻找他的影子。朋友，你说，我还能找到他吗？

（选自2017年8月5日《今日文艺报》）

梳儿湾茶话

邱安凤

太平顶犹如一座丰碑，远远地矗立在天边。我们山下人只要一抬头，就可以看见。无论春花如何烂漫，夏雨如何急促，秋风如何萧瑟，冬雪如何纷飞，它总是一派深蓝。庄严中透出神秘，梦幻里带着淡淡的忧伤。山下的人们仰望久了，便忍不住想，每每云雾从西边飘来，便会有连绵阴雨。每每雨过天晴，山腰里便会闪金光。是否山里住着一位神仙？

不知从何年何月起，一个美丽的传说，就诞生在了人们的舌尖上。

说观音娘娘自西天云游至此，见风光秀美，便在泉水边梳妆打扮一番，承诺要保佑此地永世太平，不出灾荒。不知为何，她走的时候把梳子忘在了泉水边。后来人们看到的金光，便是那梳子发出来的。那个苍茫林海里的小山坳，就被称为梳儿湾。

据说梳儿湾漫山遍野都是茶树。那些树藏在那一片深蓝之下，一道瀑布之上。

瀑布名曰三屯岩。泉水自高处飞来，带着深山清音，落于沙滩。回旋片刻，淌过石板，再次起飞，落向深潭。如此连续三跳，真如仙女舞动的绸缎，素雅而缥缈。掬一捧喝下去，那一股清凉便顺喉而下，把五脏六腑当作另一处三屯岩，奔腾，飞扬，直往深处舒展。

瀑布之上，整个溪沟裹着金丝绒般的青苔，交错排列，台阶一般，一级一级。泉水蹦跳着迎面而来。撞上石头，则迸出白色的花朵。落下，则生成颗粒饱满的珍珠。从密林里渗下来的阳光，经过多重折射之后，很随意地洒在水里，青苔上，或者我们的脸上，大一块小一块，如春天般柔和。在这光影变幻的图画里，恍若身处另外的时空。

一路上，鸢尾，葛叶，蕨菜，这些古老的植物，绿绿地，迎风摇曳。穿越它们，再穿越松林，杨树林，我们来到一处绝壁前。壁根有一株茶树，树冠圆润，叶芽清秀。独自立于两股泉水之间，如顾影自怜的美人，在这山穷水尽处，孤芳自赏。

往回走的路上，突然有人惊呼一声：茶树！紧跟着，有人蹲下，有人翻身下坎。细眼看时，就在路边的坎下，有一大片茶园，藏身于藤蔓之下。

它们与山下的茶园全然不同。茶树普遍高约三米，杯口粗的树干白而细腻，交错着舒展。穿行其间，直觉有精灵相聚。若要采茶，得搭梯子。当我们从茶林里钻出来，再次打量周边，果然发现漫山遍野都是茶树。它们像是谁的十万精兵，埋伏在自由散漫的时空里。

铺天盖地的蝉声，直把这一方深山老林，噪成地老天荒的模样。向导穿过一片苎麻，把我们带到一栋废弃的土房子前。房子是三层楼，已然垮了一面墙，透过屋顶上的窟窿，可看到对面的山顶。

我们站在倒掉的废墟上，听向导讲过去的事情。

很久以前，这里就种有茶树。二十世纪五十年代，杨家湾高级社花30块钱，从一个万姓人家手里买下了这片茶山，然后抽调精壮劳力，进山垦荒种茶。

后来初步四清，村里再次抽调劳力整顿茶山，成立茶厂，进一步扩大规模。道场里，路边，岩屋下，离茶园近的地方，都支有炒茶的铁锅。每到清明时节，新茶一夜之间绿遍山野，厂里人手不够，村小学的老师孩子们便带了干粮，前来帮忙。沟沟岭岭，新春的茶香，和着欢腾的人声，喧闹的溪水，袅袅升起的炊烟，把梳儿湾酿成一个崭新的传说。

从这里生产出来的茶叶，主要用于保证村集体的办公开支，部分用于茶厂职工工资和茶园维护。若遇丰年，每户村民还可分红，几两到几斤不等。在物质极为贫乏的年代，这个村子里的村民，却能在与温饱战斗的缝隙里，寻得片刻清欢。

后来，梳儿湾茶园改由个人承包，然后很快荒废。现如今，炒茶的锅早已不翼而飞。杂草和藤蔓，把这方茶园捂进一片蛮荒。

梳儿湾地处高山，常年清泉滋润，云雾缭绕，尤其是那密林里的漫射光，无处不在的花草，让人不得不遐想，这个具备所有名茶产生条件的百年老茶园，在等谁呢？

（选自2017年第5期《湖北文化》）

林 间 笔 记

冯小军

小兴安岭山行

路上。下雨了，不大，到处湿漉漉的。一个岔路口儿连接着一段废弃的柏油路。路旁长着成片的树。冷杉、红松、柳，等等。眼前的废弃路面上裂了三四道口子。雨滴敲打着它，有水滴激起，立时又落到地面上化成雾气了。路面的缝隙里长着半米高的榆树，蒿子、野菊棵子，更多的是狗尾巴草，在风雨中摇晃、抖动。植物的生命力是无穷的，连柏油路裂个缝儿都有植物长起，顽强的本性让我感动。

积水里的柳。接下来看见一片柳树，树龄八九年的样子，已经成树。树枝开张，形象俊俏，长在路旁的水里。我感觉，干旱季节应该没有水，它们是植在陆地上的，这处低洼，便存了水。三五棵柳树长在积水里，树冠的颜色却不同。它们有的深绿，有的浅绿，还有的属于两者之间过渡的绿。变化本身就是风景，这儿柳树枝叶颜色的变化提升了风景的质量。现在阴天，天光晦暗，每一棵柳树在水中均有倒影，只是水中的倒影分不出深绿和浅绿，还有变化中的绿。实的颜色分别，虚的颜色竟一样，有趣儿。

开山的日子。当地人告诉我，今天是开山的日子。她说："今天开山，你看道上那人。"随她指示的方向看过去，道上人影憧憧。开山的消息是不消打探的，山里人对开山日子的记忆远至禁山。哪天开，哪天禁，他们都刻在心里，一天也不会差。老人记性差，会把两个日子写在年历上，年轻人记性好，不用写。

现在终于开山了。其实，早在头几天人们就预备好了采松子的工具，筐、钩镰，还有小推车。清早儿一到，早已准备妥当，干净利落地出发。现在最繁忙的地方是山路，每个人都急促地奔走，连说话也不会停下脚步。在他们眼里，看不见路边培育木耳的椴木桩子，也看不见庄稼地。他们心里想着的，眼里浮现的都是山场，还有山场里结松子最多的松树。眼光迷离，心头紧迫。脚步碎的频率高。频率低的大步流星。松塔都在眼前晃动了，真馋人。

小牧场。牧场上有十几头牲畜。牛、羊、驴、马，都悠闲地低头吃草。天上没有阳光，依然能看到牲畜身上油亮的肤色。它们好福气。在平原农区我看见的牲畜，无论黄的牛、枣红的马，还有黑背白肚子的毛驴儿，皮毛都炸着，没一点亮色。身上挂着草屑的更显病态。我想，做牛做马就该托生生在这水草肥美的地方，况且不用耕地、拉犁。自由散漫。眼下正是长秋膘儿的时候，牧人很欣慰，笑着说："吃一月，长一尺哩！"

一只白色的小马驹儿依偎在母亲身旁吃奶，想是吃够了，站在母亲身边，抬头看着远处。一会儿又"嗯嗯嗯"地跑远了。母亲自己吃草，没理会小家伙。过了一会儿，母亲想起它的小马驹儿了吗？抬头巡视了一下。正好也是这个时候，小马驹看见母亲在看它，就炮蹶子跑回来。母马抬头，在小马驹儿身上蹭了几下。四下无声，安静得出奇。

湿地。山间的一片水，百十亩的样子。距水面稍远的地方长了一圈儿柳树，或稀疏，或紧密，特自然。与水相连的泥泞里多是水蕨、红蓼和节节草，碧绿一片。双脚踏进去，草棵子顿时沸腾了，像刚出水的渔网里上蹦下跳的小鱼小虾。我猫腰细看，小蚂蚱有的飞、有的跳；蟋蟀、小青蛙蹦出去、落下来。过一会儿，又复归宁静了。晚霞映照在水面上，天际是火烧云；近处水里是山和云的倒影。微风徐徐，吹皱了水面，送来的是浓重的沼泽气息。

稻田和远处的地。天是多云天儿。阳光没有被云朵遮住的时候，天际光芒万丈。堆积的乌云遮住太阳了，光线偶尔会从云彩的裂隙里喷洒下来。远处的大地上通亮通亮的，上面分布着几多暗影，那是云彩复印在大地上的自己。它不仅悬浮，在大地上也固定了自己。可惜，只是投影。

林间有庄稼地，是一片稻。棋盘格子里的浅颜色是水稻，深颜色纵横的格子是地埂。农人惜地，连地埂上也种了大豆。坡沿儿是野草，自己挤了地方长起来，颜色在大豆和水稻中间。路的近处、路肩上长满了野草，青蒿脆生生的，刺儿菜一丛又一丛，开放得异常火爆。花头燃烧着浅紫的火焰。这样的地方也有农人来开荒，种着一小片儿蚕豆。现在正是花期，灰蓝色，健康色，看了心花怒放。

溪流里有"柳根儿"鱼。我禁不住走过去看那条溪流。溪流边沿长着柳树，水深蓝色，波纹细小。临近它的时候，听见噗的一声，一只鸟儿飞走了。没看清是什么鸟儿，目光一直追寻着，直到没了踪迹。估计是黑琴鸡，这里还能有啥鸟儿呢？

收拢目光，看见柳树叶子在微风中泛着白光。探下身子看水，有小河儿的样子，静水深流，没有声响。近水处柳树的根子暴露堤岸，有的被水流冲着，像蛇的尾巴在水面上摆荡。往前走了几步，发现了"柳根儿"鱼，青背，白腹，三五寸长短，这种鱼专在这样的环境里生活。眼前的七八尾"柳根儿"鱼正贴着柳树的树根儿鱼贯而上，头簇拥在一起，尾巴轻轻地摆动着。

红松。五营山场里的红松很高大，只是倒伏了不少。据说是前年夏天倒的，刮大风、下大雨造成的。红松树大招风，损失惨重。华北平原上的速生杨遭遇暴风骤雨时树干会拦腰折断，露出白生生的茬口。红松不是这样，它倒伏不是来自树干折断，问题出在根部。我面前倒着的大树，都是连根拔起的。山地里，我看见倒伏的树根翻着，山土暴露，让人感觉悲惨。俗话说根深叶茂，红松按说叶子繁茂，但是主根却不深，属于浅根树种。按说主根不行了，侧根应该挺住。但是侧根毕竟是侧根，没能抗得了狂风暴雨。红松作为高大乔木，树干圆满通直，在小兴安岭名气很大，有些几乎成了树王，但是主根不发达不能抗倒伏。这是它致命的缺陷。

去看一片落叶松

汽车终究有到达不了的山峰。下车就进入密林了。落脚的地方尽是花草，长得粗壮的地榆有半米高，茎上分叉儿，花穗紫红，像放大了的桑葚。丛状的秦艽花瓣紫兰，花蕊嫩黄，已经到了花粉飞扬的时候。漏芦茎叶翠绿，花头分出两部分，下半部是花托，像人脸，构造酷似菠萝棱形的外皮。上半部是紫色花丝，头发似的，有些凌乱。分瓣的花鸢尾浅紫色，花瓣舒展大气。从稍远的地方看过去，一片山花儿毯子似的铺在前面，心里豁然产生了激情。从脚下的山沟一直到远处的山坡倾斜下来，一条小溪把它一分为二。溪流从高处流来，叮咚、叮咚的，宛若天籁。慢慢地看过去，溪流隐在草丛里，不知道源头在哪里。

仰望前方，空中是棉絮一样洁白的云彩。深绿色的落叶松像一堵高墙，树干灰褐色，树冠的梢头参差，在空中自然地划出来一道波浪线。近处的绿荫，稍远的白云，最远的蓝天，由近及远地张望过去，心思油然。我们朝着落叶松林走过去，前面好像没了路，走到跟前才发现这条小道转弯儿了。拐过去，脚下的小道儿更细了，看得出，是护林员巡山时候踩出来的小径。循着它走，羊肠小道不少的路段儿遮盖着山草，"走"就成"蹚"了。显然是下过雨，绣线菊的枝叶儿上还存着水，湿淋淋的。山径湿滑，再往上走我发现路旁有一垛山岩，黄褐色，三四块石板叠在一起。绕过它，几乎没路了。走在这种地方人不敢不低头。我们一行人都仔细地看着脚下，生怕跌倒。前头出现了陡坡儿。看到向导拽着路旁的绣线菊登上去了，我也学着他的样子闯过了这道坎儿。

过了这处难走的地方，直腰看山地，发现了不远处的山岭。猫腰爬上去，一看竟是山梁了。刚刚站定，一阵山风扑来，它没解我的纽扣儿，却径直钻进我的衬衫里了。衣襟鼓荡，裤腿儿也箍在腿上了。我听着山风吹拂树木发出"噗噗"的响声。刚才身上还热汗涔涔呢，这会儿冷得打了一个寒战。

呜呜的山风中我听见左前方的林子里传来人声。我们谁也没看见他，冷不丁地跳了出来。原来他是站在背风的蒙古栎树丛后面避风呢。他看见了我们，我们却没有发现他。

"等你们大半天了。"他和我们的向导熟悉，劈面就来了这一句，说完就憨憨地笑着。

向导答应了一声，紧接着为我们做了介绍。他是这一带的护林员，姓李，四五十岁的年纪。看他的脸，颧骨附近发红，一看就是山里人的面色。脸上多皱纹，眼睛不明亮。我知道这些人都喜欢喝酒，把眼睛都喝混沌了。老李身子高挑儿，精瘦，穿在身上的衣服显得有些肥。一把大手迎过来，我俩握在了一起。我感到粗糙，像蒙古栎树皮一样硬实。我们说明来意，他应答欢迎。寒暄过后，他扬起手臂指着山顶上的望火楼，问还上去不。他说时间有些紧。我们看到，爬上爬下走一回得花费八个小时，就说不去了。闻声，他迈开步子领着我们向山下走去。

他介绍说，他要带我们看的落叶松更大，更多，在下面的山沟里。我们跟着他往山沟里走，沟谷越走越深，走了好一会儿就接近那片原始次生林的地段儿了。

这儿又看到了山溪，溪水隐在野草棵子里。小溪边上有红蓼，有走马芹，还有金银花。两侧的山坡上长满了落叶松，胸径都有一搂粗，比在山那边看到的粗多了。这里的落叶松树干笔直，中间部位长着灰褐色的枝条，现出枯死的模样。看树梢儿就看到了阳光，光线缕缕，倾斜着照进林下。林地边缘长着羊胡子草和地衣，还有半夏和野苏子。靠近水边的地方有黄花菜、黄海棠、北柴胡等，阳光照着它们，光影斑驳。有两只蝴蝶在水旁飞动，悄无声息。道旁有几棵倒在地上的过熟木，上头长满了苔藓。

老李停下来，他说这儿就是落叶松核心区了。我们站着聊起了这片落叶松。这么大的树，原来并不是原始林。老李说是四十几年前人工栽植的。通过封山育林，树木自然萌生，现在形成了这样的一片森林。聊了一会儿，我寻了一块石头坐下，同我一起进山来的小刘走到一棵躺倒的过熟木上坐下来。我们聊的内容从巡山到

"文革"时候下放来这里护林的人，老李讲了好多故事，好些我都感觉新鲜。二十世纪六七十年代的护林员里，有因为娶不上老婆得了抑郁症的，有生活不规律得了严重胃病、风湿病的。老李话语沉重：山高沟深，一天也见不到一个会说话的，寂寞难耐，没人愿意留这儿。

我们聊得投机，不知不觉半个钟头过去了。这时候听见老李"哎呀"了一声："小刘、小刘，可不敢在湿木头上久坐呀！"

马上跳起来的小刘问："有什么忌讳？"

"那倒不是。你没听说过'冬不坐石夏不坐木'吗？"

小刘"哦"了一声。

老李还有我，也跟着站起身子。老李接着说，"冬天还好，坐在冰冷的石头上会感觉冷，冻得受不了就站起来。夏天不行。气温高，人图凉快，坐在木头上感觉好。殊不知夏天的木头老挨雨淋，表面看是干的，其实里头水分多着呢。太阳一晒它会向外散发潮气，坐久了诱发痔疮、风湿和关节炎呢。"

小刘听了直点头。

太阳西沉，山里有些暗了。我们决定"打道回府"。老李没带我们走回头路，而是继续向前走。离开那片密林，顺着小径又走了估摸半个小时，慢慢地发现林子稀了。我刚要询问，竟看到前面的林道了。我们从背后那边儿的沟门儿进山，一路走来的工夫，司机师傅们已经绕过来，正在这里等着我们。

回首山里，树梢儿一片橘黄。林子暗下来，松涛呜呜地响了。

竹子开花了

在蜀南竹海里沿着林道进入竹林深处，目光能看到的地方很近，只看到一根一根生长密实的竹子。竹林里阴阴的，光线很少。走到高一些的山地时能看到光束投进竹林，叶子明亮，地表也明亮。

竹子和树木相比区别在枝杈。竹子分枝很短，也不开张。它是靠着众多竹竿密集地组成一个集体。树林虽然也是一个集合体，但是独立得多。一棵树可以独自长在海岛或荒原，而一根竹子不行，它单细，禁不住风雨。

看竹海必要站到高处才可以，越高越能领略整体竹海的风采。山体起伏，翠竹也跟着起伏，山里弥漫着雾气，竹子便被包裹起来。白雾覆盖绿色，一片绿，一缕白，二者共同营造出一个让人感觉神秘的世界。那叫"竹海"，有绿色的波浪，有云雾的虚幻。

近处看竹海相当于在海边掬一捧浪花，那是看竹海的细节。眼前的一株毛竹长着翠绿的皮，节节拔高身段，鞭子一样直插云天的梢头。山风吹起，它们整个摇荡着，现出婀娜多姿的意蕴。看着它，我想起不少古人关于竹子的赞美词。竹子是君子的象征，它正直、虚怀、善群、卓尔，这么多兼容的品性在一个人身上几乎不可能，人们崇拜它，便把好多的优点甚至是对立的品性都集中在了竹子身上。无疑，这是人们爱竹的结果。而我想，人们爱竹，是竹子生长得好，苗壮、健康。根源在于它生长在适合生存的南国。在我常住的北方城市，公园里也有竹，园林部门甚至不惜花费巨资建设竹园，从南方引种各种各样的品种，为它们创造好的生存条件，可是竹子水土不服，它们几乎不生长，枯枝败叶，整天灰头土脸的看着让人心酸。在不适合的地方生存，本身就是悲剧。

南国也不是处处都有适合竹子生长的环境。有一次，我去安徽看老友宋先生，他带我去看一个荒废的园子。到那里他哈哈地笑起来，说老冯啊，你真会来，这儿有新鲜物件让你开眼。我说啥玩意啊，你这样兴奋？他说你从北方大老远的来，就是我长期生活在这里也很难看到。说着，他把我喊到他跟前的竹子跟前——啊！竹子开花儿了。虽说比"昙花一现"容易看到，但也是十年八年不见一回的。老宋说，难遇，实在难遇。

那些竹子长在墙角儿，规模不大，有些蔫儿，枝头上开着好多花儿。提起竹枝看时，那花儿不美观，一簇一簇的，枯黄颜色，像被烧过似的。老罗是内行，他说，出现土地板结的情况，或是杂草丛生，竹子老鞭纵横的竹园才会出现这种情况。是缺水、营养不良、光合作用减弱、氮素代谢水平低造成的。竹子体内糖的浓度高会促进花芽儿形成。这些条件具备了，竹子就开花儿了。应该说，竹子开花儿是恶劣的生长环境造成的。

据说，竹子不仅开花儿，还能结实并收获竹米。"二战"末期美军轰炸日本占领下的台湾，新竹军事基地附近的老百姓躲避轰炸，藏进竹林里，时间久了断了粮食。幸好那里有竹子开花儿，地上落满了竹米，老百姓们靠吃竹米度日，躲过了劫难。

然而，这只是竹子开花儿引发结果的一个方面，总体上讲竹子开花儿不是好兆头。人们发现，竹子大面积开花儿以后竹子会成片死亡，经济损失是不消说的，关联递进的影响更大。竹林毁了，靠吃竹子活着的动物便没了食物，缺少食物就被饿死。1984年，四川卧龙自然保护区曾经发生过大面积竹子开花儿的事件，结果殃及大熊猫，饿死了不少只。

自打那回见过竹子开花儿以后，再次看见竹子的时候我总会走到它们跟前去看看有没有开花儿。可到今天也没有再见。后来，我也查过这方面的资料，原来给我们四季常绿印象的竹子是有花儿植物。自然开花儿结实。不过，竹子是特殊的有花儿植物，不是年年开花儿，年年结实。这就使人们产生了误解。受遗传基因的影响，牡竹三十年左右开一次花儿。马甲竹三十二年开一次花儿。桂竹一百二十年开一次花儿。群蕊竹一年开一次花儿，有的品种还没有规律。因为竹子开花儿少见，开花儿后绿叶凋零，枝干枯萎，会成片死亡。所以，有人感觉败兴，认为竹子开花儿是不祥的，也有不认可竹子开花儿会给人带来灾难的说法，认为风马牛不相及，属于迷信。

后来，我一直琢磨这件事，考虑久了竟有了自己的想法。在我看来，"竹子开花儿，主人败家"这种说法是成立的。虽然成立，却不可机械、拘谨地去理解。设想，一个人家败家了，竹子这类花草还会有人打理吗？不用说施肥、浇水、防治病虫害等费事的劳动，如果连必要的看守都没了，后果就是为竹子开花儿创造了适宜的环境。这是"主人败家，竹子开花儿"，是我从反面理解这句话的。如果顺着"竹子开花儿，主人败家"的意思去理解也同样成立。竹子开花儿，实际上是一种竹子自身遗传基因决定的。竹子开花儿，导致衰败、枯竭、死亡，对我们人类来讲，它们无疑都属于负面的信息。相对于蓬勃、茂盛、初生的正面消息，人们感觉悲伤，难道不能理解吗？

（选自2017年第2期《绿叶》）